D1139651

L'ODYSSÉE FANTASMAGORIQUE DE

JANIE JOLLY

LA FORÊT MAGIQUE

Édition :
Éditions Mamiche
Courriel : mamiche123@videotron.ca
Site Internet : www.editionsmamiche.com

Librairie virtuelle :
Colette Esculier
Site Internet : www.zexpression.com

Couverture, carte, illustrations intérieures :
Zema
Site Internet : www.zema-ink.com

Mise en page et révision :
Les Productions Littéraires Du Quai Penché
Courriel : quaipenche@videotron.ca

ISBN : 2 – 9809489 – 0 – X
Dépôt légal – Bibliothèque et Archives nationales du Québec, 2006
Dépôt légal – Bibliothèque et Archives Canada, 2006

Imprimé au Canada
Deuxième édition 2010

Dédicace

Je dédie ce livre à ma Muse… mon inspiration, ma poupée… Janie, que j'aime de tout mon cœur et par qui... *L'odyssée fantasmagorique de Janie Jolly*... a pris vie dans « notre » forêt magique! (tome: 1)

De même qu'à mon Anthony qui a contribué à la recherche incessante de nouveaux exploits dans cette grande odyssée. Je t'aime mon Ange.

Enfin, à mes petits-enfants, Chloé et Justin que j'aime d'un amour inconditionnel.

La joie d'être Grand-Mère me redonne de nouvelles ailes. Grâce à eux… j'ai su conserver mon ***« Cœur d'enfant! »***

Aux Lecteurs

« Dans toute la longue histoire de ma vie… dit Mamiche en se frottant les mains, j'ai vu la vie s'ouvrir petit à petit, devant mes yeux curieux qui n'ont jamais cessé d'explorer les nouveaux horizons qui se sont présentés à moi. Puis, au fil du temps, j'ai compris que les défis étaient une démarche bien orchestrée pour parfaire ma route vers une évolution plus grande que je ne l'aurais imaginée moi-même. J'ai trouvé sur ce chemin la voix du coeur.

Maintenant, je comprends! Ce passage vers l'évolution humaine m'a permis d'écrire à l'encre des Génies, cette légende venue des Antipodes, uniquement pour vous.

Ne cessez jamais de croire en vos rêves les plus merveilleux, car l'imagination porte fruit… et donne des résultats surprenants! »

Mamiche

REMERCIEMENTS

Je ne peux passer sous silence la grande aide que m'a apportée ma fille aînée, Stéphanie. Maman à son tour de ma petite-fille, mon trésor, Chloé et de mon petit cœur d'amour, Justin; enseignante à temps plein, étudiante à l'université pour sa maîtrise en enseignement et j'en passe, elle ne m'a jamais laissée tomber tout au long de cette aventure, même si la tâche était ardue, considérant sa vie active. C'est une femme belle dans tous les sens du mot et c'est grâce à sa générosité, qu'elle a su trouver le temps de me relire, me corriger et m'encourager. Elle m'a donné ses commentaires judicieux, tout en essayant de ne pas trop me décourager. Je tiens à la remercier pour son aide précieuse, son pouvoir de persuasion et surtout sa foi en ma réussite. Je tiens à remercier, par la même occasion, mon gendre Benoit pour sa patience. Il a su respecter notre démarche personnelle.

Le mot merci n'est pas assez grand, ma fille, pour te manifester toute ma reconnaissance. Je crois sincèrement que ce sera… *« notre réussite »*. Je t'aime.

Maman xxx

*****

À mes autres enfants et non les moindres, je tiens à les remercier pour leur encouragement continuel et leur support moral.

Caroline, sans toi, mon histoire aurait manqué certainement d'action. Je n'oublierai jamais le jour où, toi, petit rayon de soleil, tu es soudainement devenue triste, lorsque tu as perdu ta ***« Clef du Paradis »***. Tu étais tellement inquiète de ne pas pouvoir entrer au Ciel que je t'ai acheté une autre *« Clef »* pour la remplacer. Cela avait une grande signification pour ton petit cœur d'enfant. Tes remarques ont fait naître d'étranges personnages et m'ont permis de découvrir d'autres **« Mondes »**. Je crois que tu mérites le Paradis à la fin de tes jours, ne seraitce que pour tout l'amour et le respect que tu me donnes, sans jamais compter. Un gros merci du fond du cœur.

Un merci tout particulier à toi, mon fils, Jonathan-Michel qui a cru à mon succès sans condition. J'apprécie ta grande confiance et ta foi en mes projets. Tu es la preuve vivante qu'il faut persévérer jusqu'à la réussite. Je t'aime... spécialement pour ce que tu es... *« un homme qui a gardé son cœur d'enfant et qui vit pleinement ses convictions »*.

Et toi, Josée, qui n'a jamais cessé de croire à mon rêve. Je dois t'avouer... que si l'enchantement fait partie de ce livre, c'est à cause de tes élans d'émerveillement. Je te remercie d'avoir conçu ma Muse... Janie et mon trépidant Anthony. Je t'aime fort! Merci beaucoup.

Vous avez tous apporté des commentaires différents, mais combien inestimables! Je vous remercie, tous, du fond du cœur pour votre confiance et l'aide apportée tout au long de ce projet palpitant et de longue haleine. Je suis très heureuse d'être aller au bout de mon rêve.

Je vous aime et je remercie ***« L'Être Absolu »***, celui qui habite le ***« Centre de mon Cœur »***, de m'avoir donné le courage de vivre mes convictions, afin que je puisse réaliser mes passions les plus chères, le plus beau projet de ma vie... une famille remplie d'amour et de reconnaissance.

Enfin, je ne pourrais passer sous silence, la générosité de cœur de cette femme engagée. Tel un Ange... elle est tombée du ciel. Elle a été placée sur ma route afin de me guider sur le plan littéraire. Je suis convaincue que le hasard n'existe pas. Merci du fond du cœur, Yvonne Sénéchal, la femme au grand « ***Cœur*** ».

TÉMOIGNAGE

Je tiens aussi à remercier celui qui m'a permis de réaliser mon rêve.

Il était une fois, un homme peu commun. Il m'a appuyée dans toutes mes démarches, en respectant mes valeurs morales et mes choix personnels depuis le début de notre vie matrimoniale. Il a su m'aviser sans s'imposer et me faire confiance sans douter de mon intelligence. Une grande force physique l'anime et rien ne l'arrête. Muni d'une sociabilité exceptionnelle et d'une forte personnalité, il commande le respect. Il a la foi de ses convictions et une persévérance à toute épreuve.

J'ai le plus grand des respects et une admiration sans borne pour cet homme dont la lignée est en voie d'extinction. Il est de la lignée des ***« Grands Hommes »*** et un mari dans tout le sens du mot.

Merci encore pour ton appui sans condition.

À mon époux Michel que j'aime avec un grand A.

COMMANDITAIRE

Michel B. Dulong
Président

TABLE DES MATIÈRES

INTRODUCTION

Quand j'étais toute petite… racontait doucement Grand-Mère Irène d'une voix chaleureuse et chevrotante… les contes de fées commençaient toujours par : « *Il était une fois…* »

L'Aïeule se berçait, confortablement installée dans sa chaise berçante en bois naturel et recouverte d'une toison de mouton pour la rendre plus confortable. Elle s'installait près du foyer dans le petit salon pour raconter ses histoires mirobolantes car elle affectionnait tout particulièrement cet endroit chaleureux.

Voyant les enfants fébriles, elle lançait de larges sourires qui illuminaient son délicat visage, lustré comme de la porcelaine. Elle était gracieuse avec ses cheveux blancs comme neige, remontés en torsade. Une paire de lunettes argentée, usée par le temps, dressée sur le bout de son nez aquilin, lui donnait un air de notoriété en matière d'histoires. Les enfants savaient que, lorsqu'elle se frottait vigoureusement les mains, c'était le signal de départ. Le silence ne se faisait pas attendre. Puis, la Grand-Maman débutait…

—À l'époque, disait-elle en se frottant toujours les mains et en roulant de grands yeux derrière ses petites lunettes, il existait une histoire fantastique qui, selon certaines rumeurs, aurait été véridique! La Grand-Mère était tout enthousiasmée comme si elle n'avait jamais perdu son cœur d'enfant. Un conte doit toujours contenir de la féerie, disait-elle, sinon… ce n'est pas une histoire fantasmagorique. Celle-ci est plutôt exceptionnelle! Je dois vous le dire, car vous allez y découvrir un pouvoir d'enchantement que personne n'a jamais vu auparavant. Il s'agit d'une magie blanche tout à fait unique que l'on appelle : « ***La Magie du Cœur*** » !

—Êtes-vous vraiment prêts, les enfants? demanda la Grand-Mère, le sourire en coin, son tricot sur ses genoux. Elle replaça lentement son ample châle en laine angora sur ses frêles épaules pour réchauffer ses vieux os frileux. La Grand-Mère se frotta encore plus vigoureusement les mains.

—Oh!!! s'écria la ribambelle d'enfants le cœur joyeux, car le moment magique était arrivé.

—Alors... « *Il était une fois...* », venu des contrées lointaines, un récit unique en son genre qui perdura jusqu'à nos jours! Tout comme ma grand-mère et ma mère, j'ai eu la chance d'entendre de mes propres oreilles... les histoires farfelues de ce légendaire personnage qui mourut tragiquement! Du regard, elle fixa à nouveau les enfants qui ne cessaient de se rapprocher tout autour d'elle, sur le tapis de laine cardée.

Pendant ce temps, Mistigri le petit chaton gris, s'amusait à défaire la pelote de laine qui roulait dans tous les sens sur le plancher en pierres des champs.

—S'il vous plaît Grand-Mère... quel était son nom? questionna Nicole, la plus sage de la famille. Elle avait les yeux d'un vert bronze, brillants, et ses cheveux presque noirs bouclaient en permanence.

—Euh...! Son nom déjà... dit la Grand-Mère, en se grattant le front à répétition feignant une perte de mémoire. Euh! Ah! Oui! Maintenant je me souviens. C'était un fameux raconteur d'histoires, le faiseur de rêves qu'on appelait le ***« Guénillou »***. C'est lui qui est à l'origine de cette histoire extraordinaire. Il disait à qui voulait l'entendre que cette légende ***« Royale »*** provenait des antipodes et existait depuis la nuit des temps. Il répétait à qui voulait l'entendre, qu'il possédait la preuve que cette histoire était véridique. Il étalait ses grandes mains et faisait miroiter devant tout un chacun, une bague sertie d'une gemme rarissime d'un éclat rouge vif, enchâssée dans une monture d'or, qu'il portait à son index tordu. Selon ses dires, elle aurait, apparemment, appartenu à une Princesse. Une pierre aussi précieuse entre les mains du *« Guénillou »* débraillé! Quel contraste! Était-ce du toc? Pourtant, personne au village ne pouvait vraiment le dire. Chose certaine... elle devait avoir une valeur à ses yeux, car il ne se séparait jamais de ce bijou unique au monde. Le plus bizarre dans cette affaire était... qu'il disait l'avoir trouvé d'une manière mystérieuse. Si on l'interrogeait sur le sujet, il détournait toujours la question ou pire encore... il devenait évasif, puis mine de rien il recommençait à faire son petit numéro de cirque.

La Grand-Mère était tout émue de raconter ses souvenirs d'enfance et une suite d'images refaisait surface l'une après l'autre, dans sa mémoire.

—Était-il un voleur de grand chemin? demanda le cousin en zieutant Nicole.

Simon avait presque son âge et était évidemment attiré par sa ravissante cousine. Il se collait à ses côtés, ronronnant comme l'indomptable Mistigri. Elle le repoussait du coude pour le remettre à sa place, tout comme le chat d'ailleurs qui se frôlait le museau sur son bras afin de se faire caresser. Cela l'exaspérait! Elle n'avait pas une grande affinité avec les chats et encore moins à l'égard de son cousin qu'elle trouvait un peu trop dégourdi.

—Que non! Hum! La Grand-Mère toussota. Voyons... le *« Guénillou »*... c'était un sacré personnage! Si je me rappelle bien de lui, il gagnait sa vie comme romanichel errant, et cela, tout en visitant le monde. Il en avait vu du pays! C'était pour sûr... un *« Grand Aventurier »*! Il venait d'une contrée lointaine... ça, il n'y avait aucun doute avec cet accent saccadé et sa peau basanée. Il ramassait tout ce qu'il trouvait et prenait tout ce qu'on lui donnait. Nous en avions plein la vue à cette époque, lorsqu'il défilait sur sa barouette enguirlandée de chaudrons désassortis et de braoules* de toutes dimensions,

* braoules : grosses cuillères

suspendues en festons[*] qui se balançaient de tous les côtés. Plusieurs enfants, fou de joie, couraient derrière sa cargaison remplie à craquer de fripes d'occasion. Il faisait un bruit d'enfer avec sa brouette désuète qui grinçait constamment sous les pas lents de son âne Bourrique, essoufflé de tirer sa charge. Ouf! C'était tout un duo funambulesque.

—Alors... il devait être un croque-mitaine[**]? questionna Réjean qui sautait toujours sur une patte. Enfant du milieu, il était le plus fanfaron et n'avait peur de rien... du moins, c'est ce qu'il laissait croire à tous. C'était un tendre, mais cette fois-ci, il était vraiment inquiet au sujet du ***« Guénillou »*** qu'il confondait avec le ***« Bonhomme Sept Heures »***, le voleur d'enfants à la tombée du jour. Indifférente au propos, sa petite sœur Francine se berçait sans arrêt dans sa chaise en forme de canard, tout en fouillant dans son nez. Complètement à part des autres, elle était déjà partie dans son monde imaginaire.

—Quelle idée... Mais non! Il était extravagant, j'en conviens, avec ses histoires à dormir debout qui surprenaient à tout coup. En tout cas, son vieil âne, lui, ne semblait pas impressionné par les manières excentriques de son maître. L'animal était paré de grelots qui tintinnabulaient une série de sons aigus à chacun de ses petits trots et le tout s'agençait parfaitement à la vieille rengaine que le ***« Guénillou »*** répétait constamment à tue-tête, pour annoncer sa venue. Sa ritournelle se terminait toujours sur la même note soutenue, qu'il criait sur un ton chantant.

La Grand-Mère prit sa grosse voix lyrique pour imiter la voix du ***« Guénillou »***.

« Des guenilles à vendre... qui veut des guenilles... des guenilles à vendre? À vendre des guenilles... des guenilles à vendre. »

---

[*] festons : bordures dentelées
[**] croque-mitaine : personnage imaginaire surnommé Bonhomme Sept Heures

Les enfants se mirent à rire de l'imitation réussie de la Grand-Mère qui était une comédienne tout à fait remarquable.

—Où allait-il raconter tous ces bobards*? interrogea Michel, assis le corps droit sur un tabouret, à côté de sa Grand-Mère. Il avait ce privilège parce qu'il était l'aîné de la famille. C'était remarquable de voir la bonté d'âme émaner de ce regard gris ardoise.

—Ma foi! Il allait partout où on l'invitait. Dans notre région, il venait toujours vers le début de l'automne. En ce temps de l'année, l'air commençait à être trop frais pour dormir à la belle étoile. Alors, il comptait sur la générosité des gens du village pour se trouver un refuge, afin d'y passer la nuit en toute quiétude. Il n'avait pas à frapper aux portes pour vendre ses trouvailles qu'il échangeait volontiers contre un bon repas. Le ***« Guénillou »*** n'était pas seulement un revendeur, il était le plus grand raconteur d'histoires de son époque. Lui-même était toute une histoire!

La Grand-Mère poursuivit son récit.

—Tu sais, il ne se passait pas grand-chose d'extraordinaire dans notre petit hameau**. Tout était au beau fixe, mais lorsque le ***« Guénillou »*** arrivait, là... c'était tout un événement. Il était très attendu, car cela n'arrivait qu'une fois dans l'année.

—Vous aviez le droit d'écouter les histoires qu'il racontait le soir? demanda Michel intrigué.

—Oh! Que non! Mais, nous les plus ***« Grands »***, enfants, nous avions un plan d'action et nous réussissions toujours à l'écouter en cachette... sans se faire prendre en flagrant délit!

—Pas vrai! s'exclama Michel tout renversé.

—Un jour... j'ai réalisé qu'après toutes ces veillées mémorables que je croyais avoir vécues en cachette dans le grenier du forgeron avec mes amis... ma Mère me demandait

---

* bobards : fausses nouvelles
** hameau : plus petit qu'un village

toujours d'une voix rieuse et avec un petit clin d'œil de connivence, si... j'avais bien dormi dans la mansarde*. Je soupçonnais qu'elle avait découvert tous nos petits tours de passe-passe de « *A à Z* »!

—Mais, voyons donc! Jamais de la vie! Les parents complices... c'est inconcevable! Michel devenait de moins en moins timide. Il avait l'allure d'un adolescent mal dans sa peau et était beaucoup trop mince pour sa grandeur.

—An-Maman! C'était quoi... la plus jolie histoire qu'il a dit ce monsieur en guenille? questionna la mignonne Lulu, tout en se tortillant une mèche de cheveux rebelle et droite, d'un blond doré, du bout de ses doigts.

—Moi, je te dirais que le plus beau récit est sans contredit... ***« La Princesse aux yeux d'ébène »***. La première fois que je l'ai entendu, j'en ai rêvé pendant des jours et des jours. J'ai bien fait, car ce fut ma dernière année dans ce joli coin de pays.

—Oh non! s'écrièrent les enfants visiblement déçus. Ils étaient tous suspendus à ses lèvres, le cou cassé et les yeux en point d'interrogation.

—Ma vie n'a plus jamais été la même après notre départ pour la grande ville. Apparemment, ce fut une soirée mémorable! Les villageois attendaient patiemment, devant l'imposant foyer en pierre des champs, le raconteur d'histoires qui se faisait désirer plus qu'à l'ordinaire. Les ragots allaient bon train. Tous les paysans en avaient long à dire sur leurs récoltes, devant la marmite en fonte noircie par les flammes et suspendue à la crémaillère** dans la forge de Monsieur Bonsecours, l'ami de Papa. Le fumet*** de rôti au vin et aux épices laissait échapper un arôme exquis qui parfumait la grand-salle d'un bout à

---

* mansarde : pièce dans un grenier avec un mur incliné
** crémaillère : instrument pour suspendre une marmite au-dessus d'un feu
*** fumet : odeur agréable d'une viande

l'autre. Mais, cette année-là, ils en avaient encore plus à raconter, surtout après la tournure des événements de la journée. L'heure était arrivée où le *« Guénillou »* devait commencer à raconter ses histoires. Après toutes ces années d'assiduité, ce soir-là on commença à douter de sa présence. Ce grand aventurier en avait vu bien d'autres et il n'avait surtout pas froid aux yeux. Tous se demandaient... comment il se faisait qu'il se soit terré toute la journée? Un danger imminent était-il sur le point d'arriver? Personne au village n'avait trouvé sa cachette, pas même Bourrique qui était demeuré seul dans un coin sans son maître, la fale* encore plus basse que d'habitude. Il était évident que l'âne était perturbé! Puis, au moment où ils s'y attendaient le moins, comme un lapin qui sort du chapeau et selon les dires... il arriva en se pétant les bretelles et en criant à tue-tête...

—Ohé! Ohé! Venez tous, gens du village, venez tous festoyer! Et que ça saute!

Il avait fait un effort surhumain pour ne rien laisser paraître. Il était bouleversé, mais le spectacle devait continuer. L'heure était venue! Tous les villageois attendaient le signal officiel. Il entama donc son histoire avec la même gestuelle, en se frottant les mains; c'était devenu son rituel et il n'y dérogeait jamais.

Ce geste imposait le silence.

—Ce soir-là, mes parents n'ont pas assisté à cette fête, car j'avais commis une bévue sans le savoir.

—Impossible! s'écria Michel dérouté.

—Vous! s'exclama Nicole déconfite.

—Si! Si! répéta Grand-Mère, en se tortillant nerveusement les mains.

—Mais voyons Grand-Mère! Cela n'a pas de sens. Que s'est-il passé? insista Nicole qui n'avait pas l'habitude de s'imposer.

---

* fale : mot familier, avoir l'air piteux

—Il était en train d'exécuter son spectacle de funambule imaginaire pour nous... les jouvenceaux, en cette fin d'après-midi, lorsqu'une ombre couleur charbon était venue embrouiller tout ce beau tableau. À ce moment-là... j'étais la seule à voir un halo de lumière grisâtre, presque noir qui bougeait autour du ***« Guénillou »*** et... et...

La Grand-Mère se tut quelques secondes en baissant la tête, le dos courbé. Puis, elle se redressa en prenant une grande respiration.

—Et... je me suis approchée du ***« Guénillou »*** et je lui ai dit tout bonnement que c'était sa dernière visite dans notre patelin et que sa bague gemmée, enluminée d'un rouge aussi vif qu'un rubis, appartenait à ma ***« FAMILLE »***.

Le ***« Guénillou »*** empoigna immédiatement sa bague de l'autre main pour la cacher comme si... je voulais la lui dérober.

—Regardez les amis! Il est superstitieux, dis-je en le pointant du doigt.

Cette phrase lui glaça le sang et immédiatement... le ***« Guénillou »*** apeuré, prit la poudre d'escampette. Il croyait que je lui avais jeté un mauvais sort. D'un seul coup, lui qui avait le teint foncé est devenu blanc comme un drap. Je crois qu'il s'imaginait avoir affaire à une sorcière. Plus personne de mes amis ne riait et tous s'enfuirent pour raconter cet événement surprenant à leur famille. Je restai donc seule sur la place publique et me suis mise à trembler. Je suis revenue vite à la maison et, comme conséquence, je suis demeurée dans ma chambre le restant de la journée. Mes parents étaient bien inquiets et se demandaient ce qui m'avait pris de dire ces choses pendables et aussi de pointer du doigt... cela n'était pas un geste poli!

Les enfants sages acquiescèrent.

—C'est pas dwôle! dit Lulu, l'air désolé, en clignant des paupières avec ses longs cils.

—C'est une farce, dit Réjean qui trouvait cela marrant, en se tenant toujours sur une patte.

La Grand-Mère regarda ses petits-enfants droit dans les yeux. Elle fronça les sourcils et continua de raconter la suite... avec conviction.

—Je ne sais pas ce qui m'a pris... c'était une sensation très forte que je n'avais jamais ressentie auparavant. Je ne me souviens plus très bien si c'était une voix imaginaire ou une vision fulgurante, mais en tout cas... ce n'était pas joyeux! J'ai été moi-même surprise de cette prédiction.

—Mais, dis-moi Grand-Mère, est-ce que cette bague appartenait aussi, à la ***« Princesse aux yeux d'ébène »***?

Nicole persistait à en savoir plus, car elle avait déjà entendu le récit envoûtant de la belle Princesse et trouvait que les deux bagues mentionnées se ressemblaient comme deux gouttes d'eau.

—***« Guénillou »***... ***« Guénillou »***... répéta tout bas la Grand-Mère songeuse.

Tout ce qu'elle se rappelait était les flammèches qu'avait lancées la pierre couleur de feu. Cette image demeurait incrustée dans sa tête et était difficilement oubliable, car elle la hantait encore la nuit, après toutes ces années!

La Grand-Mère reprit son souffle et continua... sous le regard étonné des enfants, en essuyant tout bonnement ses verres du revers de son châle.

—Et... ce n'est pas tout! Mon père a attendu pendant des années... avant de me raconter ce qui était arrivé au ***« Guénillou »*** afin de ne pas chambouler mon cœur d'enfant. À un âge raisonnable, il m'a raconté dans le secret des Dieux que le fameux ***« Guénillou »*** n'était pas passé l'année suivant notre départ et qu'il n'était plus jamais repassé dans notre ancien patelin. Son vieil ami, Monsieur Bonsecours, avait remis à mon père, en cachette, un ***« ÉTUI »*** qui avait la forme d'un coffre ancien, qu'il avait trouvé près du ***« Guénillou »*** et sur lequel une note avait été écrite à la dernière minute d'une main tremblante : ***« À donner à celle qui a vu... elle a la Clef de l'Énigme! »*** L'ami de mon père en avait déduit qu'elle m'appartenait, car cette histoire de voyance faisait toujours partie des ragots les plus populaires du village.

—Ahhh! Ohhh! s'exclamèrent les enfants.

—Il s'avéra que mon histoire était véridique... jusqu'à un certain point. Le ***« Guénillou »*** a été retrouvé au bas d'une vallée... mort... sa bague en moins et sa bête disparue, chuchota la Grand-Mère tout bas. Vous vous imaginez le drame! Tout le village racontait que j'avais été accablée par un... par un ***« Esprit frappeur »*** et déjà des rumeurs couraient que je deviendrais... une ***« Devineresse ».*** C'était peut-être un présage, dit-elle songeuse.

Les enfants sursautèrent et la Mère-grand se reprit tout de suite...

—Ah! Soyez rassurés mes enfants, ce n'était que du radotage, s'empressa-t-elle de rajouter. Elle voyait bien par le visage crispé des enfants que cette nouvelle les troublait.

La magie n'était pas très bien vue à cette époque, car une Devineresse était synonyme de... Sorcière. Elles utilisaient des secrets de la nature, transmis de bouche à oreille, de génération en génération, afin d'augmenter leurs pouvoirs magiques. Tous ces pactes, formules mystérieuses, envoûtements et perceptions extrasensorielles étaient considérés comme inexplicables donc... dangereux et gardés sous le sceau du secret. Il ne fallait pas toucher à la ***« Magie »*** car elle pouvait avoir des conséquences néfastes si elle se retournait contre vous!

—Mais, voyons Grand-Mère... où se trouve cet ***« ÉTUI »...*** il ne peut pas avoir disparu à son tour? questionna Michel nerveusement.

Tout portait à confusion. Le visage livide de sa Grand-Mère qui essayait de se contenir, le rendait perplexe. C'était une situation, hors de l'ordinaire! Une Magicienne, pensait-il... ça peut toujours passer, mais faut-il qu'elle utilise la ***« Magie Blanche »*** à bon escient* comme les Prêtresses pour des fins de

---

* à bon escient : utiliser correctement avec jugement

guérison? Mais une Devineresse ou une Sorcière... c'est plutôt affolant et peu recommandable dans une famille!

Grand-Mère Irène poursuivit la suite des événements la tête baissée. Les enfants n'avaient jamais vu leur Grand-Mère aussi triste.

—Incroyable... ni mes sœurs, ni mes frères n'ont retrouvé cet étui historique qui apparemment, selon certains dires... de source digne de confiance, dissimulait une ***« CARTE ».*** Et je ne parle pas de ***« l'Escarboucle*** * ***»*** que personne n'a jamais, au grand jamais retracée. Je me suis même demandée... si quelqu'un de ma famille gardait volontairement le silence. Après toutes ces années, n'eut été de cette ***« CARTE »***, j'aurais abandonné depuis bien longtemps!

Elle respira profondément en redressant l'échine. Les enfants demeuraient droits comme des piquets de clôture, sauf Francine qui était partie dans son monde imaginaire.

—Quel dommage que vous n'ayez pas mis la main sur cette carte! C'est toute une histoire, s'exclama Réjean en se faisant craquer les doigts, visiblement intéressé par ce récit de chasse aux trésors!

—C'est l'histoire de ma vie! Mon père avait pris la peine de bien cacher l'étui avant de me faire savoir, qu'il me le remettrait à ma majorité. Il savait parfaitement que ce document me revenait de droit, car j'étais la seule, apparemment, dans la famille à détenir des pouvoirs mystérieux. Plus jamais il ne reparla de cet événement, pour le bien de notre famille qui avait été mise à l'écart à la suite de cette manifestation mystérieuse. Puis... un drame survint! À son tour, la mort frappa mon père au moment où il ne s'y attendait pas et nous non plus d'ailleurs! Mon très cher paternel a donc emporté avec lui, ce secret dans l'autre monde!

—Non! s'écria Nicole déçue.

---

* Escarboucle : nom ancien d'une fine pierre rouge, le grenat

La Grand-Mère, malgré des recherches intenses, n'avait pas encore réussi à mettre le grappin dessus. Elle était convaincue que la ***« CARTE »*** contenait des indices qui la mèneraient à la découverte de cette pierre mystérieuse, ***« l'Escarboucle »***, ce bijou recherché pour sa valeur inestimable. Tout au long de sa vie, elle avait pris un gros risque en voulant la retrouver, car elle avait remarqué qu'à chaque fois que quelqu'un touchait à cette dernière, il disparaissait d'une manière étrange. Était-ce le hasard ou la réalité? Mais rien ne pouvait l'arrêter, car elle avait entendu parler sous les branches du grand chêne, que cette ***« CARTE »*** mènerait à ***« l'Escarboucle »*** qui conduirait à son tour à la ***« Révélation du Sceau »***. Un secret des mieux cachés. Toute cette histoire était un trop grand mystère pour le commun des mortels, mais ce qui arrêtait les gens, c'était surtout la peur d'affronter l'inconnu. Seuls les braves voulaient se mesurer à cette force qui apparemment libérerait… de tous les ***« maux »***. Trouverait-elle un jour le fin mot de cette énigme?

Nicole et toute la ribambelle gardèrent le silence, sans même broncher. Pour la première fois, cette histoire devenait troublante, car leur Grand-Mère avait révélé, par la même occasion, des secrets de famille et surtout l'incroyable aveu qu'elle détenait le ***« POUVOIR DE CLAIRVOYANCE »***. La Grand-Mère distraite se leva, embrassa ses petits et prit congé pour aller faire sa petite sieste d'après-midi.

Au fil du temps, tous les enfants, chacun leur tour, avaient fait leur petite investigation sans jamais avoir trouvé de réponse adéquate. C'était devenu un mystère total! Ils avaient fini par ne plus se poser de question, à l'exception de Francine qui, même après toutes ces années, était la seule à croire à son existence.

Plusieurs années plus tard…

Francine, la petite-fille de Grand-Mère Irène, la rêveuse, était devenue à son tour une extraordinaire raconteuse d'histoires, tout comme sa ***« Grand-Mère »*** et le ***« Guénillou »***, celui qui l'avait marquée pour la vie. Elle avait hérité de cette légende ancestrale qui n'avait cessé de piquer sa curiosité tout au long de son existence. Elle lui tenait tellement à cœur que c'était un devoir de l'inculquer à ses descendants. N'était-ce pas une légende familiale qui les concernait même si c'était de manière ambiguë?

Puis, à son tour, grâce à l'arrivée d'une mignonne petite-fille... la jolie Janie aux grands yeux d'ébène, Francine était devenue... Mamiche. Elle poursuivit donc la tradition comme l'avait fait sa propre Grand-Mère, en racontant des histoires à sa petite-fille de cœur.

La ressemblance était tellement impressionnante avec la Princesse Einaj que Mamiche y ressentit un déjà vu. Elle avait hérité des facultés extra-sensorielles de sa Grand-Mère Irène.

Sa petite poupée n'était pas plus haute que trois pommes lorsqu'elle commença à lui raconter son histoire favorite : la ***« Princesse aux yeux d'ébène »***.

À chacune de ses visites chez Mamiche, Janie s'empressait toujours de la lui demander.

—Mamiche! Mamiche! Raconte-moi mon histoire. Mais Janie ne savait pas qu'elle avait sa propre histoire à vivre, comme tous les humains d'ailleurs.

Et, ***« Le Conte de Janie »*** débuta dans la plus pure tradition, comme il se doit, par :

« Il était une fois... »

Il était une fois…

Janie Jolly

Il était une fois… une jeune fille au cœur généreux qui vivait sans se soucier du lendemain dans l'un des plus beaux Pays du Monde, situé au fin fond des **« Amériques »** et que l'on appelait autrefois le **« Kanata »**. Dans ce monde, existaient de magnifiques forêts remplies d'espaces verdoyants interminables, immensément riches d'une végétation luxuriante. Il faisait bon y vivre, car l'air pur élevait les pensées des Êtres qui y vivaient et leur donnait du courage à toute épreuve. Cette société évolutive déserta les montagnes pour vivre dans les grands centres grouillant d'activités, jusqu'au jour où, petit à petit, elle oublia les vraies valeurs, affairée à ses préoccupations quotidiennes. Peu à peu, la tourmente de la vie commença à faire son ravage et la nation égarée perdit graduellement la notion du moment présent et par le fait même, s'enlisa dans une vie pénible à la recherche de l'impossible. Ce monde était devenu : *« **MODERNE** »*.

—C'est foutu! Je vais grandir sans rêves! pensait Janie tourmentée.

Elle trouvait que les gens étaient de plus en plus malheureux car, désabusés, ils n'appréciaient plus la vie. Chose étrange… ils n'en profitaient pas pleinement et n'aspiraient qu'à un futur meilleur, sans rien améliorer au présent. En fin de compte… l'humain ne se passionnait plus pour grand-chose! C'était vraiment compliqué d'essayer de comprendre les grandes personnes. Janie se disait qu'elle devait faire quelque chose pour aider les gens à redevenir resplendissants de bonheur. Mais quoi? Qu'est-ce qui les rendrait plus heureux?

De nature confiante, elle était dotée d'une force de caractère remarquable et ne se laissait pas impressionner par des riens, on ne la dupait pas facilement. Déjà, elle voulait gérer sa vie à sa manière, tout en se respectant dans ses choix et désirait devenir quelqu'un de bien dans la vie, afin d'être appréciée de ses semblables. Mais ce qui était le plus hallucinant dans toute cette histoire, c'est que cette jeune fille, à l'aube de ses 13 ans, inconsciemment, de tout son être, aspirait au plus profond d'elle-même à changer le cours de la vie de l'humanité en donnant plus d'amour, car elle constatait que... ***« l'Amour véritable »*** s'effritait de jour en jour.

—Ouais! Je sais ce que je vais faire. Je vais aider les gens à retrouver leur ***« CŒUR D'ENFANT »***.

Ce peuple n'avait pas seulement perdu son cœur d'enfant, mais la plus grande beauté de la **« Forêt »** : son ciel étoilé, effacé peu à peu... au profit des polluants atmosphériques.

Janie aurait-elle le courage de persévérer dans ce projet audacieux, tout en conservant son cœur d'enfant? Irait-elle jusqu'au bout de son rêve? Son destin, tracé d'avance, lui réservait une surprise magistrale qu'elle ignorait! Cette jeune fille était prédestinée à une vie unique en son genre car son nom était inscrit en lettres d'or dans le ***« Grand Livre Hermétique de la Vie »***.Elle avait été choisie... et portait bien son nom, aussi joli que le personnage lui-même :

Janie Jolly

Mamiche

Janie adorait passer du temps avec sa Mamiche. Elle trouvait que tout était intéressant dans son petit patelin campagnard! C'était devenu son territoire, son endroit de prédilection, puisque c'était dans ce petit hameau qu'habitait sa Mamiche. Elle croyait que c'était la seule Grand-Mère dans tout l'Univers qui avait su conserver son cœur d'enfant au fil du temps. Cette Grand-Mère s'émerveillait devant tout, comme Janie, et rien dans la vie n'était banal. Janie en grandissant trouvait que les adultes avaient trop de conventions à respecter et que cela rendait leur vie bien peu amusante.

—Les gens se prennent trop au sérieux! Ils devraient prendre la vie du bon côté comme Mamiche.

Mais lorsqu'elle se retrouvait dans la campagne de sa Mamiche, la vie devenait beaucoup moins compliquée car elle avait une façon bien particulière de s'amuser des conventions, tout en les respectant. Elle les entourait d'un cérémonial qui était renouvelé selon l'humeur du moment et c'était parfois surprenant. Ce qui était encore plus intéressant, c'est que Janie n'était jamais mise à l'écart, elle avait droit à son opinion sur le choix du rituel. Mamiche la respectait et cela faisait toute la différence.

La maison de Mamiche était pour Janie la plus belle de la région. Cette maison ancestrale était entourée de nombreux arbres. À l'arrière, se trouvait un magnifique boisé où on y respirait la joie de vivre et Janie s'amusait à l'appeler : **« La Forêt Magique à Mamiche »**. Ce petit bosquet était le centre de leur **« Univers »**. Toutes deux s'amusaient à créer un monde imaginaire fantastique qui comblait leur imagination créative. Ce petit boisé devenait parfois la grande **« Forêt »** mystérieuse au pouvoir « ***Magique*** ». Toutefois, il y avait une loi inconditionnelle à respecter : elles devaient, sans contredit, vérifier si le loup y était car si le vent était rapide, le loup aussi l'était. C'est ainsi que Janie avait appris à apprivoiser la **« Forêt »**, tout en y respectant les lois de la nature dans ses moindres détails.

—La Forêt lui appartient aux animaux!! avait insisté Mamiche.

C'est alors qu'elles avaient convenu ensemble d'un protocole à suivre avant de pénétrer dans cette énigmatique **« Forêt »**. Elles devaient chanter à haute voix la chanson suivante et l'accompagner de la célèbre danse sinueuse et sautillée la : « ***joyeuse Farandole*** ».Ce chant de protection était devenu une tradition!

Tra la-la li, tra la-la,
La-la -li-li, li-la-la!
Tra-la-la, lili?
Tra -li-li, la-la!
Loup y es-tu? Tur-lu-tu-tu?
Grand nez pointu! Tur-lu-tu-tu!
Loup... Ouououououououououh!
Il ne répond pas! Hahhhhhhhhhhhhhhh!
La voie est libre comme le vent rapide!

—Youpi! Nous sommes protégées, disait Janie, le cœur en fête.

Immédiatement, elles se faisaient un devoir d'aller saluer l'incommensurable « ***Grand Chêne*** » qu'elles avaient surnommé le « ***Vieux Sage*** ». Ce vieil ami savait toujours très bien les écouter, il était d'une sagesse incomparable et ne portait aucun jugement. Toutes les occasions étaient bonnes pour pique-niquer sous l'ombrelle protectrice de cet arbre majestueux.

Arrivées à destination, c'était déjà le temps de se régaler et de faire la fête. Le « ***Grand Chêne*** » les contemplait en silence et s'émerveillait surtout de la complicité qui unissait Janie et sa Mamiche d'une manière exceptionnelle. Il leur suffisait d'un simple regard pour qu'elles se comprennent; rien ne pouvait égaler ce moment unique et magique. Ensemble, elles ne s'ennuyaient jamais et le temps passait toujours trop vite.

Janie aimait beaucoup sa Mamiche qui était pour elle... sa vraie Grand-Mère. Lorsqu'elle était toute petite, sa Mamiche lui avait expliqué que le nom Mamiche était un nom qu'elle avait inventé pour remplacer le nom Grand-Mère. Mamiche jouait à merveille le rôle de la Grand-Mère biologique qui était décédée bien avant la naissance de Janie. En fait, cet amour inconditionnel était remarquable, elle aimait Janie comme si elle était sa vraie petite-fille.

Un jour elle lui révéla...

—Mamiche... c'est un nom qui vient du fond du cœur... ma poupée. Je l'ai inventé juste pour toi. Il n'existe même pas dans le dictionnaire, mais un jour, il deviendra populaire tout comme toi, et on n'aura pas d'autre choix que de l'y ajouter. On pourra donc lire la définition suivante : Mamiche, nf, terme d'affection et mot doux, par lequel on désigne une Grand-Mère ou une Grand-Mère substitut, sans terme... ni condition.

Mamiche avait le don de faire plaisir à Janie et tout ce qu'elle disait lui allait droit au cœur.

C'était clair que Janie adorait passer du temps de qualité avec sa Mamiche. Elle aimait surtout sa façon d'aborder la vie, en toute simplicité et de plus, elle était drôle avec ses mimiques. Il existait entre elles une chimie spéciale, un magnétisme inexprimable, tellement intense qu'elles étaient les seules à le comprendre. Inséparables, toutes les occasions étaient bonnes pour se réunir.

Mais, parmi toutes les histoires..., ***« La Princesse aux yeux d'ébène »*** était celle que Janie affectionnait le plus. Mamiche avait bien fait son travail, car cette histoire était gravée dans la mémoire de sa petite poupée... à tout jamais!

Janie était devenue une belle jeune fille, autant à l'intérieur qu'à l'extérieur. Elle avait une nature charitable, ce qui enchantait Mamiche. Elle était fière de sa petite-fille chérie et le même sang coulait dans leurs veines, car la Grand-Mère maternelle de Janie était l'une de ses sœurs. Mamiche pressentait que sa petite-fille de cœur avait reçu le ***« Don de Clairvoyance »***, juste à la manière dont elle observait le contour de sa tête, lorsqu'elle racontait ses histoires. Ce pouvoir devait demeurer dans la lignée et... ne devait pas se perdre dans la nuit des temps!

—Allez Mamiche, s'il vous plaît, raconte-la-moi, encore une fois! Je t'en prie! insistait Janie à toutes les fois qu'elles étaient ensemble dans la **« Forêt »**.

Chapitre 1
La Princesse aux yeux d'ébène

À chaque fois, Mamiche, heureuse, commençait son histoire en se frottant vivement les mains l'une dans l'autre pour perpétuer la tradition. À ce moment précis, Janie ouvrait grand les yeux et les oreilles! C'était sa légende!

—Ce conte a fait le tour du monde, racontait Mamiche aussi excitée que Janie. C'est une histoire de ma grand-mère! Ce récit a été répandu à travers le temps par le raconteur d'histoires le plus ancien du monde, ***« Le Guénillou »***, qui n'existe même plus de nos jours!

Janie connaissait la fin tragique et tout le mystère entourant... ***« l'Escarboucle »***. Cette légende mystérieuse avait perduré si longtemps, qu'elle se plaisait à croire qu'elle était authentique.

Par une belle journée, Mamiche, assise sous le Grand Chêne avec Janie, s'installa confortablement en s'appuyant le dos contre le tronc et adroitement rajusta ses petites lunettes en demi-lune sur le bout de son nez avant de raconter une fois de plus, sous le regard fasciné de Janie, l'incroyable histoire de... ***« La belle Princesse aux yeux d'ébène »***. Maintenant, plus rien n'existait autour d'elles. Janie se sentait déjà transportée dans ce monde imaginaire.

Tout en se frottant les mains, elle débuta!

Il était une fois ... au début du Moyen-Âge et aux antipodes, une jolie Princesse du nom d'Einaj qui vivait en toute quiétude avec ses parents dans un fief où il faisait bon vivre. Elle annonça à sa famille qu'elle épouserait un jour, l'irrésistible

Chevalier Ehpotsirhc, le plus valeureux des Chevaliers. Personne au monde n'égalait son Prince Charmant au regard perspicace d'un bleu azur, car Einaj le voyait avec les yeux du cœur.

*Le Chevalier du Roi, sans peur et sans reproche, était d'une bonté d'âme sans borne, ce qui exaspérait le Maître des Terres Royales, le roi Lycanthrope. Ce remarquable et dévoué Chevalier de l'Ordre de la « **Table des Grands Officiers de la Couronne** » était aimé du Peuple, mais surtout envié par l'abominable Roi Lycanthrope. Ce Roi des Rois détenait le plus vaste empire, aussi puissant qu'étendu, mais cela ne l'empêchait pas d'être jaloux de la jeunesse et de l'impétuosité de son héroïque chevalier. Lors d'une crise de dédoublement de personnalité… il avait pris une décision complètement démente qu'il conserva pour lui-même. Il ordonna à son loyal chevalier de remplir une quête secrète. Obéissant, Ehpotsirhc avait chevauché son cheval blanc, tellement resplendissant qu'il ressemblait à une licorne sans torsade et à Pégase sans ses ailes. C'était avec honneur qu'il avait entrepris, par monts et par vaux, l'aventure de retrouver un trésor inestimable; de vieux manuscrits mystérieux écrits en hiéroglyphes indéchiffrables, perdus et recherchés depuis la nuit des temps. Ces documents avaient une valeur inestimable puisqu'ils avaient appartenu à une « Grande Devineresse » devenue célèbre pour ses presciences*. Le Chevalier errant n'était pas au courant des motifs pour lesquels… il voulait le tenir éloigner de la Cour des Nobles. Le Roi Lycanthrope conspirait dans son dos. Le Prince aimait l'aventure et détestait les fastes du palais et l'entourage du Souverain, jusqu'au jour où il avait rencontré la Princesse Einaj, lors d'une cérémonie officielle de la « Haute Noblesse » vivant sur les Terres du Roi. Depuis cette rencontre, il ne rêvait que de la Belle et désirait la revoir; ce qu'il fit en cachette car on chuchotait qu'elle était l'une des favorites du Roi. Cette fois-ci, la mission que le Roi lui avait ordonnée était démesurée, mais il n'avait pas le choix de l'exécuter, car il devait allégeance à son Souverain. La Princesse fut déchirée d'apprendre*

---

* presciences : facultés pour connaître l'avenir

que le Prince était parti sans préavis. Elle fut sous le choc et se terra jusqu'à l'aube en sanglots, étant certaine de ne plus jamais le revoir. Puis, brusquement, sa vie bascula encore plus profondément dans la grande obscurité lorsque le Roi déséquilibré lui annonça une nouvelle pathétique... il allait l'épouser avec ou sans son consentement. Ce fut une des plus grandes erreurs de jugement que le Souverain commit! Il connaissait très mal la jeune Princesse qui préférait se laisser mourir plutôt que de se prêter en mariage à un dépravé. Jamais de sa vie, elle n'épouserait cet ignoble personnage même s'il s'agissait du Roi Lycanthrope, l'homme le plus fortuné au monde. La Princesse désespérée demeura sans parole jusqu'au soir de la pleine lune. Ce fut la nuit la plus longue de sa vie.

Mamiche adorait le suspens et n'hésitait pas à en mettre plein la vue. Elle ferma les yeux, tout en disant à Janie...

—C'est assez pour aujourd'hui, la suite sera pour un autre jour. Nous devons retourner à la maison pour le souper.

—Ah! Non! Raconte-moi encore un bout d'histoire! s'écria Janie. S'il te plaît!

Mamiche lui avait fait le coup à plusieurs reprises auparavant. Puis, riant toujours de bon cœur, elle rajouta quelques lignes pour la tenir en haleine et surtout lui faire plaisir.

*Cette nuit-là... la face argentée de la Lune avait revêtu son voile d'éclipse totale et depuis cette nuit affreuse, on l'avait surnommée la « Lune Désastre ». Le Roi Lycanthrope, perturbé, enleva la Princesse et la séquestra dans une « **Tourelle** » sous la surveillance de l'Eunuque* [*] *Nadir, le Chef-Gardien des Élites. Einaj avait bien tenté d'attendrir ce gardien à la peau couleur corbeau mais, elle se heurta à un mur de pierre. Il n'y avait rien à faire, il était demeuré intransigeant, même inaccessible.*

Le retour impromptu du Prince obligea le Roi à réviser ses plans. C'est alors, qu'il ordonna un duel pour évincer son rival!

---

[*] Eunuque : homme castré et gardien des harems impériaux

*La belle Princesse Einaj fut terrassée d'entendre cette nouvelle bouleversante et lorsque le Roi la visita dans sa tour de garde, elle utilisa son charme et de belles promesses afin d'assister au duel. Le Roi, par orgueil, avait autorisé les paysans à assister à ce combat afin que son Peuple puisse admirer sa « **Grandeur** » et aussi « **Sa** » belle Princesse. Les villageois étaient encore sous le choc de ce mariage annoncé et tous prêts à aider le Chevalier, même sous peine de mort.*

*Puis, le grand jour de l'inévitable « **DUEL** » arriva!*

Les deux adversaires se lancèrent un regard foudroyant. C'était une question de vie ou de mort! Le Roi Lycanthrope vérifia son pistolet, mais le Chevalier Ehpotsirhc, pour sa part, ne devait sous aucune considération vérifier le sien; cela aurait mis en doute la loyauté du Roi. C'était un code d'honneur, une loi établie que l'on ne pouvait transgresser qu'au péril de sa vie.

Tous qualifiaient ce duel d'illégal et les paysans commencèrent à chahuter afin de détourner l'attention des soldats. À la dernière minute, le peuple proclama haut et fort le pardon de leur Chevalier, puis sans réponse, la populace se souleva contre le Souverain de manière agressive en lançant les fruits et les légumes de leurs labeurs, ce qui déséquilibra les gardiens d'Élites. Ces derniers se ruèrent vers la foule hystérique, afin de rétablir l'ordre. Ce moment d'inattention… donna la chance à la Princesse de se faufiler entre les Eunuques.

Au même instant, un coup assourdissant siffla aux oreilles d'Einaj et souleva ses cheveux au passage. Elle s'élança corps et âme en direction de son Chevalier. Elle n'eut que le temps de lui insuffler un ultime baiser. Ce baiser était tellement imprégné d'amour véritable qu'il pénétra comme un nouveau souffle de vie dans le cœur du Chevalier blessé. Le Peuple, en émoi, entendit le son de ce doux baiser comme un long babil[*] du vent.

*Le Chevalier expirant n'eut qu'un instant pour prendre entre ses mains « **l'Escarboucle** » luminescente que lui remit sa douce*

[*] babil : bavardage continuel enfantin

Einaj le souffle court. Cette bague unique avait appartenu aux Ancêtres de sa bien-aimée et détenait un pouvoir extraordinaire que seule la Princesse connaissait.

Puis les soldats, sous l'ordre du Roi Lycanthrope, intervinrent en bousculant tout sur leur passage afin de séparer les amoureux et capturer le Chevalier. La fuite du Chevalier prit une tournure des plus imprévues. Le Prince dans sa lutte pour la survie des paysans, échappa la magnifique bague devenue trop grande suite à une transformation subite. Aussitôt qu'elle effleura le sol, la gemme rarissime déclencha un violent tremblement de terre. Une pluie torrentielle s'abattit avec rage sur le Peuple en délire. Personne n'y voyait plus rien, jusqu'au moment où Einaj aida son Prince à sauver le Peuple. En donnant sa bague à son amoureux, tout en lui insufflant un premier et dernier baiser, elle lui avait conféré ainsi tous les pouvoirs insoupçonnés que l'Escarboucle possédait. La pierre précieuse, animée du feu de l'action et imprégnée par l'amour inconditionnel, réussit un exploit que même la Princesse n'aurait pu imaginer. La fusion des deux éléments métamorphosa le Prince en Aigle. Le Roi des Oiseaux découronna le Roi Lycanthrope avec ses griffes acérées. Le Roi, défait devant sa cour et son peuple, dut remettre au vainqueur son bien le plus précieux, son « Pouvoir Royal ». Alors l'Aigle Royal eut désormais préséance sur les « Lois Souveraines ».*

Le beau temps refit son apparition comme par enchantement pour laisser naître un Nouveau Monde sous les yeux ébahis du Peuple. La force de l'amour avait traversé le temps et démontré sa très grande puissance.

Pendant la lutte que déploya l'Aigle pour détrôner le Roi Lycanthrope, la gemme, d'un rouge vif, se frayait rapidement un chemin vers les entrailles de la Terre afin de se terrer, mais juste avant de s'engouffrer dans le sol… une main couleur d'ombre s'empara de la magnifique pierre précieuse Seule… la Lune

---

* préséance : droit de précéder quelqu'un

*Désastre, l'Astre des Tempêtes, voilée d'une ombre, avait vu qui était maintenant en possession de « **l'Escarboucle!** »*

Puis, Mamiche se releva... en retirant ces petites lunettes du bout de son nez aquilin; par ce geste, Janie savait que c'était vraiment fini pour la journée.

La jeune fille s'émerveillait toujours devant cette histoire d'amour. Elle ne se fatiguait jamais de l'entendre, ne serait-ce que par petites bribes comme si c'était la première fois que Mamiche la lui racontait. Elle se questionnait à chaque fois, à savoir si elle n'était pas de la lignée de *« la Princesse aux yeux d'ébène »*.

Janie grandissait et commençait de plus en plus à rêver de rencontrer un jour son chevalier. Un vrai... Prince Charmant! Elle était à l'âge où le désintéressement total envers les garçons faisait soudainement place... à l'attirance physique.

La fin de semaine prochaine, Anthony se ferait garder lui aussi chez Mamiche. Janie n'était pas contente car elle aurait préféré être seule avec elle, comme aujourd'hui. Elle savait très bien que Mamiche ne serait pas en mesure de lui raconter son histoire préférée, car son frère prendrait beaucoup de place comme à l'habitude et elle était convaincue qu'il manigancerait un plan pour attirer toute son attention. Il faisait toujours exprès pour l'énerver en jouant parfaitement son rôle de petit ange. Mais, elle savait aussi que Grand-Mère de cœur ferait tout ce qui était possible pour leur faire plaisir à tous les deux.

C'est ainsi que commença :

« La transformation de Janie »

Chapitre 2
La voix d'en haut

En attendant ses petits-enfants chéris, Mamiche se promène dans ses allées fleuries et ne cesse de s'émerveiller devant son jardin qui commence à fleurir.

—Quelle journée prodigieuse!

Elle lève la tête vers le ciel azuré d'une grande beauté et en profite pour remercier le Grand Maître de l'Univers, ***« L'Absolu »***, pour toutes ces merveilles. Mamiche a le don de dialoguer avec la nature. Aussitôt, pour approuver cette intervention céleste, une toute petite mésange bleue, la plus bavarde de la colonie, se met à gazouiller son joli refrain avec entrain. Tout en regardant l'oiseau, elle lui envoie des vibrations d'amour qu'elle lui communique en pensée. Le petit passereau des bois perché sur une branche de pommier multiplie son chant naturel en trémolo ***« Feeeebee feeeebee »*** pour démontrer à Mamiche qu'il a bien reçu son message d'amour. Il tournoie autour d'elle et finalement poursuit son chemin tout en gazouillant un doux sifflement en signe d'au revoir.

—Quelle belle manière de me remercier! pense Mamiche. Les animaux ne se compliquent pas la vie, eux!

Arrivée au bord de son étang, un massif de nénuphars aux larges feuilles rondes flotte paisiblement dans l'eau claire. L'étendue d'eau est bordée de muguets des bois et de fougères sauvages. Le soleil y fait miroiter les couleurs du spectre solaire. Mamiche s'assoit quelques instants dans sa balançoire installée sous la gloriette et se repose. Elle est très heureuse que Papiche ait créé ce sanctuaire pour ses petits amis ailés qui chantent à cœur de jour. À tout moment, ces derniers se précipitent dans l'eau limpide comme du cristal et de leurs ailes en mouvement, glissent sur l'eau en produisant un bruissement de délicates vaguelettes. Même la nappe d'eau réagit à son tour. Prise d'agitation, elle se trémousse tout en faisant des ronds à la surface, en signe de joie. Mamiche ferme les yeux pour apprécier le moment présent.

—Ça... c'est la vraie vie! pense-t-elle, trouvant ingénieuse l'idée de Papiche, d'avoir construit une pergola à deux étages. Le second étage sert de tour d'observation d'oiseaux. Les petites fenêtres en forme de hublots sont amovibles et parfaitement camouflées par des treillis remplis de vignes grimpantes. Elle aime beaucoup faire l'observation d'oiseaux avec Papiche! C'est une cachette extraordinaire pour examiner les ovipares de près sans se faire voir! L'ornithologie est un passe-temps vraiment agréable!

Galarneau projette autour de lui son halo parsemé de cristaux d'or comme une couronne royale et irradie la Terre au complet de tous ses feux éblouissants pour manifester ainsi sa grande puissance à l'univers.

Mamiche ferme à nouveau les yeux sous les jets lumineux du soleil, qui deviennent de plus en plus fulgurants. L'astre, au dessus de l'horizon, est presque au zénith. C'est le point le plus haut de la sphère céleste. Les enfants ne sont pas encore arrivés, elle a donc tout son temps pour rêvasser. N'écoutant que son cœur, sa respiration devient profonde. Elle entend, tout au fond de son être, un léger tintement de carillon mélodieux venant de très loin qui la calme comme dans sa tendre enfance et attise son cœur d'une étincelle ***« d'Amour Universel ».*** Un souvenir profond s'installe! Ce son harmonieux la prévient que la ***« Voix d'En Haut »*** va bientôt se faire entendre à nouveau.

Mamiche n'ose croire qu'elle est la seule au monde à entendre la ***« Voix d'En Haut ».*** Elle ne reniera jamais cette voix, car elle fait partie d'elle-même. Et de plus, elle est persuadée que rien de mal ne peut lui arriver sur cette terre, car elle est née au mois d'août sous une pluie de perséides. Elle respire donc profondément pour entendre ce que la *« Voix »* veut lui transmettre et, lorsque son corps est parfaitement détendu, elle laisse place à son imagination. C'est alors... comme si elle était seule au monde dans un grand théâtre clos, sans contact avec l'extérieur. Puis, plus rien n'existe autour d'elle et un court métrage défile devant ses yeux. Le film embrouillé au départ par une fine pellicule, s'ajuste par la suite comme une lentille de caméra. Après quelques ajustements... la vision devient parfaitement claire et la projection s'amorce.

Mamiche n'en revient pas. Aujourd'hui, ces images sont plus détaillées qu'elles ne l'ont jamais été auparavant. Son imagerie mentale lui fait apparaître un magnifique sanctuaire flottant, situé dans l'atmosphère interstellaire, entouré d'une longue traînée d'étoiles argentées jusqu'à l'infini. Elle reconnaît la Voie lactée. Cette dernière protège un lieu qui semble être sacré, car elle le dérobe aux regards des curieux avec son immense disque pour embrouiller la vue. Elle sent qu'il se passe une chose exceptionnelle aujourd'hui, car l'amas étoilé se divise en deux devant ses yeux éblouis, pour laisser apparaître un magnifique **« Temple »** triangulaire d'un blanc nacré, façonné de cristaux opalescents. Le gigantesque **« Temple »** à ciel ouvert est juché sur d'énormes colonnes d'or et surveillé par quatre Gardiens Angéliques aux cheveux épars, munis de flûtes de pan. Une musique céleste s'élève. Le **« Royaume »** repose paisiblement sur une île flottante et cette dernière repose à son tour sur un océan de nuages floconneux. Mamiche n'ose pas bouger de peur que les images ne se volatilisent. Ses yeux admirent les milliers de marches en verre transparent sortant des eaux abyssales et grimpant vers la demeure nacrée située dans le **« Monde des Maisons »**. L'escalier vitré, en spirale, poursuit son escalade jusqu'au fin fond des Univers. Une lumière diffuse transperce les cirrostratus en effervescence et tamise l'endroit d'un halo lumineux translucide. On dirait l'œuvre d'un grand peintre surréaliste. Puis soudainement, les rayons luminescents se distancent et laissent surgir l'Étoile Polaire, la ***« Radieuse »***, dans toute sa splendeur. Elle gouverne au faîte du ciel, tout en surplombant la résidence somptueuse; elle rayonne de tous ses feux pour montrer l'importance de ce **« Domaine Céleste »** qui n'est accessible qu'aux ***« Parangons[*] »***. Située au-dessus de l'horizon, au point culminant de la **« Voûte Céleste »**, la ***« Radieuse »*** a le rôle le plus important de **« l'Univers »**; elle est l'axe de rotation du cosmos, donc chargée de faire tourner sans manquement le firmament indéfiniment. Absolument rien ne peut permettre qu'elle s'arrête, car sans cette rotation, la **« Terre »** se détruirait. De plus... sa responsabilité ***« Officielle et Sublime »*** est de laisser le passage aux ***« Élus »***, car elle est l'ouverture officielle des **« Portes du Royaume Céleste »** qui mène à la **« Cité du Monde des Maisons »**. Mamiche est estomaquée; c'est une chance unique, qu'elle puisse voir cet empyrée[**] situé dans la partie la plus éloignée du ciel et habité par les Dieux.

—Quel spectacle grandiose! Transportée devant tant de beauté, Francine se demande à qui peut bien appartenir ce magnifique palais.

Du haut de sa tour fantasmagorique, au beau milieu de son **« Île Magistrale »**, elle voit les mains de bonté de la ***« Voix d'En Haut »***, traverser la **« Voûte »** étoilée. Des mains rassurantes et chaleureuses, des mains pleines et généreuses, des mains sur lesquelles elle sait qu'elle peut s'appuyer sans restriction, des mains parfaites. Les mains d'un Père bienveillant.

—Oh! J'aurais dû y penser! C'est tout un **« Céleste Empire »** que détient ***« L'Absolu, le Maître d'œuvre »***.

Ce spectacle incroyable se manifeste en trois dimensions!

La ***« Voix d'En Haut »*** lui dévoile des bribes d'aventures qu'elle seule semble connaître par cœur. Mamiche, en plein

---

[*] parangons : personnes prises comme modèle accompli

[**] empyrée : partie la plus élevée du ciel

lâcher-prise, se laisse imprégner par cette conversation qui lui révèle des facettes nouvelles et différentes des autres fois. Elle enregistre le tout dans sa mémoire, en silence.

« Sa mission sera remplie de trames et d'actions et va se poursuivre sans relâche! Une kyrielle[*] d'enchaînements incroyables métamorphosera cette enfant et tout son entourage à la fois. Du jamais vu sur cette terre depuis des temps immémoriaux. Elle aura besoin de sa Mamiche! Aujourd'hui, cette enfant est imprégnée de son voile de vie mortelle et par ce fait, elle ne réalisera pas les étapes qu'elle devra franchir pour arriver à son but ultime et il en sera ainsi, jusqu'au jour de la *Grande Révélation du Sceau!* »

Et la voix s'éteint doucement comme elle est venue, laissant un bruit de clochette résonner dans l'infini.

—C'est une prémonition!

Lorsque ***« L'Absolu »*** a parlé de cette enfant, une grosse effigie[**] de Janie est apparue sur la moitié de l'hémisphère. Cette projection demeure imprégnée dans la tête de Mamiche. Son sixième sens a tout canalisé; cette fois-ci... il n'y a aucune erreur sur la personne, il s'agit bien de Janie.

---

[*] kyrielle : longue suite ininterrompue
[**] effigie : image d'une personne

Chapitre 3
Double déroulement

Janie veut changer le **« Monde »**, mais, sera-t-elle exaucée? Elle ne sait pas encore... qu'avant de changer le **« Monde »**, il faut transformer sa propre existence. Pour l'instant, personne ne lui a dit qu'elle possède un autre corps identique à son propre ***« corps physique »***. En principe, ce ***« corps vaporeux »*** prend vie dans des circonstances spéciales sur d'autres **« Dimensions »**.

Aujourd'hui... ce ***« corps voyageur »*** est lui-même médusé de se retrouver flottant au-dessus de son ***« corps physique »*** inerte et dramatiquement pâle. Que se passe-t-il? Il ne sait pas comment réagir et se balance dans le vide, sans soutien. À sa connaissance, c'est la première fois qu'il se trouve dans cette situation cocasse. Que fait-il suspendu au plafond du bureau de Mamiche, hors de son corps physique rompu de fatigue? Inquiet, ***« l'Esprit rêveur vaporeux »*** se demande si... son heure est arrivée. Janie serait-elle trépassée? Étendue sur le canapé, elle ne bouge pas. Son ***« corps astral vaporeux »*** inquiet de se retrouver dans cette situation hors du commun, sans attendre tente de reprendre sa place dans son ***« corps physique »*** pour s'assurer que Janie est toujours de ce **« Monde »**. Mais à cet instant précis, se produit un *« Moment Magique »* : une lumière violette fluorescente traverse en flèche les deux corps de Janie les retient séparer pour une fraction de seconde, les tenant à l'écart, afin qu'ils prennent conscience de leur propre identité. Le ***« corps vaporeux »*** tressaille dans les airs et est impuissant à réintégrer son ***« corps***

physique » alourdi. Ne reculant devant rien, il essaie une autre tentative. Rien à faire, le ***« corps astral »*** rebondit comme un ballon et son ***« corps physique »*** ne réagit pas, trop occupé à refaire ses forces physiques et s'endort. Son ***« corps voyageur »*** devant cette impasse, décide de faire marche arrière et rembobine ses idées, pour savoir comment… s'est produit cette sortie hors de son ***« corps physique »***. À la vitesse de l'éclair, il se retrouve rapidement dans le haut de l'escalier tout près de la chambre de Janie, qui par le fait même se trouve à être sa propre chambre. C'est alors que le ***« corps astral »*** réalise que deux **« Mondes »** dans un espace indéterminé, se sont imbriqués l'un dans l'autre. C'est le début de la transformation. Les rêves se chevauchent avec la réalité. C'est le **« Monde »** à l'envers!

« L'Esprit rêveur de Janie » qui habite le ***« corps vaporeux »*** se calme et demeure renversé. Assoupit, il se repose en toute tranquillité. Ce dernier, voit Janie passer sous lui. Interloqué, c'est à ce moment précis qu'il revoit de près comment le tout se déroula! Et, la suite des événements se défila comme elle avait été prévue dans le ***« Grand Livre des Éphémérides »***!

*****

Janie s'attendait à se faire garder seule chez Mamiche, mais son frère Anthony devait aussi être de la partie cette fin de semaine.

Elle se dirige vers la chambre de son frère et semble pressée. Aussitôt, son ***« corps astral »*** s'élance à la poursuite de sa doublure, car il ne veut pas la perdre de vue et surtout ne rien manquer de ***« Son »*** aventure. Puis, lorsque Janie s'arrête, il s'installe au plafonnier et attend la suite des événements.

En réalité, les enfants n'étaient pas tout à fait prêts à partir! Comme ils le font assez souvent, ils se laissent distraire, se taquinent, se chamaillent et finissent par oublier leur but premier!

—As-tu vu mes patins à roues alignées? demande Anthony d'une voix préoccupée.

Janie s'avance jusqu'à la porte de chambre de son frère. Elle le regarde avec un petit sourire narquois et lui lance un *« peut-être! »*

Il n'en faut pas plus à Anthony pour brusquement entamer l'attaque *« ninja »* et toute la gestuelle requise pour sa démonstration! Dans un geste rapide et saccadé, il lui lance de toutes ses forces un oreiller en effectuant des mouvements de karaté qu'il invente au fur et à mesure.

Janie, au tempérament fougueux, ne donne pas sa place facilement.

—Allez viens, peureuse!

—Moi peureuse? Attends un peu... je vais te montrer de quel bois je me chauffe! Elle s'avance rapidement comme une tigresse enragée et donne l'assaut à son frère en le projetant sur le lit de toutes ses forces. Elle le darde de ses doigts fins dans les côtes, le chatouille sans arrêt et lui fait finalement sa fameuse prise de l'ours. Anthony se retient de crier, car il ne veut pas alerter leur mère. Enfin, à bout de souffle, il demande grâce à sa sœur et la supplie d'arrêter.

—Dis chute! ordonne Janie, heureuse d'avoir le dessus sur son frère, et je te lâche immédiatement.

Anthony déteste le mot chute! C'est l'expression officielle qu'ils ont convenu de dire pour annoncer la victoire de l'adversaire! Il hésite, résiste encore un peu et obtempère finalement à la demande de sa sœur qui sourit, triomphale. Maintenu de force sur le lit par le célèbre ciseau de corps, prise de lutte préférée de Janie, apprise par son cousin Jonathan-Michel, Anthony se reconnaît vaincu et capitule. Il est bien déçu que son parrain ait montré leurs prises de lutte... à sa sœur! C'était pourtant une affaire entre eux... les gars! Il le lui dira la prochaine fois. Maintenant, lors des batailles, il n'a plus l'avantage sur sa sœur comme auparavant.

—Chute! Chute! lui dit-il, essoufflé. Arrête! Tu es gagnante, déclare-t-il furieux. Attends que je sois plus grand que toi, je serai plus fort et tu me le paieras!

Dans tout ce brouhaha, Janie réalise qu'elle a perdu sa chaînette d'or ornée de sa minuscule ***« Clef du Paradis »*** sertie de petites pointes de diamant. Ce pendentif précieux est celui que lui a offert sa marraine à sa naissance. Affolée, elle s'écrie : *« tu as brisé ma chaîne! »*

—Non! Ce n'est pas moi. C'est ta faute! C'est toi qui as commencé la bataille.

—Non! C'est toi avec ton oreiller.

—Non! C'est toi! Tu m'as nargué la première.

Janie s'énerve et commence à perdre patience.

—Aide-moi à la retrouver tout de suite! commande-t-elle, sur un ton autoritaire. Sinon... je dis à maman que c'est toi qui as commencé la bataille. Et... devine qui elle va croire.

Les chicanes sont plus fréquentes les jours d'orage.

Janie regarde par terre et voit son pendentif au pied du lit. Sans dire un mot, elle le ramasse à toute vitesse et s'empresse de retourner dans sa chambre sans le montrer à Anthony. Elle n'a plus une minute à perdre et doit maintenant boucler sa valise avant que sa Mère n'intervienne.

Devant la lenteur de leur exécution à se préparer, maman Josée soupçonne qu'il se passe quelque chose de douteux. Elle gravit les marches rapidement et compte bien faire avancer les choses.

Janie, toujours dans le passage, entend des pas dans l'escalier et replace ses cheveux ébouriffés à toute vitesse. Elle n'a pas le temps de se rendre dans sa chambre, que sa mère se présente au haut de l'escalier.

—Que se passe-t-il, Janie? demande-t-elle, la voix teintée d'impatience.

Ouf! Quelle chance! Janie n'a pas le temps de répondre, car sur ces entrefaites... Anthony, qui a entendu les pas de sa mère, se place immédiatement devant la porte de sa chambre qu'il ferme à moitié pour ne pas éveiller de soupçons. Il demeure cloué devant sa porte et ne bouge pas d'une semelle, car il ne veut surtout pas que sa mère découvre le fouillis qu'ils ont fait en luttant.

—Et, toi que fais-tu? Tu n'es pas encore prêt!

—J'ai aidé Janie à chercher son bijou, dit-il à sa mère sans vergogne. Content de son coup et certain qu'elle ne l'a pas retrouvé, Anthony accorde un large sourire à Janie qui bouillonne à l'intérieur. Elle n'en revient pas. Il ose mentir à leur mère. Quel insolent! Elle vient pour le démentir, mais réalise tout le désordre qu'ils ont foutu dans sa chambre et lui roule de gros yeux qui en disent long sur son désaccord. Il vaut mieux qu'elle se taise pour l'instant, car la situation est déjà assez précaire et sa mère lui interdirait, sans contredit, d'aller dire au revoir à son copain Frédéric. Maintenant, Janie réalise qu'elle est la complice de son frère et qu'elle ne vaut pas mieux que lui.

Pressée par le temps, Josée ne voit pas le petit tour de passe-passe d'Anthony.

—On n'a plus une minute à perdre, dit-elle, car je vais être en retard. Mamiche va certainement s'alarmer.

Voyant l'air inquiet sur le visage de Janie, Josée se souvient de l'entente qu'elles avaient conclue ensemble la veille.

—Où ai-je la tête? dit Josée en soupirant. J'oubliais ton ami Frédéric. Enfin! Je vais respecter ma parole comme convenu. Je t'accorde le temps d'un aller-retour pour aller saluer ton ami. As-tu apporté d'autres vêtements de rechange?

J'ai tout ce qu'il me faut! dit Janie.

—Alors, fait vite! Je déborde déjà de l'horaire prévu. Je tiens à ce que tu respectes notre entente! Évidemment, si tu es prête!

—Oui Maman! Je reviendrai aussitôt que je lui aurai souhaité bon voyage.

—Tu veux dire, aussitôt qu'il t'aura... embrassée, dit Anthony avec un sourire fendu jusqu'aux oreilles.

Janie rougit et réplique avec fougue... « comme tu peux être con! »

—Les enfants! N'attendez pas que je me fâche, dit Josée sur un ton catégorique en les regardant droit dans les yeux. Je ne veux plus vous avertir! dit-elle en descendant les marches de l'escalier.

Anthony cesse de taquiner sa soeur, car il prend au sérieux l'avertissement de sa mère.

—Et toi… ajoute-t-elle en regardant son fils, tu n'as que dix minutes à ta disposition pour finir tes bagages!

—D'accord maman!

Janie s'empresse de retourner dans sa chambre, ferme sa valise à toute vitesse, puis elle enfile ses nouveaux vêtements pour aller saluer Frédéric et jette un dernier coup d'œil dans le miroir, afin de s'assurer que sa tenue est parfaite de la tête aux pieds.

—Tu n'es pas mal du tout tu sais! se dit-elle en retouchant ses cheveux.

Enfin prête, elle sort en refermant la porte de sa chambre derrière elle et regarde en passant, Anthony qui s'arrache les cheveux de la tête. Il remarque un petit sourire de victoire aux commissures des lèvres de sa sœur qui lui assure qu'elle ne l'informera pas de l'endroit où se trouvent ses patins à roues alignées.

—À toi de chercher! lui dit-elle rapidement.

Elle soulève sa chaîne fixée à son cou, munie de sa ***« Clef »***, qu'elle fait briller dans les yeux d'Anthony et le quitte en lui faisant un petit clin d'œil espiègle.

—Quelle hypocrite tu es! lui lance-t-il, le visage en grimace.

Mais Janie, contente de son coup, se précipite dans l'escalier.

—Merci maman! Elle descend les marches comme une traînée de poudre, vêtue de sa blouse à frou-frou fleurie bleue, sa camisole assortie, ainsi que de sa jupe-culotte avec ses petits bottillons. Ce nouvel ensemble lui va à ravir.

Josée réalise que sa fille se transforme de jour en jour et

qu'elle sera bientôt une adolescente. Elle se souvient de son jeune âge, surtout des garçons, et sourit.

—À bientôt! lance-t-elle, en claquant la porte.

La sonnerie du téléphone se fait entendre et Josée répond à l'appel. Un contretemps inattendu bouscule son horaire.

—Zut! Tu viens Anthony? insiste-t-elle.

—Oui! J'enfile mon sac à dos et je descends. Soudain, à la dernière minute, une idée lui traverse l'esprit. À toute vitesse, il décide d'inspecter le panier à linge sale. À sa grande surprise, il aperçoit… ses patins! Ah! Quel génie, je fais!

—Anthony! Grouille, c'est l'heure! dit Josée au pied de l'escalier.

—Man! J'arrive!

—Je vais chercher mes clefs d'auto et je t'attends à l'entrée. Ton père vient tout juste de téléphoner du bureau pour me prévenir de prendre un autre chemin. Il y a des travaux sur l'autoroute et on doit partir maintenant pour ne pas être en retard. Allons! Nous n'avons plus une minute à perdre.

Anthony ne dit pas un mot, il sait très bien que sa mère a raison.

—Me voilà!

—Ah bon! Je vois que tu es content. Enfin! Elle verrouille la porte d'entrée rapidement. Et ta sœur qui n'est toujours pas arrivée comme convenu. Qu'est-ce qui vous arrive à tous les deux aujourd'hui? Il va vraiment y avoir de l'orage! Range tes affaires dans le coffre immédiatement et va fermer la porte de la cour arrière, puisque tu ne l'as pas refermée derrière toi ce matin. Et surtout, vérifie si le verrou de sûreté est bien enclenché pour ne pas qu'elle batte au vent. Allez, ouste! Mamiche nous attend et la route risque d'être longue.

En disant ces mots, elle voit Janie courir vers la maison à toute allure. Josée prend deux grandes respirations avant de lui parler, afin de se calmer. Cela vaut mieux pour elle et pour sa fille.

Janie vient d'apprendre une nouvelle bouleversante. Son

« corps astral » la suit toujours de près, il court en parallèle à côté de son ***« corps physique »***, nullement fatigué. Elle s'attend à ce que la situation soit tendue car elle n'a pas tenu parole telle qu'elles avaient convenue. Tout essoufflée, elle observe sa mère qui la regarde sans dire une seule parole, son regard éloquent vaut mille mots. Elle peut lire la déception sur le visage de sa mère.

Josée remarque soudain les yeux rougis de sa fille. Cela ne la laisse pas indifférente.

—Est-ce que tu vas bien Janie? s'inquiète-t-elle, oubliant tout ce qui s'est passé auparavant.

—Hum! Hum! dit Janie en secouant la tête, puis elle baisse les yeux rapidement pour ne pas pleurer à nouveau.

—Janie! Regarde-moi lorsque je te parle, insiste naturellement sa mère. Josée s'approche calmement de sa fille et lui soulève délicatement le menton avec sa main.

Elle a un regard qui veut en savoir davantage. Elle connaît bien sa fille et voit bien que celle-ci est ébranlée, car elle n'a pas l'habitude de réagir de cette manière.

—De quoi s'agit-il ma fille? s'inquiète-t-elle. Josée attend patiemment la suite sachant très bien en voyant la mine misérable de sa fille que quelque chose d'important est arrivé.

—Maman! articule Janie, le père de Megan a quitté la maison.

—Quelle nouvelle troublante pour cette petite! dit Josée. Ce n'est pas une expérience facile à vivre.

—Je ne pouvais pas la laisser seule, car elle était sous le choc. Elle voulait absolument se confier à moi et tout me raconter. Elle se sent abandonnée. Je l'ai raccompagnée chez elle, tout en écoutant son histoire. Le pire, maman! s'exclame Janie… c'est qu'elle se sent coupable et pleure. Je n'y comprends rien. Je préfère ne pas en parler pour l'instant, cela me brise le cœur. Et sur ces derniers mots, Janie voit son frère arriver comme une tornade.

Sa mère acquiesce, persuadée du bien-fondé de sa requête

et respecte sa décision. Anthony les a déjà rejointes à pas de géant, le torse bombé et fier, démontrant à Janie sa démarche victorieuse.

—Enfin te voilà! Tu parles d'une heure pour arriver!

—Toi, ne te mêle pas de ce qui ne te concerne pas! Cela ne regarde que maman et moi.

Janie détourne le regard pour ne pas montrer à son frère son chagrin qui se lit visiblement sur son visage. Trop content de sa victoire, il n'a rien remarqué de ce qui se passe entre sa soeur et sa mère.

—Hi! Hi! Hi! J'ai trouvé mes patins! Ta cachette n'était pas bonne!

—Si tu crois m'impressionner par ta grande découverte! dit-elle, la tête baissée. Janie réalise qu'il y a des choses bien plus importantes dans la vie... qu'une paire de patins.

—Ça suffit les enfants! Vous feriez mieux de vous calmer! s'exclame leur mère en ouvrant la portière. C'est assez pour aujourd'hui! Je vous ai déjà avertis, maintenant... si vous continuez, vous aurez une conséquence!

Tous les deux se taisent instantanément en montant dans le véhicule familial. Le moment est propice au silence, surtout que leur mère ne rajoute rien à la conversation, ni remontrances, ni reproches! Il n'en tient qu'à eux, maintenant, pour ne pas encourir de punition.

Josée décide d'ouvrir la radio afin de se changer les idées et de détendre l'atmosphère. C'est un choix judicieux, car pendant le long trajet, le calme règne dans la robuste camionnette.

L'autoroute défile devant leurs yeux, en laissant de plus en plus la ville s'estomper derrière eux.

Puis Janie prend son courage à deux mains et se permet d'entamer la conversation avec sa mère, pour lui faire des excuses.

—Je m'excuse maman de t'avoir fait attendre, mais je ne pouvais pas la laisser comme ça sans la consoler! Elle était tellement triste. Pauvre Megan!

—J'accepte tes excuses ma fille, répond calmement sa mère. Tu as bien fait. Je reconnais ta grandeur d'âme. Tu sais, je te trouve vraiment charitable.

Janie sourit à sa mère.

—Merci maman d'être aussi compréhensive!

Perdu dans la brume, Anthony est trop absorbé à jouer avec son *« Game Boy »* pour suivre la conversation. Il est tellement concentré que plus rien n'existe autour de lui.

Janie fixe le regard de sa mère dans le rétroviseur. Les yeux remplis d'amour, elle lui renvoie un sourire de connivence.

Ce fut une grande déception pour Janie de constater que son ami Frédéric était déjà parti en vacances sans lui dire au revoir. Elle est fâchée contre lui. Il avait promis de l'attendre et n'a pas tenu sa promesse. Elle décide, pour passer le temps, d'écrire dans son journal intime ce début de journée mouvementée.

Juste à l'idée de penser à tout ce qui vient d'arriver à son amie, Janie a l'estomac barbouillé et le cœur à l'envers. Dire que cela peut arriver à toutes les familles, pense-t-elle, et même à la mienne. Puis, elle s'arrête brusquement de broyer du noir, « je ne dois pas... me laisser envahir par ces pensées malheureuses qui viennent troubler mon esprit et mon jugement » et se rappelle ce que Mamiche lui avait expliqué à propos des idées malheureuses ou négatives qui traversent notre tête.

« Tu sais ma chérie, lui avait-elle dit, **tu dois toujours remplacer ces idées par des pensées nouvelles et positives ou par des images plus jolies. Rappelle-toi notre petit jeu de la « Pensée Magique ». Il faut toujours visualiser des événements heureux qui rempliront ton cœur de joie. Si tu souris..., c'est un bon signe! Cela veut dire que tu as trouvé le truc pour changer les mauvaises pensées. »**

Mamiche, qui est toujours très imaginative, ne laisse jamais rien au hasard. Elle avait insisté sur le bienfait de se changer les idées.

« Si tu suis cette manière de faire, les trous vides que tu

auras remplis immédiatement de pensées positives n'auront pas la chance de devenir des trous noirs et ainsi ternir ton aura. Quant aux mauvaises pensées, elles sont des plus néfastes et à éviter. Ces idées malsaines ressemblent à une maladie infectieuse et forment des amas de nœuds grouillant comme des microbes. Ces virus microscopiques, noués entre eux et invisibles à l'œil nu, s'incrustent en petites rondelles à l'intérieur de ton corps et paralysent toutes tes cellules. Après un certain temps d'incubation, ces nœuds deviendront des vrais virus et là, tu seras vraiment malade! Ils envahiront ton espace vital, ton corps, et ils glisseront jusqu'à tes chakras*. Rappelle-toi! »

Janie se rappelle très bien de ces puissants émetteurs d'énergie qui fonctionnent parfaitement avec la *« Pensée Magique »*.

Puis, elle avait attiré son attention sur ces derniers détails.

« Ces chakras ressemblent étrangement à des petits moulins à vent, travaillant sans cesse à parfaire ton bonheur. Ils émettent les couleurs de l'arc-en-ciel, selon ton humeur. Ils sont disposés en rangées droites, un à la suite de l'autre, placés sur le devant de ton corps tout en traversant ce dernier jusqu'à l'arrière. Ils sont placés dans des endroits stratégiques afin de bien capter toutes les énergies qui nous entourent. »

Cela n'a jamais été aussi clair dans la tête de Janie. Elle est au courant qu'il ne faut pas donner de l'importance aux *« **Virus/Intrus** »* microscopiques, car ils peuvent empoisonner des vies, à petit feu, en attirant le négatif et par le fait même nuire à notre bon jugement. Les Êtres affligés par ce mal vivent dans une grande souffrance morale ou physique et broient du noir. L'agressivité et la jalousie sont le fardeau à supporter et le pire à craindre est… de perdre la raison.

« Le Monde est loin d'être parfait, lui répétait souvent Mamiche. **Il a besoin d'amour! »**

Janie respecte toutes les idées nouvelles que lui transmet

---

* chakras : conducteurs invisibles qui filtrent les énergies

Mamiche. Elle a été élevée à découvrir de nouveaux horizons et avait donc déjà entendu parler du mystérieux voyage ***« Astral »*** qui transporte du temporel à l'intemporel comme une machine à remonter le temps dans l'inconnu. Elle connaissait aussi un peu le ***« Prâna* »***, une nourriture translucide vitale qui régénère notre métabolisme au grand complet. Janie avait épluché avec Mamiche toutes sortes de mythologies, autant grecques qu'hindoues, de même que les traditions et rituels de diverses ***« Nations »*** comme la tente à sudation des Amérindiens. Mamiche n'avait rien laissé au hasard, ni les Anges, ni les Fées, y compris le fameux ***« LOUP-GAROU »***. Était-il un mythe ou une réalité? Janie sentait dans ses tripes, qu'il y avait une part de vérité dans tout cela, car ces mœurs et ces récits avaient tout de même traversé le temps avec les hommes.

Mais la nature humaine étant ce qu'elle est, fragile et indomptable, elle désapprend facilement et souvent glisse dans l'oubli et la facilité. La petite-fille de Mamiche ne fait pas exception à la règle.

Puis après réflexion, Janie est persuadée plus que jamais, que le phénomène des ***« Virus/Intrus »*** ferait un excellent thème pour l'exposé qui aura lieu à la fin des vacances, au Camp d'été.

—Ouais! s'exclame-t-elle à haute voix.

—Tout va bien? demande sa mère en la regardant une fois de plus dans le rétroviseur.

Elle lui fait signe que oui par un hochement de tête et réalise qu'elle a pensé à haute voix.

Continuant sa réflexion, elle se demande par contre ce qui arriverait... si les Intrus existaient vraiment? Alors elle prend quelques notes sur la question pendant que ses idées sont limpides. Elle trace, dans son carnet, ces dernières informations sur le phénomène des trous noirs et décide de nommer ces ***« Intrus »*** viraux : ***« Les Virulentus »***; les bibittes qui grugent

---

* Prâna : particule bioélectrique de l'air que l'on respire

l'existence des gens, en se nourrissant de l'oxygène qu'ils respirent. Elle croit avoir découvert un nouveau remède pour déloger ces *« Virulentus »* et a déjà rempli plusieurs pages d'informations pertinentes sur le sujet. Son carnet est intitulé : ***« Les Phénomènes du Dre Janie ».*** Elle examine attentivement ses croquis et sourit à nouveau, fière du résultat. Ces esquisses valent mille mots. Sa recherche sur les affections destructrices devra être la plus avancée possible pour le retour au camp d'été ***« Les Rêveries »***, car cette année, Janie veut gagner le premier prix dans la catégorie des ***« Expériences Jeunesse ».*** C'est le prix le plus convoité et de grande renommée : ***« Le Prix MÉRITAS ».*** Elle tient mordicus à cette bourse d'études qui lui permettra un jour d'entrer à l'Université. En secret, elle espère devenir une éminente chirurgienne. Satisfaite de sa dernière trouvaille, elle verrouille scrupuleusement son journal à double tour, pour que son fouineur de frère ne vienne pas découvrir ce qu'elle a écrit et ne dévoile ses petits secrets. Un journal personnel ça ne se montre pas; surtout pas à son frère!

Janie a bien hâte d'arriver chez Mamiche pour discuter de sa découverte sur les ***« Virulentus »*** Et puis, elle aimerait aussi lui parler du beau Christophe, qui depuis quelque temps, vient déranger ses pensées. Un sourire se dessine sur son visage en réalisant qu'à chaque fois qu'elle aperçoit Christophe, elle baisse les yeux et s'empourpre, car il la rend mal à l'aise. Elle a même de la difficulté à prononcer un simple bonjour et se sent maladroite en sa présence. C'est vrai que Christophe est un peu plus âgé qu'elle et ne l'aborde pas de la même manière que Frédéric. Et de plus, son amie Zoé aime bien Frédéric. Quant à Christophe, malgré son handicap physique, il a développé une grande confiance en lui. Pendant les quelques secondes où elle ose le regarder dans ses yeux bleus perçants, une étincelle jaillit de son regard et fait battre la chamade à son cœur dans sa poitrine. Elle n'a jamais vécu cette sensation auparavant. Pourquoi ce garçon lui fait-il cet effet ? Pourquoi réagit-elle de cette manière ridicule? Est-ce à cause de son âge? Il est plus vieux qu'elle et il a tellement confiance en lui. C'est vrai aussi... qu'elle le trouve vraiment beau. Il est si différent des autres garçons et il sait l'écouter sans la ridiculiser.

Janie soupire puis remarque qu'elle n'est pas très loin de la demeure ancestrale de Mamiche. *« Enfin! »* pense-t-elle, heureuse. Son ***« corps vaporeux »***, toujours en interaction avec son double, réagit de la même manière et se projette tout comme Janie à la fenêtre de la camionnette, en formant de la buée. Au même moment, un virage accéléré fait revenir Janie à la réalité. Durant ce long trajet, Josée a eu le temps de s'apaiser. La musique fait des miracles.

—Regarde Janie! J'ai gagné la partie! s'écrie soudain Anthony à tue-tête, sortant de son monde électronique comme d'une boîte à surprise. Je suis le plus fort! Je suis le plus fort! lance-t-il ironiquement.

Janie bouillonne; son frère la dérange aujourd'hui, mais elle préfère se taire. Moins d'un kilomètre à faire sur la route sinueuse bordée d'énormes ormes à feuilles dentelées et ils seront à destination!

—Nous voilà enfin arrivés malgré la circulation! s'exclame Josée évidemment contente.

Rendus chez Mamiche, tout excités, ils sortent en courant de l'auto et claquent les portières. Josée les rappelle tout de suite à l'ordre.

—Hé! Les enfants! Venez ici! Que chacun apporte ses bagages dans la maison.

Pendant ce temps, Mamiche songeuse, assise à l'extérieur, attendait patiemment l'arrivée de ses petits-enfants chéris.

Chapitre 4
Les tactiques d'Anthony

Mamiche, toujours dans son immense jardin, se promène le long de l'allée centrale avec sa corbeille en osier, afin de cueillir quelques fleurs pour la maison. Soudain, elle entend la sonnerie mélodieuse du carillon qui résonne allègrement annonçant la bonne nouvelle de l'arrivée des enfants. Elle accourt de la porte arrière à la porte d'entrée, afin d'accueillir ses « ***Trésors*** ».

—La porte n'est pas verrouillée, s'empresse-t-elle de dire d'une voix heureuse, en descendant les marches de l'escalier tout essoufflée.

—Mamiche! Mamiche! crient les enfants débordant de gaieté.

Ils n'ont pas une minute à perdre. La bonne humeur est au rendez-vous. Les enfants sautent à son cou, comme de coutume; c'est le rituel des retrouvailles. Dans tout ce brouhaha, Josée et Mamiche n'ont pas le temps d'échanger un mot. Les accolades, gros câlins et bisous prennent toute la place. Quel accueil chaleureux!

D'un regard complice et compréhensif, les deux femmes attendent que la démonstration d'affection se dissipe avant d'entamer la conversation.

En les serrant fortement dans ses bras Mamiche rajoute :

—Enfin! J'avais tellement hâte de vous voir. Vite! Allez porter vos sacs à dos dans vos chambres.

Anthony préfère coucher dans l'ancienne chambre de sa marraine Bouggy, située au palier supérieur dans la tourelle donnant sur le jardin. Dans son château fort, il se prend pour le Seigneur féodal, puissant « ***Maître des Lieux*** ». Il se sent comme un roi dans ses appartements! Janie a un faible pour la chambre du centre, tapissée de photos et meublée à l'ancienne. C'est un décor chaleureux. Elle affectionne cette chambre, tout particulièrement à cause du lit à baldaquin qui la fait rêver d'histoires de Princesses.

Pendant ce temps, Josée et Mamiche discutent du déroulement de la fin de semaine. Jetant un coup d'œil rapide à sa montre qui lui rappelle que le temps file trop vite, il est déjà l'heure pour la mère des enfants de quitter sa petite famille pour aller rejoindre son mari au bureau.

—Les enfants, je dois partir!

—Maman! s'écrie Anthony. Attends, j'arrive! Il arrive à la course et la serre dans ses bras câlins. Je t'aime!

—Moi aussi je t'aime!

Janie, à son tour, s'empresse et saute au cou de sa mère. Elle la couvre de mille et un baisers sur le visage avec tendresse.

—Je t'aime Maman! dit Janie. Amuse-toi bien!

—Je dois partir maintenant, si je veux être à l'heure au rendez-vous que j'ai fixé à votre père! J'espère ne pas être trop retardée par la circulation de plus en plus dense.

—À bientôt, lui dit Mamiche, et profite pleinement de ta fin de semaine. Ne t'inquiète surtout pas, tout ira parfaitement bien comme à l'habitude.

—Nous serons très sages! déclarent les enfants, le sourire fendu jusqu'aux oreilles.

Josée sourit à Mamiche, sachant très bien que les enfants sont en parfaite sécurité. Elle part donc la tête tranquille. Un dernier signe de la main suivit d'un bec à la volée et le tour est joué.

Aussitôt sa mère sortie de la maison, comme un coup de vent, Anthony est déjà rendu dans le réfrigérateur.

Janie le suit au pas.

—Quand même Anthony, tu pourrais attendre un peu avant d'aller fouiller dans le frigo. On dirait que tu n'as pas mangé depuis des jours! Irritée, sa soeur lui répète les consignes de la maison : tu sais très bien que maman ne veut pas que l'on se serve sans demander la permission. Je devrais peut-être lui dire à son retour!

En fermant la porte du réfrigérateur, son frère lui lance un regard foudroyant. Il sait parfaitement bien qu'elle est capable de tout raconter à leur mère.

—Tiens, la pie qui parle! Ça ne regarde que Mamiche et moi, tu n'es qu'une espèce de rapporteuse!

Après avoir refermé la porte, Mamiche rejoint les enfants dans la cuisine. Elle a tout entendu et dépose doucement son panier de fleurs sur le comptoir.

—Voyons les enfants, on se calme!

Janie est déçue, car une pluie fine commence à tomber. Il faisait beau pourtant ce matin et même sur la route. La température change si vite.

—As-tu toujours faim? questionne Mamiche à Anthony.

—Tu ne devrais pas poser la question Mamiche! dit Janie. Il va recommencer ses jérémiades.

—Énormément faim! Oui! J'aimerais bien manger tes petits biscuits aux pépites d'or. Cela ferait parfaitement l'affaire pour le moment!

—Eh bien, tu sais où les trouver! s'exclame Mamiche. Fais comme chez toi, sers-toi!

Anthony sourit. Il se dirige vers la porte du garde-manger, l'ouvre et ne trouve pas.

Janie n'en revient pas! Elle n'a pas le temps de placer un mot, qu'il réplique déjà.

—Mamiche, où sont donc passés tous tes biscuits? Ils ne sont pas dans l'armoire. Les aurais-tu placés ailleurs? interroge Anthony.

—Oh non! J'y pense, il se peut que ton coquin de parrain Jonathan-Michel ait vidé la boîte, car il a eu une petite fringale hier soir, en venant me visiter.

—Ah non! Il a encore tout mangé tes biscuits au goût de ciel. Qu'allons-nous faire maintenant sans biscuits, avec ce temps ennuyant? questionne Anthony sur un pied dansant.

—Hum... mmm! murmure Mamiche en cherchant une solution.

—Je sais, je sais! J'ai une bonne idée, dit Anthony. Si tu le veux bien, nous allons faire une surprise à mon parrain et à Papiche. Nous allons faire nos super biscuits!

Comment peut-elle dire non? Depuis sa tendre enfance, Anthony adore confectionner les biscuits aux pépites d'or avec elle. À chaque fois qu'ils en ont l'occasion, ils s'amusent à concocter ces petits délices.

—C'est une idée géniale! déclare Mamiche, surtout avec ce temps maussade. À l'attaque mon « petit chef »!

—Mamiche... je t'aime, dit promptement Anthony, le cœur en fête. On commence?

—Toi, tu vas chercher les ingrédients.

—D'ac!

—Et moi... je vais chercher nos accoutrements de chefs.

—Super!

—Te souviens-tu, au moins, des ingrédients magiques qu'il nous faut? interroge Mamiche pour le taquiner.

—Mais voyons Mamichou... chou... chou, quelle question!

Anthony ne laisse aucune chance à Janie de parler et surtout évite de l'inviter à se joindre à eux.

—Premièrement, ça prend tout plein de... farine!

—Oh oui! Surtout de la poudre magique, réplique Mamiche.

À distance, Janie regarde la scène dans un mutisme total. Puis elle commence à s'agiter, trouvant que Mamiche passe beaucoup de temps à écouter les balivernes de son frère.

—Et moi dans tout ça? interrompt-elle, n'appréciant pas d'être laissée pour compte.

—Mais voyons! Tu viens mélanger!

Mamiche avait déjà remarqué l'air piteux qu'affichait sa petite-fille. Elle semblait plutôt tourmentée.

Mamiche n'insiste pas et garde l'oreille attentive, après tout ce que la ***« Voix »*** lui a révélé... au sujet de Janie, elle préfère être aux aguets.

Janie se précipite à la porte patio, lorsqu'un éclair serpente le ciel.

—Zut! fulmine-t-elle.

Elle fait la moue et décide d'aller ranger ses vêtements dans la grande penderie antique. Par ce temps d'orage, il est plus que certain qu'il n'y aura pas de ***« Révérence »*** au Vieux Sage. Ce salut révérencieux est un rituel sacré qu'elles ont instauré pour rendre hommage au Druide de la **« Forêt Magique »**; de toute évidence la journée est tombée à l'eau!

Bientôt... allait débuter une toute autre histoire!

Chapitre 5
Ketchouille

Mamiche comprend la déception de Janie. Elle réalise que sa petite fille a de la difficulté à partager son temps avec son frère. Elle la regarde tendrement et lui sourit. Cette petite a tant de choses à découvrir et… elle n'a pas tout vu!

Vite comme l'éclair, le ***« corps vaporeux »*** de Janie est toujours aux trousses de son ***« corps physique »*** dans l'espoir de pouvoir un jour, le réintégrer. Il suit Janie pas à pas et se moule parfaitement à son ***« corps physique »*** en mouvement.

—Oh non! s'exclame Janie en se regardant dans le long miroir rustique sur pied. Elle remarque que sa chaîne dorée avec sa petite ***« Clef du Paradis »*** n'est plus à son cou. C'est la deuxième fois aujourd'hui qu'elle perd sa ***« Clef »***, ce n'est vraiment pas son jour de chance!

Ce bijou, qu'elle affectionne et qu'elle porte suspendu à son cou depuis sa naissance, fait partie d'elle-même comme une seconde peau. C'est son porte-bonheur! Elle cherche sa ***« Clef du Paradis »*** sous le lit à baldaquin, fouille dans tous ses bagages et même dans son sac en bandoulière. Rien! C'est le comble du malheur!

Lorsqu'elle se retourne vers la grande armoire centenaire, elle croit apercevoir dans la porte entrebâillée de la penderie un tout petit rayon violacé, fluo, rapide comme l'éclair, surgir de l'ouverture. Pendant une fraction de seconde, son cœur arrête de battre. Non! C'est impossible! Il y a trop longtemps qu'elle ne l'a pas vu! Ketchouille serait-il de nouveau dans les parages? Elle doit en être absolument certaine!

—Est-ce toi Ketchouille? demande Janie d'une voix vive. Auparavant, aussitôt que Janie appelait son ami imaginaire, il apparaissait sur-le-champ! Elle le reconnaissait même lorsqu'il se cachait sous sa couette, le soir, pour jouer au fantôme. Janie n'avait pas peur, car elle reconnaissait facilement sa couleur unique d'un mauve fluorescent au travers de sa couette de plumes d'oie. Il prenait plaisir à défaire son lit et mettait sa chambre sans dessus dessous. Il pouvait disparaître en un clin d'œil et réapparaître aussi rapidement, sans crier gare! Mais cette fois-ci, Ketchouille a manifesté sa présence, sans qu'elle pense à lui.

—Il y a si longtemps... Je dois rêver! dit Janie à voix haute.

Elle se souvient de la dernière fois où il était apparu sans qu'elle en exprime le désir. Il n'avait cessé de la faire chercher. Ils avaient joué à la chasse au trésor pendant des mois. Elle l'entend encore dire...

—Allez, bouge! C'est l'heure de la *« Course contre le Temps »*.

Il cachait des objets dans tous les recoins de sa chambre. Ce jeu consistait à découvrir le plus d'objets possible dans le plus court laps de temps. Assis sur le lit de Janie, Ketchouille chronométrait le temps. Il aimait mettre sa patience à l'épreuve. Il lui donnait des indices afin de l'encourager lorsqu'elle commençait à s'impatienter.

—Tu brûles! Tu gèles!

Elle réussissait toujours par les trouver. Janie était heureuse de ces petites victoires et Ketchouille aussi. Ainsi, pour célébrer la joie d'avoir réussi, ils sautaient ensemble sur le lit. Janie lui avait demandé quand il cesserait de cacher ses affaires. « Bientôt! » lui avait-il répondu sur un ton joyeux.

—Pourquoi aimes-tu jouer à ce jeu? lui avait demandé Janie curieusement.

—Hum! Ne m'as-tu pas déjà dit que tu aimerais retrouver... *« **l'Escarboucle?** »* Alors, tu dois te pratiquer à la chercher dans tous les endroits : des plus inusités aux plus ordinaires. Il n'en fallait pas plus à Janie pour s'adonner au jeu de nouveau.

Sa mère, intriguée par les gestes répétés de Janie, lui avait demandé : « Pourquoi cherches-tu toujours tes choses? Pourtant, tu les ranges à tous les soirs! »

—Je joue à un nouveau jeu avec Ketchouille, répondait-elle, les yeux pétillants. Sa mère le devinait toujours lorsque son ami imaginaire venait la visiter, car elle demeurait des heures dans sa chambre à parler à voix haute. Elle-même avait connu ce monde utopique* dans sa tendre enfance et comprenait très bien sa fille.

—Ketchouille! Ketchouille! Est-ce bien toi? Arrête ton petit manège, je sais que c'est toi!

Aucune réponse. Normalement, il aurait dû apparaître sur-le-champ. Clic! Mais seule Janie pouvait le voir, c'était... ***« La condition »*** pour qu'il se manifeste. C'était alors une vraie comédie. Et vlan! Il surgissait de nulle part, parfois suspendu à ses rideaux de chambre ou sous son lit. Et puis... Pif! Paf! Pouf!, il déployait les membres de son corps par phases successives. Il avait le tour de la faire rire, lorsqu'il roulait ses grands yeux en forme d'amande, démesurés, d'un bleu outremer et qu'il les balançait de gauche à droite comme des essuie-glaces. Son large sourire fendu jusqu'aux oreilles, laissait entrevoir des petites dents espacées. Celles-ci, combinées à son petit nez retroussé et ses pommettes saillantes, lui donnaient un air gripette. Et, à chaque fois qu'il riait, ses oreilles pointues en alerte comme des radars se mettaient à battre comme si elles étaient prêtes à s'envoler. Ses cheveux en forme de vermicelle, flexibles comme de la fibre optique, avaient de la statique et il les retenait avec son chapeau cloche, afin qu'ils demeurent en place. Elle pouffait de rire à chaque fois qu'il riait en cascade, en produisant des sons longs et aigus uniques en leur genre. long et aigu. Son corps

---

* utopique : qui ne tient pas compte de la réalité, irréalisable

svelte et gélatineux s'illuminait dans le noir comme un épais brouillard vaporeux tinté de mauve. Il était constamment sur une patte et se déplaçait à une vitesse étourdissante. D'apparence frêle, il était vraiment drôle à voir dans son justaucorps fait sur mesure et ses bottes cavalières. Le plus inusité était ce troisième œil qui s'ouvrait quand les deux autres se fermaient et vice-versa. Mais, lorsqu'il se permettait d'ouvrir son œil magique, il s'élevait dans les airs et demeurait en parfait équilibre. C'est alors que tout se transformait autour de lui et que Janie pouvait vraiment voir ses talents spéciaux. Elle ne pouvait oublier toutes les belles aventures qu'elle avait vécues avec cet ami original, mais tout cela n'était que de l'histoire ancienne. Elle avait tout foutu en l'air lorsqu'elle avait commencé son école primaire; trop occupée par sa nouvelle vie et ses nouveaux amis. Les rencontres avec son ami imaginaire s'étaient espacées et, petit à petit, un monde de silence les sépara. Tout avait basculé; la réalité l'avait remporté sur l'imaginaire avec succès!

—À quoi bon rêver? se questionne Janie, toujours à voix haute.

Pourtant, aujourd'hui, elle a bien vu sa lueur scintillante, mais n'a pas entendu dans son oreille le bruit strident annonçant son arrivée officielle. Elle devrait savoir mieux. Habituellement, il ne surgit que lorsqu'elle entend le vrombissement, comme si une abeille allait lui sortir de l'oreille. Ça... c'était sa façon originale de se pointer le bout du nez, du moins avant.

Déçue, Janie pense à son copain d'enfance et regrette de l'avoir abandonné. Au plus profond de son cœur, elle a toujours gardé espoir de le voir réapparaître à nouveau... un jour. Elle réalise combien cette amitié lui était précieuse.

—Ai-je vraiment perdu mon ami pour toujours? s'inquiète-t-elle avec grand regret. Après tant d'années, il lui manque beaucoup. Elle espère maintenant le revoir!

Chapitre 6
La recette magique

Pendant ce temps, Anthony et Mamiche ont apporté sur la table de la cuisine, tous les ingrédients nécessaires à la confection des biscuits.

—J'apporte ton gros livre de recettes magiques, annonce Anthony. On dirait qu'il est toujours de plus en plus lourd!

Ils se regardent dans les yeux et se sourient. Les deux complices commencent la recette ***« pépiteuse »***.

—À l'attaque! clament-ils en duo.

Il est inscrit en lettre d'or dans l'énorme livre ***« Recettes Secrètes »*** :

BISCUITS AUX PÉPITES D'OR

Voici les ingrédients ***« magiques »*** :

—Deux tiers (2/3) de tasse de matière métamorphosable (beurre)
—Deux tasses de cristaux bruts (sucre)
—Deux soleils (œufs)
—Deux tasses et demie de neige étoilée (farine)
—Une cuillère à thé de poudre magique (poudre à pâte)
—Une cuillère à thé de granule active (bicarbonate de soude)
—Une tasse de pépites d'or (pépites de caramel)
—Quelques cristaux aux couleurs de l'arc-en-ciel (décoration)

—De la fine particule de granule à éparpiller (sucre à glacer)

Vivement, Anthony verse la neige étoilée dans la tasse à mesurer. Il entend Janie murmurer dans la chambre et cela pique toujours sa curiosité.

Anthony et Mamiche se regardent en riant.

—Avec qui peut-elle bien parler? interroge Anthony.

—Peut-être lit-elle à voix haute? répond Mamiche.

Ils soulèvent les épaules en signe d'interrogation et continuent de fabriquer leur recette secrète avec enthousiasme.

—Je mélange le tout, dit joyeusement Anthony.

—Ça prend un bon marmiton aux bras forts pour bien mélanger tous ces ingrédients, dit-elle pour le taquiner.

—Je suis ton homme Mamiche!

Elle sourit tout en réalisant à quel point la force physique est importante pour Anthony.

—Et un petit 10 minutes au four, rajoute Mamiche, pour la cuisson.

—La température du four doit atteindre 375 degrés, si je me souviens bien? réplique-t-il aussitôt.

—Tu as une mémoire d'éléphant, mon Ange!

Anthony rit aux éclats. Il est fier d'avoir impressionné Mamiche.

Chapitre 7
Le mystérieux bouquin rouge

Janie retourne à la cuisine et espionne les deux cuisiniers en catimini. Elle constate qu'ils s'amusent comme des cabotins, à tout éparpiller. Mamiche l'ayant aperçue sur le seuil de la porte, reformule son invitation :

—Il n'est pas trop tard Janie, tu peux toujours venir cuisiner avec nous, si tu le veux!

Janie ne désire pas confectionner les biscuits avec eux, elle souhaitait seulement parler avec Mamiche. Connaissant son frère, elle ferait mieux de garder son secret. S'il découvre qu'elle croit avoir remarqué la présence de Ketchouille, elle est faite à l'os! Il va la taquiner pour le reste de la fin de semaine.

Anthony a toujours été un peu jaloux de Ketchouille et pour cause… il ne pouvait plus avoir la vedette! Lorsque Janie jouait avec son ami imaginaire, elle le mettait au rancart et barrait l'accès à sa chambre. Évidemment, il n'aimait pas Ketchouille, car il se sentait rejeté par sa sœur, et cela, il ne le supportait pas. Il faisait semblant qu'il pouvait le voir, mais Janie savait qu'il lui racontait un mensonge. Pour se montrer indifférent, son frère lui disait alors: « J'ai de vrais copains, moi! Ils existent vraiment! Et ton ami Ketchouille est plutôt moche! »

Janie regarde Mamiche et son frère s'amuser sans dire un mot.

Curieux, Anthony lui demande…

—Tu parlais à qui tantôt? À un revenant peut-être?

Le silence de Janie l'énerve, il brasse le mélange encore

plus vite, car il aimerait bien découvrir ce que sa sœur mijotait dans sa chambre.

—Je par… l… e, voyons! Je déparle. Je voulais savoir si vous aviez aperçu mon bijou dans la cuisine. Je crains de l'avoir perdu à nouveau. J'ai cherché partout dans la chambre sans succès, dit-elle en gardant son calme.

—Est-ce que tu veux que l'on cherche avec toi? suggère Mamiche.

En voyant la farine étendue partout, Janie constate que le moment n'est pas approprié.

—Je te remercie Mamiche, mais je vais attendre que vous ayez fini vos biscuits. En se tortillant les doigts, elle se permet de formuler une demande spéciale. Mamiche, si tu me le permettais, j'aimerais bien aller lire le fameux bouquin dans ton bureau.

—Bien sûr! Si cela te fait plaisir, dit Mamiche en souriant, sachant très bien que cette permission va la ravir.

—Oh merci!

Janie tourne les talons et se dirige à toute vitesse vers la bibliothèque sans regarder en arrière. Une fois éloignée, elle soupire profondément.

—Ouf!

Les sourcils retroussés, elle constate qu'elle s'est presque échappée au sujet de Ketchouille. En quelques secondes, Janie se retrouve devant le bureau de Mamiche. Les portes en bois massif normalement fermées, étonnamment, l'attendent à bras ouverts. Janie regarde et admire autour d'elle tout cet assortiment de livres que Mamiche a collectionnés tout au long de sa vie. Elle lui a même mentionné, qu'un jour… elle avait reçu d'une cousine qui habitait la Bretagne et qu'elle n'avait jamais vue de sa vie, des boîtes de recueils anciens ayant appartenu à une vieille tante un peu originale et apparentée à son arrière-grand-père. Une brève note à l'intérieur de cet envoi spécial, écrite d'une main tremblante, avait été jointe : ***« Chère petite… petite-nièce, ceci est pour ta collection, tu es la***

seule qui semble vouloir suivre mes traces... pour un Monde meilleur! À celle qui a vu! As-tu ta Clef? »

Ce qui circulait au sujet de cette vieille fille... c'était qu'elle préférait être seule avec ses livres. Elle avait longuement travaillé dans les bibliothèques et empilait des livres pour son plaisir. Parmi ces anciens bouquins, se trouvait comme par hasard... le ***« Bouquin Rouge »***. Janie le voyait briller sur l'étagère, malgré l'usure qu'il affichait. Il semblait se reposer tranquillement sur l'étagère en attendant d'être relu.

Puis soudain un bruit trépidant se fait entendre à l'extérieur et s'amplifie avec un long gémissement du vent. Janie marche à pas feutrés et son ***« corps astral »*** en fait autant en se dirigeant lui aussi, vers le fauteuil en cuir capitonné, placé en coin sous l'alcôve. Janie écarte du bout des doigts le rideau de velours rouge et son ***« double »*** l'imite parfaitement, habitué de l'habiter lorsqu'elle ne dort pas! La pluie cinglante vient s'abattre sur la grande fenêtre à carreaux, à grands coups de fouet. Aveuglant, l'éclair pique le sol non loin de la maison. Le tonnerre gronde et pétarade dans le ciel pour montrer sa force explosive. Janie sursaute et sa ***« copie conforme vaporeuse »*** réagit aussi vite qu'elle et se cache le visage entre ses mains, tout comme sa réplique. Elle retourne à toute vitesse dans le fauteuil suivie de sa ***« doublure »*** collée à ses talons.

—La pluie, toujours la pluie! se dit tout bas Janie. Tout se bouscule dans sa caboche... Ketchouille, puis Megan! Frédéric et le beau Christophe! Son cœur est perturbé. C'était beaucoup trop d'événements pour une jeune fille de son âge, en une seule journée! Joie! Intrigue! Déception et inquiétude! Et pour comble... la perte de sa ***« Clef du Paradis »***. Le malheur s'acharne sur moi! pense-t-elle, les mains sur la tête, prête à s'arracher les cheveux. Elle a complètement oublié la ***« Pensée Magique »***.

Elle va chercher sur une étagère le gros livre aux couleurs vives qui l'attire depuis sa tendre enfance et qui lui fait penser au grand volume d'histoires de Ketchouille. La bibliothèque de

Mamiche située dans son bureau, respire la tranquillité. Ce refuge consacré à l'écriture et aussi à la méditation est absolument unique en son genre. Sa Grand-mère y écrit ses mémoires et apparemment un conte fantastique. Personne ne doit pénétrer son havre de paix, sans sa permission! Janie sait très bien qu'elle est privilégiée d'y avoir accès.

S'avançant près de la bibliothèque, elle étire lentement le bras pour atteindre le magnifique volume rouge et or. Ses doigts frôlent délicatement la reliure comme s'il s'agissait d'une œuvre d'art. Avec précaution, elle prend le livre sacré dans ses mains qui tressaillent de nervosité juste à l'idée de le tenir pour la première fois. Janie jette un regard rêveur sur l'impressionnant volume. Elle sourit tout en le serrant fortement contre sa poitrine. Enfin, la journée sera moins longue!

Son ***« corps vaporeux »*** sursaute, lorsqu'il se sent étiré comme un élastique à l'autre bout de la pièce. Il a hâte de savoir où cette aventure va l'emmener, puisqu'il fait partie de Janie!

Mamiche n'a-t-elle pas dit que ce livre changerait sa vie?

Chapitre 8
La Forêt Magique

Janie referme les lourdes portes du bureau, étouffant ainsi les cris de joie d'Anthony.

—Enfin!

Elle apprécie la sérénité qui se dégage de cet habitacle et s'étend de tout son long sur le fauteuil de lecture. Puis, elle se couvre les jambes du jeté tissé aux motifs de chats qui repose sur le dossier arrondi. Soulevant le bouquin, elle le retourne pour lire le titre. En exécutant ce mouvement rotatif, elle ressent une drôle de sensation, le livre vibre entre ses mains; il réagit de cette manière inattendue certainement à cause de sa lourdeur. Elle l'appuie sur un coussin, afin qu'il demeure en place. Confortablement installée, elle peut enfin lire le titre, écrit en lettres d'un bleu argenté : **« La Forêt Magique »**.

—En voilà toute une affaire! se dit-elle. Une **« Forêt magique! »** Elle avait beaucoup lu sur les zones forestières et savait qu'il existe sur la Terre, diverses forêts. Si elle se souvient bien, il y a la forêt tropicale, la forêt boréale, la forêt amazonienne et la forêt noire, mais une **« Forêt Magique »**, autre que celle de Mamiche… elle n'en a jamais entendu parler.

C'est alors… qu'une magie s'opère à son insu lorsqu'elle ouvre le volumineux livre à la reliure de vélin.

Un léger frisson s'empare de son corps et elle se sent soudainement étourdie. Les murs du bureau se mettent immédiatement à tourner comme un carrousel. La pluie, qui tambourinait sur les grandes fenêtres à carreaux, a cessé son tapage et cède la place à une douce musique de fond jouée par les gouttelettes d'eau qui se déversent des gargouilles à tête d'aigle. Les chéneaux reçoivent l'eau de pluie qui tinte, en sautillant, sur les parois construites en pierre des champs. Cette vibrante musique enchante son oreille musicale. L'imposant candélabre* en bronze, placé sur le coin du bureau, dont les bougies oscillent, diffuse sa lumière directement dans ses yeux et embrouille sa vision. Normalement elle n'ose pas toucher à cette antiquité, sculptée de rosaces qui s'entortillent autour de sa base et grimpent jusqu'à son embranchement. C'est une œuvre d'art que Mamiche affectionne tout particulièrement! Elle se lève et réduit, avec toute la précaution dont elle est capable, l'intensité de la lumière. Puis, sans rien brusquer, elle se rassoit pour immédiatement plonger tête première dans sa lecture. Son intérêt est tellement grand, qu'elle est aussitôt captivée et garde les yeux rivés sur les phrases qui se succèdent, aussi intéressantes les unes que les autres. Après quelques chapitres, une montée de fièvre s'empare de Janie et ses forces commencent à diminuer considérablement. Même si elle ne le veut pas, ses idées s'entremêlent et la lecture devient beaucoup plus ardue. Elle n'en revient pas; il y a certainement une erreur de frappe. De toute évidence, il ne s'agit pas de **« La Forêt Magique à Mamiche »**. Elle se force à relire... et relire... la dernière ligne du paragraphe. Ses yeux ne peuvent plus se décrocher de cette dernière phrase : *« Et... cette* **"Forêt"** *abritait une créature cruelle des plus dangereuses! »*

—Voyons! C'est fou! Janie essaie d'écarquiller les yeux tellement elle est étonnée, mais n'y parvient pas. Elle poursuit lentement... *« ...un loup rarissime comme elle n'en a jamais rencontré auparavant, même pas au zoo, un loup incroyable »*.

Janie relit, car elle n'est pas certaine d'avoir bien vu, avec ses deux yeux dans le même trou. Ces derniers papillotent, se ferment mi-clos et après quelques secondes s'ouvrent à nouveau. Elle combat le sommeil. Elle ne veut pas trop paniquer, mais le

---

* candélabre : chandelier à plusieurs branches

loup de cette « **Forêt Magique** » la dérange énormément. Elle relit encore une fois très lentement et soudain tout devient nébuleux comme dans un rêve. Janie a l'impression de se perdre dans les nuages. Elle s'étire les bras au-dessus de la tête pour se redonner de l'énergie, mais à chaque coup de tonnerre sourd, les bougies de verre se mettent à cligner et leurs reflets ombrageux se dandinent sur le mur sombre.

Puis, encore plus assoupie, elle se laisse enfoncer dans le divan moelleux. Elle croit être affectée par un problème de vision lorsqu'elle voit... les pages de son bouquin s'envoler et les lettres d'or de son livre danser en rond, tout autour de la pièce et se mêler aux bougies clignotantes.

—Oh! s'exclame-t-elle en voyant les voyelles et les syllabes étincelantes jouer à saute-mouton sur les murs. « *Et cette* **"Forêt"** *abrite... la créature la plus dangereuse, car elle éprouve une soif de vengeance insatiable envers l'humanité. Cette créature légendaire porte un nom rarissime à faire trembler la terre. Il s'agit... du redoutable* ***"Lycanthrope!"*** »

—Ne s'agit-il pas du nom du *« **Roi** »*? s'interroge Janie.

Le moins qu'on puisse dire... c'est que cette nouvelle est ahurissante!

Les yeux de Janie n'en peuvent plus, surtout lorsqu'elle lit la dernière ligne de son paragraphe qui s'échappe de son livre pour aller gambader avec les bougies Elle répète à mi-voix : *« Et... ce* ***"Lycanthrope"*** *n'est nul autre qu'un effroyable...* ***"LOUP-GAROU!"*** *»*

Janie voudrait garder les yeux ouverts pour continuer à lire la suite de cette mésaventure, mais ses paupières alourdies ont beaucoup trop de difficulté à demeurer accrochées à ses arcades sourcilières. Sa respiration lente pousse son métabolisme à ralentir à chaque respiration. Sans retenue, elle s'assoupit quelques instants. Puis, elle sursaute, lorsque son livre tombe par terre, en faisant un bruit sec. Elle le cherche à tâtons sur le tapis, afin de le ramasser, mais une chose aberrante se produit sous ses yeux alourdis lorsqu'elle constate que ce n'est pas le tapis qu'elle touche, mais bien son bouquin qui est devenu gigantesque. Ouvert en plein centre, le livre aux larges feuilles blanches flotte et des jets d'une blancheur éblouissante dissimulent entièrement le contour de la pièce. Elle sourit, son imagination dépasse l'entendement. Cela est impossible! Un livre... qui se transforme en tapis volant. C'est époustouflant! Elle ne cessera jamais de s'inventer des histoires. Un léger frisson parcourt son corps et subitement, elle se sent épuisée et ne fait plus aucun effort pour se tenir éveillée. Elle sombre dans un sommeil profond, le sourire aux lèvres. Elle part pour l'aventure emportée dans un tournoiement, sans souci du lendemain; puis... finit par se perdre dans les nuages.

À ce moment précis, son ***« corps astral »***, qui n'a jamais cessé de suivre Janie en catimini, s'affole en voyant son ***« corps physique »*** s'endormir encore plus profondément. Il ne sait pas qu'une série de tribulations débutera incessamment*!

Quel voyage invraisemblable!

Le ***« corps astral vaporeux »*** de Janie s'agite lorsqu'il se sent tiré par une force inconnue. Il se rend compte qu'il se trouve à l'endroit précis, là... où a débuté tout ce chambardement. Janie est toujours clouée sur place. Il constate qu'il se retrouve au point de départ. Pour la dernière fois, il recommence son petit manège et d'un mouvement rapide décide d'entrer dans son ***« corps physique »*** et en ressort presque aussi vite, en jouant au yoyo. La force mystérieuse et insondable se manifeste à nouveau et veut l'attirer vers l'infini. Immédiatement, une flûte enchantée invisible exécute une harmonieuse musique angélique aux notes cristallines, qui séduit le ***« corps astral »***. Il se sent si aérien et si léger qu'il aimerait bien s'engager plus loin... plus haut dans cette aventure. Les ***« deux corps »*** de Janie, par l'intermédiaire du rayon violet qui les a traversés précédemment, font maintenant chambre à part.

---

* incessamment : très bientôt

Seule, la ***« corde d'argent »*** maintenant, les relie! L'un veut voyager et l'autre aspire à se reposer. Qui aura le dernier mot?

Chapitre 9
La Clef du Paradis

Paisiblement, Janie s'enlise* dans un sommeil profond et réparateur. Par contre, sa corde d'argent tiraillée entre les deux corps ne veut pas demeurer coincée. Elle aimerait que Janie se décide à agir. Prendra-t-elle le repos complet dans son ***« corps physique »*** ou bien s'enfuira-t-elle avec son ***« corps astral »***? La corde d'argent s'étire pour la libérer de son ***« corps physique »*** qui s'alourdit graduellement et l'oppresse. Elle espère que le ***« corps astral »*** de Janie finira par sortir de cette coquille rigide, afin qu'elle puisse se sentir libre comme le vent rapide. Elle aimerait bien qu'elle se balade en toute liberté pour aller se ressourcer dans l'infini et rapporter de nouvelles idées. La corde remue de nouveau et… plus elle s'agite, plus le corps de Janie dégage une légère substance d'un bleu gris qui s'échappe de sa boîte crânienne. C'est génial! À force de bouger, elle est parvenue à éveiller l'attention de Janie qui, au bout du compte, s'élance vers la fontanelle, la seule porte de sortie, ensuite passe par sa corde d'argent pour finalement intégrer son ***« corps astral »***. Ouf! Elle a réussi, et maintenant qu'elle habite son ***« corps astral »***, elle regarde son ***« corps physique »*** inerte, à l'envers, si petit, qui ronfle de fatigue, exténué par sa course terrestre. Pour ne pas le déranger dans son sommeil, Janie décide de parcourir l'espace incommensurable** sans son consentement. Son ***« corps astral »*** devient comme une lumière vaporeuse. Il est magnifique et ressemble au corps des fées par

---

* s'enlise : s'enfonce

** incommensurable : d'une grandeur qu'on ne peut évaluer

sa transparence et sa brillance. Enfin! Cette fois-ci, elle est tirée par sa corde d'argent qui, pour sa part, ne veut plus demeurer en suspens au plafond de la bibliothèque. Fluide, Janie se balance et reste liée à sa corde d'argent infiniment longue. Cette corde indestructible et extensible qui relie le ***« corps physique »*** au ***« corps astral »*** se coupe seulement au moment de la mort physique. Lorsque finalement cette corde se rompt, elle annonce l'instant crucial et irrévocable de la fin de la vie terrestre. C'est à cet instant immuable que la ***« Clef du Paradis »*** ouvre définitivement les « Portes D'argent », situées dans le **« Monde des Maisons ».**

Pour l'instant, Janie n'en est pas là, puisqu'elle est dans les bras de Morphée, le Dieu Grec des songes.

Le ***« corps astral »*** de Janie monte en flèche vers l'espace céleste et franchit le mur du son. Lancé dans **« l'Ionosphère »**, il déclenche une série d'événements inattendus. Immédiatement, une vague d'air déferle sur le nouveau corps de Janie habité par son ***« esprit rêveur »*** et la berce doucement. Elle n'a pas peur, mais cette récente sensation l'impressionne. Elle se laisse aller sans réticence dans ce mouvement de balancement qui la rassure. Janie ondoie entre les nuages qui forment toutes sortes de personnages féériques, aussi amusants les uns que les autres. Puis, un tout petit éclat lumineux, d'un mauve bleuté phosphorescent, se manifeste avec douceur dans un nuage. Cette flammèche scintille par intermittence et attire le regard de Janie. Elle clignote encore plus vite. On dirait que ce signal désire la guider à travers cette nouvelle dimension.

L'espace d'une seconde, Janie entrevoit son ami imaginaire Ketchouille se former dans un gros cumulus*. Il tient sa ***« Clef du Paradis »*** en main et la tournoie pour attirer son attention.

—Ah! Tu étais présent dans ma chambre. C'est donc toi qui t'es emparé de ma ***« Clef »***!

---

* cumulus : nuage blanc de beau temps

Sans répondre, il lui fait un large sourire qui ressemble à une grimace. C'est bien son genre ça, et c'est de cette manière amusante... qu'elle l'aime.

Janie a le pressentiment que Ketchouille désire l'attirer dans son univers. Jamais auparavant, elle n'y est allée. Sans un mot, il lui fait signe de le suivre. Que trame-t-il... encore? Veut-il seulement lui jouer un tour ou recommencer le jeu de cache-cache? Peut-être a-t-il trouvé ***« l'Escarboucle »***? Janie ne sait plus quoi penser! Puis l'écho de la voix chaleureuse de son ami imaginaire se fait entendre.

—Suis-moi... moi... moi...Janie... nie... nie...! Viens découvrir... ir... ir... le mystère... ère... ère secret de ta ***« Clef... é... é... du Paradis... dis... dis »***.

—Ma ***« Clef du Paradis »*** détient un secret!?!

À peine deux secondes s'écoulent et la voix de Ketchouille s'éteint aussi vite qu'elle est venue, sans laisser de traces. Le nuage, qui dessinait parfaitement le visage de son ami imaginaire, se perd dans les autres nuages.

—Oh! s'exclame Janie.

Elle se sent parfaitement à l'aise dans ce lieu mystérieux, flottant entre deux mondes. Son corps suit en toute harmonie et ondule librement, sans tension, ni pression. Il s'unifie avec l'espace infini en toute liberté, ne faisant qu'un. Janie comprend enfin ce que veut dire *« lâcher-prise »*. Elle accepte ce moment privilégié et se laisse guider sans intervenir et elle vit pleinement cet instant présent, car il fait partie de son évolution. Elle est libre! Quelle sensation fantastique! Douce légèreté, douce liberté! Elle fait confiance à la vie.

Puis Ketchouille lui reparle, sans montrer son visage cette fois. Tiens! Il a changé de tonalité. Elle ne s'est pas rendue compte de la substitution, trop occupée à écouter son beau parleur. Doucement, des informations sont transmises à son esprit par bribes. Subtilement, ces renseignements d'importance capitale lèvent le rideau sur le chemin à suivre. Elle réagit positivement à ces révélations énigmatiques. Son ami imaginaire déborde de créativité, plus rien ne l'étonne. Aussitôt, il propulse Janie dans un endroit inconnu. Elle se demande bien où tout cela va la conduire. Peu à peu, elle voit son nouvel univers se concrétiser devant elle.

—Wowww! Janie se laisse ballotter par le vent Aquilon Borée. Tu m'as transportée dans ton « **Monde** »?

Prodigieusement, la voix changeante de son ami lui dévoile qu'il existe... un monde parallèle, un cosmos aux multiples pouvoirs d'action.

—Tu es dans le « **Monde Éthérique*** ». Il est impalpable, lui chante la voix mélodieuse. Ce « **Monde** » gazéifié est situé au-dessus de l'atmosphère dans la première couche gazeuse la plus éloignée de la « **Terre** ». C'est un « **Monde** » entre deux « **Mondes** ».

—Arrête avec tes charabias, lui dit Janie toute détendue. Puis elle lui déclare : C'est de la foutaise, petit rigolo, car il n'existe pas de Monde É... éth... th... étiré, ricane-t-elle en étendant les bras le plus loin possible de son corps fluide, ces derniers s'étirant comme des élastiques.

—Ça, c'est vraiment surprenant!

Elle entend un rire étouffé.

—Tu te permets de rire de moi, maintenant! Vexée dans son amour-propre, elle lui lance à brûle-pourpoint : tu n'es pas drôle avec tes histoires à dormir debout. Montre-toi, immédiatement!

Ketchouille reste muet. Au même instant, une lumière rutilante surgit en s'intensifiant. Cette boule blanche se dirige vers Janie, à vive allure et la pénètre d'un bout à l'autre. C'est comme si le grand vent du Nord, Aquilon Borée venait de la traverser au grand complet. Au contact de cette lumière, les cheveux de Janie se redressent en tous sens et sa jupe ondoie, au gré du vent comme un drapeau accroché à son mat.

---

* monde éthérique : plan parallèle invisible qui se superpose à notre plan matériel

—Ouf! lance Janie le cœur plein d'émotions.

Elle est plongée dans un océan de lumière vivifiante. Les jets deviennent bleutés et s'apaisent tranquillement. Puis, ils s'adoucissent tout en formant un grand mouvement giratoire. Ensuite, les jaillissements fluides se condensent et se cristallisent. L'atmosphère est tamisée de cristaux gris métallisé et donne à Janie l'impression de se retrouver sous une coupole de verre remplie de flocons de neige d'un bleu argenté.

Elle vient de traverser le ***« Voile de l'Illumination »***. Cette nouvelle initiation a servi à la transformer en un ***« Être »*** totalement renouvelé. Elle naît une seconde fois dans un autre **« Monde »**; celui de l'imaginaire.

Chapitre 10
Uriel… L'Être de Lumière

Une forme spectrale se dessine sous ses yeux et ressemble de plus en plus à un ange. Elle croit qu'il s'agit d'une facétie de la part de Ketchouille qui est capable de tout pour l'éblouir.

—Bon! Enfin, tu arrives?

L'espiègle Ketchouille ne daigne même pas lui adresser la parole.

—Ah! Je vois… tu veux me faire languir, dit Janie vivement.

Il s'avance vers elle tout en l'irradiant d'une lumière sublime. Les faisceaux lumineux sont si puissants qu'ils empêchent Janie de bien voir son ami imaginaire. Lorsque la lumière cesse de l'aveugler, elle se rend compte qu'il s'agit… d'un ***« Être Céleste »***. Celui-ci lui adresse la parole.

—Je ne suis pas Ketchouille, ton ami imaginaire.

—Mais… je n'en crois pas mes yeux. Vous êtes… un… un ange! Ce n'est pas possible! s'exclame Janie stupéfaite.

Elle se frotte les yeux pour être absolument certaine qu'elle ne rêve pas! C'est bien un ange! Elle ne comprend plus et se demande bien où est passé Ketchouille.

—Bienvenue Janie, lui dit l'ange dans sa forme fluide, d'une blancheur immaculée. Je suis l'archange Uriel, le ***« Maître de l'Énergie rouge… le Rayon rubis doré de la Paix »***. Je travaille à la survie des humains, dont la valeur morale grandit de jour en jour. Je suis l'annonciateur des grandes nouvelles, dit-il d'une voix apaisante.

Stupéfaite, Janie n'en revient pas.

—C'est… c'est… incroyable! balbutie-t-elle, de sa voix confuse.

Sublime, l'Archange continue son beau discours.

—Enfin! Je suis très heureux de faire ta connaissance. Tu as été très persévérante à vouloir rencontrer, un jour, ton Ange Gardien. Cela fait bien longtemps que nous attendons ce grand jour dans la **« Voûte Céleste »**!

—Oh! Mon imagination me joue des tours!

—Non! Je ne suis pas une vision. Je suis bien authentique. Je vis dans un monde aussi réel que celui des Êtres humains, mais en parallèle. Les seules Créatures qui peuvent vraiment me voir, ce sont celles qui ont conservé leur ***« Cœur d'enfant »***.

L'ange s'approche encore plus de Janie et devient moins translucide. Intimidée par l'être grandiose, elle est maintenant convaincue qu'il ne s'agit pas d'un tour de passe-passe de Ketchouille et rougit. Quelle splendeur! Jamais elle n'a vu… rien de comparable dans ses livres d'histoires. Cet ange est vraiment majestueux avec ses trois paires d'ailes argentées, superposées qui se confondent les unes dans les autres dans une blancheur chromique. Ses longs cheveux, aux reflets dorés comme du blé, descendent en cascade sur ses épaules. Sa tête est ornée d'une couronne de quartz ceignant parfaitement son visage androgyne qui ne ressemble ni à celui d'une femme, ni à celui d'un homme. Son regard bleuté, d'une profondeur saisissante, émeut vivement Janie qui a de la difficulté à soutenir ce regard perçant, même électrisant. Le plus remarquable, dans l'Être de Lumière, se situe au centre de sa poitrine. Battant énergiquement, son cœur rouge doré lance des étincelles flamboyantes dans sa direction. Janie demeure sous le choc! D'habitude, elle a la langue bien pendue, mais cette fois-ci, demeure bouche bée d'émotions. C'est impressionnant de se retrouver face à face, pour la première fois de sa vie, avec un ange et surtout avec un Arc… Archange. Elle ose bredouiller un timide bonjour de sa voix tremblante d'émotions.

—Bon… jour! dit Janie. Je… je… je ne croyais pas

vraiment pouvoir admirer un Arc... Archange, un jour! Je... je... je n'avais aucune idée de votre existence! Puis, elle rajoute : je croyais qu'il n'existait que des Anges Gardiens au « **Ciel** »!

—Chère enfant! Tu n'as jamais imaginé que tes prières pouvaient être exaucées? Eh bien maintenant, crois-tu cela possible? À l'avenir, dis-toi que lorsque tu parles à un ange, toute la colonie angélique se met en branle pour répondre à tes attentes! Les Archanges sont d'un Ordre Supérieur et supervisent la ***« Colonie des Séraphins »***. Ces Corps Célestes habitent l'un des sept **« Mondes Sacrés de la Sphère Céleste »**. Ils n'attendent que le moment propice pour guider potentiellement les Êtres qui s'intéressent de tout cœur, à aider la création. Ils sont tout près de toi ces esprits secourables. Moi, le Maître de l'énergie Rouge, je ne pouvais passer sous silence ta grande volonté d'agir avec générosité. Je ne suis que de passage, et c'est pourquoi je suis venu te porter assistance aussitôt que tu en as fait la demande, afin de t'annoncer la bonne nouvelle. J'ai choisi parmi les anges, l'un d'entre eux, tout à fait spécial, qui veillera sur toi en tout temps à partir de ce jour.

—Moi! J'ai demandé de l'aide? dit Janie, d'une voix interrogatrice.

—D'une certaine manière, oui! dit l'Archange avec un large sourire de compassion. À l'instant même où tu as démontré que tu aimais les petites créatures de la **« Forêt Magique à Mamiche »** et que tu voulais sincèrement leur venir en aide, j'ai tout de suite agi. Aujourd'hui, c'est un grand jour car tu as prouvé ta grandeur d'âme. Récemment, tu as émerveillé toute la **« Voûte Céleste »** lorsque tu as posé ***« un geste d'amour conscient »*** envers ton amie Megan et que par la suite, tu as défendu ta camarade Sophie. Tu as su ***« écouter avec ton Cœur »***. Ce geste inconditionnel d'empathie est rare chez les créatures humaines. Tu as démontré tant d'amour véritable, sincère, sans condition pour ton jeune âge, que ton cœur a émis des vibrations ondulatoires à perte de vue. Imperceptibles aux humains mais visibles aux esprits, ces ondes ont envahi l'espace intersidéral[*] et ne sont pas passées inaperçues à nos yeux. Alors, par cette démonstration de compassion envers tes amies, il n'en fallait pas plus pour que je me manifeste pour venir t'attribuer un ***« Ange Gardien de la Destinée »*** pour le reste de ta vie!

—Incroyable! s'exclame Janie ravie. Mais personne ne croira à cette histoire fantastique à mon retour. Normalement, il n'y a que les survivants qui ont échappé à une mort imminente, qui osent rapporter ces expériences de vie dans les romans. Eh bien!!! J'en aurai long à raconter.

Janie ne savait pas que ses moindres gestes étaient épiés et comptaient vraiment aux yeux du **« Monde Angélique »**. Et même que ses murmures pouvaient être entendus.

—Tes intentions de bonne volonté, répétées, ont fait que tout doucement, j'ai commencé à te parler dans ton esprit. Tu as été très réceptive. On ne peut pas toujours communiquer par la parole avec les Êtres de la Création. Tu te souviens de cette voix chaleureuse qui te parlait tout au fond de ton être? lui demande l'Archange.

—Euh! Mais, si! reprend Janie... pas tout à fait convaincue.

Elle se demande si parfois, elle n'a pas confondu la voix de Ketchouille avec celle de l'Archange ou d'autres Esprits.

—Alors, si j'ai bien compris, j'ai un Ange Gardien de la Destinée qui s'occupe de moi en tout temps? demande-t-elle très heureuse d'avoir l'exclusivité.

—C'est bien cela! Tu es privilégiée, car ton nom est écrit en lettres d'or dans le grand ***« Livre Hermétique des Éphémérides de la Vie Céleste »***. Ce grand registre contient tout ce qui a été accompli sur toutes les planètes au même instant.

Janie est aux anges. Elle est toute fière de recevoir tant d'attention et de révélations.

Alors, l'Archange rajoute...

---

[*] intersidéral : situé entre les astres

—L'Ange de la Destinée ressemble beaucoup à un Ange Gardien, il appartient à la même ***« Famille Angélique des Séraphins »***. Mais il a une mission différente. L'Ange de la Destinée est un envoyé spécial qui a beaucoup d'expérience, on dit qu'il est *« Gradué »*. Il demeure toujours avec la personne qu'on lui a désignée, fidèle, jusqu'à la fin de ses jours, tandis que l'Ange gardien est substitué par d'autres gardiens, plus d'une fois dans la vie d'un humain. Il est donc possible d'avoir plus d'un Ange gardien.

Janie, qui aime tout savoir, se demande si les êtres avec de mauvaises intentions ont un Ange Gardien. Elle ne peut s'empêcher de poser la question.

—Est-ce que tous les humains, même... les méchants garnements ont un ange qui veille sur eux?

—Tous les humains ont un Ange Gardien, même s'ils ne s'en rendent pas compte. Souvent, ils sont aveuglés parce qu'ils sont préoccupés à posséder des biens matériels et ainsi, ils oublient les vraies valeurs. Les Anges Gardiens sont de nature Spirituelle et apprécient tous les efforts que vous faites dans tous les domaines pour améliorer la condition humaine. Ils sont parfaitement conscients de toutes vos luttes et vous encouragent à continuer.

—J'aimerais bien savoir... si celui que vous m'avez envoyé porte un nom? questionne Janie d'une voix troublée.

—Ton Ange de la Destinée se nomme : Altaïr. Mais son nom de famille est une expression numérique.

—Un chiffre?

Janie adore cette idée qu'elle trouve très originale.

—C'est le Numéro 315, déclare L'Archange Uriel, de la 9e Légion des Anges de la Destinée.

—Ahhh! Vous dites... 315, s'exclame Janie, étonnée et ravie à la fois. Et... que signifie ce nombre?

—C'est un nombre magique, lui dit Uriel avec dignité. Ce chiffre spécifique est associé au Lotus Sacré blanc, aux mille pétales, caché dans la **« Grande Ziggourat* »** et qui détiendrait dans son axe, le mystérieux secret concernant ***« le Sceau Ascensionnel de la Montée vers des Connaissances Supérieures »***. C'est le secret le mieux gardé au monde.

Tout cela semble bien bizarre aux yeux de Janie, mais elle est très heureuse d'être le centre d'attraction.

—Quelle nouvelle formidable! Altaïr Trois cent quinze? répète Janie. Je croyais qu'il s'agissait d'une plaisanterie.

—Non! Non! Ce n'est pas une blague. En vérité, le vrai nom de ton Ange-Gardien de ta Destinée est : Altaïr, le 9e de la légion, le 315ième du 513ième regroupement : 9.999.999.315.513.999.999.9.

Les yeux de Janie s'écarquillent d'étonnement, grands comme des billes. Elle aura tout entendu!

L'Archange Uriel continue d'expliquer en détail à Janie, tout le processus technique de la hiérarchie des Séraphins.

—La **« Cité Séraphington »** est le Domaine des Anges de la Paix, située dans l'une des **« Sphères Sacrées »**. Toute la Famille Angélique y vit en harmonie. L'effectif Séraphique est infini et tous sont interpellés par un prénom ainsi que par une force numérique particulière qui détermine leur évolution. Chaque nombre détient une personnalité unique, un caractère spécial. Ton Ange de la Destinée, Altaïr 315, fait partie de la plus grande Compagnie de Séraphins, le groupe de neuf millions de bénévoles. C'est la plus imposante concentration de couples Angéliques évoluant avec les humains.

Janie n'y comprend plus rien. En devinant ses interrogations, Uriel dit...

—Regarde mon enfant!

Puis une paroi du Ciel s'ouvre devant Janie afin de lui montrer une partie du **« Super Univers »**. Ébahie, elle voit une Armée Céleste envahir l'immensité au grand complet. Des milliards d'Anges se dirigent vers elle, en groupe bien ordonné

---

* Ziggourat : temple

comme des soldats de bois, utilisant la **« Voie lactée »**, au pas de cadence. Grandes ailes, petites ailes, en classe, en colonie. Totalement impressionnée, elle ne savait pas qu'il existait autant de couleurs blanches et autant de sortes de paires d'ailes. Janie n'a jamais entendu parler de cette terminologie céleste. Mêlée d'avance, elle se demande si elle sera capable d'assimiler tous ces mots inconnus et surtout de retenir tous ces nombres multiples. Elle n'a pas assez de ses dix doigts pour compter!

—Uriel! s'exclame Janie, c'est... c'est fantastique! Et c'est bien dommage que Mamiche ne soit pas avec moi pour apprécier ce moment unique, car elle m'a si souvent parlé des Anges.

—Elle est toujours avec toi, en pensée. Nous ne sommes jamais vraiment séparés, les uns des autres. Tu le constateras de plus en plus, maintenant que tu m'as rencontré! Nous ne sommes isolés que par des ondes électromagnétiques qui forment un voile de protection.

Janie, curieuse, lui demande poliment :

—Suis-je la seule à avoir un Archange qui surveille ma vie, en plus d'un Ange de la Destinée?

—Je dois t'avouer Janie, que tu es un cas spécial!

—Ah bon! En voilà, toute une histoire!

Naturellement, il lui sourit avec tendresse.

—Et si tu veux observer les Anges n'oublie pas... tu dois conserver ton ***« Cœur d'enfant »***. Dans toute la création, l'être humain est le seul à avoir le libre arbitre sur son cheminement de vie. Et la meilleure manière de la vivre est de suivre son intuition! Au fil du temps tu apprendras à reconnaître tes pressentiments si tu écoutes bien ton cœur. Un pressentiment, c'est un sentiment de savoir sans avoir vu auparavant. Quand tu seras une adulte, tu auras beaucoup appris!

—Je suis donc marquée du ***« Sceau de l'As... Ascension »***. Le Sceau qui monte et que mon Ange de la Destinée, Altaïr, le 3...315, a caché dans la **« Grande Ziggoille... ouill... rat »**. Je suis complètement perdue. Premièrement, je ne connais pas **« Zig »**... enfin un endroit secret au milieu d'une fleur.

—Tu verras, ne t'en fais pas, tu ne pourras pas passer à côté de la **« Grande Ziggourat »**; c'est impossible! Tout deviendra parfaitement clair avec le temps. Crois-moi!

L'Archange Uriel pose ses deux mains sur son propre cœur et ferme les yeux, calme et serein. Janie croit qu'il médite.

Soudain, il émet des paroles incompréhensibles dans une langue étrangère. Cette fois-ci, ce n'est pas du jargon, mais bien un dialecte qu'elle n'a jamais entendu auparavant. Il doit s'agir d'une langue ancienne, pense Janie impressionnée au plus haut point.

Même si la voix devient suppliante et saccadée dans un crescendo d'invocations, les gestes qui entourent ce rituel se veulent sécurisants. Graduellement, l'Archange Uriel, tout en évoquant les forces ***« Célestes »***, ouvre les bras et tend les mains. Immédiatement, la paume de ses mains projette des rayons vers le ciel, encore plus puissants qu'auparavant, attirés vers *« l'Énergie Céleste »*. Janie voyait bien qu'il attendait une réponse, tout en récitant son charabia. Subitement, de grands faisceaux lumineux s'unifièrent aux Rayons Angéliques rubis de l'Archange et lorsque la fusion devint complète, toutes les énergies éclatèrent, en mille et une étincelles multicolores, en miroitant dans l'infini. Au même instant, émergea de son être spirituel... une doublure de lui-même! Et, une autre... et... une autre! Le plus surprenant, c'est que les répliques parfaites se dédoublaient, elles aussi, à leur tour. En quelques secondes, l'espace intemporel fut rempli de centaines d'Archanges Uriel qui se dirigèrent dans toutes les directions, volant, glissant, disparaissant sur une lumière rubescente qui devint de plus en plus écarlate.

—C'est pas mal comme tour de magie... blanche! claironne Uriel, posté à ses côtés en attendant sa réaction.

Impressionnée, Janie le croyait devant elle. Il lui sourit, voyant un air interrogatif sur son visage.

—Ce que tu viens de voir est un pouvoir unique aux *« Archanges de la famille des Séraphins »*. Nous sommes de Grands Anges d'une haute lignée *« Céleste »* et d'une pureté inébranlable. En fait, pour toi cela ressemble à plusieurs dédoublements à la fois, mais en réalité, c'est plus que cela! C'est un Don légué par l'Absolu, le Maître D'œuvre de **« l'Univers des Univers »**. Ce droit nous a été transmis pour bien accomplir notre mission d'aide humanitaire. Ce legs magnifique se nomme le : ***« Don D'Ubiquité »***. Cette faculté nous permet d'être à plusieurs endroits à la fois et d'exécuter en même temps différentes activités indépendantes les unes des autres. C'est tout simple, n'est-ce pas?

Facile pense Janie… surtout facile à dire. Elle trouve cela plutôt mystérieux.

L'Archange qui peut lire dans les pensées, la regarde en souriant et déploie ses ailes immenses autour d'elle en signe de protection. L'énergie magnétique Séraphique soulève Janie et la maintient dans l'espace.

Inopinément, il se retrouve devant l'Humaine alors qu'une fraction de seconde plus tôt, il était à ses côtés. C'est une démonstration spectaculaire qui a pour effet d'émerveiller Janie. Elle aimerait bien détenir ce ***« Don »*** pour impressionner son frère.

L'Archange Uriel sourit à cette pensée de Janie.

Un silence profond s'installe. Derrière Uriel, Janie remarque qu'à travers cette lumière céleste argentée se dessinent deux énormes portes cuivrées et reluisantes.

—Écoute Janie… c'est l'heure de se quitter! C'est la voie de transition. Tu dois parcourir ta ***« Destinée »***.

—Je ne veux pas me séparer de vous maintenant, dit-elle, désappointée. En tout cas, pas si vite!

L'Archange lui sourit affectueusement et dans un mouvement continu, il glisse à ses côtés. Il déploie ses triples ailes tout autour du corps de Janie pour la consoler. Janie ressent une chaleur unique inexplicable.

—Tu dois poursuivre ta quête, c'est toi qui as choisi de vivre cette aventure! Je suis ici aujourd'hui, spécialement pour te montrer le chemin à suivre. Tu vois ces grandes portes de bronze, ce sont les **« Portes du Savoir »**. Elles sont normalement introuvables. Et tu dois traverser ces portes pour retrouver ta ***« Clef du Paradis »***!

—***« Ma Clef du Paradis »***!

—Oui! C'est bien ce que tu es venue chercher, non?

—Mais... mais, dit-elle. Je ne veux pas vous quitter tout de suite! Je viens à peine de faire votre connaissance!

—Ne t'inquiète pas, je te reverrai et je t'attendrai à l'entrée du **« Monde des Maisons »** comme je te l'ai promis, mais pour l'instant... il n'y a pas d'urgence. Il y a encore quelque chose qui te tracasse? dit-il en la voyant se tapoter l'abdomen.

Janie s'inquiète, car son nombril la tiraille par en dedans et la dérange énormément. Elle se frotte le ventre pour arrêter son malaise qui continue malgré tout. Elle réalise qu'il s'agit de sa corde d'argent. Même si elle ne l'a jamais vu, Janie se demande si...

—Oh non! dit Janie d'une voix tremblante. Ma corde d'argent est en train de se couper. Elle me tiraille les entrailles!

—C'est normal, puisqu'elle doit parcourir un long trajet.

—Dois-je mourir pour pouvoir traverser ces ***« Portes »***?

Afin de la rassurer, Uriel explique...

—Ici on ne meurt pas, on se ***« MÉTAMORPHOSE avant de RENAÎTRE »***. Plus nous évoluons, plus notre corps devient raffiné, subtil, de plus en plus difficile à percevoir, parce qu'il s'élève jusqu'à l'invisibilité.

—On se transforme! C'est génial!

—Les humains ont bien peur de la mort, car ils ne maîtrisent pas la technique de renaissance. Et puis, il existe d'autres moyens pour visiter le **« Monde des Maisons »**.

Janie l'écoute attentivement sans interruption.

—Toi, Janie, tu as la chance de découvrir une voie tout à fait spéciale que l'on appelle le : ***« Rêve Astral »***. Je vais élever doucement les vibrations de ton corps physique au niveau supra-astral, afin de lui donner plus de lumière céleste. C'est avec cette même luminosité intense que les astres furent formés. Tu comprends maintenant, pourquoi on dit **« Astral »**?

Janie ne sait pas pour l'instant qu'elle aura la chance unique de se souvenir de son odyssée, grâce au rêve conscient. Elle est prête à tout pour retrouver sa *« **Clef** »*!

Aussitôt, Uriel impose ses mains en direction de Janie pour harmoniser ses vibrations, afin d'équilibrer son corps éthérique aux nouvelles énergies.

—Ce rayon d'énergie ultraviolet te permettra de voir avec les yeux du cœur et ainsi, tu pourras passer les **« Portes du Savoir »** en toute quiétude, car en d'autres temps ces **« Portes »** seraient impossibles à franchir. Les Êtres qui oseraient les traverser sans avoir élevé leur taux vibratoire, tomberaient dans le **« Néant Morose »**, le **« Monde des Esprits Frappeurs »** ou seraient... pulvérisés. Les **« Portes du Savoir »** s'ouvrent sur la **« NooSphère, le Monde de l'Imagination »**, situé dans **« l'Astral »** où tout peut se créer. Cette sphère est réservée à des missions spéciales d'évolution qui doivent marquer l'existence des Créatures Terrestres.

—Je suis prête! dit Janie ne voulant pas rater cette expérience enrichissante.

Toujours les mains imposées, l'Archange interpelle le grand vent du matin, Eurus.

—Age guod agis...*

À l'horizontale, Eurus se met à sillonner l'atmosphère. Il s'entortille doucement autour de Janie et de l'Archange en interaction et assainit tout sur son passage avec son souffle récurant. Maintenant, c'est au tour d'Uriel d'agir. En se touchant la poitrine, un faisceau rougeâtre d'une grande intensité fait sortir son cœur flamboyant. Instantanément, ce rayon rougissant se jumelle avec un autre rayon lumineux

* Fais ce que tu fais...

bleuté d'égale force qui s'éjecte de l'œil astral d'Uriel, situé entre ses arcades sourcilières. Janie réalise que cet œil est identique à celui de Ketchouille. Les deux faisceaux se fusionnent, s'entremêlent comme des rubans flottant au vent, pour devenir un vibrant rayon violet. Ce n'est ni un jet, ni un éclair, cela ressemble plutôt à une bande rayonnante unique en son genre, faite de fines particules en suspension.

—Va, ordonne l'Archange Uriel au rayon ultraviolet, et achemine ta lumière transformatrice.

Janie souhaite que l'Archange sache bien ce qu'il fait, car…

Instantanément, cette luminosité se dirige vers Janie à vive allure et s'infiltre en elle par une fissure microscopique de la fontanelle, invisible à l'œil nu. Cette flamme ondoyante descend en spirale dans son corps et gonfle tous ses atomes. Ils deviennent gazeux par la pénétration du rayon. Janie se sent tellement légère, plus cristalline et surtout beaucoup plus lumineuse. Une nuée de petites étoiles multicolores entourent son aura. Elle est maintenant prête à franchir les **« Portes du Savoir »** pour poursuivre sa grande aventure.

L'élévation de la pensée est réussie avec succès.

—À présent, je dois te quitter, c'est écrit dans le ciel. Je suis venu spécialement pour élever tes énergies et te montrer la voie à suivre, afin que tu puisses retrouver ta ***« Clef du Paradis »***.

Janie voit de longs sillons pénétrer son corps. Elle se rend compte qu'elle commence à maîtriser la vision astrale.

L'Archange Uriel s'avance d'un pas solennel vers Janie pour lui manifester son authenticité. Il la serre dans ses bras ailés pour lui prouver que ce qu'elle vient de vivre existe vraiment dans **« l'Astral »**. Il se penche et l'embrasse affectueusement sur le front. Janie ressent tout l'amour du monde dans ce baiser paternel. Sur-le-champ, une myriade* de

* myriade : très grande quantité indéfinie

pétales de roses se déversent et tombent à l'infini sur elle tout en caressant son visage. Heureuse, elle ferme les yeux quelques secondes pour sentir ce baume parfumé qui effleure sa frimousse enjouée. Lorsqu'elle ouvre les yeux à nouveau, l'Archange Uriel a disparu comme par enchantement, laissant sur son visage une trace de rosée.

Janie est toujours sous le choc. Personne ne va me croire, quand je raconterai mon histoire! Ah oui! Il y aura au moins une personne… Mamiche! Je veux être certaine de ne rien oublier!

Elle sort son petit journal et y inscrit quelques détails pertinents puis, d'un pas décidé, se dirige vers les ***« Portes du Savoir »*** heureuse d'avoir trouvé le passage vers la connaissance! C'est avec confiance qu'elle avance d'un pas ferme vers sa nouvelle destination.

Chapitre 11
La traversée des Intrus

Tout en fredonnant à voix basse... un tralala, tralili..., elle constate qu'elle a de la difficulté à rejoindre les « Portes » qui s'amusent à reculer à chacun de ses pas comme dans un mauvais rêve, au lieu de se rapprocher.

—Bon! Qu'est-ce qui se passe, maintenant? À chaque fois que tout va comme sur des roulettes, il arrive toujours quelque chose pour déranger mes plans. Ça ne fonctionne pas à mon goût! Pourquoi? C'est vraiment incroyable! Janie sent qu'il y a de l'interférence. Mais qui pourrait...? Enfin! dit-elle à haute voix pour faire une blague... il ne manquerait plus que les Virulentus pour venir me mettre des bâtons dans les roues.

En prononçant ces paroles, Janie provoque des événements néfastes. Les rayons ultraviolets avaient admirablement exécuté leur travail à souhait, peut-être un peu plus que prévu. Cette radiation avait élevé son état de conscience à un niveau plus avancé moralement et par le fait même, toutes ses facultés mentales. Le jeu de la destinée s'était activé à son insu.

À cause de cette nouvelle énergie, sans le savoir et à partir de maintenant, toutes les paroles qu'elle prononcera à haute voix deviendront réalité. **« Toutes les situations, qu'elle s'imaginera, arriveront selon l'intensité de son désir ».**

Instantanément, une densité nébuleuse forme une masse grisâtre, vaporeuse et se dirige droit sur Janie, afin de freiner son élan et lui obscurcir la vue. Elle ne voit ni ciel, ni terre et encore moins les « Portes du Savoir ». Elle commence à se sentir étouffée dans toute cette vapeur condensée. Soudain, elle ressent une grande insécurité l'envahir lorsqu'elle se retrouve les pieds au bord... d'un immense trou noir, fulminant, prêt à exploser.

—Oh! Non! Mais... c'est le **« Néant Morose! »** Je suis perdue!

Janie savait que ce néant existait quelque part dans le **« Monde effroyable des Esprits Frappeurs »** et pour comble de malheur... il fallait qu'elle le découvre. Quelle horreur! Elle sent, immédiatement, une grosse crampe qui lui serre l'estomac comme un étau. Normalement, elle n'éprouve ce malaise que lors des examens à l'école. Cela ne doit surtout pas l'arrêter. Elle n'a pas le choix, elle doit sortir de cet endroit irrespirable, ce **« Néant »** pas rose du tout, même plutôt obscur et fuligineux[*] qui laisse à désirer! Cet immense trou noir crache sa lave en furie, dans les airs. Janie se retrouve subitement enduite d'une scorie[**] bulbeuse. Cette suie s'agglutine sur sa peau, de la tête aux pieds. Elle n'arrive plus à voir car ses cheveux sont collés sur son visage. Puis, elle réalise que ce n'est pas sa chevelure qui l'aveugle, mais bien... la noirceur. Elle est totalement dans le noir et elle déteste... ***« l'Obscurité »***; c'est sa plus grande peur. Un vrai cauchemar! Prise de panique, elle hurle...

—Au secours! Au secours! À moi, quelqu'un! Personne ne répond à sa demande. Confuse, sa tête embrouillée ne pense plus en harmonie. Au bord des larmes, elle crie à tue-tête : surtout... que personne ne bouge, je me débrouillerai toute seule! Je suis assez grande; de toute façon, c'est toujours lorsqu'on a besoin d'aide que les personnes disparaissent de notre entourage. Cela la bouleverse vraiment de se retrouver dans les ténèbres. Je me fous de tout le monde! tonne Janie désespérée.

---

[*] fuligineux : qui produit de la suie, qui a la couleur de...

[**] scorie : résidu provenant de la fusion de minerais métalliques, fragment de lave

Elle vient de lancer des paroles en l'air. Ces pensées irréfléchies, qu'elle a criées à tue-tête, ont attiré le négatif et beaucoup trop de vide.

Un long picotement lui parcourt l'échine jusqu'au bas du dos et la nervosité s'empare immédiatement de son être tout entier. Elle est tellement surexcitée qu'elle a des sueurs froides. En une seule seconde, toutes les cellules de son corps sont envahies par une nuée de poussière étouffante remplie de vapeur nocive. Tout de suite, ces résidus qui proviennent des bas fonds commencent à nuire à sa respiration. Sa tête, son front, sa gorge, son cœur, son estomac, son ventre se crispent sous l'impact. Une forte nausée s'empare de sa personne.

—Non! Je vais échouer, je n'atteindrai jamais les « Portes »!

Même si Janie connaît les dispositions qui s'appliquent dans certaines situations de panique, aujourd'hui, elle s'en fout complètement. Au lieu de se calmer et d'utiliser la ***« PENSÉE MAGIQUE »***, elle a une envie folle de piquer une colère noire.

Les Intrus qui avaient été expulsés de la **« Forêt Magique »** attendaient dans le **« Néant Morose »** ce moment précis pour parvenir à leurs fins. À l'arrivée des lourds nuages gris, ils en profitent pour bien se camoufler dans les fines particules empoussiérées qui s'élèvent dans l'air. Ainsi, les imposteurs deviennent tout à fait invisibles. Trop tard! Le mal est fait! Les malfaisants ont utilisé Janie comme moyen de transport. Ils travaillaient dans l'ombre empilés les uns par-dessus les autres comme des poupées russes, afin de revenir dans la **« Forêt Magique »** pour terminer leur sale boulot. En plus de cela, ils ont projeté un gaz suffocant pour rendre Janie insouciante à souhait. Elle est maintenant sans défense.

Ses paroles en l'air et surtout sa rancune ont créé un espace vide, qu'elle n'a pas eu le temps de remplir. Les Intrus en ont profité pour s'infiltrer dans les Virus léthargiques qui habitent son corps. Ils n'attendent pas une seconde de plus, s'ancrent sans délai dans les Virus inertes et forment immédiatement des petits nœuds noirs. Ils ont déjà commencé à ternir l'aura de Janie. Ces fameux parasites que Janie avait nommés les ***« Virulentus »*** lors de son étude sur les trous noirs sont affaiblis par les rayons ultraviolets et ainsi permettent inconsciemment aux Intrus, ces indésirables de la **« Forêt »**, de se dissimuler dans leur enveloppe corporelle complètement amorphe*. Maintenant en place, les envahisseurs espèrent de tout cœur franchir les **« Portes »**... sans être détectés. Par la même occasion, en s'infiltrant dans les Virulentus, les ***« Intrus »*** captent une petite dose de rayons ultraviolets, cette dose les fortifie au lieu de les rendre nonchalants. Quel malheur! car ces enquiquineurs sont venus dans un but bien particulier... la vengeance! Leur devise est la Loi du talion : ***« Oeil pour œil, dent pour dent »***. Ces Intrus inconnus de Janie ont découvert un moyen rarissime pour s'instaurer en silence dans son système immunitaire. Ils n'ont pas seulement pénétré son corps... ils se sont introduits dans les Virus du rhume que Janie a contracté. Ils sont doublement cachés, même invisibles au dépisteur du **« Monde des Astres »**. Janie, pour sa part, n'a aucune idée de ce qui vient de se passer. Engourdie, sa respiration devient de plus en plus lourde, les battements de son cœur ralentissent et tout son corps se décontracte. C'est alors, qu'elle se sent aspirée en direction d'un point lumineux, minuscule, situé au milieu de son front. Ce mouvement giratoire, en forme d'entonnoir allongé, tourbillonne lentement, très lentement, entre ses deux yeux et s'amplifie jusqu'à l'absorber totalement. Va-t-elle s'évanouir?

—Où suis-je? se questionne-t-elle.

Janie vient tout juste de traverser le **« Néant Morose »**, l'endroit le plus démoralisant où l'âme broie du noir. Le **« Néant Morose »** se situe entre le **« Monde Terrestre »** et le **« Monde Astral »** dans une zone parallèle et gazéifiée. C'est un espace invisible, intermédiaire, où les âmes trépassées qui ont perdu

---

* amorphes : sans énergie

leur ***« Clef du Paradis »*** se retrouvent, car ils ne savent plus où aller. On y trouve aussi des esprits entêtés qui ne veulent pas quitter la terre et qui s'empêchent d'évoluer dans d'autres ***« Plans Intergalactiques »***. Ils errent dans cet endroit de transition, jusqu'à ce qu'ils réalisent qu'il n'y a rien à y faire. Alors, ils commencent à s'ennuyer et à jouer des mauvais tours. Ils deviennent parfois de petits fantômes rigolos et en d'autres cas, quand ils se prennent trop au sérieux, se transforment en d'effroyables spectres. Quant aux indésirables qui ont été rejetés, ils essaient par mille et un moyens, de revenir dans le **« Monde Astral »**, mais cela constitue une tâche harassante et heureusement pour les *« **Humains** »*, jusqu'à maintenant ils n'y ont jamais réussi. Par contre, aujourd'hui, ils ont fait usage de gaz et cette technique n'avait jamais été utilisée auparavant. Il ne reste qu'à savoir… s'ils passeront vraiment inaperçus?

Maintenant, bien tapis et silencieux, les Virus attendent impatiemment de voir si leur plan machiavélique va réussir. Ils n'ont plus rien à perdre, mais plutôt tout à gagner! Cette **« Forêt »**, qui leur a été interdite à tout jamais par les *« Lois cosmiques »* et les *« Anciens de la Forêt »*, ils veulent définitivement en prendre possession et en devenir les ***« Maîtres »***. Les nuages de poussière se dispersent et laissent entrevoir les « Portes du Savoir ». Les Intrus bien cachés à l'intérieur des cellules malades, passent les « Portes du Savoir », sans se faire capturer et pénètrent ainsi la **« NooSphère »**. Du jamais vu! Ils ont réussi, envers et contre tous, à traverser les « Portes! »

En les franchissant, Janie a, pour sa part, presque tout oublié ce qui vient de se passer. Elle est encore abrutie par le gaz anesthésiant et ne se sent pas tout à fait bien dans son corps. Pourtant, un léger souvenir demeure enfoui dans un recoin de sa mémoire. Peut-être qu'elle confond le rêve et la réalité? Qui sait?

Chapitre 12
Le Druide

Sous ses yeux fascinés, Janie examine attentivement les remarquables *« **Portes du Savoir** »* ciselées de milliers de Clefs en bronze. Les grandes portes de la *« Forteresse »* se referment d'elles-mêmes aussitôt qu'elle parvient de l'autre coté du rempart. Un magnifique paysage multicolore se dessine sous son regard émerveillé. La jeune fille réalise que ce décor enchanteur n'est nul autre que la **« Forêt Magique »**.

Est-ce la **« Forêt Magique à Mamiche »** ou bien une autre **« Forêt »**? Elles se ressemblent tellement, qu'il est impossible pour elle de la différencier de l'originale... du moins pour l'instant.

À partir de ce moment, Janie allait créer sa propre histoire, et ce, sans le savoir.

La pluie a cessé et la petite-fille de Mamiche constate que seule la rosée a laissé une trace d'eau très fine sur son passage. Le temps redevient splendide et même l'arc-en-ciel se mêle de la partie en s'appropriant le ciel tout entier. Une odeur de mousse sauvage et de noisette, mélangée à la terre, lui monte au nez et remplit ses poumons de bien-être. Janie, émerveillée, pivote lentement sur elle-même en levant les bras et la tête vers le firmament pour admirer l'immensité du paysage. Subitement, une lumière éblouissante, couleur or, prend la forme de minuscules étoiles et traverse les feuilles, dans un mouvement circulaire, tout en les faisant frémir.

« Mais qu'est-ce que ça peut bien être? Il ne peut pas s'agir des rayons du soleil, ce n'est pas assez haut! pense-t-elle. Cette lueur semble plutôt provenir du sommet des arbres ».

Elle porte ses mains délicates devant ses yeux pour les protéger de la lumière intense et ne veut surtout rien manquer de ce spectacle éblouissant. Tout doucement la lumière s'estompe pour laisser place, à rien de moins que...

—Wow! Le Grand Chêne; il est magnifique! Quelle entrée en scène! s'exclame-t-elle.

Janie s'interroge sérieusement sur l'anneau de lumière. Ce halo encercle le majestueux chêne aux branches noueuses de part et d'autre.

« Mais comment se fait-il qu'il soit enveloppé d'un cercle jaune aussi brillant que le soleil? C'est étrange! Cela ressemble énormément à la couronne solaire de Galarneau », pense-t-elle.

Elle se souvient d'avoir constaté la grande puissance de cet astre nimbé d'or, éjectant des rayons à des millions de kilomètres à la ronde afin de manifester sa grandeur.

Devant l'éclat du Grand Chêne, elle est encore une fois éblouie et ne soupçonne même pas qu'il est habité par l'âme d'un Vieux Sage : le *« Druide »* des créatures de la **« Forêt Magique »**.

Tout en le fixant, Janie se rappelle qu'un jour Ketchouille lui avait mentionné quelque chose au sujet des couronnes et des auréoles, puis doucement, les souvenirs lui reviennent à l'esprit.

À l'époque, l'intrépide Ketchouille avait insisté pour parler de son amie extra... extrasensorielle, « Pipistrelle la Cristallomancienne* ». Elle avait développé un autre sens, le sixième, lors d'une rencontre strictement confidentielle avec la Fée Reine Gloria et ses Princesses. Depuis ce temps légendaire, Pipistrelle avait acquis le ***« Don de Clairvoyance »*** grâce aux techniques mirifiques du **« Monde Féérique »**. Elle avait appris à

---

* Cristallomancienne : personne qui prédit l'avenir en regardant dans les boules de cristal

utiliser son troisième œil, celui qui lui permettait de voir l'aura des *« Êtres subtils »*. Cette lumière circulaire aux mille secrets qui entourait les créatures, en disait long sur leur essence réelle. Son ami imaginaire lui avait même déclaré que ce troisième œil demeurait invisible aux incrédules et qu'il était situé entre les deux yeux, tout comme le sien. C'était un moyen très efficace pour percevoir les intentions des créatures. Il avait aussi raconté que Pipistrelle, très populaire, était grandement appréciée dans la **« Forêt »**, à cause de ses pouvoirs surnaturels. Tous la considéraient comme la première vraie *« Initiée »*. Apparemment, selon les ouï-dire de Ketchouille, encore une fois… elle aurait été instruite secrètement dans le Royaume énigmatique nommé : **« TROGLODYTE* »**, domaine des Fées, situé dans un endroit sacré, enfoui au centre de la : **« Mégalopole** »**. Cette clairvoyante aurait appris tous les rudiments mystérieux de ce pouvoir et demeurait l'une des rares à connaître le mystère de *« L'Oeuvre mirifique*** »*. La pratique de cette connaissance exceptionnelle était gardée sous le sceau du secret.

Mais, Ketchouille s'était bien gardé de dire toute la vérité à son amie, au sujet de la vraie nature de la cristallomancienne. Il était persuadé que Janie réagirait négativement comme tout le monde de son entourage, car Pipistrelle s'avérait être… une chauve-souris. Il avait mis l'accent sur ses vraies valeurs, plutôt que sur son apparence physique. Il racontait tellement d'histoires, que Janie n'était pas convaincue que cette « Initiée » existait vraiment. Cependant, au plus profond de son cœur, elle souhaitait la rencontrer un jour, pour lui poser quelques questions sur la démarche à suivre pour retrouver sa *« Clef du Paradis »* et, évidemment, pour connaître son avenir!

Une légère brise la ramène au Grand Chêne.

---

* troglodyte : demeure creusée dans la roche
** mégalopole : très grand domaine
*** mirifique : merveilleux

La fillette se met à réfléchir longuement en contemplant l'arbre centenaire. L'intensité du rayon lumineux du Grand Chêne s'accentue et s'étire jusqu'à envelopper Janie de sa lumière mordorée. À partir de ce moment, elle ne doute plus que Ketchouille devait certainement à l'occasion, lui dire la vérité.

—Mais oui! Où ai-je la tête? J'aurais dû y penser plus tôt, déclare Janie à haute voix comme si elle parlait avec Mamiche. Cette énorme auréole de feu qui jaillit tout autour de Vieux Sage, c'est... c'est son aura! C'est fantastique! Non, mais... je vois! Je vois! Janie n'en croit pas ses yeux, c'est la première fois qu'elle perçoit... une aura.

Elle ne sait pas encore qu'une aura dorée constitue l'unique signe d'une vie de pureté et que seuls les ***« Parangons »*** en possèdent. Ces personnages exemplaires aussi appelés ***« Les Grandes Âmes Héroïques »*** ont la maîtrise et le pouvoir de percevoir l'aura en tout temps et en tout lieu et ils peuvent même l'utiliser dans d'autres Sphères de vie.

Immobilisée devant le Grand Chêne, Janie l'examine de haut en bas comme si elle le voyait pour la première fois. Il lui semble différent des autres jours où elle le visitait dans la **« Forêt Magique »** avec Mamiche. Maintenant... je sais, c'est son halo qui fait toute la différence, pense Janie, émerveillée.

Puis, l'aura prestigieuse du Grand Chêne se dissipe progressivement et Janie aperçoit l'immensité de la **« Forêt »** qui s'étale à perte de vue. À ce moment, une pensée lui traverse l'esprit. Comment se fait-il... qu'elle soit venue toute seule dans la **« Forêt »**, surtout... sans la permission de Mamiche? Tout s'embrouille dans sa tête. Quelle étourdie! Comment a-t-elle eu l'audace de désobéir à Mamiche? Elle remplit ses poumons d'air pur pour nettoyer les roues de vie, afin qu'elles conservent leurs brillances et leur énergie cosmique.

—Hummm! lance Janie après cette inspiration salutaire. Tout son être déborde d'énergie solaire et elle ressent un grand soulagement. Elle ne comprend pas... comment elle a pu agir de la sorte? Pourtant, Mamiche m'a si souvent avisée de ne pas m'aventurer toute seule dans la **« Forêt »**. Elle se cherche des excuses et essaie de se justifier devant le Grand Chêne qui n'a aucune réaction.

—Bon! Je n'avais pas le choix. Je dois absolument retrouver ma *« **Clef du Paradis** »*, dit-elle au Grand Chêne qui demeure toujours muet comme une carpe. Aussitôt que j'aurai ma *« **Clef** »* en main, je reviendrai sur-le-champ à la maison. J'espère qu'Anthony ne se rendra pas compte que je suis allée dans la **« Forêt »**... sans la présence d'un adulte. Il ne perdra pas un instant pour aviser Mamiche.

Janie envisage de rebrousser chemin, mais quelque chose lui dit à l'intérieur d'elle-même, qu'elle doit poursuivre son aventure et surtout demeurer forte... forte, forte!

Je ne peux tout de même pas me changer en Chevalier sans peur, armé jusqu'aux dents. Je suis une fille et les filles ne portent pas d'armure. Hum! Je serai donc une Princesse au corset baleiné par des tiges métallisées. Moi aussi j'aurai ma cuirasse de protection, pense-t-elle.

Elle se redonne du courage et ne veut prendre aucun risque, alors elle se croise les doigts en signe de chance, même si la chance n'a rien à y voir.

À cet instant précis, les feuilles lobées du Grand Chêne prennent vie et sa nature secrète s'efforce de parler à Janie en langage de signe, ce qui est tout à fait inédit. Les branches touffues de son corps robuste craquent et se déploient fortement, entraînant un interminable frissonnement de toutes ses entrailles jusqu'à la cime. Ces ramifications réagissent dans un bruissement général, et sont attisées par Aquilon. Les folioles essaient par tous les moyens d'attirer l'attention de Janie. Elles se trémoussent, gloussent et jacassent en virevoltant, en tourbillonnant sans arrêt.

Respecté et vénéré, le Grand Chêne est reconnu à des lieux à la ronde par sa majestueuse couronne luminescente qui s'étend à l'horizon, symbole de conscience, d'être et de savoir.

Le Grand Chêne est décrit comme le *« Druide »* par les Créatures forestières. Il est estimé dans toute la **« Forêt Magique »** pour sa sagesse infuse. Son tempérament et sa conduite réfléchie apaisent et sa compréhension parfaite de l'Univers qui l'entoure sécurise tous les règnes, y compris les Humains. C'est pour cela que Mamiche prénomme cette vieille âme, le Vieux Sage. Il est tant recherché. Les Êtres venus de tous les coins des **« Mondes »**, même des recoins les plus repliés de la terre et inexplorés, l'interpellent pour recevoir ses conseils judicieux. Grand philosophe, il est à l'écoute de tout un chacun et maîtrise la science de la nature qui n'a aucun secret pour lui. Il connaît par cœur le comportement de la **« Forêt ».** Les Créatures recherchant la gloire et le succès savent très bien que ce prestigieux guide peut les aider en tout temps et en tout lieu. Mais, avant tout, ils doivent formuler des requêtes venant du fond du cœur. Le Vieux Sage n'accepte que les requêtes nobles dans un but humanitaire et non des demandes personnelles pour combler des aspirations égocentriques. Toutes les demandes honorables, visant le bien de l'humanité, reçoivent une attention particulière de la part du Vieux Sage. Il détient le pouvoir suprême sur le ***« Roi de la Forêt »***, le Shaman Chinchinmakawing, qui vit au sommet de la **« Montagne Sacrée ».** Magistrat du Triumvirat*, rien ne lui échappe. Il est le négociateur sur Terre entre les Créatures terrestres et le **« Monde des Maisons ».**

—Incroyable! Je me retrouve seule avec le Vieux Sage.

Elle le trouve encore plus mystérieux qu'à sa dernière visite. Elle se prélassait, dissimulée sous ses branches bien garnies et ne l'avait jamais vraiment examiné avec autant d'attention, car elle était trop occupée à donner des spectacles avec Mamiche.

Janie se retrouve devant un illustre personnage. Elle n'a aucune espèce d'idée de tous les pouvoirs qu'il possède. Et si

---

* Triumvirat : association de trois personnes qui exercent un pouvoir

seulement, du fond du cœur, elle implorait son aide, des choses inexplicables pourraient survenir mystérieusement.

—Je dois me pincer, se dit-elle. Tout ce qui m'arrive est irréel. Eh non! Elle est toujours en tête-à-tête avec l'arbre Ancestral. Elle l'observe scrupuleusement. Ses vigoureuses branches s'étendent très loin de son puissant tronc comme de gigantesques bras extensibles. Ses interminables racines tortueuses sont ancrées profondément dans la terre ferme.

Tout à coup, un long hurlement aigu parcourt la **« Forêt »** jusqu'à cent lieues à la ronde. Une vague d'inquiétude s'empare de Janie et d'un seul bond, elle s'agrippe aussitôt au Vieux Sage. Elle retient son souffle pendant qu'un frisson d'horreur lui court le long de l'échine et elle se met à penser au chemin du retour.

—Un loup! crie-t-elle dans tous ses états. Elle se cramponne encore plus fortement à sa vieille branche.

Janie confond la réalité avec le rêve et ne parvient plus à faire la différence.

—Zut! Jamais de ma vie, je n'ai parcouru le chemin de retour vers la maison toute seule, constate-t-elle, troublée. Premièrement, ce que j'aurais dû faire, c'est écouter Mamiche et attendre que la pluie cesse avant d'aller dans la **« Forêt »**. Je sais parfaitement que Mamiche serait venue avec moi, car elle tient toujours ses promesses! Janie n'avait pas tenu compte de ses recommandations. Pourtant, Mamiche l'avait bien avertie à plusieurs reprises : *« Tu ne dois jamais t'aventurer dans la "**Forêt**" toute seule. Tu risques de mettre ta vie en péril, si tu ne connais pas bien les rudiments de base à suivre. Surtout, il ne faut pas ignorer le... loup »*. Ces mots résonnent dans sa tête : le loup, le loup! Mais, il y a pire que le loup... il y a le ***« Loup-Garou »***! Seule dans la **« Forêt »**, elle réalise qu'elle n'a même pas exécuté son ***« Rituel du Chant de Protection »***. Je me suis foutue moi-même dans ce terrible pétrin! Quelle sotte! Un autre hurlement se fait entendre, celui-ci beaucoup plus impressionnant que le premier. Janie se raidit et demeure sur place, stupéfaite, car le cri geignant, grognant, mi-humain, mi-animal, venant du gorgoton*de la bête... la terrifie jusqu'à lui fendre l'âme.

Cette fois-ci, elle est morte de peur et plus du tout certaine de vouloir aller plus loin dans sa mission. Le fauve rôde et est prêt à l'attaquer.

C'est toujours lorsqu'elle en fait à sa tête qu'il lui arrive des mésaventures!

Tout prend une dimension démesurée à ses yeux. Furieuse contre sa conduite téméraire, elle réfléchit, mais pas assez, car sa curiosité l'emporte sur son résonnement.

—Je ne peux plus me défiler! Et... puis, je ne suis pas complètement seule... n'est-ce pas? questionne-t-elle à haute voix, en regardant le Vieux Sage qui demeure impassible. Évidemment, un arbre, ça ne parle pas! rajoute-t-elle, tout en lui tapotant l'écorce en signe d'affection.

Janie doit poursuivre sa mission, malgré les embûches. De toute façon, c'est ce qu'elle a choisi! Elle prend de l'assurance et se détache de la branche du Grand Chêne. Après tout, cette voie lui a été désignée. Comment va-t-elle procéder maintenant? Pour l'instant, se plaindre au Vieux Sage... la soulage.

—Pourquoi? Pourquoi Ketchouille ne me redonne-t-il pas ma ***« Clef du Paradis »***? Et puis, pourquoi m'oblige-t-il à le suivre? Quelle catastrophe! s'écrie Janie, en tapant du pied. Si jamais je l'attrape celui-là... il a besoin d'avoir une bonne raison pour se sauver avec ma ***« Clef »***! Tant pis pour lui... je vais le pointer du doigt et il sera furieux à coup sûr! On verra bien qui rira le dernier.

Puis elle décide de se laisser guider par son intuition. Et subitement elle se souvient que Mamiche lui avait raconté une histoire réelle au sujet de Caroline sa fille cadette. Elle avait demandé de l'aide et l'avait apparemment reçue.

« Quand elle était encore toute petite, Tante Bouggy avait perdu sa "Clef du Paradis", tout comme toi! Elle était désespérée et

* gorgoton : mot familier pour parler de la gorge

avait perdu sa joie de vivre et son sourire en même temps que sa Clef. Elle croyait véritablement que sans cette dernière, elle ne pourrait jamais entrer au Paradis ».

Janie cherche dans sa tête, ce que Bouggy avait fait pour retrouver sa ***« Clef du Paradis »***. Elle tente fortement de se souvenir de cette histoire vraie. Puis, quelques fragments refont surface...

« Le jour où... Bouggy avait constaté la disparition de sa "Clef du Paradis", sans attendre un instant, elle s'était rendue, en courant à pas de géant afin de pleurer sous le Grand Chêne. Son chien Truffe, un gentil Golden Retriever, l'attendait patiemment quoi qu'il arrive! Elle essuyait ses larmes sur les longues oreilles duveteuses de son chien. Son fidèle compagnon demeurait, aux aguets, couché à ses pieds et on aurait dit qu'il essayait de la consoler. Tout blotti contre sa mini-maîtresse en détresse, il attendait sagement qu'elle se soulage le cœur de son gros chagrin!

La fille de Mamiche en profita pour demander de l'aide au Grand Chêne. Elle savait profondément que si, du fond du cœur, de toutes ses forces, de tout son être et de toute sa volonté, elle demandait du secours au Grand Chêne, il ne tarderait pas à lui venir en aide. C'est à ce moment qu'il se transforma sous une nouvelle apparence ».

Mamiche lui avait déclaré qu'elle devait trouver l'énigme tout comme sa tante pour que le charme s'opère.

« Quelle énigme? S'il te plaît... un indice!

—D'accord! Un seul, le voici... il s'agit du dépassement de soi, d'une façon qui en contient trois et qui vient directement du cœur ».

—Hum! Trois manières dans une... et il apparaîtra sous une nouvelle apparence. Comment un arbre peut-il se dépasser? Un chêne demeure toujours un chêne; il n'a pas de cœur! Enfin, c'est trop compliqué! Jeu du sort! Un coup de vent à l'improviste fait sortir Janie de la lune et la ramène à la réalité. Elle est déçue, car elle aurait certainement trouvé l'indice, si seulement cette bourrasque ne l'avait pas dérangée.

—Ah! Zut! Vraiment! Le courant d'air dans les cheveux de Janie s'amuse à les emmêler et par le fait même, elle perd le fil de son idée. Puis le souffle druidique se déplace, tourne sur lui-même et la pousse dans le dos, la rapprochant encore de plus près du Grand Chêne.

Janie est tellement près du Grand Chêne qu'elle a l'impression qu'il respire et demeure droite comme une statue, intimidée par son magnétisme naturel.

Le Grand Chêne fait frémir ses feuilles par une force intérieure, encore plus forte que la première fois, aidé du vent *« Aquilon Borée »*. Il veut absolument réussir sa manœuvre et attirer l'attention de Janie. Posté devant elle, il attend une réaction de sa part qui ne tarde pas à venir. Janie sent une de ses feuilles effleurer son épaule, une autre lui chatouiller le cou. À le voir agir ainsi avec son feuillage, il lui donne l'impression qu'il a encore quelque chose à lui raconter.

—Oh! Je m'excuse. Je suis distraite! Je ne suis pas de très bonne compagnie, aujourd'hui.

Mamiche lui avait dit que le Grand Chêne était un bon conseiller et qu'elle pouvait toujours compter sur son aide. Et elle avait insisté sur quelques détails bien précis.

« —N'oublie pas Janie, avait-elle dit, le Grand Chêne est un personnage très important et il est vénéré par toutes les Créatures. Tu vois sur sa tête, il porte une Couronne de Gui. Ce signe démontre qu'il a reçu des Dieux un pouvoir spécial. Les Créatures de la Forêt le surnomment le Druide, car il connaît tous les secrets qui se cachent dans le Cœur! En signe de respect, tous lui font la révérence. Ne l'oublie pas! »

Heureuse de s'être souvenue des recommandations de Mamiche, Janie reste toujours debout devant cet arbre qui prend de plus en plus d'importance à ses yeux.

—Ouais! C'est le moment idéal pour l'apprivoiser. Il doit devenir mon allié. Janie, dont l'intuition se développe de plus en plus, ressent le Grand Chêne dans tout son être. Dans un geste de tendresse, elle pose délicatement sa main sur son tronc majestueux. Cette peau coriace, usée par le temps, est chaleureuse malgré son enveloppe rugueuse. Elle n'a pas la même texture que ses branches, elle a plus de nervures. Puis, tout doucement, elle finit par apposer l'autre main au cœur de sa longue écorce fissurée d'une couleur terre foncée presque noire. Il doit être très vieux, remarque Janie, pour que cette profonde entaille, marquée par des centaines de sillons, soit complètement guérie.

Le Grand Chêne ne bronche pas et se laisse charmer par ses paroles affectueuses.

—Mais voyons!!! Ce n'est pas qu'une simple écorchure... il a subi une blessure extrême! constate Janie. Cette déchirure a dû lui causer un mal terrible. Attendrie, elle caresse cette plaie rêche avec bienveillance.

Le Grand Chêne se retient pour ne pas crisper son écorce.

—Qui a bien pu blesser ce géant?

Janie n'oserait jamais blesser un être aussi bon, aussi dévoué. Dans un élan d'amour, comme le démontre souvent Mamiche lorsque Janie se blesse, elle embrasse délicatement la blessure du Grand Chêne pour le réconforter. Au même instant, une quiétude l'envahit. Elle ressent l'énergie dont Mamiche lui avait parlée à maintes reprises, *« Si tu apposes tes mains sur un arbre et que tu lui demandes gentiment son énergie, cet arbre se fera un plaisir de te redonner de la vigueur. Tu te sentiras à l'unisson avec l'univers tout entier »*. Mais cette fois-ci, Janie n'a rien demandé. Le Grand Chêne lui a offert un cadeau magnifique, une source d'énergie rayonnante et elle sent une chaleur traverser toutes les veines de son corps. Cette énergie cosmique se répand dans tout son être et pénètre jusqu'au centre de son cœur avec douceur.

—Je vous remercie, dit-elle au *« Dignitaire des Lieux »*. Je suis au comble du bonheur. Janie se sent en paix. Ça doit être cela, pense-t-elle, être en harmonie avec le **« Ciel »** et la **« Terre »**. Elle appuie la tête sur le Grand Chêne et resserre ses bras autour de son tronc du mieux qu'elle le peut afin de le caresser. Ces membres supérieurs ne forment même pas un demi-cercle, tellement il possède une constitution robuste. Puis dans un mouvement de tendresse spontanée, elle l'enlace de toutes ses forces, en fermant doucement les yeux. Un beau câlin, une affectueuse caresse qui vont droit au duramen* du Grand Chêne. Son cœur se met à cogner dans toutes ses parties lignifiées, si fortement que Janie en ressent l'énergie qui secoue l'écorce de l'arbre.

La petite-fille de Mamiche, toute minuscule devant la force démesurée de ce colosse, ne se laisse pas impressionner. Le géant s'abandonne à la caresse enfantine donnée par la main naïve de la pureté. Dans ce moment d'abandon total et bouleversant à la fois, devant ce spectacle d'une beauté incommensurable et magique… le silence de la **« Terre »** se fait entendre. Les oiseaux se taisent, le vent danseur se calme, les nuages cèdent le passage à une nuée d'anges qui s'émerveillent dans le silence des Dieux. Une immense auréole d'or encercle ces deux êtres de lumière aux cœurs purs et simples. Les *« Auras »* traversent le **« Ciel »** pour aller rejoindre le zénith et s'amalgament au soleil éclatant.

Le **« Ciel »** et la **« Terre »** s'extasient devant tant de beauté! Un instant précieux, un moment de grâce qui se courbe en une révérence magistrale, d'un bout à l'autre de l'atmosphère afin d'honorer cette fusion. Un arc-en-ciel agite ses couleurs au contact de ces deux natures sincères. Ce spectacle privilégié arrive tout droit du cosmos. En admiration, toutes les âmes évolutives en transformation dans le **« Monde des Astres »** ont la chance d'admirer ce spectacle unique en son genre et qui s'avère d'une perfection à couper le souffle.

Le Vieux Sage animé par cette immense chaleur humaine réagit activement à cette marque d'affection intense. Une pulsation vibratoire l'entraîne hors de son corps d'écorce et ainsi affiche son vrai visage. Janie n'a encore rien remarqué, trop occupée à se laisser chouchouter.

---

* duramen : partie la plus ancienne d'un tronc d'arbre (cœur de l'arbre)

—Ah! C'est merveilleux! Grisée, elle se laisse bercer en toute quiétude. Heureuse dans son coeur, l'amour et la compassion l'envahissent complètement. Un doux refrain résonne dans sa tête. Janie s'attendrit en entendant sa berceuse. Cette douce musique du cœur vient la chercher au plus profond d'elle-même et il ne peut en être autrement, puisqu'il s'agit de la turlurette que lui sifflotait sans cesse son Papiche, dans sa petite enfance.

Le murmure mélodicux du Vieux Sage se fait entendre comme s'il pouvait deviner son état d'âme.

« La… la la, la… la la, lalala la la la… la!
La… la la, la… la, lalala la la… la! Ouhhh!
La… lala, la…lala… la lalalala!
La… lala, la…lala… la lalalala! Ouhhh! »

« Ah! Quel souvenir heureux! » pense Janie. Son bien-être s'inscrit parfaitement sur son visage rayonnant.

Janie revoit les mains fortes et chaleureuses de Papiche la soulever dans les airs avec bienveillance. Il se complaît à la faire rire de bon cœur. Le timbre chaleureux et rassurant de sa voix protectrice résonne encore dans son cœur. L'amour d'un Grand-père est unique, pense-t-elle, transportée de joie.

Puis elle ressent à nouveau, pas une… mais des feuilles effleurer son visage. C'est évident que quelqu'un aspire à la voir sortir à nouveau de sa léthargie, mais elle se sent tellement bien, qu'elle ne veut pas ouvrir les yeux.

—Cher Chêne, dit Janie à haute voix, tout en se laissant dodeliner*; je veux que vous compreniez que la perte de ma *« Clef »* me cause beaucoup de chagrin. Si vous saviez à quel point je désire… dans le fond de mon cœur… de tout mon être et de toutes mes forces, un jour pouvoir aller au **« Paradis »**. Ce serait fantastique si… vous pouviez m'aider, dit-elle en rehaussant la voix pour le convaincre.

---

* dodeliner : bercer doucement

De tout son être, avec toute la conviction du cœur et de toutes ses forces, Janie pose directement la ***« question magique »***. Celle qui changera le cours de son destin.

—Pouvez-vous m'aider? s'écrie-t-elle.

Cette fois-ci, un vent impétueux s'élève et la sort des vapeurs de sa rêverie.

—Certes oui! répond le Vieux Sage, d'un ton chaleureux.

Elle doit certainement rêver. Elle se rend soudainement compte que, ses pieds ne touchent plus le sol et qu'un inconnu rayonnant vêtu d'une houppelande[*] d'érudit[**], d'une blancheur translucide, la tient dans ses bras. Elle ne reconnaît pas ce personnage sous ses habits notoires, et de plus, elle est bien trop grande pour se laisser bercer comme un bébé!

—Oh là là! s'exclame-t-elle. Mais... mais, qui êtes-vous? Où est le Grand Chêne? demande-t-elle, préoccupée. Janie gigote énergiquement, afin de se libérer des attaches de cet étranger.

Le Grand Chêne a compris son appel à l'aide et constate que sa nouvelle apparence la perturbe. Il la dépose doucement sur le sol.

—Ne t'affole pas petite! Tu ne me reconnais pas? C'est toujours moi, ton ami le Vieux Sage. Lorsqu'on fait appel à moi sincèrement, j'apparais sous mon vrai jour. Ici, dans la **« Forêt Magique »**, tu sais, je suis le *« Druide »* et je viens en aide à toutes les Créatures. Maintenant, tu vois que j'existe vraiment sous un autre jour!

Janie se calme. Elle constate que le corps fluide du Vieux Sage est toujours relié au Chêne ancestral par une longue corde d'argent qui le retient à son tronc. Elle se sent rassurée.

—Ouf! Vous m'avez fait une de ces frousses! J'ai eu la trouille de ma vie. Mais... que se passe-t-il?

Mamiche avait bien raison, il avait changé d'apparence. Il endossait une longue tunique blanche en lin, très sobre qui

---

[*] houppelande : long manteau sans manche
[**] érudit : qui connaît à fond un sujet

traînait jusqu'à ses chevilles. Un grand capuchon encadrait son visage radieux et ses épais sourcils jetaient de l'ombre sur son regard profond, rempli de tendresse. Là... elle le reconnaît! Une moustache en virgule s'entremêlait à sa barbe laineuse qui couvrait le reste de sa figure.

Bref, maintenant elle trouve qu'il ressemble vraiment à l'image qu'elle se faisait d'un *« Druide »*. La dernière histoire qu'elle avait lue sur ces très savants personnages légendaires l'avait passionnée! Elle croyait qu'ils étaient inventés de toutes pièces; quelle fut sa surprise de savoir qu'ils avaient déjà existé à l'époque antique de la **« Gaule »**. Ces Devins détenaient apparemment des pouvoirs mystérieux; ils pouvaient se transformer en bêtes au Solstice d'été. À ce qu'on dit... c'est une excellente nuit pour la *« Magie »*. Impressionnée, cela ne l'empêche pas de lui poser une question.

—Possédez-vous deux corps par hasard?

—Je ne peux rien te cacher, tu devines tout! J'ai un corps végétal pour sécuriser les humains lorsqu'ils viennent près de moi afin de me soumettre leurs demandes spéciales et, à ce moment-là, je ne bouge pas pour ne pas les affoler! J'attends et j'écoute. Par contre, toutes les créatures de la **« Forêt Magique »** me connaissent comme le *« Druide »* et ne me craignent pas! Ils ont l'habitude de voir mon corps astral! C'est par cette transformation que je deviens accessible aux *« Êtres »* qui cheminent dans **« l'Astral »** et qui demandent mon aide pour l'évolution graduelle de leur *« Substance »* profonde. Le but final, c'est qu'ils puissent un jour atteindre le **« Monde des Maisons Célestes »** et devenir des ***« Parangons »***! De plus, je tiens à te dire, ma petite, que le hasard n'existe pas! Je suis l'essence qui habite en permanence dans le cœur du Grand Chêne. Je fais partie de sa nature inexplicable et inobservable. Ne crains rien, je suis là pour t'aider et te guider comme tu me l'as si bien demandé! Sinon, je serais resté caché!

Janie comprend maintenant la vie secrète du Vieux Sage. Elle lui déclare chaleureusement: « Je me sentais tellement bien dans vos bras vigoureux. Vos mains agiles et dansantes me rappellent celles de mon Papiche. Je vous remercie pour cette marque d'affection, je me suis sentie comme une Princesse! »

Toute timide, les pommettes joufflues de Janie s'enluminent et deviennent rose fuchsia. Elle fixe les yeux du Vieux Sage qui sourit et qui, d'un seul coup, éclate de rire : un rire des plus communicatifs comme celui de maman Josée. Maintenant, Janie, en duo avec le Vieux Sage, rit aux larmes.

Debout, l'un devant l'autre, Janie, ébahie, réalise qu'elle ne fait pas que rire avec le Vieux Sage : ils dialoguent! Comment peut-elle comprendre le baragouinage des arbres? *« Je suis vraiment nouille, c'est évident que c'est le Vieux Sage qui connaît le langage des humains ».*

—Enfin, je crois que je peux être fière de moi! articule Janie. Je crois que j'ai posé la bonne question... celle qui vient du cœur avec conviction et détermination.

—C'était vraiment l'unique manière de le demander afin de recevoir mon aide, réplique le Vieux Sage. Ta grande confiance m'a fait sortir de mon écorce.

Janie est heureuse d'avoir réussi sa demande formelle. Elle vient de franchir sa première étape initiatique. Le Vieux Sage lui a fait dépasser ses premières limites. Elle n'a pas fait que penser, elle a agi et surtout a cru! Sa demande verbale, à haute voix, a été un des éléments déclencheurs de l'action créatrice.

Le Druide lui a fait dépasser ses premières limitations. Janie a réussi avec brio sa demande formelle. Elle n'a pas fait que penser, elle a agi et surtout a cru en sa réussite! Sa demande verbale, à haute voix, a été l'élément déclencheur de ***« l'action créatrice ».***

Après les **« Portes du Savoir »,** elle vient de franchir sa deuxième étape initiatique. Cette transition la liera aux forces du **« Monde »** de l'invisible.

Chapitre 13
Le Génie du mal... Malfar Malfamé

Les gestes affectueux de Janie ont réellement touché le Vieux Sage. Il s'adresse à elle de nouveau en lui révélant ses sentiments reconnaissants.

—Lorsque tu m'as donné ce très gros câlin, confie le Vieux Sage d'une voix émue, tu as mis un baume sur mon cœur endolori. Il y a si longtemps que je n'ai pas reçu une marque d'affection aussi sincère et chaleureuse. J'ai vraiment apprécié ce moment et surtout la grandeur de ton cœur. Tu as ravivé la joie de vivre dans tout mon être. Ce n'est pas souvent que l'on peut voir une humaine au cœur généreux, qui donne avec un amour véritable, sans condition! Cette journée est magnifique, et cela, grâce à toi! Je te remercie infiniment pour cette affectueuse caresse. Lorsque tu as embrassé ma blessure, tu as réveillé en moi un vieux souvenir. Cette profonde cicatrice, ancrée dans les sillons de mon corps, me rappelle la dure réalité du ***« Génie du Mal »***. C'est lui qui a terrassé mon Grand-père. Cette trace indélébile est aussi une très belle histoire d'amour qui restera à tout jamais gravée au plus profond de mon coeur. Elle m'a permis de découvrir l'amour éternel!

Janie, subjuguée par le discours du Vieux Sage, demeure au garde-à-vous, sans bouger. Elle ne veut rien manquer de ses paroles troublantes qui la pénètrent droit au cœur.

—Comment a-t-il osé... vous blesser? interroge subitement Janie tout indignée, c'est impensable!

Elle sent que sa blessure est encore plus profonde qu'il veut bien le laisser paraître.

—Impensable... répète le Vieux Sage... que quelqu'un puisse vouloir me causer du mal? Rien n'est impossible!

Elle soutient son regard pénétrant et ses pupilles deviennent brillantes comme des escarbilles* et pétillent de passion.

—Je ne croyais pas qu'il existait des Créatures aussi inhumaines.

—Ne t'en fais pas, c'est chose réglée et du passé! Je tiens avant tout à te remercier, insiste le Vieux Sage, pour ta compassion. Je peux apercevoir cette marque d'affection se projeter jusqu'à moi dans toute sa magnificence, par ton aura d'un rouge rosé. Cela m'indique que tu t'inquiètes vraiment à mon sujet. Je suis profondément touché de cette attention particulière, car dans la vie, très peu de gens s'intéressent à ce que peuvent éprouver les autres personnes.

—Vous voyez l'aura en tout temps?

—Je suis même un spécialiste, dit-il en souriant. De plus, les quelques rayons bleu ciel, plus intenses, qui s'éjectent en jets lumineux autour de toi, me confirment le grand respect que tu me portes. Je t'en remercie!

—Il n'y a pas de quoi! dit Janie timidement.

—J'ai su tout de suite, quand tu m'as serré dans tes bras que je pourrais toujours avoir confiance en toi! Ne t'alarme pas trop à mon sujet, car je peux très bien me protéger tout seul. Les expériences qui sillonnent notre chemin de vie existent expressément pour modeler notre force de caractère, découvrir notre grandeur d'âme et pour apprécier le moment présent qui passe souvent inaperçu à nos yeux.

—C'est bien beau tout cela, mais si vous pouvez vous protéger, comment est apparue cette blessure sur votre corps?

—La cicatrice sur mon corps est un souvenir douloureux laissé par la lutte que j'ai menée pour la survie de mon Grand-père. Il y a des choses inévitables dans la vie.

---

* escarbille : charbon incandescent, tison

—Comment peut-on se protéger du mal d'un sort? questionne-t-elle, déduisant qu'il a été victime d'un mauvais sort et pressée de se prémunir contre cette menace.

—Tu fermes les yeux et tu projettes une lumière d'un blanc opaque, tout autour de toi. Cette lumière angélique se chargera de détruire les mauvaises influences.

—Aaahhhh! C'est comme une armure.

—Tu as bien compris, mon enfant!

Mais Janie est toujours navrée pour le Vieux Sage. Qui avait autant de puissance pour occasionner une telle blessure? De toute évidence, c'était quelqu'un avec un grand pouvoir, puisqu'il avait pu l'atteindre malgré son aura de protection.

Voyant son inquiétude, il décide de lui raconter en détail, ce qui s'est vraiment passé au sujet de son Grand-père...

« Mon Grand-père était rempli d'amour. Il possédait à la fois, un aspect impénétrable pour les entités inconnues et un autre tout à fait réceptif qu'il démontrait à ceux qu'il aimait. Il était tout pour moi. J'ai grandi fièrement à ses côtés et nous avons partagé des moments inoubliables. Il avait une prestance qui imposait le respect. Mon ancêtre arborescent m'impressionnait par sa patience et son honnêteté. C'était une Créature digne de ses aïeux et il a marqué ma vie pour toujours. Lorsque mon Grand-père, âgé de mille (1000) ans, est parti au ***"Pays des Renaissances"*** *ou si tu préfères au Paradis, il détenait sa* ***"Clef du Paradis"****. Son heure avait sonné! À l'époque, je ne savais pas qu'à l'instant où ton heure est arrivée, tu n'as pas le choix... tu dois partir. Personne ne m'avait renseigné sur cette heure fatidique. Je ne voulais pas que mon Grand-père me laisse seul. Il allait dans un endroit où je ne pouvais le suivre et je trouvais cela inconcevable. Ce que je désirais le plus au monde, c'était qu'il vive à tout jamais, car la vie sans lui me paraissait insupportable. Ce que je ne comprenais surtout pas, c'était que mon Grand-père avait sa* ***"Clef"*** *et que moi, je n'avais pas encore la mienne. Si tu savais combien je tenais à lui. Je croyais, tout comme toi Janie, qu'il était invincible.*

*Il y a belle lurette, un prénommé Malfar Malfamé, une vermine sans vergogne, avait fait des dégâts sans précédent dans la **"Forêt"**. Il était le chef d'une bande d'isoptères[*] insatiables. Malfar commandait à sa file de rongeurs de tout anéantir sur leur passage, lorsqu'il ne possédait pas ce qu'il voulait. Lui et ses ignobles dévastateurs avaient annihilé, en secret et dans le silence le plus total, une grande partie de la **"Forêt"**. À l'instant où mon Grand-père découvrit l'étendue de leur ravage, il ne perdit aucune minute et alla immédiatement demander l'opinion du **"Conseil des Anciens de l'Hermitage"**. Le Comité consulta plusieurs personnages importants de la **"Forêt"** avant de prendre sa décision finale. La plupart d'entre eux ne voulaient pas faire savoir leur prise de position, de peur de subir des représailles des barbares qui exerçaient un certain chantage. Ce n'était pas la première fois que ce Malfar perpétrait des actes impardonnables secondé de ses complices et cela devait cesser sur-le-champ. Cette fois-ci, il mettait l'équilibre écologique de la **"Forêt"** en danger. La responsabilité de cette décision délicate revenait au **"Conseil des Anciens"**. Afin de ne pas commettre eux-mêmes une erreur de verdict, ils suggérèrent à mon Grand-père de consulter la perspicace messagère : Pipistrelle la Cristallomancienne, spécialiste des facultés surnaturelles. Lorsque tout le monde était plongé dans l'obscurité totale, disait-on, elle était la seule à voir dans le noir. Elle était aussi la seule, capable d'affronter la **"Lune Noire"**, la dévoreuse d'astres, en cas de désastre. Le grand pouvoir de perception de la Devineresse était reconnu de tous. La sentence reposait donc maintenant sur ses épaules et elle allait être décisive pour ces gibiers de potence.* »

—Ahhh! fit Janie, saisie d'une grande émotion.

—Tu la connais? interroge le Vieux Sage, surpris.

Janie ouvre de grands yeux.

—Euh! C'est Ketchouille, qui m'a parlé de cette voyante au don féerique.

---

[*] isoptères : insectes végétariens

—Tu veux dire la Cristallomancienne, la chauve-souris volante.

—Vous dites... une chauve-souris? Vrrrr! Janie frissonne en répétant ce nom. Je ne sais pas... Je ne sais vraiment plus. S'agit-il d'une chauve-souris vampire?

—Il n'existe qu'une seule Pipistrelle dans notre **« Forêt »**, explique le Vieux Sage, un peu inquiet. Ce n'est pas n'importe qui, je peux te l'assurer, et surtout pas un vampire comme tu l'imagines.

Le Vieux Sage la regarde d'un air songeur. Il est un peu étonné qu'elle ait entendu parler de Pipistrelle par un parfait inconnu. C'est le comble! Comment se fait-il qu'il n'ait jamais eu écho de ce Ketchouille en question, lui qui connaît la **« Forêt »** comme le fond de sa poche? Il appartient peut-être à une autre dimension? C'est la première fois qu'une situation délicate et inconnue se présente à ses yeux. Il faut absolument qu'il remédie à ce contretemps contrariant, en trouvant dans les plus brefs délais... ce Ketchouille en question, avant que l'on ternisse sa réputation.

—Je crois que je viens de t'apprendre que Pipistrelle fait partie de la famille des chéiroptères*, ajoute le Vieux Sage en souriant.

Les yeux ronds comme des boutons de bottine et le menton collé au cou, Janie demeure ainsi quelques instants.

« Donc... mon Grand-père se rendit chez Pipistrelle comme convenu avec le ***"Conseil des Anciens"****. Il la retrouva dans son antre mystérieux qui était peu rassurant pour les créatures qui ne la connaissaient pas. Il n'avait nullement besoin de frapper, sa porte demeurait toujours ouverte pour ses amis de longue date. Ils prenaient le thé ensemble à l'occasion. Elle l'attendait toujours à bras ouverts comme si elle savait qu'il allait venir. Il n'y avait rien de surprenant pour une clairvoyante qui avait développé son sixième sens : "la Clarté d'Esprit". Grand-père pénétra dans son gîte de*

* chéiroptères : mammifères volants

bohémienne[*]*, extravagant comme sa propriétaire, mais incroyablement confortable. Il y respira le parfum mystique qui imprégnait l'unique pièce et elle le salua d'un large sourire comme à l'habitude. Sans perdre de temps, elle lui désigna un fauteuil aux motifs de planètes, situé en face de sa table ronde où étaient étalées de nombreuses cartes aux figures différentes et même intrigantes.*

—Assoyez-vous! Faites comme chez vous, dit Pipistrelle de sa voix claire qui résonnait en écho dans l'immense pièce.

Mon Grand-père affectionnait cette atmosphère de calme entourée de bougies et d'odeur d'encens. Elle l'examina dans le creux des yeux. Son regard d'un bleu perçant le transperça comme un éclair jusqu'au cerveau, lisant dans ses pensées. Il sentait qu'elle pouvait tout savoir en un instant et cela lui donnait la chair de poule, mais il avait confiance en ses talents. Son don particulier surpassait le sien. Pipistrelle, de sa voix pénétrante, lui posa cette ultime question avant d'agir.

—Êtes-vous bien déterminé à vouloir connaître la vérité sur ce Malfar?

Elle devait sans faute, obtenir son accord avant de poursuivre ses démarches.

Il lui fit un signe d'approbation de la tête et il n'en fallut pas plus pour que Pipistrelle s'installe devant sa boule de cristal. »

—Oh! Elle possède une boule de cristal tout comme Mamiche! s'écrie Janie étonnée.

Le Vieux Sage, à travers son monocle, la regarde encore plus étonné. Il aura tout vu! Cette petite connaît beaucoup de choses sur les pouvoirs extrasensoriels.

—Qu'avait-elle à révéler cette boule de cristal? s'empresse-t-elle de le questionner, ayant une envie folle de connaître la suite de l'histoire du Grand-père.

Le souffle court, le Vieux Sage entame la suite de cette aventure passée en ne la quittant plus des yeux.

---

[*] bohémienne : ethnie nomade vivant dans des roulottes

—Je n'oublierai jamais, au grand jamais ce qui s'est passé à cette époque, dit-il d'une voix affectée.

« "Je n'oublierai jamais, au grand jamais ce qui s'est passé" m'avait-il dit, d'une voix affectée. Elle était assise, devant lui, dans cet énorme fauteuil en velours rayé. Pipistrelle déposa ses mains au-dessus de sa boule de cristal et ferma les yeux un long moment. Après ce moment interminable où tout semblait bouger autour d'eux, son corps se mit brusquement à trembler de mille et un spasmes. Toutes ses membranes devinrent incontrôlables à cause de sa concentration extrême. Finalement, survoltée par l'effort, Pipistrelle fut prise de convulsions. Son corps contracté réagissait par d'énormes soubresauts répétitifs et après quelques secondes, elle entra en transe, complètement transfigurée. Une fois sa crise terminée, ses yeux exorbitants roulèrent dans tous les sens. Il était visible que son état de conscience s'était transformé. Cette fois-ci, elle mit directement ses mains sur la boule de cristal qui frémissait sous l'influence des énergies. Sa voix se métamorphosa subitement et devint méconnaissable, agitée, voire fantomatique. C'est alors qu'elle ordonna au cristal sphérique de lui montrer la face cachée de Malfar Malfamé; ce nuisible malfaiteur en mal de pouvoir. Cette seule question fit perdre la boule au cristal de baccarat qui, d'un seul coup, tourna au noir charbon exposant ainsi la méchanceté intérieure de Malfar. Subitement possédée par le mal, la boule de cristal vibra à son tour fortement, en prenant de l'expansion. La voyante ailée n'eut que quelques secondes pour se protéger du danger imminent. D'un geste brusque, elle eut juste le temps de lâcher le cristal et d'étendre son ample cape à l'épreuve de tout, autour de mon Grand-père pour le préserver des éclats de la boule en folie. Jamais, au grand jamais, une boule de cristal avait réagi de cette manière en voyant... le mal incarné. La vision l'informait que Malfar, irrécupérable et sans scrupule, allait tout manigancer pour nuire aux Créatures de la* ***"Forêt"*** *s'il ne pouvait pas la posséder tout entière et en être le* ***"Maître des Lieux"****. Ses acolytes, sous*

---

* baccarat : sorte de cristal

l'emprise du mal, avaient peu de chance de se sortir de cet enfer; ils étaient pris dans l'engrenage des forces maléfiques. Le syndrome dont était atteint Malfar Malfamé, était "la soif du Pouvoir"; une dépendance destructrice! Pipistrelle et mon Grand-père étaient sous le choc! En l'espace d'une seule minute, la boule éclata en de fins morceaux de verre broyé et fut complètement pulvérisée; cela voulait tout dire. Immédiatement, mon Grand-père décida de le livrer aux ***"Autorités du Néant Morose"****, du jamais vu dans la* ***"Forêt"****. »*

Janie n'avait-elle pas passé au-dessus de ce fameux néant... pas tout à fait rose? Un vague souvenir effleure son esprit. Elle s'apprête à éternuer et se retient, car rien ne doit interrompre les paroles du Vieux Sage.

« Mon Grand-père me révéla que jamais dans toute sa vie, Pipistrelle et lui n'avaient revu pareil spectacle aussi bouleversant. Après cette séance de cristallomancie, tout était sens dessus dessous. Même Pipistrelle ressemblait à un zombie directement sorti de terre. Elle affichait un air absent, vidé d'énergie. Par surcroît, sa chevelure éparse et grisonnante était devenue totalement blanche et hérissée. Après cette démonstration infernale, mon bon Vieux, de son côté, avait perdu quelques feuilles. Avec le ***"Conseil des Anciens"****, le Triumvirat, dont il faisait partie en tant que Triumvir**, membre du conseil du* ***"Tribunal de l'Hermitage"****, il exhorta ses associés à rejeter la demande de pardon de cet ignoble. Il avait commis avec son clan des crimes impardonnables. Malfar n'avait rien à son épreuve; sous ses ordres on avait détruit une grande partie de la forêt. C'était un sacrilège. C'était un fou, prêt à tout pour le pouvoir; cela demandait une peine exemplaire. La requête mal intentionnée de Malfar fut refusée par le trio des spécialistes de la défense et d'un commun accord, ils le démunirent de ses droits ancestraux. Ils allaient l'expulser de la forêt à tout jamais et le livrer aux mains des* ***"Autorités du Néant***

* Triumvir : une des trois personnes de l'association Triumvirat

***Morose"**, lui et sa troupe d'incultes*. Malfar avait entendu parler du verdict final et s'était terré, là où personne ne saurait le trouver; si proche et si loin à la fois dans les entrailles de la Terre. Introuvable, il avait déjà préparé secrètement son scénario d'évasion. »*

—C'est donc dire… que j'aurais pu me faire enlever par les « *Intrus* », si je n'avais pas réussi à m'échapper de l'énorme trou noir du **« Néant Morose »** qui voulait m'engloutir?

—Eh oui! Tu aurais pu si… tu n'avais pas été guidée par les « *Anges* ».

Janie est visiblement stupéfaite. Il était au courant de son aventure avec le **« Monde Angélique »**!?! Elle désire connaître la suite des événements, car cette histoire semble avoir laissé de graves contrecoups au solide chêne.

Le Vieux Sage poursuit… malgré la douleur qui se lit dans son regard déchiré.

*« À partir de ce jour décisif, Malfar Malfamé, révolté par la décision du conseil, avait décidé de se venger au moment opportun. Dans toute la "**Forêt**" courait la rumeur que son premier objectif était d'anéantir la "**Forêt**" du Chêne Ancestral, mon Grand-père et sa descendance. Quelle horreur! Par un soir orageux, la tempête du siècle fit une apparition tumultueuse. Toutes les créatures sans exception, envahies d'une peur bleue, s'étaient enfouies le plus creux possible dans les grandes profondeurs de la terre. Les nuages d'un gris nébuleux à leur point le plus bas, entassés, étouffaient l'atmosphère. Ils formaient un dôme abominable, suspendu au-dessus de la "**Forêt**", crachant des éclairs qui touchaient le ciel et la terre et rebondissaient en tous sens, sans égard. On aurait cru la fin du monde… tellement c'était terrifiant!*

*Dans un silence de mort, les Isoptères aux mâchoires broyeuses, hypocritement, sous l'ordre de Malfar Malfamé, avaient déjà pénétré les racines de mon Grand-père, afin de se l'approprier. Lui, "**Majestueux de la Forêt Magique**". Ils le torturèrent*

* incultes : ignorants, sans culture

jusqu'à la mort. Il fut rongé de l'intérieur, à petit feu, lentement, mais continuellement, comme seules pouvaient agir les termites maléfiques. »

Ces images douloureuses circulent dans la tête du Vieux Sage. Il tient fortement sa canne pour retenir sa colère intérieure. Tout à coup, juste le temps de ressasser son amertume, son corps astral change de couleur et devient noir charbon tout en projetant des escarbilles brûlantes de colère.

Janie constate que même le Vieux Sage peut ressentir des sentiments négatifs. Elle s'étonne, mais éprouve immédiatement sa douleur intérieure; celle du cœur meurtri. Elle réalise que même le ***« Druide »*** n'est pas à l'épreuve de la souffrance. Le Vieux Sage, qui normalement garde son sang-froid, cette fois-ci a de la difficulté à se contrôler. La fillette se rend compte que... même s'il peut maîtriser les éléments, il ne possède pas le contrôle absolu sur toutes les choses.

Le ***« Druide »*** poursuit non sans peine son histoire.

« *Ils étaient de vrais cancers!* » *grogne-t-il avec amertume.* Dans la douleur de ce souvenir atroce, sans s'en rendre compte, il verse une larme ambrée qui se cristallise sur sa joue; il se tait quelques secondes, puis reprend...

« *Mon cœur meurtri a pleuré toutes les larmes de mon corps. Comme toi, je me suis posé un tas de questions. Lorsque ce colosse extrêmement âgé et complètement affaibli voulut partir, j'ai essayé de le retenir avec la branche la plus robuste de mon corps. Je n'ai pas pensé un seul instant, que mes petites membranes ne posséderaient pas la force nécessaire pour supporter une telle charge. Je désirais ardemment qu'il demeure à tout jamais avec moi. À ce moment-là, je ne savais pas que la vie continuait dans une autre dimension. Je l'ai durement appris! Maintenant, je sais que l'on ne peut jamais retenir les adieux... les départs... la mort. Je sais que l'on ne peut pas se soustraire aux expériences que l'on doit vivre. La lumière blanche protège et nous donne le courage nécessaire afin de traverser les obstacles de la vie, en nous montrant comment changer notre attitude devant l'adversité qui parcourt notre route. »*

—Ah! Je me souviens... Mamiche m'avait raconté, puis... elle se tait, réalisant qu'il n'y a rien à rajouter.

—Tu as raison mon enfant!

Janie trouve l'histoire du Vieux Sage vraiment bouleversante et cela n'est pas sans lui rappeler qu'elle a aussi un grand-père. Très choyée, elle l'adore et pour la taquiner à l'occasion, ce dernier l'appelle ***« Sa Chanceuse »***! Elle ne veut surtout pas qu'il la quitte à tout jamais et certainement pas de cette manière atroce. Ces insectes ailés, malfaisants, lui font penser énormément aux Virulentus, ces trouble-fêtes qui rongent la vie des Êtres de l'intérieur; des tueurs silencieux!

Le Vieux Sage, courbé sous le poids de l'émotion, poursuit son histoire dramatique d'une voix troublée.

*« Mon Grand-père, vidé de l'intérieur, savait que son heure était arrivée. Rompu de fatigue, dans un effort ultime, il m'a souri et a prononcé faiblement ces quelques phrases : "Nous serons, mon enfant chéri, ensemble un jour dans le "Monde des Maisons". Je t'attendrai et veillerai sur toi. Je serai avec toi quand ta "**Clef du Paradis**" pourra ouvrir les "**Portes D'Or**". Je... te... le... promets". Dans un dernier soupir, son tronc a lâché prise. Les branches se sont rompues en craquements secs, l'une après l'autre, laissant mon majestueux Grand-père, le Géant de la "**Forêt**", s'écrouler sous mes yeux.*

Un bruit profond à briser le cœur se fit entendre dans tout le vaste continent, suivi d'un silence de vide éternel. Mon Grand-père avait succombé mortellement à sa blessure. Au même instant, une partie de moi s'est rompue. En essayant de le retenir, une de mes branches a cédé et a cassé. C'est pour cela que je porte cette blessure ineffaçable des griffes du mal. À ce moment précis, toutes mes fibres ont compris que j'avais perdu l'être le plus cher au monde. J'ai eu beaucoup de chagrin et mon cœur demeura triste et vide de sens pendant longtemps. J'ai pleuré mes peines et j'ai fini par accepter son départ. Mais dans ce destin tragique, j'ai su au plus profond de mon cœur que jamais je ne l'oublierais. Sa présence invisible a ravivé en moi la joie de vivre et m'a permis de garder une lueur d'espoir. »

Janie ne bouge plus, aussi émue que le Vieux Sage.

—Maintenant, je sais que toujours je le reconnaîtrai et qu'un jour… nous allons nous retrouver dans le **« Monde des Maisons »**, puisqu'il m'en a fait la promesse!

Dans un profond silence qui dure plusieurs secondes, le Vieux Sage et Janie se recueillent à la mémoire de l'inoubliable Ancêtre.

Le Chêne transformé prend une grande respiration et continue…

—Je te raconte tout cela, lui explique-t-il, car toi aussi tu te questionnes à savoir si tous ceux que tu aimes vont te quitter un jour. Sois persuadée qu'ils te reconnaîtront dans le **« Monde des Maisons »**. Chaque fois que tu auras envie de te rapprocher d'un être cher disparu, demande-lui de venir te rencontrer dans ton cœur. Selon la ***« Loi Suprême »***, on ne doit pas déranger les âmes trépassées, sans leur demander la permission. Il paraît que rendues dans l'au-delà, elles choisissent d'accomplir d'autres missions dans le **« Monde des Maisons »**. Par contre, si tu veux vraiment les sentir près de toi, tu dois adresser ton appel en fermant les yeux. Demande de ressentir leur présence dans ta vie quotidienne, en prononçant ces paroles opérantes à haute voix de tout ton cœur, de toutes tes forces et avec certitude que tu seras entendue! C'est le critère important… ***« LA CONVICTION »***. Tu verras! Ces paroles sont simples, mais très efficaces.

> « Si tu le peux,
> Rends-moi heureux!
> Si tu le veux,
> Parlons un peu! »

Le Vieux Sage sourit devant l'intérêt sincère que manifeste Janie.

—C'est une prière! Je la connais!

—Je ne peux rien te cacher! Tu sais, moi aussi je fais souvent des demandes spéciales que l'on appelle des invocations aux puissances surnaturelles, afin qu'il protège la **"Forêt"** contre les intrus de toutes espèces et la garde en parfaite harmonie! C'est aussi une de mes tâches.

—En entendant le mot *« Intrus »*, Janie ressent un chatouillement dans son nez qui s'intensifie. Elle le pince fortement afin de retenir l'éternuement. Elle ne peut pas interrompre le Vieux Sage, car par politesse et selon la convention des adultes, on ne doit jamais couper la parole d'une personne. Elle sait très bien d'ailleurs que même un enfant ne doit pas interrompre un autre enfant, c'est comme ça à l'école aussi! Sa mère le lui a souvent répété ainsi que ses enseignantes et sur ce point, Janie est obéissante. Les règles de politesse sont importantes et elle les respecte toujours.

Le Vieux Sage lui avait dévoilé de grandes vérités. Il était évident que sa mission était d'aider les Créatures en transition vers **« l'Au-delà! »**

Chapitre 14
La révérencieuse demande officielle

Janie, debout depuis un bon moment devant le Vieux Sage, se sent de plus en plus faible. Fatiguée, elle se questionne à savoir si ses jambes graciles vont réussir à la maintenir debout! Convention no : 3. Il n'est pas poli non plus de s'asseoir sans demander la permission! Faut-il s'évanouir… avant d'en avoir le droit? pense-t-elle. Elle n'a pas le temps de terminer sa phrase que sa tête s'embrouille. Elle sent un vertige l'envahir et commence à ne plus avoir le goût d'écouter le Vieux Sage. Comment lui expliquer que ce qu'il dit est très intéressant, mais que ses jambes ne veulent plus tenir debout et que sa tête lui joue des tours? Un épais brouillard s'installe en mêlant ses idées qui tournent comme une spirale en folie! Va-t-elle s'évanouir?

—Non… non! s'exclame-t-elle à haute voix. Je… je vais…

Le Vieux Sage, qui a le pouvoir de lire dans les pensées des gens par les ondes lumineuses émises autour de leur corps, découvre le dilemme que Janie est en train de vivre, tout juste avant que ses forces défaillent.

Janie n'a même pas le temps de terminer sa phrase qu'il a tout deviné. Il la prend doucement dans ses bras et l'installe en deux temps trois mouvements, sur un moelleux coussin de fleurs sauvages. Le Vieux Sage l'a attrapée de justesse. Janie, consciente, mais un peu lasse, retrouve tous ses moyens, assise sur les racines du chêne, son sauveur transformé. Le Druide a quitté sa coquille d'écorce rugueuse et peut maintenant agir en toute liberté! Il lui sourit tendrement, tout en lui prodiguant des soins chaleureux.

La **« Forêt »** entière est figée d'admiration devant cette vision. Une beauté d'un ravissement exceptionnel! Tous les animaux présents exécutent une révérence au Druide afin de le remercier de sa sagesse infuse et de l'écoute attentive qu'il porte à toutes les Créatures.

Ce Grand philosophe peut percevoir les besoins des gens par cette splendide auréole qui entoure la tête des créatures... *« l'Aura »*. La rumeur populaire serait donc vraie... pense Janie, il peut lire l'avenir en examinant le halo lumineux que projette les Créatures! Maintenant, il n'y a plus aucun doute dans son esprit, elle en est tout à fait convaincue.

Immédiatement, les petites cellules de son cerveau se mettent à lui picoter les méninges. Elles commencent à trotter dans tous les sens et dans sa boîte crânienne et forment des demandes qui bouillonnent et qui se préparent à exploser en une kyrielle de questions. Alors, s'il peut prédire l'avenir tout comme Pipistrelle, il peut certainement lui montrer la route à suivre pour retrouver sa ***« Clef du Paradis »***! Janie déduit qu'il serait plus avantageux pour elle de lui demander ses prédictions astrologiques le plus tôt possible; de toute façon, la rencontre avec Pipistrelle est impossible. Elle ne travaille qu'avec le *« Conseil des Anciens de l'Hermitage »* et seulement pour des causes extrêmement rares. Aussi, Janie est persuadée qu'elle ne la rencontrera jamais. Elle est certaine que la recherche de sa ***« Clef »*** ne nécessitera pas le recours de cette Devineresse, car c'est une mission personnelle qui ne concerne en rien la **« Forêt Magique »**. Elle espère que le fait de le questionner sans arrêt, ne fait pas partie des lois interdites par la convention des... adultes!

—Tu vois Janie, lui répète-t-il, je devine tes pensées par les ondes lumineuses que ton corps émet. Tu as bien raison, Pipistrelle ne se dérange pas pour des enfantillages. Ton cerveau n'arrête pas de penser à la manière la plus rapide pour toi de récupérer ta ***« Clef »***, en lançant dans tous les sens des étincelles d'un jaune vif. Tu es vraiment préoccupée.

Maintenant il n'y a aucun doute pour Janie, le Vieux Sage est un vrai *« Devin »*, comme dirait Mamiche. Il peut deviner ce qui arrivera et même beaucoup plus. Janie commence à comprendre pourquoi les Créatures de la **« Forêt Magique »** l'appellent le ***« Druide »***. Son immense sagesse et ses connaissances du **« Monde Terrestre et du Monde Astral »** font de lui, un guide indispensable.

—J'en déduis que tous ces rayons à grand déploiement qui tournoyaient autour de vous et que j'ai aperçus à mon arrivée, étaient les reflets de votre *« Aura »*?

Le Vieux Sage confirme avec joie.

—Fantastique, tu as bien deviné! Au début... la vision astrale n'est pas accessible à tous. Elle nous joue des tours. Mais, je constate que tu commences à développer le ***« Don de double vue »*** que l'on appelle la ***« Clairvoyance »***. Je suis très heureux que tu t'intéresses aux questions astrales et aux facultés extrasensorielles. Tes connaissances me surprennent à tout coup!

Sans attendre une seconde de plus, Janie l'interroge de nouveau, avide d'en savoir davantage sur le sujet.

—C'est un ***« Don »*** précieux?

Le Vieux Sage poursuit :

—C'est un ***« Don »*** particulier que seules les *« Fées Souveraines »* inculquent à leurs futurs candidats, et ce... de vive voix seulement. Après ce rite mystique*, les Créatures initiées voient les *« Auras »* lumineuses, aussi facilement qu'il t'est possible d'observer les couleurs de l'arc-en-ciel. Grâce à cette vision du champ aurique**... elles peuvent guérir à la source, puisqu'elles voient ce qui ne va pas en eux.

—Oh! Mais c'est magnifique! s'exclame Janie, c'est certainement... ***« l'Oeuvre Mirifique »***! Je suis convaincue qu'il s'agit de l'initiation dont m'a parlé Ketchouille. Ah! Je

---

* mystique : ensemble de pratiques et de connaissances accordant une grande importance à l'intuition

** aurique : relatif à l'Aura (halo qui entoure le corps)

sais... maintenant! Les Fées sont donc les initiatrices du ***« Don de guérison »***! Wowww!!!

Janie est tout heureuse d'avoir percé ce grand mystère.

Le Vieux Sage reste bouche bée devant la découverte de sa jeune apprentie. Il lui fait un signe de tête pour approuver ses dires.

—C'est vrai, ton ami Ketchouille est très informé puisqu'il t'a déjà parlé de ***« l'Oeuvre Mirifique »***.

L'érudit le trouve un peu trop bavard ce nouveau venu. C'est un secret qui ne doit pas être dévoilé. Seuls, les Anciens du Tribunal de l'Hermitage avec l'accord des Fées peuvent, dans certaines conditions, révéler ce mystère. Pour qui se prend-il et d'où vient-il?

Janie constate que cela dérange le Vieil ami de la famille, car son aura se voile rapidement d'un petit nuage grisâtre. Elle préfère ne rien rajouter pour ne pas l'inquiéter davantage.

Le Vieux Sage chasse ses pensées ombrageuses d'une seule respiration profonde.

Janie se relève vivement de son coussin fleuri. Son corps éjecte des faisceaux réguliers d'un rouge vif, témoignant qu'il est parfaitement remis.

—Je constate que tu es bien rétablie, mon enfant! lui dit-il en la voyant debout sur ses deux jambes et les joues toutes roses de santé.

—Tout à fait, merci! Et cela, grâce à votre grande bonté. Elle ose finalement poser la question qui lui trotte dans la tête depuis un certain temps.

—Vieux Sage, dites-moi, est-ce aussi un ***« Don »*** que de pouvoir prédire l'avenir?

—Effectivement. Tu prends la chose très au sérieux! dit-il d'une voix impressionnée.

—Cela veut dire... que tu... que tu... vous... pourriez me dire où se trouve ma ***« Clef du Paradis »*** si... je vous le demandais?

—Bien sûr, je le peux! dit-il sur un ton convaincant.

Elle saute de joie, tout excitée de la nouvelle... mais s'arrête subitement, se souvenant tout à coup que, devant le Vieux Sage, il faut à tout prix faire une demande officielle!

—Oh là là! Je m'excuse! dit-elle. Je deviens vraiment trop familière.

Le bon conseiller lève un regard compréhensif vers Janie. Il a compris qu'elle s'efforce de suivre les conventions déjà établies. Pour la ***« Révérence »***, c'est tout un autre protocole : il s'agit d'un rituel, convenu seulement entre sa Mamiche et elle. Une sorte de code d'honneur à respecter et non... une règle instaurée par des adultes, et dont on ne doit pas déroger, sous peine de conséquence. À tout dire : ce rituel est un vrai plaisir!

Le temps n'était plus à la blague. Elle devait bien faire les choses, car le moment le plus crucial était à venir... ***« LA DEMANDE OFFICIELLE »***.

Maintenant, Janie se sent toute fébrile devant la tournure des événements. L'affaire est dans le sac! Elle s'emballe à la seule idée de retrouver sa ***« Clef du Paradis »***.

« On se calme! On se calme! se dit-elle intérieurement. Premièrement, je dois faire ma demande officielle au Vieux Sage, c'est ce qui importe le plus pour l'instant. Deuxièmement, songe-t-elle en se croisant les mains, comme il peut prédire l'avenir, il me dira où se trouve ma ***"Clef"*** et troisièmement, je retourne chez Mamiche sans plus tarder. Et, hop! Ni vue, ni connue, l'affaire sera conclue. »

Soudain, elle pousse une exclamation.

—Oh!!! Je vous demande pardon. Je manque à tous mes devoirs.

Le Vieux Sage garde son sérieux devant l'importance des paroles de Janie. Comme un grand-père, il pardonne tout. Il comprend qu'elle a une mission d'envergure à accomplir.

Quel oubli! Elle n'a pas encore exécuté sa ***« Révérence »***. Elle se place rapidement face au prestigieux ***« Spécialiste des Requêtes Cosmiques »***, le Druide, et elle le regarde droit dans les yeux.

—Permettez-moi de vous présenter mes salutations distinguées.

Janie se souvient, par cœur, de cette longue phrase qu'elle a si souvent répétée au Vieux Sage avec Mamiche. De sa petite taille, elle se cambre avec souplesse, élégance et toute la dignité du monde, puis exécute sa ***« Grande Révérence »***. Une salutation digne d'une Princesse à son Roi et devant ce geste persuasif, le Druide de la ***« Forêt Magique »*** lui adresse un sourire compatissant. Puis, elle garde la tête baissée en signe de respect en attendant un signal d'acceptation du Grand pacificateur. Elle n'ose bouger et attend son approbation avant de le regarder, à nouveau, dans les yeux.

Mamiche lui a maintes fois répété que le moment de la ***« Révérence »*** demeure le moment décisif et elle le sait très bien! Si le Vieux Sage ne lui donne pas la permission de se redresser... cela voudra dire qu'il refuse toute autre tentative et sa demande tombera à l'eau!

Janie a le souffle court, en attendant la décision qui lui paraît durer une éternité.

Le Druide daigne parler, mais n'a pas consenti pour autant!

—Je perçois ton *« Aura »* en effervescence. Il manifeste un grand empressement à retrouver ta ***« Clef du Paradis »***. Il t'enveloppe d'une grande pèlerine* translucide qui rayonne de ta tête jusqu'aux pieds tout en éjectant des petites étincelles d'un vert émeraude. Cette lumière venant de ton intérieur me démontre clairement ta loyauté indéfectible** envers tes amis et ta parfaite honnêteté dans toutes tes démarches. Tu es digne de confiance.

Janie demeure penchée en position de ***« Révérence »***, tenant sa jupette entre ses mains. Devant ce témoignage encourageant, elle voit un présage de bon augure.

---

* pèlerine : mante sans manche
** indéfectible : qui ne fait jamais défaut, éternel

Elle se permet de relever doucement les yeux, en retroussant le bout des lèvres pour entériner sa demande.

—Honorable Vieux Chêne, si vous m'y autorisez... j'aimerais faire ma ***« Demande Spéciale »***.

D'un signe de la tête, il consent. Sans perdre une seconde, Janie défile sa requête d'un seul trait, le souffle court.

—S'il vous plaît, Honorable Sage, auriez-vous la gentillesse de m'aider à retrouver ma ***« Clef du Paradis »***, car elle me tient beaucoup à cœur et je veux de toutes mes forces poursuivre ma mission jusqu'à ce que je réussisse, mais sans ma ***« Clef »***... j'ai peur de ne plus pouvoir revenir sur **« Terre »**.

Amusé par ce talent exceptionnel et sous l'emprise du charme, le Vieux Sage lui adresse à nouveau la parole.

—Chère petite Janie, déclare-t-il, tu peux te relever.

Aussitôt, elle obéit, soulagée.

—En tant que vieil ami de ta famille depuis des décennies... : ***« J'ACCEPTE TA DEMANDE! »***

Janie avait trouvé l'énigme bien malgré elle. La Volonté, la Force et la Détermination. Les trois activateurs du *« Cœur »*. Et ces trois conditions devaient venir d'elle-même et non du Grand Chêne.

—Je vous remercie, dit-elle d'une voix enjôleuse en relevant la tête divinement et en lui décochant un sourire des plus ensorceleurs.

Il tombe sous le charme de sa naïveté et la regarde avec indulgence.

—Toi et ta Mamiche avez inventé un très beau rituel! Ce magnifique geste restera à jamais gravé dans mon cœur. Vous avez instauré une très belle tradition tout comme la bénédiction paternelle que vous célébrez tous les Premiers de l'An dans votre famille! C'est vraiment émouvant de vous voir tous réunis, pour débuter la nouvelle année. Par l'imposition de ses mains sur vos têtes, ton Papiche fait appel à la protection de *« L'Absolu »*, afin qu'Il puisse vous guider dans vos décisions durant toute l'année. Quel cadeau du **« Ciel »** de croire, sans avoir vu, aux pouvoirs célestes! Peut-être ne le sais-tu pas, mais ce signe détient un pouvoir magique réel!

Janie perçoit une force insoupçonnée dans ce regard profondément attachant, imprégné d'amour véritable. Un regard de bonté d'âme, mais aussi un regard à ne pas défier, sans contredit.

— Avant de t'aider, je tiens à te féliciter. Tu es une jeune fille tout à fait remarquable!

—Merci! dit Janie. Elle est très heureuse de voir que tout se passe à merveille, même si une petite ombre demeure au tableau; sa *« Clef »* perdue. Finira-t-elle par la retrouver?

Le Vieux Sage, par intuition, devine l'inquiétude de Janie.

—Nous allons trouver une solution! lui dit-il avec compassion.

—Une solution?!! s'exclame-t-elle, tout excitée!

—Ne désires-tu pas retrouver ta *« Clef »*?

—Euh… Oui! Plus que jamais.

Le Vieux Sage lui sourit, puis acquiesce d'un signe de tête.

—Bon! Alors, il faut aller de l'avant au plus vite. Je vais tout mettre en œuvre pour que tu puisses réussir tes recherches. Je te donnerai tous les indices possibles pour te conduire sur la bonne piste. Tu devras élucider l'énigme des signes pour parvenir à ton but.

Janie écoute attentivement, les yeux grands ouverts, tout en retenant son souffle.

Il sait que Janie réagira négativement à la suite de cette dernière réponse.

—Certes, je peux t'aider, *« mais »* je n'ai pas le droit de te divulguer où ta ***« Clef du Paradis »*** se trouve présentement!

Janie demeure estomaquée. Elle déteste les… *« mais »*. Sur le coup, elle est incapable de réagir, elle sent que sa tête va éclater. Et maintenant, elle en déduit que le Vieux Sage est de mèche avec Ketchouille. S'il a une petite idée où se cache sa ***« Clef »***… il doit certainement savoir que c'est Ketchouille qui la détenait dans ses mains. Janie revoit très bien, l'instant d'une seconde, Ketchouille lui brandir sa *« Clef »* en plein visage. Elle se souvient même de ses paroles : *« suis-moi... suis-moi »*, qui résonnent encore en écho dans ses oreilles. Maintenant, elle est persuadée qu'il fait semblant de ne pas connaître son copain d'enfance!

Elle ne se doutait pas qu'en lui demandant de l'aide, cela permettrait au Druide de deviner ses pensées en tout temps.

—Le Vieux Sage se dépêche de lui dire : « Je ne suis le complice de personne. Et surtout pas de ton ami imaginaire, euh... l'étranger ».

Elle est stupéfaite de sa réaction. Ce qui l'agace au plus au haut point, c'est qu'il n'a pas l'air de connaître Ketchouille, mais chose plutôt bizarre, il sait qu'elle a un ami et pas n'importe lequel... un ami imaginaire.

—Quelle coïncidence!

L'étranger! Il cache bien son jeu, mais pourquoi? Elle n'ose même pas le contredire. Mine de rien, Janie secoue la tête et ferme les yeux afin de brouiller ses idées. Puis, elle s'entoure, en pensée, d'une mante blanche pour confondre le Vieux Sage.

Ce dernier la regarde attentivement, il a bien vu son petit manège qui fonctionne à merveille. Elle brouille les cartes en fermant les yeux et de cette manière, se protège. Elle apprend vite cette petite astucieuse! Il la trouve très habile et de plus, elle suit son intuition. Il est fier de constater qu'elle commence vraiment à vivre dans la troisième dimension. Ce que Janie ne sait pas non plus, c'est qu'en plus de lire les ***« Auras »***, il exécute bien d'autres choses qu'il ne lui a pas encore dévoilées. Mais il ne peut pas tout deviner, puisqu'il n'est pas ***« l'Absolu! »***

—Je tiens à t'expliquer clairement tout ce qui concerne ta ***« Clef du Paradis »***, afin que tu ne te fasses pas jouer de tours par de simples blagueurs. Tu dois toi-même retrouver ta ***« Clef »***, car elle détient un pouvoir exclusif qui t'appartient. C'est ton passe-partout pour entrer au Paradis. Si je me permettais de te dire présentement où se trouve ta ***« Clef »***, elle serait immédiatement changée d'endroit. C'est une mission personnelle qui ne s'applique qu'à toi et personne ne peut intervenir. Tu es l'unique ***« Maîtresse de ta destinée »***.

Aussitôt que Janie entend ces paroles fatidiques, son cœur se met à battre la chamade et elle éclate instantanément en sanglots. Personne ne peut rien faire pour l'aider!

—Pourquoi le mauvais sort s'acharne-t-il sur moi? dit-elle, au comble de l'irritation. En furie, elle tape du pied avec force oubliant ses règles de politesse. Zut! Je me demande bien pourquoi j'ai tant de difficulté à retrouver ma ***« Ma Clef »***.

Janie ne réalise pas toute l'ampleur de sa mission. Trop déçue, elle n'a pas su lire entre les lignes lorsque le Vieux Sage lui a adressé le message suivant : *« Elle sera immédiatement changée de place »*. Où... quand... comment? Par qui... et pourquoi? Ces questions ne lui sont tout simplement pas passées par la tête; elle qui est pourtant si curieuse. Comment cela se fait-il que l'on joue avec ***« SA CLEF »***?

Elle nage en plein mystère et absolument rien ne peut la consoler de son immense peine.

—C'est la fin du monde!!! Je suis perdue, dit-elle à chaudes larmes tout en tremblant de la tête aux pieds.

—Mais non, tu es entre bonnes mains. Tu verras, ce sera un jeu d'enfant de la chercher.

—Un jeu d'enfant? Un jeu d'enfant, répète Janie. Peut-être pour vous, mais pas pour moi! Cette fois-ci, elle trouve qu'il exagère! Elle demeure encore sous le choc de cette mauvaise nouvelle. Si vous ne pouvez pas m'aider, qui le pourra? Plus tôt, vous... vous m'avez pourtant dit que vous... vous le pouviez! marmonne-t-elle, en essayant de contenir ses larmes. Et maintenant...

Le Vieux Sage la regarde en silence et comprend son grand désarroi.

—Que se passe-t-il? Éclairez-moi! Expliquez-moi! Un jeu! Je ne vois rien d'amusant, crie Janie dans tous ses états.

Le druide ressent toute sa vulnérabilité.

—Tu verras. Tout se déroulera bien. C'est le *« Jeu de la Vie »*!

—Je ne veux plus jouer! s'exclame Janie en sanglotant.

—Tout doux... tout doux... ma petite. Je suis là avec toi, puis il avance et essuie du revers de sa cape ses larmes affolées qui sautent en cascades sur ses joues rougies. Je ne vais pas t'abandonner, sois-en persuadée, dit-il en lui tapant tendrement l'épaule en signe d'encouragement. Je prends tous les moyens à ma disposition pour te venir en aide. Mais... je suis dans l'impossibilité de te divulguer l'endroit où se trouve exactement ta ***« Ta Clef ». Tu dois la retrouver par tes propres moyens, sans l'intervention des autres.***

—Mais pourquoi? insiste-t-elle. C'est facile à dire pour vous, mais pas facile à accepter pour moi!

—Tu as raison, mais tu y arriveras! Écoute bien!... Il y a beaucoup de choses que je ne peux pas te révéler et il y en a certaines que tu dois découvrir par toi-même. Ce que je peux te dévoiler par contre, c'est que l'on ne peut défier les ***« Lois Suprêmes »***. Cette loi consiste à ne pas choisir pour les autres, même si on en a le ***« Pouvoir »*** comme moi.

—Vraiment? Incrédule, elle rajoute... et vous ne pouvez pas faire une petite exception, juste une fois... pour moi?

—Crois-moi! Si je le pouvais, je n'hésiterais pas une seconde. C'est un privilège exceptionnel que tu possèdes et tu dois t'en servir : le droit exclusif du ***« libre arbitre »***, et celui-ci te donne l'opportunité de concevoir tes propres projets dans la vie.

Cette phrase la porte à réfléchir à ses nouvelles possibilités. Dans un geste éloquent, tout en se rapprochant d'elle, il lui divulgue une grande vérité.

—Janie! Tu dois toujours te souvenir de ces paroles. Elles doivent à tout jamais être gravées dans ton cœur. Elles te seront d'un grand secours, tout au long de ta vie... ***« Tu dois accepter les choses que tu ne peux pas changer et changer celles que tu peux, comme ton attitude devant les expériences***

que la vie t'apportera pour ton évolution personnelle. Tu devras t'efforcer avec toute la sagesse du Monde, à reconnaître la différence entre le bien et le mal. Ce sont des notions de base que les humains ont tendance à oublier! Et surtout, tu dois avoir une grande confiance en l'avenir. Mais, ce qui est encore plus important : Tu devras avoir une " CONFIANCE ABSOLUE EN TOI! " C'est ce que l'on appelle : " LA FOI EN SOI" ».

Les yeux bouffis par les larmes, elle se demande si elle tiendra le coup.

—Que vais-je devenir? Je me sens démunie devant ces événements inattendus. On dirait que tout arrive trop vite. Je ne sais plus à quoi penser et surtout... par où je dois commencer!

—Mais non, ma petite! Tout va bien aller. Je te le promets! Il y aura plein d'indices sur ton chemin.

En entendant cette dernière phrase, une lueur d'espoir la ravive et elle retrouve son courage. Elle n'est quand même pas morte!

—D'ailleurs, ta « ***Clef*** » est très spéciale, tout comme toi! C'est pour cela que tu tiens tellement à la retrouver. Elle t'ouvrira bien des « ***Portes*** ».

Le Vieux Sage soutient son regard perdu et demeure silencieux. Il sait qu'elle débat une question importante à l'intérieur d'elle-même.

—Des indices? C'est mieux que rien, finit-elle par dire vaguement, après avoir réfléchi et en s'essuyant les yeux. C'est à son tour de plonger son regard intense dans le sien. Ai-je vraiment bien compris ou bien est-ce ma tête qui me joue des tours à nouveau?

—Non, déclare le Vieux Sage, ta tête ne te joue pas de vilains tours.

—Alors, je suis prête à entendre vos recommandations.

Le Vieux Sage lui dévoile donc tous les renseignements qu'il a l'autorisation de divulguer, afin que l'aventure de Janie soit une réussite. Il poursuit son discours avec éloquence, en tenant fermement d'une seule main, sa canne qui se met à vibrer.

—Eh bien! Voilà ma petite! Lorsque, sur le chemin de cette aventure fantasmagorique, tu auras des moments d'incertitude et de crainte, souviens-toi que tu n'es pas toute seule! Je te le dis et je te le répète encore, cela est absolument essentiel que tu comprennes bien l'importance de ce message! ***« Tu as une force aussi grande que la peur qui t'habite »***!

Janie, sur ce point, n'est pas convaincue. Elle craint tellement l'obscurité; c'est sa plus grande phobie*.

—La clé de ton succès réside dans ta détermination à réussir, ton estime de toi-même et la confiance absolue en tes forces. Tu as passé une étape importante. Tu verras, tu y arriveras! s'exclame-t-il avec conviction.

Janie se redresse avec fierté et lui sourit. C'est bien vrai qu'elle a traversé cette étape avec brio! Elle a réussi à avoir VRRRAIMMMMENT confiance en elle et a finalement posé la bonne question au Vieux Sage afin qu'il puisse lui venir en aide.

—Et les indices? demande-t-elle, maintenant rassurée.

—J'y arrive! Je veux que tu gardes le contrôle de ***« Ta Vie »***!

Il désire qu'elle se sente en parfaite sécurité avant de lui divulguer que sa mission comporte d'autres risques encore plus élevés! Il y a tout un mystère qui entoure sa ***« Clef du Paradis »***. Janie découvrira tout au long de son aventure, le phénomène surnaturel que possède sa ***« Clef »***, derrière cette dernière se cache une ***« double nature »***. C'est pour cela qu'elle aura besoin d'un grand protecteur car présentement, elle baigne dans un mystère indéchiffrable.

—Vous serez du voyage avec moi?

* phobie : peur instinctive irréfléchie

—Oui! Je te suivrai durant toute ta quête... hummm, en pensée! Tu dois comprendre que je ne peux tout de même pas laisser la **« Forêt »** sans gardien! Elle aussi a besoin de moi!

Le Vieux Sage n'ose pas lui divulguer qu'il y aura d'autres requêtes pendant son absence, qui occuperont aussi toute son attention.

La petite-fille de Mamiche comprend très bien la situation. Maintenant qu'elle a déjà traversé les **« Portes du Savoir »**, elle aura certainement d'autres étapes à surmonter. Parviendra-t-elle à les franchir sans trop de mal? Une mission, c'est parfois dangereux. Comment saura-t-elle où aller?

Le Vieux Sage tient à l'encourager à persévérer.

—Rassure-toi, dit-il. Puisque je ne peux t'accompagner, je te donnerai des points de repère pour ton odyssée. Tu trouveras tout au long de ton trajet des symboles de ***« Chance »*** qui t'indiqueront que tu es sur la bonne piste. Tu as carte blanche dans cette démarche de survie, car c'est ***« TA MISSION »***! C'est un mandat tout à fait spécial que tu as à accomplir. Ce sera un voyage magnifique, riche en nouvelles découvertes et tu sortiras grandie de cette aventure. Je te le dis, croix sur le coeur!

Janie le regarde intensément. Il a bien raison! À son retour, elle aura un tas d'histoires à raconter à Mamiche et à ses amis, mais surtout, elle épatera son frère qui a accaparé sa Grand-Mère, et cela n'a pas de prix!

—Bien entendu, c'est toi qui as le dernier mot dans cette affaire. Toi seule dois assumer ces choix car tu vivras avec les conséquences, bonnes ou mauvaises, qui s'en suivront. Ça, je ne peux pas le changer pour toi, mais encore une fois, je serai derrière toi.

Janie préfère essayer de retracer sa ***« Clef »***, plutôt que de regretter pour le reste de sa vie de n'avoir rien fait pour la retrouver. Et puis, le Vieux Sage est là pour l'aider à poursuivre sa mission comme il vient de le lui mentionner. Il lui a promis, croix sur le coeur; son signe sacré!

—Advienne que pourra! Hourra! Hourra! Hourra! lance Janie comme un grand cri de guerre vers la victoire. J'irai jusqu'au bout! Je suis prête à vivre cette aventure et à partir à sa découverte!

C'est maintenant l'heure du départ.

—Je vous remercie pour tout ce que vous avez fait pour moi, surtout en m'accordant votre soutien et votre aide bienveillante. Je tâcherai de me souvenir de tout ce que vous m'avez dit. Non! ***« Je me souviendrai de tout! »***, se reprend-elle.

Puis, elle baisse la tête et lui rend hommage.

—Je vous serai redevable toute ma vie pour votre immense générosité. Je suis très heureuse de vous avoir rencontré, monsieur le Grand Chêne et j'espère que nous aurons la chance de nous revoir encore!

—L'amitié n'a pas de prix, mon enfant!

On peut ressentir l'émotion traverser le duramen du Vieux Sage puisque son auréole dorée resplendit jusqu'au fin fond de la ***« Forêt Magique »***.

Chapitre 15
L'Amiral

Dans un sourire chaleureux, il lui tend la main et Janie lui confie la sienne en toute quiétude. Puis, dans un geste de respect, il lui fait un baisemain, lui relève la tête doucement et lui dit…

—Janie, le hasard n'existe pas! Un jour, ce sera peut-être à ton tour de m'aider, car on ne sait jamais ce que nous réserve l'avenir.

—Merci! lance Janie sur un ton affectueux. Bon!!! Maintenant, je suis prête.

—Ce n'est pas tout, continue-t-il d'une voix soutenue. Tu ne crois tout de même pas que tu vas t'aventurer dans la **« Forêt »** toute seule! Ce serait de la pure folie! Sur le chemin de ton odyssée, je t'ai désigné un guide de grande renommée. Tu seras accompagnée par le plus important ***« Protecteur »***. Tu verras… il est unique en son genre et se nomme : L'Amiral.

Janie se demande pourquoi elle aura besoin d'un autre gardien, mais si cela fait plaisir au Vieux Sage… pourquoi pas? Elle ne sera pas toute seule dans la **« Forêt »** et les cris du loup ne la terrifieront plus. Tout ce déploiement afin de retrouver sa ***« Clef »*** pique vivement sa curiosité. Elle se pose la question suivante : « Cette aventure cache-t-elle des rebondissements imprévus? » Toute cette histoire devient vraiment intrigante! Maintenant que les dés de la destinée sont jetés, plus rien ne la fera reculer.

—De quelle façon vais-je reconnaître l'Amiral? questionne-t-elle d'une voix amusée.

—Il est impossible que tu ne le remarques pas, dit-il jovialement. Tu as affaire à une célébrité de grand renom! Il est identifiable à des lieux à la ronde avec sa superbe redingote[*] qui lui permet d'étaler toutes ses médailles honorifiques. Tu le verras apparaître dans quelques instants! Il agit par mimétisme[**], ce grand *« Monarque »* et s'amuse à jouer au jeu des simulations!

—Un Monarque, vous voulez parler d'un vrai Roi? s'écrie-t-elle avec étonnement.

Le Vieux Sage garde le silence afin de faire durer le plaisir qui s'inscrit sur le visage de Janie. Il se contente de lui sourire.

Impressionnée par ses paroles au sujet de ce surprenant personnage, elle se sent un peu mal à l'aise de le rencontrer sur-le-champ. Un Roi! Elle n'a jamais fait de révérence à un Roi et surtout... elle n'a pas la tenue vestimentaire appropriée pour cette présentation officielle. Elle aimerait l'examiner à distance afin de mieux l'apprivoiser, et avec le consentement de son Vieil ami, se dissimuler derrière une de ses énormes branches bien garnies, pour étudier son nouveau protecteur! Elle se retourne vers le Vieux Sage espérant qu'il ait deviné ses pensées. Évidemment, il a tout découvert de sa demande intérieure et lui jette un petit sourire moqueur. Simultanément, il abaisse doucement une de ses ramifications au niveau le plus bas, pour qu'elle puisse se camoufler discrètement sous son feuillage verdâtre.

Le Héros qui vient tout juste de terminer une mission de survie dans une autre dimension, prépare son entrée en scène... avec fracas.

—Où peut se cacher cette Majesté Royale? questionne-t-elle.

Le Druide garde le silence.

---

[*] redingote : manteau qui a deux longs pans derrière

[**] mimétisme : propriété de certains animaux et insectes à se confondre dans l'environnement, sorte de camouflage

Subitement, un long sifflement se fait entendre et une portion du ciel se gonfle dans leur direction. Un fragment de la calotte sphérique semble vouloir se fendre à un endroit bien précis dans la **« NooSphère »**. Sur la pointe renflée du firmament se forme une espèce de boule oviforme, grouillante de vie. Cachée, Janie assiste, à travers la cloison céleste étirée au maximum, à une mutation naturelle. Une élégante pellicule oblongue de couleur émeraude, brodée de filaments dorés, immobilise une chenille qui se trouve complètement isolée à l'intérieur, en état de transition. Elle constate que la chenille s'agite de la tête au pied pour faire peau neuve. Elle frétille de toutes ses forces et se contorsionne pour se débarrasser une fois pour toutes, de ses vieux tissus maintenant devenus inutiles. Puis, cette dernière se change graduellement en une créature sans antennes, ni pattes, prête à laisser apparaître sa nouvelle image de chrysalide*. À l'intérieur du ciel se brasse l'affaire du siècle. L'insecte se prépare à dévoiler son tour de magie. C'est un tournant important dans la vie de cette nymphe. Simultanément, Janie entend un va-et-vient de paires d'ailes qui devient de plus en plus rythmé, comme un roulement de tambour. Ce rudiment annonce l'arrivée du Monarque en grande pompe. La Protégée de Grand Chêne est fascinée par ce spectacle imprévu! D'un seul coup, la nymphe est projetée vers la sortie par un jet vaporeux qui l'entoure et la fait tourbillonner vers l'avant, bien malgré elle. Ce jaillissement de vapeur éjecte des rayonnements lumineux argentés dans toutes les directions en poussant le cocon vers l'extérieur à toute vitesse. La force centrifuge de ce courant atmosphérique oblige la chrysalide, par son mouvement de rotation très rapide, à se séparer de sa membrane par petits lambeaux. Cette créature nouvelle est en train de remuer **« Ciel »** et **« Terre »**. Une longue stridulation, suivie d'un fulgurant éclatement, fait sursauter Janie. Pow! Par la même occasion, la coupole céleste échappe les derniers

* chrysalide : entre la chenille et le papillon

vestiges du cocon en pièces détachées. Un moment de silence s'impose après ce bruit de vrombissement soutenu. Furtivement, le firmament a repris son axe central sans laisser de trace. Janie ne cesse de fixer les débris de la membrane qui retombent comme un énorme feu d'artifice tout en se recroquevillant derrière l'égide* du Vieux Sage. Sous le choc, elle ne peut pas élucider** ce qui vient de se passer devant ses yeux grands ouverts. Elle a assisté, sans le savoir, à l'une des plus grandes énigmes de la vie : ***« La Transmutation »***. C'est à dire... l'éclosion d'une chenille en devenir : un ***« IMAGO »***. Puis elle comprend, lorsqu'elle voit jaillir du centre de l'enveloppe en éclat, que c'est un magnifique papillon dans toute sa vénusté*** : le plus remarquable des papillons. Le lépidoptère prend son envol dans ses plus beaux apparats, au beau milieu d'un rayonnement diamanté. Il déploie ses ailes majestueuses et il exécute lentement un vol de reconnaissance. C'est ainsi qu'apparaît l'Amiral, au grand jour, en grand tra-la-la, avec tambours et trompettes.

Janie s'attendait à voir sortir un Grand Roi. Elle n'est point déçue même s'il n'est pas gigantesque, car il s'agit d'un Roi d'envergure!

—C'est superpersu! Le Roi des Papillons! s'exclame Janie en tirant sur l'ample mante du Vieux Sage.

Elle se souvient très bien de sa dernière leçon de science de la nature. Le Grand Monarque, le danaus plexippus**** est l'unique diurne qui émigre vers le sud, parmi tous les papillons du monde. Il se confond avec les éléments qu'il rencontre par un parfait camouflage. L'audacieux aventurier prend deux mois et demi pour traverser les mers avec courage, afin de rejoindre son gîte d'hiver!

---

* égide : bouclier des Dieux, être sous leur protection
** élucider : clarifier, expliquer
*** vénusté : beauté gracieuse
**** danaus plexippus : sorte de papillon

Voyant Janie surexcitée, le Vieux Sage lui fait signe avec son index sur bouche de garder le silence, afin qu'elle puisse conserver l'anonymat.

La protégée du robuste Chêne n'a pas encore réalisé que le *« Grand Monarque »* se trouve à être... l'Amiral, son garde du corps officiel. Elle n'est pas consciente du lien qui existe entre le Roi et le Grand Monarque. Ils s'unissent pour ne faire qu'une créature!

Élégant, ce dernier s'avance avec dignité dans la direction du Vieux Sage, afin de saluer son associé. Elle constate qu'il ne fait point de Révérence au Druide, seulement des salutations distinguées! À son tour, l'Aîné de la **« Forêt Magique »** rend hommage à son fidèle collaborateur en lui retournant un large sourire complice.

Il doit sûrement être très important, remarque Janie, puisque le Vieux Sage lui fait en même temps, un respectueux signe de tête ressemblant à une Révérence.

—Enfin de retour comme toujours! Quel grand déploiement mon ami! À chaque fois que vous me recommencez ce coup du *« Jeu de la Renaissance »*, je mords à l'hameçon! Cela vous amuse, cher Amiral!

Janie étonnée, sursaute! Elle réalise que le Roi des Papillons, le Grand Monarque... *« EST »* l'Amiral et donc assurément son Garde du corps.

—Ahhh! Vous me connaissez assez bien pour savoir que j'aime surtout l'art du spectacle, s'exclame-t-il sur un ton théâtral. Mais revenons aux choses sérieuses, dit l'Amiral cette fois-ci d'une voix pondérée.

Janie reste sagement cachée derrière les branches du Chêne qui garde une posture d'une impeccable droiture. Elle écoute avec discrétion la conversation qui débute. Elle se permet de tasser quelques bractées recourbées, afin d'examiner en cachette, au travers du manteau touffu du Druide, le nouveau venu.

L'Amiral n'hésite pas à questionner son ami.

—Dois-je croire que ce Malfar Malfamé est revenu dans les parages à mon insu? demande-t-il sur un ton particulièrement concerné.

—Tonnerre! lance le Druide avec une voix d'outre-tombe, en frappant sa canne contre le sol. Immédiatement la terre se met à trembler sous les pieds de Janie qui sursaute en s'accrochant de plus belle à ses rameaux vibrants. Ne prononcez plus jamais son nom, car cela pourrait engendrer à nouveau la malédiction! s'exclame-t-il intransigeant. Nous devons nous tenir sur nos gardes! Depuis que nous avons refusé sa requête égoïste et infernale, tous les accès à la **« Forêt »** lui ont été interdits. Gare à lui, s'il s'avise de se montrer la face sous un jour nouveau! La terre se remet à trembler. Jamais je ne croirai qu'il osera défier ***« l'Ordre des Anciens de l'Hermitage, le Triumvirat »***. Cela aurait pour cause sa mort définitive dans le **« Monde des Esprits Frappeurs »** sans espoir d'une vie future.

Janie n'avait jamais vu le Vieux Sage sortir de ses gonds de manière aussi redoutable. Elle est tout à fait consciente que ce **« Monde Frappeur »** n'a rien d'attirant, puisqu'à cet endroit réside la fin des fins et surtout un monde particulièrement effroyable. Elle se souvient de l'avoir échappé belle, lorsqu'elle l'avait traversé par inadvertance. Elle préfère ne plus y penser et se faire toute petite sous la mante feuillue du Grand Chêne.

—Il ne faut jamais sous-estimer son adversaire. On doit s'attendre à tout avec ce despote! Mais ne vous tourmentez pas, insiste l'Amiral. Vous savez très bien que nous ne prenons aucun risque. J'ai toujours un œil sur lui et ses semblables, car je n'ai aucune confiance en lui! Il a plus d'un tour dans son sac.

Le Druide informe son bras droit* des directives qu'il a appliquées.

—J'ai aussi avisé notre amie Lulubie d'être sur ses gardes ainsi que Lumina, votre Sergente-Chef. Je suis persuadé que Lulubie, la Voltigeuse de l'Air, mettra toute sa troupe de

* bras droit : personne très importante qui seconde

défenses côtières à la tâche et que les Libellules surveilleront sans relâche ces braconniers sans honneur et sans cœur!

—Nous pouvons dormir paisiblement sur nos deux oreilles! s'exclame l'Amiral. Nous savons tous les deux que les Libellules et les Lucioles effectuent toujours un travail scrupuleusement organisé et efficace.

—Lulubie m'a confirmé que ses Voltigeuses n'avaient rien vu qui aurait pu attirer leur attention. L'Infanterie de l'Air n'a rien de majeur à rapporter sur ces malheureux vauriens! Mais ne prenez aucun risque, soyez vigilants comme toujours! Gardez l'œil ouvert et agissez avec réserve!

C'est la première fois que Janie entend parler le Vieux Sage sur un ton défensif. Il faut vraiment qu'ils constituent une vraie menace ces braconniers, pour qu'il soit ainsi sur ses gardes. Elle et Mamiche n'étaient pas au courant des actions malfaisantes des créatures de la **« Forêt »**.

—Je suis certain que vous avez fait appel à mes services pour une tout autre raison? interroge l'Amiral.

—Effectivement! J'ai un projet de grande envergure à vous présenter. Vous êtes le seul qui puissiez mener à bien cette mission salutaire. C'est de toute première importance.

—Je vois! Je vois! dit-il en se gonflant le thorax, afin de faire briller ses médailles. Vous me dévoilez cette souveraine mission qui sollicite mes compétences?

—Il s'agit d'une charmante enfant qui a besoin d'un *« Garde du corps »*. Elle doit accomplir elle-même sa mission terrestre... qui l'a amené jusqu'à nous! explique-t-il au Grand Commandant.

Le Vieux Sage prend Janie par l'épaule et l'avance délicatement à ses côtés. Gênée, elle avance à peine et demeure collée comme une sangsue, à son Vieil ami. Elle trouve le Monarque vraiment superbe, mais elle le trouve bien trop petit pour quelqu'un qui devra la protéger tout au long de son odyssée. Elle l'inspecte soigneusement dans une attitude de profond respect. Cette magnifique créature de grande distinction et d'une beauté exceptionnelle, qui se tient en équilibre sur le pommeau de la canne du Vieux Sage face à Janie, attend son approbation. Elle avait souvent eu la chance, avec Mamiche, de découvrir des Monarques à la **« Dune aux papillons »**, près de la **« Pierre-Aux-Fées »**, et de les poursuivre dans leur danse folle des heures durant. Mais jamais, au grand jamais, elle n'avait eu l'opportunité de les admirer d'aussi près et surtout de grandeur presque nature. C'est vraiment une occasion unique. Ces papillons diurnes et migrateurs sont très actifs durant le jour. La durée de vie de cette magnifique espèce, de la lignée des nymphalidés aux couleurs vives, est d'environ une année. Janie trouve cela bien court, une seule année de vie comparativement au Vieux Sage! Mais, si on les compare aux autres papillons, c'est énorme! Mamiche lui avait expliqué que l'existence des lépidoptères ne durait qu'approximativement un mois.

Lorsqu'elle lui sourit, l'Amiral, paré de ses plus beaux atours[*], comprend qu'elle accepte son aide et se met à défiler royalement dans toutes les directions en zigzaguant pour la remercier. Il la contourne avec complaisance dans son costume d'apparat, magnifiquement brodé d'une dentelle de guipure[**] et parsemé de paillettes. Il revient s'installer sur le sceptre du Vieux Sage et soulève un pan flottant de sa cape en la balançant sur son épaule avec hardiesse. Janie aperçoit à ce moment-là une épée étincelante miroitée dans sa pupille. Perfectionniste comme un Général, il démontre au grand jour, par ce geste, son habileté à faire exécuter ses ordres avec précision. Sous les reflets fulgurants du soleil, il prend son épée tranchante, en silex poli, dans sa main droite, et élève sa flamberge[***] en direction du vent tiède du midi, en lançant un grand cri à sa brigade.

—Troupe!

---

[*] atours : ensemble de vêtements

[**] guipure : dentelle

[***] flamberge : longue épée de duel

Une multitude de mouches à feu arrivent bruyamment à tire-d'aile en clignotant dans toutes les directions. Elles s'amusent à s'entrecroiser de haut en bas et de gauche à droite. Une vraie chorégraphie en œuvre.

L'Amiral frappe des ailes pour les ramener à l'ordre.

—À vos rangs! commande-t-il.

Aussitôt, elles cessent de rire et se regroupent derrière leur Rassembleur en une ligne parfaite, tellement droite qu'on croirait n'apercevoir qu'une seule et unique luciole. Satisfait, il replace son épée dans son fourreau et dépose ses deux mains gantées sur le pommeau d'acier de forme triangulaire, comme s'il s'agissait de protéger un trésor national.

Quelle magnificence! Jamais de sa vie Janie n'a vu tant de suprématie* dans un être aussi petit et majestueux à la fois. C'est presque de la magie! Et dire qu'il deviendra son protecteur personnel, tout au long de sa démarche dans la **« Forêt Magique »**. *« Juste pour moi! »* pense-t-elle. À force de réfléchir, Janie se souvient subitement qu'elle a apporté son bloc-notes dans son sac en bandoulière. Elle s'empresse de le sortir et d'y inscrire quelques mots sur ce spectacle unique. Aussitôt terminé, elle replace le tout précieusement dans son fourre-tout. Quel souvenir à décrire à Mamiche! Elle ne veut pas paraître impolie aux yeux du Grand Monarque qui demeure au garde-à-vous avec ses troupes cordées derrière lui sur une longue branche. Il est d'une beauté sans égal. Ça... c'est indiscutable! Mais il n'y a qu'un seul hic!!! Elle le trouve vraiment petit, un peu trop petit même, pour devenir son Grand Protecteur!

Le Vieux Sage continue de livrer la généalogie du Grand Monarque dans un discours grandiloquent, prononcé avec une diction parfaite.

—Cet exceptionnel voyageur qui n'a pas son pareil, lui explique le Vieux Sage, ne craint ni le danger, ni la peur. Il est

---

* suprématie : grandeur, supériorité

doté d'une force inusitée* et il est d'une endurance à toute épreuve. Ce valeureux Guerrier commande une puissante armée : les Lucioles surnommées les ***« Éclaireuses du Temps »***, qui sont sous ses ordres immédiats. Ces courageuses militantes ailées éclairent, non seulement physiquement, mais aussi en lumière intérieure et en idées de Génie. Ensemble, ils trouvent des voies insondables et inimaginables pour l'équilibre de la nature et la paix dans l'univers.

Le Vieux Sage s'arrête quelques instants afin de vérifier si Janie comprend l'importance de sa déclaration. Elle est tout ouïe, rien ne lui échappe. L'Amiral, pour sa part, agit déjà comme garde du corps auprès de sa protégée. Il survole sa tête, prêt à attaquer si nécessaire. Tout se déroule à merveille. Le Druide ne tarit pas d'éloges au sujet du Monarque.

—Je l'ai choisi pour te guider et te protéger en tous lieux et en tout temps, car je connais sa valeur! On lui a décerné la ***« Médaille des Victorieux »***. Cette décoration rarissime est remise à des Créatures d'exception qui ont réalisé de grands exploits hors du commun. Il a aussi été reçu, par la même occasion, ***« Chevalier du Grand Mérite »***, titre honorifique qu'il a accepté fièrement, pour l'ensemble de sa conduite exemplaire. Il n'y a aucun doute, il est l'accompagnateur le plus désigné. Je crois que c'est suffisant pour te convaincre de son efficacité, dit-il à Janie, tout en regardant l'Amiral droit dans les yeux.

Le Grand Monarque, qui a tout entendu, lui fait un salut militaire, en signe de reconnaissance et de respect. Cela doit être une forme de Révérence, pense-t-elle, puisque le Vieux Sage, la main dans le dos, à son tour lui répond par une inclination du corps.

—Je tiens à te spécifier, ma petite, continue le Vieux Chêne en articulant avec insistance sur la dernière phrase, que la Gran... deur... d'Ê... tre...de cet illustre papillon sus... cite...à

---

* inusitée : inhabituelle

lui seul, le res...pect, en... tout temps. J'ai précisé... le ***« Respect »***.

À ces mots, Janie retient son souffle, car elle a eu une envie folle de pouffer de rire... ***« Sa grandeur! »*** Il se moque certainement d'elle! Il peut sûrement en faire accroire aux Lucioles, puisqu'elles sont bien plus minuscules que lui, mais pas à elle! Elle n'est pas dupe!

La petite-fille de Mamiche n'est pas du tout impressionnée par sa grandeur. Elle croit que le Vieux Sage veut lui faire une blague à son tour. Il n'y a aucun doute que l'Amiral est très impressionnant, surtout pour toutes ses valeurs morales, sa prestance et ses couleurs chatoyantes. Elle est parfaitement d'accord sur ces points. Mais en ce qui concerne sa stature physique, cela l'amuse! Il est si petit, comment pourra-t-il venir à sa défense si jamais il en a l'occasion? Elle est beaucoup plus forte que lui, de toute évidence. Elle se ressaisit, car le Vieux Sage la surveille de son œil averti et il a déjà enregistré ce subtil sourire incrédule à la commissure des lèvres et ses yeux en accent circonflexe. Elle arrête ses simagrées et secoue la tête pour embrouiller les pistes. Il ne peut rien lui reprocher, puisque c'est lui qui lui a montré comment se protéger. Il s'approche d'elle d'un pas rassurant.

—Il serait bien gentil de faire un tour d'honneur auprès des Lucioles, lui dit-il. L'Amiral n'attend que ton approbation pour qu'elles cessent d'être au garde-à-vous et qu'elles puissent quitter les rangs.

Elle acquiesce de la tête pour lui faire plaisir et débute l'inspection.

Pendant qu'elle examine de long en large les mouches à feu qui demeurent toujours droites sans remuer une aile, le Vieux Sage en profite pour régler quelques détails avec l'Amiral avant le départ officiel.

Janie fait un tour complet, qui ne dure évidemment que le temps d'un soupir. Elle fait quelques steppettes pour les déconcentrer afin qu'elles bougent, rien à faire; elles ne bronchent pas d'une antenne.

Elle zieute les Dirigeants qui discutent ensemble des derniers préparatifs. Sous les reflets de Galarneau, le superbe papillon diurne affiche un pouvoir d'attraction encore plus évident. Il possède un puissant magnétisme. L'intensité du soleil fait briller ses médailles victorieuses qui scintillent, épinglées sur son thorax. Ses énormes épaulettes en forme d'ailerons lui donnent une allure prestigieuse dans son uniforme de Général.

Les Lucioles Affectionnées, toujours aux aguets, attendent que leur Chef ordonne le signal pour partir dans cette grande aventure.

Le Vieux Sage se dirige vers Janie, pendant que l'Amiral parle à Lumina, la Sergente-Chef du groupe, des dispositions à prendre pour le ***« Grand départ »***.

—Nous partons! lance Janie à haute voix.

Le Vieux Sage, l'Amiral et Lumina se taisent. Ils ne peuvent pas procéder au départ, avant d'entendre les commentaires de Janie, puisqu'elle vient tout juste de passer en revue la garde de ***« L'infanterie des Éclaireuses »***.

Elle sait qu'elle doit exprimer une remarque pertinente sur l'état général des Lucioles Affectionnées, mais quoi? Elle entendrait une mouche voler, tellement le silence est grand.

—Elles sont lumineuses! clame-t-elle... haut et fort.

L'Amiral est fier et redresse les épaules. Il lui sourit, heureux de son commentaire plutôt flatteur.

Le Vieux Sage est ravi du comportement de sa jeune élève.

—Tout va bon train, lui dit-il, animé par le feu de l'action.

—Je suis prête!

—D'accord! Mais avant de partir... je dois te confier quelque chose le concernant que tu te dois de savoir. Mais tout ce que je vais te divulguer à son sujet doit rester secret. Il a une grande facilité à se camoufler. Mais encore, il possède un autre super pouvoir. Cette faculté, tu auras la chance de la découvrir durant ton voyage! C'est... ***« TOP! TOP! SECRET »***! insiste-t-il avec sa voix de tonnerre, tout en brandissant sa canne, malgré lui. Afin de protéger la **« Forêt »**, même les ***« Anciens de l'Hermitage »*** gardent le secret sur ce mystère depuis des lunes. C'est un secret d'État!

La voix du Druide résonne autour d'elle. Elle n'oserait jamais défier ses ordres, même s'il est le vieil ami de la famille!

—Bouche cousue, répond Janie le plus sérieusement du monde. Intriguée, elle attend patiemment qu'il dévoile ce mystérieux secret.

—Tous les jeux d'astuce lui sont permis pour la protection des êtres spéciaux dont il a la garde. Il est le seul juge de ses actes. L'Amiral a le ***« Pouvoir de la Transmutation »***. Il est un vrai prestidigitateur. Il peut se rendre méconnaissable et même se dissimuler sous des déguisements tellement trompeurs, que l'on ne peut le reconnaître. Pour se métamorphoser, il doit passer par plusieurs étapes et ces manipulations comportent de grands dangers. Il faut qu'il soit très prudent, car ces changements d'apparence risquent de lui être fatals un de ces jours. Il pourrait ne plus être capable de redevenir lui-même ou disparaître à tout jamais. Mais rien ne peut l'arrêter lorsqu'il s'agit de découvrir les faiblesses de ses adversaires et surtout de sauver des vies. Tu t'imagines Janie, tout ce qu'il peut faire? dit-il enflammé de son auréole d'or. Rien ne lui est impossible et tout lui est permis pour démasquer les Intrus nuisibles à la **« Forêt »**. Tout au long de ton parcours, l'Amiral aura le droit de recourir à son pouvoir de transformation, mais seulement s'il y a une extrême urgence. Les causes exceptionnelles, comme la sauvegarde de ta vie si jamais elle était en danger, ne sont approuvées que très rarement et uniquement sous l'autorisation exclusive des réseaux supraterrestres codés : **« M. A. G. E. »**

—Des Mages, c'est vraiment incroyable!

—**M.A.G.E.** ne veut pas dire… les Mages que tu connais, c'est un code secret utilisé par les ***« Dirigeants des Sphères Sacrées »*** pour… enfin, ça suffit!

Le Vieux Chêne ne désire surtout pas entrer dans les détails des ***« Maîtres Archimages de Grades Élevés »***.

Janie est tout émerveillée de faire partie d'un plan secret.

—Wowww! Même ses lèvres tremblent en s'exclamant.

—Maintenant tu en sais plus que tu ne devrais en savoir. Je t'informerai sur les nouveaux développements qui te seront nécessaires pour ta mission en temps et lieu.

Le *« Chargé de Projet »* donne ses derniers ordres à Lumina, son assistante, lorsque le Vieux Sage l'interpelle.

—Venez par ici, mon ami! Je tiens à faire les présentations solennelles*. Il prend un air cérémonial et se racle la voix et les présente l'un à l'autre : Voici votre ***« Protégée, l'Humaine au cœur d'or »*** et toi ma chère petite... ***« Ton Garde du corps et le plus Grand des protecteurs... l'Amiral! »***

Le Monarque avec beaucoup de prestance s'arrête devant Janie et lui fait une révérence royale. Elle rougit de bonheur en présence de tant d'attention et de cérémonie.

—Je vous salue charmante Princesse! lui dit-il en voltigeant dans tous les sens.

—Moi de même! Je suis heureuse de vous rencontrer, réplique-t-elle en clignant des paupières. En se prêtant au jeu de l'Amiral, elle lui adresse une courbette rapide en signe de salutation distinguée.

Seul Anthony a l'habitude de l'appeler sa princesse quand il veut l'amadouer pour avoir quelque chose en retour. Cette appellation lui serre le cœur et lui rappelle combien son frère lui manque.

Le nouveau duo échange un regard intuitif et c'est à ce moment précis que les atomes crochus se croisent; un lien de complicité subitement les unit. C'est comme... s'ils se connaissaient depuis toujours.

—Bougre! Je dois me volatiliser maintenant que les présentations sont faites, riposte l'Amiral avec entrain. J'ai

---

* solennelles : qui se fait avec un grand sérieux

quelques petits détails à finaliser et je serai de retour bientôt, chers amis. Je dois protéger nos arrières. Il tire sa révérence avec grand fla-fla, en inclinant son corps à moitié. Il étire une patte poilue derrière lui et la plie sur le sol pour se soutenir. Ensuite, il place un membre supérieur, celui qui lui sert de main gauche sur son cœur et avec un troisième, il soulève son chapeau de feutre, lui fait faire trois tours en guise de salutation et lance ce dernier qui retombe sur sa tête. Le tout ressemble à une élégante arabesque.

Quel coup de théâtre! Elle est surprise de sa performance. Il n'est pas seulement sérieux, il est également drôle, constate-t-elle avec joie. « Je crois que je vais avoir beaucoup de plaisir. »

—Bons préparatifs et à bientôt! réplique le Vieux Sage.

—À la revoyure, mon cher ami et nous garderons contact grâce aux Libellules, les ***« Brigadières de l'air »***! Soyez assuré que la Cheftaine Lulubie demeurera durant ce périple, responsable de nos communications, s'écrie le Grand Monarque en gesticulant.

Les Lucioles toujours au garde-à-vous, les pieds joints et les bras le long du corps, sont immobiles comme des soldats de bois. Elles attendent avec impatience le signal de départ pour prendre leur envol avec leur Commandant.

—En avant, envolée! ordonne l'Amiral de sa voix ferme en levant d'un coup son épée rutilante dans les airs.

Dans une harmonie totale, le groupe s'envole et disparaît au rythme des battements d'ailes.

Chapitre 16
La zézayante Chanceuse

Le silence remplace le vrombissement des insectes et envahit toute la place. Janie se retrouve à nouveau seule avec le Vieux Sage. Elle a encore un tas d'autres questions à lui poser concernant son odyssée et n'est plus gênée de les lui demander, car elle se sent maintenant à l'aise avec ce Vieil Arbre. De toute façon, Mamiche lui a toujours dit qu'il n'y avait pas de questions idiotes et qu'elle pouvait l'interroger sur tout ce qui l'intriguait dans le monde si cela pouvait la rassurer.

Surprise du départ précipité du Grand Protecteur, elle se demande dans combien de temps ce dernier réapparaîtra. Bientôt, semble-t-il! Mais c'est trop long pour une petite fille qui a hâte de commencer ses recherches. De plus, elle ne sait même pas quelle direction elle devra emprunter. Devra-t-elle suivre l'Amiral ou son intuition? Quels seront les indices que lui a promis l'ami de la famille et parviendra-t-elle à les reconnaître? Et le plus important, sera-t-elle à la hauteur de sa mission?

Le Vieux Sage ressent les émotions chamboulées de Janie. Il n'hésite pas une seconde et la presse tout contre son cœur dans le but de l'encourager.

—Tut! Tut! Quelle idée! Bien sûr que tu seras à la hauteur de la situation, affirme-t-il d'une voix rassurante.

Janie, le vague à l'âme, regarde le Vieux Sage.

—Voyons ma petite, ne fais pas cette tête-là, tout va se dérouler à merveille. En plus, j'ai une belle surprise pour toi!

Il vient de dire un mot magique qui éveille tout de suite sa curiosité.

—Une surprise pour moi! C'est superpersu! s'écrie-t-elle, emballée.

—Oui! Juste pour toi.

Le Vieux Sage a pressenti l'angoisse de Janie face à cette traversée qu'elle doit accomplir seule, sans la présence de Mamiche. Même si elle a un protecteur qualifié, c'est la première fois qu'elle ose s'aventurer aussi loin dans la **« Forêt »**. À plusieurs reprises… il a entendu battre le cœur de l'humaine avec nervosité, une nervosité causée par les circonstances changeantes et contradictoires. Il considère que cela fait beaucoup de nouveauté à découvrir en si peu de temps pour une si jeune fille.

Janie possède tous les atouts pour réussir, surtout de la détermination et le Druide demeure conscient qu'elle ne négligera rien pour retrouver sa ***« Clef du Paradis »***. Elle devra parcourir un long chemin qu'elle ne connaît pas et qu'elle sillonnera au gré des aventures. Pour cette occasion, il a donc choisi une confidente fiable, une sœur cosmique vivant déjà dans **« l'Univers Astral »**, une créature engagée qui poursuivra sa destinée, en même temps que celle de Janie. Fin connaisseur, il lui a déniché une compagne qui fera parfaitement l'affaire!

—Dites-moi, s'il vous plaît, quelle surprise me réservez-vous? supplie-t-elle les mains croisées.

—Eh bien, j'ai pensé que durant tout ce long trajet, tu devais voyager avec une demoiselle de compagnie!

—Une demoiselle de compagnie? réplique Janie. Elle hausse les épaules, ne comprenant pas.

Voyant qu'elle ne parvient pas à saisir, il rajoute :

—Je t'ai trouvé… une amie parfaite pour ton voyage.

—Une amie, une vraie amie? répète Janie toute excitée. Une véritable camarade de jeu?

Le Vieux Sage acquiesce d'un signe de tête.

Janie tape des mains et rit à gorge déployée en sautant de joie.

—Tu as bien compris. Une amie qui te sera de bonne compagnie et qui t'apportera la chance! Ainsi, tu ne seras pas toute seule dans la **« Forêt »**!

Assoiffée de curiosité, elle ne tient plus en place et se demande qui peut bien lui porter la baraka*, à part son porte-bonheur favori, sa ***« Clef du Paradis »***?

—Oh! Mille mercis à vous, cher Vieux Sage. Je suis tellement heureuse! Où se cache-t-elle?

—Fais bien attention et regarde avec vigilance à ta droite. Tu devrais l'apercevoir. Elle se nomme Chanceuse!

Janie regarde à sa droite, mais ne remarque rien. Elle a dû changer d'endroit! Elle jette un coup d'œil à gauche, elle n'aperçoit rien non plus de ce côté! Serait-elle aveugle? Elle scrute partout, en haut, en bas, en avant, en arrière et ne découvre rien. Absolument rien! Personne à l'horizon. Peut-être s'agit-il d'une camarade imaginaire comme Ketchouille, pense-t-elle, intriguée de n'apercevoir personne. Pourtant, elle entend un léger sifflement à peine perceptible.

—Dites-moi, Monsieur l'Érudit, êtes-vous en train de me jouer un tour, car je ne vois pas d'amie chanceuse?

—Ahhh! Examine de plus près!

—Vous me faites marcher! réplique-t-elle d'un rire nerveux.

—Hi! Hi!!! Est-ce que tu donnes ta langue au chat?

Janie trouve le Vieux Sage plutôt rigolo, mais elle ne cèdera pas aussi rapidement qu'il le croit. Elle se prête facilement à son petit manège.

—Oh... non! Il n'en est pas question. Par contre, je n'aperçois rien de bien intéressant, rien qui vaille la peine d'attirer mon attention! dit-elle, d'un ton moqueur.

—En es-tu absolument convaincue?

---

* baraka : chance

—Hum! Ah... si! Je vois quelque chose, de minus, qui voltige. Oh... une espèce de bibitte! Oh... non! Je n'aime pas les insectes.

Elle observe une petite bestiole survoltée, munie d'antennes, foncer sur elle avec fougue comme un taureau enragé.

—Un insecte! Ah non! Je suis désolée, mais c'est... c'est impossible que cet insecte devienne ma nouvelle amie, car je suis allergique aux piqûres de moustique.

Plus elle approche, plus Janie tente de s'en éloigner. ***« Hi... Ha! »*** Janie lance des cris aigus, en repoussant la bestiole du revers de la main. Elle ne veut pas se faire piquer.

—Ne crains rien! Voyons petite! Prends le temps de l'examiner attentivement.

Elle braque ses yeux sur cet insecte à la demande du Vieux Sage pour lui faire plaisir. Elle se rend compte que la minuscule bibitte s'approche d'elle en chuintant de plus en plus fort. Janie plisse son visage et se raidit... car elle a une peur irrationnelle des moustiques, mais lorsqu'elle constate que cette dernière s'avère inoffensive! Elle relaxe et sourit.

—Ouf... une coccinelle! J'aime bien ce genre de coléoptères.

—Tu vois! Il n'y a pas de danger!

La nouvelle amie ailée rouge orangé, munie de minuscules taches noires, s'amuse à voltiger autour de Janie comme si elle désirait attirer son attention à tout prix. La bestiole zozote avec insistance, elle veut lui faire savoir ce qu'elle pense de ses remarques plutôt désobligeantes au sujet de sa race.

—C'est superpersu! On dirait qu'elle essaie de communiquer.

Janie imite le son qu'elle entend en insistant sur la consonne ***« z »***. Elle se moque, tout en sachant très bien qu'il est impossible qu'un insecte parle.

—Bonzzjour petite bibitte à patate! Qu'ezst-ce que tu essaies de me dire? Zzzje n'y comprends rien! Tu as besoin d'un cours de diction ma petite.

Puis, les zézaiements de l'insecte deviennent insistants et ressemblent à... : « Zzz zje vaiszzzz t'enzzz fairezzz prendrezzz deszzz courszzz dezzz parlottezzz ».

Le coléoptère, exaspéré, cabriole* en exécutant des pirouettes dans le seul but de montrer son désaccord. Janie n'y fait pas attention, elle a bien trop hâte qu'il se pose sur elle afin de formuler un souhait!

—Oh, regardez! Je crois qu'elle va se poser sur moi. Si je réussis à compter jusqu'à sept avant qu'elle ne s'envole, mon vœu sera exaucé.

Mais la coccinelle ne semble pas vouloir se poser sur Janie. Elle tourbillonne dans tous les sens comme une malade, on dirait que quelque chose l'a contrariée.

Janie n'a pas remarqué son petit stratagème, trop occupée à formuler un souhait. Elle ne sait pas non plus qu'en la traitant de bibitte à patate et en se moquant d'elle, elle allait l'insulter.

—J'espère bien que tu vas bientôt te décider à atterrir sur moi. Allez! Je t'en prie, dépose-toi; une coccinelle, ça porte chance! s'exclame-t-elle en croisant les doigts.

Mamiche lui a déjà raconté que les coccinelles étaient porteuses de chance, surtout la coccinelle à sept points, qui est surnommée : ***« Bête à bon Dieu »***.

Le Vieux Sage se tait comme toujours et se divertit en observant cette scène plutôt cocasse. Il pose sa main feuillue et translucide au soleil sur sa bouche pour ne pas rire et s'amuse comme un enfant. À les regarder agir, il est certain et même convaincu que ces deux demoiselles deviendront les meilleures amies du monde.

Janie se demande ce qu'il peut bien mijoter en le voyant rire dans sa barbe.

---

* cabriole : verbe cabrioler qui veut dire, sauts légers

C'est alors qu'ils entendent tous les deux au même instant, une petite voix rapide et frustrée qui caquette sans arrêt, dans un babillage incompréhensible.

Janie prête une oreille attentive. Surprise, elle réalise que ce son bizarre provient de la coccinelle. Impatiente, cette dernière signale à nouveau sa présence avec acharnement, par un bref signal sonore, strident, car personne ne se donne la peine de l'écouter. En tant qu'humaine, elle trouve cela plutôt amusant de constater qu'un insecte persévère à vouloir se faire comprendre.

—Elle a du caractère cette petite jacasseuse. J'ai vraiment de la chance! Cette fois-ci, elle semble bien vouloir se poser sur moi. C'est la seule bibitte avec laquelle... je n'éternue pas!

La coccinelle bat des ailes avec vivacité, gonflée à bloc; elle ressemble à un parachute en chute libre et atterrit en catastrophe en plein sur le pif de Janie. En équilibre, elle essaie avec ses ailes en suspension de ne pas tomber sur le dos!

—Zzzzzzz!

—On dirait une funambule!

Sans tarder, Janie commence à compter : un... deux... trois... quatre... cinq... six... sept. Mon souhait va se réaliser, je vais enfin retrouver ma ***« Clef du Paradis »***! C'est superpersu!

—Écoute! Je crois qu'elle veut t'adresser la parole.

—Vous rigolez?

Le Vieux Sage la regarde en souriant, pendant que la minuscule coccinelle zézaie en déployant un élytre* qui était demeuré coincé.

—Je crois... qu'elle n'a pas dit son dernier mot.

—Vous êtes drôle!

Stabilisée sur le bout du nez retroussé de Janie, la bestiole se tient droite, prête à l'attaque. Voyant que la terrienne n'a rien compris de son charabia, Chanceuse LaCoccinelle change la

---

* élytre : aile

fréquence sonore de sa voix et s'ajuste au style populaire de l'humaine.

—ZZZzzzjjjjjjjjeeeeeeee. ZJe suis enfin arrivée! Et zzzje constate que tu veux dire buzzant! réplique la bestiole outragée. Si, zj'ai bien saisi, il n'y a rien dans les parazges qui ne vaille la peine, zzz zzz zzz.

L'insecte bafoué, argumente en repliant ses tarses* sur les côtés de son corps en forme d'anse, avec un petit zézaiement dans sa prononciation.

—Une bibitte zzz zzz zzz! zézaie à tue-tête la coccinelle en furie. Non seulement une bibitte, mais une bibitte à patate zzzen plus, zzz zzz zzz! Même zsi, ceszzz dernières sont de la lignée deszzz Doryphores, elles n'ont rien dze comparable aux Coléoptères de ma famille, zzz zzz zzz. Nous, au moins, nous portons la zchance, zzz zzz zzz! Enfin, je me présente, Chanceuzzzse LaCoczcinelle.

Janie réalise qu'elle s'est mis les pieds dans les plats en déclarant n'importe quoi au sujet des insectes. C'est pour cela que le Vieux Sage riait dans sa barbe, il savait qu'elle aurait des comptes à rendre à sa nouvelle amie.

—Une coccinelle qui parle, c'est impossible!

Le Druide ne rajoute rien, préférant la laisser réfléchir sur ce sujet.

Ses yeux faisant du strabisme à cause de la proximité de l'insecte sur son nez, elle n'est pas certaine que cette dernière s'adresse vraiment à elle.

Le coléoptère se démène en sautant de toutes ses forces pour faire valoir sa présence et surtout sa frustration.

—C'est bien toi, Chanceuse? Chanceuse, LaCoccinelle? questionne Janie, manifestement ahurie.

—Oui! C'ezst moi, zzz zzz zzz! Et, c'ezst bien à toi que je m'adrezsse! Je suis ZChanceuzse, réplique-t-elle vivement, enfin

* tarses : partie de la patte

remise de ses émotions. La bestiole se recule de quelques coups d'ailes afin que l'incrédule humaine puisse replacer ses yeux.

Seul un… euh!!! d'étonnement sort de la bouche de Janie.

—Je te regarde avec ton air déconcerté et je ne suis pas zcertaine que cela te réjouizsse, zzz zzz zzz! zézaie à nouveau Chanceuse.

Surprise, Janie sent ses joues rougir de timidité. Du coin des yeux, elle zyeute le Vieux Sage, qui lui confirme d'un signe de tête qu'il s'agit bien de la « Chanceuse » en question. Il n'y a aucun doute… elle s'est fait prendre au piège.

—Zzzzz! Tu es zzzétonnée, zozote la coccinelle, tu ne crois pas zzz que zje puizsse avoir été dézsignée afin de devenir zzz ta compagne de zzzjeu?

—Mais si, mais si, répond Janie, sauf que… je ne voulais pas vous… offen… ser, t'offenser. Elle suppose que si le Vieux Sage l'a choisie afin qu'elle l'accompagne tout au long de son odyssée, elle peut, il va sans dire, la tutoyer. Cela n'est certainement pas dans la convention des adultes! Mais tu es très petite, plus petite que l'Amiral, le Grand Monarque, insiste-t-elle. Vraiment, vraiment… très petite! Mi-nus-cu-le!

—Je zsais, je zsais, dit Chanceuse. Ne le répète pas, zs'il te plaît, j'ai bien compris. Tu crois vraiment que ça cause un problème majeur pour que l'on puizsse devenir des zzzamies? interroge-t-elle visiblement déçue.

Janie décide de jouer franc jeu. Si elle doit devenir son amie, eh bien, elle doit savoir ce qu'elle pense réellement.

—Non! Mais c'est tout simplement que je croyais que tu serais comme moi, réplique-t-elle franchement.

—Zzzune humaine!

Le Vieux Sage se permet d'interrompre la conversation pour un moment afin de remettre les pendules à l'heure. Il attire gentiment ses deux protégées près de lui pour rajouter quelques petits détails qui s'avèreront primordiaux, pour ces demoiselles!

—Écoutez les petites, j'ai des renseignements très importants à vous divulguer, mais avant tout, je dois vous présenter l'une à l'autre.

—Chère Janie... voici ta nouvelle compagne de route Chanceuse!

Janie sourit timidement, sans dire un mot.

Le Vieux Sage poursuit :

—Je dois te préciser un fait essentiel concernant Chanceuse. Hum!!! Elle habite le **« Monde Astral »** depuis une éternité. J'ai arrêté mon choix sur elle parce qu'elle connaît ce monde sur le bout de ses doigts. Euh! Je veux dire ses segments.

Chanceuse est toute fière de voir que le Druide reconnaît ses talents. Elle fait du surplace et clignote des paupières sans arrêt.

—Chanceuse, je te présente Janie, la Terrienne. Je sais que tu ne t'attendais pas à avoir une humaine comme amie. Je tiens à te souligner que Janie n'était nullement au courant que tu étais une créature de la nature. Alors, je comprends votre grande surprise. C'est ce qu'on appelle le choc des cultures, dit-il en se grattant la gorge. Je suis convaincu que vous allez vous entendre à merveille malgré vos différences. Vous deviendrez les meilleures amies du monde. Je ne vous ai pas choisies par coïncidence, le hasard n'existe pas!

—Je zsuis de la famille des Coléoptères, couzsine de vos prestigieuses Lucioles Affectionnées! Chanceuse est offensée et se retourne vers l'humaine. Je ne zsuis pas un poizson viral, zzz, zzz, zzz. Je ne zsuis pas non plus ce que tu penses, une... *« Rien qui ne vaille la peine, zzz, ni une bibitte à patate dze rien du tout. »* Chanceuse indignée défend sa classe. Vous zsavez que les inzsectes constituent la plus grande espèce d'animaux invertébrés vivants de la planète, zzz, zzz, zzz. Nous zzzavons donc droit au rezspect, zzz, zzz, zzz.

—Je t'en pris, calme-toi, petite! Je connais tes nobles origines et je suis très fier de toi, mon Porte-Bonheur.

Le Vieux Sage sait pertinemment que Chanceuse zézaye, encore plus lorsqu'elle est très nerveuse. Devant l'ampleur de sa détresse, il étend sa longue emmanchure recouverte de feuillage et entoure la bestiole avec sa feuille la plus menue, afin de la serrer contre son cœur pour lui montrer toute l'affection qu'il éprouve sincèrement pour elle. Janie regarde la scène et comprend qu'elle a blessé Chanceuse sans le vouloir, en prononçant des paroles en l'air. Elle aurait dû se taire.

—Que se passe-t-il? chuchote le Vieux Sage. Toi qui adores t'amuser, aurais-tu perdu ton sens de l'humour… ma Coccinelle?

Le Druide croit percevoir une pointe de jalousie de la part de Chanceuse. Cette dernière ne veut pas perdre son amitié. Elle craint que Janie prenne toute la place, car elle la trouve très… très jolie et remplie de projets hors du commun des mortels. Pour sa part, elle se juge médiocre, puisque ses connaissances ne sont pas aussi poussées que celles de la terrienne. La seule chose qui a toujours suscité son intérêt et qu'elle trouve particulièrement intéressante, c'est que chaque humain possède sa propre ***« Âme »***. Cette âme unique et personnelle leur permet d'évoluer plus vite que toutes les autres créatures et par le fait même, ils peuvent franchir les **« Mondes »** jusqu'à devenir des *« Êtres »* supérieurs, d'illustres ***« Parangons »***; ces *« Êtres »* héroïques entièrement accomplis. En vérité, la coccinelle aimerait se transformer un jour en un *« Être d'exception »*!

Pour sa part, Janie est désolée d'avoir causé du chagrin à Chanceuse. Elle compte s'excuser à la première occasion. Pour le moment, il est important qu'elle garde le silence, car cet instant est crucial.

—Chanceuse, lui déclare-t-il, en la regardant droit dans les yeux, je t'ai choisie pour tes qualités tout à fait spéciales. Tu es unique en ton genre et exceptionnelle!

Il savait très bien que ces paroles émouvantes toucheraient Chanceuse directement au cœur. Mais il ne les lui a pas dites seulement dans le but de lui faire plaisir, il croit vraiment en ses capacités. Toutefois, cette affirmation lui redonnera courage et surtout confiance en elle. Par le regard franc et direct du Druide, la petite coccinelle est persuadée qu'elle gardera à tout jamais cette place spéciale dans la vie du Sage. Cela la rassure énormément.

—Premièrement, continue-t-il, je t'ai attitré ce rôle d'amie auprès de Janie parce que tu apprécies la vie d'aventure et la grande liberté. Tu es douée d'une intelligence particulière et de bonne compagnie. Parfois, un peu trop bohème, étant donné que tu aimes vivre au jour le jour, sans te préoccuper du lendemain. Mais... par-dessus tout, et c'est ce qui m'importe le plus... tu parviens à atteindre tes buts. J'aime la façon dont tu communiques avec les créatures que tu rencontres sur ton chemin. Tu as une aisance particulière, une simplicité remarquable et tu es dotée d'une nature sociable. De plus, tu entretiens toujours de bonnes relations avec tes semblables, tu partages ton savoir généreusement avec les trois règnes de la **« Forêt »** qui désirent apprendre et surtout, tu ne demandes rien en retour. Je ne connais aucune créature qui sache agrémenter le travail avec le plaisir autant que toi! Je t'ai aussi choisie parce que vous êtes des ***« SOEURS COSMIQUES »***.

—Des sœurs cosmiques!?! interroge l'Humaine.

Chanceuse n'ose plus bouger. Figée, elle devient subitement comme une statue de sel.

—Des franzzgines?!? C'est buzzant! s'écrie Chanceuse, heureuse d'entendre cette bonne nouvelle.

—Nous ne sommes même pas de nature identique!!! s'exclame Janie avec étonnement.

—Je sais! Je sais Janie! réplique le Vieux Sage. Cela peut te paraître bizarre que vous puissiez être des sœurs cosmiques puisque vous ne possédez pas les mêmes racines. Vos essences sont dissemblables l'une de l'autre et votre allure...!!! Il s'arrête subitement sur ce sujet en se grattant la tête délicatement. Il ne veut pas trop insister... sur la grosseur et la grandeur de Chanceuse, mais Janie comprend ce qu'il veut dire par sa gestuelle, qui se montre plutôt significative. Mais nous pouvons remédier à cela, rajoute-t-il tout bonnement, en gesticulant comme si cela n'était qu'un infime détail à régler. Quand le temps sera venu, nous résoudrons ce petit inconvénient en un rien de temps! Je suis persuadé que vous saurez vous apprécier, car vous avez beaucoup de traits en commun! Et que vous réserve l'avenir? Peut-être même qu'un jour arrivera où… vous deviendrez des ***« ÂMES SŒURS »***!

Lorsqu'elle entend cette dernière phrase, Chanceuse écarquille les yeux tout grands comme des trente sous! Le mot ***« Âme »*** résonne dans son cœur avec force. Aura-t-elle la possibilité un jour à son tour, de se transformer en un ***« Illustre Parangon »***? Espoir caché, qu'elle chérit dans son jardin secret, depuis la nuit des temps.

Janie avait bien écouté tout ce que le Vieux Sage venait de dire de sa nouvelle amie. Et, cette dernière phrase mystérieuse restait gravée dans sa tête : ***« Nous pouvons remédier à cela! »***

Le Vieux Sage s'adresse maintenant à Janie.

—Chanceuse deviendra une accompagnatrice exemplaire, un soutien inconditionnel dans tous tes projets. Elle t'escortera partout afin que tu puisses exécuter ta mission avec succès et mention honorable. Elle est porteuse de chance, ne l'oublie pas!

Il n'y a aucun doute dans la tête du Vieux Sage, les deux sœurs cosmiques vont s'entendre à merveille; curieuses, têtues et attirantes chacune à leur manière. La plus belle qualité qu'elles détiennent demeure sans contredit, leur grande générosité. Elles possèdent un cœur en or!

Même avec toutes les compétences que le Vieux Sage a énumérées au sujet de Chanceuse, elle a encore beaucoup de travail à faire pour améliorer son caractère. Sa désinvolture la rend souvent téméraire et sa curiosité insatiable la mène la plupart du temps à s'écarter de ses buts premiers et parfois, à commettre certaines bévues. Heureusement qu'elle a une étonnante capacité d'adaptation aux situations nouvelles. Ce qu'elle connaît le mieux avant tout… est de s'amuser sans se casser la tête, prendre la clef des champs et par-dessus tout, vivre de l'air du temps.

La bestiole est ravissante à souhait avec ses grands yeux couleur marron, exubérants et circulaires. Elle surprend surtout par sa chevelure rouge orangé, coiffée en pointe sur le dessus de sa tête, à l'allure d'un porc-épic. Dans ce tout petit visage bien encadré en forme de cœur, habite, croyez-le ou non, un minus nez aquilin, une bouche miniature dessinée en étoile et de toutes petites bajoues* saillantes. Le tout est complété par un menton tout pointu, un tantinet retroussé.

Le Vieux Sage est convaincu que Janie aimera sa sincérité et le respect de la parole donnée. Il sait aussi qu'elle développera une confiance absolue en la coccinelle. Tous ces atouts feront d'elle sa meilleure amie, sa confidente par excellence.

Il a, dans son for intérieur, la certitude qu'une grande amitié se tissera entre elles et est persuadé qu'il a fait un choix judicieux en sélectionnant Chanceuse. Enfin, il espère de tout cœur que cette union fera oublier à Janie son ami imaginaire, Ketchouille. Mais il se sent un peu déconcerté de voir qu'elle est convaincue que son ami fictif existe vraiment. Pourtant, il connaît la **« Forêt Magique »** de fond en comble et il n'a jamais entendu parler de ce Ketchouille! Que vient-il mijoter? Il doit absolument régler ce mystère le plus tôt possible.

Songeur au sujet de Ketchouille, le Druide serre fortement le pommeau renflé de sa canne dans le creux de sa main et cette dernière vibre sous la pression vigoureuse. Cette mystérieuse canne ininflammable interagit avec le Vieux Sage et tout ce qui se déroule dans la **« Forêt »**. Ils sont inséparables.

Le Vieil Arbre ne voit pas d'autre solution... que de demander, après le départ de Janie, à Pipistrelle la Cristallomancienne, l'unique amie de son Grand-père, qu'elle entreprenne des recherches approfondies sur ce bavard. Naturellement si elle est toujours vivante. Il y a belle lurette

---

* bajoues : partie du visage

qu'il n'a pas entendu parler d'elle. Depuis l'incident de la boule, elle se terre. Elle n'ose plus prédire l'avenir. Même les ***« Anciens du Sanctuaire »*** se questionnent à savoir… où elle se cache? Ketchouille prétend la connaître, on verra bien s'il dit la vérité!

—Ne te préoccupe pas des… de… l'aspect extérieur! déclare le Vieux Sage à Janie. Les apparences se révèlent parfois trompeuses! Fie-toi à ma parole et fais-moi confiance!

Elle a compris la portée de ce message et ne rajoute rien. Tous les deux savent parfaitement à quoi… plutôt, à qui il fait allusion! Surtout, ils veulent éviter, une seconde fois, de blesser Chanceuse.

—Ta nouvelle amie deviendra une accompagnatrice exceptionnelle et te soutiendra inconditionnellement dans toutes tes démarches. Crois-moi! Ensemble, vous allez développer une confiance absolue et une solidarité à toute épreuve que bien des créatures envieront. Rappelle-toi bien Janie ce que je te dis! Vous ne voudrez plus vous séparer! Une amitié comme la vôtre est une expérience qui arrive rarement dans une vie!

Chanceuse est stupéfaite d'entendre les commentaires du Vieux Sage à son sujet. Elle ne porte plus à terre et virevolte en zigzaguant dans toutes les directions.

Le Druide continue de faire l'éloge de Chanceuse; il se doit d'établir la crédibilité de la coccinelle.

Il poursuit donc :

—Chanceuse a beaucoup à apprendre de toi, comme les responsabilités et le sens des valeurs morales. Son instinct de survie passe avant tout. Elle écoute son flair qui lui joue parfois des tours pendables et ne réalise pas toujours les dangers qu'elle encourt. Elle ne connaît pas la manière de penser des humains; vous aurez autant l'une que l'autre, à vous apprivoiser.

—Janie, soupire le Vieux Sage, il n'y a qu'une ombre au tableau.

—Ah non! Pas encore!

—C'est… que tu devras constamment la tenir occupée, car son pire ennemi demeure l'ennui! Et… lorsqu'elle est contrariée, elle n'en fait qu'à sa tête et prépare des coups pendables. Elle adore l'action!

Les trois éclatent de rire après ce petit détail.

—Je suis heureuse de votre choix, répond Janie, puisque moi aussi, j'adore prendre des initiatives!

Elle en profite par la même occasion pour faire amende honorable auprès de Chanceuse. Elle regrette de l'avoir offensée par ses paroles en l'air.

—J'aimerais m'excuser pour tantôt! Maintenant, je suis vraiment convaincue que nous deviendrons d'excellentes amies.

Afin de lui démontrer à quel point... elle la trouve remarquable à tous les niveaux, Janie sort ses grands mots.

—Je suis ho... no... rée de te connaître! rajoute-t-elle avec conviction.

—Merzci! Je crois que j'ai exazgéré un peu, confesse Chanceuse. Si tu le veux bien, oublions tout cela! Je me suis fâzchée pour des peccadilles, dit-elle un peu gênée. Elle baisse les yeux en continuant sa phrase... j'étais un peu jalouzse de toi! Je pense, comme le Druide, que nous deviendrons des zzzinséparables!

Le Vieux Sage remarque que tout est rentré dans l'ordre comme il le prévoyait. Enfin, l'harmonie règne! Heureux comme un roi, il projette son aura de bonheur à toute la **« Forêt »**.

—Il faut nous préparer immédiatement, dit-il aux petites, puisque l'Amiral, tel que je le connais, ne devrait pas tarder! Il se fait toujours un devoir d'arriver à l'heure fixée. Nous pouvons compter sur lui, car il respecte à la lettre ses engagements! Le Vieux Sage est fier du Grand Monarque, cela se ressent dans le ton enthousiaste de sa voix.

—Il n'a pas mentionné l'heure de sa venue, rajoute Janie, empressée!

Juste à l'idée de partir bientôt, elle déborde de joie.

—Ne t'en fais pasz, dit Chanceuse joyeusement, déjà tout allumée du feu de l'action. Il n'a pasz le choix, il devra nous suivre. Il ezst là pour nous protézger, n'ezst-ce pas? Non pasz pour nous dirizger! signale Chanceuse, montrant une facette de son caractère plutôt déterminé. Personne ne vient contrecarrer ses plans, elle n'en fait qu'à sa tête.

—De toute façon, j'ai un tas d'endroits à te faire vizsiter. Nous n'avons plus zune minute à perdre! glousse Chanceuse, en lui tapant un petit clin d'œil complice.

—Mais, je n'ai aucune idée de la direction à suivre! s'exclame Janie tout excitée.

—Ne t'inquiète pas, j'ai un zservice de renzseignement hors pair. Une équipe du tonnerre! Nous trouverons la bonne direction. Crois-moi! Je m'y connais!!!

—Qu'est-ce que nous devons apporter? questionne Janie, soudainement concernée par ce voyage qui s'annonce de longue durée.

—Rien! Vous trouverez tout ce dont vous aurez besoin dans la **« Forêt »**. En passant, conseille le Vieux Sage à Janie, il serait important que tu respires profondément durant ton expédition de recherche. Une bonne inspiration purifiera toutes tes cellules et balancera tes énergies vitales et t'aidera à te détendre. Ainsi, tu conserveras tes idées claires.

—Bien! Je suivrai votre conseil. Je n'oublierai pas, promis!

À pleins poumons, elle aspire une grande bouffée d'air frais qui immédiatement la réconforte de la tête aux pieds. Elle se sent d'attaque pour son aventure.

—Il ne faut pas oublier le plus zimportant, rajoute Chanceuse tout animée. Nos deux petites perzsonnes! c'ezst ça qui compte! Hi! Zzz! Hi!

—C'est bien facile à dire pour toi! réplique Janie d'un œil taquin. Je te trouve vraiment drôle! Maintenant, ta grandeur ne te dérange plus?

Chanceuse éclate de rire, elle n'avait pas vraiment pensé à ce qu'elle venait de dire.

—Hi! Zzz! Hi! Hi! Tu as bien raizson! C'est de l'histoire ancienne.

Janie s'illumine d'un large sourire et Chanceuse poursuit…

—Enfin! Nous devons sans faute prézsenter nos rezspects au Gardien des Séjours de la **« Forêt »**, l'Alchimiste Farandole. Il enregistre les arrivées et les départs des visiteurs. Il joue le rôle d'intermédiaire entre le ***« Druide »*** et le ***« Maître des Lieux »***. Nous devons nous conformer à cette loi cosmique. C'ezst un protocole à zsuivre qui s'avère d'une importance capitale. Aucun écart n'ezst permis zà ce zsujet!

—Tiens! Tiens! Vous avez donc des conventions comme les humains?!! rajoute-t-elle sur un ton narquois.

—Non! Ce ne zsont pas des convenztions, se zsont des codes d'honneur! Et de plus, c'ezst zsurtout une protection. Tous n'ont pas le privilège d'entrer, zozote Chanceuse vivement.

Le Druide prend part à la conversation.

—Sachez qu'aucune créature ne peut franchir la **« Forêt »** sans que le ***« Gardien des Séjours, l'Illustre Farandole »***, ne soit avisé! Si nous voulons vivre en harmonie, il faut absolument respecter les lois établies par les Anciens, déclare-t-il. Tout cela serait un peu long à t'expliquer, mais au fur et à mesure que tu progresseras, tu comprendras le pouvoir hiérarchique des Dignitaires de la **« Forêt Magique »**. C'est facile, tu verras! Nous formons une grande famille. Le plus important pour le moment, consiste à rencontrer ***« l'Alchimiste Farandole, le Gardien des Lieux »***.

Janie n'hésite pas un seul instant puisqu'il lui faut absolument présenter ses hommages à ce haut dignitaire; c'est le protocole à suivre.

—Viens Janie! Nous zavons un tas de trucs zà découvrir.

Le Vieux Sage, attentif aux moindres faits et gestes de ses deux protégées, détecte une complicité qui s'installe peu à peu entre elles. Petit à petit, un lien indélébile se tisse solidement et personne ne pourra détruire cette relation interspécifique*.

—Mais de quoi a-t-il l'air ce personnage de grand renom? questionne Janie. J'aimerais bien le rencontrer, car moi, la seule

---

* interspécifique : relation très spéciale

farandole que je connaisse est une danse. On se tient par la main en formant une longue chaîne de gens qui sautillent sur une musique entraînante.

—Comme vous zêtes drôle vous les zhumains! s'écrie Chanceuse en pouffant de rire. Si seulement, le Gardien des Lieux se doutait... que vous utilizsez son nom pour danzser, rigoler et festoyer! À bien y penser, je ne sais pas ce qu'il en déduirait. Mais ce n'est pas grave! Moi, j'aimerais bien que tu me montres cette danse zsautillante une bonne fois. Chanceuse est tout emballée de pouvoir apprendre une danse humaine pour la première fois. Cela semble buzzant!

—Ah oui! Tu peux compter sur moi.

Par contre, Janie, soucieuse, se demande ce que l'Illustre pensera d'une danse... qui porte son nom! Elle espère qu'il ne sera pas offusqué; elle ne veut surtout pas compromettre sa mission.

Le Vieux Sage ressent son appréhension.

—L'Alchimiste Farandole est un pince-sans-rire. Je suis plus que convaincu, insiste le Druide, qu'il n'y verra aucun inconvénient puisque les Gnomes aiment beaucoup s'amuser, lorsqu'ils ne travaillent pas et même adorent jouer des tours.

—Un Gnome! Vous avez bien dit un Gnome! Brououououuu! s'exclame Janie. Vous parlez d'un petit homme pas plus haut que trois pommes qui... qui... habite l'intérieur de la terre et..., elle hésite à le prononcer, mais ajoute... *« DANGEREUX »*?

—Zzz! Non! Ce n'ezst pas vrai... tu connais lezs Gnomes?! Vraiment, tu ezs zzzgéniale! zézaie la coccinelle, tout agitée.

Le Druide tient à clarifier la situation immédiatement, car il y a souvent des divergences d'opinions au sujet des Gnomes.

—Je précise... hummm! Les Gnomes des terres ne sont pas des créatures agressives et méchantes. Il y a différentes classes de Gnomes : les Gnomes des maisons, des bois, des jardins, etc. et tous aussi coquins les uns que les autres. Ils agissent parfois de manière bizarre, mais jamais ne manifestent de malice. De bonne compagnie, ils ne démontrent pas d'agressivité comme les Trolls de la famille des Trolleys. Pauvres Trolls! Quant à eux, c'est encore pire! Ils sont presque toujours confondus avec les Lucifuges, une espèce sauvage et inconnue de Mordicus, à cause de leur apparence répulsive et leur caractère chamailleur. On les repousse parce qu'ils ont une nature plutôt rancunière et rébarbative. Par contre... les Lucifuges ne viennent jamais sur terre, car ils ont une peur affreuse de la lumière. Ils appartiennent à une classe à part avec leur aspect hideux et leur appétit sanguinaire. Cette espèce demeure sans contredit la plus belliqueuse, même dangereuse; à éviter à tout prix!!! Mais pour ce qui est des Gnomes, on peut toujours compter sur eux. Ils dénotent un cœur généreux, pratiquent mille et un métiers et sortent de leur cachette le jour, lorsqu'il y a urgence. Les Gnomes des terres, Protecteurs des richesses terrestres, se doivent de les conserver farouchement pour la survie de la planète tout entière. La préservation de ces biens devait être à l'origine, la responsabilité des terriens uniquement. Mais comme les humains utilisaient mal les ressources qu'ils avaient reçues de l'univers, ce privilège leur a été enlevé. Ce droit de ***« Protection Universelle »*** leur sera remis, le jour où ils deviendront matures et capables de protéger le trésor inestimable et unique qu'ils possèdent... la **« Terre! »** En attendant ce jour... les Gnomes en sont responsables, jusqu'à ce que l'espèce humaine se prenne en main.

—Ah bon!

Cela rassure Janie qui n'a qu'une idée en tête... partir. Aussitôt que Chanceuse l'interpelle, elle court vers elle.

—Zzz! Vite! Vite! Nous n'avons pluzs une minute à perdre, qu'en penzses-tu?

—Allons-y! Et que ça saute!

Main dans la main, elles bondissent vers l'avenir.

Chapitre 17
Problème épineux

Insouciantes, elles avancent en direction du bois. Puis tout à coup, Chanceuse réalise que sa nouvelle amie ne peut pas voler et qu'elles devront parcourir la **« Forêt »** à pied. Elle, qui n'a pas l'habitude de marcher dans l'herbe mais plutôt de la survoler, croit qu'elle devra traverser une vraie jungle. Le plus dérangeant, c'est qu'elles devront utiliser des passages étroits pas plus gros que le chas d'une aiguille et la terrienne ne parviendra pas à se faufiler à l'intérieur, pour la bonne raison qu'elle est trop... volumineuse.

—Euh! C'est impossible! Im... pos... si... ble! dit Chanceuse mélancoliquement.

—Qu'est-ce qui est impossible? questionne Janie.

Sa nouvelle amie affiche une mine déconfite. Comment vont-elles faire pour explorer ces endroits mystérieux? se demande Chanceuse.

—Ça ne va pas? Puis-je t'aider? renchérit-elle, en voyant l'air désappointé de son amie.

—Non! Zzz! Non! Ce n'ezst qu'un point technique... à régler, zozote-t-elle en se secouant la tête.

—Mais quel point technique? interroge Janie qui commence à s'inquiéter.

Maintenant que tout se déroule à son goût, quel truc peut clocher et faire entrave à sa mission?

—Hélas, zzz! dit Chanceuse... on ne peut plus rien tenter. Zcertains zchemins que nous zaurons zà emprunter zsont zsi petits et étroits que zcela nous cauzzsera un vilain problème. Tu n'arriveras zjamais zà te faufiler à l'intérieur. En pesant bien ses mots pour lui expliquer le plus clairement possible qu'il y a un contretemps, Chanceuse ajoute doucement... tu esz trop... grosz... grande.

—Zut! Mais nous manquons vraiment de chance! Nous nous sommes emballées trop vite, dit-elle fortement déçue.

Cette mission devient passablement compliquée. Puis, tout à coup, elle se rappelle les paroles du Vieux Sage : « Nous pouvons remédier à ça! » À quoi voulait-il faire allusion en prononçant ces mots? Il avait sûrement une idée préconçue derrière la tête.

Janie se retourne à toute vitesse dans la direction du Druide et le croit disparu tellement il est silencieux. Elle le voit qui se gratte le menton en fronçant les sourcils.

Réalisant que sa jeune aventurière l'examine, il ajuste son monocle avec son pouce et son index et attend sa réaction. Elle comprend alors que le Vieux Sage détient une solution juste à la façon dont il hoche la tête avec un petit sourire entendu.

Chanceuse aussi a reçu le message. La coccinelle n'en est pas à sa première aventure sous la surveillance du Druide et sait pertinemment qu'il ne raconte jamais de balivernes. Il n'aime pas parler pour ne rien dire.

—Ah, oui! Je vois, dit-elle, manifestant son approbation en bougeant ses antennes.

Janie pose au Vieux Sage, la question qui lui triture* les méninges.

—Que pouvons-nous faire pour remédier à cette situation? Nous devons absolument... trouver une solution! Et... si vous me le permettez, j'aimerais bien savoir ce que vous entendiez par... : *« REMÉDIER À LA SITUATION! »* Cela a sûrement un sens pour vous.

---

* triture : verbe triturer qui veut dire se creuser la tête

Elle sent, autant que Chanceuse, qu'il détient la clé du problème. Sans s'en rendre compte, elle vient d'utiliser son intuition.

—Je crois vraiment que vous avez une idée de génie pour résoudre notre dilemme! Je ne fais pas erreur, n'est-ce pas, cher ami?

—Tu as parfaitement raison, répond le Vieux Sage. Heureux, il ne se fait pas prier pour l'aider, surtout qu'elle a choisi elle-même de demander son aide. Il est très content qu'elle se fie de plus en plus à son intuition.

—Le remède est bien simple… on doit conserver une attitude positive! Dans la vie, il y a toujours des solutions. Premièrement… il suffit de réfléchir avant d'agir, explique-t-il en regardant Chanceuse.

La coccinelle joue à l'indifférente en examinant ses segments l'un après l'autre.

—Mais cette fois-ci, il faut plus qu'être positives, je crois que ça va prendre un miracle! déclare Janie en le défiant du regard.

Elle estime que les chances de réaliser son rêve utopique* sont minces.

Le Vieux Sage se permet de lui rafraîchir la mémoire au sujet du rituel de la transformation qu'elle exécutait avec sa Mamiche.

—Janie, te souviens-tu de la formule magique que tu répétais avec ta Mamiche dans la **« Forêt »**?

—Vous voulez dire le ***« RITUEL du CARRÉ MAGIQUE »*** afin de devenir petite?

Elle se rappelle d'avoir utiliser cette fameuse formule magique à maintes reprises avec Mamiche, sans succès. À chaque fois, elles se butaient contre un mur! Elles se questionnaient à savoir quelle partie était manquante? Ce n'était certainement pas l'imagination!

---

* utopique : irréalisable

—Tu t'en souviens! s'exclame- t-il.

Elle acquiesce de la tête. Il est ravi qu'elle l'ait gravée dans sa mémoire, puisque lui n'a pas oublié toutes les tentatives qu'elles ont faites afin de réussir leur transformation. Il en a été témoin tellement de fois.

—Ce n'était pas un coup du mauvais sort Janie, lui dit-il, si vous avez abouti dans un cul-de-sac. Ces rites magiques, hautement surveillés et secrètement gardés par les *« GRANDS MAGICIENS DEVINS »*, lorsqu'ils sont répétés sans cesse, créent une puissante incantation. Chaque chose dans la vie arrive à point pour des raisons bien précises. Le temps n'était pas encore prêt pour la transformation.

Janie ne savait pas lorsqu'elle pratiquait des rituels avec Mamiche, que ces signes constituaient des codes hermétiques et étaient réservés aux *« DEVINS et DEVINERESSES »*. Elles ne faisaient que s'amuser à ce jeu de la transformation sans malice, ne connaissant rien aux ***« Conventions des Anciens »***. Elle demeure bouche bée quand le Druide lui décrit le protocole à suivre.

—Personne, mais personne… ne doit divulguer ces secrets anciens et énigmatiques, conservés depuis des millénaires, afin de protéger l'univers tout entier.

Seuls les Grands Élus, comme le **« Maître des Lieux et le Roi de la Montagne Sacrée »**, détiennent le droit de dévoiler certaines énigmes et seulement dans des circonstances bien spécifiques. Mais le Vieux Sage a préséance sur les Anciens, par le pouvoir que lui a cédé son Grand-père en lui remettant en héritage, la *« Médaille des Victorieux »* qu'il avait reçu de ***« L'Ordre des Anciens de l'Hermitage »***. Ce droit exclusif lui permet d'être le premier, même avant le Seigneur des Montagnes, à se prévaloir du *« Droit de Divulgation »*. Laisser ces rituels surnaturels entre les mains de profiteurs, causerait des malheurs extrêmes et de grandes sanctions pourraient s'en suivre.

Janie tient à spécifier qu'il ne s'agissait que d'un jeu.

—C'était amusant! Nous l'avons essayé maintes et maintes fois, sans succès. Mais cela ne nous décourageait pas, puisque nous avions convenu d'en rire, plutôt que d'en pleurer. Et ce qui nous importait le plus, c'était le *« Moment Présent »*. À chaque fois, nous rajoutions un élément de plus, en espérant que cela réussirait un jour! Mamiche me dit toujours qu'il ne faut pas trop se prendre au sérieux dans la vie. Je me demande encore ce qui manquait à notre formule? Pourtant, à ce que je sache, tous les ingrédients étaient rassemblés!

—Ta Mamiche avait bien raison de t'encourager, car parfois les rêves se réalisent si on y croit avec passion! Ici, dans la **« NooSphère »**, c'est l'endroit idéal où toutes les rêveries sont permises et réalisables en tout temps! déclare le Vieux Sage convaincu. Janie sourit, incrédule. C'est à voir, pense-t-elle.

—Buzzant! Zzz! C'ezst buzzant! Allons! Qu'attendons-nous? zézaie Chanceuse dans tous ses états. Nous n'avons rien à perdre, mais tout… à gagner. Zzzzz!

Janie se retient de rire à chaque fois, qu'elle entend l'expression favorite de sa zézayante amie. Cela lui fait penser à son « superpersu! »

—Facile à dire, réplique Janie, ça paraît que tu n'as jamais tenté cette expérience, toi! Exécuter un ***« CARRÉ MAGIQUE »*** pour devenir petite, aussi petite qu'une coccinelle, cela n'est pas accessible à tous. Il faut beaucoup de concentration et un effort d'attention soutenu et surtout beaucoup de persévérance!

—Oh… là… là! Ce n'est pas une mince affaire, constate Chanceuse préoccupée.

Janie met beaucoup d'emphase pour montrer l'importance de ce cérémonial secret.

Chanceuse l'écoute et n'ose pas intervenir. Elle la trouve bien audacieuse de vouloir essayer cette expérience dans l'astral. Eh bien, tant mieux… si cela fonctionne, ça réglera beaucoup de dilemmes!

Janie continue ses explications sans plus tarder.

—Tu sais Chanceuse, c'est une expérience risquée. Si jamais cela ne se déroule pas comme prévu, pourrais-je un jour redevenir comme avant? Une enfant normale? C'est un rituel sacré et mystérieux qui m'inquiète un peu. On ne sait jamais, et... si... je disparaissais à tout jamais?

Même si le Druide lui a fait miroiter le succès, les chances qu'elle réussisse sont presque irréalisables!

Chanceuse regarde le Vieil ami du coin de l'œil afin de voir sa réaction. Il lui sourit bienveillamment comprenant son désarroi... devant le scepticisme que Janie manifeste à l'égard d'une probable transformation.

—La seule chose qu'il te reste à accomplir, si tu le veux vraiment, c'est de tenter l'expérience de nouveau. Il n'en tient qu'à toi de découvrir toutes les possibilités qu'il y a dans la **« NooSphère »**.

Janie se rappelle qu'elle est venue dans **« l'Astral »** pour reprendre sa ***« Clef »*** des mains de Ketchouille qui s'amuse maintenant à la faire courir dans son monde. Elle n'est pas obligée de devenir petite comme une coccinelle. Cependant, elle aurait la chance exceptionnelle de visiter des endroits uniques qu'elle ne verrait pas en d'autres occasions. Cela sera possible, bien sûr, seulement si la transformation a lieu. Elle sait très bien que si elle ne répète pas l'expérience, elle le regrettera pour le reste de sa vie. Une occasion comme celle-là ne se représentera pas une seconde fois.

Chanceuse poursuit :

—C'ezst buzzant! Mais pourquoi vouliez-vous, toi et ta Mamiche, devenir auzssi petites que moi? Qu'ezst-ce que j'ai que les zhumains n'ont pas? interroge Chanceuse curieuse.

—Tu es petite, tu portes chance et de plus... tu voles! Tu peux aller partout où tu veux!

—C'ezst bizarre, vraiment bizarre! C'ezst incroyable de penser que... malgré tout, les zhumains s'intéreszsent aux inzsectes!

Chanceuse est folle de joie. Elle croyait n'intéresser personne.

—J'ai toujours voulu entrer dans les tunnels d'herbe des lapins qui mènent à leur galerie souterraine, dit Janie toute motivée. Je voulais savoir comment ils vivaient à l'intérieur de leur terrier. Alors, Mamiche et moi avons inventé une formule magique de transformation pour se rétrécir, afin de pouvoir pénétrer dans leurs abris. Toutes les deux, d'un commun accord, nous avons choisi la coccinelle parce qu'elle est très... très... petite et qu'elle peut passer partout et voler de surcroît. Mais par-dessus tout, nous la trouvions mignonne cette bête à bon Dieu, comme Mamiche aime la nommer. En plus, elle porte chance... quand elle veut bien se poser sur nous, car on n'a pas souvent l'occasion d'apprécier ce genre de démonstration! Aussitôt qu'elle se dépose, il faut immédiatement formuler un vœu! Et si, par bonheur, nous avons le temps de compter ses points avant qu'elle ne s'envole... notre souhait se réalisera, sinon... ce sera pour la prochaine fois. Mamiche et moi avions même composé un petit poème à l'intention de la petite coccinelle pour l'attirer vers nous.

—Ah! Zzz! Oui?! dit Chanceuse animée de fierté. Veux-tu, zzz, me le rézciter?

—Avec plaisir!

Janie récite son poème avec toute l'expression artistique qu'elle possède.

Une jolie Coccinelle est munie de fines ailes.
Elle est vraiment très belle,
Toujours très fidèle.
Parfois un peu rebelle, mais elle n'aime pas les querelles.
Amie modèle.
Petite Demoiselle aux yeux de Gazelle,
Garde ton zèle et reste belle.
Belle... belle Coccinelle.

Viens te poser sur moi, toute belle, pour y reposer tes fines ailes,
Et, que la chance m'appartienne!
Belle… belle Coccinelle,
Mignonne Demoiselle aux yeux de Gazelle.
Chère amie fidèle, reste encore, toi qui porte chance.
Je t'en supplie, reste… reste,
Juste le temps que je réalise mon rêve.
Celui d'être petite, aussi petite que toi, belle… belle Coccinelle.

Chanceuse rougit suite à ce commentaire élogieux. Elle a bien hâte de connaître ce… ***« Rituel de la transformation »***.

Chapitre 18
Le Rituel du Carré Magique

Janie met beaucoup d'emphase en gesticulant avec toute la fougue de sa jeunesse pour démontrer l'importance de ce rituel.

—Commençons sans tarder, dit-elle à Chanceuse. J'ai peur de manquer de temps.

Elle ne sait pas encore que dans le Monde des Astres, situé dans l'espace extérieur de la **« Voûte Céleste »**, à la partie la plus éloignée de la terre, le lieu où la **« NooSphère »** a pris naissance, le temps ne possède pas d'emprise car il n'existe tout simplement pas! L'espace Astral demeure intemporel. Rien ne change dans ce monde immuable, tout perdure… éternellement.

Janie n'hésite pas à exprimer ses attentes.

—Tu es prête?

—Tu parles, zzz! Oui! Tu n'as qu'à me demander ce que tu veux mon amie et je le trouverai!

—D'accord! Hummm! Premièrement, j'ai besoin d'un petit bâtonnet qui me servira de baguette magique. Tu comprends, sans bâton je ne peux pas tracer le cercle.

Voyant un petit sourire se former sur le coin de la bouche de Chanceuse, Janie ouvre grands les yeux.

—Tu ne devais pas commencer par un carré magique?

—Avant tout… je dois exécuter le cercle. Ce dernier enclenchera l'action qui gouverne tout. Quoi? Tu ne me crois pas? Attends, tu verras! Moi je préfère garder espoir, dit-elle surexcitée.

Chanceuse empoigne un petit rameau qu'elle trouve par terre non loin d'elle, afin de le remettre à Janie.

Le Vieux Sage s'avance vers la Coccinelle et retient sa main.

—Si tu permets Chanceuse, j'aimerais offrir ma canne à notre jeune débutante. Je crois qu'elle sera plus appropriée qu'une simple branche, insiste le Druide.

Janie est attendrie par ce geste généreux.

—Je t'en prie! J'y tiens! Je suis convaincu qu'elle servira à une grande cause.

Elle accepte candidement l'offre exceptionnelle que lui propose le Vieux Sage. Chanceuse n'en revient pas; elle connaît très bien le pouvoir de ce bâton de commandement. Cela ne s'est jamais vu qu'un Druide prête son sceptre! Surtout qu'il ne se sépare jamais de son précieux joyau! Il ne l'utilise que dans des cérémonies de rituel de grande importance. Elle doit lui inspirer confiance pour qu'il lui offre son sceptre que l'on dit *« Magique »* dans la **« Forêt »**. Il doit poursuivre un but bien précis pour permettre à sa nouvelle amie, non seulement de toucher à sa canne, mais de s'en servir!

Le joyau émet de petites étincelles d'un rouge rubis. Surprise et incertaine, Janie tient l'instrument magique à bout de bras.

—Ce n'est rien! Il montre ainsi, qu'il approuve ma décision.

Chanceuse, ahurie et la mine déconfite, constate que la canne du Druide détient vraiment un pouvoir!

Avec tout le sérieux du monde, Janie poursuit son cérémonial car il s'agit d'un rituel sacré. Elle lance sa seconde demande à Chanceuse.

—Deuxièmement, j'ai besoin de huit cailloux pour représenter la terre. Le puissant temple du temps présent.

Revenue de ses émotions, Chanceuse réplique :

—Des cailloux, des cailloux, ça va! Mais pourquoi huit? questionne-t-elle. La coccinelle trouve sa requête bien étrange.

Chanceuse commence à être excitée, elle sent le mystère s'installer et veut tout voir et surtout tout savoir. Pourquoi a-t-elle choisi le chiffre huit? Elle est persuadée que Janie ne connaît pas toute la force que contient ce chiffre secret, imprégné du ***« Sceau du Génie »***. Ce Sceau est frappé par la marque officielle des Génies et permet de réaliser des rêves impossibles. Ce chiffre magique détient un pouvoir infini.

Janie ne se laisse pas impressionner par son amie un peu trop écornifleuse.

—Huit cailloux! Ni plus, ni moins, répète Janie. C'est un secret!

—Pas de problème! Chanceuse respecte son choix. Elle finira bien par découvrir si elle est au courant du ***« Sceau du Génie »***.

La Coccinelle lance trois petits cris brefs et stridents en forme de *« T.O.P. »*, code de signaux sonores très rigoureux. Puis, au loin, elle perçoit un long sifflement aigu.

Janie tressaille en entendant ces sons perçants.

—Est-ce que tu t'es blessée? questionne-t-elle inquiète. On dirait que tu appelles au secours.

—Pas du tout! ricane Chanceuse en constatant que Janie ne comprend rien à la situation.

—Pourquoi as-tu émis un bruit pareil? Tu m'as donné la trouille.

—C'ezst un langage inaccezssible aux terriens, lui confie sa sœur cosmique, tout heureuse d'impressionner son amie à son tour. Un code zsecret! Tu zsais!?!... dit-elle en faisant allusion aux huit cailloux.

—Bon d'accord, je le saurai pour la prochaine fois! s'exclame Janie. J'aimerais bien que tu m'expliques ce que contenait ce message mystérieux, car il sonnait plus comme un sauve-qui-peut, qu'une simple demande.

—J'ai tout zsimplement demandé à Lumina qu'elle envoie quelques-unes de ses Lucioles Affectionnées aller zchercher tes cailloux.

—Avec seulement trois petits cris?

—C'est plutôt buzzant, n'ezst-ce pas?

—Peut-être pour toi! Mais pour moi, c'est du vrai chinois. Mais c'est quand même ffflyant!

Janie se surprend d'avoir changé son fameux « *superpersu* » pour une expression nouveau style.

—Tu as bien dit... ffflyant? répète Chanceuse toute souriante.

— Ouais... ffflyant comme buzzant!

Elle ne sera plus quétaine comme son frère s'amuse à le lui rappeler.

Chanceuse est heureuse d'avoir produit cet effet sur la terrienne. Elle constate que Janie veut se rapprocher d'elle et être *« cool »*. Elle est aussi contente que ses codes sonores l'intéressent. La Coccinelle se sent soulagée, elle n'est tout de même pas... nulle.

Le Vieux Sage toujours aux aguets n'intervient pas dans leur conversation. Il laisse les deux jolies demoiselles s'apprivoiser. D'ailleurs, elles n'ont pas fini; cela souligne le début d'une belle aventure marquée par le respect et la patience.

—Écoute! Zce long zsifflement... c'est une réponzse!

—Enfin, une réponse!

—Eh oui! C'est la zcigale, la merveilleuzse zchanteuse, Abigaël Caquette, qui nous zavertit qu'il y a plein de cailloux au **« Carrefour des Azimuts »**. C'ezst avec le bruit strident de ses zailes zagitées, qu'elle confirme qu'une journée chaude et enzsoleillée s'annonzce. Elle caquette sans fin.

—Ah oui? Comment peut-elle connaître la température?

Chanceuse s'empresse de lui décrire la technique de son alliée.

—Lorsqu'il fait une chaleur intense, Abigaël la ressent tout de suite et avec ses longues ailes tissées elle refroidit son corps qui transpire. Elle frotte sans cesse ses ailes l'une sur l'autre, à vive allure pour se rafraîchir. Au contact de l'air, ses élytres émettent un bruit aigu et alerte la **« Forêt »** du beau temps qui va perdurer pendant quelques jours.

—C'est donc vrai que la cigale chante en battant des ailes et qu'elle peut même envoyer des messages codés en stridulant? C'est inouï! J'aimerais bien que tu me les enseignes, ces codes secrets. Je te trouve extraordinaire Chanceuse! Tu connais beaucoup de choses.

Chanceuse est fière et en profite.

—Moi auzssi zj'aimerais en savoir davantage au suzjet du mystérieux chiffre huit, lui lance-t-elle en la fixant d'un regard inquisiteur. Toi, tu eszzz au courant de beaucoup de zchoses concernant la nature humaine. Nous pourrions zéchanger nos zzzacquis. Qu'en penzses-tu?

—Je crois que le moment n'est pas encore venu de déchiffrer les messages, dit le Druide, voulant remettre les pendules à l'heure. Le fait de dévoiler le contenu sacré du chiffre huit pourrait nuire à la formule magique.

Les deux amies restent muettes d'étonnement. Elles avaient complètement oublié la présence du Vieil Arbre. Il s'était fondu dans le paysage pour ne pas les déranger.

—Est-ce qu'il te faut autre chose pour compléter ton ***« CARRÉ MAGIQUE »***? questionne-t-il gentiment.

—Euh… oui! répond-elle préoccupée, mais ce sera beaucoup plus difficile à dénicher. Mamiche et moi n'en avons pas vu ici.

—De quoi s'agit-il? interroge le Druide.

—Des Pennes[*] de Cygne au reflet irisé!

—Zzzzzzz! Oh là là! ZJe comprends pourquoi vous ne pouviez pas en trouver, s'exclame-t-elle déconcertée. Les Pennes de Cygne iridescentes[**] sont marquées du signe du ***« Génie »***. Tu veux vraiment ces plumes?!?

---

[*] pennes : grande plume d'oiseau

[**] iridescentes : qui a des reflets aux couleurs de l'arc-en-ciel

La Coccinelle ressent le regard foudroyant du Druide la traverser, mais elle feint l'ignorance.

—Euh!!! Oui!!! Sans cela rien ne va! Janie réalise qu'elle se trouve dans une impasse.

—Cela pozzse surtout un problème, pour la bonne et simple raizson qu'il n'en exizste... qu'au **« Lac Enchanté »**!

Chanceuse vient de dévoiler, la cachette des mystérieuses Pennes de Cygnes irisées.

Sans retenue, elle continue...

—Ces Pennes sont munies du pouvoir de l'Écriture automatique. Elles se meuvent toutes seules, sans aucune intervention de la part du *« Génie Vergobret »*.

Le Druide lui fait de gros yeux. Il trouve qu'elle exagère et qu'elle a la langue bien pendue.

Janie n'a rien remarqué.

—Wow! Un génie! C'est excitant. Qui est le Génie... Vergob... bret? s'empresse-t-elle de demander en bafouillant. Elle a toujours un peu de difficulté à se souvenir de ces mots nouveaux et surtout difficiles à prononcer.

Le Druide reprend aussitôt la parole.

—Le Génie Vergobret, répète-t-il en articulant toutes les syllabes. C'est... la *« Créature... Favorite...»* de... l'Alchimiste Farandole! Il a été façonné par le Maître, lui-même, et cette créature est maintenant reconnue pour son talent de Déchiffreur inégalé. Il a été attitré au **« Jardin Secret »** pour devenir le Fou de la Reine Rose-Flore des Vents. C'est un vrai bouffon qui aime faire rire toutes les Dames de la cour. Une blague n'attend pas l'autre. Il est le seul à connaître tous leurs secrets! Ce Vergobret possède une partie de la génétique d'un humain et a été créé de toutes pièces dans l'athanor, le fourneau de l'Alchimiste, avec la collaboration de son équipe de scientifiques. Les Principaux Génies du Gardien des Lieux se nomment... les *« Cryptiques »*. Le Génie Vergobret est bien chanceux que le rituel d'archimagie ait été réussi avec succès. C'est une initiation concernant les mystères surnaturels, où seuls les ***« DEVINS »*** et les ***« ÉLUS »*** peuvent participer. Cette technique de reproduction est formellement défendue puisque les copies ne sont pas toujours conformes et comportent des lacunes. Il y a eu trop de... enfin, ce que je veux dire c'est que cette procédure n'est pas tout à fait à la fine pointe et il n'y a aucun risque à prendre.

—Zzzhum!?! C'est au tour de Chanceuse de rouler de gros yeux au Grand Sage.

Janie, émerveillée, aimerait en savoir plus long sur ce beau monde...

—Quoi, qui, où??? C'est ffflyant! s'exclame-t-elle. Va-t-on lui répondre?

Chanceuse enchaîne, afin de détourner la conversation avant que la sauce ne se gâte, car le Druide lui a parfaitement fait savoir son désaccord avec son regard sévère. Cela lui suffit!

Vite, elle enchaîne :

—C'ezst un peu plus compliqué pour cezs plumes. Tu comprendszzz, il y a parfois des interdictions! Ce n'ezst pas zsi zsimple que ça! Il y a des endroits où on ne doit pas zs'aventurer zsans en demander la permizssion!

—Je vois! Dis-moi? Qu'allons-nous devenir sans plumage?

Le Vieux Sage intervient.

—J'ai une idée! s'exclame-t-il emballé autant que Janie. Je m'en charge personnellement. J'entreprends les démarches nécessaires. Je fais immédiatement appel à mes connaissances en matière de plumes! Je suis convaincu que Son Altesse Grâce se fera un plaisir de collaborer avec nous pour le succès de ta mission.

La **« Forêt »** tout entière sait que lorsque le Druide ordonne, rien ne lui résiste. Tout lui obéit!

—Une Altesse! s'égosille Janie. Elle se croit dans un conte de fées.

Définitivement, c'est la journée des révélations remarque Chanceuse qui soupire en zozotant de désespoir.

Janie n'ose pas questionner Chanceuse sur ce sujet plutôt délicat, même si elle en a une envie folle. Elle remarque le regard strict du Vieux Sage. Il y a du mystère dans l'air. Enfin! Pourvu qu'il puisse obtenir ces inimitables Pennes de Cygne, c'est ce qui importe le plus pour l'instant.

—Dis-moi, pourquoi des plumes d'oiseaux ordinaires ne peuvent pas faire l'affaire? interroge Chanceuse.

Janie raconte ce que Mamiche et elle-même ont tenté afin de découvrir où se trouvaient ces Pennes de Cygne Irisées.

—La Penne de Cygne opalescente, aux couleurs de l'arc-en-ciel, présente une propriété exceptionnelle et maîtrise le pouvoir de la transformation ascensionnelle. Elle possède la faculté d'élever les vibrations de nos pensées les plus secrètes et de les diriger vers les plus hautes destinations **« Célestes »** afin que nos rêves se réalisent. Enfin! Pour tout te dire, nous n'en avons jamais trouvées nulle part. On a pensé qu'elles ne devaient pas vraiment exister et désespérées, nous avons donc utilisé des petites plumes d'oiseaux, perdues et oubliées par le vent voltigeur.

Et voilà! Le Druide comprend maintenant pourquoi la transformation n'a jamais eu lieu.

Chanceuse demande…

—Tu parles d'une affaire! Alors, combien de pennes te faut-il?

—Sept pennes, dit timidement Janie.

—Sept!?!

Cette fois-ci, Chanceuse se tourne la langue sept fois afin de ne pas poser encore une question indiscrète. La voyant se tortiller le bout des antennes, Janie décide de lui expliquer.

—Parce que… c'est le *« Nombre chanceux »*, tout comme toi avec tes sept points. Nous devons mettre toutes les chances de notre côté.

La Coccinelle excessivement curieuse ne peut s'empêcher de lancer une remarque foudroyante.

—Es-tu une vraie sorcière? demande-t-elle en riant.

Surprise, Janie réplique vivement sans hésiter.

—Jamais de la vie! J'ai l'air d'une sorcière!? s'exclame-t-elle visiblement contrariée; elle qui éprouve une profonde horreur pour les Sorcières.

—Zzznon! s'empresse-t-elle d'ajouter ; je te faiszzz remarquer que le sept est aussi le nombre de la perfection. On dirait que tu connaiszzz tous les chiffres magiques; c'ezst rare pour une humaine.

—Je suis une magicienne! clame-t-elle, haut et fort. Elle n'avait jamais eu autant raison.

—Là! Tu me faiszzz marcher.

—C'est bien le cas! Tu comprends, j'ai absolument besoin de mettre le plus d'éléments chanceux ensemble, que ce soit des chiffres ou des symboles, si je veux réussir.

Tous ces jeux de mots les amusent et elles éclatent de rire, ce qui détend l'atmosphère. Pendant ce temps, les Lucioles Affectionnées du Druide arrivent toutes scintillantes avec les huit cailloux sur leurs élytres. Elles les déposent d'un coup d'aileron à côté de Chanceuse.

—Merzci mes chères couzsines! Je zsais que je peux touzjours compter zsur vous.

Elles s'illuminent en clignotant pour la saluer et s'éclipsent rapidement.

Pour les Pennes de Cygnes, c'est une autre histoire. Le Druide a besoin d'une équipe spécialisée. Sous sa directive, le vent émetteur de signaux électromagnétiques*, Aquilon Borée, avise Lulubie, la spécialiste des communications de se présenter sur le champ!

Les ordres ayant été donnés, la Voltigeuse de l'Air arrive au poste en trombe**.

—Bonjour Honorable Druide!

---

* électromagnétiques : ondes de charges électriques et magnétiques se reliant ensemble

** trombe : très rapidement

—Je vous salue, chère Cheftaine de l'Infanterie. Je constate que notre ami le Vent du Nord exécute un excellent travail! Rapide, il ne perd pas une seconde à transmettre les messages subtils qu'il perçoit. Je suis bien heureux de vous revoir et je vous remercie par la même occasion de demeurer disponible pour les « *Nobles Causes* ».

Lulubie, la libellule aux yeux pers et aux ailes jaune or éclatantes comme du métal, sourit de bon cœur au Grand Conseiller de la **« Forêt »**.

—Que puis-je faire pour vous?

Le Vieux Sage, à l'abri des regards, lui remet une lettre sous pli.

—Vous devez la remettre en main propre à Son Altesse Grâce.

—Bien compris! dit l'éblouissante Lulubie, en clignant des yeux et en tapant ses longs cils. Elle ne questionne jamais les directives du Druide puisqu'il est chargé du bien-être de la **« Forêt Magique »**. Malgré son apparence de ballerine funambulesque, elle peut même percer les yeux de ses ennemis, si on veut l'empêcher de mener à bien sa mission. C'est une guerrière redoutable!

Janie remarque que le Vieux Sage discute en gesticulant dans tous les sens. On dirait une marionnette qui parle toute seule! Elle trouve son attitude quelque peu bizarre. Elle n'aperçoit pourtant aucune personne autour de lui, mais elle ne connaît pas encore tous les pouvoirs secrets du Druide. Par contre, Chanceuse, qui possède une vue parfaite dans la **« NooSphère »**, reconnaît la chargée de mission spéciale, Lulubie, s'entretenant sérieusement avec l'Érudit. La Cheftaine de l'Air demeure imperceptible aux yeux de l'Humaine à cause des oscillations électriques et magnétiques qui vibrent à une haute intensité sur la même fréquence et ainsi embrouillent les zones.

Janie réalise qu'il se passe des choses à son insu. Elle plisse les yeux afin d'essayer d'apercevoir la moindre petite particule si évidemment il y en a; ce qu'elle doute! Elle commence lentement à remarquer des ombres dans cette dimension, mais elle n'a pas encore le droit et la capacité de tout voir.

Le moment de la grande exécution approche et cela se perçoit dans l'atmosphère fébrile qui laisse flotter une odeur mystérieuse.

—On y est presque! déclare Janie nerveusement. Je suis prête pour l'étape suivante.

—Moi zzzaussi! Je zsuis prête! C'est buzzant!

—Tu dois agir exactement comme je te le demande sans exception. Compris? Et surtout, jamais au grand jamais, tu ne dois fouler le sol.

—Zouais! Zouais! zézaie Chanceuse qui trouve qu'elle en fait tout un plat.

—Cet endroit doit rester intact! Il faut qu'il n'ait jamais été piétiné. Tu saisis!?!

Chanceuse n'entend pas se le faire répéter deux fois.

—Zzzzz! D'accord! Zzzzz!!!

—Je tracerai le ***« CERCLE SACRÉ »*** combiné avec le... ***« CARRÉ MAGIQUE »***, dit-elle toute passionnée. Ces deux éléments réunis formeront un tout... ***« UNIQUE »***. Ils produiront, lorsqu'ils seront fusionnés, une action très puissante de cristallisation. Les mots que je prononcerai à ce moment précis prendront vie dans le point central. La parole créatrice transforme les souhaits... en réalité! Ça devrait fonctionner de cette manière, maintenant c'est à voir!

La petite Coccinelle est très impressionnée par les connaissances de sa nouvelle amie. Elle attend ses ordres avec impatience pour l'aider dans l'accomplissement de son cérémonial surnaturel.

Janie quant à elle, est radieuse avec son corps éthérique étincelant. Tout doit être exécuté selon l'ordre établi, afin de réussir la grande ***« TRANSFORMATION »***!

C'est maintenant la minute de vérité.

Elle se dirige avec précaution vers le site de prédilection.

—Cet endroit est parfait! Satisfaite de son choix, elle pose sa main menue en visière sur son front pour se préserver des rayons ardents du soleil. Ainsi protégée, elle observe la direction de l'astre afin de bien se positionner dans son axe central. Galarneau est au zénith, au cœur de **« l'Empire Céleste »**. Elle inspire profondément en fermant les yeux et tourne trois fois sur elle-même dans le but d'attirer les forces supérieures, afin qu'elles lui viennent en aide. Ce lieu inaltéré est tout à fait approprié et respire le bien-être. Janie, étourdie, titube sur ses jambes quelque peu. Elle s'arrête et prend une profonde respiration, tout en retrouvant l'équilibre.

—Ohhh!?! s'exclame Janie en rouvrant les yeux. Les rayons du disque d'or traversent son corps troué comme une passoire. Elle demeure muette d'étonnement. Ces rayons de lumière ressortent en forme d'anneaux, par son ventre.

—Zzzut! Vous croyez que zc'ezst le bon endroit? susurre Chanceuse au Druide. Tout en douceur, elle s'était déposée sur une branche noueuse du grand chêne.

—C'est plus que l'endroit idéal, ma petite! Regarde avec ton cœur et concentre ton regard sur les cerceaux microscopiques. Ils vibrent du feu de l'action qui alimente la vie. Tu assistes à une manifestation des forces supérieures.

Chanceuse avait participé à beaucoup d'expériences, mais cette fois-ci, elle n'en revient pas! Elle fixe les flammes incandescentes* qui grossissent à vue d'œil et tournent en rond à la queue leu leu. Elle n'avait jamais assisté à un ***« Rituel d'Archimagie! »***

—Mais… zzz! Ce zsont des zsalamandres!

—Oui! C'est fantastique, tout est parfait!

—Zzzzz!? Que viennent-elles faire ici?

—Leur travail! Tu sais, les Salamandres sont des *« Élémentaux »* de la nature qui régissent le *« Feu »* de l'action et travaillent au bien-être de tous les règnes existants dans tous les

---

* incandescentes : chaudes et lumineuses

« Mondes », comme les Fées. Ce sont d'autres formes de Créatures Enchanteresses très peu connues! Ces dernières se cachent subtilement derrière les étincelles pour passer inaperçues. Elles prônent la paix. Le feu de l'action les représente, tout comme la baguette magique.

—Elle est vraiment choyée, tous les *« Éléments Magiques »* sont présents pour la *« Manifestation! »*

—Il s'agit d'une ***« Grande Cause »***!

Le Vieux Sage admire sa petite Humaine au Grand Cœur qui affiche un visage radieux, profondément heureuse d'avoir trouvé l'endroit parfait. Elle maintient fermement le sceptre du Druide dans sa main droite et le salue d'un geste de tête ainsi que sa Sœur Cosmique. C'est aussi son signal de départ.

L'arbre druidique demeure bouche bée devant le sérieux du protocole suivi.

Janie se tient au garde-à-vous comme un soldat de bois. Elle lève sa canne en direction de la **« Voûte Céleste »** tout en pivotant trois fois sur elle-même. Ce geste est le signe déclencheur de victoire. Puis, elle replace le sceptre qui lui serre de baguette magique devant elle et le pointe vers le sol.

—Cet endroit deviendra un lieu… *« **Sacré!** »*, lance-t-elle fermement à voix haute.

Elle regarde Chanceuse avec intensité.

—Chanceuse, s'il te plaît, apporte-moi les cailloux.

Émue, Chanceuse remet les petites pierres granuleuses entre les mains de l'exécutrice.

—Les voici! dit-elle avec tout le sérieux du monde.

La coccinelle tremble d'émotion. Tout cela est très émouvant pour un insecte, car normalement… Janie exécute ce *« Rituel Magique »* avec Mamiche; une *« Humaine avec une Âme »*. Jamais au grand jamais, une bibitte ne connaissant que les mœurs du règne animal, n'avait eu le privilège de participer à ce genre de Cérémonie. Quel honneur! Elle se doit d'être à la hauteur de la situation et d'effectuer à la perfection les demandes qui lui sont faites.

Janie regarde les huit minuscules morceaux de pierre que lui remet sa camarade. Ils ont la grosseur d'un grain de sable. Elle ne s'attendait pas à cela et se retient pour ne pas pouffer de rire.

Chanceuse se questionne devant l'air amusé de sa nouvelle amie.

—Zzz! Crois-tu que zces cailloux feront l'affaire?

—Humm! Ils sont parfaits! Je n'ai jamais vu de roches aussi luisantes. Je suis tout simplement étonnée, c'est tout!

Chanceuse rajoute pour la rassurer...

—Ce sont des cristaux métamorphiques. Ils ont été modifiés par l'équipe de Génie du Célèbre Gardien des Lieux, Farandole. On n'en découvre que très rarement au **« Carrefour des Azimuts »**, explique-t-elle toute fière, comme si les pierres arrivaient d'une autre planète et qu'elle les avait choisies elle-même.

—Je les trouve magnifiques tes cailloux!

—Merci!

Chanceuse est satisfaite. Les précieux minéraux plaisent à son amie. Elle est surtout heureuse d'avoir accompli son rôle à la perfection.

Janie pose la baguette sur son cœur et de sa main droite dépose les quatre premiers cailloux, un à la fois, aux points cardinaux afin de construire le fameux ***« CARRÉ MAGIQUE ».*** Elle place ensuite les quatre autres sur les quatre coins afin de représenter les lois de la nature; feu, eau, air, terre. Le tout réuni devrait activer les éléments de la sphère terrestre.

—Huit!?! Huit cailloux pour ma date d'anniversaire, dit-elle à Chanceuse avec un petit sourire coquin. Je suis née un jour huit et ce nombre détient le pouvoir de la justice et de l'évolution personnelle. Hi! Hi! Et bien sûr, rajoute-t-elle en regardant le Vieux Sage, huit... est considéré aussi comme un chiffre magique!

Le Druide se réjouit; Janie assimile bien tout ce qu'il lui enseigne. Il sait parfaitement ce que ce nombre représente; il mue l'être en esprit donc... *« La transformation infinie »*. Ce n'est pas une coïncidence que la petite soit née un huit.

Janie vérifie la position des grains de sable afin de former une parfaite quadrature*.

—Voilà!

En disant ce mot, les petites pierres granuleuses se transforment en cristaux de quartz magnifiques et brillent comme des diamants.

—Ohhh!?! Zzzz?!? s'exclament les deux amies en voyant que les roches grossissent à vue d'œil. De toute évidence, la magie existe vraiment.

—On continue! Le moment propice est en place, lance-t-elle tout excitée. Elle a hâte de franchir la deuxième étape. Son corps devient de plus en plus scintillant à chaque phrase qu'elle prononce avec conviction. Je suis prête à recevoir les Fameuses Pennes, annonce-t-elle radieuse, après un long soupir de satisfaction. Elle a besoin des Pennes de Cygne pour former le ***« Cercle Sacré »***.

Le Vieux Sage lui sourit patiemment et dirige son regard vers le ciel infini. Aussitôt, les deux acolytes font de même.

—Elles arrivent! Elles zsont splendides! C'ezst buzzant! Ce sont mes couzsines, les Odonates, s'écrie-t-elle joyeusement.

—Je ne vois rien! s'affole Janie.

Les Salamandres, que le Druide nomme ses Feux-Follets, s'élancent dans l'atmosphère et envoient des pulsions magnétiques dorées qui traversent le corps de la Magicienne et lui montent jusqu'au cerveau en l'illuminant de puissants rayons violets. Elle sursaute, car au même moment elle aperçoit...

—Oh!!! Une envolée de cygnes!

—C'ezzzst fantastique, mais où se trouvent mes cousines?

---

* quadrature : construction d'un carré

Les deux copines sautent de joie. L'immense touffe de plumes s'avance vers le groupe dans un vol majestueux.

Les Libellules, en formation de *« V »*, se retrouvent cachées sous l'épais manteau de plumes. Elles sillonnent le ciel, en se laissant guider par le vent druidique. Ce déplacement d'air est unique, car il possède un souffle surnaturel. Elles arrivent toutes regroupées et l'ensemble imite à la perfection un gigantesque cygne. En tête de file, Lulubie, la Voltigeuse de l'Air, dirige la troupe suivie de son escouade. Elles transportent avec précaution sur leur dos les fameuses *« Pennes de Cygne Irisées »* du **« Lac Enchanté »**, autorisées à sortir par **« Son Altesse Grâce, la Maîtresse de ces Lieux »**. Elles sautent de joie et baignent dans l'euphorie, puisque cette fois-ci… Janie voit!

La baguette, par contre, la ramène à son affaire avec quelques petits chocs électriques qui la secouent légèrement. Elle reprend aussitôt son sérieux.

Lulubie ordonne d'un battement d'ailes que l'on dépose les Précieuses Pennes près du Druide, puisqu'il demeure le régisseur de cette manifestation. Puis la Cérémonie des Pennes de Cygnes débute.

Les Libellules, minuscules à côté de ces immenses Pennes, déposent leurs ailes translucides sur le rebord de leurs filaments afin qu'elles ne s'envolent pas!

Le Druide lève la main et automatiquement la brise cesse. Aussitôt, Lulubie et sa troupe de Brigadières de l'Air reprennent le chemin du retour silencieusement.

Chanceuse attend le signal de Janie pour lui apporter les Pennes. Elle se demande comment elle fera pour transporter ces énormes plumes, cette fois-ci plus grosses que les cailloux.

—C'est le moment mon amie! Janie sent la canne fébrile entre ses mains moites. N'oublie pas! Tu dois absolument demeurer à l'extérieur du *« CARRÉ MAGIQUE »*. Tu te rappelles bien?

Chanceuse hoche la tête et lui apporte la première penne.

—Attention!

Chanceuse s'arrête pile.

—Ouf! Je l'ai échappé belle. Elle avait déjà oublié la consigne de ne pas franchir la ligne.

—Je ne connais pas encore toutes les possibilités de ce rite secret. Je ne voudrais pas qu'il t'arrive quelque chose de fâcheux! Tu sais, Mamiche et moi nous inventions des formules et des rituels seulement pour nous amuser. Ce n'était qu'un simple jeu! Si jamais cette pratique magique réussit ici, au pays de la **« NooSphère »**, je ne peux minimiser les conséquences qui pourraient s'ensuivre, tu comprends... car je n'ai jamais vécu cette expérience auparavant!

Chanceuse continue d'écouter attentivement.

—Oui! Tu es gentille de m'avizser, mais zje n'ai pas peur! Je te rappelle que zj'aime les nouvelles zexpériences et l'action!

Un silence respectueux s'impose.

Chanceuse entre dans le jeu de Janie et exécute à la lettre toutes ses directives. Elle transporte précieusement, une à une, les Pennes de Cygne tant recherchées. On croirait voir la penne élégante se déplacer toute seule; c'est plutôt rigolo! Son amie est complètement recouverte par cette énorme plume et Janie ne peut voir que l'éclat de ses yeux ronds remplis de bonheur et de fierté. La Coccinelle ne peut s'empêcher de rompre le silence car la situation lui paraît trop loufoque.

—C'ezst buzzant! Elles zsont zsi légères, qu'elles ne pèzsent même pas zune plume!

Le Druide remarque que les Pennes de Cygne du **« Lac Enchanté »** sont, plus que jamais, d'une blancheur immaculée. Une poudre transparente aux reflets irisés s'échappe des *« Célèbres Pennes »* et couvre nos deux exécutrices de cristaux phosphorescents qui adhèrent à leur peau en la faisant scintiller encore plus sous le soleil éclatant. Le Druide est pleinement conscient que la magie ne cesse de s'opérer.

Janie se concentre à nouveau. Elle place au fur et à mesure les Pennes à l'endroit prévu. Minutieusement, avec l'aide de Chanceuse qui garde les limites convenues, l'Humaine au grand cœur trace sur le sol le cercle infini, ce symbole ininterrompu ni par le temps, ni par l'infinitude*.

—Zzz. Ça va!

—Tout... est... parfait!

Janie, suite à la dernière Penne déposée, regarde l'ensemble. Le nombre est complet et le ***« Cercle Sacré »*** est complété. Le cercle symbolise l'espace... l'espace infini et le carré, celui-ci représente la terre... le matériel. La fusion de ces deux figures géométriques incarne l'intemporel où tout peut être possible, ainsi la boucle est bouclée.

—Ça y est! Je suis prête pour l'exécution finale!

—Bravo! s'écrie Chanceuse. C'est buzzant! Nous allons assister au moment de vérité!

Émues, les deux complices se font l'accolade. Elles sont satisfaites d'avoir trouvé tous les éléments nécessaires à la formation du ***« Carré Magique »***.

---

* infinitude : ce qui est de grandeur infinie

Chapitre 19
Les influences de la NooSphère

Janie donne ses directives finales.

—Chanceuse, j'aimerais bien que tu demeures à côté de notre ami le Vieux Sage, au cas où...

Elle ne veut pas prendre le risque d'impliquer des vies. Elle n'est pas sans savoir que si la transformation ne réussit pas, elle devra affrontée un grave problème pour poursuivre sa mission. Devant son désarroi, le Druide la rassure avec conviction.

—Il y a toujours des solutions! Tu devrais le savoir maintenant. Fais-toi confiance. Tu disposes d'un potentiel extraordinaire qui sommeille en toi et qu'il te faut absolument découvrir.

—Allons! Allons! s'écrie Chanceuse nerveusement, c'ezst le moment ou zjamais de voir zsi cela va fonczionner.

Janie, plus que jamais, ressent la grande force d'action de la détermination l'animer et la pousser à accomplir l'impossible. L'heure définitive est arrivée.

Après quelques secondes de réflexion, elle relève l'échine et se sent prête à exécuter la dernière étape, mais non la moindre : énoncer sa formule magique à haute voix.

La jeune fille tient fortement le sceptre* dans sa main droite et élève les bras vers le ciel, afin d'attirer sur sa baguette magique les forces de la « *Magie Blanche* ».

Au centre du carré, elle trace un grand cercle avec le sceptre et suit le trajet des Pennes de Cygne. La canne prend immédiatement sa forme occulte et agit mystérieusement. Un

---

* sceptre : bâton de commandement

filet de poudre scintillante de couleur grenat s'échappe de son pommeau et emplit toutes ses petites fissures. Les cristaux circulent dans le sceptre comme du sang qui se répand dans les veines. Janie sent les pulsations de la canne battre fortement dans le creux de sa main et vibrer au diapason de son cœur. Cette fusion en harmonie résonne autour d'elle comme un bruit de vagues, imitant le ressac. À cet instant magique, trois têtes se dessinent au sommet du pommeau et les Salamandres aux yeux de rubis flamboyants, apparaissent cette fois-ci à la vue de Janie. Éberluée, elle retient le sceptre à deux mains pour ne pas l'échapper. Elle ne doit pas commettre de gaffe. Il se passe quelque chose de surnaturel, au-delà de ses connaissances.

Elle prononce finalement sa formule magique :

-Soleil d'Or... Soleil d'Or! Toi qui détiens le pouvoir de la perfection... par les forces des sept Planètes... des sept Fées... des sept Chérubins, cristallise l'imparfait qui se trouve ici présent, en une perfection unique par cette incantation magique.

Immédiatement, les Ventus, les quatre grands vents envahissent l'espace et s'élèvent autour de Janie dans un sifflement aigu qui augmente d'intensité.

Elle poursuit :

-Carré magique, carré magique!

Janie, courageuse, ne s'arrête pas même si les Ventus se manifestent avec une puissance colossale. Aquilon Borée prend la charge du premier tourbillon. C'est tout à fait nouveau comme expérience, jamais auparavant avec Mamiche le vent n'agissait de cette manière imprévisible et spontanée.

Les Salamandres s'agrippent fortement à la main de l'exécutrice et s'entortillent sur son avant-bras comme pour unir leurs forces à la sienne. Le bras de Janie devient une extension de la baguette magique. Elle continue de prononcer avec conviction sa formule, cette fois-ci sans s'arrêter.

-Rends-moi petite, rends-moi petite!

En prononçant cette phrase, elle dirige un pied vers « ***l'Est*** » et le Vent Eurus nettoie l'air ambiant et laisse les environs imprégnés d'un parfum mystérieux.

-Aussi petite, aussi petite...

-Que mon amie, que mon amie...

Un autre pas vers le « ***Sud*** » et le Vent Auster réchauffe les lieux et siffle une mélodie enchanteresse.

Elle lance de tout cœur la dernière incantation de sa formule :

-Que mon amie, que mon amie : La Coccinelle!

Au même moment, le vent de « ***l'Ouest*** », le grand Zéphyr s'élance à vive allure et apostrophe la bibitte à patate sur son passage en la poussant au-dessus du cercle. Chanceuse, en panique, jette un coup d'œil au Druide qui n'effectue aucun geste pour la retenir. Il la regarde s'envoler avec un large sourire. De toute façon, il ne peut pas intervenir, il sait parfaitement que tout a été planifié d'avance. Il ne peut interférer dans aucune des Destinées; ni celle de l'insecte, ni celle de l'Humaine, puisqu'il n'a aucun pouvoir décisionnel sur les intentions de « ***l'Absolu*** ». Au même instant, Janie entend un craquement sourd autour d'elle. Est-ce de bon augure?

Les Ventus se mélangent en spirale et forment un énorme vortex* de nuages. Ces Vents la soulèvent légèrement du sol. Elle rit nerveusement car elle plane littéralement dans le vide, au-dessus du « CENTRE SACRÉ ».

Emballée, plus rien ne la surprend maintenant.

—Houuuu! C'est ffflyant! Je lévite**!?! s'exclame-t-elle en virevoltant. Ses cheveux s'emmêlent par la force des vents impétueux qui s'amusent à se faufiler entre eux et à les déplacer dans toutes les directions.

---

* vortex : tourbillon

** lévite : s'élève au-dessus du sol, sans appui matériel

Seul le Vieux Sage admire ce qui se passe, secrètement ébahi devant la Grandeur du Pouvoir du Grand Maître d'œuvre… ***« L'Absolu »***. Il reconnaît incontestablement le talent exceptionnel et unique de l'indétrônable ***« Suprême »***. Invisibles au commun des mortels, la Fée Reine Gloria et les deux Fées Princesses, PréciBella et Victoria sont de la partie et regardent attentivement de haut toute la mise en scène qui se prépare. Lors des grandes manifestations, ***« l'Absolu »*** fait appel à leurs *« Pouvoirs »* d'exécution surnaturelle! Elles ont recours à un procédé qu'elles n'utilisent que dans des cas bien spécifiques. Les **«Forces Invisibles de la NooSphère »** se préparent à l'action! Une fois la formule magique prononcée, les sept Fées Marraines de l'incroyable **« Pierre-aux-Fées »**, apparaissent immédiatement pour assister à la *« Cérémonie des Voeux »*!

—Oh!

Janie tombe sous le charme, lorsqu'elle aperçoit les Fées Marraines de toutes les couleurs de l'arc-en-ciel émerger de leur *« Habitacle Secret »*. Qui aurait pu imaginer voir des Fées s'échapper des Pennes de Cygne? Maintenant… elle comprend pourquoi les Pennes étaient marquées du *« Sceau du Génie »*! Les Fées au-dessus de sa tête forment une couronne ailée. Afin que la formule réussisse… à l'intérieur des Pennes, les Fées unies main dans la main avaient récité à voix basse la formule magique de la transformation, en harmonie avec *« L'Humaine au Grand Cœur »*. Puisque Janie l'avait désirée de tout son cœur, de toutes ses forces et de toute son âme, tout avait été mis en place pour que la magie opère. Cette transformation va changer sa vie à tout jamais.

En suspension, Janie respire longuement et profondément. Elle pointe le centre du carré avec le sceptre… c'est alors que le Vent du Nord, Aquilon Borée met sa touche finale : sans délai, un faisceau de lumière blanche s'éjecte de la terre en fines particules diamantées. Elle vient de toucher la jonction centrale du « CERCLE SACRÉ ». À ce moment précis, le soleil domine au Zénith, le point le plus élevé de la **« Voûte Céleste »**, en ligne directe avec le « CERCLE PARFAIT ». Tout est aligné à la perfection et s'avère une combinaison gagnante! Au point culminant, l'Astre au pouvoir fascinant projette un rayon précis afin de s'amalgamer avec le jet lumineux qui jaillit de la terre. Au contact des deux forces, il se forme un rayon gamma électromagnétique qui éclate dans le « CENTRE SACRÉ ». Janie regarde d'en haut et ne peut plus différencier le carré du cercle, car les faisceaux réunis… ont façonné au centre, un rayon à double intensité, en forme de *« X »* étoilé. Elle se trouve dans le feu de l'action et, inévitablement, tournoie sur elle-même en spirale vertigineuse. Mamiche lui avait déjà dit que la forme du *« X »* possédait une valeur magique absolue. La fusion des deux luminosités a activé… le **« Pouvoir de la Magie des Mots »**.

—C'est tout un exploit! constate le Druide avec admiration.

À sa grande surprise, Janie se retrouve face à Chanceuse qui ballote dans tous les sens au-dessus de sa tête. Leurs yeux se rencontrent, frappés d'étonnement, l'instant d'une milliseconde.

—Je n'y peux rien! s'exclame Chanceuse. Elle a bien écouté les consignes de son amie, mais les vents en ont décidé autrement.

Janie, en pleine transformation au centre du « CERCLE SACRÉ » ne rajoute rien, trop préoccupée à suivre le déroulement imprévisible des événements. Les deux filles se croisent et s'entrecroisent comme des feuilles qui s'agitent par l'action des Ventus rapides. On dirait une danse! La substance physique de l'héroïque Humaine commence à se transformer. Les molécules de son corps, à chaque secousse, se séparent et se recollent comme les pièces d'un casse-tête. Son enveloppe corporelle subtile se retrouve en interaction avec la **« NooSphère »**, rebondit, s'étire, se rapetisse et se gonfle d'air prête à exploser comme un ballon. Puis, des particules

« d'ADN[*] *»* des gènes de Janie se mélangent subitement avec les atomes distincts de Chanceuse. Toutes ces particules chimiques s'entremêlent et forment des composantes complexes, difficiles à analyser. Cette transformation profonde ne s'est jamais produite auparavant! C'est plutôt un phénomène excentrique et surtout... inhabituel!?! Un corps à deux têtes, des jambes en haut avec des élytres, des ailes en bas avec des pieds, des antennes, des poils! Nos deux amies se sont unifiées pour quelques instants, c'est... une scène invraisemblable qui se manifeste par des bruits d'explosion de tous genres, démontrant sa gloire en pétaradant comme un feu d'artifice. Les milliers de particules forment toutes sortes de configurations inusitées qui disparaissent et réapparaissent à bref intervalle. À la fin, les atomes de nos deux sœurs cosmiques retrouvent leur origine respective. Janie a bien hâte de voir la tête de Chanceuse ainsi que la sienne.

Tout revient à la normale. Les Ventus s'apaisent lentement et les Pennes s'effacent, sauf une toute petite qui tournoie allègrement, en dansant une valse à trois temps qui s'étire à n'en plus finir, afin de faire durer ce moment magique.

Pendant ce temps, Janie se remet graduellement de ses émotions. Elle commence à s'examiner de la tête aux pieds.

—Ouf!!! Tu parles d'une expérience! dit-elle toute consternée.

Elle constate que tout est sens dessus-dessous autour d'elle. Le vent a donné lieu à un énorme ravage. Elle replace ses vêtements en désordre, passe les mains dans sa chevelure ébouriffée et ajuste sa sacoche suspendue à son épaule. Puis elle se secoue comme un petit chiot trempé pour se débarrasser des brindilles d'herbes qui sont restées collées à ses vêtements préférés. Après ces rapides retouches, une plumette de cygne, esseulée, arrive doucement à l'improviste et lui chatouille le

---

[*] ADN : acide désoxyribonucléique, gère les cellules du corps

bout du nez. Janie prend le temps de l'attraper et la dépose dans son sac à bandoulière.

— Youpi! J'aurai au moins un souvenir à conserver de cette expérience capotante! Je suis vraiment chanceuse et surtout, je n'ai rien de cassé! Elle cherche Chanceuse et le Vieux Sage des yeux, vient pour les interpeller lorsqu'elle... se rend compte que la transformation n'a pas eu lieu comme prévu. Non! Quel triste sort, la magie n'a pas opéré son charme! Une larme coule sur sa joue rouge d'émotion. Janie, terriblement déçue, se ressaisit. En fin de compte, le plus important est d'être parvenue à exécuter le ***« Rituel »*** jusqu'au bout. Et le plus désolant dans toute cette histoire, c'est qu'elle ne pourra jamais visiter les terriers de ses animaux préférés, les lapins. Ce rêve est dorénavant devenu impossible.

Maintenant qu'elle le sait, elle devra poursuivre sa mission d'une autre manière. Mais comment? Ce sera un grand défi à relever. Tout à coup, un immense arc-en-ciel se pointe au-dessus de sa tête auréolée.

—Chanceuse! Regarde... c'est vraiment spécial, un triple arc-en-ciel! C'est la première fois de sa vie qu'elle en voit un comme celui-ci.

Chanceuse ne répond pas, laissant planer l'intrigue. Mais où est-elle maintenant, se questionne Janie?

Elle appelle son amie avec enthousiasme.

—Chanceuse! Chanceuse! Allez! Tu ne dois pas manquer le pont flottant. Mamiche dit toujours que c'est un des passages qu'empruntent les *« Héros »* pour monter vers **« l'Univers des Univers »** et ainsi découvrir des dizaines de millions de galaxies. Chanceuse ne répond pas, elle veut surprendre son amie.

Sans réponse, Janie s'inquiète. Elle espère que la bestiole ne se soit pas blessée dans toute cette aventure.

—Ohé! Ohé! Chanceuse, je suis... entière. Et toi? J'ai tous mes membres, malheureusement rien de magique... n'est survenu. Ne me fais pas languir, réponds-moi vite! J'ai tout fait ce cirque pour absolument rien. Je ne vois pas le Vieux Sage… et toi?

—Buzzante! Tu es tout zsimplement buzzante! s'exclame Chanceuse stupéfaite.

Le Vieux Sage approuve de la tête le commentaire.

—Qu'est-ce qui est si… buzzant! questionne Janie en cherchant Chanceuse dans les airs. Je crois toujours qu'il va survenir des phénomènes exceptionnels, quand tu prononces cette expression. Tu peux m'examiner, tu verras, rien d'extraordinaire ne s'est produit!

—Zizzz!?! Tu veux rire! C'ezst trop buzzant!?! Zizzz! zozote-t-elle sans arrêt dans un délire hystérique. Je pense que tu te trompes grandement mon amie. La coccinelle s'approche à petits pas derrière l'Humaine pour lui réserver une surprise de taille!

—Allez! Arrête de te cacher et montre-toi.

Chanceuse surgit d'une racine noueuse du Vieux Sage.

—Coucou! Zzz! Zzz! C'ezst moi, dit-elle tout excitée.

Janie se retourne d'un seul coup, et… tressaille sous le coup de l'émotion.

—Non!!! Non!!! Ce n'est pas vrai! C'est bien toi, Chanceuse LaCoccinelle? Chanceuse…!

Janie est estomaquée. Elle examine la Coccinelle de haut en bas, la main sur la bouche, les larmes aux yeux.

—Tu as conservé tous tes morceaux et moi les miens! Tu es super trippante! L'Humaine, à son tour, s'égosille. Regarde qui a subi la transformation finale!?! Tu es vraiment belle Chanceuse… grandeur nature! C'est un vrai miracle!

—Zzz! En effet! lui zézaie-t-elle. Tu n'as jamais aussi bien dit… *« GRANDEUR NATURE »*! Janie… ce n'ezst pas moi qui ai grandi, c'ezzzst !?!....

—Mais… si, mais… si! C'est toi l'heureuse élue.

—Zzzje ne crois pas! Retourne-toi et regarde le Druide, lui suggère la Coccinelle enjouée. Elle a hâte de voir sa réaction.

—Le Vieux Sage n'est pas là!

—Zizzz! Si! Si! Suis cette racine, dit-elle en voltigeant d'excitation.

Janie se retourne et suit des yeux un tubercule tortueux qui rejoint un énorme tronc renflé. Elle poursuit ce dernier jusqu'à la cime et rendue à l'extrémité supérieure... elle tombe sur les fesses en apercevant le gigantesque arbre planté, bien droit, juste devant sa face grimaçante.

—Nonnn! Ce ne peut être vous, mon ami le Vieux Sage, s'exclame-t-elle renversée.

—Mais, que si... chère enfant! s'exclame lui dit l'Arbre tout joyeux. Tu as parfaitement réussi ton rituel! Tu sais, dans la **« NooSphère »** les rêves deviennent réalité!

Elle n'arrive pas à y croire... la transformation s'est vraiment produite.

—Chanceuse! C'est ffflyant! Je suis devenue aussi petite que toi, c'est rigolo n'est-ce pas?

—Zzzje suis heureuse! Zzzenfin! Nous serons sur la même longueur d'onde. Elle saute au cou de Janie et... mains dans les mains, elles tournent en rond.

—Allons! Je dois poursuivre ma mission. J'ai bien hâte de retrouver ma ***« Clef »***! Qu'en penses-tu mon amie?

—Je pense... que nous devrions partir. C'est l'heure!

La transformée se sent d'attaque. Mais avant de quitter le Druide, elle veut lui demander la permission d'entreprendre la finale de son odyssée. Politesse oblige...

Chapitre 20
La voix du cœur

L'enthousiasme règne, tous exultent* de joie. La passion de Janie la propulse vers ce qu'elle désire le plus… retrouver sa *« Clef »*!

Le Vieux Sage, le cœur gros, retient ses émotions et acquiesce à la demande de la courageuse Humaine qui veut poursuivre son odyssée.

—Vos désirs sont des ordres! La **« Forêt »** vous attend et vous appartient. Je serai tout près de vous d'une manière ou d'une autre. J'ai mon réseau de renseignements et serai informé de vos moindres petits déplacements.

—Merci de me rassurer, j'apprécie énormément! Oh! Je m'excuse, j'oubliais… Janie se penche pour ramasser le bâton magique qui est demeuré par terre afin de le remettre à son propriétaire, mais oh… là… là! Elle réalise qu'il est beaucoup trop gros pour qu'elle puisse le soulever. Le Vieux Sage sourit.

—Ne t'en fais pas! Il étend la main en direction de la canne magnétisée qui, d'un seul bond, se glisse entre ses mains sans réticence.

—Merci, mille fois! La petite se rend compte que le sceptre, avec ses Salamandres incrustées, a grandement aidé à la transformation.

Le Druide regarde vers le ciel et appelle d'un signe le Grand Monarque qui arrive aussitôt, accompagné de Lumina et de son peloton de Lucioles affectionnées.

---

* exultent : éprouvent une joie extrême

—C'est maintenant le temps de l'envol, clame le Vieux Sage.

—Tout est prêt pour le grand départ, s'écrie l'Amiral, en adressant un salut militaire au Druide.

—Allez! Partez, dit le Vieux Sage d'un geste rapide; il n'aime pas les adieux!

En courant, Janie se jette dans ses immenses bras. Elle se perd dans son feuillage touffu, mais la tendresse qu'il ressent au travers de ses branches, lorsqu'elle lui administre un tendre câlin, remue le Sage jusqu'au fond de son duramen. Tous les deux laissent échapper quelques larmes de joie.

—Vite... vite! s'empresse de dire Chanceuse troublée à son tour par ce spectacle émouvant! Cette sensation nouvelle l'inquiète. L'Amiral nous fait signe qu'il est prêt!

Janie sourit au Vieux Sage imposant comme un Atlante*. Il semble supporter l'espace sur ses énormes branches. Il l'encourage à poursuivre sa mission, en lui touchant les deux joues de sa main de velours.

—Va ma petite, ma très petite! Aie confiance en toi!

Janie n'aurait jamais cru qu'il puisse lui dire cela un jour! Maintenant, c'est vrai, elle est vraiment petite, aussi petite que son amie Chanceuse LaCoccinelle.

Il la caresse une dernière fois d'une feuille en signe d'affection. Janie a le cœur à l'envers.

—Quelle direction doit-on prendre? questionne-t-elle, subitement consciente qu'elle ne connaît pas la route à suivre.

—Tu suis la voie de ton cœur!

—D'accord!

—Il n'y a que toi qui puisses savoir! N'oublie pas de rendre hommage au Gardien des Séjours sans tarder, afin qu'il t'inscrive dans son registre officiel, dit-il tendrement. Il dispose de ressources inimaginables et il vous fournira une aide précieusc.

---

* Atlante : figure d'homme portant le ciel sur ces épaules

Janie amorce son odyssée fantasmagorique, et avec son amie, avance d'un pas alerte vers la **« Grande Forêt »**. Lorsqu'elles commencent à traverser le boisé, le Druide ne les voit presque plus dans cette dense étendue verdoyante remplie d'arbres aux longs fouets et demeure songeur.

—Janie s'écrie à haute voix, ***« c'est promis »***! Elle saute en agitant les mains pour lui montrer qu'elle a compris sa dernière recommandation.

L'Humaine marche sur les talons de Chanceuse comme un petit chien de poche et ne peut détourner son regard du Vieux Sage. Sa silhouette rapetisse à vue d'œil et son cœur se pince de tristesse à chaque pas. La séparation s'avère plus difficile qu'elle ne l'aurait crue. Elle se sent heureuse et malheureuse à la fois. Quelle drôle de sensation! Janie a dépassé les limites autorisées, en s'enfonçant dans la **« Forêt »**; jamais de sa vie, elle ne s'est aventurée aussi loin avec Mamiche. Puis, elle n'aperçoit plus que le bout du nez du Vieux Sage et avant qu'il ne disparaisse de sa vue, elle lui envoie un bec à la volée avant de contourner une énorme montagne. Tout maintenant revêt* une dimension démesurée, même les brindilles de gazon ressemblent à de grands arbres en forme de palmiers et les quintefeuilles, cette mauvaise herbe envahissante, à de belles fougères.

—On dirait une forêt géante! s'exclame-t-elle.

Cette **« Forêt »** enchevêtrée se révèle tout à fait différente de toutes celles qu'elle a parcourues auparavant au camp d'été et au camping. Un mystère inexplicable entoure ces arbres en fouets jamais explorés et ces fleurs titanesques surprenantes qu'elle tente de découvrir ingénument**. Quel secret les habite!?!

—Ouais, tu parles! C'est toute une **« Forêt »**! Mais j'en ai vu d'autres, répond tout bonnement Chanceuse sur un ton

---

* revêt : prend une apparence
** ingénument : de manière innocente

désinvolte, fière de prouver qu'elle n'en est pas à sa première exploration.

Orgueilleuse, elle ne veut pas le laisser paraître, mais elle est aussi troublée que Janie devant l'immensité de la zone forestière.

Entre-temps, le Druide passe la **« Forêt »** en revue. Il frappe par terre avec son sceptre pour lui ordonner d'exécuter une inspection complète et, plus particulièrement, de vérifier s'il n'y a pas d'intrus camouflés à l'intérieur des terres.

—Allez! Fais ton travail et fouille-moi cette **« Forêt »**, commande-t-il de sa voix autoritaire.

En deux temps, trois mouvements, les trois têtes fulgurantes des Salamandres qui habitent le bâton du Vieux Sage s'unissent pour former un lance-flammes. Les Feux Follets projettent d'un seul coup, un rayonnement infrarouge de 360 degrés. On dirait un gyrophare en action. Ce rayonnement magnétique à haute intensité d'énergie déferle comme une vague à toute allure, en couvrant toute la région. Le *« Snooperscope »* ausculte minutieusement tout ce qui se trouve sur son passage et traverse tout sans exception. Cette lumière pénètre la **« Forêt »** de long en large, afin de détecter les indésirables. Le Druide, au poste, ne repère que les silhouettes jaunes des Créatures qui y résident officiellement. Elles se consacrent paisiblement à leurs occupations quotidiennes. Il n'y a rien de suspect à l'horizon; nos deux aventurières ont le champ libre.

Janie se raidit lorsque l'immense rayon s'introduit au travers de la **« Forêt »**. Cette dernière, d'un seul coup, devient complètement rouge.

—Chanceuse! D'où provient cette lumière?

La coccinelle a déjà eu affaire à ce phénomène.

—C'est impressionnant n'est-ce pas? Ne t'inquiète pas! Il s'agit du super *« Snooperscope »* du Vieux Sage. Il est en train de mener des recherches approfondies pour notre sécurité. Cette trouvaille étrange lui sert de détecteur de mouvement et demeure sa dernière technologie en matière de protection.

Puis, l'atmosphère redevient normale. Elle étend son fluide gazeux d'un bleu lavande.

Le travail accompli, les Feux-Follets réintègrent la canne plus vite que l'éclair et le Druide se sent tout à fait rassuré; rien d'anormal ne vient entraver la quiétude qui règne dans **« SA FORÊT »**. Il est satisfait de voir que sa technique de fine pointe est parfaitement efficace. Ses recherches ont porté fruit… c'est un vrai succès.

Janie poursuit sa route sur le sable durci comme de la pierre et plus elle avance dans son rêve, plus le temps s'efface. L'intemporel s'incruste de plus en plus et elle ne fait plus la différence entre les deux **« Mondes »**. Elle ne réalise pas qu'à chacun de ses pas, une page de sa propre vie s'inscrit dans le *« Grand Livre hermétique des Éphémérides »*. Ce puissant ordinateur, multiprocesseur en trois dimensions, effectue la saisie de toutes les secondes de notre vie dans les moindres détails et dans tout l'espace interplanétaire. Janie compose son propre chemin de Vie dans la grande odyssée humaine. Le Druide, juste avant de retourner à ses recherches, voit par l'intermédiaire de son super *« Snooperscope »* un pan de l'existence de Janie s'enrouler comme un tapis, au fur et à mesure qu'elle avance dans son aventure fantasmagorique. Le livre de sa vie se referme sur son passage… rendant son histoire unique.

Chapitre 21
Le jeu de l'ombre

Janie et Chanceuse commencent à contourner un amas de branchettes, gros comme une butte. En réalité, ce n'est qu'une accumulation de petites brindilles de foin desséchées. C'est la petitesse de Janie qui lui fait voir les choses sous une tout autre dimension.

—Mais, c'est une montagne! s'exclame Janie.

—Tu as bien raizson! dit Chanceuse qui n'a pas l'habitude de voyager par voie terrestre. Zzzje crois que je vais te montrer à voler. Ce sera plus facile pour nous.

—À voler! Je n'y arriverai jamais!

Chanceuse aussi a un doute au sujet du succès de la réussite de cette nouvelle expérience, mais elle a promis.

—Zzz! Ne t'en fais pas! s'exclame-t-elle pour encourager son amie. Nous prendrons le temps qu'il faudra juzsqu'à... la réuzssite!

—On essaie?

—Zeuh!!! Pourquoi pasz! Zzzje t'avertis, c'ezst très difficile et long...! Mais zzzj'ai une petite idée en tête. On zzzessaie! Tiens-moi fortement par les mains et tourne en rond avec moi. Puis, on ezxécute de minuscules sauts. Zzz!

—O.K. On n'a rien à perdre!

Les deux amies s'en donnent à cœur joie. Chacune leur tour, elles sautent tout en faisant virer l'autre. Chanceuse prend son envol en poussant fortement et ne parvient qu'à voliger ça et là.

—Je n'y arrive pas, dit Janie, en s'enfargeant dans ses pas.

—Zzz! Ne me lâche pas! Pouzsse, pouzsse avec tes pieds. Zzz! Tu vois! Oui! Oui! C'ezst zça!

Chanceuse aide l'Humaine en la tirant et en la soulevant.

—Regarde!!! Ça… fonctionne! souffle Janie hors d'haleine. À toi… maintenant!

—Ouf! Zzz! Zzz! Zzz! La Coccinelle commence à être fatiguée de hisser Janie, mais elle veut tellement qu'elle réussisse, qu'elle persiste.

Cette dernière rit aux éclats et essaie de faire de son mieux. Elle a l'impression de voler. Mais ce petit jeu ne peut pas durer toujours, car, à son tour, elle s'essouffle à force de recommencer.

—Zzzah! Ça suffit pour la première foisz!

—D'accord! dit Janie heureuse d'avoir tenté l'expérience.

Elles se rendent compte qu'il faudra plusieurs essais et beaucoup d'efforts pour réussir, mais c'est déjà un commencement.

—J'y arriverai!

La coccinelle qui compte beaucoup d'heures de vol à son carnet de bord, n'en est pas convaincue, mais n'ose pas le dire devant la joie débordante de son amie.

Janie reprend la route en sautillant, espérant voler de ses propres ailes.

Cette fois-ci, un énorme érable vient obstruer sa vue. Il prend toute la place, escamotant tout derrière lui; même les abords de la **« Forêt »** ont complètement disparu.

Janie soupire, le cœur gros. Au même instant, elle éprouve une envie folle d'éternuer. Elle essaie de se retenir, mais cette fois-ci elle en est incapable. Tout son système réagit… ses yeux picotent et brûlent. Les poils de ses narines s'hérissent et la chatouillent follement. La chair de poule l'envahit et subitement, elle éternue bruyamment.

—Atttttttchoum!

—Zzz! À tes zsouhaits.

Janie a expulsé par ses narines, à grand déploiement, un jet de liquide vaporeux sur un vaste périmètre. D'un seul coup, elle vient inconsciemment d'évacuer dans la **« Forêt »** tous les Intrus qui avaient pris place dans ses petits trous noirs. À ce moment précis, le jeu de l'ombre sombre commence à se manifester. La protégée du Druide aperçoit une silhouette menaçante aux contours douteux, se découper sur le versant de la montagne. L'esquisse d'une sorcière hargneuse à moitié recouverte d'une ample cape noir charbon apparaît, le visage à demi-incrusté dans la masse rocheuse. Elle laisse voir un... profil malveillant. Ébranlée, Janie sent son corps se détacher comme si... une partie d'elle-même s'enfuyait à la course. Elle tressaille. Quel cauchemar effroyable! pense-t-elle, elle qui éprouve une peur atroce des Sorcières autant que de la noirceur. Ce sont ses deux plus grandes phobies. Chanceuse s'aperçoit que Janie ne se sent pas bien.

—Zzzoh! Que se pazsse-t-il? Tu as le rhume?

—Non! Ce sont mes symptômes d'allergie.

Elle ne veut pas inquiéter Chanceuse outre mesure, mais elle vient à peine de quitter le Druide que la **« Forêt »** lui semble farouchement hostile. Elle regarde à nouveau la montagne et... plus rien! La petite Humaine se met à pleurer à chaudes larmes.

—Reverrons-nous le Vieux Sage?

—Pour zzzsûr!

Chanceuse réalise que la séparation de Janie avec le Vieux Sage, cet ami de la famille, ce Druide, ce Grand Conseiller de la **« Forêt Magique »**, rend sa camarade maussade. Elle ne soupçonne aucunement les grandes craintes qui paralysent le cœur de l'Humaine. Elle croit tout simplement que son chagrin est causé par son départ, pour le reste... elle n'a aucune idée de ce qui vient de se passer. La Coccinelle préfère se taire et respecter la peine de Janie. Parfois le silence vaut mille mots. Elle s'approche d'elle et lui donne la main pour la consoler.

—Nous zallons nous zarrêter quelques zinstants afin de reprendre nos zesprits, zozote-t-elle, en constatant que son amie ne semble pas se remettre, car son corps astral joue à l'élastique. La coccinelle ne connaît pas ce genre de sensations que les humains appellent malaises. Par contre, son instinct ne lui ment jamais. Elle ressent sa peine. Rezspire mon zamie… rezspire! Tu esz blanche comme un drap, on dirait que tu viens de voir, zzz, un fantôme.

—Ne t'en fais pas, ça ira!

Elle n'ose pas lui avouer qu'elle croit avoir aperçu une effroyable sorcière; c'est certainement le fruit de son imagination. Bref! Pourquoi se faire du mauvais sang? Elles sont protégées plus qu'il ne le faut!

Janie décide d'écouter Chanceuse, elle prend de grandes respirations et se sent déjà beaucoup mieux.

—Zzz! Regarde… l'Amiral!

Le Monarque les survole en dessinant un grand cercle autour d'elles en signe de reconnaissance et la coccinelle lui lance des petits cris vifs et intermittents.

—Sommes-nous en danger? questionne Janie sur le qui-vive.

Peut-être l'Amiral a-t-il vu… ce qu'elle a vue, l'ombre de la sorcière!

—Zzz! Il n'y a aucun danger! Zzzil me signale tout simplement que la route ezst belle… belle... belle, chère amie fidèle.

—Ah! Es-tu vraiment certaine? Il va sans dire, qu'elle s'est imaginée des choses, parce que la silhouette de la sorcière ne peut passer inaperçue! Ça, c'est évident!

—Zzzil nous faitzzz signe de pourzsuivre notre route.

Janie enchaîne plus calme…

—Tu connais le chemin pour rencontrer le ***« Gardien des Séjours, l'Alchimiste Farandole »***?

—Tu parles! Zzzje pourrais zy aller les zyeux fermés. Zzzje connais parfaitement le trajet du **« Menhir des Druides »**. Cela fait au moins… je dirais même… pluzsieurs fois que zzzje jalonne ce parcours sinueux. Mais, pour te raszsurer, nous zzzirons vérifier au **« Carrefour des Azimuts »**; c'ezst l'endroit idéal pour retrouver son chemin. Nous devons passer devant, de toute manière, il n'y a aucun raccourzci!

—Nous serons rendues dans combien de temps? interroge son amie. Je commence à être un peu fatiguée. Janie a recouvré toutes ses facultés, mais son corps physique la tiraille par en dedans. Elle reconnaît ce signe que lui lance sa corde d'argent. Elle ne veut pas retourner sur terre, car elle est loin d'être parvenue à son but!

—Pour te dire franchement… zzz, je n'en ai aucune idée! Et cela n'a pas vraiment d'importanzce.

—Comment… pas d'importance? Moi je n'ai pas tout mon temps! C'est ma corde d'argent qui décide de me faire revenir dans mon corps physique, si elle en a assez.

—Zzz! Ben… voyons! Elle ne peut pas prendre une décision pour toi. C'ezst toi qui choizsis la manière de vivre ta vie et puis zici le temps n'exizste pas! Tu peux y demeurer à ta guizse.

—Tu crois? Janie reste quelque peu perplexe.

—Mordicus! Attends! J'ai une très bonne idée! Tu saisz ce que nous zallons faire?

—Non! Mais… je sens qu'on va s'amuser! Elle qui n'a jamais aimé les… « mais… », commence à les utiliser.

—Tu as raison! Nous zallons nous faire dorer… la couenne au zsoleil! Nous zavons bezsoin de récupérer avec toutes les zémotions que nous zavons vécues. Nous zallons tout oublier et ne penzser qu'à nous! Zzz d'accord?

Chanceuse n'avait jamais aussi bien dit. Si seulement elle avait vu ce que Janie a aperçue, elle aviserait l'Amiral immédiatement.

—C'est une idée géniale! Si le temps n'existe pas, aussi bien prendre tout notre temps.

—Zzz! Drôle de jeu de mots, zézaie-t-elle en se maintenant dans les airs avec ses ailes gonflées de joie de vivre.

—Allons, dansons la farandole! s'écrie Janie maintenant enjouée. Elle prend la main de sa nouvelle amie et se met à danser et à sauter autour des buissons étalés en rangée. Les arbrisseaux forment une passerelle, afin de les attraper au passage. Trois... fois... passera, chantent les arbustes, la dernière y res... te... ra! Insouciantes et heureuses, elles prennent la clef des champs oubliant tout pour le moment, même la mission.

À bout de souffle, pliées en deux, elles s'arrêtent. Elles décident de dévaler la petite pente en se roulant par terre sur la repousse d'herbe fraîche, tapissée de fleurs de trèfle aussi grandes qu'elles-mêmes. Les herbacées souples se couchent à leur contact et servent de glissoires. Arrivées au bas du versant, le cœur léger, elles demeurent étendues. Puis, elles reprennent tranquillement leur souffle et s'assoient sur leur séant* en continuant leur bavardage, une mini-brindille dans la bouche.

—Je suis très heureuse de t'avoir rencontrer, lui déclare Janie. Es-tu vraiment sérieuse quand tu dis que nous pouvons prendre tout notre temps?

—Zzz!!! Vraiment! Ici, nous ne pouvons subir aucun chanzgement, même vieillir, zsans notre propre consentement!

—Oh!?! Mais comment ai-je fait pour me rendre aussi loin? C'est plutôt étonnant et inquiétant à la fois, ne trouves-tu pas?

—Tout ce que je saisz, c'ezst que tu esz dans un rêve astral et que tu asz traversé le voile de la transparenzce, ce qui t'a amenée jusqu'izci! Et... j'en suisz bien heureuse, car maintenant zzzj'ai une nouvelle amie!

Ce que la coccinelle ne sait pas, c'est que le jour où Janie est parvenue aux ***« Portes du Savoir »***, sans s'en rendre compte, elle a fait pénétrer avec elle certaines de ses craintes. Ses peurs les plus grandes l'ont suivie jusque dans **« l'Astral »** et les Intrus n'attendaient que ça : une faille! Cette fois-ci, aucune créature de la **« Forêt »** n'est au courant, ni le Vieux Sage, ni l'Amiral et encore moins Chanceuse. À cause de cette arrivée imprévue, la **« NooSphère »** ne sera plus jamais la même.

---

* séant : fesses, postérieur

Chapitre 22
Carrefour des Azimuts

L'Amiral s'avance et se pose devant les deux amies avec une remarquable souplesse.

—Bonjour mes exploratrices, dit-il sur un ton respectueux. Je vois que vous avez décidé de la route à suivre. J'ai envoyé mes éclaireuses au nord, afin de protéger nos arrières.

—Zzzah! Nous zallons pouvoir nous laisser aller zzzaux quatre vents. L'Amiral pressent que la quête sera peut-être plus exhaustive que prévue, car la coccinelle change d'idée à tout bout de champ; ces virements intempestifs font partie de sa personnalité fougueuse.

—Auriez-vous oublié que Janie a entrepris cette démarche dans le but de retrouver sa ***« Clef du Paradis »***? interroge-t-il. Il devine très bien les intentions cachées de Chanceuse qui ne pense qu'à s'amuser et surtout n'en faire qu'à sa tête. Le Druide l'avait fortement avisé de son audace.

Janie n'intervient pas dans la conversation, car elle ne sait pas encore comment réagir devant ce nouveau protecteur et la hardiesse de sa flamboyante amie.

—Zzzje connais très bien le but premier de ma sœur cosmique, cher Amiral. Par contre, zzzje crois qu'elle a bezsoin de se détendre les méninzges! Elle a vécu beaucoup d'émotions jusqu'à présent et zzzje suis convaincue qu'un peu de divertissement s'impozzzzse! insiste-t-elle sur un ton déterminée.

—Qu'en pensez-vous? questionne le Grand Monarque en s'agrippant à son épée afin de démontrer son caractère défensif devant sa protégée. Êtes-vous d'accord avec cette décision qui retarde votre mission?

—C'est une idée de génie! Si j'ai bien compris... ici le temps m'appartient! dit-elle enjouée.

Bouffie d'orgueil, la coccinelle se réjouit puisque Janie se permet de la comparer à un esprit influent.

—Zzzeuh! Vous auzssi, vous devriez penzser à vous zamuser un peu, car la mizssion risque de perdurer*, zozote-t-elle du bout des lèvres à l'Amiral en se secouant les élytres.

Le Grand Monarque décide de jouer le jeu de Chanceuse. Il discerne par sa manière d'agir, qu'elle désire étirer le temps afin de se divertir le plus longtemps possible. Et de toute évidence, elle tient mordicus à s'approprier le dernier mot! C'est tout un numéro! Alors... il préfère l'amadouer!

—À bien y penser, vous n'avez pas tout à fait tort. Il faut prendre la vie du bon côté! réplique-t-il subtilement.

Il verra jusqu'où Chanceuse ira dans son entêtement. Il la regarde longuement, mais elle détourne les yeux avec un petit sourire railleur comme si elle n'avait rien entendu.

—Nous nous dirigeons vers le **« Carrefour des Azi... Azi... muts »**, articule lentement Janie.

—Aux **« Carrefours des Azimuts »**?

—C'est bien cela? questionne Janie à Chanceuse qui sourit à belles dents.

Chanceuse est heureuse de constater que ses plans fonctionnent à merveille et acquiesce de la tête en remuant ses antennes.

—L'endroit aux mille indications, insiste l'Amiral. Puis-je savoir pourquoi?

---

* perdurer : continuer longtemps

—Zzzcertainement! Nous zallons nous faire bronzzzer à **« La Source »** tout près de la **« Dune aux Papillons »**, votre village natal.

—**« La Source! »** Tu as de ces idées… s'exclame-t-il bouillonnant de colère. Chanceuse commence déjà à lui taper sur les nerfs. Ce ne sont pas les dangers qu'il devra surveiller, mais plutôt les idées farfelues de cette dernière.

—Zouaip!!! **« La Source, zzz! »**

—Voyons Chanceuse! Réfléchis un peu. La source du **« Marais des Souvenirs »** est un lieu… *« Sacré »*!

Il constate qu'il ne parviendra jamais à avoir le dernier mot. Il aimerait bien la faire changer d'idée, mais c'est une *« Loi Cosmique »* interdite. Selon ce *« Code »*, il doit respecter le choix d'autrui, sans intervenir. Il réalise que tout ce qui est défendu… attire l'insecte. Quelle tête de linotte!

—Zzzici, nous vivons zau rythme de notre cœur! N'ezst-ce pas Janie?

—Oui! On y va! s'exclame-t-elle enthousiasmée, se fiant à l'expertise de sa nouvelle amie.

Chanceuse feint l'indifférence devant le Monarque. Janie, pour sa part, se laisse influencer par sa compagne de voyage. L'Amiral se gardait de révéler qu'il existe un danger potentiel, mais maintenant… il se doit de les aviser.

—Ça commence bien! Enfin, je n'ai pas d'autre choix que de vous informer du changement de situation puisque Chanceuse ne semble pas entendre mes conseils et que toi, Janie, tu désires la suivre les yeux fermés. Je ne voulais pas intervenir dans vos plans, mais je n'ai pas le droit de garder les dernières nouvelles seulement pour moi! Après… ce sera à toi de décider, chère petite, dit-il en regardant l'Humaine dans les yeux. C'est trop important! Nous devons demeurer sur nos gardes, car Lulubie, la Cheftaine des Voltigeuses de l'Air, la responsable des Libellules à quatre ailes qui coordonne les événements spéciaux, m'a confirmé que Chartreux LeChafouin se terre à nouveau dans les parages. Lui et Ostrogoth se dissimulent dans une nouvelle cache qui n'est pas loin d'être cernée de toutes parts par l'Escouade de l'Air. Nous allons les débusquer sous peu!

—Qui est ce chat... de... foin et l'Os... l'autre? questionne Janie intriguée.

Elle commence à se gratter la main droite comme elle a l'habitude de le faire lorsqu'elle est contrariée.

—Ce vilain matou est le compagnon fidèle du Géant Bêta, le dénommé Ostrogoth, une espèce d'abruti aux comportements grossiers qui ne pense qu'à lui-même, répond l'Amiral sur un ton indigné.

—Zzz! Bof! s'écrie Chanceuse, toujours aussi désinvolte. Vous zêtes là et rien ne pourra nous zarriver auszsi longtemps que vous zserez avec nous.

Le Grand Monarque s'abstient de parler des *« Intrus »* qui ont refait surface. Il n'a pas eu l'approbation Comité des Anciens de divulguer cette information puisqu'un vent de panique pourrait s'emparer de la **« Forêt »**.

—Oui! Je suis d'accord, mais tout de même, il faudra vous montrer plus vigilantes, car si Chartreux LeChafouin se camoufle dans les parages, cela veut dire que ce sans-allure d'Ostrogoth ne doit pas être très loin. Lulubie m'a confirmé que ses guerrières ont vu ce fin finaud fabriquer des pièges, complètement au sud-est près de la **« Zone Interdite »** aux abords de la **« Vallée de l'Ombre »**. Elles inspectent minutieusement toutes les pistes et ne laissent rien au hasard. Il n'y a pas beaucoup de créatures qui s'aventurent dans ces parages périlleux, seulement les influençables. Pour l'instant, vous êtes en lieu sûr et Chartreux ne se trouve pas sur votre route.

L'Amiral demeure songeur, car cela reste malgré tout un mystère. Comment ce chafouin a-t-il pu franchir la région nébuleuse sans que personne ne puisse se rendre compte de son intrusion? Il doit aviser le *« Vieux Sage »* que son *« Snooperscope »* n'est peut-être pas tout à fait au point et qu'il doit instaurer un nouveau système à sécurité maximale dans les plus brefs délais.

—Enfin! En principe, nous ne devrions pas avoir de problème. Nous garderons l'œil ouvert! déclare-t-il avec un sourire forcé.

Janie le trouve bien songeur, soudainement. Quant à Chanceuse, elle se dirige vers la **« Dune aux Papillons »** le cœur léger. Les dernières nouvelles ne semblent pas l'inquiéter.

La Coccinelle vit présentement dans la **« NooSphère »** par choix personnel. Elle demeure en transition dans ce **« Monde de la Transformation »**, en attente d'une nouvelle vie dans un univers parallèle, qu'elle n'a pas encore déterminée.

L'Amiral sait parfaitement que Chanceuse est en pleine évolution et qu'il ne peut intervenir dans son chemin de vie.

—Viens ZzzJanie! Nous devons de toute façon traverzser le **« Sentier du Trappeur »** si nous voulons aller à la **« Pierre-Aux-Fées »**. Et de toute évidence... nous n'avons pasz d'autres choix que de paszser par la **« Dune aux Papillons »** qui se trouve, dizsons, presque en ligne directe avec le **« Domaine des Fées »**!

—Wow! C'est ffflyant! Tu as bien dit la **« Pierre-Aux-Fées »**?

—Zzzoui! Là où habite mon amie Kassandra! Tu sais... la **« Fée du Jardin du Marais »**! Puis elle se retourne pour s'assurer que l'Amiral plane derrière elle et qu'il suit toute la conversation. On raconte dans la **« Forêt »** que ton Grand Protecteur a déjà dansé avec les Fées!

—Est-ce vrai? questionne Janie surexcitée. Elle n'en croit pas ses yeux, elle qui a toujours désiré danser avec les Fées.

Le Monarque demeure stupéfait de se rendre compte que les nouvelles se répandent si vite. D'ailleurs, il connaît à fond le **« Monde Féérique »**! Il a souvent eu l'occasion de les fréquenter au cours de sa vie et cela, dans leur propre territoire. Elles s'occupent autant du bien-être des fleurs des champs blessées que d'arrêter les ouragans en furie. Elles possèdent de multiples dons.

—Tout à fait! Tout cela est bien beau, dit-il, mais il ne faudrait pas... perdre de vue ta mission.

Janie, heureuse, sautille à côté de Chanceuse tout en effectuant des soubresauts qui ressemblent à du rase-mottes plutôt qu'à du survol. *« J'arriverai un jour à voler »*, se dit-elle.

Chanceuse sourit voyant les efforts qu'elle effectue afin de réussir à s'envoler. Elles ne pensent qu'à se divertir.

Janie ne parvient plus à choisir la bonne direction. Ses amis l'ont mélangée.

—S'il vous plaît, je vous en supplie, arrêtez! Vous m'étourdissez. Elle respire profondément et lance à brûle-pourpoint... moi, je veux aller à la **« Pierre-Aux-Fées »**! Elle désire ardemment visiter ce lieu, autant que les galeries souterraines des lapins. Par contre, elle a déjà vu des lapinous, mais des fées... ce serait fantastique! Elle déclare formellement : je veux danser avec les Fées.

L'Amiral et Chanceuse n'ont plus rien à rajouter. Janie a pris sa décision et personne n'a un mot à redire.

Devant leurs airs surpris, elle rajoute...

—Nous avons dit que nous allions nous amuser, eh bien cet endroit me paraît idéal!

—Zzzahhh! Tu connaiszzz la **« Pierre-Aux-Fées »**!

—Si je la connais? Quelle question! Il y a belle lurette que nous la visitons lors de nos promenades dans la **« Forêt Magique »**! Mamiche et moi, une fois par année, avons pris l'habitude d'aller danser autour de la grosse pierre et par la même occasion, nous en profitons pour nous baigner au clair de lune. C'est un endroit mystérieux, aux abords d'un ruisseau, complètement à l'opposé du Grand Chêne. Cette immense roche ressemble à un monument mégalithique* et transmet de fortes vibrations magnétiques. À chaque fois que nous nous approchons de ce roc, on ne veut plus rentrer à la maison. Une fois... une chose inusitée est arrivée. Nous avions dansé autour

---

* mégalithique : monument de pierre de grande dimension

de la pierre gigantesque pendant un bon moment et, fatiguées, nous avons décidé de nous reposer en retrait sur l'herbe fraîche. Un soir, la pleine lune cachée derrière les nuages a jailli et a éclairé de son front d'argent le rocher, et sous nos yeux émerveillés, les fissures se sont remplies de lumière. À cet instant, nous avons constaté, Mamiche et moi, que ces brèches n'étaient pas là pour rien; elles avaient un but précis. Trois élégantes Fées, superposées et possédant d'immenses ailes étaient sculptées dans le roc. Une vraie beauté de la nature. Nous avons surnommé cette pierre mystérieuse, la **« Pierre-Aux-Fées »**.

C'est maintenant à Chanceuse d'avoir le souffle coupé.

—Zzzwow!?! Tu as danzsé à la pleine lune avec les Fées?!?

—Ouaip! Une fois par année, depuis que nous avons découvert la **« Pierre-Aux-Fées »**. Mais... jamais vraiment avec les Fées.

L'Amiral, étonné, n'en revient pas lui non plus. Elle connaît l'existence de la **« Pierre-Aux-Fées »**.

Heureuse d'avoir produit de l'effet en démontrant ses connaissances féériques, Janie s'écrie...

—En avant toutes! Ouvrez-nous le chemin, cher Amiral, car vous êtes le mieux placé pour nous y conduire.

—Je vous suivrai jusqu'à ce que vous preniez la bonne direction. Ensuite je vous quitterai, le temps d'effectuer une patrouille de reconnaissance au-dessus du territoire. Après ce vol, je vous retrouverai aux **« Carrefours des Azimuts »**. Bonne route!

—Merci, au revoir et à bientôt! lancent les deux amies en chœur.

—Troupe! ordonne l'Amiral.

Il les devance à la volée, pendant que Lulubie et ses fidèles Éclaireuses parcourent le ciel à la recherche d'indices.

Janie et Chanceuse poursuivent leur voyage en toute quiétude. Cette dernière regarde Janie avec admiration.

—Zzz! Tu es vraiment drôle! Tu connais des chozses que les zhumains zignorent normalement!

—Tu es surprise que je connaisse la **« Pierre-Aux-Fées »**?

—Zzzoh! Je dois t'avouer que tu m'épates! Je n'en reviens tout zsimplement pas! L'Amiral a bien raison... nous formons une équipe du tonnerre.

—Tu verras! Je vais t'étonner à nouveau. J'ai lu beaucoup de livres qui appartiennent à Mamiche. Elle a une biblio... du tonnerre!

—Zzzune biblio? Ça rezssemble à quoi?

Janie vient pour rire, mais se ressaisit en toussotant. Elle réalise que la coccinelle n'a jamais mis les pattes dans un lieu de recherche et de lecture. C'est bien évident, puisqu'elle n'est pas la bienvenue dans les bâtiments, pourtant cette bibitte ne s'avère pas dévastatrice.

—Une bibliothêkê... du mot grec, désigne un endroit où l'on range des livres et rassemble toutes sortes de recueils des plus sérieux aux plus rigolos, ainsi qu'un grand nombre d'ouvrages rares et inestimables. Tous s'avèrent précieux, car ils ont été créés par l'inspiration humaine.

—Zzzzz! Ah bon! zozote-t-elle en se grattant la tête.

—Tu sais, Mamiche se passionne pour les sciences surnaturelles et nous connaissons bien des lieux secrets grâce à nos recherches à la bibliothèque. C'est fou ce que l'on découvre dans les bouquins! Ça t'étonne... n'est-ce pas?

—C'ezst buzzant! s'exclame-t-elle.

Chanceuse a bien hâte de voir la binette de sa nouvelle amie, lorsqu'elle rencontrera la Fée des Marais, Kassandra, pour la première fois.

—Zzz! On se repozse un brin à la **« Dune zzzaux Papillons? »**

—Non! Nous allons à la **« Pierre-Aux-Fées »**, lance Janie en fixant Chanceuse.

—Zzz! D'accord! Zzzj'ai compris!

—Pourquoi veux-tu t'arrêter absolument à la **« Dune »**?

—Perzsonne ne passze sansz vizsiter la **« Dune »**. C'ezst... c'ezst trop spezctaculaire! La **« Dune »** est un rézceptacle qui accueille tous les lépidoptères zaux couleurs multiples et surtout les Grands Monarques après leur long trazjet de migration. C'ezst d'une beauté incroyable, il faut le voir pour le croire. C'ezst l'endroit où l'on retrouve le pluszzz d'essaims... de papillons.

—Sensas! Toute une colonie de papillons qui arrive à une même destination.

—Zzz? Tu connais, zzz!

Janie le sourire en coin réplique aussitôt...

—Évidemment! dit Janie, en haussant les paupières. Pour être franche, Mamiche m'a parlé des essaims de Monarques, mais je n'ai jamais eu la chance d'en voir sauf sur des photos! Qu'est-ce que tu veux, j'ai une Mamiche qui adore la recherche et les nouveautés en tout genre!

—Zzz! Elle en zsait des chozses!

—Oh oui! Elle possède une grande imagination et me renseigne sur tous les sujets nouveaux et mêmes para... normaux! Ouhhh!

—Zzzeuh! Tu m'ezzzxpliques!

—Mamiche discute ouvertement de sujets inhabituels que les humains n'osent parler entre eux, car ils ont peur de se faire ridiculiser. Elle croit qu'ils ont surtout peur de mourir et que c'est gravé dans leur tête. Tu comprends in... inconsciem... ment, comme une phobie.

—Zzzoh! Une phobiezzz?

Chanceuse s'exprime par résonance. Les sons vibrants qu'elle a déjà entendus lorsqu'elle vivait sur terre lui reviennent à la mémoire. Elle n'a jamais appris la langue humaine dans les livres et les trouve bien veinards d'avoir la chance de se cultiver et d'enrichir leur esprit.

—Eh bien! Cette angoisse semble incontrôlable! Mamiche pense qu'ils craignent plutôt d'être rejetés en parlant de choses « taboues ». Tu ne vas peut-être pas me croire, mais dans l'Antiquité, les gens qui osaient discuter des mystères inexplicables de la nature étaient accusés de sorcellerie.

—Zzzzz! La mazgie des influences.

—Malheureusement, le plus terrible dans toute cette histoire, c'est qu'ils étaient immédiatement amenés à la place publique afin d'être jugés sur-le-champ et brûlés vifs devant tout le village en délire ou zouick... se faire couper la tête!

—Zzzznon! Quel sort atrozce... mourir comme une poule sans queue ni tête ou cuite comme un BBQ! zézaie Chanceuse en panique. C'ezst affreux! J'ai entendu parler de cette coutume barbare dans la **« Forêt »** par la zgente animale. Ce n'ezst rien de bien zjoyeux. Une chanzce! Moi, zzzje ne suis pasz aszsez groszse pour qu'on me cuizse la couenne.

—Je suis très heureuse de ne pas avoir vécu dans ce temps-là! s'exclame Janie. Je te ferai remarquer... en passant... que les BBQ, ce n'est pas la même chose! Il s'agit du déroulement normal de la chaîne alimentaire pour la survie des Humains!

—Zzzah! Vraiment! Zzz! Parle pour toi!

—Je ne suis pas cannibale, moi!

—Zzz! Qu'ezst-ce que tu dis? Moi... moi non plus, zzz! Voyons Zzz Janie, je ne dévore pasz d'autres Coczcinelles! Ta Mamiche... aurait dû t'enseigner que je travaille à garder l'écologie en santé.

Les nouvelles amies se picossent* l'une et l'autre; cela fait partie de leur apprivoisement. La petite humaine ne va pas en rester là... la bibitte à patate a attaqué sa Mamiche et elle juge cela inacceptable. Janie tient à rectifier les propos de son amie et lui renvoie un sourire railleur. La coccinelle n'aime pas cette attitude hautaine et sent ses cheveux se redresser sur sa tête. La petite-fille de Mamiche trouve que Chanceuse ne ressemble plus à un Coléoptère, mais bel et bien à un hérisson sur la défensive!

—C'est vrai! Cela comporte des inconvénients d'être une Humaine. On entretient des idées régressives parfois! Par contre,

* se picossent : s'obstinent, se taquinent

toi en tant qu'insecte, tu n'auras jamais la chance de posséder une *« Âme »* à toi toute seule! déclare Janie, ne sachant pas que Chanceuse chérit ce désir en secret depuis bien longtemps. Cependant, le doute planait dans l'esprit de Janie...

Chanceuse insultée, zézaie plus vite et plus fort, afin de démontrer à la Terrienne qu'elle est dans l'erreur.

—Zzzzz!?! Que dizs-tu là? Zzz! Quand même... zzz! De quoi te mêles-tu??? Zzzz! Moi auszsi j'ai une eszsence! s'énerve la bestiole en virevoltant. Zzz, j'ai ma nature intérieure cachée derrière mon cœur et que vous, les zzzhumains, appelez : *« Âme »*.

Janie regrette de l'avoir blessée. Elle ne pouvait s'imaginer à quel point elle désirait posséder une *« Âme »* unique.

—Zzzarrête! On m'avait pourtant bien avisée de me méfier des humains, car ils agissent parfois avec mesquinerie!

Janie rougit. Elle n'aurait pas dû aller si loin dans ses commentaires.

—Je m'excuse...

Chanceuse ne sait plus comment agir...

—Zzzah! Tu me faisz... peur! Et cela me rend trizste. Zzzzzhumhum! Je ne voudrais pasz me retrouver dans le **« Monde des ZOubliettes »**, couine-t-elle tout indignée.

—Le **« Monde des Oubliettes »**? questionne Janie, médusée.

—Zzzje t'assure! Tu ne veux pasz le connaître. Tiens, il me fait penzser à ton **« Monde Morozzzzse ».**

Janie en avait eu un avant-goût et savait parfaitement que ce n'était pas un endroit de rêve. Maintenant, elle comprend les craintes de Chanceuse.

—Yak! C'est épeurant cet endroit.

—Zzz! Tu parles. C'ezst plutôt infernal. Par contre... zzz les humains peuvent sortir de cet endroit, car zzz ils ont une *« Âme »* qui peut faire des miracles. Zzzoh! Les chanceux!!! Nous, au contraire, nous zsommes comme des robots... en attente d'être réparés.

Janie ressent à son tour le désarroi de son amie. Elle ne réalisait pas qu'une *« Âme »* humaine détenait autant de pouvoir décisionnel et surtout d'élévation.

Auparavant, la coccinelle vivait sans se soucier du lendemain et ne subissait aucune conséquence de ses actes; mais depuis qu'elle partage le quotidien de Janie, c'est la première fois de sa vie qu'elle perçoit comme une humaine.

Elle est dans tous ses états. Déçue de l'avoir chagrinée, Janie veut réparer sa bévue.

—Excuse-moi! Je suis bête... j'aurais dû te dire que les animaux apparemment reçoivent une : *« Âme groupe ».*

—Zzzzzzzzzzz! Je suppozse que c'ezst ta Mamiche qui t'a raconté cette hizstoire sans fondement et tout à fait farfelue?! Zzz! Zzz! Chanceuse se raidit.

—Euh, oui!

Vexée, Chanceuse réplique.

—Zzzalors! Elle a encore bien des chozses à apprendre sur les zinsectes! Elle ne t'a pasz enseigné l'entomologie? Zzz! Moi, zje ne zsuis pas zun animal! Ok?

Janie se calme car elle ne veut pas que leur conversation tourne au vinaigre.

—D'acc... d'accord! Oublions cet incident, veux-tu? Tu sais, Mamiche et moi, on s'invente tellement d'histoires quand nous nous baladons dans sa **« Forêt Magique »** que j'ai pu commettre une erreur sur l'interprétation des *« Âmes ».* Parfois je mélange les mots lorsqu'ils deviennent trop difficiles.

Chanceuse se rend compte que Janie cherche un moyen de réparer sa gaffe. C'est la première fois qu'elle réalise qu'elle tient vraiment à leur amitié.

—Zzz! Pas d'offenzse, je zsuis un peu « fru... fru » lorzsque l'on parle de ce suzjet délicat. Zzzje ne suis pasz fâzchée contre toi! Zzzje le suis plutôt contre moi-même d'avoir réazgi auszsi bêtement! Tu me pardonnes ma saute d'humeur?

*****

*« **L'Absolu** »*, dans un silence total, suit toujours le cheminement de Janie. Il prête attention à la conversation avec un intérêt soutenu. Il se parle à lui-même, ne manquant aucune phase, de cette longue évolution que ces deux entités d'essence différente vivent. Personne dans la **« Voûte Céleste »** ne reste indifférent au regard bienfaisant de *« **l'Absolu, l'immuable** »*!

« Chers enfants, comme le dit le vieux proverbe : " De la discussion jaillit la lumière. C'est dans la confrontation que surgit des solutions à un problème ". Je vois que nos deux Créatures sont en train de peaufiner l'apprentissage des Êtres. Elles commencent à comprendre que... quelle que soit la culture ou l'origine des Créatures, ici dans l'au-delà, cela n'a aucune importance, car l'Âme... n'a ni couleur... ni race, ni langue particulière; elle est universelle! »

*****

—Regarde Chanceuse ces gigantesques conifères! On dirait des Géants!

—Ils nous examinent à la loupe et suivent nos mouvements! Cette **« Forêt »** grouille de vie... je te le dis!

—Est-ce le **« Sentier du Trappeur »**? questionne Janie, le visage tout crispé.

—Zzzoh que non! C'ezst une jolie clairière et qu'ezst-ce qui se trouve à côté d'elle?... La **« Dune zaux Papillons »**!

—Comment la **« Dune »**? Et... la **« Pierre-Aux-Fées »**?

—Zzzje t'avais avisée que nous n'avions paszzz le choix de nous zarrêter à la **« Dune »**?

—Pas une miette! Tu triches!

—Zzzeuh! D'aucune façon, je ne voudrais changer tes plans. Nous n'avons pas le choix, nous devons arrêter au **« Carrefour des Azimuts »**, suivre le **« Sentier du Trappeur »**, puis la **« Dune »**, pour finalement nous rendre... comme tu le désires... à la **« Pierre-Aux-Fées »**.

—Ah bon… tu changes l'horaire!?!

Janie s'immobilise et la regarde dans les yeux. La coccinelle insiste…

—Zzzhi! Nous pourrions zaller nous amuzser à chaszser les papillons?

—Oh non! Tu as perdu la tête! Il n'est pas question, que je les pourchasse. Et surtout, je ne veux pas les capturer et leur infliger des souffrances, s'exclame-t-elle dans tous ses états.

—Zzzah! Ça va! Ce n'étaitz qu'une blague. Nous ne sommes pasz des brutes sauvazges comme Ostrogoth, le géant. Nous suivrons à la lettre tous les codes établis. Enzsuite, gentiment nous leur demanderons la permiszsion de monter sur leur dos. S'ils zacceptent, nous zaurons la poszsibilité de voler avec eux au-deszsus de leur immense volière. Tu vois, on a trouvé une fazçon temporaire de voler, car tu conviendras avec moi qu'il faudra encore un peu de temps pour y arriver sans zaide.

Visitez la **« Dune »** à dos de papillons. Janie y songe.

Pendant ce moment de réflexion, Chanceuse tout emballée continue…

—Zzzc'ezst tellement amuzsant de courzser à toute vitezsse avec les Libellules et les Fées. Mais zsurtout, on pourra auzssi survoler le **« Marais des Souvenirs »**! Quel spectacle enchanteur, c'ezst vraiment un privilège exzceptionnel! Car très peu d'élus zont l'honneur de vizsiter ce lieu sacré et sans compter que nous pourrons nous abreuver à la **« Source »** qui demeure l'apanage excluzsif des ***« Parangons »***.

—Tu veux parler du Maître des Lieux? questionne Janie.

—Zzz! Dans zun sens oui! Ce sont des Créatures modèles. Elles zont réussi leur évolution à la perfection et vivent au-delà des nuages. On les appelle les ***« Élus »***.

—Dis-moi, pourquoi? Tu as eu la permission de survoler le **« Marais des Souvenirs »**? Tu n'es pas une créature parfaite!

Chanceuse réagit au commentaire surprenant de l'humaine en redressant ses antennes. Cette fois-ci… elle n'est pas offusquée de sa remarque, car personne n'est parfait dans ce monde. Elle ne doute plus des bonnes intentions de son amie qui s'intéresse maintenant à son sort. De plus, elle sait depuis toujours qu'elle ne deviendra jamais un *« **Parangon** »*, puisqu'elle ne possède pas *« d'Âme unique »*.

—Je ne suis pas parfaite, mais je porte chance! lance-t-elle. Honnêtement, si je suis la bienvenue au **« Marais »**, c'ezst parce que je connais la Fée Kassandra, dit-elle avec un petit sourire de contentement.

—La Fée Kassandra! J'ai bien hâte de rencontrer ta... ton amie, soupire Janie sur un ton douteux.

—Zzzhi!!! Il n'y a qu'une chozse à éviter avec les Fées!

—Il y a des interdictions?

—Pasz vraiment, mais si on eszsaie de les toucher, zip... elles s'éclipsent en poudre irizsée.

—Oh! Merci de m'avertir. Et si jamais elle n'était pas là? Allons-nous l'attendre?

—L'Amiral nous la trouvera. Il entretient des contacts intéressants et surtout très efficaces dans le domaine de la recherche. N'oublie pas... après sa grande traversée, la **« Dune aux Papillons »** a été sa première demeure dans la **« NooSphère »**. Tous les papillons qui arrivent dans le monde de **« l'Astral »** doivent s'enregistrer au régisseur, le Vice-Roi, le cousin germain du Grand Monarque.

—C'est parfait! Maintenant, j'aimerais bien savoir où se trouve le terrible **« Sentier du Trappeur »**? questionne Janie. J'ai hâte de l'avoir traversé et de ne plus me casser la tête!

—Eh bien, là-bas! Elle pointe encore plus vers le nord. Nous y sommes presque!

Chanceuse connaît beaucoup de choses concernant la **« NooSphère »**, mais... elle n'est pas consciente de toute l'ampleur de cette **« Sphère Astrale »** et de toutes les Créatures qui peuvent y exister. Elle ne veut pas lui dévoiler qu'elle n'a pas tout visité et qu'elle y va au pif. Il ne faut pas qu'elle la prenne pour une incompétente!

—Crois-tu qu'il y a plusieurs lieux sacrés et secrets, autres que ceux que tu m'as mentionnés, dans la **« Forêt Magique »**? questionne Janie.

—Pluzsieurs, tu disz? Je ne les connais pasz tous. Il paraît qu'ils sont si nombreux et que l'on n'aurait pas zassez de nos dix doigts pour les dénombrer*.

Janie se demande comment elle peut compter jusqu'à dix. Elle n'a même pas de doigts.

Chanceuse, par l'air perplexe de son amie, devine ce qu'elle pense.

—Eh bien! Je dirais au moins... zsix, tout en regardant son petit appendice souple. Chanceuse tend ses six membranes flexibles, l'une après l'autre, qui ne contiennent qu'un segment chacune. Elle hausse les épaules et rajoute... je me débrouille trèsz bien avec mes zsaillies palmaires. Et zzzje te confirme que ces **« Lieux Sacrés »** sont gardés zinvizsibles, ainsi que la **« Source »**, par la Fée Reine Gloria et les deux Fées Princeszses : Victoria et PréciBella. Elles protèzgent tous les **« Lieux Sacrés de La Forêt Magique »**. Elles zsont aidées par la Fée Dauphine, les Fées Marraines et la ribambelle de mini-fées.

—Bien sûr, c'est la Fée Kassandra qui t'a mise au courant de tous ces détails secrets!

—C'ezst évident! Quelle quezstion! s'exclame Chanceuse en se gonflant le thorax.

Janie remarque que plus son amie avance dans cette aventure, plus elle devient humaine. Elle marche en se dandinant et même ses segments changent. On dirait qu'il lui pousse des ongles.

—Est-ce qu'elle t'a révélé... autre chose en secret?

—Zzzenfin! Elle m'a confirmé que le **« Marais du Souvenir »** ezst l'un des plus prestizgieux **« Lieux Sacrés »**, le plus rezcherché, et qu'il ezst gardé en tout temps sous zhaute

---

* dénombrer : compter

surveillanzce. De plus... il y aurait... zzzhi!!! sept jardins secrets, un pour chacune des Fées Marraines.

—Wow! C'est ffflyant! s'exclame Janie emballée et tout à coup empressée de traverser le **« Sentier du Trappeur »**. Elle pourra enfin visiter tous ces endroits merveilleux, en toute quiétude.

—Vite! Vite! Dépêchons-nous, s'écrie-t-elle, regardant Chanceuse du coin de l'œil. Nous n'avons pas une minute à perdre.

—ZzzJanie! Nous zavons tout notre temps!

—Je sais, je sais! Je disais ça à la blague.

Elles éclatent de rire.

—J'aimerais savoir à quoi ressemble Kassandra? interroge naïvement Janie tout en se dirigeant vers l'échangeur.

—Zzzho!!! Tu connais la **« Pierre-Aux-Fées »** et tu n'en as zjamais vue! dit-elle tout étonnée.

—Oui! Mais... je n'ai jamais vu de vraies Fées! s'exclame-t-elle. Tout de même, ça ne pousse pas dans les arbres!

—Zzz! Zzz! Zzz! Zzz! Zzz! Tu n'as vu des Fées que dans tes tas de feuilles, zézaie la coccinelle tout heureuse d'avoir compris le principe de la bibliothèque.

—Ouais... en partie! J'ai quand même quelques contacts. Ne voulant pas paraître ridicule, l'Humaine prend ses grands airs de fin connaisseur et énonce toutes les Fées qu'elle connaît le mieux. J'ai rencontré la Fée... des Étoiles au centre d'achat et la Fée des Dents... un peu moins sollicitée. Puis, la Fée... Carabosse de mon livre d'histoire et aussi la dernière et non la moindre, la Fée... des films, Clochette! Quoi de plus... toutes les grandes Fées, soupire-t-elle de satisfaction.

Chanceuse ne rajoute rien et se retient de rire. Elle n'a rien vu!!! pense-t-elle.

—Zzzexzcellent! Dans ce cas... tu la reconnaîtras facilement. Elle a quelque chozse de magique.

—Ça… je le sais. Tout de même, je ne suis pas une nouille… tout le monde est au courant que les Fées possèdent une baguette magique!

—Zzzzz! Ce n'ezst pas ce que zzzje voulais dire, mais tu comprendras quand tu la verras! C'ezst tout ce que zzzje peux t'expliquer pour l'inzstant. Zzzje ne veux pasz t'en dire plusz, car zzzje veux que ce soit une vraie surprizse!

—D'accord! Je serai patiente!

Nos deux commères bavardent comme des pies tout en sillonnant la magnifique route. Le beau temps perdure et chemin faisant, elles constatent qu'elles ont atteint le **« Carrefour des Azimuts »**.

—Oh! C'est déroutant! s'exclame Janie en voyant des milliers d'écriteaux dans toutes les directions.

—Zzzà toi de choizsir! Tu vois? Il y a plein d'autres zzzendroits à vizsiter.

En regardant toutes ces pancartes, Janie pense qu'elle devra plutôt se fier à ses intuitions. Chanceuse la regarde en souriant et hausse les sourcils.

—Zzzje ne sais pas ce qui se pazsse!

Les écriteaux tournoient dans toutes les directions, indécises à s'orienter et virent au gré du vent qui se veut tapageur.

Chapitre 23
Lumina

Une soudaine bourrasque de vent s'était levée juste avant leur arrivée. Le vent avait diminué d'intensité, mais les panneaux avaient tous changé de direction et ne retrouvaient plus le sens de l'orientation. Janie ne sait plus où donner de la tête.

—Qu'est-ce qu'on fait maintenant? Et dire que l'Amiral ne se pointe pas!?!

La petite Humaine examine les alentours d'un coup d'œil rapide, puis aperçoit une petite route sinueuse, un peu à l'écart.

—Zzzhi! L'Amiral! Où ezst-il pazssé!?!

—Tu es certaine que l'on doive absolument emprunter le « **Sentier du Trappeur** »? questionne-t-elle de nouveau.

—Zzzahoui! Peux-tu me dire à quoi... tu penses?

—Tu es myope! Tu ne vois pas cette jolie traverse?

—Paszzz question! Cette route a été bloquée à cauzse d'un éboulis.

—Mais il n'y a pas d'inscription marquée : « *DANGER* ».

—Zzzça ne fait rien! Ce que zje connais suffit pour m'empêzcher de prendre ce chemin en déroute.

—Allez viens! Nous allons le suivre. Je sais très bien nager.

—Zzzah oui! Zzz! Et moi dans tout zça?

—Toi tu voles à ce que je sache!

Chanceuse se surprend à dire...

—Zzzje vole, mais zje ne suis pasz folle! Non! Un point c'ezst tout! Tu ne crois tout de même pas que zje vais te laisser parcourir ce lieu toute seule. Zzzizzz! Non et non! Zzzje dois obéir aux consignes de l'Amiral puisqu'il n'ezst pasz au poste.

—Depuis quand tu obéis??? Tu es une poule mouillée!

—Zzz! Zzz! Wouach! Jamais de la vie. Non, zje crois que zje deviens conzsciente des danzgers. Si... nous devons nous méfier de Chartreux LeChafouin et d'Ostrogoth le Géant Bêta, il serait plus prudent de faire gaffe. L'ignoble Octo MaCrapule ezst peut-être revenu dans les parazges, lui aussi. Il avait trouvé refuzge dans l'une des cavités de la rivière et ce danzgereux malfaizsant ezst apparemment l'ennemi zjuré de l'Amiral.

—Quuuuoi? Janie en perd son langage. Le Grand Monarque a un rival! Voyons! Tu te paies ma tête.

Elle se demande comment parviennent tous ces potins et qui peut bien les inventer? Ils ont bien du temps à perdre. Puis, elle aperçoit dans le firmament Lumina survoler le **« Carrefour »**. Dans l'éther de la **« NooSphère »**, la Sergente-Chef, tout enflammée, gesticule avec de grands mouvements fougueux.

—Zzzzz! Chut! Ne parle pasz de l'ennemi zjuré, juzste au cas zoù le qu'en-dira-t-on serait bien fondé. C'ezst confidentiel, s'empresse de dire Chanceuse en catimini. Elle lance quelques petits tops en vitesse.

—Y'a du danger? questionne Janie. Elle me donne la frousse.

—Zzzznon! Elle vient nous annoncer une nouvelle importante... et une bonne à par ça. Je pense que je vais commencer à t'apprendre le langage des codes. Tu auras moins peur lorsque tu verras de l'azgitation dans le ciel! Elle doit zcertainement venir au nom de l'Amiral.

Lumina, la Sergente-Chef des Éclaireuses, arrive à toute vitesse près de Chanceuse.

—Zzzoh! Quel ezst le nouveau « zscoop »?

Janie observe la mouche à feu. Elle l'avait à peine aperçue avant son départ et n'avait pas eu la chance de lui parler, occupée à exécuter son « ***Carré Magique*** ». Elle la trouve bien sérieuse dans son uniforme officiel et ne peut s'empêcher de l'examiner en détail. La jeune protégée remarque en premier la jaquette tricotée d'un gris presque noir, de la luciole. Ce tricot de style militaire se modèle parfaitement à son corps mince et allongé. D'allure cérémoniale, son veston tape-à-l'œil avec sa série de boutons métalliques sur la devanture. Fièrement, elle porte sur son épaule, retenue par une gourmette argentée, une cape réversible en tissu lamé. L'autre épaulette est festonnée et galonnée. Athlétique, elle habille à ravir un pantalon corsaire orné sur le côté, au point de couture, d'une frange courte à l'éclat métallique. La propreté atteint son comble, lorsque ses bottillons polis à la cire d'abeille reluisent comme un miroir.

Lumina, à son tour, ne cesse de la darder de ses prunelles qui deviennent encore plus éclatantes, ce qui fait ressortir son joli minois. Mais, la touche finale dans tout l'ensemble demeure sa chevelure lustrée. Cette dernière enjolivée par un petit béret genre cadet qu'elle porte à merveille sur ses cheveux tirés vers l'arrière, lui donne un style tout à fait « *In* ».

La mouche à feu ne la quitte pas des yeux. Elle reste sur ses gardes, malgré tout. Pour sa part, elle n'a jamais vu une mini-Humaine de près dans sa courte durée de vie terrestre. De toute manière, si elle tient à la vie, on lui a fortement déconseillé de s'approcher des Géants puisque ces derniers s'avèrent dangereux pour leur espèce.

Pour briser la glace, Chanceuse débute les présentations.

—Lumina, zzzje tiens zà te prézsenter ZzzJanie, ma sœur cozsmique, ma mini-amie Humaine.

—Je sais de qui... il s'agit, réplique-t-elle d'une voix nasillarde.

Janie sourit, ce qui détend l'atmosphère. Elle trouve que les insectes possèdent des voix... hors de l'ordinaire.

Malgré les apparences, Lumina est folle de joie d'être la première à rencontrer la célèbre Humaine. L'une des uniques créatures à réussir la grande transformation. Cela ne s'est jamais vu dans la **« Forêt »** depuis Mathusalem. Tous veulent à tout prix faire sa connaissance afin d'examiner par eux-mêmes la Miraculeuse métamorphosée.

—Je suis très heureuse de m'entretenir en personne avec toi. On ne dit que du bien à ton sujet dans la **« Forêt »**! Et c'est très rare pour une humaine d'être acceptée dans notre milieu. Nous sommes sélectifs!

Janie se rend compte que le tutoiement fait partie de leurs coutumes et s'en accommode facilement.

—Bonjour lumineuse Luciole! s'exclame Janie enjouée. Je tiens à te remercier pour les cailloux! Je n'aurais jamais réussi ma transformation sans ton aide!

L'Envoyée spéciale clignote de joie.

—Ce fut tout un honneur pour moi de servir à une bonne cause. Nous sommes au service du Vieux Sage. Les missions qu'il nous confie sont toujours de haute importance et les défis à relever sont de taille. De plus, c'est un très rare privilège d'être choisie, pour assister le Druide. Cela aide à notre évolution.

Lumina, lentement, s'approche de la protégée. Cette dernière n'ose aucun mouvement brusque pour ne pas l'apeurer, alors tranquillement la crainte des humains s'estompe. Doucement la luciole se permet de frôler la chevelure ondulée de Janie avec ses deux membres antérieurs; ses articulations ressemblent en tous points à des mains gantées.

—Wow! Ta crinière est toute douce et soyeuse. Je croyais qu'elle était rugueuse.

Lumina aime plaire et adore être tirée à quatre épingles. Elle admire la façon dont la terrienne s'habille.

—Tu as un *« look »* super! nasille la Sergente-Chef.

—Zzzzzz! Bon! Ça suffit les vérifications en règle. C'ezst moi qui contrôle quand l'Amiral n'ezst pas là!

Chanceuse trouve que sa cousine s'intéresse un peu trop à son amie. Une pointe de jalousie s'installe et elle veut couper court à leurs propos personnels. Elle enchaîne la conversation.

—Zzzzzzeh bien! Qu'ezst-ce que Grand Monarque a de bon à raconter? insiste-t-elle.

—Toujours aussi pressée ma cousine! s'exclame la lumineuse bestiole avec un battement d'ailes.

Elle voit bien que Chanceuse craint de perdre son amie et n'ose pas la taquiner. Le visage de la coccinelle affiche la convoitise; elle veut être la seule à posséder son amitié.

Chanceuse se redresse, démontrant sa supériorité. Après tout, n'est-elle pas le bras droit de Janie? Elle se doit d'appliquer les lois; à vrai dire, ses propres lois.

—Zzzj'attend touzjours!

—Figurez-vous que le Vice-Roi, cousin germain du Grand Monarque, lui a fait parvenir une invitation pressante.

—Zzzune invitation! Zzz!?! En quel honneur?

—En l'honneur de notre charmante amie!

—Tu veux dire... mon amie!

Janie soupire. Elle n'aime pas la chicane.

—Oui! Oui! C'est clair! Il a entendu parler que l'Amiral, son cousin préféré, se promenait dans les parages avec une mini-Humaine. Aussitôt, il a pris les démarches nécessaires pour préparer une cérémonie de bienvenue... exceptionnelle. Il vous attend à la **« Dune »** pour vous faire visiter les lieux avec toute la *« Délégation Forestière »*.

—Wow!!! C'ezst buzzant!!! s'écrie-t-elle. Soudain... plus rien ne semble la déranger.

—Juste pour moi! s'exclame Janie émue.

—Oui! C'est formidable! Viens! Nous allons pouvoir bavarder ensemble plus longtemps, dit Lumina toute luminescente.

Chanceuse met un terme assez vite à leur conversation.

—Zzzon attend l'Amiral!

—Euh! Il n'a pu se présenter à votre arrivée au **« Carrefour des Azimuts »**. Lorsqu'il a constaté tout ce désordre, il a imposé des changements à l'horaire. Il a questionné le vent Vandal LeRavageur et pour toute réponse... ce dernier a évacué les lieux sur-le-champ en coup vent! Je t'assure qu'il devra rendre des comptes! Suite à ce délit de fuite, le Monarque a dépêché Mistral DeGrand Vent à sa poursuite, avec l'ordre de le saisir.

—Alors, tu viens à cette fête? poursuit Lumina, en secouant les ailes. J'attends ta réponse pour aviser ton Protecteur de ta décision. Crois-moi... ce sera toute une bombe! C'est le bruit qui court!

Janie ne veut pas déplaire à l'Amiral. Ce serait impoli de refuser cette charmante invitation du Vice-Roi, surtout qu'il s'agit d'un membre de la famille de son Garde du Corps.

—Allons faire la *« Boum »* dit Janie sur un ton théâtral pour démontrer son enthousiasme.

Chanceuse sautille, visiblement heureuse de la décision de sa sœur cosmique.

—Zzz! Nous zallons zépater la galerie.

—Mais... il y a toujours le **« Sentier du Trappeur »** à traverser, s'inquiète l'Humaine.

Sur ces mots Lumina prend son envol.

—Salut les amies! Je vole au plus vite rapporter la bonne nouvelle. On se reverra à la **« Dune »**!

Lumina s'envole à contrecœur. Elle aimerait bien demeurer avec ses alliées, mais le devoir oblige. Elle doit aller rejoindre l'Amiral et lui confirmer leur arrivée future.

—Janie! s'exclame la luciole affectionnée. Tu as du *« punch »*! Elle constate que l'Humaine aime le tape-à-l'œil.

—Merci! dit-elle, flattée du gentil compliment.

—Et toi aussi, Chanceuse. Je trouve qu'il y a un petit... je ne sais quoi dans ton regard qui fait penser aux terriens.

—C'ezzzst bon!

Chanceuse fait mine de rien, mais... ce compliment la rend folle de joie.

Chapitre 24
L'incontournable sentier du Trappeur

Janie est parvenue à la gloire en moins de temps qu'il ne le faut pour dire bonjour.

—Zzzoh… là! Tu esz devenue une vedette.

—Tu trouves ça drôle toi!

—C'ezst plutôt flatteur! Et de plus, ça fera plaizsir à l'Amiral.

—C'est vrai, mais… c'est exigeant!

—Zzzhi!!! Nous zallons nous amuzser comme des petites folles. Tout de suite après la fête, nous nous dirizgerons à la **« Pierre-Aux-Fées »** et enzsuite nous vizsiterons **« Lapinièreville »**. Zzz là… tu vas découvrir une famille ezxtraordinaire!

Janie écoute son amie sans dire un mot. Elle espère que tout cela sera possible, mais elle commence à perdre espoir puisqu'elles n'ont même pas encore traversé le légendaire **« Sentier du Trappeur »**.

—Zzzizz!!! Tiens, voilà le fameux **« Sentier du Trappeur »**!

—Enfin! Enfin! Il était temps! s'écrie Janie en retrouvant son courage.

À la lisière du bois, avec fierté, d'énormes arbres bordent l'allée. Les magnifiques sapins étendent leurs rameaux avec prestance et épaulent les branches serrées des mélèzes. Ils étalent leurs couronnes scintillantes sous les rayons lumineux de Galarneau, bavassent et se saluent entre eux, heureux de rencontrer l'Humaine qui daigne utiliser leur allée principale.

—Zzzoh! Soyons prudentes et gardons l'œil ouvert! On ne sait zjamais… zézaie la Coccinelle en donnant la main à Janie.

—Ne t'inquiète pas! Ce n'est pas le temps de commencer à faire des folies. Janie avance en scrutant les lieux.

—Zzzah! Tu as raison! Il n'y a certainement rien dans les parazges, car l'Amiral nous zaurait averties. Mais, au cas où… Chanceuse surveille de tous les côtés.

En disant ces mots, elle constate qu'au loin… il y a des canettes de métal vides, laissées pour compte sur le sentier.

—Zzzoh! Tiens! Regarde ce que zje te dizsais! Zzzje n'en reviens tout simplement pasz. Comment se fait-il qu'elles soient demeurées là? Bizzzarre!!! Tu te rends compte, tous ces contenants prennent des zannées à se désagrézger et polluent l'atmosphère. C'ezst ça… l'œuvre du Géant Bêta! Il ezst trop bête pour s'apercevoir qu'en détruizsant son habitat, il se détruit lui-même à petit feu.

Janie saisit parfaitement qu'elle veut la conscientiser sur l'importance de préserver l'environnement et l'Humaine désire prendre part à la récupération tout comme à la maison. Les bacs à recyclages elle connaît!

—Je vais les ramasser!

—Zzzsurtout… n'y touche paszz!

Chanceuse se révolte de plus en plus, sa conscience se développe graduellement.

—Zzzah! En tout cazs, ce n'est certes pas les Lucioles qui ont laissé traîner ces canettes derrière zelles, car zelles ne boivent pas ce genre de houblon.

—T'es sûr?

—Pozsitive! Zzzzz! Une odeur infecte lui monte au nez. Dépêzchons-nous! Zzzje n'aime pasz cette puanteur! Il ezst pazzzssé par ici.

—Tu veux parler… de ce… cet… animal. Arrête! J'ai la chair de poule! s'exclame l'Humaine, en lui secouant le bras.

Chanceuse commence à son tour à se tourmenter. Du jamais vu pour une coccinelle.

—Zzzzz! Vite! Ça urzge! Rejoignons l'Amiral, zézaie la bibitte à patate alarmée.

Elles se précipitent toutes les deux, en courant vers la jonction. Chanceuse se met à voler, à côté de Janie et la tire pour essayer de la soulever. L'Humaine s'efforce de rebondir le plus loin possible. La coccinelle persévère et la tire de plus belle... pourtant impossible de la faire décoller. Elle est trop lourde! On dirait qu'elle a engraissé ou bien grandi!

—Zzzouf! Rien à signaler! Tu vois! Tu t'es zinquiétée pour rien, zézaie Chanceuse.

—Pardon! Je me demande qui était la plus nerveuse?

Elles se serrent par le cou, enfin heureuses d'avoir traversé le **« Sentier »**, sans aucune égratignure.

—Zzzizz! Voilà! La route de la **« Dune aux Papillons »**, murmure la Coccinelle.

—Youppi! s'écrie Janie.

—Zzz ah... oui! Tu n'en croiras pas tes zyeux. Il exziste dans le Val des Lys un vaste champ de fleurs V.I.V.A.N.T.E.S.

—Non! Tu me fais marcher.

—Zzzahhh! Tu verrasz bien!

Elles accélèrent le pas pour arriver au plus vite à la **« Pierre-Aux-Fées »**.

—C'ezst buzzant! Regarde devant!

—C'est bien... là-bas?

—Zzzouais! Nous sommes presque rendues et cela sans zincident. Zzzje crois que nous nous tourmentions pour des riens.

—À qui le dis-tu! Nous pouvons enfin respirer, répond Janie soulagée.

Chanceuse, pour sa part, reprend son visage décontracté.

—Zzz! Nous zallons prendre ça *« mollo »* maintenant! Tiensz! Je commence à t'apprendre à voler, en jouant à saute-mouton…

—Wow! C'est ffflyant! Je suis prête!

Les deux amies s'amusent le cœur léger. À chaque fois que Janie saute par-dessus le dos de la coccinelle, elle ne se rend pas compte que Chanceuse la soulève un peu avec ses élytres, afin qu'elle puisse avoir l'impression de planer dans les airs.

La voie ne représente plus aucun danger, le temps se veut magnifiquement impeccable, mais tout paraît trop beau pour être parfait.

Chapitre 25
Chartreux LeChafouin

Janie, subitement, se frotte le nez. Elle a une envie folle d'éternuer lorsqu'un immense tapis de fleurs se déroule sous ses pas.

—Ahhh! Je vais... ahhh! Ahhh! Atchoum!

—Zzzzà tes souhaits, mon amie!

—Merci! J'ai des allergies aux poils de chat. L'amie de Chanceuse renifle bruyamment.

—Tz'esz pas sérieuzse!

—Ho là là! Le nez me chatouille en... en... core! Atchoum!

—T'eszt vraiment allergique au pollen. C'ezst certain... Regarde ces milliers de fleurs qui tapissent le sol. Mais, zje ne vois pas de mammifère carnivore dans les zalentours!

—Tu joues à la p'tite comique!

Janie vient d'expulser dans la **« Forêt »** d'autres *« INTRUS »*, ceux qui font partie de son destin personnel. À l'avenir... rien ne sera plus pareil, elle devra tisser sa route du bonheur à chaque tournant de sa vie.

Maintenant que le danger est passé, les deux filles rigolent. Elles ne se doutent pas un instant qu'elles ont été suivies au pas de griffes par Chartreux LeChafouin! Plus perspicace que jamais, il a décidé de poursuivre ces bêtes inconnues que sont les deux amies, sans arrêt et à distance raisonnable pour ne pas perdre leur trace. Ce long trajet l'a passablement exaspéré et il devient de plus en plus agressif, car son estomac crie famine. Le poil hérissé, les moustaches frétillantes, il ne s'est rien mis sous la dent depuis la matinée. Camouflé, il attend le moment parfait pour mettre à exécution sa stratégie... les bouffer! Aux aguets, les yeux dilatés et obsédés, il est visiblement déséquilibré par cette envie folle de les ingurgiter. Il les regarde, les observe, en se pourléchant les babines. Tapi au sol en boule, il ne bronche pas d'un poil, son instinct de survie le préparant à l'attaque.

Nos deux sœurs cosmiques se trimbalent bras dessus, bras dessous, d'un côté à l'autre du pré, sautant, dansant, riant de tout cœur. Chanceuse se moque de Janie en essayant d'éternuer. C'est une expérience nouvelle pour elle, car les insectes ne développent pas d'allergies. Elles s'amusent tout en gambadant dans les fleurs des champs qui les grattouillent au passage.

Puis soudain, sans préavis… une violente rafale venue par derrière, cloue les deux amies au tapis. L'arrêt s'avère brutal. Janie, étourdie par la roulade, se demande bien ce qui vient de se passer. Elle relève la tête pour apercevoir avec effroi, une immense bête aux yeux bridés, bavant de rage… juste au-dessus d'elle. Le pire est arrivé! Elle retient son souffle et constate qu'une énorme griffe traverse sa blouse satinée presque au grand complet. Elle n'ose pas bouger, prise de panique. Le chat, la gueule ouverte, laisse entrevoir ses canines pointues et s'avance vers elle, prêt à la dévorer. Figée, Janie arrête de respirer. Elle ne sait pas si… c'est le choc des émotions, mais elle a grandi. Cependant, pas suffisamment pour attaquer son adversaire qui ne cesse de la flairer. Elle doit se rendre à l'évidence même… c'est la fin!

Chartreux se retourne pour vérifier s'il n'a pas ameuté les troupes de l'Amiral. Il entend des bruits au loin et renifle le sol. Le groupe est beaucoup trop loin pour l'avoir aperçu, surtout qu'il a laissé tout plein de fausses pistes avant sa poursuite!

—Grrrrrrrrrrrrrrrr! grogne la bête piquée sur son arrière-train* par une puce. Il la mordille, mais en même temps, il ne veut pas perdre ses proies… il a trop faim. Chartreux attaque à nouveau le parasite, qui lui glisse entre les dents. Il se contente de grimacer.

---

* arrière-train : derrière

Pendant ce temps d'inattention, Janie se tourne très très lentement pour tenter de voir si Chanceuse se trouve dans les parages et surtout si elle est encore vivante. Elle se retrouve face à face avec la Coccinelle qui ne bouge plus.

—Non! Un son étouffé sort de sa cavité buccale paralysée. Son amie est sûrement morte, car un liquide s'écoule de sa bouche. Elle l'examine, les yeux mi-clos, en essayant de ne pas remuer pour ne pas alerter la bête.

Chanceuse ne semble plus respirer; raide comme une barre de fer, Janie la croit sans vie. On dirait que tout le sang de son corps se répand par terre.

Mais elle ne sait pas que sa sœur cosmique feint la mort. Son instinct de survie refait surface. L'Humaine se rend compte que Chanceuse aussi a été perforée par une griffe biscornue, mais beaucoup plus en profondeur, car son aile est complètement déchirée. Le liquide glutineux jaune orangé, qui jaillit de Chanceuse, laisse échapper une odeur nauséabonde. Oh... non! Elle est en train de se décomposer, pense Janie saisie d'effroi. Elle ferme les yeux pour ne plus rien voir, cela lui transperce le cœur.

—Ça y est! C'est fini pourrrr vous deux! crache le gros matou avec éclat. Il n'a pas encore remarqué que l'autre créature s'avère être une humaine miniaturisée. Il se retourne brusquement encore une fois pour poursuivre la puce qui le harcèle sans cesse. Le museau dans son poil, il attend une erreur de sa part pour la bouffer.

Pendant ce court laps de temps, Janie entend un sourd gémissement, à peine perceptible, sortant de la bouche de Chanceuse. Elle la regarde et celle-ci lui tape un petit clin d'œil. Elle espère que Chartreux n'a ni vu, ni entendu, car elles sont faites à l'os*. Par contre, elle se sent soulagée, son amie est toujours vivante. Janie remarque que la griffe de Chartreux retient son chemisier juste sur la couture. Après tout, une

* faites à l'os : plus aucune chance

blouse, ça peut se recoudre, mais une aile demandera certainement plus de temps à guérir.

Chartreux, incommodé par la puce, se démène comme un fou pour l'attraper. Il s'étire la tête à l'extrémité de son corps et pourchasse l'insecte sauteur avec ses dents sans arrêt. Cela donne l'opportunité aux deux amies de communiquer par signes pour sauver leur peau.

Chanceuse se retient pour ne pas pleurer, son visage normalement jaunâtre devient blême comme un drap, il est bien évident qu'elle souffre atrocement. Elle doit tenir le coup! Une proie morte n'offre rien d'alléchant. Peut-être qu'avec un peu de chance, il se désintéressera d'elle! Elle pourra profiter de cette occasion pour s'évader. Mais elle ne voit pas dans quel état... elle se trouve. Pour l'instant, il vaut mieux garder la loi du silence, car la respiration haletante et accélérée de Chartreux n'annonce rien de bon.

Armé jusqu'aux dents, Chartreux fait frémir ses moustaches et laisse sortir un vr... vr... vrrrrrrr entre ses crocs acérés. Il vient d'éliminer sa victime. Maintenant, il n'a plus qu'un seul désir... gober ses nouveaux gibiers en une seule bouchée ou... peut-être bien, les grignoter à petit feu, en s'amusant. Mais le plaisir ne durera pas très longtemps, car ses proies ne sont pas plus grosses qu'un campagnol. C'est mieux que rien! Il les renifle tellement fort, qu'il les soulève de terre, agissant comme un aspirateur. Il ne désire pas commencer son lunch par le coléoptère, même s'il n'en a jamais vu de cette grosseur auparavant. Cette dernière pue à plein nez. Par contre, il réserve un sort différent à Janie qui semble à ses yeux, appartenir à une autre espèce par l'odeur de grandeur qu'elle dégage et cela l'intrigue.

Chanceuse voudrait bien lancer un de ses *« T.O.P. »* à ultrason, afin de signaler sa présence à la troupe. Impossible! Une touffe de gazon est restée coincée dans son gosier. Devant la hargne intempestive de Chartreux, elle n'ose même pas essayer de cracher la motte qui l'empêche presque de respirer.

Le silence devient lourd, on pourrait entendre une mouche voler. C'est probablement leur dernière minute de vie et le cœur de Janie se met à battre la chamade. Elle pense que c'est trop stupide de mourir de cette façon tragique, sous les griffes d'un chat mesquin et malicieux.

—Vrrrrrrrrrrous n'avez rrrien à dirrre, à ce que je vois! Rrrah... ah... ah!

Chanceuse retient son souffle à chaque expiration de l'animal. Une forte émanation* de poisson pourri s'échappe de sa gueule entrouverte et lui donne la nausée. Elle a un haut-le-cœur, ne peut plus se contrôler et crache d'un seul coup, le tas de gazon terreux qui l'étouffait.

—Euh... Pouah! Quelle odeur dégoûtante!

—Rrrahhh! Tiens! Tiens! Tu n'es donc pas morrrte, toi, grasseye Chartreux. Eh bien! Quelle chance pourrr moi! Petit parasite.

Chanceuse bouillonne de colère.

—Zzzje vais t'en faire un parazsite. Elle en profite pour lancer un ultrason à l'improviste et en même temps, elle sécrète de toutes ses forces encore plus d'hémolymphe**, en espérant qu'il ne découvrira pas son stratagème.

—Rrrr! Tu te montrrres audacieuse en plus! Chartreux, toujours en alerte, contrôle la situation de près et entend tout. Tu as bien essayé! Inutile, cette vibrrration émise n'a pas assez de puissance. Rrrhi! Hi! Hi! ricane-t-il sarcastiquement. Eh bien! pour cela... tu serrras mon petit déjeuner! J'ai une faim de loup! Je n'ai pas eu le temps d'attrrraper une seule sourrris blanche depuis ce matin à cause de vous deux... brrr. J'aimerais savoir ce qu'en pense ton acolyte.

Chartreux renifle et avance rapidement son museau retroussé vers Janie, pour mieux la sentir, car en vieillissant sa

---

* émanation : odeur qui s'échappe

** hémolymphe : sang des invertébrés

vue baisse. Il déteste cette odeur qui lui rappelle un souvenir douloureux. Il ne réalise pas encore qu'il s'agit d'une senteur humaine. Il râle... grrrrrrrrr. Cette espèce dégage un effluve plus fort que celle du gros insecte.

—Toi! Tu n'as pas peurrr de moi! Tu n'essaies même pas de t'envoler. Je me demande de quelle espèce... tu fais parrrtie.

Janie pressent que son heure est arrivée. Impuissante, elle regarde profondément Chanceuse afin de lui faire ses adieux en silence. Un regard voilé de larmes brouille ses yeux chagrinés.

—Vous êtes torrrdantes! Rrrhi! Hi! Hi! Ah! Ah! Vous avez rrraison de vous fairrre vos adieux, mes chers amuse-gueules! dit-il la gueule entrouverte. Vous avez enfin comprrris que votre derrrnière heurrre est imminente! Lorsqu'il rit, ses crocs avancés ressemblent à des barreaux de prison amovibles et tranchants.

Janie essaie de se contrôler. Le souffle court, elle ne pense plus très bien, puis soudainement, elle se rappelle qu'elle ne possède plus sa ***« Clef du Paradis »***. Elle ne doit pas mourir, car elle ne pourra pas entrer au **« Ciel »**.

—Rrrrr... tu peux gigoter tant que tu veux! Tu ne t'en sorrrtiras pas!!! Il s'avance et colle son museau tellement près cette fois-ci de son visage, qu'il ne lui reste qu'un infime espace pour respirer.

—Ah!!!!!!!! s'écrie Janie, terrifiée.

Chartreux reconnaît l'odeur nauséabonde des humains! Il ne peut oublier ce que lui avait fait subir un terrien dépourvu d'amour. Maltraité, il n'éprouve que de l'aversion envers cette race qu'il déteste à vomir. Comment pourrait-il passer l'éponge? Impossible, puisqu'il y a laissé sa queue!

—Yarrrk! Tu es une espèce de sans-cœurrr! bave-t-il en colère. Il grogne comme un animal sauvage blessé à mort.

Le corps du félin se rétracte sous l'effet de la folie furieuse et change de forme. Il arrondit le dos, ses yeux vitreux se dilatent, ses griffes s'allongent, son poil se gonfle, seul son moignon reste en place, trop court pour réagir. Il retrousse ses babines et laisse dégouliner une écume blanche de sa gueule entrouverte. Janie se raidit. Il n'y a aucun doute... il va la dévorer.

—Marrrrrrrnarrrrrrrrr! Ce long cri ressemble plus à un hurlement qu'à un miaulement.

Le visage crispé, l'Humaine ferme les yeux et serre la bouche. Elle s'attend à recevoir cette morve en plein visage. Puis *« splash »*! Un énorme crachat visqueux s'étale juste à côté de son corps meurtri.

—Rrrhi! J'aurrrais pu t'engloutirrr d'un seul coup. Et perrrsonne n'aurrrait pu te rrretrrrouver. Rrrihihi! Ce n'est qu'un aperrrçu de ce que tu vas endurrrer! Je viens d'avoirrr une idée orrriginale pourrr mettrrre fin à tes jours. Rrrihihi! crachouille-t-il.

Maintenant, elle devra payer pour toutes les souffrances que lui a fait subir son maître au cœur de pierre. Alors, elle rugit furieusement à s'en fendre l'âme.

—Ahhhhhouuuuuuugrrrrrrr! Ce n'est pas un cri humain, cela ressemble à un hurlement de loup.

Ce cri de mort désarçonne Chartreux. Énervé... il pense entendre son attaquant de tous les jours... Truffe, le chien de garde de la famille Dulong. Il bondit vers l'arrière pour se protéger; croyant que son ennemi juré accourt vers lui. L'instant d'une seconde, il a lâché ses prises. Elles prennent la fuite dans deux directions différentes. Chanceuse n'a d'autre choix que de tenter l'impossible... s'envoler. Janie, elle, court comme une folle, sans regarder en arrière.

—Rrrrrr!?! Chnoute! hurle-t-il en grinçant des dents. Il n'y a pas de chien! Il réalise qu'il vient de se faire entourlouper* comme un imbécile, lui, le spécialiste de la gent canine.

Chartreux ne perd pas une minute et d'un bond acrobatique s'élance de tout son corps afin de rattraper Chanceuse la première, car elle essaiera certainement de voler. Affolée, cette dernière plane en zigzaguant, en évitant plusieurs

* entourlouper : se faire berner, se faire jouer une mauvaise plaisanterie

coups de griffes. Elle se sent faiblir, mais un vent s'élève et la pousse en haute altitude. Les boutons-d'or interviennent en soufflant à l'unisson pour lui sauver la vie. Immédiatement, elle monte dans les airs, au grand soulagement des herbacés, puis redescend presque aussitôt, à cause de son aile déchirée qui se fout complètement de l'autre. Chartreux la frôle à chaque bond avec ses grosses pattes griffées.

—Zzzzzzzzzzzz! Elle avance de peine et de misère, en retenant ses larmes; les fleurs essaient une dernière tentative de soulèvement.

—Rrrrrrrrrrr! Attends! Il s'élance de toutes ses forces et dans un effort ultime, sa patte se desserre et la Coccinelle lui glisse entre les griffes. Il retombe sur son arrière-train et jette un regard furieux aux renoncules qui tournent la tête de peur d'être piétinées.

—Je rrrreviendrrrai! dit-il, les yeux injectés de sang.

Chanceuse, en sécurité, lance aussitôt des *« T.O.P. »* dans l'espoir de se faire entendre de la troupe d'amies le plus tôt possible. Ce n'est pas de gaieté de cœur qu'elle a laissé derrière elle sa sœur cosmique. Pourtant, il ne lui restait que ce seul moyen pour la sauver. Elle savait qu'elle prenait la chance de ne plus jamais la revoir et réalise que Janie a risqué sa vie en affrontant cette bête féroce. Chanceuse mettra tout en œuvre pour lui porter secours, car elle lui doit la vie à son tour. Elle n'ose même pas jeter un dernier regard à son amie, cela porte malchance de se retourner.

Chartreux réussit une volte-face des plus spectaculaires et rebondit à nouveau sur ses pattes habituées aux courses folles. Il ne veut pas perdre la seule proie qui lui reste. Il a trop faim.

Énervée, Janie court à toute allure dans toutes les directions. Elle essaie de repérer un endroit accessible pour se cacher, égarée dans ce vaste champ de fleurs. Maintenant, c'est au tour des marguerites d'aider la créature tant recherchée, en lui frayant un chemin, afin qu'elle parvienne à se faufiler dans le sous-bois. Les fleurettes constatent que Janie se trouve dans une impasse et forment un pont de fortune, afin de la recouvrir pour qu'elle passe inaperçue. L'Humaine se camoufle silencieusement. Elle se croit à l'abri sous les fleurs qui se replient sur elles-mêmes dans un léger frottement de pétales.

—Oh non! crie Janie à fendre l'âme. Chartreux s'abat sur le sol juste devant elle et l'empoigne par le bout d'une griffe.

Cette fois-ci, en rage, il écrabouille sans vergogne toutes les marguerites qui se trouvent sur son passage.

—Tant pis… pour vous les pédonculées! Vous m'avez cherché!

Les fleurs tombent comme des mouches par terre et disparaissent de la **« NooSphère »**, sans laisser de trace.

—Rrrihihi! Toi! Je te tiens et tu vas me le payer cherrr, grogne-t-il les dents serrées.

Chartreux la soulève de terre et l'approche sous ses moustaches frétillantes. Il la repousse un peu, trouvant son odeur infecte. Janie ballante au bout de ses griffes, se retrouve face à face avec Chartreux qui dégouline encore plus qu'avant. Que va-t-il lui faire subir, maintenant qu'elle a osé lui tenir tête?

—Comment se fait-il que ton prrrotecteur l'Amiral n'ait pas débusqué mon plus grrrand piège? Serrrait-il devenu incompétent? Rrrhi! Plutôt désuet ce Garde du corps. Et pour ton inforrrmation perrrsonnelle… les ***« Intrrrus »*** ont rrréussi à pénétrrrer la **« Forrrêt »**. Il perrrd des médailles, gargouille-t-il le ventre creux.

—Lâche-moi! Espèce de bête à poil! De toute façon, elle n'a plus rien à perdre, car elle demeure convaincue que Chanceuse n'aura pas le temps d'intervenir. Autant se vider le cœur.

—Rrrah!!! J'ai bien fait de vous suivrrre à la trrrace! À toi seule, tu vaux un pesant d'orrr. Rrrihihi!!!

Par les ouï-dire d'Ostrogoth, le Géant Bêta, il savait que l'Amiral devait remplir une mission très spéciale. Il devait protéger deux espèces en voie de disparition qui valaient une fortune. Et lui, Chartreux, voulait posséder ce trésor inestimable pour enfin établir ses propres lois à son tour. Il la frôle de près avec ses moustaches piquantes! En espérant attraper des souris blanches, il était tombé sur le *« jackpot*[*] *»*!

—Ôte ta patte!!! Je n'appartiens pas à ton espèce.

—Brrrrr! Je m'en fous et tu ne serrras plus si brrrave, quand je t'empaillerrrai!

Janie verdit d'un seul coup en entendant ces mots, ils lui donnent l'impression qu'il vient de lui trancher la gorge. Plus un son ne sort de sa bouche entrouverte. Qu'est-ce qui pourrait lui arriver de plus?

—Je vois que cela ne te fait plus rigoler. Normalement, les humains empaillent les animaux seulement lorsqu'ils sont morrrts. Mais moi... je vais m'exécuter pendant que tu es vivante. Ce prrrocessus d'empaillement demande beaucoup de temps et est surrrtout très doulourrreux.

Chartreux entend un étrange bourdonnement. Il sursaute en apercevant des silhouettes qui se détachent au loin comme des petits points noirs et se dirigent à toute vitesse dans sa direction. Chanceuse devait avoir atteint son but. Le vent transmet immédiatement l'agitation de la foule qui se rapproche dans un vrombissement confus. Le murmure sourd et continu devient de plus en plus fort.

Janie laisse échapper un grand soupir de soulagement.

—Ahhhhhhh!

—Tu ne crrrois tout de même pas qu'ils vont arrriver à temps pour te sauver la vie, lance-t-il pleinement convaincu de son coup. Maintenant, je n'ai plus le choix, il ne me reste qu'à te manger. Au diable le trophée, au moins j'aurai le ventre rassasié.

La dernière image gravée dans la mémoire de Janie s'avère des plus troublantes : elle s'agrippait à ses énormes dents affûtées qui la gardaient prisonnière dans un gosier qui tentait de l'aspirer.

---

[*] jackpot : gros lot

Chapitre 26
Le Quidam

À l'instant même où il vient pour l'avaler…

Vvvvvrrrroumm! Une grande secousse renverse Chartreux sur le dos.

—Tuut vassav enne prendreerdnerp touteetuot uneenu!

Chartreux lance un long cri de douleur et crache l'Humaine, lorsque l'inconnu le mord à une patte.

—Oh nonnnnn!

Janie se retrouve entre les mains d'une créature inhumaine qui la projette avec précision dans sa poche ventrale comme un vulgaire butin. Elle ne peut plus bouger, car la membrane de ce zinzin se compresse sur son corps et la ficelle comme un saucisson. Quelle histoire! Prise au piège une seconde fois, le mauvais sort s'acharne sur sa *« Destinée »*. Que va-t-il se passer maintenant? Pour l'instant, elle est toujours vivante, mais… est-ce vraiment pour le mieux? Elle est convaincue de ne plus jamais revoir sa sœur cosmique.

Chartreux prend la poudre d'escampette sans reprendre son souffle.

Devant le comportement dégonflé du matou, Janie réalise que sa nouvelle aventure ne vaut guère mieux que la gueule du chat. Tout s'est passé trop vite.

—Crétin! lance Janie, en se faisant ballotter comme une marionnette par son ravisseur dont elle n'a pas encore aperçu le visage. A-t-on déjà vu une bête abandonner sa proie pour sauver sa peau? Il n'a même pas eu le courage de se battre pour conserver son trophée.

Janie entend Chartreux crier au loin comme un demeuré!

—C'est un...! Euh... non! Non! C'est le Quidam!

Chartreux s'enfuit à toute vitesse comme s'il venait de voir apparaître un mauvais génie! Le chat de gouttière sait parfaitement que l'on ne s'amuse pas avec ces espèces rares. Tout le monde évite la présence de ce revenant pour la bonne raison que l'on ne joue pas avec la mort. Il se compte chanceux que le Quidam n'ait pas voulu l'attaquer sauvagement de toutes ses forces. L'ennemi à dard ne lui a donné qu'un simple coup de pédipalpe* pour le déstabiliser et il a bien réussi! Il a eu plus de peur que de mal.

C'est à ce moment que Janie réalise qu'elle se trouve en très mauvaise posture, car son farouche défenseur est loin de ressembler à un bienfaiteur. L'effroi s'installe immédiatement et son corps réagit mal à ce changement brutal. D'emblée... l'Humaine s'affole et, prise de panique, a de la difficulté à respirer.

—Resteetser tranquilleelliuqnart!

Elle devient blême comme un drap, lorsqu'elle voit le visage de son nouveau propriétaire.

—Au secours! s'égosille-t-elle d'une voix tremblante en espérant que la troupe l'entende. Quelle horreur! Ce n'est pas un monstre... c'est... c'est encore pire.

—Chuttuhc!

À l'intonation de sa voix, Janie sait qu'il a donné un ordre important. Alors, elle se confine un peu plus dans la poche ventrale de cette bête immonde, dans laquelle il l'a foutue, tout en gardant un œil ouvert.

Le Quidam** court à toute allure et Janie ne cesse de le dévisager. Au premier coup d'œil, il s'agit certainement d'une sorte de scorpionidé géant. La créature toute noire, munie d'une

---

* pédipalpe : appendice chez le scorpion qui a l'apparence de pinces
** Quidam : une certaine personne dont on ignore le nom

petite tête encastrée, entourée d'une douzaine d'yeux surveille les alentours d'un angle de 360 degrés, c'est-à-dire... dans toutes les directions. Elle est équipée aussi de deux énormes pinces fourchues, un corps rigide et segmenté qui finit par une queue recourbée en forme de dard. Cette laideur possède aussi quatre paires de pattes poilues très articulées, de là... sa vitesse extrême. Elle ressemble à un scorpion, mais... cent fois plus grosse que ce dernier. Cette fois-ci, Janie n'ose même pas la défier. Elle sait pertinemment que la piqûre d'un scorpion peut s'avérer mortelle.

L'animal remarque le regard effrayé de sa conquête et sourit avec son appendice buccal qui se trémousse en même temps que ses pinces.

—Oh non! Ne me piquez pas, j'ai horreur des injections.

—Ceec n'esttse'n passap monnom intentionnoitnetni!

Sous le coup de l'émotion, l'Humaine ne comprend rien à ce langage baragouiné. Elle se questionne... doit-elle rire ou pleurer?!? Pourtant, il ne semble pas vouloir lui causer du mal, du moins pour l'instant.

Le scorpionidé bifurque et se faufile entre d'étroits rochers. L'ombre de la bête s'étend devant eux comme une mante de protection. Janie ne sait plus que penser; elle devrait avoir peur, mais elle se sent en sécurité puisque l'ombrage projeté du Quidam lui rappelle celui des rameaux du Grand Chêne. Impossible! Elle doit avoir la berlue! Il faut dire qu'elle a la tête à l'envers et que cette position porte à confusion. Elle se fait brasser la carcasse dans tous les sens et se demande bien où cette créature va l'emmener en fin de compte.

La bête noire file à vive allure et accélère encore sa course. Oh... non! L'arachnide se dirige tout droit vers une crevasse dissimulée dans le roc. C'est évident qu'elle est pressée de s'échapper, mais de qui et de quoi? Janie entend de longs gémissements bizarres qui se rapprochent d'eux. Tout à coup, dans la pénombre, elle aperçoit plusieurs paires d'yeux courir à leurs trousses et soudainement, l'un des poursuivants lance des sons criards répétés qui ressemblent en tout point à des cris d'hyène en colère. Ces derniers arrivants essaient d'attaquer l'arthropode* pour une raison bien spécifique, ils veulent sa peau. Janie tremble de peur. Quel cauchemar! À force de fixer le demi-jour, elle commence à percevoir les silhouettes des rapaces, et en voyant leurs visages perfides, elle s'égosille comme une perdue.

—Eeuhhh! Ahhhhhh!

Le scorpion lance des fléchettes de venin dans l'air afin d'éloigner les sanguinaires. La Terrienne n'aurait pas dû crier, car ces cannibales engagent de farouches hostilités. Une Humaine sur leur territoire, ce sera tout un festin, peu importe la grosseur! Ils sentent l'odeur de la peur et raffolent de cette chair tendre.

Janie peut entrevoir ces barbares terreux à l'allure malicieuse. Tout compte fait, elle aurait préféré ne pas les voir. Ces hideux ne possèdent rien des bêtes, ni des humains. Elle n'a jamais vu cette espèce rarissime auparavant dans ses tas de livres à la bibliothèque et encore moins dans ses contes de fées. Ces créatures surgissent des entrailles de la **« Terre »** sans interruption… l'une n'attend pas l'autre. Il n'y a rien de beau dans ces visages creux et étirés, en particulier l'orbite des yeux; cette cavité osseuse ne contient aucun œil. Les dents cariées tiennent en place par miracle. Les oreilles pointues et crasseuses se trouvent écorchées vives. Et que dire de leur démarche inimitable; ces bêtes se traînent et sautillent sur des jambes poilues et musclées, en s'aidant de leurs longs bras, prêts à bondir. Elles grognent plus qu'elles ne parlent et de toute façon, lorsqu'elles parlotent, il n'y a rien de compréhensible dans leur radotage semblable à une lamentation. Ces abominables créatures tournent autour d'eux comme des rapaces affamés. De toute évidence, elles convoitent une part du butin. Par contre, la

---

* arthropode : bestiole aux membres formés de pièces articulées

bête noire ne semble pas avoir l'intention de la partager. Dans tout ce tumulte, Janie pense que ces montres sont certainement aussi laids que les Lucifuges. Puis, brusquement, une longue main maigrichonne, munie d'ongles tordus et jaunâtres, frôle le segment ventral de son kidnappeur et l'effleure par la même occasion. Elle sursaute, affolée; ils sont trop prêts d'eux. Elle peut sentir une odeur de putréfaction qui n'a rien de comparable avec l'haleine de Chartreux. C'est une odeur remugle*, à faire vomir. Janie ne sait pas que... cette émanation provient des bêtes sauvages agressives.

Devant l'attaque imminente, le Quidam n'hésite pas un instant et lance un long sifflement.

—Trrrrsissssssssss!

Ce bruit émet une stridulation** si aiguë qu'elle déchire le tympan des oreilles de ces cannibales qui reculent quelques secondes, étourdis par ce son perçant.

—Bien fait! s'écrie Janie en se tortillant comme un ver pour se défaire de sa toison qui devient de plus en plus rigide.

Le Quidam lui jette un œil de travers, afin qu'elle demeure tranquille. Mais les barbares n'entendent pas à rire et attaquent de nouveau. Le scorpion noir, en état d'alerte, grogne un mot terrorisant qui a pour effet de la paralyser complètement.

—Lucifugeeguficul!

—Un Lucifuge! Cette fois... elle a parfaitement compris son jargon.

Il ne pouvait lui arriver rien de pire! Quelle catastrophe! Ces Créatures Intra-Terrestres exécutent leur projet d'extinction des espèces en toute lucidité. Ces bourreaux sanguinaires appartiennent à la famille la plus redoutable... les Mordicus.

Malgré tout, Janie sent que le Quidam, cette espèce inusuelle de scorpion, veut la sauver à tout prix! Un court

---

* remugle : odeur de moisi

** stridulation : cri de certains insectes

instant, elle semble voir dans l'un de ses yeux bleu ardoise, un soupçon de compassion.

« Je suis sotte, complètement idiote! Janie, respire! » se dit-dit-elle pour reprendre ses esprits. Chose certaine, il n'appartient pas au même clan, car il l'aurait déjà partagée. Elle espère un miracle. Elle devrait savoir que ces espèces rares de chasseurs se nourrissent toujours les premiers et qu'elle n'y échappera pas même avec ce regard d'indulgence. Il l'utilise certainement comme ruse de guerre. Janie commence à se parler. *« Allez... remplis tes trous noirs de pensées positives! »*

Chapitre 27
La piqûre du Lucifuge

À l'extérieur, assise au pied d'un arbre squelettique, Janie suffoque. L'air frais qu'elle respire à pleins poumons l'aide à retrouver ses esprits. Après mûre réflexion, elle réalise qu'il y a quelque chose d'étrange dans toute cette affaire. Comment se fait-il qu'elle n'ait pas eu peur de l'ombre du Quidam?

La fin de sa course avait débouché sur une toute petite ouverture. La mystérieuse créature l'avait déposée brusquement par terre, près d'une minuscule brèche. Décidée, la bête l'avait poussée, sans ménagement, vers la sortie d'un coup de patte dans le califourchon. Elle était demeurée derrière elle et sifflait, tout en projetant son venin sans arrêt pour éloigner les prédateurs. Le scorpion se mit à nouveau à grommeler. On aurait dit qu'il essayait de livrer un message à Janie.

—Déguerpissipreugéd, ette çaaç presseessesrp! lui jeta son ravisseur, entre ses dents serrées.

Janie n'avait pas osé se retourner. Aussitôt, qu'il l'avait sommée de se sauver, elle s'était précipitée vers la sortie, à plein régime. Jamais elle n'avait fait aussi vite de sa vie! Elle savait qu'au moindre faux pas, un assaut pourrait survenir. C'était un vrai miracle qu'elle soit encore vivante.

—Ouf! C'est fou! souffle-t-elle déboussolée.

La jeune amie de Chanceuse est rompue et lève la main pour se protéger de la lumière intense. Galarneau éblouit sa vue. Elle est convaincue que personne ne la retrouvera dans ce coin perdu et sans issue. Surtout… il ne faut pas qu'elle perdre espoir.

« Je l'ai échappé belle », pense-t-elle en sueur.

C'est incroyable qu'une créature insolite, sans nom, lui sauve la vie et ne lui demande rien en retour. Elle reprend son souffle, assise en boule à la base d'une racine tortueuse. Puis elle lève les yeux et aperçoit un arbre épouvantablement desséché qui tient debout de peine et de misère. Flétri, il a l'air d'un spectre au visage squelettique qui s'amuse à glacer le sang dans les veines. Il n'y a aucun doute, il est l'habitacle de ces Lucifuges car son apparence paraît aussi redoutable que ses occupants.

Janie comprend pourquoi Mamiche ne voulait pas qu'elle s'aventure toute seule dans la **« Forêt »**. Elle réalise que ses craintes étaient bien fondées étant donné que l'immense étendue boisée abrite à part le loup, toutes sortes de spécimens hors du commun.

—Mamiche...! J'ai peur! lance-t-elle d'une voix étouffée. Quelle idée m'est passée par la tête de m'être embarquée dans cette galère?

Épuisée, quelques larmes glissent de ses paupières et rafraîchissent ses joues brûlantes. Elle aimerait se lever pour poursuivre son chemin afin d'être hors d'atteinte.

—Hummm!

Elle ne parvient à se soulever qu'avec peine et titube. Elle voudrait mettre une distance encore plus respectable entre elle et l'habitacle pernicieux des Mordicus.

—Je ne serai jamais capable, dit-elle tout bas. Janie sent son corps brûlant de fièvre et sa tête tambouriner; il y a quelque chose qui ne tourne pas rond dans son système. Elle regarde à l'horizon avec difficulté.

—Oh... là... là! Non! Ce n'est pas possible!

Elle se trouve complètement à l'opposé, tout près de la **« Zone Interdite »**. Elle aperçoit, à contre-jour, une tribu affolée courir après un chat gris argenté. Elle n'arrive plus à les distinguer, tellement ils sont éloignés. Puis, sous un rayon de soleil, elle reconnaît qu'il s'agit du dégonflé Chartreux qui se fait talonner par sa troupe.

—Tant pis pour lui! s'exclame-t-elle d'une voix presque éteinte.

La croyant prisonnière de ses griffes... les amis de l'Humaine utilisent tous les moyens en leur pouvoir pour s'emparer de Chartreux LeChafouin. Ils craignent qu'il lui arrive le pire en voyant le chat enragé s'enfuir à grands bonds.

Janie essaie de se traîner afin de rejoindre Chanceuse qu'elle a cru apercevoir dans la foule, mais sans succès; elle reste clouée au sol. Mais... qu'est-ce qui peut bien la faire souffrir comme cela?

Elle éprouve une forte douleur sur la saillie interne de la paume de sa main, entre le pouce et l'index. L'élancement vif la transperce comme un coup de couteau.

—Aïeeeeee!

Dans le temps de le dire, son éminent thénar* se durcit et gonfle.

—Oh... non!

Le Lucifuge aux ongles cornus avait réussi à la piquer.

—Ça y est, je suis empoisonnée! Je ne sais plus... je ne sais pas. Tout se confond dans sa tête, sa gorge se serre jusqu'à avoir de la difficulté à respirer.

Elle entend l'écho du vent transporter les voix agitées de ses protecteurs.

—Je suis ici! Au secours! Au... secours! Elle ne perçoit que que les silhouettes de ses amis. Ils sont... tellement petits, qu'on dirait une volée de mouches; si petits... trop petits... plus petits qu'une coccinelle.

À bout de force, ses cordes vocales voilées par la douleur ont perdu toute vivacité. Qui l'entendra dans ce trou perdu? Puis le paysage devient flou, embrouillé par ses larmes.

---

* thénar : saillie dans la paume de la main près du pouce

Chapitre 28
Le Mage

Janie a de plus en plus de difficulté à respirer; sa gorge enflée se resserre comme un étau. Une légère brise se lève et la rafraîchit. Toujours étendue sur le sol rugueux, elle croit apercevoir au loin, s'avançant dans sa direction, une luciole aux ailes étincelantes.

—Ahhhh! En… fin! Tu m'as re… trou… vée. Merci, Lumina! susurre Janie.

Éblouie par les rayons intenses de Galarneau, elle voit maintenant des images de Lumina, la Sergente-Chef se superposant sur celles de Lulubie, la Voltigeuse de l'Air. Qui est laquelle? Elle ne peut plus les différencier, car elle voit double.

—Je… me… sens… mal!

Janie confond tout, même ses amies.

Prise d'un long vertige, elle hallucine. Elle s'imagine voir Lulubie, la libellule, se transformant en une étoile dansante et chatoyante. Étourdie, elle perçoit d'autres constellations tournoyées autour de sa tête comme un mobile qui pivote au ralenti.

—Tiens… c'est toi… Lulubie. Non…!

Elle ne reconnaît plus ni Lulubie… ni Lumina et tient des propos décousus de sens. Seule, une brise la garde en alerte.

—Je… suis en train de devenir fol… le! marmonne-t-elle faiblement.

Puis, elle discerne entre deux coups d'éventail, une belle inconnue élégante et délicate, qui semble sans âge. La jeune femme vêtue de voiles translucides, munie de longues ailes d'un vert émeraude, flotte au-dessus de son visage en agitant ses plumes légèrement afin d'abaisser la fièvre persistante qui tourmente Janie. Tout se confond dans sa tête. C'est certainement un mirage. Elle délire et transpire de tout son corps.

—Lu... lu... bie! Lu... mi... na! répète-t-elle, sans cesse. Ai... dez-moi... à... à... retrouver Chan... ceusssse. Qui... dam... sque... squelette, Scor... pion à l'om... bre, elle défile ces noms à la chaîne comme un robot. Ses yeux mi-clos roulent en tout sens dans le néant.

Janie éprouve la triste sensation qu'elle ne parviendra jamais à ses fins et dans son grand délire, elle radote les mêmes élucubrations.

—Qui... veut... m'empêcher...? Je... je... n'aban... donne... rai... ja... mais! Vous... n'au... rez... pas ma... peau! Chan... ceuse, Chan... ceuse, tu... m'as... dé... laissée... pourquoi? se lamente-t-elle, en branlant la tête de tous les côtés.

Une voix mélodieuse se fait entendre sur une douce musique de fond.

—Ne t'inquiète pas Petite, nous sommes là! L'Être de Lumière tient à la rassurer.

Tout ce qui l'entoure semble bouger très... très... très... lentement comme si le temps voulait s'arrêter.

L'esprit de Janie, égaré, cherche à quitter son ***« corps astral »***. Il tente de découvrir une porte de sortie vers d'autres dimensions. Le ***« corps astral »*** ne pense qu'à rebrousser chemin avec sa corde d'argent, sans son consentement.

—Dauphine! dit le *« MAGE »*. On ne doit pas la laisser repartir dans son esprit sans son corps éthérique, car elle deviendra un être comateux et végétatif pour le reste de sa vie terrestre. Nous devons intervenir pour son bien, sans faute.

—Je sais, je sais! Pauvre... enfant! chuchote la Dauphine. Cette Enfant est si... perturbée. Incroyable! Elle a parlé... du Quidam et aussi, d'un Lucifuge. C'est trop d'inconnus pour une jeune âme! Cette Petite est terrifiée. Je comprends que son esprit veuille prendre la fuite.

La Fée Dauphine Harmonia éponge Janie avec une lotion médicinale, à base de lys des marais, mélangée à un soupçon de vinaigre de fruits sauvages fermentés et de quelques gouttes d'eau de source recueillies à la pleine lune.

—C'est efficace! dit la Fée Marraine Kassandra qui a elle-même concocté cette recette afin de faire baisser la fièvre de Janie.

—J'en suis convaincu! répond le « *MAGE* ».

La Fée Dauphine s'en remet totalement à la Fée Marraine Kassandra pour les potions magiques. La Terrienne se trouve dans un état de faiblesse cérébrale; son cerveau fonctionne au ralenti, non seulement à cause de sa blessure, mais aussi en raison du choc émotif qu'elle a reçu. Kassandra prépare un autre remède, cette fois-ci un cataplasme d'oseille et de bergamote que la Fée Dauphine Harmonia dépose elle-même sur la main de Janie.

—Que croyez-vous? Est-ce que ce Chafouin a vraiment vu le Quidam pour s'enfuir comme s'il avait aperçu le diable en personne? questionne l'Aînée féérique.

—Je n'en sais rien! Je crois que ce mammifère carnivore affecte l'ignorance. Cet écervelé de premier ordre est un profane et il appelle... Quidam, tout ce qu'il ne connaît pas! Bientôt, il aura affaire à moi, tonne le « *MAGE* »!

—En tout cas, c'est un vrai trouillard, ce chat. J'espère qu'il évoluera un jour, sinon on l'aura longtemps accroché à nos pattes, dit Harmonia en tapotant les joues de l'Humaine paralysée.

—C'est évident qu'il a beaucoup à apprendre. La petite a aussi parlé d'un scorpion... si j'ai bien entendu?

La Fée Dauphine acquiesce de la tête.

—Eh bien... si c'est le scorpion auquel je pense, il ne sort que dans les cas extrêmes. Il suscite plus de peur que de mal.

C'est... le plus ancien animal terrestre... transformé. Le Quidam annonce des changements et il ne fait toujours qu'un avec... Enfin! Subitement, le « *MAGE* » retient sa phrase finale.

—Non! Elle tourne sa baguette dans tous les sens. Ne vient-il pas aider qu'en dernier recours, ce Maître de la Destinée qui remet les pendules à l'heure?

—Oui! Tout à fait. C'est grâce à lui si Janie a été sauvée. Parfois, les Créatures dérogent par inadvertance du chemin tracé d'avance, prennent des routes dangereuses et risquent ainsi de provoquer une mort non conventionnelle. Le Quidam les conduit dans la bonne voie, afin qu'elles poursuivent leur Destinée comme il était prévu dans leur plan de vie du départ, déclare le Grand Devin aux Fées.

—Le Quidam se montre bien étrange. Il se transmigre* à chaque fois d'une forme à une autre et devient difficile à reconnaître! dit Harmonia en épongeant Janie haletante.

—Il demeure le plus Grand des Illusionnistes! Difficile à reconnaître... mais pas pour les Élus! Vous perdez votre touche, ma chère Dauphine. Vous devriez le déceler sans l'ombre d'un doute.

Le « *MAGE* » ne veut pas dévoiler à haute voix, le personnage qui se cache derrière le Quidam. Il demeure un Être d'exception, car peu de Créatures peuvent se transformer de cette manière. De plus, cette énigme considérée hermétique n'a jamais été révélée.

—Ma touche! Ma touche! Enfin! C'est vous qui le dites! Qui a pu l'aviser du danger?

Offusquée, la Fée Dauphine brandit sa canne et donne des coups secs dans les airs.

—Gardez votre sang-froid! Personne ne l'a informé, il sait qui aider et quand il doit procéder. Au sujet des Lucifuges, cela m'inquiète davantage. Ils n'ont rien de bien honnête à partager. Ils refont surface seulement pour réanimer ces corps sans âme...

---

* transmigre : passer d'un corps à un autre

les Zargors. Ces zombies n'ont peur de rien et volent les cœurs sans scrupules. Une chance que nous pouvons les identifier avec ces lettres de feu inscrites sur leur front : *« **EMETH** »* qui veut dire... *« **À MORT** »* dans notre langage. Enfin! Vous savez! Par contre, les Créatures ne possèdent pas la faculté de les reconnaître. De plus... ils sont extrêmement difficiles à anéantir étant donné que la manière de les supprimer n'a pas encore été dévoilée au commun des mortels! Je n'aime pas ce qui arrive; lorsqu'ils apparaissent, ce n'est jamais un bon présage; ils ne déclenchent que des conflits.

—Oh... non! lance Harmonia bouleversée. Elle brandit à son tour sa baguette magique dans tous les sens afin de protéger les lieux, en tournant sur elle-même comme une toupie.

Tous se baissent, y compris le *« MAGE »*. Ils ont peur de recevoir les effets perturbants de la baguette magique. Les Créatures de la **« Forêt »** ne voudraient pas être changées en crapauds ou en serpentins. La Dauphine n'exécute rien à moitié et rien n'est à son épreuve, surtout lorsqu'elle devient survoltée.

—Voyons, détendez-vous! Ce n'est pas bon pour votre système nerveux. Vous savez que le Druide est chargé de protéger la **« Forêt »** de ces Intra-Terrestres et il accomplit très bien son travail.

La Fée Harmonia ne se tranquillise pas, loin de là. Elle fulmine et sautille dans tous les sens.

—Comment se fait-il que cette douce enfant ait attiré tous ces Intrus dans sa vie?

—Ils font partie de son Karma!

—Quelle destinée!

—Une destinée unique en son genre. Le *« **Triumvirat** »* est chargé de veiller sur ses rêves.

—Elle mérite bien cela!

—C'est grâce à sa détermination et surtout à sa persévérance à toute épreuve.

—Quel coeur!

—Je crois que nous n'avons encore rien vu!

—Ouf! Je vous donne ma parole! En ce qui concerne les Mordicus et leurs Zargors, je vais unir mes forces avec le Druide pour les chasser! Ils ne vont pas envahir la **« Forêt »**. Soyez-en assuré! Attendez que j'opère mes puissantes conjurations* d'extermination, dit la Fée Harmonia dans tous ses états, en brandissant à nouveau sa baguette à la volée.

—Vous savez très bien que l'on ne peut pas intervenir directement dans la vie de Janie. C'est sa *« **Destinée** »*! Elle doit régler ses propres problèmes. Mais en ce qui concerne les **« Lieux de la NooSphère »**, cela relève de notre juridiction et nous pouvons y mettre notre nez... dans une certaine mesure bien entendu.

—Quand serons-nous autorisés à passer aux actes?

Cette fois-ci, toutes les Fées présentes sont atterrées.

—Tonnerre! Arrêtez-vous où vous allez nous blesser! Le *« MAGE »* étend son long bras pour maîtriser les rayons. Les jets pénètrent dans sa manche retombante, attirés par le grand pouvoir de ses mains. Cela concerne un autre Domaine! Lorsque le « Sceau » sera brisé! Vous savez bien qu'il ne peut agir autrement.

—Bonté! Aidez-nous. Vous avouerez tout comme moi que ces Lucifuges sont des extrémistes. Encore chanceux que ce stupide chat n'ait pas prononcé le nom *« Lucifuge »*, car toute la **« Forêt »** serait en émoi à l'heure présente, dit Harmonia soulagée.

—Heureusement! s'exclame le *« MAGE »*. Cela aurait été l'anarchie totale.

Voyant le corps de Janie s'éloigner d'un seul coup du **« Monde Astral »**, la Fée Harmonia ne sait plus où donner de la baguette lorsqu'elle se rend compte que *« **l'Esprit de Janie** »*

---

* conjurations : formules pour chasser les démons

veut s'échapper de son *« **corps astral** »*. Elle lance une formule…

La **« NooSphère »** devient cristallisée instantanément.

—In articulo mortis, mane, thecel, pharès, otempora…ad litteram… TEMPAS ARRETAS![*]

Les Apprenties Fées et les Minis Fées aveuglées par les cristaux demeurent toujours au poste en rayonnement. Le *« MAGE »*, pour sa part, trouve ce choix démesuré.

—Non…! s'écrie-t-il, mais trop tard cette fois-ci. D'un seul coup de baguette magique, la Dauphine vient d'arrêter le *« Temps Présent »* de Janie. Seuls les Fées en charge et le *« MAGE »* peuvent se mouvoir, mais au ralenti comme s'ils marchaient sur des oeufs.

Janie cesse ses grelottements et reste figée comme une statue de sel. Par contre, elle entend parfaitement autour d'elle les voix qui résonnent lentement comme un vieux gramophone défectueux.

—Mais… non! Qu'avez-vous fait?!? s'exclame le *« MAGE »* tout déconcerté de sa voix lente. Voyons! Elle… ne… peut… pas… demeurer… sans ion électrique. C'est… impossible…! Où… avez-vous… la tête? Vous… n'avez… pas… pensé… aux… conséquences. Elle… ne… pourra… plus… retourner sur terre et évoluer… puisqu'elle… n'aura plus… le même âge et… encore… pire. Ici… dans **« l'Astral »**, nous vivons… dans l'éternité… cela ne change rien… pour nous. Arrêtez… ce sort… immédiatement, car cela va créer… une distorsion… et elle ne sera plus… capable d'habiter… son corps terrestre. Vite, agissez! Nous devons la remettre… à temps… dans son *« Présent »*, sinon… elle… deviendra… un… *« FANTÔME »*.

—Mais… enfin, c'est… le… seul… moyen… que… j'ai… trouvé… pour… la… retenir… dans… le… *« Présent »*… . Je…

---

[*] À l'article de la mort, compté, pesé, divisé, à la lettre… ARRÊTE LE TEMPS!

crois… que… cela… est… mieux… que… de… la… perdre… dans… **« l'Astral »**. Elle savait que si elle utilisait une *« Magie Blanche »*, le *« GRAND DEVIN »* interviendrait. Et… je n'ai… jamais… exécuté la formule… d'intégration… au retour normal!

—Ah! Vous et vos expériences! Un jour…

Le *« MAGE »* en colère lui lance un regard de feu.

—À… vous… les… armes! dit la Dauphine. Mes… pouvoirs… s'arrêtent… là! Au-delà…, je… ne possède… pas… d'autres… virtuosités*. Maintenant… je… vous… en… prie… trouvez… la… solution… miracle. Vous… devez… intervenir… avant… qu'il… ne… soit… trop… tard. Il… n'y… a… que… vous… à… ma… connaissance… qui… puissiez… la… retenir… dans… le… **« Monde Astral »**. C'est vous… l'abracadabrant *« MAGE »*, dit-elle de sa voix autoritaire.

Ils savent très bien tous les deux que Janie ne doit pas traverser le **« Monde Morose »** dans cet état, car elle risquerait d'y demeurer à perpétuité. Sans esprit, elle ne pourrait jamais retourner sur **« Terre »** et encore moins dans **« l'Astral »**.

—Allez… grouillez-vous! Nous… allons… la… perdre.

Il n'y avait que la Fée Dauphine pour parler sur ce ton au *« MAGE »*. Aucune malice n'habitait cette Fée et son attitude affichait un humour plutôt loufoque en temps normal. Elle prenait la vie du bon côté et riait de bon cœur. Par contre, dans les moments de grande nervosité, elle bougonnait au lieu de rire. Le *« MAGE »*, plus que toute autre entité transitoire, savait parfaitement qu'il était interdit aux Créatures venues d'Univers parallèles de regagner leur corps physique dans un état différent que celui d'origine. C'était l'une des Lois Célestes de la plus haute importance : *« Seul un Maître pouvait intervenir dans la vie d'une créature et ce… seulement dans **"l'Astral"** afin qu'elle*

---

* virtuosités : talents

puisse terminer sa grande ***"Destinée"*** *jusqu'au bout, sans anicroche ».*

La Fée Kassandra avait ventilé Janie pour la raviver. Mais devant ce dilemme, elle demeurait à l'écart, silencieuse pour le besoin de la cause. Elle vérifiait que les Apprenties Fées maintiennent le poste, avec leurs énergies électromagnétiques, afin que la Terrienne ne perde pas conscience complètement, car cela entraînerait tout un drame. Tout allait bon train jusqu'au moment où Janie se mit à avoir des convulsions. Ses signes vitaux baissaient rapidement et la situation devint précaire.

Qu'importait la hiérarchie, la Fée Kassandra en panique intervint...

—Cette... maladie... est... pire que la peste. Vite! Vite! Agissez immédiatement... c'est primordial. Bon sang... qu'attendez-vous? Vous savez... que je n'ai pas... le droit d'intervenir... dans un cas... de désincarnation. On la perd!!!

La corde d'argent de Janie s'épaississait et commençait à se contracter en la tirant. Ça y est!

Le « *MAGE* », en méditation, reste calme. Il se penche au-dessus de l'Humaine et souffle dans ses narines.

—Ce... n'est pas... suffisant! Nous l'avons... perdue! crie Harmonia dans tous ses états. Aucune Fée n'aurait jamais cru, sans l'avoir vue, que la Fée Dauphine perdrait les pédales. Elle jette des sorts partout, puis... finit par tourner de l'œil, attirant toute l'attention sur sa féérique entité.

Le « *MAGE* » connaît très bien ce petit manège qu'elle joue à la perfection chaque fois qu'elle ne trouve pas de solution de rechange : elle s'évanouit. Pendant que les Minis-Fées s'affairent à ranimer la Fée Harmonia, le « *GRAND DEVIN* », d'un geste de la main, fait signe aux autres Fées de s'éloigner de la « mal en point ». Debout aux pieds de la jeune protégée, il étend sa cape qui lui sert de cloison. Immédiatement, une émanation en forme d'entonnoir se forme entre eux. Janie demeure la seule à entendre une voix agréable qui émane de cette buée pénétrant son cerveau.

—Janie! Janie! Ta mission n'est pas encore accomplie. Tu ne dois pas abandonner! Rappelle-toi, c'est toi-même qui l'as dit tout à l'heure! Je suis tout près de toi... si près de toi... que tu ne peux même pas en douter! Je ne t'ai pas délaissée et je ne t'abandonnerai jamais. Nous sommes fusionnés par la magie des *« Cœurs »* en évolution et je resterai toujours à tes côtés, jusqu'à ce que tu réalises ton plan de vie.

En entendant cette voix unique en son genre, les battements de son cœur redeviennent normaux. La voix a capté son attention et la retient quelques instants. Elle voit des millions de cristaux aux reflets mauves qui pirouettent autour d'elle, puis finalement elle entrevoit Ketchouille dans ce brouillard violacé.

—Ketchouille!

—C'est bien moi! Reviens, j'ai ta ***« Clef du Paradis »*** avec moi. N'abandonne pas! Tu es sur la bonne voie.

L'esprit de Janie arrête sa route d'un coup sec lorsqu'elle entend la voix de son ami imaginaire. Une chance, car un peu plus et son ***« corps astral »*** allait franchir les Portes du **« Monde »** perdu... le **« Néant Morose »**.

—Mon ami... mon ami!

La présence de Ketchouille la détend et la rend heureuse. Un large sourire s'inscrit sur son visage blafard. Maintenant, elle sait qu'il ne l'abandonnera jamais, au grand jamais.

Chapitre 29
La Dauphine

Janie papillote des yeux à plusieurs reprises. Étendue, elle revient doucement à elle, au même instant que la Fée Dauphine. Cette dernière titube et tournoie sur elle-même en se dirigeant vers le « *MAGE* ».

À distance, ce dernier fait ses « au revoir » à la Fée Kassandra, d'un signe de la tête. Il prend la Fée Dauphine par l'épaule et l'emmène à l'écart afin de discuter de certains événements épineux. Majestueux dans sa cape de velours mauve, son large capuchon laisse échapper une aura d'or. Cette auréole, éblouissante à souhait, masque le visage du « *MAGE* » avec ses fulgurants reflets dorés. Il demeure donc dans l'anonymat le plus complet.

—Dauphine! Je dois vous quitter, ainsi que vos charmantes Fées, dit respectueusement le « *MAGE* ». N'oubliez pas, vous avez un compte-rendu à remettre à votre supérieure, la Fée Reine Gloria. Je compte sur votre grande discrétion. Personne ne doit savoir que je suis venu à son secours, car cela pourrait perturber sa voie et changer le cours de toute l'Histoire. Janie a encore besoin de soins et de beaucoup d'énergie. Je compte sur vous! Et surtout… dit-il sur une note facétieuse, n'oubliez pas d'inscrire sur le rapport… votre perte de conscience.

La Fée Harmonia éclate de son rire unique. Elle rit tellement qu'elle est prise d'un hoquet soudain et bruyant.

—Au revoir, cher « *MAÎTRE!* »

Le « *MAGE* » se volatilise par une porte magique, incorporée dans sa mante. Il étend sa cape et passe au travers; puis, elle se plie automatiquement et disparaît en fumée.

—Regardez, elle est revenue! s'exclament les Mini-Fées. Kassandra sourit, heureuse de la tournure des évènements.

Janie ouvre grand les yeux et voit des mains s'activer autour d'elle dans une chaleureuse énergie verte, bleue, jaune, qui pénètre doucement dans sa tête, dans son cœur et dans sa plaie. Les Mini-Fées arrivent de partout. Elles travaillent harmonieusement sur toutes les parties de son anatomie sans relâche pour soigner et balancer, non seulement son corps éthérique, mais les énergies régénératrices de son être tout entier.

—Est-ce que je suis au « **Paradis** »? interroge naïvement Janie qui se demande où elle se trouve.

—Non! dit la Fée Marraine avec un petit sourire.

—Ton heure n'a pas encore sonné, réplique la Fée Dauphine Harmonia.

—Où se trouve Ketchouille? questionne Janie en reprenant du mieux. J'ai entendu sa voix.

—Les voix de l'imaginaire se révèlent parfois trompeuses, lui dit la Fée Harmonia d'une voix chaleureuse. La Fée est convaincue qu'elle a confondu la voix de son ami imaginaire avec la voix du « *MAGE* ». Après tout, elle a tant souffert cette enfant. La Fée Dauphine est persuadée que même avec l'aide de toutes les Fées, elle n'aurait pas pu lui sauver la vie. C'était un cas vraiment unique auquel elle n'avait jamais eu affaire auparavant; une piqûre venimeuse d'Intra-Terrestre provoquant... une dématérialisation.

Reprenant lentement ses forces, même si elle voit encore embrouillé par intermittence, l'Humaine lance ironiquement...

—Je suppose que la Dauphine dont j'ai entendu le nom dans mon délire provient aussi de mon imagination et qu'elle n'existe pas, tout comme Ketchouille?

—Oh, celle-là! Elle est bien vivante, ricane la bonne grosse Fée au chapeau conique à grand ruban multicolore.

Toutes les Fées s'esclaffent.

L'Humaine se demande si cette Dauphine excentrique est disparue dans la brume tout comme son Sauveur.

—Ta guérison est presque complétée lui dit la Fée Harmonia qui ne s'est toujours pas présentée officiellement.

Janie examine sa main de près. Il ne lui reste qu'une petite marque à peine perceptible en forme d'étoile.

La Fée Harmonia agite sa baguette en voyant le visage de sa jeune protégée reprendre de nouvelles couleurs. Un petit moment de panique s'installe pour quelques instants. Immédiatement les Mini-Fées s'approchent de la nouvelle venue, suivies de milliers de boutons de roses qu'elles viennent de faire apparaître pour former des dizaines de coussins fleuris afin que l'Humaine puisse récupérer confortablement. Harmonia l'aide à s'asseoir. Soutenue de partout, Janie ressemble à une poupée de collection, assise au beau milieu d'une roseraie.

—Tu peux en manger si le cœur t'en dit. On raconte que les pétales de roses ont le pouvoir de nous protéger... jusque dans l'éternité.

Janie porte doucement à sa bouche un bouton de rose givré; aussitôt ses lèvres se colorent d'un baume glacé rosé et lustré qui s'étend jusqu'au bout de son nez. Elle retrouve instantanément un teint éclatant de santé.

—Hum! C'est délicieux! s'exclame-t-elle, tout en se dépêchant d'en prendre un autre. Elle devient encore plus rose. Elle adore manger des bonbons, c'est son petit péché mignon.

La Fée Dauphine Harmonia la regarde profondément dans les yeux et lui sourit, ravie de constater que cela lui plaît.

—C'est plus que délicieux, c'est... exquis et qui en mange est tenu au secret! Janie la suit du regard, car elle ne cesse de tourner autour d'elle. Tu l'as échappé belle ma petite! Je te souhaite la bienvenue à la **« Pierre-Aux-Fées »**.

—**« La Pierre-Aux-Fées »**! Janie se redresse.

—Tout doux, tout doux, ma petite! Tu demeures encore un peu fragile, dit-elle en la voyant osciller.

Janie sourit timidement. C'est trop beau pour être vrai.

La Fée Harmonia glisse rapidement autour d'elle pour la retenir et par la même occasion, les pétales se soulèvent sur son passage et tourbillonnent en suivant ses traces de pas.

—Je tiens aussi à te spécifier que ton amie Chanceuse ne t'a pas abandonnée! C'est grâce à ses *« T.O.P. »* que j'ai pu te retracer.

—Je n'ai jamais dit que Chanceuse m'avait abandonnée.

—C'est tout comme! Tu croyais que ta compagne de voyage t'avait délaissée et cela te hantait inconsciemment. Je voulais simplement te confirmer qu'elle est une amie fidèle et loyale.

—Je vous remercie de ce précieux renseignement.

Janie cherche des yeux son amie Chanceuse. Elle sera bien heureuse de la savoir en vie.

—Euh!?! Est-elle...? Où se trouve ma sœur cosmique? questionne Janie avec un brin d'inquiétude dans la voix.

—Elle te recherche et elle est morte de chagrin! Elle te retrouvera, car nous avons laissé échapper un soupçon de ton essence dans l'atmosphère pour lui donner une piste.

Janie n'en croit pas ses yeux, elle parle avec une Fée. À vrai dire, pas seulement avec une Fée, mais des Fées et dans leur **« Monde »**!

La Fée Harmonia sourit en voyant Janie la dévorer des yeux. *« En outre, durant ton délire tu as confondu bien des choses... entre autres... la Fée Kassandra à ton amie Lulubie LaLibellule, dit-elle amusée. Très souvent les Êtres confondent les Fées avec ces gracieuses Libellules ou bien leurs cousines, les Demoiselles, qui ont un vol plus lent et plus gracieux. Plus petites, elles ressemblent à des danseuses de ballet classique. Enfin! Pour nous, les Fées, c'est une façon merveilleuse de nous dissimuler des regards indiscrets ».*

—Quand tu seras en pleine forme... ce qui ne tardera pas, je vais te présenter à la Fée Marraine Kassandra.

—L'amie de Chanceuse... c'est flllyant!

—Exact! Il y a plus d'une Fée Marraine à la **« Pierre-Aux-Fées »**. Elles sont au nombre de sept, tu connais bien ce nombre magique! Cela représente aussi la totalité des *« Ordres Fériques »* qui existe dans la **« NooSphère »**. Chaque Marraine a un mandat spécial à réaliser dans le **« Monde des Astres »**. Elles habitent dans un **« Jardin Secret »** conçu spécifiquement pour chacune d'elles. Elles ont un lien étroit avec les ***« Étoiles Nommées »*** et leurs fidèles compagnons les ***« Chérubins »***.

Janie est ravie de connaître tout ce beau monde. La Fée Harmonia s'avère bien différente des autres Fées avec son allure bohème. L'Humaine remarque la fierté qui se dégage de la Fée. Cette dernière se tient droite dans sa grande robe de taffetas tombant jusqu'à terre, miroitant les couleurs de l'arc-en-ciel. Janie trouve bizarre qu'elle ne porte pas de couronne. À la place, elle revêt une coiffe qui se termine au sommet, par un voile traînant jusqu'à la cheville. Le plus spectaculaire, demeure sa longue baguette magique à trois étoiles, qu'elle attache à son ceinturon métallique.

D'un air bienveillant, la Fée lui révèle...

—Par contre, toi tu n'as pas rêvé. La Dauphine... c'est moi! Je me prénomme Harmonia. Je suis, en principe, la prochaine Fée en titre à succéder au trône Féérique. Je collabore étroitement avec la Fée Reine Gloria et les deux Fées Princesses : Victoria et PréciBella. Ces ***« Majestés »***, par contre, n'apparaissent jamais aux yeux des Créatures, car elles sont trop recherchées. Elles s'occupent de la bonne marche à suivre de tous les **« Mondes »** de toutes les **« Galaxies »** à partir de la **« Cité Troglodyte »**. Pour y parvenir, tu dois te rendre au **« Menhir des Druides »**. Les **« Cheminées des Fées »** te serviront de repaire. C'est déjà tout un défi à relever... si tu les atteins un jour!

—Ouais! dit Janie avec de grands yeux. Elle se souvient bien des **« Cheminées des Fées »** qui se distançaient au lieu de se rapprocher à chacun de ses pas.

—Et là... quelque part, sous les milliers de paliers de pierres, existe à des profondeurs inexplorées dans la Lithosphère*... **« La Cité Troglodyte »**. Cette **« Cité »** est cachée sous une énorme calotte de sélénite** constituée d'une substance blanche cristallisée. Elle est inatteignable, car des plaques amovibles se meuvent continuellement au-dessus d'elle, tout en rendant l'accès à l'entrée principale impossible à franchir. C'est dans la **« Cité Troglodyte »** que l'on enseigne les mystérieuses sciences hermétiques et ***« l'Oeuvre Mirifique »***. Seuls quelques élus peuvent y pénétrer.

—Comment entrent-ils?

—C'est le secret le mieux gardé de la **« Mégalopole »**.

Voyant qu'elle n'aura pas de réponse précise, elle n'ose pas s'aventurer à la questionner sur la terre creuse. Un trou... il n'y a rien d'intéressant, encore moins les **« Trous noirs »**, mais n'est-ce pas à cet endroit aussi... que vivent les *« LUCIFUGES »*? Elle change aussitôt de sujet de conversation.

—Vous êtes si différente des autres Fées!

Janie rougit lorsqu'elle aperçoit les autres ordres de Fées se cacher, devant les grands gestes que déploie la Fée Dauphine.

—Je sais! Je sais! J'ai un style plutôt baroque et des idées farfelues. Mais je peux t'assurer que je suis très efficace comme Fée, lorsque je suis dans mon champ d'expertise. Par mon Titre de Dauphine, je possède le droit de remplacer les Fées Princesses et même la Fée Reine, si elles décidaient de mettre un terme à leur mission. Mais je n'y tiens pas! J'ai pris la décision de me jeter un charme, afin de demeurer le plus longtemps possible avec les créatures que j'aime. Je ne peux plus me défaire de ce

---

* lithosphère : croûte terrestre constituée de plaques mobiles
** sélénite : sel de l'acide sélénieux

sort. Il est irréversible, car je me le suis jetée, moi-même, en me regardant dans un miroir.

Ainsi, je demeurerai toujours présente avec ceux qui ont le plus besoin de moi; les Créatures de la Forêt Magique et certains Humains. J'adore être dans le champ d'action!

Janie n'en revient tout simplement pas! S'attribuer un sortilège par amour pour autrui? Quelle idée bizarre!

—Vous avez le droit en tant que Fée de vous jeter un sort? questionne Janie stupéfaite.

—Oh non! dit la Fée, en roulant de gros yeux. C'est une *« Loi Féérique »* défendue et sévèrement punie. Tu vois ce qui m'arrive? C'est bien fait pour moi! Je vieillis, j'engraisse, je ratatine, tout cela est le prix que j'ai à payer pour avoir enfreint cette *« Loi »*. J'ai perdu certains pouvoirs, mais je peux garder ma position. Tu sais... les Fées ne meurent pas!

—Jamais?

—Au grand jamais! Les Fées existent aussi longtemps qu'elles le désirent. Nous demeurons éternelles! Par contre... si nous le souhaitons, nous pouvons aller nous reposer pour reprendre des forces ou nous recycler à la **« Cité Troglodyte »**. De plus... si nous le souhaitons, nous pouvons être transférées dans un nouveau ministère pour vivre de nouvelles expériences et monter de *« Grade »*.

Janie la trouve charmante avec ces bijoux rococo qui pendouillent à son cou et ses dizaines de bracelets qui enveloppent tous ses avant-bras. Elle ressemble à une femme du XVIe siècle, avec ses fringues, plutôt qu'à une Fée Dauphine.

—Ça fait partie des conséquences, dit la Fée. Maintenant, on m'aime pour ce que je suis et non pour ce que je peux faire.

La Fée Harmonia rit de bon cœur et même son ventre rebondit. Janie vénère déjà cette Fée peu commune.

Chapitre 30
La Pierre-Aux-Fées

Janie se porte beaucoup mieux. La Fée Dauphine doit maintenant vaquer à ses autres occupations qui requièrent sa supervision et visiter les différents **« Jardins Secrets »** pour s'assurer que tout fonctionne à merveille.

—Eh bien! Je te laisse entre les mains de la Fée Marraine, la plus attendue d'entre nous. Je suis convaincue que tu n'y verras aucun inconvénient; tu avais tellement hâte de rencontrer l'amie de Chanceuse. Tralala! Voici la Fée Marraine Kassandra, celle qui t'a sauvée la vie en te retrouvant grâce aux signaux de détresse qu'envoyait constamment Chanceuse! Je vous quitte maintenant! Je dois donner, sans faute, un rapport complet de santé à... Puis soudainement, elle se rappelle qu'elle ne doit pas dévoiler la présence du *« MAGE »*. Enfin! gesticule-t-elle, un genre de bilan sur les événements qui se sont déroulés à la **« Pierre-Aux-Fées »**, à la Fée Reine Gloria. Je vous salue mes doigts de Fées, dit-elle, tout en virevoltant sa baguette magique qui fait éclore quelques boutons de fleurs sur son passage.

Les Apprenties-fées se tassent à toute vitesse, pour ne pas retrouver leur tunique décolorée comme la dernière fois et cela, causé par les manœuvres hasardeuses de la Fée Dauphine.

—Et toi, petite Humaine à l'esprit ouvert, je te souhaite bonne chance et amuse-toi bien. À bientôt, Kassandra!

La Fée Marraine s'avance gracieusement vers Janie d'un pas coulant qui met en valeur sa magnifique robe transparente et fluide, en tulle très fin, d'une incroyable légèreté. Sa longue chevelure frisée et abondante est parée de nattes enrubannées.

Et sur sa tête sied une couronne de fleurs auréolant le contour gracieux de sa figure. Les traits délicats de son visage laissent apparaître de grands yeux en amande de couleur émeraude, un petit nez retroussé et une bouche charnue. Il n'y a aucune comparaison possible à établir entre la Fée Marraine et la Fée Dauphine, pourtant cela demeure évident qu'elles appartiennent toutes les deux au **« Domaine Féérique »**.

—Je te félicite pour ton courage! proclame fièrement la Fée Kassandra.

—Merci! répond Janie, émue. Rien d'autre ne peut traverser ses lèvres.

—Comme tu peux le constater, nous avons tout mis en œuvre pour te guérir.

Janie reste étonnée devant la différence des deux ailées. Autant la Fée Dauphine ressemble à une Humaine, autant la Fée Kassandra s'apparente à une créature surnaturelle. Cette dernière beauté, unique, est constituée d'un corps translucide et phosphorescent.

—Comment se fait-il… que vous soyez… *« toute »* verdâtre? Janie, surprise, remarque que la couleur verdoyante prédomine sur l'essence fluide de la Fée… de la tête au pied.

La Fée Kassandra possède des ailes teintées d'un vert lumineux qui s'agence parfaitement à ses cheveux nuancés de plusieurs tons de vert pastel. Et que dire de ses grands yeux en amande vert émeraude, brillants à souhait, illuminés par une pierre d'émeraude incrustée au milieu du front, entre ses deux yeux comme un troisième œil? Chose surprenante, un rayon vert étincelant s'éjecte du centre énergétique au niveau de son cœur et son corps translucide scintille à chacun de ses pas. *« Il doit certainement s'illuminer à la noirceur »*, pense Janie, fascinée.

—Je suis la descendante de la *« Race Verte »*. Je gère le domaine de la santé et de l'espérance par le 4e chakra, celui du coeur. J'apporte mon aide à toutes les *« Créatures de la Forêt »* dans le besoin; les animaux, les végétaux et les minéraux, qui eux savent très bien qui je suis réellement. Je supporte aussi les

Humains qui croient en mon existence. J'aime rétablir l'harmonie après les étapes difficiles de la vie que tous traversent afin d'évoluer. Cet équilibre instaure la quiétude qui provient de la vibration du nombre dix-sept qui m'habite. Ce nombre dégage des forces intérieures et redonne l'espérance à tout l'univers. Mon parfum est fabriqué à base de sapinage. Je représente, en musique, la note *« fa »* et enfin, la pierre précieuse que je symbolise se surnomme : *« La Pierre des Reines »* et n'est nulle autre que la lumineuse Émeraude. Maintenant, assez parlé de moi... tu peux te lever!

Janie se sent complètement rétablie.

—Nous devons rafraîchir cette petite, annonce la fée.

Kassandra clique des doigts et les Mini-Fées, aidées des Apprenties-Fées, apportent une couronne de minuscules roses de couleur pêche qu'elles déposent sur la tête de Janie. Aussitôt, les pétales de roses s'enroulent tout contre elle, se nouent entre eux et s'enfilent autour de son corps, sous les yeux avisés des *« Doigts de fées »*. Les couturières spécialistes de la haute couture détiennent un doigté sur mesure. La petite Humaine radieuse se tient bien droite, maintenant, revêtue d'une magnifique robe féérique. À présent, Janie possède sa propre armure de Princesse, un corsage de boutons de roses. Une fille aussi doit se protéger et endosser la cuirasse tout comme les *« Chevaliers »* d'antan et la sienne est joliment fleurie.

—Ah... que j'aimerais avoir des ailes! s'exclame Janie à haute voix.

Au même moment, de minuscules ailerons lui poussent sur les avant-bras et sur les mollets.

—Ohhh! Ahhh! Elle, qui normalement conjugue à tous les temps, demeure sous le choc. Elle articule un timide... merci.

—Je tiens à te souhaiter la bienvenue. Tu comprends bien que tu dois t'harmoniser au décor! déclare la Fée. Suis-moi, je vais te faire visiter le **« Marais des Souvenirs »** et ses alentours.

L'Humaine croit rêver!!! Ensemble, elles traversent un pont de pierre qui les amène tout près d'un ravissant jardinet qui longe les abords d'une source dormante. Janie est impressionnée devant ce magnifique tableau représentant la nature au beau fixe. On dirait une peinture de l'illustre peintre français Monet; tout y respire la tranquillité et la douceur naïve des jardins d'autrefois. Aussitôt qu'elles foulent le **« Jardin des Émeraudes »**, ce dernier s'anime! Alors, une chaîne d'activités se met en branle; une cascade jaillit d'entre les mégalithes de la **« Pierre-Aux-Fées »**, frétillante de poissons qui s'amusent à sautiller dans l'eau pure. Les oiseaux s'envolent du paysage enchanté tout en gazouillant. Les fleurs participent aux festivités en se balançant, tout en essayant d'attraper les oisillons. Une ribambelle de Fées s'éjecte hors du tableau en survolant le décor féérique.

—Wow! C'est ffflyant... un jardin vivant!

—Là... regarde! L'innocente *« Cascatelle »*, la plus vibrante des chutes d'eau s'amuse, à la moindre occasion... à nous arroser!

En disant ses mots, quelques gouttelettes, à la figure arrondie et à la tête pointue, les éclaboussent en chantant une petite mélodie :

> *C'est la pluie qui chante, c'est la pluie qui danse, c'est la pluie qui tombe, goutte à goutte. C'est la pluie qui glisse, c'est la pluie qui saute, c'est la pluie qui tombe, goutte à goutte!*

Les gouttelettes se transforment en perles d'eau et disparaissent en séchant.

Janie demeure émerveillée devant autant de fantaisie. Elle inspecte scrupuleusement tous les environs. Jamais elle n'a vu autant de Fées, de fleurs, d'oiseaux et de joie de vivre en un seul endroit, au même instant. Ses oreilles captent tous les sons qui l'entourent sans en perdre les moindres bémols comme si son acuité auditive s'affinait progressivement. Des jardinières suspendues, des vignes gorgées de raisins, des vases pleins d'onguents ou de parfums ornent le contour de la source. Les paniers en osier contenant des herbes aromatiques, des noix et des légumes tout autour du jardin sous verre, se remplissent comme par magie aussitôt qu'un petit écureuil se permet d'en manger. L'énorme dôme, en quartz cristallisé, protège ce lieu de prédilection et son écran étincelant rend ce jardin à l'état pur, invisible aux yeux des malfaisants, en éblouissant la vision des importuns. Tout, autour de Janie, frétille de vie. Les Mini-Fées aux cheveux courts et aux visages ronds comme des chérubins, cueillent les fruits et les transportent dans leurs corbeilles tressées en rameaux de vignes, en forme de corne d'abondance. Pas de vent agressif, ni un seul moustique ne vient déranger l'harmonie qui règne dans cet endroit fantasmagorique où tout se déroule à l'unisson. Mille et une Mini-Fées s'amusent à la file indienne et récoltent de l'eau de source, limpide comme du cristal, avec de délicates feuilles d'un vert doré. Ensuite, lentement, elles la transvident dans de ravissants flacons en cristal de roche, d'une finesse exquise. La chute tombe rapidement tout en chantant son hymne permanent dans un rythme ponctué en l'honneur des Fées. *« Cascatelle »*, en cascade, se faufile entre les pierres usées et se déverse toujours renouvelée, dans la *« Source »*, qui elle, à son tour, s'épanche dans un immense entonnoir sculpté à la perfection, en pointes de diamant. Lorsque les Fées touchent à l'angle saillant cristallisé, des bulles remontent à la surface. On dirait du champagne pétillant s'éjectant du bassin en effervescence pour festoyer au banquet de la nature.

Janie n'a pas assez de ses deux yeux pour tout voir. Des éclats de rire attirent son attention.

Les bulles de gaz en fusion éclaboussent les minuscules Fées qui rigolent entre elles. Enjouées, elles pénètrent les globules, les crèvent, sautent sur le dessus en rebondissant comme s'il s'agissait d'un trampoline. C'est la fête!

—N'est-ce pas... fantastique! s'exclame Kassandra.

Janie n'a pas de mot pour décrire ce spectacle incroyable.

—Regarde! Voici ma baignoire!

La Fée, toute souriante, surveille la réaction de l'Humaine lorsque l'entonnoir commence à transvider l'eau de source filtrée dans une immense coupole taillée dans une magnifique pierre de lumière verte. Tout s'avère d'une perfection à couper le souffle.

—Oh! Wow! C'est super flllyant!

—L'Émeraude détient les pouvoirs de la régénération, de la clairvoyance et de l'immortalité. Et ainsi ciselée, on l'appelle... la *« Table d'émeraude »*. Cette *« Pierre Précieuse »* des *« Connaissances Mystérieuses des Êtres »* constitue un talisman très puissant contre les forces du mal.

—Quel porte-bonheur et quelle baignoire! On dirait... plutôt un bassin olympique!

Janie est émerveillée par l'éclat de l'eau et le charme inédit de l'endroit. Elle réalise que les Fées ne marchent pas, elles glissent tout simplement; bien sûr, lorsqu'elles ne volent pas! L'air de **« l'Astral »** les pousse vers le haut comme si elles avançaient sur un tapis roulant. Elle n'ose pas déployer ses ailes.

—Oh! Incroyable!!! Jamais, je n'aurais cru pouvoir vivre une telle expérience. C'est extraordinaire! Suis-je bien... à la **« Pierre-Aux-Fées »**?

—Tout à fait! Tu as parfaitement deviné, dit la Fée Kassandra, d'une voix enchanteresse. Nous nous trouvons du côté **« Sacré de la Pierre-Aux-Fées »**. Il n'y a que les Fées et les Élus qui ont le droit de parcourir nos sites de prédilection.

—À l'exception de Chanceuse!

—Chanceuse! La coquine, pour sa part, n'a obtenu que la permission de voler au-dessus du **« Marais des Souvenirs »** avec moi. Tu sais pourquoi?

Janie esquisse un non de la tête.

—Eh... bien! C'est parce qu'elle exécute un travail énorme en aidant les créatures dans le besoin. En rendant service aux autres, elle élève par la même occasion ses vibrations pour une transformation exceptionnelle en devenir. Par contre, moi je dirais plutôt que l'exception à la règle... c'est toi!

Janie n'avait pas vu les choses de cette façon.

—Comment se fait-il que moi… j'aie le droit?

—Toi! Tu es marquée par le *« Destin! »* Tu dois traverser un chemin unique et tu as une foule de **« Mondes Fantastiques »** à découvrir.

Elle vit en plein conte de fées et elle a peur de se réveiller. Tout cela est trop beau pour être vrai.

—Il n'y a pas que la **« Pierre-Aux-Fées »**?

—Mais que non! Il y a tant de choses que les Humains ne connaissent pas du **« Monde des Mondes »**. Ils se croient les seuls dans **« l'Univers »**.

La Fée Kassandra ne rajoute aucun mot. L'émerveillement de Janie est à son comble. La Fée tournoie, dans les airs, sa baguette magique qui vrille dans tous les sens.

—Et maintenant, que ton vœu le plus cher se réalise! formule la Fée Kassandra de sa voix onctueuse.

Janie rougit. Elle n'a pourtant rien souhaité. Mais la Marraine semble savoir mieux qu'elle-même ce qu'elle désire et qu'elle n'ose pas demander.

La Créature ailée s'entoure d'une lumière scintillante argentée. Des milliers d'étoiles s'éjectent de cette luminosité et éclatent comme des pétards. Ainsi, de chaque astre étoilé jaillit une multitude de Mini-Fées qui s'élancent vers l'Humaine et l'encerclent. Ces créatures joyeuses et pleines de vie œuvrent seulement pour l'accomplissement de réalisations grandioses.

—Nous sommes venues pour exaucer ton vœu, chantent en chœur, les Mini-Fées.

—Un vœu chantant!

Janie est folle de joie… les Fées sortent de partout. Ces dernières se précipitent et forment un large cercle autour d'elle pour la saluer. Certaines jouent de la flûte, d'autres sont enrubannées de fleurs ou de cerceaux. Puis… d'un geste spontané, les délicates *« Ailées »* lui prennent la main sans qu'elle ait le temps de réagir. Elle croit que son rêve va se terminer, car normalement elles disparaissent quand on tente de les toucher. Elle regarde la Fée Kassandra qui lui sourit.

—Il n'est pas question que nous nous éclipsions! C'est un jour exceptionnel et tu dois profiter du *« Moment Présent »*.

Janie est au comble du bonheur, main dans la main avec les Mini-Fées. Elle aperçoit des musiciennes à l'œuvre, jouant du galoubet*. La musique résonne dans tout le jardin clos de plus en plus fort, comme pour l'aviser qu'un grand événement se prépare. Notre demoiselle regarde Kassandra agiter d'un tour de main sa baguette étoilée et lui annonce…

—Bon! Maintenant… j'active tes ailes!

Puis aussitôt, des milliers d'étoiles, cette fois-ci multicolores, tournent et soulèvent Janie qui est tout excitée. L'Humaine croyait que ses ailerons ne servaient que de parure.

Les Fées, sans attendre, l'entraînent dans une farandole au son des tambourins survoltés.

—C'est incroyable! C'est ffflyant! C'est… extraordinaire! s'écrie Janie. *« JE VOLE… JE DANSE AVEC LES FÉES! »*

Kassandra ferme la marche derrière les autres Fées. Devant, les Mini-Fées s'en donnent à cœur joie. Elles ressemblent comme deux gouttes d'eau aux Apprenties-Fées. Les Mini-Fées possèdent de minuscules membranes effilochées, de cheveux courts farfelus et soyeux, tandis que les Apprenties-Fées possèdent les ailes plus allongées et une chevelure plus longue et effilée. Elles s'apparentent à de gracieuses adolescentes.

La Mini-Humaine rit à gorge déployée un bon moment. Elle glisse dans le jardin, main dans la main avec les Fées, se laissant caresser par les fleurs sauvages qui s'amusent à les titiller sur leur passage. Par la suite, elles pataugent dans l'eau de la source, en sautant sur la pointe des pieds. Vivifiante, l'eau n'est ni trop chaude, ni trop froide.

—Quelle eau limpide!

---

* galoubet : ancien instrument à vent, flûte à bec

Janie repère dans le fond de la source cristalline des poissons-chats qui lui chatouillent les orteils, ensuite elle distingue une rivière de diamants. Elle essaie d'attraper ce long collier de pierres précieuses sur son passage, mais les minéraux cristallisés lui glissent entre les doigts aussitôt qu'elle veut sortir le bijou de l'eau.

—Je vole! Je vole! s'écrie-t-elle, en riant aux éclats.

Elle prend les devants, pourchassée par les Mini-Fées. Elle contourne des arbrisseaux, des rochers; elle mène la course folle avec les Fées des Arcs-en-ciel, appelées régulièrement… les *« Consacrées »*. Les minuscules Fées lui montrent leurs autres cousines, différentes, mais tout aussi ravissantes. Elle voit des Ondines dans leurs costumes gantés, portant des masques de gala. Ces Déesses des Eaux, toutes droites et en rangées cordées, plongent dans le bassin à partir des feuilles de vigne, une à la suite de l'autre dans une harmonie parfaite. Elles exécutent, pour épater Janie, un spectaculaire plongeon… un triple saut périlleux avant renversé avec vrille, en position carpée. Puis c'est au tour des Sylphes de vouloir l'impressionner. Ces bons Génies des Atmosphères, ces êtres aériens, rebondissent dans les bandes lisérées du courant d'air Zéphyr, le vent doux. Ce jet d'air fait voyager dans ses sillons les joyeux lurons à la bouche fendue jusqu'aux oreilles. Ne possédant qu'une tête unique servant à la fois de corps; ils ressemblent étrangement au bonhomme sourire. Aujourd'hui, pour cet événement marquant, ils ont décidé de sortir de leur cachette et d'effectuer quelques pas de danse folle avec Janie sous la direction de l'agréable souffle chantant. Le vent les soulève avec allégresse et en profite pour saluer au passage l'Humaine transformée. Aussitôt leurs démonstrations terminées, les Sylphes se transmutent en molécules d'azote et d'oxygène et s'éclipsent*. Puis, sur le haut de la falaise qui surplombe la **« Source »**, Janie aperçoit une Sirène, la Déesse de la Mer, se faire bronzer sous les rayons

* s'éclipsent : partent discrètement

radieux de Galarneau. Cette dernière, apparentée aux Ondines, mais plus farouche, n'aime pas que l'on dérange son intimité. Aussitôt qu'elle voit la bande, elle se précipite dans le liquide toujours en effervescence, afin de se camoufler dans les profondeurs. L'eau ainsi agitée par sa queue de poisson pétarade dans les airs et retombe en pluie d'or. Ricanant dans l'espace libre, d'énormes hélianthes* aux visages ensoleillés se balancent au rythme des visiteurs, sous les faisceaux dorés et chaleureux du soleil Galarneau. Ce dernier ne quitte pas l'endroit, trop heureux d'illuminer leur journée. L'Humaine aperçoit des Elfes, aux rires moqueurs, grimpés aux arbres. Ces petits êtres radieux se faufilent entre les feuillages, les fleurs et les fruits, tout en prenant soin de les brosser et de les soigner s'ils éprouvent le besoin d'être rafraîchis, lorsqu'ils se sentent flétris. Ces farfadets s'avèrent de grands guérisseurs. Ils en profitent pour saluer les fêtards qui s'aventurent sur leur chemin, avec leur chapeau pointu fabriqué avec des feuilles d'érable.

—C'est jour de fête! C'est jour de fête! s'écrient les menues Salamandres, ces inconnues du **« Monde Féérique »**. Elles s'éclatent de joie en se transformant en langue de feu et effleurent l'eau qu'elles enflamment sur leur passage et disparaissent ensuite en vapeur sautillante.

Doucement, la musique s'estompe et lorsqu'elle s'arrête, les Fées déposent Janie par terre et la quittent en lui envoyant des becs à la volée dans toutes les directions, retournant à leurs occupations quotidiennes. La **« Pierre-Aux-Fées »** redevient calme. Le paysage champêtre reprend sa position d'origine.

Sous le choc, l'Humaine demeure sur place en silence.

—Tu t'es bien amusée! déclare la Marraine.

—Mille fois merci!

Janie est désolée que ce *« Moment Magique »* soit déjà terminé.

---

* hélianthes : fleurs tournesol

Elle n'a plus les idées très ordonnées, car la Fée Kassandra vient d'exaucer son vœu le plus cher. Bien entendu, cela était avant qu'elle perde sa *« **Clef du Paradis** »*!

—Ça va? questionne Kassandra, en voyant *« l'Aura »* de Janie changer de couleur.

—Euh! Super!?! s'exclame-t-elle. Elle réalise que ce qui vient d'arriver n'a rien du hasard. Entre ses deux choix... sa *« **Clef** »* ou voler avec les Fées, Kassandra a répondu à son désir le plus enfoui dans son cœur. Sans cette occasion unique, elle n'aurait jamais eu le plaisir de danser avec les Fées. Elle ne doit surtout pas regretter sa *« **Clef du Paradis** »*. Peut-être lui parviendra-t-elle par magie?

Il n'y a aucun doute, la Fée comprend tout, sans même qu'elle ne prononce un seul mot. Elle lui fait penser à quelqu'un... mais à qui? En signe de remerciement, Janie se jette dans les bras de Kassandra qui lui prodigue une énorme caresse, heureuse de lui avoir procuré une si grande joie.

L'Humaine reprend ses esprits. Étonnée, elle réalise qu'elle a complètement oublié sa mission première et elle se doit de la continuer. Il faut absolument qu'elle retrouve Chanceuse qui doit se morfondre à l'autre bout.

—Est-ce que Chanceuse va venir me rejoindre dans votre jardin? questionne Janie devenue subitement émotive, sentant le départ approcher.

—Elle sera avec nous sous peu. Et je peux t'assurer qu'elle est impatiente de te revoir.

Janie réalise que cette aventure merveilleuse tire à sa fin.

—Comment suis-je arrivée ici?

—Tu te souviendras bientôt, car l'élixir a déjà commencé son effet régénérateur. Tu es parfaitement rétablie, dit-elle en lui tapotant le menton. Maintenant, le temps est venu de rejoindre ton intrépide amie Chanceuse.

Puis, d'un seul coup de baguette magique, l'Humaine se retrouve de l'autre côté du mur invisible.

Chapitre 31
Célébrité

Janie voudrait bien arrêter le temps tout de suite... *« Au Présent »*, mais ici, le temps n'existe pas. Impossible de changer quoi que ce soit! Elle n'a pas le temps de réagir et la **« Pierre-Aux-Fées »** s'anéantit d'un seul coup comme un château de sable qui s'effondre d'un battement de paupières. Subitement, elle se retrouve assise le postérieur dans la **« Forêt »**. Le nouveau paysage qu'elle aperçoit la fait sursauter. À la seconde près, toute sa mémoire lui revient comme l'avait prévu la Fée. En un clin d'œil, elle se souvient de tout et surtout de cet affreux cauchemar.

L'arbre squelettique est transformé en un colossal orme aux branches resplendissantes, jumelé à un épouvantail qui se pend à son tronc afin de se tenir debout.

Janie se retourne et constate que la Fée Kassandra demeure présente à ses côtés, élégamment silencieuse, droite, les mains croisées devant elle, plus chatoyante que jamais.

—J'ai fait un beau rêve!

—En effet! Mais... tu n'as pas rêvé. Je t'explique... Tu sais, les rêves astraux se manifestent toujours en couleurs. On les ressent si intensément qu'on dirait que l'on se trouve sur les lieux de l'action. Tout ce que tu éprouves dans **« l'Astral »** est vécu en totalité et demeure réel. Tu es tout simplement dans un autre plan de vie, au cœur d'une nouvelle dimension spatiale; un **« Monde Parallèle »** tout aussi concret que la **« Terre »**!

—Oh là là! C'est vraiment impressionnant.

—J'ai été chargée de te soigner afin que tu poursuives ta mission évolutive. Écoute bien! J'aimerais te remettre ce petit flacon d'eau de rose avant que ta troupe arrive. Je l'ai composée avec les fleurs du **« Jardin des Roses »** et macérée avec l'eau de la **« Source »**. Cette eau miraculeuse possède sa propre vie et une seule goutte est suffisante pour agir selon les demandes formulées. Tu dois t'en servir minutieusement et seulement dans un but honnête.

—Ahhh!?!

Janie ne sait plus quoi répondre et que penser.

La Fée poursuit… en surveillant sa réaction.

—Eh bien, si tu n'utilises pas ce mode d'emploi… avec respect et précaution, je dois te dire que ce cocktail *« Molotov »* entraîne la mort, autant pour le donneur que pour le receveur! Je suis persuadée que tu en feras bon usage et ne diras à personne que tu possèdes ce philtre magique, étant donné que l'on pourrait t'enlever la vie pour s'en emparer… car qui ne recherche pas *« l'Amour »*? Tout ce qui est fabriqué dans la plus pure mystagogie* de la **« Grotte Troglodyte »** doit demeurer caché, puisque tout ce qui y est découvert reste hautement convoité. Cela pourra peut-être te servir, lors de ta mission… qui sait? lui dit-elle en souriant. Janie enveloppe le petit flacon dans son fichu rouge et le dépose discrètement dans son sac en bandoulière. Puis, elle constate qu'elle ne porte plus sa magnifique robe de Fée et qu'elle a perdu ses ailes. Son rêve le plus inimaginable vient tout juste de s'évanouir!

—Oh!!! C'est dommage! Je ne pourrai plus voler!

—Je connais quelqu'un qui s'ennuie de toi et qui aimerait bien te l'enseigner.

La protégée entend un bruit de rassemblement et Chanceuse qui l'interpelle sans arrêt.

—Janie!!! Janie!!! Ma Janie!!! Ma Sœur Cosmique!!! Par ici! Troupe! dit-elle, en reniflant. Je reconnais son odeur d'ail.

---

* mystagogie : initiation aux mystères et qui ne finit jamais de se révéler

Enfin! Je crois… car elle est mélangée avec une fragrance de rose.

Le clan accourt à grand déploiement. L'Amiral au premier rang, arrive à la course les cheveux en broussailles, le couvre-chef sur le côté et la veste déboutonnée. Chanceuse, en émoi, se fait transporter sur le dos de l'Amiral, puisqu'elle est encore trop faible pour voler suite à ses blessures. En second lieu viennent Lumina et Lulubie ainsi que leurs escouades.

—C'ezst bien elle! s'écrie la coccinelle en pleurant à chaudes larmes tout heureuse de la revoir en chair et en os.

—Ah! Je n'en crois pas mes yeux, s'exclame le Grand Monarque en sueur. Ouf!!!

Quel soulagement pour tous!

Ému, ce dernier se jette dans les bras de Janie et Chanceuse tombe par-dessus bord.

—Zzzayoye!

Janie, aidée de son Protecteur, relève Chanceuse qui saute, immédiatement, au cou de son amie retrouvée. Toute la troupe l'entoure. L'émotion est à son comble. L'Amiral, dans tous ses états, en profite pour exécuter un salut militaire à la Fée afin de la remercier. Kassandra lui sourit en battant des ailes.

—Mon enfant! Tu es saine et sauve, s'exclame-t-il, effectivement très affecté. Nous n'avons pu rattraper Chartreux, car il s'est évaporé en un nuage gris dans la **« Vallée de l'Ombre »**. Les Lucioles vont rassembler toutes leurs idées de génie pour percer ce mystère. Je te l'assure! confirme-t-il sur un ton plus que ferme en brandissant son épée.

—Merzci! s'exclame Chanceuse en regardant la Fée Kassandra.

—Merci à toi! C'est grâce à tes signaux que j'ai pu retrouver Janie au pied de l'épouvantail à corneilles.

—Nous avons cru… que ton heure était arrivée. Tu nous as fait toute une peur, déclare l'Amiral.

—Zzzoui! Et comment es-tu parvenue dans la **« Zone Interdite »**? Et de plus, au pied de cet arbre spectral? Flandrin!

Ce grand nonchalant et maladroit apeure tout le monde quand on l'aperçoit pour la première fois. Mais, il n'a aucune malice!

Janie ne partage pas la même opinion que sa sœur cosmique au sujet de cet arbre malsain. Il joue parfaitement son rôle d'innocent.

—Ce n'est pas le temps des questions, dit l'Amiral à Chanceuse. La Petite est encore en état de choc.

—Excusez-moi... mais je me sens très bien! répond cette dernière. C'est grâce aux bons soins que m'a prodigués ton amie la Fée Kassandra. Et enfin... je sais maintenant à quoi ressemble une vraie Fée et en quoi consiste leur mission.

Chanceuse, en clopinant, s'approche de sa sœur cosmique et lui chuchote à l'oreille.

—Zzzz! Tu vas tout me raconter... n'ezst-ce pas?

Janie la trouve dans un état lamentable.

—En détail! Je te donne ma parole! C'est une histoire... incccccroyable.

Chanceuse comprend que le moment n'est pas propice aux questionnements.

Janie tourne son regard vers la Fée Kassandra et lui demande :

—Est-ce possible d'exaucer un autre voeu?

—Certainement, celui-là... sera le dernier! Je ne peux accorder plus d'un souhait à la même personne que dans des cas très spéciaux. Mais... puisque aujourd'hui, c'est un jour honorifique agrémenté de retrouvailles, je vais exaucer ton vœu par un enchantement secret.

—Ahhh! Le dernier!

Janie laisse tomber la tête en avant et pense à sa ***« Clef du Paradis »***.

—Je t'écoute! dit-elle avec toute la douceur du monde.

La petite Humaine est bouleversée, car cette fois-ci elle désirait profondément récupérer son porte-bonheur.

—J'aimerais, je voudrais retrouver... ma... mon... Ouf! Elle trouve cette décision difficile à prendre. Mais elle a demandé un souhait pour une raison bien spéciale et elle doit demeurer à l'écoute de son cœur.

—Elle demande à voix haute et sur un ton persuasif : JE SOUHAITE QUE MON AMIE CHANCEUSE LACOCCINELLE RETROUVE UNE SANTÉ PARFAITE.

—Quel courage… et quelle bonté de cœur! s'exclame la Fée Marraine.

Kassandra savait parfaitement que Janie, avant toute chose, aurait préféré retrouver sa *« Clef du Paradis »*. Mais elle a choisi la guérison complète de sa sœur cosmique plutôt que de penser à ses désirs personnels. Cela ne doit pas passer sous silence, elle devra en parler aux autorités Féériques.

Aussitôt dit… aussitôt fait! D'un coup de baguette magique, Chanceuse se remet à voler à nouveau, plus étincelante que jamais.

La Fée Kassandra disparaît au même instant que son coup de baguette magique; il ne reste que des cristaux iridescents qui voltigent çà et là. Janie n'a même pas eu le temps de la remercier, mais elle entend au loin… la Fée s'écrier…

—Bienvenue!

Les deux amies se tiennent par la main, heureuses de se retrouver en pleine santé. Aussitôt, les Créatures de la **« Forêt »** se dirigent en grand nombre vers la troupe en scandant des bouts de phrases que les deux filles ne saisissent pas très bien. Mais au fur et à mesure que le groupe se rapproche, les mots deviennent de plus en plus clairs. Janie comprend que ces cris émis sont des acclamations de la foule. Janie… la… Victorieuse… Janie… la… Victorieuse… a… vaincu… a… vaincu… le… féroce… Chartreux… LeChafouin… le peureux. Janie! Janie! Vive Janie! Vive Janie, la Victorieuse!

Devenue une héroïne aux yeux de toutes les créatures de la **« Forêt »**, tous désirent la toucher ou lui donner la main et certains osent même embrasser ses cheveux qui représentent une autre forme de poils que les leurs. Elle se sent gênée par ces gestes tout à fait inattendus et regarde l'Amiral qui hausse les épaules. Il n'intervient pas, car il ne veut pas mettre fin à la joie qui prévaut présentement. Le règne animal, le règne végétal et toute la Société Forestière célèbrent cet heureux événement et, dans un élan passionné, la soulèvent de terre. Janie passe d'un pétale à un aileron, d'une feuille à une patte, et ainsi de suite, jusqu'à ce qu'on la dépose sur un piédestal. Normalement, les autres espèces n'approchent pas les Humains, car elles ont peur d'être attaquées. Mais la Mini-Terrienne a changé le cours de l'histoire en bravant Chartreux. Elle marche à leur côté, prête à défendre leur territoire autant qu'eux. Janie trouve cela illogique que le gros matou se soit volatilisé en vapeur. Il y a certainement quelqu'un derrière toute cette énigme. Cette histoire reste obscure et le plus étonnant… c'est que personne ne semble au courant de son enlèvement par la Créature rarissime, le Quidam! Pourtant, Chartreux a crié haut et fort, le nom du Scorpionnidé. Janie ne l'oubliera jamais et encore moins… les Lucifuges d'où lui provenait cette piqure sur son éminence thénar. Elle devra garder cette partie cachée, sinon la panique s'emparera de la **« Forêt »**. Le silence est d'or!

Elle sourit aux créatures et Chanceuse se hisse à ses côtés. L'Humaine prend le tarse de la bibitte à patate et la lève dans les airs pour démontrer le courage de cette dernière. Tous applaudissent! *« Mais le vrai héros de cette escapade »*, pense Janie, demeure ce scorpion; celui qui lui a sauvé la vie de justesse en l'enlevant d'entre les griffes de l'affreux Chartreux LeChafouin. Et cela… elle se défend bien d'en parler!

Chanceuse analyse le regard de son amie et comprend qu'elle a vécu une grande aventure. Janie sourit, mais ses pensées sont ailleurs…

—Zzzhi!!! Viens, avançons! zozote la Coccinelle.

—Tu as bien raison Chanceuse, répond l'Amiral. C'est le temps d'aller de l'avant!

Ce dernier suit de près sa protégée.

Il se pose lui-même des questions au sujet du crétin de matou! C'est impensable qu'il ait réussi à pénétrer dans cette

« Zone interdite », sans l'aide d'un ou d'une complice! En fin de compte… personne ne peut voir la **« Vallée de l'Ombre »**; tout un réseau d'ondes de brouillage à haute intensité et un champ magnétique à rayons gamma agissent de manière subtile pour repousser les Créatures qui oseraient s'aventurer dans cet endroit infernal. Malgré tout cela, certaines créatures en crise ressentent sa présence et éprouvent de l'attirance. Mais, à sa connaissance, personne ne se hasarde à y pénétrer.

—Venez! Quittons ce lieu maudit.

L'Amiral se dirige vers un site sécuritaire.

—Zzzoh!!! Une chance que Kassandra t'a retrouvée, zézaie Chanceuse, sinon nous te cherzcherions encore! Et ici ce n'ezst pas un endroit pour flâner, surtout avec les chanzgements qui sont survenus dernièrement dans la **« Forêt »**.

—Grâce à toi, ma sœur cosmique, je suis sauve! Merci!!! s'exclame-t-elle, en serrant Chanceuse dans ses bras encore une fois.

Janie maintient son sac en bandoulière tout contre son cœur afin de protéger le cadeau rarissime qu'il contient, un trésor unique… le flacon de transformation. Zut! Elle n'a pas pensé l'utiliser pour soigner Chanceuse. Elle aurait pu garder le souhait pour retrouver sa ***« Clef »***. Enfin… elle ne doit pas regretter son geste; d'ailleurs, cette eau pure et simple s'avère le plus beau présent qu'elle ait jamais reçu. Un cadeau avec un pouvoir! Elle est persuadée qu'il servira un jour à une grande réalisation. Elle se fie à sa forte intuition. Elle n'aurait pu l'utiliser devant la troupe rassemblée, car cela aurait comporté des risques inutiles. De toute évidence, elle a fait le bon choix.

—Zzzah!!! Je te croyaisz perdue à tout zjamais mon amie! Tu comprends que zje ne voulais pasz te laiszser? Tu le zsais Janie, tu le sais, n'ezst-ce pas? questionne Chanceuse de sa voix zézayante de nervosité. Zzzje tiens zà toi plus que tout au monde!

L'Humaine ressent son désarroi. Laisser son amie derrière au risque de ne plus jamais la revoir? Elle aurait agi de la même manière.

—Chut! Je sais, je sais! Ne dis plus rien! Je comprends. Tu as bien fait, c'était le seul moyen à notre disposition. Tu as vraiment pris une décision éclairée. J'ai hâte de le mentionner au Vieux Sage!

Chanceuse sourit...

—Zzzoh!!! Tu crois vraiment zzz qu'il sera fier de moi?

—Tu parles! Il n'y a aucun doute! Tu gagnes des points, lui dit-elle en soulevant les paupières.

Chanceuse comprend parfaitement le message subtil de Janie. Elle lui trace le signe... bouche cousue et croix sur le cœur.

—Viens ma petite, insiste l'Amiral.

—Zzzoh!!! Vite! Raconte-moi comment tu as pu échapper zzzà Chartreux et... te retrouver avec mon amie Kaszsandra?

Le Monarque intervient, car le Vice-Roi les attend avec grand apparat.

—Allons! Passons à autre chose les enfants! Le Vice-Roi tient vraiment à votre présence à la « **Dune** ». Les festivités nous attendent. Puis, il se place devant l'Humaine. Ne bouge pas... je vais te porter sur mon prothorax* pour le trajet de retour. Tu dois absolument te reposer! ajoute-t-il en gonflant sa poitrine.

—Mais je me sens bien!

—J'insiste. La fatigue se lit sur ton visage pâle.

Janie bouche bée ne rajoute rien. Le Grand Protecteur la soulève de terre d'un seul coup d'élytre.

Elle se laisse donc transporter sur le dos de l'Amiral. Chanceuse plane à sa droite et personne ne pourrait lui enlever cette place de prédilection. Elle considère qu'elle lui revient de droit.

---

* prothorax : segment du thorax des insectes

L'Humaine est traitée aux petits soins comme si elle était une Princesse. Confortablement installée, elle vole à nouveau, mais cette fois-ci, qui aurait cru... qu'elle chevaucherait le dos du Grand Monarque? Cette sensation lui rappelle un merveilleux souvenir. Elle demeure plutôt silencieuse tout le long du retour vers la **« Dune aux Papillons »** pour la *« BOOM »* donnée en son honneur, par le Vice-Roi.

Janie remarque que Chanceuse la surveille du coin de l'œil. Les deux rescapées envoient la main à la foule en délire. Elles s'échangent des petits sourires de connivence et ont bien hâte de pouvoir bavarder seules et à leur aise de cet exploit. Mais la gloire impose ses exigences.

L'Amiral parade avec sa protégée et quel honneur pour son amour-propre! Juste avant l'arrivée à la **« Dune »**, il survole une épaisse moquette de fleurs sauvages des plus colorées. Les teintes radieuses d'orange, noir et blanc frappent l'œil de Janie.

—Wow!

Elle s'exclame devant le magnifique tapis qui s'anime pour la saluer. L'essaim de papillons s'envole pour laisser place à d'immenses asclépiades* qui se déploient comme des arcs, afin de se dégager de l'étreinte des visiteurs saisonniers. Ces plantes communément appelées *« petits cochons »* font preuve de gentillesse en offrant leur support pour que les lépidoptères se nourrissent en toute quiétude, de leur élixir sucré. Mais... gare au latex qu'elles produisent, car il se révèle toxique. Il n'y a aucun risque pour les Monarques, puisqu'ils sont immunisés. Aucun oiseau ne court la chance de manger ces papillons... de peur d'être empoisonné. Tout à côté, Adeline l'abeille ouvrière, pour cette occasion spéciale, a arrêté de besogner avec ses sœurs pour accueillir la *« Victorieuse »* et lui offre de longues salutations avec son grand chapeau de paille. Abigaël Caquette cesse de tirer la sève du roseau et stridule en battant des ailes de toutes ses forces, pour annoncer l'arrivée de la courageuse petite

---

* asclépiades : plante à fleur rose odorante

Humaine qui a vaincu Chartreux LeChafouin. Lulubie et ses voltigeuses rejoignent leurs délicates cousines, les Demoiselles, aux ailes transparentes qui dansent à l'horizontale, ainsi que leurs cousins les Odonates dont le vol est si gracieux. Tous célèbrent la fête et tous veulent rencontrer l'Héroïne!

En plus d'être une Mini-Humaine, elle a sauvé Chanceuse d'une mort certaine avec son cri de désespoir. Elle a été plus rusée que Chartreux.

Tout au loin, Janie aperçoit un gigantesque masque multicolore en forme de papillon.

—C'ezst buzzant! s'exclame Chanceuse. Ils sont tous venus pour toi.

Une foule énorme se présente pour saluer la championne.

—C'est formidable! Regarde Chanceuse, un essaim de papillons.

En disant ces mots, le phénoménal papillon se soulève comme une vague et se brise en mille et un... papillons. Des milliers de Grands Monarques voltigent autour de l'Humaine, battant des ailes et sifflant d'admiration. Parmi ces somptuosités, Janie y découvre en grande beauté, Vanessa LaBelle-Dame, Colias LeSouci, Linné LeVulcain. Tous ces beaux migrateurs du monde sont venus spécialement pour lui donner la pince. Ils accomplissent tout en grand, même les salutations distinguées.

—Bienvenue dans mon village natal! s'exclame l'Amiral avec allégresse. Tu es chez toi!

Janie et Chanceuse ont le souffle coupé devant ce spectacle exceptionnel.

L'Amiral lance un grand coup de sifflet et la colonie se place au garde-à-vous.

En ligne droite, la délégation au grand complet se tient prête à rendre hommage à Janie. À l'avant, effectuant son salut militaire, se retrouve le Vice-Roi, d'un mimétisme absolument impressionnant, à confondre avec son cousin le Monarque. À cette différence près, qu'il a quelques centimètres de plus autour de la bedaine! Il avoue sa petite faiblesse pour le nectar des asclépiades au goût sucré, même si cette mixture le rend gaga*!

L'Amiral la dépose par terre avec douceur et lui donne la main, afin de la diriger en face de son cousin.

—Voici ma protégée! Celle dont le nom n'est plus à faire... la... *« Célèbre Janie Jolly! »*

—Soyez la bienvenue parmi nous, chère Héroïne, déclare le Vice-Roi à la Terrienne, ainsi que votre délégation.

Ce dernier pointe son épée sur le sol devant lui, afin que Janie se place à cet endroit précis. Elle devient rouge comme une pivoine... ne s'attendant pas à un tel cérémonial. Elle regarde l'Amiral qui lui fait signe d'avancer. Le Vice-Roi dépose son épée à ses pieds et prend un magnifique médaillon reposant sur un coussin de satin, à sa droite, dans un plateau en or. Il montre la médaille à la foule qui applaudit d'admiration. Puis, il la décerne triomphalement à l'Humaine au Grand Cœur.

—Sois fière de toi, Janie! Je te félicite! Tu as démontré une bravoure extraordinaire et surtout... tu as sauvé ta sœur cosmique d'une mort certaine. Je te remets la médaille du courage, modelée en forme de dé, aux facettes gravées du chiffre quatre. C'est le ***« Médaillon de l'Excellence »*** destiné aux braves!

L'Humaine incline la tête avec dignité afin de recevoir cette médaille honorifique, réservée aux créatures héroïques. Elle n'a plus aucune idée des conventions à respecter et décide donc de suivre la voix de son cœur. Aussitôt, le médaillon d'or du courage s'illumine de reflets mordorés. Ces éclats proviennent des petits points numériques troués et entourent Janie d'une scintillante aura dorée. Cette manifestation demeure l'apanage exclusif... des ***« Élus »*** en devenir.

—Merci! dit-elle en relevant la tête. Je suis très honorée.

Elle se rend compte que rien d'ordinaire n'existe dans le **« Monde Astral »**.

---

* gaga : un peu fou

Le Vice-Roi rengaine son épée avec l'aide de Lulubie et tend ensuite sa patte poilue à Janie. Elle répond immédiatement à sa demande, en déposant sa petite main sur le tarse antérieur. L'Amiral fait de même avec Chanceuse qui n'arrête pas de tourner la tête comme une girouette depuis sa guérison. Les dignitaires passent en revue la garde d'honneur du Vice-Roi. En commençant par la troupe de Troufions de la **« Dune aux Papillons »** qui sans broncher demeurent au garde-à-vous. Cet essaim est regroupé par espèces et divisé en bataillons de compagnie selon leur variété et leur habileté : les Porte-drapeaux, les Carabiniers, les Arquebusiers, sans oublier les Officiers : Lieutenants, Capitaines, Majors, etc. Une escouade des plus complètes.

L'Amiral n'a jamais été aussi fier d'une protégée.

—On dirait qu'elle a fait ça toute sa vie! Elle devait certainement être une Princesse dans une autre existence, car elle connaît les bonnes manières et il n'est pas toujours obligé de la ramener à l'ordre. Tu devrais démontrer autant de maintien, dicte-t-il à la Coccinelle.

Chanceuse, vexée, lui esquisse un rictus moqueur; qui ressemble plus à une grimace qu'à un sourire.

L'Amiral n'ose pas répliquer, parce que la foule applaudit chaleureusement leur présence.

—La Cérémonie des Arrivées terminée, un long sifflement se fait entendre à nouveau, cette fois-ci émis par le Vice-Roi. Tout un chacun retourne à son petit train-train quotidien. Certains préfèrent rester sur les lieux, en flânant dans le pré, afin de connaître la suite des événements.

Le Grand Monarque avise les Sœurs Cosmiques que le Vice-Roi désire s'entretenir avec lui dans l'immédiat, puisque le danger est maintenant passé.

—Venez, cher cousin! Il y a belle lurette que nous n'avons pas bavardé ensemble de choses et d'autres. Il y a un tas de questions demeurées nébuleuses que j'aimerais éclaircir. Je sais que vous avez un long voyage à faire, aussi ne prendrai-je que quelques minutes de votre temps. Enfin! Comprenez ce que j'essaie de vous expliquer, rajoute-t-il, empressé.

Voyant qu'il s'agit plus que d'une simple conversation par le langage voilé du Vice-Roi, l'Amiral se retourne vers Janie et lui donne quelques explications rassurantes.

—Je dois discuter des procédures de la **« Forêt »**, mais ce ne sera pas long, surtout si j'évite tous ses placotages. Vous avez le temps d'aller vous faire bronzer. Je m'envolerai vers vous, dès que ma discussion sera terminée. Il savait qu'en disant cela, elles ne soupçonneraient pas son inquiétude. Soyez sans crainte, cette région est protégée par les Fées. Vous ne risquez rien si vous demeurez autour de la butte... parole d'Amiral. Je vous rejoindrai devant la tonnelle. Cependant, n'allez pas plus loin, même si vous en avez envie, car cette dernière n'est plus gouvernée par le **« Monde Féérique »**.

—Tu te sens mieux maintenant? demande-t-il à Janie.

—Merci! Tout à fait. La foule s'approche de plus en plus de l'Humaine et la salue avec gentillesse.

—Et toi, Chanceuse, ça va aller?

—Comme sur des roulettes mon Amiral, glisse-t-elle en lui envoyant un petit salut de sa main tatouée.

Janie, entourée de ses admirateurs, oublie les dangers. La Coccinelle se tient à l'écart afin de permettre à la foule d'admirer leur nouvelle vedette de près. Pendant qu'ils sont seuls un instant, le Grand Monarque avise la coccinelle des consignes rigoureuses à suivre... suite aux derniers événements qui ont changé tous ses plans. Ils doivent désormais se montrer plus prudents, après ce qui vient d'arriver. L'Amiral laisse savoir à Chanceuse qu'il s'agit d'une visite formelle bien plus que d'une visite de courtoisie.

—Tu ne dois pas quitter Janie d'un élytre. Tu m'as bien compris?

—Zzzhi!!! Messazge très bien rezçu, confirme-t-elle.

Janie se sent de plus en plus à l'aise, parmi ses nouvelles connaissances. Elle apprend à vivre différemment et en toute liberté dans ce « **Monde Astral** ». Par contre, Chanceuse démontre une attitude plus conventionnelle et commence à suivre les directives... presque à la lettre, mais pas encore assez pour toujours raisonner avec justesse.

L'Amiral insiste...

—Chanceuse, à partir de ce jour... la « **Forêt** » est en « ***ALERTE ROUGE!*** » Je m'empresse de régler certains petits détails et je reviens le plus vite possible. Tu as bien saisi?

—Reçu! Puis aussitôt, elle tourne le dos au Grand Monarque, en voyant le règne animal se précipiter vers Janie.

Les Créatures abondent de partout et ne cessent de tenter de toucher à leur héroïne... la Mini-Humaine. Elles désirent obtenir une mèche des cheveux de cette dernière à tout prix pour pouvoir en fabriquer des talismans de protection. Ce que Janie a accompli s'avère vraiment spectaculaire pour les Créatures. La force de caractère de l'Humaine restera à jamais gravée dans leur cœur et dans l'histoire. Cette interaction provoque des répercussions positives dans la « **Forêt Magique** ».

Chapitre 32
Le choc des différences

L'Amiral et le Vice-roi se tiennent par les épaules comme au bon vieux temps, heureux de se revoir, malgré les circonstances préoccupantes.

Chanceuse avise d'un signe de la main la Cheftaine que la cérémonie a pris fin. Lulubie arrive avec ses Voltigeuses de l'Air. Les libellules fraient un chemin afin que les amies poursuivent leur route.

Flattée de toute cette attention, l'Humaine est cependant contente que ces cérémonies protocolaires se terminent et que la vie reprenne son cours normal. Enfin... presque normal. Les deux aventurières voudraient bien prendre la clé des champs et se retrouver seules. Lulubie détecte les intentions des sœurs cosmiques et elle éloigne les curieux qui désirent les suivre.

—Au revoir les amies! bourdonne Lulubie en se donnant un petit coup de poing sur le cœur. C'est la manière de saluer dans sa formation.

Les deux filles répètent le signe de reconnaissance.

—Ouf! Enfin, la liberté! s'exclame Janie.

—Zzzhooui! À qui... le dizs-tu!

—Je n'appelle pas ça une ***« BOOM »*** moi... cette fête! Ça ressemblait plutôt à une intronisation*.

—Zzz! Ça... tu peux le dire. Tu ezs notre vedette!

—Arrête! Je préfère ma liberté à la célébrité.

---

* intronisation : placer sur un trône, conférer solennellement un titre à quelqu'un

—Zzz! C'ezst à voir! Maintenant que nous zsommes seules… soupire Chanceuse, raconte-moi tout!

Janie lui prend le bras en se dirigeant au **« Val des Lys »** et lui relate tout ce qui est arrivé à quelques détails près.

La Coccinelle examine la marque sur la main de son amie. Ce picot, à peine apparent, demeure l'unique preuve de son aventure avec la bête. Chartreux LeChafouin s'est enfui comme un froussard; la créature noire devait être redoutable ou il l'a mélangé avec quelqu'un d'autre, pense la bibitte à patate. Janie n'ose pas prononcer le nom de Quidam, car cela semble énerver toutes les créatures de la **« Forêt »**.

Chanceuse n'a pas assez de ses deux antennes pour capter toute l'information que Janie lui communique avec fougue.

L'Humaine aperçoit le Monarque arriver dans le ciel.

—Hey! L'Amiral a déjà fini sa conférence avec son cousin.

—Dézjà?! Zzzut! Il a été plutôt rapide cette fois-ci… et nous ne sommes même paszzz exposées au danger!

Elles n'étaient parvenues qu'à mi-chemin du **« Val des Lys »** et auraient préféré demeurer seules le reste du chemin.

—Je crois qu'il nous fait signe de le suivre! Est-ce que j'ai bien compris ses gestes? questionne-t-elle.

—Zzzoh!!! Oui, c'ezst cela!

La coccinelle remarque que ses cousines les Lucioles sont agitées. Il y a certainement de l'orage dans l'air.

—Cap sur **« Lapinièreville »**, ordonne l'Amiral aux Lucioles et l'écho de sa voix résonne jusqu'à nos deux frangines.

Janie s'excite… Après la **« Pierre-Aux-Fées »**, que peut-elle demander de mieux? Elle réalise ses rêves!

—**« Lapinièreville! »** Tralali, tralala… chante-t-elle, en sautant à cloche-pied.

—Zzz moi auszsi, je suisz heureuse, dit sa complice en se frottant les élytres, manigançant un plan.

Janie, qui ne peut contenir sa joie, éclate de rire comme elle sait le démontrer lorsqu'elle se sent nerveuse. Chanceuse lui tend les mains et ensemble, elles tournoient sur elles-mêmes.

—Encore! Encore! s'écrie Janie. N'arrête pas!

Et ce qui devait arriver... arriva! Nos deux excitées, étourdies, tombent sur le dos et roulent par terre.

L'Amiral surveille patiemment ses deux élèves qui s'amusent. Elles méritent ce moment de plaisir, pense-t-il.

Les deux sœurs astrales oublient tout, même la présence du Grand Monarque. Puis, étendue sur le sol, Janie constate que son Protecteur bat des ailes en compagnie de quelques Lucioles.

—Vite Chanceuse! Nous faisons attendre la troupe. Nous devons suivre les directives de notre guide. Elle ne prend pas conscience qu'elle mène le bal. Elle n'a pas encore la connaissance requise pour réaliser que tout ce qu'elle désire à haute voix dans le **« Monde Astral »** se réalise automatiquement comme par magie.

La **« Forêt »** les entoure complètement et chante l'air de la liberté, tout en les berçant dans leurs rêveries.

—Ça fait si longtemps que j'en rêve! C'est une bonne idée.

—C'ezst un éclair de zgénie! Tu vas voir, c'est buzzant! Surtout que zje connais parfaitement la Famille Touffue et ce, depuis belle lurette[*].

—La Famille Touffue! Quel nom farfelu!

Janie demeure étonnée, car leurs noms de famille ressemblent, jusqu'à un certain point, à ceux des Humains.

—Zzzoh! Tu trouves! Ce zsont des Lapinoix! Cette horde[**] de lapins, au pelage gris angora et à la queue blanche, accorde une généreuse hospitalité aux visiteurs qui m'accompagnent!

—Fantastique! Je te suis!!!

—Zzzizz! Tu seras enchantée de faire leur connaiszsance. Cette cellule familiale naturelle adopte des zhabitudes qui s'apparentent parfois aux zhumains. Nous zallons nous zamuser!

—Oh!?! Regarde ces gros champignons... là-bas!

---

[*] belle lurette : longtemps
[**] horde : troupe indisciplinée

—Ce ne sont pas des vrais! À cause de leurs chapeaux, on les appellent les *« **Cheminées des Fées** »*.

—Euh! Des Fées?

— Tu te souviens, elles possèdent plusieurs **« Domaines »**!

—Bien sûr! Allons-nous escalader ces gros champignons?

—Zzzoh! C'ezst imposzsible! Zzz!?! Ces cheminées s'avèrent un des lieux mystérieux les plus secrets! Une fois que tu les vois, elles deviennent inatteignables, car elles s'éloignent.

—C'est vraiment étrange!

—Tu sais... les Fées détiennent des pouvoirs surnaturels encore plus grands que ce qu'on peut imaginer et... elles-mêmes demeurent hors d'atteinte dans certaines circonstances!

Janie sourit en pensant à la **« Pierre-Aux-Fées »**. *« Pas avec tout le monde, il y a des cas particuliers »*. Elle avait vécu une expérience sans précédent dans l'histoire de l'Humanité.

—Zzzah!!! Nous zserons bientôt zarrivées à **« Lapinièreville »**! La Mère LaTouffe se montre toujours gentille. Elle n'ezst pas avare de son temps, même si elle détient toute une flopée de marmots zà élever. Elle possède un flair du tonnerre et trouve constamment le moyen de se fourrer le nez partout! C'ezst imposzsible qu'elle n'ait pas entendu parler de ta *« **Clef du Paradis** »*! Hum! Je suis persuadée qu'elle nous donnera une piste intéressante à szuivre.

—Tu penses qu'elle va m'accepter? interroge Janie.

—Zzzje crois bien!?! Enfin! J'ai hâte de voir sa réaction.

—Peut-être qu'elle n'aime pas les Humaines tout comme Chartreux?

—Zzzzz! Ne t'inquiète pas, sur leur terroir, tu ezs sous ma protection. Zzzoh! Et, zzzje suis leur amie!

—Elle devrait plutôt avoir peur de Chartreux... c'est lui le véritable danger!

—Les zzzHumains aussi constituent un danger avec la pratique de la chasse.

—Ouais! Tu as raison, admet Janie. Mais tu comprendrais... si tu avais déjà mangé un délicieux civet cuit dans une sauce au vin avec de gros oignons.

—Quoi? Tu as dévoré du lapin? Toi!!! Je croyais que tu préférais les mets végétariens.

—Il faut bien survivre, s'excuse-t-elle. C'est la suite logique de la chaîne alimentaire.

—Zzzzooooouach! Ahhh! Les Humains! Vous employez vraiment des coutumes barbares. Quel goût bizarre vous zavez de vous farcir des bêtes! Tu comprends pourquoi on ne s'approche pasz de vous? C'ezst que nous sentons l'odeur de la mort qui rôde autour de vous. J'eszpère que cette senteur amère n'ezst pas trop incruzstée dans ta peau.

—C'est grave?

—Zzzoh!!! La Mère pourrait te claquer la porte au nez!

—Mais... je n'y peux rien!

—Zzzut! Les Lapinoix n'aiment paszzz les ***« carnivores »***!

—Chanceuse! Tu exagères! Dans ce cas, ils devront te fermer la porte au nez à toi aussi! Et, elle rajoute avec force et conviction : cette façon de vivre n'est pas plus bizarre que les mœurs de certaines espèces d'insectes qui se dévorent entre elles. Moi, je préfère la saveur raffinée du lapin, au goût âcre des pucerons, dit-elle, heureuse d'avoir touché un point sensible.

—Zzzoh! Quel exemple! Non! Non! Zzzje t'assure, zje ne me suis zjamais, au grand jamais farci des pucerons.

—J'en doute! Enfin!?! J'ai lu dans une encyclopédie d'entomologie que certaines bibittes adoraient déguster ces... infectes minuscules bestioles.

—Zzzah!!! D'accord, zj'ai compris! Aucune espèce n'ezst parfaite et chacune possède ses habitudes. Nous allons manger de l'ail des bois, j'en avale à chaque fois que je passe par ici. La famille a horreur des parasites de tous genres!

—Pourquoi de l'ail?

Janie n'y voit pas de problème car elle aime ce condiment.*

—Zeuh!!! Il conjure le mauvais zsort et donne une haleine déroutante.

—Ça, je le sais!

—Zzz, j'aurais dû m'en douter!

—Et tu crois que ça réglera l'affaire?

—Zzzet comment! L'odeur va les dézjouer! Et ne mentionne rien sur tes goûts culinaires. Si elles posent des questions, dis-leur que tu adores les potazges à la luzerne et les carottes fraîches. Elles seront ravies et ne t'interrogeront plus! Ce secret restera entre nous. Bouche couzsue!

—D'accord! Bouche cousue, répète Janie en effectuant les signes usuels.

—J'ai hâte d'entendre les ragots de tout le monde!

—Tu as bien dit, tout le monde? Alors, elle doit être au courant de l'arrivée de mon ami Ketchouille. Il doit se trouver aux alentours, puisqu'il m'a parlé à la **« Pierre-Aux-Fées »**!

—Ketchouille? Qui est-ce? Et, à la **« Pierre… »**! Impossible! s'exclame-t-elle, tu as dû rêver Janie.

—Jamais de la vie! J'ai bel et bien entendu sa voix.

—Zzz! Janie! Kassandra me l'aurait déjà prézsenté, si elle l'avait rencontré au **« Marais du Souvenir »**.

—Ça ne fait rien! rajoute-t-elle, le vague à l'âme. Lorsqu'il se retrouvera à nouveau sur mon chemin, je te le présenterai!

—Zzzoh! Vous zavez un rendez-vous! zozote Chanceuse dans tous ses états, et poursuit… tu dois le rencontrer… où… quand… comment? Ne me fais pasz languir. Tu zsais que zje suis vraiment curieuse.

—Ah oui! Ça, je le sais. L'Archange Uriel m'a confirmé que je le reverrai en temps opportun. J'imagine qu'il me donnera un indice ou une information quelconque.

---

* condiment : substance ajoutée aux aliments pour en relever le goût

—Zzzzoooohhh! Un Archange! Il s'agit d'un des Chefs des Anges! Non! Zzz! Tu te moques de moi, ricane Chanceuse oubliant complètement Ketchouille.

—Pas du tout! Je n'oserais jamais. C'est la pure vérité! Avant de franchir les **« Portes du Savoir »** pour arriver dans ton **« Monde »**, j'ai rencontré l'Archange Uriel.

Chanceuse tape des ailes et vole sur place…

—Tu me le zjures?

—Tu doutes de moi?! Tu sais que l'on ne doit pas jurer pour des peccadilles. On ne doit s'en servir qu'en dernier recours! Il existe une loi morale qui incite les Humains à dire la vérité sinon, cela s'appelle du parjure. De plus, violer un serment détruit la confiance que les gens portent envers nous et après avoir menti, il est plus difficile de rebâtir sa réputation. En plus, il s'agit d'un code d'honneur comme dans ton monde.

Chanceuse baisse les yeux. Janie décide de réviser sa position, constatant que sa sœur cosmique est désappointée.

—Mais… je crois que je peux faire une exception pour une amie. Je jure de dire toute la vérité, rien que la vérité, juste la vérité… prononce l'Humaine, en levant la main droite dans les airs. J'espère que cela te suffit? On ne doit pas se cacher la vérité et on devrait tout se confier, sauf certains secrets! Ça… c'est une autre affaire!

—D'accord, zzzzz! Bouche couzsue, croix sur mon cœur. Je te le promets! Zzz! Janie!!! Tu esz une vraie amie.

—Toi aussi!

—Zzzeuh! Il rezzzsemble à qui… ton Archange?

—À personne! Unique en son genre, il possède des ailes doubles et encore plus grandes que celles de Kassandra.

—C'ezst ffflyant! Tu as dû être très zzzimpressionnée?

—Tu parles! Ce n'est pas tous les jours qu'une chose pareille arrive!

—C'ezst buzzant! Tu zsais… vous, les zHumains, avec votre âme unique vous bénéficiez d'une chance tout à fait incomparable... zsi vous le voulez, vous pouvez communiquer avec les Créatures Célestes. Moi, je n'aurai zjamais l'occasion de rencontrer un Ange et encore moins un Archange!

—Ne dis pas cela et ne te décourage pas! Je suis convaincue qu'un jour, tu pourras leur parler! Comment? Je ne le sais pas! Je me laisse guider par mon intuition et… mon pifomètre* ne me joue pas souvent de tours! Parfois, mes impressions se manifestent avec tellement de force, qu'elles me troublent, car la plupart du temps ce que je pense, survient! Ces manifestations s'appellent des présages.

—J'ezspère que tes prédictions s'avèreront vraies!

Les amies se dirigent vers « **Lapinièreville** » en cadence.

—Zzz! Janie ne marche pas zsi vite! Ce n'ezst pas un marathon! Zzzil faut bien prendre le temps de vivre, ma sœur!

—J'ai hâte d'arriver! Le temps presse! Ah! Ah! Quelle blague! lance Janie.

L'Humaine inspire profondément et ressent le besoin de le refaire, car cela lui procure une détente incroyable. Elle contemple les immenses arbres qui se touchent à la cime laissant échapper les rayons lumineux au travers des branches luxuriantes. La journée célèbre la présence du magnifique *« Galarneau »*. Le soleil du midi, sans ombre, dans sa position impériale atteint le zénith. Il domine la « **Forêt** » en glorieux.

—C'est tellement beau! Prenons une petite pause d'appréciation! Veux-tu?

Toutes les deux s'extasient devant la danse de *« l'Astre »*.

—C'ezst vraiment buzzant!!!

—Oh! C'est ffflyant!!! Les « **Portes du Ciel** » sont ouvertes. D'énormes rayons blancs se fraient plusieurs chemins au travers de la cime des sapinages géants. Les bandes lisérées se faufilent entre les branches et s'épanchent pour illuminer la « **Forêt** » jusqu'à la racine des arbres. Ébahie, Janie ne perd pas une minute, car le moment s'avère parfait pour témoigner leur gratitude à ***« L'Être Suprême »*** pour les bienfaits qu'il leur

* pifomètre : intuition caricaturée par le nez, le pif

procure tous les jours. Et elles espèrent que les *« Ventus »* porteront leurs éloges vers le **« Monde des Dieux »**!

—C'ezst buzzant! La bibitte à patate tente pour la première fois de son existence d'exprimer sa reconnaissance. Tout en levant les yeux vers les rayons sautillants d'énergie, Chanceuse prononce : zzzje te remerzcie, **« Grand Maître de la Nature »** de me faire partazger la vie d'une créature fantastique. Elle se montre tellement zgénéreuzse et possède une grande beauté intérieure.

Janie écoute silencieusement les paroles d'appréciation de la coccinelle. Elle trouve son geste très émouvant pour une bibitte à patate!

L'insecte apprécie ce *« Moment Magique »*.

—Super… cette belle déclaration à l'égard de ton amie… la Fée Kassandra! s'exclame-t-elle tendrement.

—Non! Zzzil ne s'agissait pas de Kazssandra. Zzzeuh! Je pensais… à toi!

—Oh!?! Janie rougit et regarde son âme sœur avec amour. Tu as vraiment bon cœur.

L'Amiral, toujours au poste et perché sur la plus haute branche d'un immense peuplier vert, surveille ses protégées. Il admire ces deux petites créatures se tenant par les épaules qui s'extasient devant les prodiges de la nature. Il garde silence, afin de respecter ce moment de grand recueillement intérieur.

Cet instant *« Magique »* et unique en son genre demeurera à tout jamais gravé dans les annales de la **« Forêt Magique »**.

*****

Il y a bien longtemps, Janie avait rêvé avec Mamiche de visiter cette famille de lapins blancs, à la queue touffue. Ce désir datait depuis qu'elles avaient trouvé un lapereau réfugié sous la balançoire de sa Grand-mère. L'animal s'était aventuré trop loin par ce temps de canicule, cherchant de l'herbe fraîche, mais surtout de l'eau pour étancher sa soif. Mamiche avait repéré la mère herbivore agitée, près du boisé, qui attendait que son aventurier revienne au bercail. Cette dernière devait lui laisser vivre ses propres expériences à ses risques et périls. Après plusieurs essais, Mamiche avait fini par attraper le lapinou gigoteur qui lui glissait entre les mains. Mais dès qu'elle l'empoigna, le bébé, apeuré, s'était mis à glapir des sons aigus de toutes ses forces. Elle avait été surprise d'entendre un glapissement si fort, venant d'une si petite bête. Ces braillements de détresse avaient alerté sa Mère qui, à son tour, lui avait répondu en lançant un long cri de réprimande en tapant du pied. Ces cris de désespoir semblaient lui dire : *« Je t'avais prévenu de ne pas quitter le territoire. »* Chose certaine, elle le croyait en danger! Mais c'était bien mal connaître Grand-mère, puisqu'elle se souciait de protéger la nature, ainsi que du bien-être des créatures. Elle avait voulu, sans délai, lui remettre sa progéniture* et lorsqu'elle s'était avancée en direction de la Mère, celle-ci avait reculé. Cette dernière restait sur ses gardes, ayant peur que l'Humaine l'attrape à son tour. Mamiche avait clairement compris le message. La lapine tenait à la vie, car elle avait, derrière elle, toute une marmaille à nourrir. Aussitôt, Mamiche cessa d'aller de l'avant, ressentant le désarroi de la maman lapine. Elle était demeurée droite et silencieuse afin que le mammifère herbivore ne s'enfuie pas. Elles s'étaient fixées, les yeux rivés sur l'autre un bon moment. Un regard de compréhension et de respect s'était installé. Mamiche, lentement, avait déposé le petit touffu qui courut à toute vitesse vers sa Mère. Le *« Moment Magique »* s'était terminé et la vie avait repris son cours normal.

*****

—Assez rêver… si l'on veut arriver un de ces jours! s'exclame Janie vivement.

Nos deux inséparables sortent de leur instant d'extase afin de poursuivre l'aventure qui s'annonce abracadabrante.

---

* progéniture : sa descendance, ses petits

Chapitre 33
Balbuzard au Grand Étendard

Les deux amies s'activent et, d'un pas ferme, avancent en direction de **« Lapinièreville »**.

Janie a remarqué depuis peu un petit changement dans le langage de Chanceuse. Lorsqu'elle contrôle ses émotions, elle ne zézaie presque plus, mais quand la panique s'empare d'elle... Oh, là là! Son baragouinage s'accentue, puisqu'elle avale ses mots.

Puis, chemin faisant, elle se retourne et constate que les **« Cheminées des Fées »** ont disparu. Une chance que **« Lapinièreville »** n'est pas dans cette direction. Soudainement, la fatigue s'installe et Janie sent un fourmillement dans ses pieds qui enflent immédiatement. Elle avait remarqué que lorsqu'elle ressentait ces picotements, cela annonçait que des événements inusités allaient se produire ou encore que son ***« corps astral »*** voulait revenir dans son ***« corps physique »***. Tous ces petits symptômes commencent à la préoccuper.

Chanceuse s'aperçoit que des inquiétudes trottent dans la tête de son amie. Elle ne peut rien lui cacher, car son aura diminue d'intensité et devient moins éclatante.

—Janie! Qu'est-ce qui se passe?

—J'ai peur de retourner sur **« Terre »**!

—Aie confiance en toi et respire! Je te soutiendrai, peu importe ce qui arrivera.

—Comment devines-tu? questionne Janie.

—Tu rayonnes moins. Il y a une lueur grisâtre en forme d'entonnoir qui s'enroule autour de ton corps astral et altère les belles couleurs de ton *« Aura »*!

—Oh! Je suis devenue terne. Zut!!! J'ai oublié ma *« Pensée Magique »*.

—Zzzet… tu oublies aussi de rezspirer!

—Hey! Tu répètes les mots du Vieux Sage!

Janie inspire deux longs coups et se concentre sur la réussite de sa mission. Ses respirations profondes et ses pensées positives chassent de son *« Aura »* la couleur cendrée pour laisser irradier des nuances colorées plus vibrantes. Les intentions constructives, en tourbillonnant, ont repoussé les irritants qui encombraient son *« Aura »*. Maintenant, cette dernière est redevenue resplendissante et elle se sent beaucoup mieux.

—Ça fonctionne vraiment?

—Zzzincrédule! Ton halo brille aux zéclats!

Le vent danse et fait bruisser les feuilles. L'Humaine à nouveau s'inquiète au sujet de son Protecteur et son auréole se remet à éjecter des faisceaux grisâtres.

—Il me semble que l'Amiral est parti depuis longtemps! Crois-tu qu'il nous a abandonnées?

—ZJanie!

—Je sais… la ***« Pensée magique! »***

—Zzzhi! Bien… voilà qui ezst mieux! Zzzoh!!! Regarde à la cime du grand hêtre, le Monarque en poste nous surveille!

Les deux amies courent d'aventure en aventure. Elles percent ensemble les secrets de la **« Forêt »** et ne sont pas au bout de leurs découvertes.

La vision bloquée par les grosses feuilles ovales, elles envoient candidement la main à la silhouette qui ne bronche pas.

—Tiens! Tiens! L'Amiral s'amuse à jouer le jeu du mimétisme. Il ressemble à un aigle, vu sous cet angle. Tu ne trouves pas Chanceuse?

Haut perché, ce dernier demeure difficilement reconnaissable.

—Zzz! Zzz! Zzz! Oh! Mais c'ezst… vraiment… un aigle! Chanceuse déconcertée s'affole et ne tient plus en place.

Ce comportement est tout à fait normal considérant les mésaventures qui leur sont arrivées.

Du haut de la cime, l'animal diurne juché sur sa branche reluque les gamines avec curiosité.

—Wow! T'as vu ses immenses ailes! s'exclame Janie.

—Zzzun rapace! La frousse s'empare de la Coccinelle. C'ezst plutôt zun vautour!

—Voyons Chanceuse… c'est un Aigle Royal!

L'Humaine, en extase devant la grande beauté de cette espèce rare, trouve qu'il revêt l'allure d'un Grand Chevalier.

—Zzzz! Ça ne fait rien, on ne prend aucune chance.

—Tu ne connais pas cette créature fantastique?

—Non! Zjamais de la vie! Zzz! C'ezst un inconnu, nous devrions nous zen méfier. La Coccinelle commence à développer des craintes comme les Humains. Elle n'aime pas cette nouvelle sensation. Ce sentiment d'inquiétude lui chamboule le cœur et lui serre le métathorax au maximum.

—Moi, je le trouve sublime dans son manteau royal et je crois qu'il désire faire ma connaissance!

Janie, hypnotisée par son regard vif, n'entend plus rien ni personne pendant que l'insecte se fait du sang de cochon et virevolte comme une poule sans tête.

—Zzzhummm! Zzzignore-le! Zzzah!!! Nous devons zêtre vizgilantes, dit-elle inquiète. Zzzje ne le connais pasz et zje ne suis pasz certaine de ses zorigines, ni de ses zintentions. Zzzje ne veux pasz prendre de risques cette fois-zci. Tu comprends? s'exclame la coccinelle en zozotant de plus belle et en bougeant ses antennes dans tous les sens.

—Qu'est-ce que tu penses… je fais attention! Fie-toi à moi.

Le jeune Aigle fixe Janie intensément et elle ne peut plus détacher son regard de ses yeux perçants. Une attraction mystérieuse s'installe entre elle et l'oiseau.

Le Roi des ailés s'élance dans le ciel et exécute un vol plané des plus spectaculaires pour démontrer sa force de séduction. Même son ombre a de la difficulté à le rattraper. Il vole au-dessus de la tête de l'Humaine au Grand Cœur en offrant un spectacle aérien d'une souplesse à couper le souffle, et ce, sans jamais la quitter de ses yeux flamboyants.

—Quelle habileté! s'exclame-t-elle, totalement envoûtée.

—Zzzohhh! Zzzohhh! s'affole sa sœur cosmique, en battant des élytres à plein régime. Zzz! Il tourne autour de nous comme... zs'il voulait nous zattaquer ou nous dézchiqueter.

—Mais non, regarde! Il joue avec le vent plaisantin.

Janie, éblouie, pivote sur elle-même tout en admirant les prouesses vertigineuses de son mystérieux migrateur.

L'Aigle glatit* en les survolant et la coccinelle s'agite et zézaie encore plus fort pour aviser l'Amiral et sa troupe.

—Janie, zzzje t'en prie, ne soutiens pas son regard.

On racontait que l'aigle demeurait le seul oiseau à pouvoir fixer Galarneau, l'Astre aveuglant, dans les yeux sans perdre la vue. Et, que si les créatures osaient dévisager ce Roi volant trop longtemps, il pouvait les rendre aveugles. La puissante énergie qui se dégageait de ses prunelles s'avérait d'une telle intensité qu'elle dépassait, haut la main, celle diffusée par les rayons du soleil. Apparemment, il pouvait en un seul regard foudroyant, transpercer les yeux de ses attaquants.

—Ohhh! Il vient vers nous! lance l'Humaine, ce qui a pour effet d'énerver encore plus la coccinelle qui tapoche des élytres.

—Zzzah!?! Zzzoh!?! Zut! Zoù êtes-vous? zézaie-t-elle crachant son liquide dans les airs. L'Amiral n'ezst jamais là lorsqu'on a bezsoin de lui! Bon sang! ZzzzzJanie cesse de le provoquer.

---

* glatit : glatir, cri de l'aigle

Chanceuse se tourmente encore plus en l'absence du Grand Monarque.

—Ne t'inquiète pas, nous sommes en train de... nous apprivoiser! Je ne sais pas pourquoi, mais il m'inspire confiance et de plus, il me semble le connaître depuis toujours! Je ressens une impression étrange de déjà vu! Mais, je n'arrive pas à me souvenir de la provenance, dit-elle vaguement.

—Toi, tu azgis comme une bezstiole et moi, zzzje penzse comme une Humaine. C'ezst... c'ezst le monde à l'enverszzz, zézaie la bibitte à patates impuissante devant la grosseur de l'ovipare corné.

Chanceuse sait très bien que s'il avait voulu les attaquer, ç'aurait déjà été fait! Mais l'inquiétude la tenaille toujours. Janie ne semble plus l'entendre zozoter.

—Arrête de tourner et ne bouzgeons plusz! Tu zsais, un aigle peut soulever son poids et même... plus!

La Coccinelle laisse échapper son liquide visqueux pour repousser l'Aigle, mais l'odeur repoussante affecte plutôt Janie qui se pince le nez.

—Chanceuse, cesse ton cirque!

—Zzzah! Pas question! Si zzzjamais il me mange, il sera empoizzzsonné et toi... tu seras libre mon amie.

—Quel beau geste, mais ce n'est pas la peine. Tu n'as qu'à respirer. Inspire Chanceuse... expire maintenant! Si cet oiseau nous veut du mal, la pensée positive l'éloignera de nous... parce que la lumière se débarrasse toujours de la noirceur.

—Zzz! Quelle conviction!

Chanceuse secoue ses ailes pour se décontracter et chasser les mauvais esprits.

—Parfait! s'exclame Janie rassurée.

Les deux amies sont collées l'une à l'autre, dos à dos comme des sœurs siamoises, la tête levée en direction du ciel.

—Zzzah! Tu as bien raison, je zsuis... je zsuis... zut!

—Tu es nerveuse et tu me fous les quételles![*] Je te ferai remarquer qu'il effectue un vol de reconnaissance, puisqu'il plane du côté droit. C'est un signe de bon augure.

—Zzzhi!?! Comment le saizs-tu?

—Je le ressens... c'est tout!

—Ouf! Ce n'est pas trop tôt! lance Chanceuse à l'Amiral qui vient tout juste de surgir.

—Janie a parfaitement raison! dit la voix posée du Monarque.

Il s'était posé à côté de Chanceuse, en douceur et voyait bien qu'elle s'inquiétait pour la sécurité de Janie. Elle avait pris au sérieux ses recommandations.

—Ah! Zzz! Enfin vous voilà! Zzz! J'ai eu une peur bleue que cet aigle nous zattaque, zézaie-t-elle soulagée.

Sa sœur cosmique se retourne et sourit à son Protecteur.

—Tu ne reconnais plus les signes, dit-il à la Coccinelle qui n'a pas envie d'avouer qu'elle a paniqué et qu'elle a perdu le contrôle. Elle ne souhaite pas montrer le côté vulnérable de sa personnalité.

—Mais... zsi, voyons! Je ne voulais tout simplement pas... prendre de risques, déclare-t-elle en essayant de ne pas parler sur le bout de la langue.

L'Amiral sait qu'elle redoute de perdre la face devant son amie. Il l'avait détecté à sa manière d'agir lorsqu'elle était troublée.

—Ce magnifique aigle royal, l'incomparable Phénix Balbuzard, Chevalier au Grand Étendard pourpre appartient à une classe d'élite servant de *« Messagers Célestes au Vieux Sage »*.

—Il est tout à fait normal, ma chère Chanceuse, que tu ne l'aies jamais rencontré dans la **« Forêt »** puisqu'il visite notre **« Forêt Magique »** pour la première fois. Il a reçu une permission spéciale des **« Hautes Sphères »**. Moi, je l'ai côtoyé à plusieurs

[*] avoir les quételles : avoir peur

reprises sur divers chemins et en d'autres lieux. J'ai eu la chance de parcourir des routes cousues d'aventures avec ce courageux envoyé secret.

—J'ai l'impression qu'il veut nous transmettre un message important, poursuit Janie. Me suis-je trompée?

L'intuition de Janie se développe de plus en plus, car effectivement, l'Aigle Royal, Phénix, doit lui diffuser un communiqué officiel de la part du Druide.

—Bravo! Tu accomplis de grands progrès. Ton sixième sens évolue rapidement. Tu m'impressionnes! Et je constate que tu exécutes à la lettre, les conseils judicieux du Vieux Sage. Tu demeures à l'écoute de ton cœur.

—Merci, dit Janie, heureuse que l'Amiral remarque ses améliorations dans la lecture des présages.

—Je suis convaincu qu'un jour tu possèderas la faculté de prédire l'avenir! ajoute-t-il avec certitude.

—Moi! s'exclame-t-elle. Jamais de la vie!

Devant son incrédulité, il rajoute...

—Qui vivra... verra!

Les deux filles se regardent avec un large sourire. Le Grand Monarque les épatera toujours avec ses proverbes populaires. Par contre, Janie aurait aimé détenir ce pouvoir dans l'immédiat.

L'Humaine au Grand Cœur avait effacé de sa mémoire sélective*, la possibilité de réaliser instantanément, tous ses désirs, si elle en formulait la demande à haute voix. Son subconscient n'a pas découvert, jusqu'à maintenant, toutes les facultés surnaturelles qui sommeillent au plus profond de son être.

—Zzzoh!?! Regardez le ciel. Il chanzge de couleur.

L'Humaine lève la tête à la recherche de Phénix Balbuzard... le *« Magnifique »*. Elle n'en voit plus aucune trace

---

* mémoire sélective : mémoire qui ne choisit de garder que les pensées importantes pour la personne

à l'horizon; cela est impossible, puisqu'il n'a pas encore livré son message. Galarneau se mêle de la partie pour compliquer la situation avec ses rayons et embrouille sa vision périphérique. Le ciel devient de plus en plus rouge, même violacé.

L'Amiral avise calmement ses protégées.

—Cette teinte violette annonce toujours l'arrivée d'un ***« Haut Dignitaire des Lieux Sacrés »***.

Les deux soeurs cosmiques se redressent et se placent au garde-à-vous. Elles essaient d'imiter le Grand Monarque qui prend la position officielle pour recevoir un Supérieur. De sa main, il secoue son épaulette et frotte les quelques boutons chromés de son veston.

Les Iris Maréchaux des Marais, chargés de dépêches spéciales, se dressent et sonnent le clairon, puis l'Aigle Royal traverse avec élégance le voile violacé tiré par une rangée de liliflores aux couleurs lilas. Phénix se dépose sur le sol avec souplesse et magnificence. Aussitôt, il fixe Janie de ses yeux perçants et elle rougit immédiatement, en baissant les yeux. Puis, l'oiseau commence son discours.

—Moi, Phénix Balbuzard, le Chevalier au Grand Étendard, je me dois de vous livrer ce message important de la part du Druide.

Phénix Balbuzard étend ses ailes enflammées d'une envergure impressionnante, et remonte à la verticale comme une fusée, laissant ainsi la place au Dignitaire.

Chapitre 34
Téléportation interférée

Sur ces dernières paroles, le ciel se couvre entièrement de milliers d'artistes Chérubins accompagnés de leurs Étoiles Nommées. Ensemble, ils s'amusent à tasser, rouler, pousser des petits nuages pour former des pelotes rondes qui ressemblent à des boules de coton. En pleine création, ils sculptent une œuvre d'art en trois dimensions. Les cumulo-nimbus ont reproduit la forme du visage du Vieux Sage. Le tout complété, le Druide s'anime et sourit à ses deux amies, heureux de les revoir.

Les filles sont renversées par cette manifestation artistique. Janie, émue, papillote des yeux.

—Il tient sa promesse! s'exclame-t-elle. Il suit notre route, en tous lieux. C'est un ***« Être »*** de parole.

Subitement, le grand vent nordique, le dominant *« Aquilon Borée »* apparaît en trombe. Poursuivis par un vent contraire, les nuages commencent à se disperser. Le Vieux Sage s'agrippe tant bien que mal à ces cumulus, aidé des Chérubins qui essaient, à leur tour, de les retenir. De son côté, le vent destructeur souffle de plus belle pour effacer ce tableau; même les Étoiles Nommées avec leur chevelure scintillante ne tiennent plus en place et s'élancent dans le ciel sans retenue comme des Étoiles filantes.

—Je regrette... mais... je crois qu'il me sera impossible... de vous livrer... mon important message, dit-il en chuintant. Glissant sur ses paroles, le vent *« Ravageur »* casse les mots que le Druide essaie de transmettre à la troupe.

Le Vieux Sage voudrait bien sortir des nuages et reprendre sa forme astrale, mais ces derniers s'éparpillent aux quatre vents ne lui laissant aucune chance. Une partie de son visage se retrouve dans chaque petit nuage pommelé. Incapable de les regrouper, il en perd même sa sandale sous la forte pression de la bourrasque qui le retient dans l'atmosphère et l'empêche d'accomplir son nouvel exploit!

—Janie! Le vent... tour... ne. Tu... dois me... fai... re... con... fian... ce, la... rrrou... te... est... trrruff... fée... d'em... bû... chhh... es. Sa voix a de la difficulté à émettre le message qui s'égare dans l'immensité de l'espace. Le vent contraire, *« Vandal LeRavageur »*, s'infiltre et sème la zizanie dans ce beau portrait, en poussant sans relâche son rival, *« Aquilon Borée »*, qui a le souffle court à force de se faire rabrouer*. Les Vents obliques, à ras de sol, tournoient et s'élancent à vive allure, s'attaquant à grands coups d'épées. C'est un duel serré entre les deux vents en rafales, qui se tirent et se repoussent de leurs fleurets impétueux.

—Je ne comprends rien, s'écrie Janie. J'ai seulement entendu... la route.

—Zzzet moi... truffée**, rajoute Chanceuse tout alarmée.

L'Amiral courbe sous l'effet des courants d'air et de la redoutable nouvelle. Il a parfaitement saisi les bribes et ne veut surtout rien répéter. Il y aura d'autres embûches, et non les moindres pour que le Druide envoie un Grand Chevalier et qu'il essaie de se téléporter. Janie et Chanceuse se cramponnent à sa cape et suivent des yeux les vents qui se défient continuellement dans l'atmosphère.

Tout tourbillonne autour d'eux comme une tornade, mais le Vieux Sage ne lâche pas prise. Janie peut voir sa bouche se contorsionner et articuler un message qui percute les nuages.

---

* rabrouer : traiter avec rudesse
** truffée : pleine de...

—Il n'y a rien à y comprendre! s'exclame l'Amiral ayant peine à tenir son couvre-chef.

Le vent oppressif *« Vandal »* complique la tâche *« d'Aquilon »* qui n'a pas l'habitude de se faire dicter le chemin. La musique du vent mugit, devient un ensemble de sons désagréables et déchire la missive dans l'atmosphère **« Astrale »**. Le contenu dispersé en petits morceaux ondulatoires, ne se rend plus jusqu'à Janie et cause de la transmodulation[*]. Il y a quelqu'un qui essaie de brouiller les ondes, en se superposant sur la zone territoriale du Druide. Ce dernier avisera le *« Grand Shaman Chinchinmakawing »* le Gardien des Lieux de la **« Montagne Sacrée »**[**] de cette intrusion. Le Chef Indien régit le *« Ministère des Ventus »* et demeure le seul à contrôler les phénomènes atmosphériques. Le Vieux Sage demandera à son ami d'intervenir et de résoudre ce conflit d'intérêts. Il faut que ça cesse!

—Qu'est-ce qu'il veut expérimenter? questionne Janie à pleine voix.

—Zzzje n'en ai aucune idée! s'égosille Chanceuse. Zzzje n'aime pas ça du tout.

—Il essaie de se téléporter! explique l'Amiral, les mains placées en porte-voix.

Les deux sœurs cosmiques se regardent éberluées.

Le Grand Monarque ne comprend pas qu'il ne parvienne pas à se défaire du tumultueux *« Vandal LeRavageur »*.

—Zzz! Il se passe quelque chose de vraiment anormal.

—Il y a trop d'interférence! Déguerpissons! Nous ne devons pas rester ici... nous courons trop de risques! lance l'Amiral, tout en couvrant ses favorites de son aile protectrice. Je vais demander à Phénix Balbuzard qu'il clarifie ce mystère à la source. Vite! Vite! Je sens que quelqu'un cherche à embrouiller les pistes. Je ne sais pas qui, mais il pourrait très

---

[*] transmodulation : onde provoquée par la superposition d'une autre onde
[**] à venir dans le tome 3

bien s'agir de Chartreux, car il est revenu dans les parages. C'est évident que quelqu'un ne veut pas que le Druide se téléporte.

Phénix Balbuzard survole les lieux avec difficulté. Le vent oppresseur « *Vandal* » le retient dans les airs. Voyant le danger, l'aigle glapit afin de les presser à quitter la zone à risque. À l'improviste, tout ce beau monde attrape de plein front une rafale violente de la part du vent « *Ravageur* »; ce qui a pour but de ralentir leur envolée. L'Amiral essaie de voler tant bien que mal avec Janie sous son aile. Chanceuse, de l'autre côté, ne peut s'élever dans les airs, car une bourrasque furieuse la terrasse contre le sol. Elle happe la cape de son protecteur de justesse et se fait secouer, de part et d'autre, comme une poupée de chiffon par « *Ravageur* », blanc de colère. D'un coup d'épée, le Monarque envoie un signe à sa troupe de Lucioles et cingle le vent qui se fend en deux. Lulubie et ses Éclaireuses arrivent en peloton compact et entourent les protégées pour les mettre à l'abri du danger. Elles forment une forteresse volante et se resserrent comme un étau sur les petites. La visibilité réduite rend les conditions exécrables. Il est maintenant devenu impossible au groupe de discerner les moindres contours de la forêt. Le vent blessé souffle de plus en plus fort sur eux et pousse de gros nuages poussiéreux afin de nuire à la démarche du Druide. Le Grand Monarque se sent soulagé; l'intrépide Phénix Balbuzard assure la sécurité des sœurs cosmiques, du haut des airs. L'Amiral n'a jamais vu une tempête de cette envergure et de cette force.

Pendant ce temps qui semble une éternité, « *Aquilon* » se débat contre « *Vandal* » pour reprendre le contrôle du « *Grand Vent* ». En colère, « *Borée* » soulève soudainement son adversaire venteux et destructeur dans les airs, avec une fougue* surprenante. Furieux, il bouscule violemment tout ce qui se présente sur son passage. On dirait une vague qui déferle sur la **« Forêt »** et d'un seul coup... « *Aquilon Borée* » englobe son

---

* fougue : ardeur

attaquant, le vent « *Vandal LeRavageur* ». Ce dernier, contrôlé, se dissipe derrière l'horizon et aussitôt le ciel s'éclaircit et le calme revient.

—Zzzzzoh! Le temps chanzge! Chanceuse, respire à fond, soulagée que tout soit rentré dans l'ordre. Zzzoh! J'ai hâte d'être rendue à la chaumière de la Mère Latouffe.

—Et moi donc! Je commençais à chercher mon souffle, dit Janie haletante.

Les Protégées, malgré les intempéries du vent, se retrouvent sur la bonne route. L'Amiral envoie Phénix demander de l'aide supplémentaire. Ils en auront grand besoin, car il a parfaitement déchiffré le message; il y aura des guets-apens pour nuire à la mission de l'Humaine au Cœur d'Or.

La preuve venait d'être établie et cela suffisait pour ne plus quitter les deux sœurs cosmiques.

Chapitre 35
L'insouciante Pâquerette DesChamps

Revenant tranquillement de leurs émotions et se tenant serrées l'une contre l'autre, elles prennent le chemin que leur indique le Grand Monarque du bout de son épée.

—C'est un raccourci! leur dicte-t-il.

Il les devance sans attendre et d'un seul signal, Lulubie et son escadron de l'air suivent les Protégées par derrière. La troupe s'engage dans un canal étroit en pente inclinée, soutenu par une muraille de pierres ciselées. Les marches en terre battue, tapissées de petits cailloux, mènent à la base d'énormes vignes servant de cachette contre les prédateurs. Les deux copines descendent, côte à côte, à toute vitesse le passage caillouteux parsemé de fleurs de trèfle et de marguerites des champs pour s'y réfugier.

Janie en profite pour glisser un mot à l'oreille de Chanceuse…

—J'ai bien l'intention de retrouver ma ***« Clef du Paradis »***!

—Zzzhi!!! Bravo! zozote la coccinelle, excitée de constater que la tempête n'a pas éteint l'ardeur de son désir.

Ce petit tunnel de fortune construit entre des branchages mène à un gigantesque jardin à ciel ouvert.

—Wow!!! Le fait d'avoir traversé cette tonnelle la rassure, puisque de ce côté… l'atmosphère respire le calme. Chanceuse!?! Ces fleurs géantes nous saluent! C'est ffflyant!!! Je ne sais pas ce qui se passe, mais as-tu remarqué… on est devenues presque aussi grandes qu'elles?

La magie s'effectuait de manière surprenante et elle les transformait peu à peu.

—C'ezst buzzant! Chanceuse est réjouie de la transformation qui s'opère en elle, car elle devient plus grande et ça... elle adore! Cela la fait rêver que peut-être un jour...

Janie ne tient plus en place.

—Regarde, regarde! Elles voltigent comme des acrobates. Puis l'une d'entre elles, la plus enjôleuse fredonne un air de liberté avec sa voix d'alto qui envoûte les voyageurs non-avertis et les maintient sous le charme. C'est de cette manière inusitée qu'elle capture ses nouveaux joujoux.

—Zzzoh! Non Janie! Ne lui donne pas zzz la main. Tu vas l'effrayer!

—Ahhhhhhhhhh!

Les avertissements arrivent trop tard. La fleurette tout animée pense que Janie veut faire sa connaissance et jouer avec le groupe, alors elle accapare la frêle jeune fille d'un seul coup de pétale. La petite Humaine ne s'attendait pas à un accueil aussi chaleureux. Les marguerites étincelantes l'effleurent pour la chatouiller, en signe de bienvenue. Puis aussitôt, sans avertissement, les jolies fleurs blanches au cœur jaune s'amusent à lui donner la bascule.

—Un, deux, trois et hop dans les airs! Un, deux, trois, répètent les autres fleurs pour imiter Pâquerette DesChamps, qu'elles trouvent amusante. Tu cherches ta ***« Clef du Paradis »****?* interroge curieusement Pâquerette. Janie répond d'un signe de tête, les quatre fers en l'air. Les marguerites DesChamps rabâchent les oreilles de la **« Forêt »** en chantant... Janie, Janie, Janie... cherche, cherche, cherche... sa **« *Clef...* *éé*,** sa ***Clef... éé***, sa ***Clef... éé***, du ***Paradis... ii***, ***Paradis... ii***, ***Paradis... ii »***. Les copies conformes de Pâquerette s'en donnent à cœur joie pour répandre la nouvelle par le vent rapporteur, Cafardeur LeLéger.

—C'est ffflyant! s'exclame l'Humaine. Vite Chanceuse, viens avec moi!

—Un... deux... trois et hop, hop, hop! clament les fleurs jumelles. Puis une lancée rapide et haute de leur part propulse la nouvelle arrivée dans des hauteurs vertigineuses. Elle ne s'attendait pas à servir de jouet. Soudainement, elle éprouve un étourdissement lorsque Pâquerette avec ses pétales blancs la lance, sans prévenir à une consœur qui à son tour la culbute dans les airs. Puis, cette dernière la relance à une copie conforme qui refait le même manège et cela, sans arrêter. Janie, le souffle coupé, panique.

—Au secours! Au secours! s'évertue-t-elle à crier. Chanceuse, viens m'aider! Je t'en... supplie! Je vais... tomber!

La Coccinelle tente de l'attraper au vol, mais sans succès. Les Pâquerettes s'amusent entre elles oubliant presque Janie.

En un clin d'œil, l'Amiral surgit et aspire sa *« Protégée »* avec son stylet*. Puis, il la dépose doucement par terre en déroulant rapidement sa trompe.

—Ah! Quelle insouciante! grommelle le papillon à voix basse, en parlant de la fleur sauvage.

—Ah! Quelle insouciante! Quelle insouciante! Quelle insouciante! Les sosies en chœur s'illuminent et répètent, l'une après l'autre, tout ce qu'elles entendent comme de vrais perroquets.

L'Amiral en a assez de l'insensibilité des créatures végétales, car elles ne possèdent pas de cervelle et s'adonnent au laisser-aller. Ils les trouvent ravissantes et utiles, mais très peu conscientisées. Il a bien hâte que l'intuition de Pâquerette DesChamps et de ses sœurs se développe un peu plus et surtout plus rapidement. Elles pourront un jour se transformer et devenir des créatures plus évoluées et vivre sur une dimension à leur mesure. Mais elles ne semblent pas pressées et préfèrent se prélasser sur l'herbe fraîche.

—Franchement Pâquerette! À quoi penses-tu? Je vois que tu t'amuses toujours à des activités frivoles!

---

* stylet : pièce buccale pointue de certains insectes

—Euh! dit-elle en se dandinant sur sa tige. Il est rare que nous recevions de la visite dans nos prés. Lorsque le souffle du vent nous a annoncé, à la minute près, l'arrivée d'une « Mini-Humaine au Grand Cœur », je n'ai pu m'empêcher de vouloir lui offrir mes salutations distinguées; en notre nom à toutes! Nous l'avons trouvée tellement ravissante! s'exclame Pâquerette de sa voix enfantine tout en clignant des yeux pour charmer l'Amiral.

—Nous aussi! Nous aussi! Nous aussi! radotent les renoncules.

—Bon d'accord! Je peux comprendre pour cette fois-ci, mais Janie ne sert pas de jouet et surtout... ne t'avise plus de recommencer! Il ne faut rien exécuter à la légère! Tu dois penser à la petite avant d'agir! Je tiens à te rappeler qu'un accident est vite arrivé. As-tu bien entendu? insiste l'Amiral de sa voix grave pour lui démontrer le sérieux de ses paroles.

Pâquerette DesChamps baisse les yeux et ses sœurs font de même, puis elle s'exclame déçue...

—Ahhh! Une suite de... ahhh!!! se répercute en écho. La colonie de fleurs saisit l'importance de ses actes.

—Tu comprends, Janie aurait pu se blesser. Tu devrais savoir que les humains ne volent pas! Ils vous marchent sur la tête tellement souvent sans se préoccuper de vous; tu devrais t'en souvenir. Ce conseil s'avère bon pour vous aussi, clame-t-il en regardant l'attroupement, en fronçant les antennes.

Janie intervient en voyant la tronche rabattue et les feuilles caduques de ses nouvelles amies. Maintenant, elles arborent vraiment mauvaise mine.

—Merci de vous inquiéter de mon sort! Elles ne sont pas les seules en cause. Elles se montraient tellement accueillantes que je n'ai pu résister à leur serrer la bractée*. Je réalise que cette expérience unique et enivrante était peut-être un peu trop risquée...

—Zzz! Zzz! Je la surveillais! s'empresse de dire Chanceuse.

---

* bractée : feuille

—Ouais! Quelle surveillance! Vous deux parfois... vous m'arrêtez le sang!

—Les fleurs parlent? Janie vient tout juste de s'en rendre compte et n'aurait jamais cru cela possible.

Aussitôt, la coccinelle précise quelques points au sujet des herbacées.

—Zzzeh oui! Parler est un bien grand mot! Elles répètent, sinon papotent entre elles. On les considère comme des bébés puisqu'elles manquent de maturité dans leur jugement. Par contre, elles sont tellement appréciées pour leurs divers arômes, qu'on leur pardonne tout à ces végétaux. Ces plantes aromatiques embaument l'air ambiant d'odeurs subtiles. Elles éveillent les sens, l'odorat et le goût. Elles produisent des huiles essentielles à notre système tout entier ainsi qu'une multitude de médicaments naturels très efficaces pour notre santé. En plus, les fragrances ensorcelantes qu'elles dégagent nous transportent au septième ciel! Même Jasmin LeParfumeur s'empare des plus belles cultures afin de fabriquer des parfums divins exclusifs.

—Ah! Moi, je suis fascinée par leurs prouesses acrobatiques!

Janie prend la défense de Pâquerette DesChamps et de ses sosies qui s'esclaffent bruyamment. Les marguerites constatent que l'Humaine s'intéresse au règne végétal. Cet intérêt marqué de sa part concernant leur agilité ravive les pétales qui recommencent à se trémousser.

—Enfin! s'exclame l'Amiral pour mettre fin au discours de Chanceuse. Nous devons nous séparer ici! Je superviserai le processus de votre retour à distance. Maintenant, pour vous rendre à la **« Chaumière des Lapinoix »**, il faut traverser la **« Tonnelle du Récif* »**.

—Zzzah!!! La Tonnelle!?!

—Un autre détour? répète Janie étonnée.

---

* Tonnelle du Récif : passage couvert

—Vous devez passer par cet endroit afin de trouver l'entrée secrète qui mène à **« Lapinièreville »**! L'Amiral bat des ailes pour les faire avancer.

« Après un tunnel... une tonnelle », mon protecteur pense décidément à tout; aucune créature ne pourra nous dépister, se dit secrètement Janie.

—C'est ingénieux! Viens... j'ai hâte d'arriver!

Chanceuse grimace, mais exécute les désirs de son amie.

Le Grand Monarque sillonne à trois reprises la route à suivre.

—Un peu plus loin, vous verrez un amas de broussailles près des érables. Vous devrez passer sous un tas de vignes rabattues sur un énorme tronc d'arbre, totalement entortillé de lierres ligneux. Facile à reconnaître! Elles sont garnies de baies très attirantes! Mais... attention! Surtout, n'y touchez pas, même si elles vous paraissent sympathiques. Le moment n'est pas propice aux présentations! Compris? Les sœurs cosmiques acquiescent.

Le Monarque oblige Chanceuse à se taire, lorsqu'elle vient pour mettre son fion dans les directives.

—Vous devez respecter cette règle! Ces fruits appétissants freinent l'ardeur des intrus. Elles appliquent un plan bien précis de défense. Et, il poursuit; elles s'avèrent hautement toxiques et peuvent vous empoisonner. Je ne peux vous accompagner. Ce trajet n'est pas pour moi, car je suis trop volumineux pour traverser la **« Tonnelle »** qui se rapetisse à mesure que l'on y pénètre. Je prendrai donc ce chemin parallèle à découvert, juste au-dessus! Vous devez vous considérer chanceuses de posséder un corps aussi petit!

Chanceuse bouillonne, elle n'aime pas qu'on l'oblige à suivre un parcours contre son gré.

Janie, elle, n'y voit que du feu* et salue les marguerites de la main, tout en poursuivant sa route.

---

* n'y voit que du feu : n'y voit rien, par éblouissement

—Au revoir! froufroute Pâquerette en se tortillant nerveusement les pétales avec ses sœurs jumelles.

—Au revoir! Au revoir! Au revoir! s'ensuit l'écho des sœurettes.

Pâquerette trouve dommage le départ rapide de la petite Humaine. Elle affiche une *« baboune »* rembrunie et naturellement, ses frangines l'imitent.

Les fleurs reprennent leurs habitudes ayant déjà oublié leur invitée d'honneur!

Pâquerette DesChamps rentame* son rituel.

—Ah! Ah! Ah! Voyez! Voyez! Voyez! Ses consœurs répètent tout comme des pies. Regardez! Regardez! Regardez! Elles se dévisagent et ensuite... ensemble, elles se tordent de rire. Hi! Hi! Hi...! Hi! Hi! Hi...! Hi! Hi! Hi...!

Pâquerette se retourne et recommence son manège. Elle attrape cette fois-ci, une petite fourmi et... oups! la balance dans les airs. L'écervelée n'a déjà plus conscience des dernières recommandations du Monarque.

L'Amiral soupire... et demeure abasourdi devant cette attitude désinvolte de la part de cette fleur des champs qui ne raisonne pas plus loin que le bout de ses pétales. Pâquerette et ses jumelles ne pensent qu'à manger des sels minéraux et vivre à fleur de peau et d'eau fraîche!

—Enfin! Il tourne la tête et spécifie devant ses protégées... Lulubie, rappelez-moi, à notre arrivée, d'aviser la Fée Kassandra qu'elle lui assigne un Elfe pour l'aider à se transformer, sinon elle va contaminer tous les prés avoisinants par sa désinvolture. C'est urgent!!! somme-t-il. Pâquerette doit élever ses vibrations et apprendre à assumer ses responsabilités. Elle se doit d'évoluer, si elle désire un jour changer de règne.

La coccinelle ne s'attarde pas aux recommandations du Monarque et explore les alentours.

---

* rentame : recommence

—Chanceuse! Nous sommes sur le bon chemin. Il y des trèfles à quatre feuilles partout!

—C'est buzzant!!!

—Ils sont une denrée rare et ils portent chance tout comme toi. Le Vieux Sage tient sa promesse et comme promis, tapisse notre route d'indices chanceux. Cela la réconforte.

—À tantôt! lance l'Amiral.

Les deux copines lui jettent un dernier regard en le saluant.

Le papillon les quitte avec un serrement au cœur. Il espère que tout se passera bien en son absence. Elles se montrent tellement téméraires, qu'il craint pour leur évolution.

Chapitre 36
Lapinièreville

Janie et Chanceuse traversent cet abondant jardin de baies blanches et rougeâtres. Les plantes montantes débordent de fruits de la grosseur d'une noix et les feuilles vertes s'entremêlent aux rosiers grimpants, libérant un arôme suave. Les végétaux sucrés regorgent de sève et miroitent l'une sur l'autre en se gonflant aux passages des inconnues afin d'attirer leur attention. On dirait qu'elles se sourient sous la pergola, en attendant que leurs victimes se mettent à table. Les deux amies aimeraient les déguster, mais elles n'osent pas les effleurer, même si elles se veulent très alléchantes et amicales. Elles ont été bien averties de ne pas toucher à ces fruits néfastes. Sans cet avertissement, elles auraient facilement succombé à la tentation et se seraient fait prendre au piège! Il ne s'agit pas de n'importe quelles baies, ce sont des *« Baies de Mandragore »*. On ne mange la mandragore qu'à petite dose et on doit la cueillir dans des conditions spéciales. Elle possède des pouvoirs hallucinogènes. Elle peut créer des mirages, car elle opère particulièrement sur la pupille, en provoquant sa dilatation. Cette plante est recherchée par les Magiciennes et demeure l'une de leurs favorites.

—Chanceuse! s'écrie Janie. Tu as vu? Quelle insolente!

La coccinelle avait feint de cueillir la baie et cette dernière offusquée, avait grimacé parce qu'elle ne l'avait pas choisie!

—Je suis en train d'oublier ma promesse avec toutes ces simagrées* qui sillonnent notre route. C'est peut-être pour cela qu'il nous arrive tous ces ennuis? Rendons-nous immédiatement

---

* simagrées : manières, grimaces

sur le territoire de l'Illustre Farandole afin que je lui transmette mes salutations distinguées. C'est moi qui décide de ma *« Destinée »*!

Juste avant de poursuivre sa route, Janie effectue, avec ses mains et sa langue, une grimace encore plus marquante que celle exécutée par le fruit charnu, afin de venger son amie la Coccinelle. La baie pouffe de rire. Elle réalise alors, qu'elle ne l'impressionne pas du tout.

—Zzzouais! Tu as peut-être raizson, toutes ces zembûches servent à nous décourazger! Suivons l'Amiral pour notre sécurité! Le Gardien des Séjours, l'Illustre Farandole, comprendra cette petite dérogation au protocole foresztier puisqu'il en va de ta vie!

—Espérons-le! s'exclame-t-elle embarrassée.

Une fois passées sous les lierres qui forment un dôme de verdure, il ne leur reste qu'à parcourir la Tonnelle. Étonnamment, elles frappent un mur de pierre, puis, coincées contre un amas de roches, Janie aperçoit une crevasse.

—Regarde! C'est la Tonnelle. Une longue écorce de bouleau durcie par l'argile traverse des galets concassés.

—Zzzje n'en suis pas si sûr!?!

Janie voit bien qu'il n'y a pas d'autres passages.

—Avançons! s'écrie-t-elle fière d'avoir trouvé l'entrée. Tu parles d'une organisation défensive!

—Zzzizz!!! Tu es douée d'un flair du tonnerre!

À l'intérieur, en sourdine, les sœurs cosmiques peuvent entendre un écoulement d'eau qui bruisse sous leurs pas. Une lumière tamisée les dirige vers des paliers couverts de mousse sauvage maintenue au sol par des petites feuilles absorbantes. Un vrai tapis moelleux. Les deux amies demeurent conscientes qu'elles se trouvent sur un territoire sauvegardé et elles ne craignent pas le danger. Tout a été mis en place pour protéger la **« Forêt »**. Elles réalisent par contre que leur vie ne tient qu'à un fil, car l'eau sous leurs pieds peut s'infiltrer à n'importe quel moment. Ce système a été instauré pour submerger les malfaisants en cas de besoin. Mais elles n'ont rien des *« Intrus »*. Les voilà presque rendues aux **« Portes de Lapinièreville »**.

Chanceuse possède un odorat très développé, surtout pour ce qui touche la nourriture.

—Zzzah! Mon intuition me dit de suivre cette odeur de bouillon de carottes. C'ezst le potage préféré de la Mère LaTouffe. Ça... c'ezst la bonne piste; nous arrivons à bon port!

Chanceuse survole l'endroit en humant l'arôme parfumé qui se volatilise dans le tunnel.

—Du potage aux carottes, j'aime bien ça, moi! s'exclame Janie. Ça donne une excellente vision!

—Zzzhi!!! Tu m'amuses! Je ne te demanderai pas qui t'a appris cela, je le devine parfaitement! Ça doit être pour cela que les lapins ont les yeux rouges.

—Je te ferai remarquer qu'il s'agit d'une rumeur. Les lapins ont les yeux orange! J'ai étudié cette question avec Mamiche!

—Zzzeux... ils sont granolas!

—Oh... oui! Ces mammifères végétariens ont supprimé toutes les viandes de leur alimentation, y compris... les puces! souligne-t-elle d'un air pince-sans-rire.

—Zzzah! Tu te trouves drôle! Sois sérieuse un instant!

—C'est toi qui me parles comme ça!

—Zzzah!!! Zzzj'ai compris! Je t'explique les habitudes du terroir de Mère LaTouffe avant que tu ne la rencontres. Zzzz! Je pense que ce sera mieux pour notre santé!

—Vas-y! Je t'écoute.

—Zeuh! La Mère a fait alliance avec le *« Macho »* du Domaine et, ce mâle dominant se prénomme Face-à-Claque!

Janie s'imagine voir un gros lapin pansu se frapper le double menton avec ses larges pattes en raquette, et qui tape du pied à la moindre occasion. Elle craque.

—C'est un nom à coucher dehors! s'esclaffe-t-elle.

—Zzzarrête! Si tu continues, je ne finirai zjamais de te raconter toute l'histoire avant d'arriver. Cet herbivore clapit à tous ceux qui veulent l'entendre qu'il poszsède le Domaine le plus grand de la **« Forêt »**. Il reste plutôt pacifique malgré les apparences, mais cherche toujours à épater la galerie. C'ezst la vedette! La première fois que je l'ai rencontré, il chantait une sérénade afin d'attirer les femelles. Il était aszsis sur une botte de foin avec sa guitare à la main et ressemblait à un vrai chanteur wezstern avec son accoutrement de cow-boy! Zzzoh!... Ce tombeur de femmes, en dépit de son allure de dur à cuire, possède un cœur sentimental, selon la Mère LaTouffe. Mais perzsonne ne connaît vraiment les zintentions de ce rêveur. Les rumeurs racontent qu'il s'agirait d'un espion.

—Tu veux rire?

—Zzzoh!!! Non! C'ezst sérieux! Une autre fois, je l'ai observé dans la clairière et je t'aszsure qu'avec le regard qu'il m'a jeté, j'ai volé jusqu'à la **« Chaumière »** sans regarder en arrière. Il était entouré de créatures d'allure étranzge. On aurait dit qu'il complotait. Zzz! Il a l'air louche de toute manière!

—Un lapin prénommé « *Face-à-Claque* », un espion! Tu rigoles! C'est trop farfelu pour que cela soit une histoire vraie!

—Zzzje t'avertis, recommande la Coccinelle, ne ris surtout pas d'eux quand je vais te les présenter, car ils sont susceptibles.

—Un peu comme quelqu'un... que je connais! réplique l'Humaine sur un ton railleur. Je croyais que les autres espèces se foutaient des apparences!

—Zzz! Tu peux rigoler à mes dépens tant que tu veux...! Mais je t'avise, en ce qui concerne la famille LaTouffe, n'ose même pas les ridiculiser, ni mettre leur parole en doute, parce que je ne te donne pas une seconde avant que tu ne reçoives un coup de pattes dans le postérieur. Et... tu seras projetée au diable vauvert![*] Zzz! Et... c'ezst souffrant en titi! Ça, je peux te le confirmer, puisque je n'ai pas pu m'aszseoir sur mon arrière-train, sans grimacer pendant un mois, tellement j'y ai goûté.

[*] au diable vauvert : très loin

—À la grosseur que tu as, tu es chanceuse d'être vivante, ricane Janie.

—Zzzah! Tu n'ezs pas drôle. J'aurais bien aimé t'y voir!

—Nous n'avons qu'à dire à la Mère LaTouffe qu'elle l'invite. Nous entendrons sa version des faits!

—Zzzoh! Surtout pas! Zzz! Ne prononce pas son nom dans la **« Chaumière »**, car la Mère l'a foutu à la porte. Il faizsait des yeux doux à toute la communauté féminine du territoire; un comportement inacceptable pour un père de famille.

—Tout de même Chanceuse! J'ai quand même appris la bienséance à l'école. Nous respectons un tas de conventions comme vous d'ailleurs. N'aie pas peur, je ne vais pas te faire honte. Tu peux compter sur moi, formule-t-elle avec un petit sourire moqueur qui ne rassure en rien Chanceuse.

—Zzzoh!!! C'ezst promis? insiste la coccinelle.

—Bouche cousue, croix sur le cœur!

—Zzzhi! La Mère LaTouffe ezst très populaire! On la demande constamment en tous lieux et en toutes occasions. Elle fabrique même des médicaments avec sa sœur pour soulager les maux. C'ezst une des herboristes les plus recherchées et son aide est grandement appréciée à **« Lapinièreville »**. C'ezst buzzant! Ils vivent en plein air et dorment à la belle étoile dans des cuvettes. Ces abris naturels sont très douillets, j'ai eu la chance d'y passer une nuit! Ils sont construits à partir des dénivellations du sol et souvent près des buissons, afin de se protéger du vent. Mais lorsque la température devient soit trop chaude, soit trop froide, toute la famille se camoufle dans le terrier où la fraîcheur y demeure permanente. Le plus grand plaisir des petits est, et restera toujours, de gambader dans la nature au grand jour; ils adorent grignoter presque tout ce qui pousse : le pissenlit, la luzerne, la laitue, les fruits et même l'écorce des arbres, et pour étancher leur soif, ils lèchent la rosée. À **« Lapinièreville »**, les lapins bâtissent des liens amicaux et apprécient les créatures pour ce qui jaillit de leur cœur. Tous sont considérés à leur juste valeur, même les étrangers!

—J'espère que nous n'allons pas les déranger, car ils aiment faire la sieste durant le jour, n'est-ce pas?

—Zzzeuh! Dans ta **« Sphère »**, ils dorment le jour et cabriolent la nuit et souvent au clair de lune! Mais dans **« l'Astral »** par contre, la journée est sans fin. Afin de créer un équilibre, ils respectent une ligne de conduite établie entre eux.

—C'est ffflyant! Ici, tout ressemble à chez moi et diffère à la fois. Cela ne me surprend plus! C'est le **« Monde »** à l'envers!

—Zzzj'espère que la Mère rôde autour de la maison, car elle accourt souvent à la rescousse des voisins.

À l'autre bout de la tubulure, à la sortie, la tonnelle se divise en deux parties. Un conduit se dirige sous terre et le second laisse entrevoir la Ville.

Émerveillée, Janie cesse d'avancer; en flanc de montagne se dresse le magnifique **« Domaine de Lapinièreville »**. La lande sans fin, aux coloris pastel, est truffée de violettes sauvages et de bruyère rose. La **« Chaumière »** se camoufle paisiblement entre deux gigantesques peupliers. Elle pourrait presque passer inaperçue, entourée de champignons hallucinogènes de toutes les grandeurs. En étalant leurs énormes chapeaux à large rebord, les végétaux dispersent leurs spores aux couleurs psychédéliques* afin d'embrouiller la vue des passants trop curieux. Très astucieux ce plan; ces plantes à cellules reproductrices vivent en symbiose avec les racines de ces arbres et deviennent un refuge exceptionnel pour abriter les petits animaux sauvages. La **« Chaumière des LaTouffe »** repose en paix entre les racines des salicacées** recouvertes de mousse servant de château fort et grandement aidées par les champignons qui agitent leurs fibres en apercevant les nouvelles venues.

—Voilà la **« Chaumière »**! zozote Chanceuse tout excitée.

Les végétaux chapeautés cessent leur faible brimbalement et ouvrent leurs oeillères lorsqu'ils reconnaissent Chanceuse. Ils

---

* psychédéliques : hallucinogènes
** salicacées : famille de plantes comme le saule et le peuplier

lui lancent un regard de reconnaissance avec leurs grands filaments. Janie vient pour ajouter un mot, mais trop tard; elle éternue et voit tout embrouillé. L'effet ne dure que quelques instants, puisque les cryptogames* aspirent aussitôt leurs spores et se referment sur eux-mêmes.

—Ils sont vraiment efficaces, dit-elle en reniflant.

—Zzzhihi! Tu parleszzz!

Elle remarque aussi que leurs faisceaux blanchâtres frémissent légèrement, toujours sur leurs gardes.

La charmante **« Chaumière »** s'étend dans la nature luxuriante, en effloraison**, devant les yeux épatés de l'Humaine. Un joli puits en pierre des champs est posté sur le côté de l'entrée, entouré de lavande et de jasmin qui embaument l'air d'une douce fragrance fraîche.

Les deux amies s'avancent en sautillant, heureuses d'avoir atteint leur but.

—C'est immense! s'exclame-t-elle. À ce moment précis, le sentiment de petitesse influence l'esprit de Janie et les sœurs cosmiques rapetissent sans vraiment s'en rendre compte.

Rendue à proximité, l'Humaine constate que cette cache d'envergure paraît encore plus gigantesque qu'il y a quelques moments. Face à la **« Chaumière »**, elle examine tout en détail. Le havre de paix est construit en bois rond, avec une toiture de chaume de type normand. Le portique arrondi est fabriqué de noix de pin et d'écorce de bouleau tressée. À l'horizontale, il est soutenu par deux poteaux en cône de sapin écailleux. Les feuilles grimpantes du mûrier noir s'enroulent aux chambranles des fenêtres, façonnés de terre battue et de rameaux nattés. Les murs sont peints à la chaux. L'endroit respire la tranquillité.

—Zzzoh!!! Surtout... n'oublie pas de t'essuyer les pattes! Euh... les pieds! rajoute la coccinelle, avant de mettre ses tarses

---

* cryptogames : végétaux sans fleurs
** effloraison : qui commence à fleurir

sur le balcon recouvert d'une magnifique carpette. C'est une marque de politesse!

Janie n'oserait jamais passer sur ce beau tapis carrelé aux couleurs vives. Ce dernier, tissé en corde de poche brossée et travaillé de coquets motifs de plantes potagères, s'avère étincelant de propreté.

—Pour qui me prends-tu? Moi, je n'ai pas que des panards*, j'ai aussi des souliers! Je sais ce que j'ai à faire!!! s'exclame-t-elle vexée que Chanceuse puisse penser qu'elle n'a pas appris les bonnes manières. Je vais enlever mes souliers comme à la maison!

—Zzzoh! Parfait! zozote la Coccinelle. Elle constate que son amie agit de son mieux pour appliquer les règles de politesse. Suis-moi! Je connais les airs de la **« Chaumière »**.

Côte à côte, elles avancent sur le tapis rugueux et l'Humaine ne peut s'empêcher d'écarter les narines.

—Hum! Quelle bonne odeur! Ça chatouille les papilles de Gustave... heu... gustatives! dit-elle.

Un fumet de légumes odoriférants se faufile par la fenêtre entrouverte.

—Zzzje suis certaine à cent pour cent, qu'elle va nous zinviter à partager le repas familial. Au même instant, la Coccinelle appuie sur la clochette de bronze, suspendue par une cordelette multicolore, formée d'une tresse d'ail.

—Nous sommes protégées, murmure l'Humaine à l'oreille de son amie. Nous n'aurons pas besoin d'en manger.

Le timbre de la sonnerie se fait entendre dans toutes les galeries souterraines, comme le carillon d'une cathédrale.

Janie soupire en attendant devant la porte en noix d'acajou, burinée de gravures de massette** et de châtaignes.

—Zzzeuh! Qu'eszt-ce qui se passe... ça ne vas pas?

---

* panards : pieds
** massette : quenouille

—Non! J'aimerais seulement grandir un peu plus! J'ai l'impression que cette Famille nous dépassera en taille! L'Amiral et Lulubie mesurent un peu plus que nous et j'estime que ces lapins s'avéreront le quadruple de nous... sinon plus! Je me sentirais mieux si nous mesurions quelques centimètres de plus. C'est tout!...

—Zzzah! Je vois. Tu as peur que le clan te bouffe?

Pour la première fois, l'Humaine a formulé un désir sincère, celui de grandir, et cela... à haute voix. Automatiquement, son corps réagit comme lors de sa transformation. Et du même coup, Chanceuse aussi! Toutes les deux se regardent, d'un air stupéfait. Elles n'en croient pas leurs yeux, elles prennent de l'ampleur instantanément et ne deviennent ni trop grandes, ni trop petites, juste assez pour ne pas se faire piétiner! La Protégée du Vieil Arbre ne connaît pas encore toute la force du pouvoir qui sommeille en elle. Maintenant, à cause de ce souhait et de l'intention de ses sentiments, elle revêtira la forme désirée selon les aventures qui se présenteront lors de la mission. Et la coccinelle en subira les contrecoups puisque ses atomes crochus se sont entremêlés avec les particules de l'Humaine.

Les deux sœurs cosmiques ne se possèdent plus; elles ont triplé en longueur et en largeur. Comment se fait-il qu'elles se soient transformées simultanément? Qu'est-ce qui a bien pu provoquer ce changement? Un simple souhait, pense Janie. Cela serait-il possible? Mais non... ce serait trop facile!

—Zzzoh! Tu as vu, zzzizz! C'est buzzant! Buzzant!

—Désormais, nous pourrons parer à toute éventualité, puisque nous nous retrouvons à la hauteur de la situation!

Toujours devant la porte d'acajou, elles attendent d'être accueillies.

—Poussez la bobinette! raille la vieille Grand-mère à la voix étiolée* par les cycles de vie.

---

* étiolée : qui perd de la vigueur

Chanceuse appuie sur la grande porte de bois qui demeure fermée.

—Zzzizz! Zzzah! Zzzj'oubliais ... À tire d'aile! zozote la coccinelle.

Janie la fixe avec des yeux interrogateurs.

—Mon mot de passe! chuchote-t-elle.

—Sois la bienvenue! La Lapinoise assise au bout de l'immense vestibule adjacent à la salle de séjour les reluque*.

Cette dernière regarde par-dessus ses lunettes à double foyer, accrochées sur le bout de son nez. Elle se berce tranquillement. Prévoyante, elle tricote à l'avance un long châle pour l'hiver qui devrait être précoce cette année.

—Zzzizz! Bonjour Grand-mère LaGrise! Zzzzz! ZJe vois que vous travaillez comme touzjours à confecztionner de jolis vêtements confortables, zézaie Chanceuse joyeusement tout en s'avançant vers la lapine pour lui donner une bise sur la joue.

—Est-ce bien toi, Chanceuse? questionne la mémé Lapinoix.

—Mais zzzsi, mais zzzsi! Vous ne me reconnaizssez pas? questionne-t-elle à son tour, croyant que la vision de l'Ainée s'est encore affaiblie depuis sa dernière visite.

—Je te reconnais parfaitement à ta marque de commerce, glousse-t-elle en poussant des petits cris de joie gutturaux. Tu parles toujours sur le bout de la langue! Mais ma foi! Tu as pris du poids! Incroyable!?! Tu es presque aussi grosse que moi. Eh bien! C'est une bonne chose, je n'aurai plus besoin d'ajuster mes lunettes.

—Zzzoh! Pourtant, zje n'ai mangé que de l'ail!

—Ça ne fait rien! Je suis tellement heureuse de te revoir, il y a bien longtemps que tu es venue me visiter! Trop longtemps! Tu restes un petit bout de temps avec nous?

—Zzzeuh!!! Avant, je dois régler des affaires importantes!

---

*reluque : regarde avec insistance

—Je vois, je vois! Tu as même une nouvelle amie. Vas-tu te dépêcher de me la présenter?

—Zzz! Voici... Janie, ma sœur cosmique!

—Oh! Est-ce la fille de notre voisine la Gnomide des bois, Rébecca? interroge la Grand-mère.

—Zzzoh! Non! Il s'agit d'une Humaine!

—Arrête! Ne me joue pas de tour! Je n'aime pas ce genre de blague. Tu sais très bien que pour ne pas finir en ragoût, nous nous mettons à l'abri de ces *« Intrus »*. Tu me fais marcher! Bouillis de carotte! Une chance que ces *« Géants »* ne peuvent pas pénétrer dans nos terroirs. Cette créature ressemble comme deux gouttes d'eau à la fille de la femme à barbe!

—Zzzà Philomène? Zzzhihi!!! Mais pas une miette!

—Mais, si! Mais, si!

Voyant qu'elle n'obtiendra pas le dernier mot, Chanceuse n'ose pas répliquer. Elle trouve cela plutôt drôle qu'elle la compare à une Gnomide et c'est peut-être mieux ainsi. La Coccinelle demeure d'accord avec l'aïeule en ce qui concerne l'aspect physique des deux créatures et comprend qu'elle puisse éprouver des difficultés à les différencier... d'une certaine manière. En fin de compte, sa vue n'est pas si bonne que ça! Elle soupçonne la Grand-mère d'être, non seulement presbyte, mais certainement atteinte aussi de myopie.

Janie s'apprête à éternuer et heureusement, rien ne veut sortir de son nez. Il y a trop de poils dans cette tanière pour ses allergies. Elle n'ose pas interrompre la conversation, mais trouve déplorable qu'elle ne puisse apporter de commentaires élogieux au sujet des Humains. De toute façon, qui pourrait bien lui ressembler dans la **« Forêt »**?

Convaincue que Chanceuse lui raconte des bobards, la lapine l'interpelle.

—Viens m'embrasser ma belle toutoune! gouaille* la Grand-mère comme si elle la connaissait depuis toujours.

---

*gouaille : se moque

Janie veut riposter, mais se retient en voyant les gros yeux que lui administre Chanceuse. Puis elle se souvient de la consigne que lui a donnée son amie : de ne pas tenir tête, sinon… gare à son derrière. Mais tout de même… toutoune, c'est un peu fort! Elle s'approche pour lui faire la bise sur la joue tout comme Chanceuse. Aussitôt, Grand-mère LaGrise sursaute, car elle a flairé une odeur infecte. L'ail n'a pas produit l'effet escompté.

Cette émanation lui annonce... le danger!

—Une authentique Humaine! fulmine la Lapinoise qui s'ébouriffe d'un seul coup tout en crachant dans les airs. Janie demeure muette comme une carpe. Visiblement, la doyenne sur un pied d'alerte s'apprête à détaler. Elle tapoche de la patte à grande vitesse. Janie respire à peine. Malédiction! glousse la vieille lapine essoufflée, tout en ravalant sa salive. Nous allons tous, sans exception, finir dans une marmite avec des oignons! Bêtises!!! Qu'est-ce qui t'a pris de l'emmener chez nous? La vue de Mémé Lapinoise a peut-être baissé, mais elle n'a pas perdu ses réflexes; elle rue et saute dans tous les coins. Par quelle magie… a-t-elle pu devenir aussi petite?

L'amie de Chanceuse s'attend au pire et se cache le visage, certaine que la Grand-mère va lui botter le derrière. La Coccinelle s'interpose juste à temps.

—Zohhh! Non! Non! Je vous donne ma parole que vous ne courez aucun danger! Elle adore les animaux et surtout, rajoute-t-elle en insistant, elle possède un *« Cœur d'Or »*. La Grand-mère, les pattes dans les airs, souffle par les narines à grands jets. Zzzizz! Calmez-vous! ZJe vais vous confier un secret. Cette phrase a pour effet de l'apaiser sur le champ puisqu'elle raffole des potins comme le reste de la famille. Immédiatement, elle tire sa longue oreille en cornet vers la Coccinelle. Vous ne devez le répéter à personne, sous aucun prétexte. Promis? La lapine, les lunettes de travers, acquiesce. J'ai reçu des instructions formelles du Vieux Sage lui-même : ma mission consiste à accompagner la Mini-Humaine partout dans son odyssée, parce qu'elle a perdu sa… Chanceuse arrête sa phrase en plein milieu et se rapproche encore plus près de son pavillon, afin qu'elle entende parfaitement la révélation secrète; zzzhi! mon amie, ma sœur a perdu sa... « ***Clef du Paradis*** ».

—Oh... malheur! Je vois! dit-elle en se laissant choir sur une botte de foin pour reprendre son souffle. Ouf! Ne me fais plus jamais de pétoche* pareille, car je ne sais pas si mon cœur va résister à la prochaine crise! Une patte sur le thorax, elle constate que sa pression artérielle a grimpé au plafond.

—Zzzoh!!! Promis!

Les créatures de la « **Forêt** » connaissaient inconsciemment la « *Loi Cosmique* » d'équilibre. Tous les règnes, sans exception, du plus petit au plus grand, devaient posséder leur « *Clef* » personnelle d'identification!

Janie demeure silencieuse.

—Cette mission qui vous incombe, ma chère Coccinelle, doit être de première importance pour que le Vieux Sage permette cette transformation extrême. C'est incroyable ce que le Druide peut exécuter! Mais c'est la première fois... que je vois un changement corporel de toute ma longue vie!

Janie se trouve privilégiée d'avoir été acceptée dans les rangs du Clan.

Les lapereaux étaient restés recroquevillés de peur après la scène de colère effectuée par leur Grand-mère. Mais, maintenant que le danger est passé, ces derniers recommencent à jouer.

La lapine, responsable de la nouvelle portée, reprend sa surveillance. Elle jette un coup d'œil dans le parc, construit en branche d'arbrisseaux et tapissé de pétales de marguerites jaunes et blancs, aménagé exclusivement pour les tout-petits; tous s'amusent de nouveau. Épuisée, la Grand-mère semble avoir tout oublié et retourne à son tricot.

Janie note que tout est impeccablement rangé dans la grande salle de jeux. Il y a plusieurs orifices de différentes grandeurs autour de la pièce. Ces trous sont recouverts par de

* pétoche : peur

petits rideaux tissés en fleur de lin séché et sont joliment entrelacés de coquilles de noix de tout genre. La plupart des ouvertures sont retenues de chaque côté par des lanières en cuir, certaines par des écailles de noisettes enlacées les unes à la suite des autres. Le plancher, lui, est confectionné de plaques de glaise durcie mélangée au mortier* à base de marron. Un coin vestibule est aménagé avec goût. Il est garni d'un porte-chapeaux en bambou, sur lequel reposent plusieurs bibis** en paille aux couleurs assorties et de toutes grandeurs. Dans un recoin, un porte-parapluies en cuivre orné de fleurs façonnées avec des galets multicolores brille de propreté. Il contient des parapluies fabriqués de feuilles de chou, de laitue ou d'épinard, peints à la main. Les poignées ont été sculptées au ciseau à bois, dans des carottes et des panais déshydratés. L'ensemble ressemble à un vrai jardin sous chapiteau. Un chef-d'œuvre! Une grande poutre brune traverse le foyer maçonné de briques anciennes couleur terre d'ombre. En demi-cercles, les portes de l'âtre en fer forgé martelé sont ouvertes sur un feu de paille pour couper l'humidité. Des cadres asymétriques tressés avec des tiges de quenouilles ornent, à l'opposé, les murs en bardeaux de chêne blanchis, exposant des photos de familles depuis des générations.

—Zzzizz. Est-ce que Ma Tante LaPalette se trouve dans la cour arrière? Chanceuse fait signe à Janie de la suivre vers le ressui***.

—Quelle journée sommes-nous aujourd'hui? interroge Grand-mère en gardant les yeux sur son tricot de laine angora.

—Zzzaujourd'hui... lundi!

—Ah! songe-t-elle. Lundi, c'est... le jour de la lessive. Elle doit être affairée comme de coutume! Tu la trouveras peut-être dans la salle des travaux communautaires.

---

* mortier : ciment

** bibis : petits chapeaux

*** ressui : lieu où les bêtes vont se sécher

—Zzzau revoir! Zzzje reviendrai pour vous raconter toute cette aventure!

—Je compte sur toi!!! À bientôt! Et surtout, pas d'autres surprises affolantes... Pense à mon cœur!

Elle regarde Janie dans les yeux et lui dit...

—Bonne chance, petite!

—Je vous remercie. Janie préfère ne rien rajouter au cas où cela vexerait la lapine.

—Zzzah! Même si la chance n'a rien à y voir! zozote la téméraire en quittant la grande pièce.

La Grand-mère lève le nez en signe d'au revoir à ces deux bourlingueuses*.

La Coccinelle se dirige vers la porte du centre qui mène à un long couloir. Janie, elle, remarque qu'une lumière diffuse parcourt le passage souterrain.

—Pourquoi allons-nous rencontrer Ma Tante LaPalette? questionne-t-elle la main sur la bouche pour ne pas rire.

—Zzzizz, ne sais-tu pas qu'il faut toujours commencer par les Ainés? Ma Tante LaPalette se trouve à être la fille aînée de Grand-mère LaGrise donc la suivante à saluer.

—Et... la Mère LaTouffe?

—Zzzah! La cadette! Eh bien! Même avec toute sa marmaille, elle demeure la dernière à respecter sur leur territoire!

—Ouf! C'est compliqué vos histoires de famille!

Janie, avant de quitter la pièce, jette un dernier regard. La paix y règne... sauf lorsque les lapins aperçoivent des Humains.

—Zzzizz. Qu'est-ce que je t'avais dit... c'ezst charmant!

—Oui! Tout à fait! Sauf que... j'ai failli y perdre la peau.

—Zzzoui! Elle m'a donné des sueurs froides.

—Et veux-tu bien m'expliquer à quoi ressemble la fille de la femme à barbe, la gno... mi... de?

Janie n'avait pas établi le lien entre Gnomide et... Gnome.

---

* bourlingueuses : qui voyagent beaucoup

Chanceuse ricane à cœur joie.

—Zzzhihi! Zzzje crois que tu ne désires pas le savoir!

—Allez! Je suis certaine que tu meurs d'envie de me fournir tous les détails, maintenant que je t'ai posé la question.

—Zzzzz. Bon, d'accord... si tu y tiens tellement! dit-elle avec le fou rire. Philomène n'ezst pas plus grande qu'un champignon. Lorsqu'elle ne bouge pasz, on la prend pour une amanite*... tue-mouches.

—Un tue-mouches! Ouache!

—Zzz! Zzz! Ce n'ezst pas le tue-mouches que certains *« Géants »* utilisent pour éliminer les insectes, mais bien un champignon non comezstible. Alors, perzsonne n'ose lui toucher.

—Ah! Maintenant je comprends! Ils ne veulent pas mourir empoisonnés par ce champignon vénéneux.

—Zzzoui! C'ezst aussi une façon pour les Gnomes de passer inaperçus et d'éviter de se faire attraper. Attends! Je ne t'ai pasz tout dit sur Philomène.

—Je sens que ça ne va pas tarder!

—Elle se différencie par sa forte taille et ses gros hic... hic! Tu sais des pompons, ici, en lui montrant la poitrine. La Coccinelle n'a pas l'habitude de ces formes-là. Et, elle marche en se déhanchant à cauzse de son fessier en forme de miche de pain.

Janie scrute Chanceuse pour essayer de discerner si... elle ne se moque pas d'elle.

—Belle façon de me décrire mon sosie! Ah! Toi... tu l'as la mimique!

Chanceuse disait la vérité, mais comme elle avait le rire facile, cela ne l'aidait pas à convaincre Janie.

—Zzzelle est vraiment spézciale, finit-elle par rajouter et... unique en son genre pour la fille d'un *« Gnome »*.

—Ah! Oh! Tu rigoles! Enfin! Avant, c'était mon frère qui s'amusait à me taquiner, maintenant c'est toi! Mais je me demande pourquoi avec toi... je ne me chicane pas?

---

* amanite : sorte de champignon

Janie est surprise de la réaction de Chanceuse qui immédiatement s'envole en zigzaguant.

—Wow! C'ezst buzzant! Zzz! Si j'ai bien compris, tu as un frangin! Maintenant, elle carabine Janie de questions. Comment s'appelle-t-il? Quel âzge a-t-il?

—Oui! J'ai un vrai frère et tout un à part ça! Il ne donne pas sa place et se nomme Anthony.

—Zzzoh! C'ezst mignon comme nom! Tu me le présentes?

—Négatif! Euhhh! N'y pense même pas! lance Janie sur un ton déterminé qui glace Chanceuse. Il n'aime pas le monde imaginaire et préfère jouer des tours sur la **« Terre »**.

En parlant des garçons, Chanceuse éprouve un pincement au cœur. Serait-elle en train de découvrir des sentiments nouveaux?

—Zzzah! Dommage! J'aimerais bien, un jour, voir un garçon de près!

—Tu n'as jamais vu un garçon? s'exclame-t-elle surprise. Alors, c'est mieux comme ça! Allons, oublie-le, tu ne manques rien ou presque!

Janie parle contre son cœur. En prononçant ces derniers mots, le souvenir de Christophe jaillit soudainement dans son esprit. Un long soupir s'ensuit et elle se reprend, voyant l'air attristé de son amie. Eh bien! Comment pourrais-je t'expliquer? C'est un peu comme une Fée! C'est différent et spécial à la fois... mais ça n'a pas d'ailes!

—Zzzeuh! Tu es vraiment ahurissante! Et de plus, zzzizz, tu te moques de moi. Maintenant, la Coccinelle ne sait plus que penser des garçons.

Les deux sœurs cosmiques montent quelques marches fabriquées de feuilles séchées. Ces dernières, concassées et collées à la cire d'abeille, ressemblent à du pavé uni. Puis, elles longent un étroit passage recouvert de sapinage qui bifurque vers la droite. La lumière pénètre par les petits trous servant de système d'aération à la **« Chaumière »**.

—Oh! On dirait une fourmilière!

—Zzzah! Non! Nous traversons une partie de l'ancienne termitière du terrible Malfar Malfamé.

—Non!!! Vite! Sortons d'ici, nous sommes en danger!

—Zzzzz! Ne t'inquiète pas, elle est désaffectée depuis bien longtemps.

Janie ne lui dévoile pas toute l'histoire concernant cette vermine. Elle frissonne et s'avance pour vérifier si... elle peut mettre le nez dehors par ces minuscules trous de formes octogonales qui s'apparentent à des hublots.

—Zzzeuh! Ça va? questionne Chanceuse, constatant l'inquiétude de son amie.

Janie se sent soudainement rassurée.

—Ah! Vite... viens voir! Elles servent aussi de fenêtres! Regarde!!! Là!!! Juste en haut de la racine tortueuse. L'Amiral nous envoie la main.

—C'ezst buzzant! À chaque fois, elle demeure estomaquée par ce paysage irréel. Quel point de vue fascinant! On dirait qu'il change de visage chaque saison!

Les filles admirent ce lopin de terre sous un angle différent. Elles se seraient crues sur une autre planète... si elles n'avaient aperçu le Grand Protecteur au-dessus de l'énorme souche.

Sinueuses, les racines géantes et tortueuses forment des crevasses. Les larges feuilles, d'un vert olive, tamisent le bleu du ciel en lueur violette et laissent des ombres gigantesques d'une teinte jaune ocre. Le soleil ressemble à une pleine lune, sans étoile et sans aucun nuage.

—C'est flllyant!

—C'ezst vraiment buzzant!

—Il nous a repérées, même sous la terre! Quel as! s'exclame Janie heureuse de le savoir aux aguets.

Les deux amies s'évertuent à lui envoyer la main. Elles ont beaucoup de plaisir à courir d'un ajour à l'autre pour observer l'Amiral. Ce petit jeu les amuse follement. Quant au papillon... il ne cesse d'exécuter des vols de surveillance pour leur sécurité.

Lumina clignote à son tour afin que les protégées puissent bien la repérer dans le zénith. Dans ce paysage insolite, elle a l'air d'une étoile filante avec son ventre lumineux.

—Es-tu certaine, Chanceuse, que cette galerie souterraine mène quelque part? Peut-être est-elle sans issue?

—Zzz! Ce couloir clandestin conduit au bout du monde, zzz! zézaie-t-elle joyeusement en voletant.

—Tu agis en vrai bébé! Enfin! Ma Tante LaPalette est-elle mariée?

—Zzz! Chut! Ne parle pas si fort, ces passages sont très zécho et elle pourrait bien nous zentendre! Les murs ont parfois des zoreilles!

—Chose certaine, ils sont troués, ricane Janie. De toute façon, nous ne disons rien de mal. Puis elle redevient sérieuse. Pourquoi... garder le silence?

—Zzzizz! Non! Elle a horreur des zhommes. Les Lapinoix la trouvent mystérieuzse, car elle confectionne des remèdes avec *l'Alchimiste Farandole* et qu'elle boitille étant donné qu'elle possède un pied bot. Et... pour comble, elle parle sur le bout de la langue parce que ses palettes devancent ses babines. À part cela, elle semble normale. Malgré tout, ses neveux et nièces l'adorent, car elle les dorlote et les gâte à longueur de journée. Elle mitonne des chiques... au miel et des glus gélatineuses aux pétales de rozses.

—Tu veux dire des bonbons!

—Zzzy paraît que zça se manzge!

—Tu n'as jamais mangé de friandises?

—Zjamais!

—Hum! J'aime beaucoup les bonbons.

—Zzzet... de toute fazçon, c'ezst interdit sous leur toit! Oublie ça! Elle n'en offre qu'à des zinvités de choix et encore. Et surtout, ne lui demande pas ses recettes, car elle pourrait s'offusquer. Les grands Chefs ne dévoilent jamais leur mode d'emploi.

—Quelle bêtise! Moi, je te parie que je serai la première à y goûter!

—Zzzimpossible!

—Tu verras! Et... tu y goûteras aussi! Et après, tu ne pourras plus t'en passer... crois-moi!

—Zzzzz! Ne dis et ne commets aucune sottizse, souffle Chanceuse en tournant à droite pour se diriger vers la salle de lavage. Je sens que tu mizjotes quelque chozse.

—Moi, rien du tout! répond-elle d'un air coquin. Tu me prends pour une idiote? Eh bien! Tu parles d'une confiance!

—Zzzje t'en prie, implore la coccinelle nerveusement. Ne te mets pasz les pieds dans les plats!

—Je préfère me bourrer la face de bonbons!

Chanceuse la zyeute, elle doit tramer quelque chose.

—Zzzizz. Nous y voilà! Elle doit étendre ses pelures sur la corde à linzge. Elle prétend que les vêtements sentent meilleur, lorsqu'ils sèchent à l'extérieur sur la corde fabriquée avec de la résistante vrille de vigne! Zzzenfin! Tout, sur leur territoire, ezst confectionné à partir de produits naturels. Tu vas voir! Zzzécoute! Vite! Tourne à gauche, j'entends les petits se livrer à leurs jeux favoris... colin-maillard ou Jean-dit.

La cour arrière ezst vraiment bien protégée, même le terrain de jeu des juniors est clôturé de rozseaux. Ces derniers profitent d'un service de gardiennage en tout tant, jusqu'à la période de rut. Tante LaPalette demeure intransigeante au sujet des règlements. Personne ne peut se soustraire aux règles établies par le clan.

Chapitre 37
La Mère LaTouffe

Ma Tante LaPalette, comme un coup de vent, entre dans la maison. Toute sa jolie marmaille la suit à la queue leu leu en essuyant leurs pattes sur le paillasson ocre en blé séché.

—Ah! Que disons-nous à notre invitée? clapit-elle en claquant sa langue sur ses dents. Les lapinous ne bougent pas d'un poil, figés de peur. La Tante se demande bien pourquoi, puisqu'elle n'a pas encore aperçu l'Humaine qui se tient derrière la coccinelle. Bonjour Chanceuse, ttit-ttit-ttit! Quel plaisir de te revoir, ttit-ttit-ttit! Comment vas-tu, ttit-ttit-ttit?

Janie a déjà le fou rire, juste à entendre parler la Tante avec son accent texan de *« cowgirl western »*.

La Bête à bon Dieu secoue ses élytres pour aviser Janie de rester calme et afin de détourner l'attention, elle poursuit…

—Zzz! Je suis pétante de santé! Merzci! Zzzoh! Qu'ils sont mignons! À qui appartiennent ces petits benjamins? questionne-t-elle en voyant cinq lapereaux identiques sortir en fanfarons d'en dessous de la jupe de paille de la vieille fille.

—Ce sont les tout-petits de l'avant-dernière portée de la Mère LaTouffe, ttit-ttit-ttit. Ils ne veulent plus se séparer de moi, je dois les nourrir à la bouteille, ttit-ttit-ttit. Allez! Allez! Ne soyez pas gênés, ttit-ttit-ttit; montrez vos bonnes manières, ttit-ttit-ttit, ttit-ttit-ttit, s'empresse-t-elle de dire tout en tamponnant ses mains sur son long tablier en laine cardée.

—Zzz! Comment vous portez-vous?

—Ma santé se maintient mon enfant, ttit-ttit-ttit! N'est-ce pas ce qui est le plus important dans la vie, ttit-ttit-ttit!?!

Puis, une portée juvénile arrive.

—Zzzoh là là! Frimousse!?! Tu as grandi et tu deviens coquette! Ta touffe de poil, en lulu sur ta tête, te va à ravir!

—Merci, répond poliment la jeune adolescente en se grattant derrière les oreilles pour replacer ses poils en couettes.

—Ttit-ttit-ttit! Et qu'attendez-vous pour saluer notre nouvelle invitée?

—Bonjour! Ohhh! Ahhh! s'exclame le clan en se dispersant à toute vitesse dans des lieux de fortune.

Atteinte d'hypermétropie, Ma Tante LaPalette se recule pour mieux voir, car elle ne possède plus la vision de sa jeunesse. Lorsqu'elle constate qu'il s'agit d'une terrienne, ses incisives en forme de palette, claquent, ttit-ttit-ttit. Elle ravale sa salive.

—Chanceuse, que nous as-tu ramené là, ttit-ttit-ttit!?! On peut attraper des maladies inconnues et dévastatrices avec ces étranges terrestres! On pourrait contracter la rage, ttit-ttit-ttit! Nous avons assez de nos bibittes à nous, ttit-ttit-ttit! Savais-tu que Léopold, l'ami de Face-à-Claque, est atteint de myxomatose*? C'est tout un virus, il ne voit presque plus clair et tout le village l'évite puisqu'il est contaminé et toi tu nous amènes... un autre microbe!

Janie trouve que les lapins ne possèdent pas une aussi bonne vue qu'on le laisse entendre. Elle réalise que manger des carottes, c'est excellent pour la santé, mais pas nécessairement ce qu'il y a de mieux pour la vision.

Chanceuse se sent un peu mal à l'aise pour son amie, mais n'est pas tout à fait surprise de la réaction de la Mère LaTouffe. Elle l'avait bien avisée de ne rien ajouter à ses commentaires.

—Vous savez, cette petite Humaine doit accomplir une grande mission. Et puis, elle a reçu tous ses vaccins, insiste Chanceuse. J'ai été désignée pour l'accompagner en tout temps et tout lieu, dans sa démarche personnelle.

---

* myxomatose : maladie du lapin due à un virus

—Tu n'étais pas obligée de nous rapporter… ce… cette, ttit-ttit-ttit, ttit-ttit-ttit. Bref! Elle se retient devant les enfants qui commencent à sortir de leurs cachettes.

Janie respire profondément et son corps détendu éjecte des rayons d'un bleu azur. Ces vibrations de paix dévoilent le fond de sa pensée et sécurisent tous les habitants du terroir.

—Vous savez, Ma Tante, la demande de Janie a été acceptée, sans condition, par le Druide lui-même.

En chaleur, la vieille fille transpire et se laisse tomber sur une motte de paille pour reprendre ses esprits. Elle vient de commettre une erreur monumentale. Elle a porté un jugement raciste sur une inconnue. Elle ne lui a donné aucune chance; et pourtant, elle a elle-même été si souvent rejetée par ses pairs. Comment a-t-elle pu se montrer aussi hostile envers cette petite qu'elle juge sans même la connaître? De plus, elle fait partie des protégés du Vieux Sage; on ne discute jamais les choix du Druide. Tous le savent! Il gouverne avec sagesse selon des motifs qu'il considère raisonnables. Ce conseiller chevronné détient une longue carrière derrière lui et rien ne lui échappe.

Janie en avait déjà vu d'autres.

—Ne vous inquiétez pas! Votre comportement démontre très bien que vous regrettez!

—Je m'excuse petite… sincèrement, ttit-ttit-ttit, ttit-ttit-ttit! J'aurais dû agir autrement, moi qui connais mieux. Je commence à avoir la carotte durcie, ttit-ttit-ttit, ttit-ttit-ttit!

Devant ce revirement de situation, l'Humaine se doit de pardonner cette erreur de jugement.

—Vos excuses sont acceptées.

Ma Tante LaPalette, d'un seul coup, rebondit sur ses pattes. Rassurée, elle se rapproche de ses invitées.

Janie en profite pour détendre l'atmosphère au maximum et déclare son admiration à la lapine.

—Permettez-moi plutôt de vous féliciter pour votre talent culinaire de renommée mondiale. Chanceuse m'a vendu les mérites de vos confiseries succulentes, dont vous seule détenez le secret. J'aimerais faire une surprise au Vieux Sage, mon ami, pardon... je veux dire au Druide, et lui offrir quelques sucreries à mon retour. Je suis certaine que lorsqu'il aura dégusté vos friandises inégalables, il ne pourra plus s'en passer. Bien sûr, si vous m'y autorisez. Je ne goûterai que les plus raffinées afin de m'assurer de ne lui rapporter que les plus rares. Je suis convaincue qu'il appréciera, le soir tombant, pendant qu'il veille sur sa **« Forêt »**, de grignoter ces purs délices tant recherchés.

Aussitôt... Chanceuse remarque le changement de comportement chez la lapine. Elle perçoit même une pointe d'orgueil illuminer sa pupille rouge dilatée. L'Ainée est ravie des éloges de la Protégée.

—Le Druide, ttit-ttit-ttit, ttit-ttit-ttit, ttit-ttit-ttit! Chère enfant... tu as bien nommé le Druide!

—Tout à fait! Janie lève les sourcils et prend un air solennel. Il est chargé des *« Fonctions Supérieures »*!

La Lapinoise le sait pertinemment et qui de mieux que le Sage de la **« Forêt »** pour mousser sa popularité!

—C'est une excellente idée, ttit-ttit-ttit, ttit-ttit-ttit! s'exclame-t-elle, heureuse de s'acquérir d'une gloire impérissable. Puisque, non seulement le Druide, mais toutes les Créatures forestières en parleront, d'un bout à l'autre du territoire, elle sera certainement reconnue dans le **« Monde Interplanétaire »** avec toutes les vieilles connaissances du Sage. Ma réputation deviendra au « Top du Top »!

Ma Tante LaPalette secoue son tablier, retouche ses cheveux et ajuste son corsage. Bref! Son image redorée, elle se dirige vers le grand silo servant à la conservation des récoltes.

—Accompagnez-moi! clapit-elle d'un pas sautillant.

—Avec plaisir, répond Janie, heureuse de son coup.

Chanceuse jette un regard qui en dit long à son amie. Elle lui en a mis plein la vue, à la Tante pour obtenir ce qu'elle voulait, et Janie a réussi son pari!

Empruntant les traces de Ma Tante LaPalette jusqu'à la réserve, les deux amies sourient et sont elles-mêmes suivies par la série de rejetons curieux qui ne les quittent pas d'une semelle.

Arrivée devant le grillage, la Mère LaPalette tire sur un escabeau suspendu à un énorme crochet. L'échelle rustique descendue, elle l'appuie contre le mur de pierre, face à l'unique fenêtre grillagée. Elle monte sur l'escabeau chambranlant et atteint la grosse cruche qui repose sur le rebord du châssis. La Tante enfouit sa main qui disparaît au fond du pot. Elle tâtonne quelques instants et puis en sort une clé de forme antique qui ressemble étrangement à la ***« Clef du Paradis »*** de Janie, mais plus volumineuse.

L'Humaine secouée jette son regard vers Chanceuse en s'exclamant...

—Ohhh!

La coccinelle n'a jamais vu la ***« Clef du Paradis »***, mais comprend par la réaction de son amie qu'il s'agit peut-être de sa ***« Clef »***.

—Zzz! Chut! zozote-t-elle en sifflotant, afin de ne pas attirer l'attention. Elle regarde dans les airs, mine de rien, la main sur le cœur. Bouche cousue!

Janie saisit le message subtil de Chanceuse et se tait. Elles surveillent la Tante qui redescend avec difficulté.

—Zzzoh! Attendez! Je vous aide!

Puis rapidement, les sœurs cosmiques se placent sous la lapine pour l'attraper, en cas de besoin.

La clé en main, Ma Tante LaPalette se dirige vers d'immenses portes en fer forgé. Puis, elle y insère la grosse clé dans la serrure écaillée et tachetée de picots noirs par le temps. Après trois tours complets, le verrou émet un gros *« Clic! »* Elle pousse les grilles qui grincent à faire serrer les dents. Janie réalise qu'il s'agit de sa tanière et que personne ne possède l'autorisation d'y pénétrer sans sa permission.

—Aujourd'hui… on fête une journée spéciale, ttit-ttit-ttit! dit-elle, profitez-en les enfants, ttit-ttit-ttit.

Ils traversent tous de l'autre côté des grillages métalliques qui mènent au silo. Les filles demeurent stupéfaites en voyant l'énorme pièce entourée d'étalages circulaires remplis à craquer de confiseries de toutes sortes, aux couleurs de l'arc-en-ciel.

—C'ezst incroyable!

Chanceuse n'y a jamais mis les pieds et le plus étonnant, c'est que la Tante ne lui a jamais offert de manger de ses bonbons.

Janie regarde autour d'elle, émerveillée, en se frottant les mains. « Quelle découverte! C'est une occasion en or pour se sucrer le bec », pense-t-elle.

Les enfants jubilent, l'eau à la bouche, devant cette importante collection de friandises. Janie et Chanceuse n'en reviennent pas, les tablettes sur les murs sont pleines à craquer. Tous les contenants, petits et grands, longs et larges sont rangés avec ordre. On y trouve… une rangée d'huiles aux fines herbes, d'autres réserves installées dessous sont remplies de bouteilles de sève de plantes aux saveurs diverses et aux couleurs inimaginables. Se succèdent, sur les tablettes en coin, des récipients bourrés à ras bord de bouchées variées, suivies de longues rangées de pots de noisettes enrobées de cristaux de miel, tout aussi appétissants. Un peu en retrait, divers contenants emplis de bourgeons cristallisés en sucre d'orge, de bleuets givrés enveloppés de noix de pin, de pétales de roses confits, de cœurs de violon marinés et même de pralines grillées au chocolat se côtoient. Un peu plus haut, de biais, bien identifiés, reposent des flacons de liqueurs fines : jus de myrtille, vin de prunelle, cidre glacé aux pommettes, vinaigre d'amande. L'Humaine n'a pas assez de ses deux yeux pour tout voir.

—Voici ma nouvelle collection, ttit-ttit-ttit, ttit-ttit-ttit, pour l'année prochaine, déclare Ma Tante à haute voix, fière de présenter son assortiment de produits aux amies du Vieux Sage.

—C'ezst buzzant! s'écrie Chanceuse. Les enfants autour d'elle se pourlèchent les babines avec avidité.

—Vvrr...aiment impressionnant! Wow!!! Quel éventail*! Toutes ces variétés! s'exclame Janie. J'aurai tout vu, dit-elle en désignant un épais liquide. Ça, je connais très bien! Mon Papiche adore cela! Il me répète souvent que le sirop d'érable est composé de sucre naturel bon pour la santé.

Des étalages vitrés de petits compartiments se succèdent l'un après l'autre; d'autres se côtoient, contenant tous des pots de verre, de cuivre et de porcelaine aux mélanges contrastés. Janie réalise que ces derniers s'avèrent être des remèdes. Au-dessus, elle peut voir un écriteau en bois ciselé dont l'inscription ne laisse aucun doute : Apothicaire Naturopathe. Complètement à l'arrière, une ouverture à peine visible semble être creusée dans le roc. Elle aperçoit, à sa grande surprise, camouflé derrière un rideau mal fermé, un vieux baril en grès sur lequel est inscrit en grosses lettres gravées... d'or : ***« Hydro... miel... mel, Hydromel »***. Ce dernier est appuyé contre une énorme porte en forme de tonneau qui porte aussi une inscription que Janie déchiffre difficilement : **« Tunnel... des A... lam... bics »**. Elle n'a pas le temps de bien lire, car la Tante tire la cantonnière** vigoureusement. Hum... ***« Hydromel »***! N'avait-elle pas déjà entendu ce mot dans la bouche de Mamiche?

—N'est-ce pas la boisson des ***« Dieux »***? interroge-t-elle en désignant le baril en bois massif. Mamiche lui avait vendu les mérites de ce breuvage divin : « Cette potion magique est très recherchée, car apparemment elle procure la jeunesse éternelle ».

Ma Tante demeure estomaquée de constater qu'une Humaine connaisse ***« l'Élixir des Déesses et des Dieux »***.

—Nonnn, ttit-ttit-ttit! Cette boisson renferme un liquide appelé... *« L'hydrolat de roses »*. Ça porte un joli nom, mais c'est un sirop contre la grippe, à base de foie de morue, ttit-ttit-ttit.

---

* éventail : ensemble d'éléments d'une même catégorie

** cantonnière : petit rideau

—Yark! s'écrient en chœur les enfants, le visage en grimace.

Janie a pourtant bien lu. Chanceuse l'a avisée de ne pas la contredire, alors elle préfère se taire pour l'instant.

Au centre, une longue table est complètement ensevelie sous des bonbonnières de toutes sortes. Ma Tante LaPalette étale avec parcimonie une grande variété des friandises devant l'Humaine. Naturellement les plus exclusifs.

—Ttit-ttit-ttit! Janie! Me feriez-vous l'honneur de déguster la première et, par la suite, me donner vos commentaires afin que je puisse en préparer une sélection spéciale pour offrir en cadeau au Druide, ttit-ttit-ttit?

Chanceuse, envieuse, se précipite aussitôt à côté de Janie. Elle a réussi!!! Quelle petite futée! pense-t-elle.

Janie la regarde avec un large sourire et des yeux moqueurs.

—Vous me voyez honorée! Par contre, je ne peux pas me permettre de savourer toute seule ces délices, dit-elle, en constatant la détresse inscrite sur le visage de son amie, ainsi que sur celui des enfants Lapinoix. J'ai besoin de plusieurs avis différents. Cet échantillonnage* demeure important pour compléter mon évaluation poussée. Vous savez, les goûts ne sont pas à discuter! déclare-t-elle solennellement.

Écoutant le conseil de Janie, Ma Tante LaPalette envoie un signal aux autres. En un rien de temps, Chanceuse et la marmaille se bousculent afin de s'approcher de la table.

—À vous les honneurs, Madame la spécialiste! couine la Tante à Janie.

Aussitôt que Janie met le premier bonbon à la tire d'érable dans sa bouche, la confectionneuse annonce…

—Alors, ttit-ttit-ttit! Qu'attendez-vous Chanceuse pour attaquer ces friandises? Et vous, les enfants? insiste-t-elle, heureuse de faire découvrir ses trésors. Allez! Allez! Je vous

---

* échantillonnage : petite quantité d'un ensemble

accorde une permission spéciale! Sucrez-vous le bec, ttit-ttit-ttit. Vous serez mes meilleurs juges, ttit-ttit-ttit, ttit-ttit-ttit!

Toujours flattée par les compliments de Janie, Tante LaPalette n'hésite pas à suggérer certains bonbons et se laisse même aller à révéler *« quelques détails »* sur leur composition.

Tous passent un moment délectable et s'en donnent à cœur joie. Le bec saupoudré de sucre d'orge brillant, les mains collées de cristaux scintillants, ils se lèchent allègrement les doigts de pattes, y compris Ma Tante LaPalette. À partir de ce moment magique, Janie a complètement effacé de sa mémoire la grosse clé mystérieuse.

Dans l'euphorie, Chanceuse en profite pour regarder son amie avec un petit sourire.

—Zzz! Toi! Tu asz toute une façon d'arranger les chozses et de détendre l'atmozsphère.

—Chanceuse! J'ai gagné! Hihihi!!! Ça… c'est une vraie ***« BOOM »***! marmonne-t-elle des bonbons plein la bouche pour ne pas trop se faire entendre du clan qui salive autant qu'elle, en oubliant tout le reste.

Toujours entre deux friandises Chanceuse lui zézaie…

—C'ezst zip… zip… zip… buzzant zip… zip… zip… toute cette histoire! Tu as eu une idée de zgénie et je t'en remercie. C'ezt zip… vraiment déli… zip… cieux! Je trouve que tu ezs très zhabile pour adresser des compliments.

—Moi, habile! chuchote Janie. Non! Je préconise*, tout comme Mamiche, le renforcement positif!

—Zzzah! Je ne comprends pasz très bien ce système, zézaie tout bas la Coccinelle, mais je constate que c'ezst très zefficace. Je vois que la flatterie ouvre bien des portes, si j'en juge par le rézsultat! Elle remarque que les Humains utilisent de drôles de moyens pour obtenir ce qu'ils désirent.

---

* préconise : favorise, conseille, prône

—Et voilà! N'est-ce pas le résultat qui compte? Elle pose sa main sur sa bouche car ses dents sont collées ensemble par le bonbon au sucre d'érable et elle ne peut plus parler.

Les lapereaux s'en donnent aussi à cœur joie en se bousculant et en se gavant la panse. Pendant que nos deux amies mangent et discutent au bout de la table, la Tante revient encore une fois, avec le tablier bourré de nouveaux pots.

—Et comment trouvez-vous mes friandises, ttit-ttit-ttit? Croyez-vous que le Druide les aimera, ttit-ttit-ttit, ttit-ttit-ttit?

Janie avale enfin sa dernière bouchée avant de répondre.

—Incontestablement! J'en suis convaincue.

Aussitôt dit... la lapine satisfaite des commentaires de la Protégée retourne dans la salle commune et commence le grand nettoyage.

Qui n'aurait pas apprécié se délecter des délicieux bonbons de Ma Tante? L'Humaine constate que ce commerce de friandises se veut une excellente couverture, afin de faire passer inaperçu... cette fameuse ***« Boisson des Dieux... l'Hydromel »***!

Puis, sans que personne ne s'y attende, devant la porte du réservoir apparaît la Mère LaTouffe avec un panier de provisions pour le souper. Tous se retournent en même temps. Les enfants, excités à la vue de leur mère, lui sautent au cou.

—Maman! Maman! Nous mangeons des friandises avec Ma Tante et nos amies.

—Je vois! Vous en avez profité pendant mon absence, baragouine la Mère lapine. Elle venait de terminer ses emplettes et bien sûr de visiter quelques malades, chemin faisant.

Au même instant, Chanceuse avance de quelques pas vers l'hôtesse de la maison afin de la saluer cordialement.

—Bonjour Mère LaTouffe! Vous êtes toujours très occupée à ce que je constate.

—Ah! Toi ma petite coquine, approche que je te donne l'accolade! Oh là là! Tu as pris du poids! Qu'est-ce qui se passe?

La Mère la serre fortement contre sa lourde poitrine et lui administre une grosse bise maternelle sur la joue. Chanceuse adore lorsque ces nouvelles transformations se produisent, puisque cela lui fait voir les choses sous d'autres dimensions.

—Hum!!! Tu as découvert les bonbons. Belle affaire! Ah! Je comprends maintenant; si tu continues à manger comme les Humains... tu vas devenir corpulente. Et tu sembles y prendre goût!

Janie n'aime pas du tout ce commentaire, mais n'intervient pas. Elle doit respecter l'entente conclue entre-elles. La politesse oblige, même si les autres... ont l'air de l'avoir oubliée.

—Vous célébrez la venue de notre nouvelle invitée? demande la Mère LaTouffe à toute la famille, en regardant dans la direction de la Mini-Humaine qui, à ses yeux, paraît encore trop grosse. Chanceuse, j'ai entendu dire que ton amie te tient très occupée. Tu ne dois pas t'ennuyer, car tu rayonnes!

—Zzzizz! Vous avez parfaitement raizson... et avec tous ces qu'en-dira-t-on à son sujet, vous n'auriez pas le temps de vous embêter, vous non plus! Zje vous l'assure.

—Je vois! La Mère LaTouffe regarde l'Humaine en lui exécutant une petite steppette de complaisance. Sois la bienvenue dans notre humble demeure. Janie n'ose pas bouger pour ne pas angoisser la nouvelle venue.

Elle articule du bout des lèvres doucement...

—Merci! Je suis très heureuse de faire votre connaissance! J'avais hâte de vous rencontrer, depuis le temps que Chanceuse me parle de vous!

—Viens que je t'embrasse, petite Humaine. Tu pensais pouvoir t'en sauver! Moi, je n'ai pas peur des microbes, je les combats! Chez nous, on se donne la bise en signe de bienvenue. C'est une coutume ancestrale et personne ne franchit cette porte sans l'exécuter! Elle donne un bec à gauche, un autre à droite et elle termine par un dernier sur la joue de départ! Puis elle la serre fortement sur sa poitrine bombée. C'est le rituel du « *Cœur à Cœur* », c'est ainsi qu'on perçoit les véritables sentiments.

Janie entend son cœur battre à l'unisson avec celui de la Mère. Les amitiés sont conclues, leurs « *Auras* » se teintent d'un vert pomme, tout en se mélangeant, en quête d'une vraie beauté intérieure. Des bandes bleu ciel viennent s'entremêler, tout en virevoltant à la recherche de la sincérité. Elle constate que la cadette ne s'affole pas comme les autres membres de sa famille; elle doit avoir entendu parler de son histoire.

—Allez les enfants! L'heure de votre sieste est arrivée! J'ai des choses à discuter avec nos invitées qui sauront les intéresser.

À la chaîne, le troupeau exécute les ordres sans argumenter. La Mère, un par un, embrasse sa progéniture. Les lapinous n'oublient pas leur Tante, Chanceuse et surtout Janie. Ils poussent des petits rires aigus et joyeux. Cette dernière se sent dévisagée comme une attraction insolite dans une foire. Les jeunes l'examinent de la tête au pied, sans retenue. Cela leur fait tout drôle de bécoter une Humaine sur les joues. Ils trouvent que sa peau est presque aussi douce que la leur.

—Et n'oubliez surtout pas d'aller laver vos « papattes » et votre bec. Cela ne vous fera pas de tort... couine la Mère affectueusement.

Janie se rapproche de Chanceuse et lui glisse à l'oreille.

—Est-ce qu'elle rumine toujours comme ça?

—Zzzoui! Chut!!! C'est un tic nerveux, lui souffle-t-elle.

La Mère LaTouffe prend un granule de fenouil et l'avale d'un coup sec.

Janie est très intéressée par la vie familiale des lapins. En fin de compte, elle réalise qu'elle ne diffère pas beaucoup de celle des Humains.

Chanceuse, pour sa part, ne peut oublier les commentaires de la Mère. Elle se questionne sur... ce que cette lapine peut vraiment connaître de leur aventure. Chose certaine, elle va étaler tout ce qu'elle a entendu; c'est officiel! Elle a la langue bien trop pendue pour garder un secret. C'est son petit péché mignon!

La Mère LaTouffe arrive dans le vif du sujet sans préavis.

—C'est donc vrai tous ces commérages qui courent dans les champs? À ce qu'on dit... vous l'avez échappé belle! Je vous félicite, car ce n'est pas tous les jours que l'on peut se dérober aux griffes d'un chat maltraité. Ce vilain matou ne peut pas oublier les coups durs qu'il a écopés et il devient de plus en plus belliqueux. Je le croyais mort! C'est aussi dommage qu'il ne comprenne pas qu'il faut pardonner!

—Zzzoh! L'important... ce ne sont pas tous ces ouï-dire! J'ai découvert en Janie une amie véritable; c'est ça qui compte dans ma vie! Un être à qui je peux faire totalement confiance et qui est, de plus, une Humaine et ça... c'est du jamais vu!

—C'est vrai que tu as toujours désiré devenir *« Humaine »*! Oups! La Mère réalise sa bévue et se sent mal à l'aise d'avoir révélé le secret intime de la coccinelle.

Chanceuse, rouge comme un coq, tourne le dos afin de ne pas lui crier des bêtises par la tête. « Comment ai-je pu être aussi bête! Elle est peut-être charitable, mais elle a la langue trop bien pendue! C'est la pire commère du village! Tant pis pour moi! J'aurais dû garder ma vie privée dans mon jardin secret. » La Coccinelle réalise les conséquences de trop se dévoiler. Son secret le plus cher vient d'être étalé au grand jour, maintenant elle sera vulnérable et la risée de toute la **« Forêt »**. C'était ridicule de sa part, d'avoir pensé... qu'elle pourrait posséder un jour une âme comme celle des Humains.

Janie s'aperçoit du malaise de Chanceuse. Une bande de couleur rouge se mélange à de toutes petites flammes et passe en flèche sur le front de son amie. Cette bandelette qui ressemble à un ruban tournoie jusqu'à sa nuque et la fait rougir jusqu'aux oreilles. L'Humaine doit absolument détendre l'atmosphère désagréable avant que cette dernière ne tourne au vinaigre. Elle pourrait bien se retrouver sans friandise à rapporter au Druide en plus d'un coup de raquette au postérieur.

Le moment est venu d'en savoir plus long sur la provenance de la grosse clé que portait au cou Ma Tante LaPalette.

—Qui vous a offert cette clé magnifique? questionne-t-elle à l'aînée.

Celle-ci n'a pas le temps de répondre que la Mère détourne son regard de la Coccinelle.

—C'est vrai qu'elle est superbe cette clé! J'ai remarqué que tu l'examinais. Elle t'intéresse, je crois? couine la Mère en ne laissant aucune chance à sa sœur de prendre la parole.

—Oh! Euh! Oui! balbutie Janie. Elle ressemble comme deux gouttes d'eau à ma ***« Clef du Paradis »***.

—Je vois! Je vois! Ta ***« Clef du Paradis »***! Les rumeurs qui circulent sont donc vraies cette fois-ci! J'ai bien dit les rumeurs et non les... ragots, rajoute-t-elle. Les rumeurs sont plus fiables, puisqu'elles sont transportées par le vent Jasmin Le Parfumeur. Je crois que le dernier radotage provenait de la colonie de Pâquerette DesChamps.

—Zzzeuh!!! Quels cancans, le vent rapide a-t-il apportés dans votre contrée? zozote Chanceuse qui a de la difficulté à retenir ses émotions.

—Laisse tomber! Ce ne sont que des bavardages sans importance, dit la Mère, en faisant un signe d'indifférence avec sa patoche dans les airs.

—Zzzoh!!! Des rumeurs... des cancans et maintenant des bavardages. Vous ne recevez que des informations erronées, ces temps-ci... signale Chanceuse avec une pointe d'ironie. Celle-ci n'a pas le temps de répondre que la Mère détourne son regard de la Coccinelle pour répondre à Janie.

C'est évident qu'elle a dû questionner tout le village pour savoir l'histoire de cette ***« Clef du Paradis »*** que cherche l'Humaine.

—Enfin! Si tu insistes... dit-elle sur un ton mielleux. Ma dernière source, que je ne peux divulguer, m'a annoncé que cette mission de très haute importance... sera un projet de longue haleine!

—Buzzant! Ça n'a rien de nouveau! Nous sommes déjà au courant depuis un bon bout de chemin, réplique Chanceuse directement. Mais quoi encore? Elle soupçonne Mère d'en savoir beaucoup plus sur les ragots, qu'elle ne veut le laisser paraître.

—Tu es fort curieuse ma petite, clapit-elle.

—Zzzje crois qu'il s'agit d'une curiosité bien placée, car cela concerne la sécurité de l'Humaine, l'amie du Druide.

Les deux sœurs cosmiques changent d'air devant le silence de Mère LaTouffe; qu'a-t-elle à leur cacher?

Chanceuse poursuit... elle veut atteindre son but.

—Zzzouais! Mais comme dirait l'Amiral : *« Il n'y a pas de fumée sans feu »* affirme Chanceuse qui tient absolument à connaître tous les ouï-dire qui circulent au sujet de Janie.

—Oh là là! Te voilà philosophe, réplique-t-elle avec un petit sourire en coin et la chique de travers. Il ne faut quand même pas trop s'inquiéter, ici on vit dans **« l'Astral »** et non sur des **« Planètes »** peu évoluées. On parle de l'Humaine et de... baragouine-t-elle en tortillant machinalement le fichu qu'elle porte à son cou.

—Zzzet... de moi? questionne Chanceuse pour lui faire cracher le morceau.

—Quelle idée! Pas tout à fait. On bavarde surtout de l'Héroïne au grand cœur et de cette... mini-sorcière qui se serait installée dans la **« Vallée de l'ombre »** en même temps que son arrivée dans la **« Forêt »**. Ce lien paraît plutôt bizarre.

—Quoi! Une sorcière! Vous avez bien dit une sorcière! s'écrie Janie atterrée!

Blême comme un drap, elle semble vouloir s'évanouir.

—Zzzoh!!! Zje t'en prie! Calme-toi, mon amie! Chanceuse constate qu'elle tourne au gris vert. Son aura est tachetée de petits anneaux gris qui l'étouffent. Cela ne nous concerne pas!

Janie réalise que cette sorcière la poursuit à la trace comme Chartreux depuis le début de son aventure. Cette révélation lui confirme qu'elle n'a donc pas rêvé!

La Coccinelle ne comprend pas le désarroi de sa sœur cosmique, ne se doutant pas qu'il se passe quelque chose au-delà de sa compréhension animale. Son amie est trop bouleversée pour qu'il n'y ait pas une pointe de vérité dissimulée dans son coeur. Quant à Janie, elle tient à garder son secret pour elle-même et ne souhaite surtout pas le dévoiler si... elle ne veut pas qu'il soit répandu aux quatre vents par les papotages de la Mère. Et de plus, il n'est pas question de lancer un vent de panique dans la **« Forêt »** en divulguant au grand jour qu'elle a vraiment vu la sorcière. Et, si jamais les choses tournaient au vinaigre... elle pourrait tirer sur sa corde d'argent et revenir à la maison.

Chanceuse commence à comprendre que l'intuition de Janie de venir à **« Lapinièreville »** était bien fondée. Elle réalise qu'il n'y a rien dans la vie qui n'arrive pour rien.

Janie est maintenant convaincue que la sorcière a mis son grain de sel, afin de saboter la téléportation du Vieux Sage!

—Zzzune sorcière dans les parages! Zzzoh!!! L'aigle royal Phénix Balbuzard au grand étendard, a monté la garde avec l'Amiral et sa troupe, il l'a peut-être aperçue?

—Phénix Balbuzard était de la partie! s'exclame la Mère. Oh là là! Cette mission doit être cruciale pour que le Druide le déplace de **« Son Monde »**.

Janie reste songeuse. Quant à Chanceuse, elle ne peut s'empêcher de rajouter...

—Zzzah! Il n'y a pasz d'inquiétude à y avoir pour ces sous-entendus sans fondement. De toute manière, la **« Vallée de l'Ombre »** ezst un endroit inventé de toutes pièces. Perzsonne n'a vraiment vu cet emplacement, par contre la **« Zone interdite »** ezxiste et c'est très hazsardeux de s'y promener. Je n'y ai jamais mis les pieds! s'exclame-t-elle en frissonnant juste d'y penser.

Janie se vide le cœur à haute voix.

—J'ai failli y perdre la peau! Je me trouvais dans le voisinage de la **« Zone interdite »** lorsque ce… cet inconnu m'a protégée.

—Quel inconnu? questionne la Mère qui veut tout savoir à son tour.

Janie reprend rapidement.

—Euh! Cet épouvantail à corneille. Celui que vous nommez… je crois le Grand Flandrin!

—Ah vraiment! dit-elle en se raclant la gorge. L'Humaine désirait certainement détourner l'attention, puisqu'elle avait cligné des yeux et hésité avant de parler.

—Zzzoui! Cet arbre squelettique nous protèzge d'une certaine manière. Lorsqu'on l'aperçoit aux abords de la **« Zone Interdite »**, nous savons que nous avons atteint la limite permizse, afin de poursuivre notre chemin sans danger. Mais, nous savons tous que la **« Vallée de l'ombre »** n'exizste pas, car personne n'ezst revenu pour prouver le contraire!

Janie ne partage pas l'opinion de son amie! Chartreux s'était astucieusement évaporé dans cette zone supposément protégée où habite peut-être la sorcière. Cette dernière, qui lui est apparue une fraction de seconde, personne d'autre qu'elle-même ne l'a aperçue et personne ne semble la connaître. Elle ne pourra jamais effacer cette vision qui reste gravée dans sa mémoire et doit surmonter sa peur, si… elle veut poursuivre sa mission. Elle en profite pour lui poser la question qui la turlupine*. Plus que jamais, elle doit retrouver sa ***« Clef du Paradis »***, car trop de circonstances inusitées se manifestent et ralentissent la poursuite de son odyssée.

—Avez-vous une idée où l'on peut fabriquer ce genre de clé dans la **« Forêt »**? Il y a certainement un endroit!

—Ttit! Eeee! À bien y penser… cette clé a été forgée afin de verrouiller quelque chose… comme des portes ou bien… ouvrir un coffre. Hum! Cela n'a jamais été vraiment élucidé.

---

* turlupine : tracasse, intrigue

Ma Tante LaPalette roule de gros yeux rouges à sa cadette trop bavarde. Ce regard ne passe pas inaperçu aux yeux de nos deux inspectrices. Le message est très clair... sa sœur doit se taire. Mais la Mère LaTouffe qui aime potiner ne peut s'empêcher de tout raconter.

—Je crois qu'elle a appartenu à un dénommé... Octo MaCrapule.

—Zzz! Oh! sursaute Chanceuse sous le choc. Vous zavez bien nommé... Octo MaCrapule, ce débile mental!

—Je dirais plutôt que c'était un fanatique! Il recherchait un trésor inestimable qu'il a finalement découvert. Il l'aurait mis sous clé et enfoui le coffret dans sa caverne depuis des millénaires. Un trésor rarissime qui détiendrait un pouvoir inégalé. Et, les audacieux qui forceront le coffre sans en posséder la clé... eh bien! Le pire leur est réservé! Octo aurait été aidé par une apprentie sorcière qui aurait supposément disparu avec lui. Par contre, personne n'est convaincu de cette dernière rumeur.

Janie n'en revient pas! Il n'y a plus de doute dans son esprit, la sorcière existe vraiment!

La Mère continue son charabia en ne laissant aucun détail au hasard.

—Ce que je vais vous dire doit demeurer confidentiel. Vous ne devez le répéter à personne. « C'est promis! » répondent en chœur les deux sœurs. Il vous faudra garder ce secret pour toujours. Si jamais... vous ne respectez pas cette promesse, un mauvais sort vous sera jeté automatiquement.

Janie regarde Chanceuse d'un air incertain. Elle n'est pas convaincue de vraiment vouloir connaître ce secret bien gardé qui comporte beaucoup trop de risques à son goût. Il s'agit de sorts et l'on ne joue pas avec la « Grande Magie ».

—Êtes-vous bien certaines toutes les deux de vouloir connaître cette vérité cachée? interroge la Mère, en mâchouillant du bout des lèvres une feuille de menthe pour contrôler ses spasmes nerveux.

La Tante LaPalette tapoche et aussitôt Chanceuse s'empresse de répondre sans laisser la chance à Janie de refuser l'offre alléchante de détenir un *« Grand Secret »*.

—À qui le dites-vous! Zzz! Bien sûr que nous sommes zcertaines. Il en va de notre vie, zzz!

—Eh bien, il est jaloux du... Monarque. Je dirais même plus, il s'agit de convoitise. Octo MaCrapule, l'araignée, manifeste depuis, une haine... terrible envers son rival. Il aurait souhaité être nommé : Grand Protecteur à sa place!

—Zzzoh! Non! s'exclament les deux sœurs cosmiques. Elles n'osent pas révéler qu'elles connaissent déjà ce secret et se regardent longuement. Cette fois-ci, les rumeurs sont bien fondées.

Janie s'interroge. « Comment se fait-il que cette nouvelle soit sortie du sac? C'est assurément pour cette raison que la "**Forêt**"est sens dessus dessous »!

La Mère dont le clapet n'arrête plus... leur donne une description détaillée de la créature abominable. Octo MaCrapule était un terroriste assoiffé de pouvoir. Il utilisait son pouvoir de chef, aux noms des Démiurges* afin de tout contrôler. Il a terrorisé la zone forestière pendant très longtemps avec ses attaques sournoises et ses plans machiavéliques. Cela fut un temps difficile pour la **« Forêt »** tout entière. Pendant un long moment, on l'a vu errer comme un malade à la recherche de sa clé et du coffre mystérieux. Il aurait tout perdu dans cet éboulis incroyable qui aurait englouti son repaire, aujourd'hui appelé trou à... *« Tête de mort »*. Enfin! C'est à peu près ça! On n'a plus jamais entendu parler de cette canaille. On l'a cru mort dans ce terrible cataclysme. On s'est rendu compte qu'il existait toutefois quelques couloirs en profondeur qui n'ont jamais été détruits et mèneraient à l'Antre mystérieux du Gardien des Séjours, l'Alchimiste Farandole. L'un de ces couloirs conduit au

* Démiurges : créateurs

« Tunnel des Alambics », sous-entend la lapine et elle rajoute : « À ce qu'on raconte »!

Cette fois-ci, Ma Tante va exploser! Elle tourne sur les talons et secoue ses oreilles encore plus qu'à l'habitude. Elle trouve que sa sœur exagère en dévoilant ces endroits secrets.

Janie fixe la lapine directement dans les yeux. Elle est loin d'être dupe... elle avait bien lu sur les écriteaux. Maintenant tout devient clair. La Tante hors d'elle-même claque sans arrêt sa langue sur ses dents... ttit-ttit-ttit, ttit-ttit-ttit. Sa bavarde de sœur ignore complètement ses avertissements.

À voir agir la Tante, Janie se questionne. Cette dernière serait-elle de connivence avec Octo MaCrapule?

La Mère reprend la parole les baguettes en l'air.

—On se demande toujours avec quel complice il avait élaboré ses plans. D'ailleurs, on n'a jamais appris ce qui avait provoqué ce séisme d'une magnitude de 10 degrés, à l'échelle de Richter. Tout a été chambardé. Aux dernières nouvelles, il paraît que *Galapiat LeRaté,* un autre intrus, aurait pris possession du **« Tunnel des Alambics »**. On ignore à quel clan... il appartient! Ce rat d'égout fourre son nez partout, même dans les affaires d'autrui. Il semblerait qu'il soit sorti de son exil et aurait réapparu dans les alentours, mais personne ne l'a aperçu. C'est un vrai méli-mélo. On sait très bien qu'Octo MaCrapule, cette araignée lycose* qui provient de la famille des Tarentules Géantes, et Galapiat LeRaté, ce vagabond notoire à la face de rat, ne font pas bon ménage. Peut-être sont-ils devenus amis... qui sait? Je me rappelle parfaitement que Galapiat LeRaté ait sauvé la vie à Brutus Malotru, une autre espèce rare. Brutus, ce boucanier barbare aux sept cents dents carnassières, voleur de trésor indomptable, demeurait l'un des plus grands adversaires d'Octo MaCrapule. Galapiat a rescapé Brutus par la peau des fesses, juste pour faire baver MaCrapule. Galapiat et Brutus lui ont démontré qu'il n'était pas le seul à détenir des pouvoirs

---

* lycose : sorte d'araignée

surnaturels. Tout ce monde douteux commençait à donner du fil à retordre à l'Amiral. Le Druide, en harmonie avec le ce dernier, faisait des pieds et des mains pour rétablir l'équilibre dans la **« Forêt »**. Tu peux me croire, toutes les créatures forestières espèrent ne pas revivre une seconde crise de contrôle territorial. Mais on dirait que le jeu de l'ombre en a choisi autrement. La **« Forêt »** reste sur un pied d'alerte depuis l'attaque de Chartreux et suite à sa disparition mystérieuse. Tous se demandent qui a pu le faire disparaître de manière aussi inusitée. Octo MaCrapule, Galapiat LeRaté, peut-être même, Brutus Malotru, ce brochet déchiqueteur qui n'a peur de rien ou bien… pour comble de malheur cette sorcière? C'est une vraie bouillie pour les chats, cette histoire! Mais il faut savoir en prendre et en laisser de ces potins, clapit la Mère, la muqueuse sèche à force de conter trop de baratins. Ouf! Elle toussote en se raclant la gorge et cette fois-ci, elle gobe une bractée* d'aigremoine** afin d'adoucir sa voix!

Janie avait entendu beaucoup trop de détails sur cet événement, plus qu'elle ne le désirait. La Mère était une vraie rapporteuse. Chose certaine, elle ne s'attendait pas à une telle révélation. « La **''Forêt''** avait déjà été en grave danger… »!

Ma Tante est renversée; sa sœur, avec sa grande langue pendue, dévoile trop de secrets. On peut bien divulguer quelques recettes secrètes, mais des endroits secrets… c'est une tout autre histoire! Elle frappe le sol en couinant.

—Tu ne trouves pas que c'est suffisant?

Mais sa sœur enflammée continue son bavardage.

—Mais non! Nos amies ont accepté le secret! Il y aurait certains passages, plus en profondeur, qui n'ont jamais été touchés par le tremblement de terre. Ces circuits fermés

---

* bractée : feuille colorée qui accompagne la fleur
** aigremoine : plante à fleurs jaunes

renferment, semble-t-il, une cité ferroviaire qui mènerait à l'Illustre Alchimiste Farandole, le Gardien des Séjours.

—Nous allons justement lui adresser nos salutations distinguées, répond Janie, heureuse de constater qu'elles se trouvent sur la bonne piste. Mais, cet endroit reste à découvrir. Si nous passions par le **« Tunnel des Alambics »**? Elle désigne du doigt l'arrière boutique.

Tante LaPalette prend la parole.

—Euh! Ttit-ttit-ttit! Ce n'est pas l'itinéraire* à suivre, ce tunnel n'a que la porte... il demeure sans issue!

La Mère LaTouffe sait que sa sœur ment parce qu'elle a hésité avant de parler et bat des paupières... signe inévitable de détournement d'attention. Par contre, elle n'intervient pas!

—Zzzje connais le coin! s'exclame la coccinelle qui n'a pas l'intention de se faire damer le pion et dicter sa conduite. Nous avons bifurqué de notre route afin de visiter votre chaumière.

—C'est gentil! clapit La Mère.

—ZzzJanie y tenait du fond du cœur. C'était un rêve!

L'Humaine veut savoir dans les moindres détails tout ce qui a été gardé secret. Quelle joie! La grande langue s'apprête à tout dévoiler!

—Vous fabriquez des remèdes, des élixirs? questionne-t-elle en se hâtant de prendre la parole. Elle avait parfaitement décodé l'inscription gravée au-dessus du trou de terre. Ce dernier était camouflé derrière le baril de chêne et verrouillé avec un énorme loquet : **« Tunnel des A... lam... bics »**. Janie se doute qu'il se passe des activités suspectes dans cet endroit, juste par l'attitude défensive de la Tante. Cette dernière s'était dépêchée à fermer le rideau, pour masquer le **« Tunnel des Alambics ».** Ce souterrain menait de toute évidence au ***« Maître des Lieux »***. Voilà pourquoi elle clapissait! Elle faisait des paluches et des griffes afin que sa sœur cesse de parler.

---

* itinéraire : trajet

—Buzzant! jubile la coccinelle, croyant avoir découvert un secret bien gardé. Zzz! Vous concoctez des poztions magiques!

—Ttit! Ttit! Ttit! Plutôt des remèdes, insiste la Tante du bout des palettes.

Janie pousse sa chance…

—Moi, je pense qu'il s'agit de l'élixir de longue vie des Dieux. Je suis convaincue que Mamiche aimerait connaître ce philtre de jeunesse éternelle. Elle s'empresse de sortir son petit carnet afin d'y inscrire quelques détails. Elle a juste le temps de griffonner quelques mots : « Mamiche, c'est incroyable, personne ne va me croire sauf toi! »

Puis, haut et fort, la Tante cabriole et intervient.

—**Ça suffit, on arrête!** fulmine-t-elle en claquant des dents pendant que la Mère expectore* le reste de ses granules.

Les deux amies sursautent. La lapine reprend son souffle et rajoute… **« C'est absolument interdit de parler des potions concoctées mystérieusement à qui que ce soit, car… le malheur va s'acharner sur Lapinièreville »**. Rien ne doit sortir d'ici et encore moins des écrits!

Sur ces derniers mots, Janie range au plus vite ses effets personnels, avant qu'on les lui confisque. Plutôt surprenant! Tout doit demeurer secret, mais sa sœur dévoile tout!

La Tante tient à s'expliquer.

—Ttit! Je ne possède pas la notoriété de l'Alchimiste Farandole. Si cela se répandait, je perdrais mes droits de *« Concocteuse de potion »* à tout jamais, ttit-ttit-ttit! La fabrication des bonbons me fournit une couverture parfaite, ttit-ttit-ttit, rajoute-t-elle avec un sourire fendu jusqu'aux oreilles laissant apparaître deux larges incisives. C'est une vraie passion! Et le plus merveilleux dans cette affaire, c'est que je réussis mes potions aussi bien que mes friandises, ttit-ttit-ttit!

---

* expectore : crache

Janie comprend maintenant pourquoi la Tante démontrait tant de nervosité. Ouf! pense-t-elle soulagée, elles ne sont pas les complices de l'extrémiste MaCrapule.

La Mère intervient.

—Si, sur votre chemin, vous voyez des barricades où y figure en blanc, une tête de squelette gravée d'un gros *« X »*; cette marque est le sceau indiquant la *« MORT »*. Ne prenez aucun risque car ces passages demeurent dangereux encore de nos jours. Ne prenez aucune chance! Les portes du **« Tunnel des Alambics »** ont résisté aux secousses violentes. Et comme nous recyclons tout dans cette **« Forêt »**, le Gardien Farandole nous a donné la permission de récupérer ces portes en fer forgé afin de verrouiller notre petit laboratoire. Cela permet de conserver ces trésors de confiseries en sécurité et tout le *« R.E.S.T.E »*.

Janic avait clairement deviné.

La Mère désire la confirmation de sa sœur.

—Est-ce que je fais erreur Ma Tante? interroge-t-elle en broyant des bâtonnets juteux qui éclaboussent sous la pression de ses mâchoires tendues.

—Non pas du tout, ttit-ttit-ttit, tournant les yeux en signe de désespoir. Maintenant qu'elle a tout raconté, il n'y a plus rien à cacher sur ce sujet. Eh oui, ttit-ttit-ttit! C'est bien l'Alchimiste Farandole qui nous a remis la clé, lorsqu'il a réussi à la trouver. Cela n'a pas dû être une sinécure, car il avait l'air accablé!

—Tu as tout à fait raison! mâchouille la Mère. Il l'a cherchée dans tous ses ateliers! Il a failli démissionner, tu te souviens! Il était furieux de constater que son Lucifuge, Trompe-l'Oeil, avait changé la clé de place sans l'aviser! Il l'avait sermonné sérieusement devant nous. Trompe-l'Oeil, ce rapporté, avait foutu un fichu bordel dans toutes les pièces. Nous ne l'avons plus revu, mais on raconte qu'il demeure toujours sous la responsabilité du Maître des Séjours. Je ne comprends pas pourquoi l'Alchimiste Farandole soutient cette créature des grottes sauvages, la plus redoutable de la Famille des Mordicus. Je me demande ce qu'il essaie de prouver.

—Dans la vie, on ne fait jamais rien pour rien, clapit La Tante. Chacun évoque des raisons qu'il juge les meilleures pour agir.

—Tu te rappelles, dit la Mère, Trompe-l'Oeil avait laissé la porte entrouverte par inattention. Cette fois-ci, elle ronge une écorce d'aubépine pour son angine. Elle croit que son cœur va la lâcher, en racontant ce dernier épisode. Il y avait des Gnomes qui travaillaient dans le trempage de métaux aux couleurs vert émeraude. Ils égouttaient dans un énorme filtre, secoué par une dizaine de farfadets, des objets précieux. Et pouvez-vous... vous imaginer ce que contenait le tamis... des ***« Clefs »***! Des milliers de ***« Clefs Codées »***! Et je peux vous certifier qu'il ne s'agissait pas de clés ordinaires, juste à voir leur brillance!

—Ohhh vraiment! s'exclame Janie.

La Mère continue son baratin...

—Oui! Elles se balançaient au plafond parmi une vapeur sulfurique et possédaient des grandeurs différentes. Les ***« Clefs »*** changeaient de couleur après un certain temps. Elles devenaient dorées et brillantes comme de l'or. Un vrai mystère, ces ***« Clefs »***!

Les sœurs cosmiques sont contentes d'entendre cette histoire. Maintenant, elles savent qu'elles détiennent la bonne piste. Elles attendent la suite des ragots avec impatience.

Un silence s'ensuit lorsque la Tante détourne la conversation.

—C'est presque l'heure du remède de Grand-mère.

—Je vais devoir vous quitter mes enfants! geint la Mère.

—Eh! s'écrie Janie énervée, je veux connaître la suite! Pour une fois qu'elle trouve une piste intéressante.

—La suite! La suite! s'exclame la Mère. Eh bien! Le Gardien était vraiment déçu de la négligence de Trompe-l'Oeil et lui a ordonné de l'attendre dans la **« Salle du Conseil des Anciens »** afin de consulter : ***« l'Ordre du Triumvirat »***.

—Ce Trompe-l'Oeil a certainement reçu une sanction pour son étourderie. L'Illustre Farandole nous a avisés qu'il ferait des recherches approfondies et qu'aussitôt qu'il retrouverait la clé, il nous la ferait parvenir. Puis, il nous somma de retourner chez nous, l'air soucieux, dit-elle vivement.

La Tante donne les remèdes à la Mère qui rajoute...

—Nous l'avons remercié grandement et avons quitté les lieux séance tenante. Il a ordonné à un vieux Gnome des Bois, du nom de Rabougri, de nous raccompagner. Ce dernier baragouinait sans cesse un langage inaccessible aux communs des mortels que nous avons fini par déchiffrer avec le temps. C'est à ce moment que nous avons fait connaissance avec Rabougri, le Père de Philomène la Gnomide, dit-elle en se grattant les oreilles.

—Devant l'air bouleversé de Farandole, réplique la Tante, nous savions que nous avions vu trop de choses secrètes. Il valait mieux partir et ne pas poser de questions. Je ne voulais pas perdre mon permis d'Apothicaire! Cinq jours plus tard, Rabougri nous apporta la clé et par la même occasion, il nous remit une lettre sous pli, sans mot dire et repartit aussitôt, en traînant de la patte.

—Et puis... insiste Chanceuse.

—Une simple phrase, mais qui en disait long : « *Le silence est d'or! Signé... Le Gardien des Séjours* ». Nous avons très bien compris le message. Vous êtes les premières personnes à qui nous révélons ces informations confidentielles et secrètes, rajoute-t-elle fièrement.

Voyant le doute percer dans le regard de Chanceuse, la Mère précise auprès de son ainée.

—N'est-ce pas ma sœur? répète-t-elle avec insistance. C'est la vérité!

—À qui le dites-vous! Ttit-ttit-ttit! Soyez-en persuadées, Ttit-ttit-ttit! rumine la Tante toute tremblante. Ce n'est pas un ragot, ni même une rumeur. Je n'aurais jamais osé raconter cette histoire à personne. Croyez-moi! La sécurité de **« Lapinièreville »** en dépend. Mais les choses se sont déroulées autrement. Ttit-ttit-ttit! Maintenant, vous saisissez que cette divulgation ne doit pas sortir de ces murs, puisque notre survie à tous en dépend! Mais... vous êtes déjà au courant! ajoute-t-elle en secouant son tablier afin de faire passer sa chaleur de nervosité.

—C'est le seul endroit possible pour retrouver ta *« Clef »*, dit la Mère sur un ton assurée.

—Si j'ai bien compris, le **« Tunnel des Alambics »** est la route à suivre pour retrouver ma *« Clef du Paradis »*? questionne Janie à nouveau.

—Non, ttit-ttit-ttit! s'écrie Ma Tante LaPalette. Il est sans issue, ttit, ttit, ttit, depuis l'éboulis.

Janie remarque que Ma Tante semble encore toute fébrile.

—La bonne direction reste sans contredit le **« Menhir des Druides »**, affirme cette dernière avec empressement. Vous y trouverez **« l'Antre aux Mystères »**. Il suffit d'y entrer.

L'Humaine n'a pas parcouru tout ce chemin pour rien.

—Enfin la route à suivre! s'exclame-t-elle.

Mais son rêve s'estompe lorsque Ma Tante rajoute :

—Mais voyons, ma sœur, ttit-ttit-ttit! Personne de mémoire n'a jamais pénétré dans **« l'Antre aux Mystères »**. Whoops! Elle a trop parlé. Sa grande langue claque sur ces longues incisives... ttit, ttit, ttit. Elle se met à clapir. Serait-elle en train de devenir une épivardée* comme sa sœur?

Vite comme l'éclair, *« l'Aura »* de Janie change de couleur pour un gris nuage. Elle baisse la tête et Chanceuse étire ses élytres autour de son amie pour soulager son cœur en détresse. Encore une brouillerie, pense l'Humaine.

Janie sort pour respirer profondément. Cela l'ennuie! Elle poursuit le chemin qui mène à la cour arrière, situé dans un petit pâturage. L'odeur agréable des rosiers sauvages la calme. Malgré tous ces risques, elle a bien agi en réalisant son rêve; visiter les galeries des lapins. Elle n'aura peut-être plus jamais la

* épivardée : écervelée

possibilité de revenir les explorer. En pénétrant ce terrier, elle a vécu un *« Moment Magique »* et cela, elle doit l'apprécier.

La Mère LaTouffe, voyant l'inquiétude de l'Humaine, donne le soin à sa sœur d'administrer le médicament à leur Mère.

Puis, à distance, elle la suit pas à pas, laissant derrière elle, Chanceuse et la Tante discuter du malentendu.

Lorsque Janie l'aperçoit, elle lui sourit gentiment.

—Êtes-vous certaine que je sois sur la bonne route?

—Absolument! Je te confirme que c'est l'unique chemin.

Chanceuse arrive à toute vitesse et s'approche d'elles.

—Zzz! Janie, il ezst l'heure de partir! zozote-t-elle.

—Déjà!

Chanceuse se retourne vers la Mère.

—Zzzje tiens à vous remercier pour votre grande hospitalité et c'est toujours avec plaisir que je viens vous visiter.

—Merci du compliment! Mais vous êtes persuadées de ne pas vouloir rester à manger avec nous? Grand-mère a préparé une crème de carottes et d'asperges des plus délicieuses. La Mère est visiblement déçue de leur appareillage.

—C'est tout à fait alléchant, mais nous devons continuer notre route. Maintenant, grâce à vous, je sais où me diriger pour retrouver ma ***« Clef du Paradis »***! C'est ma dernière chance; je dois prendre le risque même si personne n'a jamais réussi à pénétrer **« l'Antre »**. Je ne peux pas vivre éternellement dans **« l'Astral »**! Moi aussi, j'ai des obligations à remplir.

—Zzzet, si... ces bavardages se montrent véridiques, alors nous n'avons pasz un instant à gaszpiller, rajoute Chanceuse.

—C'est vrai, il ne faut pas perdre de vue la mission de la Protégée, insiste La Mère. Puis, amicalement, elle l'embrasse sur les joues. Ce geste revêt une signification particulière; l'Humaine au grand cœur est acceptée par le clan des Lapinoix pour la vie.

À l'instant, la marmaille accourt en se culbutant pour saluer les sœurs cosmiques. Derrière, ma Tante LaPalette arrive essoufflée, dirigeant les jouvenceaux* qui poussent une brouette en fibre naturelle, contenant deux gros paquets enrubannés de paille.

* jouvenceaux : adolescents

Chapitre 38
La précieuse cargaison

Ma Tante n'avait pas pensé plus loin que le bout de sa truffe. Les énormes caisses arrivent, tirées par tous les enfants, sur un amas de branchages tressés. La brouette écologique, munie de gros choux agissants comme pneus ballon, plie sous le poids des produits. Comment Janie fera-t-elle pour apporter dans son odyssée toutes ces confiseries qui sont destinées au Druide? C'est impossible!

—Oooh là là! s'exclame Janie. Elles sont immenses ces caisses! Déjà au départ, les huches de paille fraîche entrelacée, entravent le parcours des Lapinoix.

—Zzzhi! Pas zsi groszses! réplique Chanceuse.

Janie, un peu gênée, ose soumettre une demande spéciale.

—Vous serait-il possible de les conserver dans votre arrière-boutique? Ainsi, les gâteries resteraient bien au frais. À notre retour, je demanderai à la troupe de l'Amiral de venir les chercher! Qu'en pensez-vous?

—Oh! Où... ai-je la tête, ttit, ttit, ttit? C'est vrai que je suis bête à manger du foin, je n'ai pas réalisé que ces boîtes seraient encombrantes à manipuler tout au long de votre voyage!

—Zzzoh!!! Pas du tout! Zzzj'ai déjà trouvé une soluztion, déclare Chanceuse effervescente. Les Lucioles, mes couzsines, se feront un plaizsir de les transzporter pour nous. Soyez zcertaines qu'elles ne nuiront en aucun inzstant à la bonne marche de notre mizssion! Cette dernière tient absolument à ramener ces friandises avec elle. Il n'est pas question de manquer une occasion aussi exceptionnelle.

—Mais Chanceuse! s'exclame Janie. Je juge préférable...

La Coccinelle ne laisse pas le temps à son amie de finir sa phrase qu'elle a déjà lancé ses trois petits cris en code morse. Trois sons courts, trois sons longs suivis de trois sons courts qui donnent ceci : ...---... (S.O.S.) Au secours!

Sorties des tunnels souterrains, Janie et Chanceuse deviennent visibles dans la cour arrière. Les Lucioles Affectionnées, sous l'ordre de la Sergente-Chef, leur viennent alors en aide et arrivent en trombe.

—Nous volons à ton secours! s'écrie Lumina, tout essoufflée. Que se passe-t-il de si urgent pour que tu utilises le code ...---... de vie ou de mort? La Bibitte à Patate se dépêche de parler en gestes codés afin que Lumina soit la seule à comprendre. Elle écoute attentivement les directives de Chanceuse et sourit...

—Zzzah!!! Mes couzsines vont se charger d'accomplir cette mizssion délicate, zézaie-t-elle en gardant la tête haute. Lumina a reçu cet ordre directement du Druide lui-même.

—Ooohhh, ttit-ttit-ttit, ttit-ttit-ttit! Vraiment!?! dit Ma Tante en se trémoussant toute transportée de joie. Enfin, ttit-ttit-ttit! Quel plaisir, ttit! Le Druide pourra se délecter et apprécier mes petites sucreries, ttit. Je tiens à les lui offrir, ttit-ttit-ttit! Les amitiés s'entretiennent, couine-t-elle en frétillant ses moustaches dans les airs.

—Zzzhi!!! Merci beaucoup! Zzzizz! Le Vieux Sage sera touché par ce geste de générosité, zézaie-t-elle en balançant ses antennes dans tous les sens.

Janie, les mains sur les hanches, regarde Chanceuse d'un œil inquisiteur. Elle se questionne... Pourquoi a-t-elle lancé un code morse de S.O.S.? Pour porter secours à des bonbons?

L'Amiral n'apparaît pas sur le lieu en détresse? Plutôt bizarre! Son amie doit tramer* un complot!

La sœur cosmique de Janie s'approche de l'énorme caisse de bois et demande l'autorisation d'ouvrir l'une d'entre elles, évidemment la plus grosse. Il parait évident que les coléoptères lumineux ne pourront transporter ces boîtes à eux seuls, même avec cent têtes.

Lumina se dirige discrètement vers Janie pendant que son infanterie de Lucioles se charge de tout apporter sous l'œil vigilant de la Coccinelle. Plus rien n'existe pour Chanceuse à présent, sauf... les bonbons. La Sergente-Chef des mouches à feu en profite pour glisser un mot à l'oreille de l'Humaine qui ne cligne pas d'une paupière, en écoutant le court message de l'éclaireuse.

—Certainement, ttit-ttit-ttit! Ouvrez mon amie, ttit-ttit-ttit! Déballez, ttit-ttit-ttit! s'exclame Ma Tante LaPalette ne se possédant plus. Elle a tellement hâte d'entendre les commentaires du Druide au sujet de son talent culinaire que plus rien ne la dérange. Les éloges du Druide la proclameront *« célébrité notoire »*! Elle se voit donnant des *« touffes de poils »* à une longue file d'admirateurs, alignés pour la séance de griffe, lors du lancement de son premier livre de recettes.

—Ttit-ttit-ttit!?! Êtes-vous d'accord petite Humaine avec cette décision? clapit Ma Tante.

—Tout à fait! Mon amie Chanceuse sait parfaitement comment exécuter les ordres du Druide. Elle possède un talent d'organisatrice exceptionnel! Et je suis convaincue, connaissant la compétence de ma sœur cosmique à bien gérer le bien d'autrui, que votre cadeau se rendra à bon port.

Janie réalise que Chanceuse est devenue gourmande et que rien ne peut l'arrêter! Juste à la voir déballer le colis, elle regrette presque de lui avoir fait découvrir les bonbons.

---

* tramer : comploter, préparer

Chanceuse ouvre les immenses boîtes-cadeaux avec avidité. Ces dernières contiennent une multitude de petits paquets clairement identifiés. Au signal sonore de la coccinelle, les Lucioles cueillent les colis un à un et les transportent avec précaution en lieu sûr.

En très peu de temps, les mouches à feu ont charroyé* toutes ces denrées précieuses et Lumina les salue cordialement avant de disparaître avec ses consœurs.

—Zzzah!!! Ne soyez pas zzzinquiète! zézaie Chanceuse. Je vous promets que tout se déroulera parfaitement! Zzzje vous fournirai un compte-rendu détaillé des commentaires dzu Druide à mon retour.

Ma Tante LaPalette, au comble du bonheur, administre une grosse caresse à Chanceuse. La coccinelle ne tient plus en place, car son plan a fonctionné à merveille.

—Ttit-ttit-ttit!!! À la prochaine! Et bonne chance petite! dit-elle en serrant l'Humaine dans ses bras. Et voici… tes galoches… elles te seront utiles!

—Bonne route mes enfants! dit la Mère émue. Elle chique sans arrêt une boule de résine de pin pour soulager sa voix enrouée.

—À bientôt! À bientôt! Au revoir!

Toute la petite famille clapit de joie en signe d'appréciation.

---

* charroyé : transporté

Chapitre 39
L'Oeil Despote

Janie regarde dans le ciel; l'Amiral est aux aguets, toujours fidèle au poste.

—Où sont allées les Lucioles? questionne-t-elle aussitôt sortie de l'enclos.

—Zzzoh! Zzzhi! Porter les confiseries au Druide, zézaie Chanceuse avec un rire émoustillé.

—Je le sens quand tu ne me dis pas la vérité, car tes pupilles noires s'agrandissent.

—Zzzah!!! Comment, zzz... mes pupilles!?

Cette dernière clignote des yeux, afin que Janie ne puisse pas lire dans ses grands iris.

—Oui! Tes pupilles se dilatent! Je connais tes petites faiblesses.

—Zzzoh! Mon espèzce…! Tu m'ezspionnes à présent?

—Non! Je t'étudie. Disons que j'ai un bon professeur.

—Zzzeuh! Ezst-ce que l'élève ezst en train de surpaszser son maître, par hazsard?

—Pas encore… s'exclame Janie, en riant.

Tout à coup, un bruit de broussailles met fin à leur conversation. Chanceuse repère un importun caché derrière le buisson. Elle fait signe à Janie de ne pas bouger et de garder le silence.

L'Amiral aussi a découvert la cachette de l'odieuse créature qui se permet d'espionner ses protégées. Il n'attend pas une seconde et surplombe l'endroit, suivi de Lulubie. Les Libellules, les brigadières de l'air, pour leur part guettent l'espace aérien. Au poste, Lumina, la Sergente-Chef, enjoint à son infanterie d'encercler le gêneur. Sur le champ, les éclaireuses forment en se rassemblant l'une contre les autres, un énorme filet et attaquent. Un vrai bouclier! Toutes ensemble, elles réussissent l'opération de secours avec brio!

—Sors de ta cachette, espèce de... filou! ordonne l'Amiral de sa voix de baryton.

Pris au piège, le brigand n'a d'autre choix que de quitter son trou.

—Oh! s'écrie Janie.

Le fougueux mâle dominant s'élance vers l'Humaine, mais aucune chance; le filet se resserre étroitement sur lui comme un étau. Le Grand Monarque, placé devant les Sœurs Cosmiques, se montre impitoyable.

—Que veux-tu? somme le Monarque d'un air qui ne laisse pas place à la plaisanterie. Tu es en état d'arrestation! Ne bouge pas, sinon... il en va de ta vie! déclare-t-il avec conviction.

—J'ai une dééé... pppê... ccche pour la pppe... titt... te Da...mmme, geint l'animal en tapant un clin d'œil à Janie.

Reconnaissant le dénommé Face-À-Claque, incrédule, L'Amiral poursuit sèchement...

—Mais de qui... de quoi!?!

—Une dééé... pê... ccche de l'Orrr... dre des Gééé... nies! Du Monnn... de... *« Ultraviolet »*.

—Impossible! s'écrie le Grand Monarque en se retenant pour ne pas se précipiter sur cet hypocrite.

Face-À-Claque, le présumé lapin *« Espion »*, tend l'avis de la patte gauche et aussitôt, d'autres Lucioles se rapprochent pour l'encercler davantage. Cette technique des ailées l'empêche de bondir.

—Ho!!! Voyez... yyyez vous-même... me... me! clapit-il en tapant du talon avec force et fixant le papillon par la fente de ses yeux bridés avec un sourire moqueur.

À ce moment précis, un doute s'insinue dans la tête de Janie. Et s'il servait d'espion?

—Ah... oui! Et... de quel Génie s'agit-il? demande-t-elle pour le désarçonner.

—Oui Mam! Ne vous en dééé... plai... ssse. Jeee... vous di... rrrai que... c'essst bien une orrr... donnan... ccce en di... rrrect d'un dénom... mmmé Kettt... cchouille! Il se dit... apparrrem... mmment ê... trrre un Gé... nnnie, lance-t-il d'un air cabotin avec son accent du sud, en se pétant les bretelles.

L'Amiral devient pourpre de colère.

—C'est un piège! Arrêtez-le! Je l'ordonne!

Janie reste figée devant les déclarations de l'imposteur.

—Ketchouille! Mon Ketchouille... un Génie? Ça, c'est super ffflyant!

—Zzzoh!?! Enfin! C'ezst un vrai miracle, zozote Chanceuse soulagée et tout à la fois excitée. Il exziste vraiment... ce Ketchouille!

—Impossible! Impossible! Impossible! riposte fortement l'Amiral dans tous ses états en brandissant son épée, lui si calme d'habitude. Il n'existe pas de Ketchouille dans cette **« Forêt »**, ni dans *« l'Ordre des Génies »*! Tenez-vous-le pour dit! Prenez ce bourreur de crâne et mettez-le sous verrous immédiatement.

—Non! s'écrie Janie alarmée. Moi, je connais... ce Génie Ketchouille. Donnez-moi cette missive tout de suite! La petite Humaine commence à s'énerver et se ressaisit. S'il vous plaît... insiste-t-elle en regardant le Grand Monarque d'un air convaincant. Je vous en supplie, faites-moi confiance!

Devenu blanc comme un drap, l'Amiral retient son souffle.

—Janie... en es-tu vraiment certaine? Moi, je suis formel! Il n'existe pas de Génie du nom de Ketchouille dans la **« Galaxie des Maîtres »** prestidigitateurs. Je crois qu'il s'agit d'un guet-apens.

—Je vous... je vous le jure! s'exclame-t-elle tremblante, c'est mon ami imaginaire depuis toujours, mais elle ne veut pas s'aventurer plus longtemps sur ce sujet épineux.

—Oh! là, là... Zzz!

Janie a prêté serment. Chanceuse est persuadée qu'elle dit la vérité, car elle n'aurait certainement pas prêté serment si cela n'avait été qu'un canular de sa part. Afin de supporter Janie, la Coccinelle déclare qu'elle a déjà entendu parler de Ketchouille auparavant.

L'Humaine acquiesce, heureuse de constater que sa sœur cosmique prend sa défense.

—C'est vrai? Bon! Enfin, si vous insistez! Je dois me rendre à l'évidence. Ce vantard doit bien le connaître puisqu'il vient en son nom. L'Amiral se promet de le garder en otage et de le questionner à fond; il ne perd rien pour attendre. Le Grand Monarque reprend les commandes. Lumina, va chercher le billet que détient Face-à-Claque.

—Nous te couvrons, bourdonne Lulubie entourée de ses Brigadières de l'air qui n'arrêtent pas de survoler l'endroit.

Les Lucioles Affectionnées restent regroupées et les Libellules rôdent autour de *« l'Espion »*, prêtes à l'attaque. Ne reculant devant rien, la Sergente-Chef des Lucioles, Lumina, se trace un mince chemin entre ses éclaireuses, puis d'un geste rapide et déterminé, elle empoigne le pli scellé des paluches du captif.

—Tenez Amiral! dit Lumina en clignotant. Elle remet la dépêche à l'Amiral qui demeure implacable. Le silence est respecté avec rigueur, car tous savent très bien que Face-À-Claque est connu pour ses magouilles. C'est un signe de mauvais augure.

Janie se demande ce qu'il adviendra de l'Intrus. Pour l'instant, elle doit se taire si elle veut lire la missive de son fidèle ami.

—Merci et gardez la défensive! Nous devons prendre au sérieux les rumeurs de sorcellerie qui circulent sur son compte ainsi que l'amitié qu'il porte à la *« Déesse DésAstre »*, la Lune Noire. Le Grand Monarque, la tête haute, le fixe des yeux sans relâche pour lui montrer sa puissance et pour lui prouver qu'il ne le craint d'aucune manière. Nous n'avons pas vécu de brouhaha de telle sorte depuis une éternité. Je ne comprends pas ce qui arrive, mais je vous promets de découvrir toute la vérité sur les manigances faites à l'endroit de Janie. Nous avons une invitée de marque et, depuis sa venue, tout fonctionne de travers dans cette **« Forêt »**, déclare l'Amiral en soupirant avec force.

Face-À-Claque, lui, reste intransigeant et fidèle à sa promesse : remettre cette dépêche en main propre à Janie, sinon devant elle, afin qu'elle sache que son ami d'enfance ne l'abandonne pas. Rien n'arrête ce lapin, même si sa vie se trouve en danger! Parole d'honneur!

—Ça va! grommelle l'Amiral n'ayant rien détecté de suspect pour l'instant. Chanceuse… je t'en prie, rends la missive à Janie.

La Coccinelle n'attendait que cette parole pour récupérer le billet de haute importance. À son tour, elle l'examine dans tous les sens d'une façon officielle. Elle sent le papier luisant à plusieurs reprises, puis le place devant Galarneau pour mieux voir au travers et y déceler quelque chose d'anormal. Janie sait très bien qu'elle joue à la spécialiste plutôt par curiosité que pour sa protection.

—Chanceuse! s'écrie-t-elle, franchement tu exagères!

—Zzz! Zzz! Je ne veux que te protézger.

—Tu plaisantes! Arrête de faire semblant et remets-moi cette lettre immédiatement! Elle me revient de droit! déclare-t-elle formellement sur un ton qui n'entend plus à rire.

La Coccinelle en profite pour s'improviser experte en technique de dépistage, pendant que l'Humaine lui lance un regard de feu.

—Zzzoh! Tout zsemble normal! Rien de suzspect! zozote-t-elle en regardant l'Amiral.

—Bien! Tu peux la lui remettre, ordonne-t-il en gardant la main sur son épée.

Janie arrache l'enveloppe des segments de Chanceuse et décachette la mystérieuse missive devant la Troupe. À sa grande surprise, il n'y a rien d'inscrit! Veut-on se moquer d'elle? Déçue, elle joue le jeu et examine minutieusement le papier étanche. Mais, en passant délicatement ses doigts sur la feuille... elle constate que des lettres y sont incrustées. Elle plisse les paupières pour mieux voir et incroyablement, le papier embossé éclate et ainsi imbibe le lettrage instantanément d'encre mauve fluorescente et les mots apparaissent à sa vue. Elle retient un cri de surprise, puis jette un regard innocent autour d'elle pour ne rien laisser paraître et se cache le visage derrière la missive, sans rajouter un seul mot. La Troupe garde silence tout en se demandant, ce qui se trame à leur insu! Pendant que les syllabes se bousculent et jouent à saute-mouton, Janie, ébahie, se dépêche de courir après les lignes qui déferlent sous ses yeux, afin de ne rien manquer puisque le message s'efface aussitôt lu!

Elle attrape les mots suivants au passage...

« Le Vieux Sage a bien tenté de t'aviser par l'intermédiaire de Phénix Balbuzard, l'Aigle Royal d'une loyauté à toute épreuve, mais il y a eu de l'interférence de la part d'Embrouillamini, la mini-sorcière qui apparemment conspire avec des Intrus pour s'emparer de la Forêt Magique et tous vous éliminer! J'ai des informateurs qui ont capté les renseignements suivants.

Voici ce que j'ai obtenu comme information supplémentaire afin de te protéger.

"ATTENTION! NE SOUTIENS PAS LE REGARD DE L'ŒIL DESPOTE, LE MAL INCARNÉ. TU LE RECONNAÎTRAS À SA PUPILLE UNIQUE À L'ÉCLAT DE FEU."

Autre chose... . Cela te semblera bizarre, mais je dois te demander de garder le silence. J'ai enjoint à Face-À-Claque de te remettre cette missive seulement à la sortie de Lapinièreville pour ne pas affoler tout ce beau monde. Surtout... ne dis à personne que je le connais, car sa vie serait en danger et la tienne encore plus! Fais-lui

confiance... même s'il a l'air ringard*, tu peux compter sur lui. Il est l'un de mes plus fidèles serviteurs avec Balbuzard. »

Ketchouille, son ami imaginaire, s'entoure de collaborateurs consciencieux dans **« l'Astral »**. Elle aura tout vu!

« Comme tu le sais maintenant, il y a des Intrus qui ont pénétré les Portes d'Argent avec toi lors de ta traversée. Ne t'en fais pas, cela n'est pas ta faute! Ils ont profité de ce moment pour passer inaperçus. C'était pour eux, une chance hors du commun d'entrer dans l'Astral sans se faire pincer! De cette manière, ils sont passés incognito, ni vus, ni connus de personne, même des plus brillants surveillants. Tu ne pouvais pas savoir! Ne t'en fais pas, tout s'arrangera. Tu vois, je ne suis pas loin... mais fais attention à tes arrières.

Ketchouille, ton fidèle compagnon. »

Tous regardent Janie d'un air tourmenté. La bouche grande ouverte, cette dernière n'en revient tout simplement pas.

—Ohhh! Mais, mais, c'est incroyable! s'exclame-t-elle les yeux ronds comme des boutons de bottine.

—Zzzoh!?! Que se passe-t-il? zézaie la Coccinelle qui essayait de lire la missive par-dessus l'épaule de Janie, en voltigeant d'un côté à l'autre.

Janie, d'un air surpris, remet le billet à son amie. Elle sait que Chanceuse sera déçue.

—Zzz! Non, mais... c'ezst imposzsible. Tu me contes des blagues. Cette feuille est blanche comme neige!

Lumina s'avance tout excitée elle aussi, pour vérifier à son tour la véracité des dires de sa cousine.

—Euh!!! La Sergente-Chef demeure sur ses gardes, cette affaire se complique.

Chanceuse saute et survole son amie.

---

* ringard : dépassé, démodé

—Zzzoh!!! C'est buzzant! Comment as-tu fait pour l'effacer?!?

—Je n'ai rien fait, je t'assure! confirme-t-elle pour convaincre sa sœur cosmique et tous les autres yeux scrutateurs.

Soulagée et heureuse que ce message reste secret, cette nouvelle n'affolera pas toute la **« Forêt »** qui semble déjà en crise.

La lettre circule, suscitant des exclamations de toute part.

Lumina s'approche de l'Amiral et lui souffle à l'oreille en chuintant...

—Je crois que cet agent double ressemble en tous points à un *« Hybride RR3 »*; la technique télépathique d'illusions qu'il a utilisée n'existe pas dans notre système solaire. D'ailleurs, cette pratique, que je n'ai vue qu'une fois, ne s'emploie que sur la **« Planète X »**, située dans la Constellation de **« ZAOS »**. Ce système planétaire galactique[*] est régi par l'unique astre nommé **« Nibiru »**. Cet astre est aussi surnommé **« L'Ailé Rouge »**, à cause de son intensité électromagnétique. Toutefois, elle s'avère extrêmement difficile à repérer, puisqu'elle décharge des ondes oscillantes qui embrouillent la Galaxie. On craint ce corps céleste naturel plus que la peste, car il détient plusieurs secrets enfouis dans son noyau central qui n'ont jamais été décodés.

Tous tirent l'oreille afin de saisir le vif de la conversation, mais aucune Créature ne parvient à entendre un seul mot. Cette affaire reste un mystère complet et demeurera secrète jusqu'à nouvel ordre, à en juger par l'air sévère de l'Amiral.

—Donne-moi ce document tout de suite, tonne-t-il de sa voix résonnante. Laisse-moi vérifier le contenu! exige-t-il.

Tous se mettent au garde-à-vous.

Le Grand Monarque scrute personnellement du bout des doigts la feuille parcheminée[**], devenue luisante à force d'être tripotée.

---

[*] galactique : relatif à la Voie lactée

[**] parcheminée : ridée et desséchée comme du parchemin

—Il y a du mystère dans l'air. Je vois! Je vois! dit-il en la palpant même s'il ne voit rien. Si tu veux me confier ta lettre, je la ferai examiner par *« l'Ordre des Génies »*. Je vais demander au Génie Vergobret de prélever un échantillon de papier, afin de bien déterminer sa provenance.

—Qu'est-ce qu'il y avait d'inscrit? interroge Chanceuse à voix basse à Janie.

—Bouche cousue! lui dit Janie. C'est une missive confidentielle et je ne dois pas divulguer la teneur du message!

—Zje... Zje... ne zsais pas zà quoi zça zsert vraiment, zzzune amie!

Chanceuse saisit qu'elle doit garder le silence, mais c'est plus fort qu'elle; elle insiste.

—Zzzoh!?! ZJ'aimerais......... savoir?

Janie, plutôt que de répondre, fait la sourde oreille. La situation se corse et devient critique. Comment lui expliquer qu'il y a des personnages qui s'apprêtent à leur faire du mal! Et jusqu'à Ketchouille qui l'avise de demeurer sur ses gardes! Elle doit, pour l'instant, se méfier de tout un chacun et surtout du *« MAUVAIS OEIL À LA PUPILLE DE FEU »* sans oublier ses arrières. Quelle affaire redoutable!

—Libérez ce Lapinoix, insiste Janie d'une voix ferme. Je me porte garante de son intégrité! Et de toute façon... il est le porte-parole d'un personnage qu'il ne peut même pas identifier.

L'Amiral relâche bien malgré lui, le douteux rôdeur. Il reste méfiant, surtout que ce dernier apporte un message du supposé ami imaginaire de Janie, inscrit sur le *« papier parcheminé »* réservé aux Génies! Jamais de sa vie, il n'avait entendu parler de ce Ketchouille en question. Ni lui, ni le Vieux Sage.

—Je t'avise de ne pas commettre de folies, car tu es foutu! lance-t-il en sortant son épée et la rengainant aussitôt d'un geste précis qui ne laisse aucun doute sur son habileté à manier l'arme. Gonflé à bloc, l'Amiral demeure à la hauteur de la situation et commence à démontrer sa nature guerrière. Immensément grand, face à face avec Face-À-Claque, il lui articule directement à l'oreille : je sais d'où tu viens et je te garde à l'œil. Et surtout, ne décide pas de me faire faux bond! Relâchez-le! ordonne-t-il malgré lui, tout en lui lançant des fléchettes du regard. Le lapin s'enfuit à travers les broussailles; il connaît par cœur son réseau de souterrains.

Chanceuse, pour sa part, se demande bien pourquoi Ketchouille a envoyé un malappris pour livrer ce message qui, de toute évidence, est de grande importance pour son amie. Personne n'a jamais entendu parler de Ketchouille et de surcroît, tout le monde craint Face-À-Claque comme la peste dans la **« Forêt »**. Quelle idée farfelue!

Janie, elle, aime bien le fidèle compagnon de son ami imaginaire qui lui sourit et la regarde profondément de ses grands yeux… bleu pervenche!

« On dirait qu'il vient d'une autre planète. Heureusement qu'il n'a pas les yeux rouges », se dit-elle. Inquiète, elle se met à examiner les yeux de toutes les créatures. *« Ce sera un bon indice de danger. »*

Ce message à propos de *« L'ŒIL DESPOTE »* la dérange particulièrement. La pupille de feu! Voilà une piste de taille! Et cette sorcière à ses trousses… cela confirme qu'elle avait bien vu. C'est le pire qui pouvait lui arriver. Embrou… brouille… bouillit… mini. Ce nom est si mélangeant que juste d'essayer de le prononcer, Janie sent ses idées s'embrouiller.

Chapitre 40
Les bonbons ou la raison?

Janie aimerait bien décortiquer le contenu de cette missive; elle n'y comprend plus rien, mais Chanceuse surexcitée insiste pour tout savoir, ne lui laissant pas le temps de respirer et surtout d'y réfléchir.

—Zzz! Janie! Janie! Que contenait le message? Allez, dis-le-moi… ne suis-je pas ton accompagnatrice, ton amie, ta sœur cosmique?

—Bouche cousue, motus! chuchote l'Humaine en marchant à reculons.

La coccinelle ne semble rien saisir. Elle n'est pas habituée dans ce monde à garder le silence. Elle zézaie tout le temps.

—Zzzah! Zzz! Zzz! Zzz!

—Chut! L'Amiral! dit Janie en baissant le timbre de sa voix.

—Zzzoh! Zzz! Pourquoi marches-tu à reculons? demande-t-elle sur la même tonalité.

—Je protège mon derrière! chuchote Janie.

Chanceuse ouvre grand les yeux tout en claquant des ailes. L'Humaine se questionne : pourquoi son amie réagit-elle de manière si surprenante?

—Zzzhi!!! Tu veux dire tes arrières! zozote-t-elle à l'oreille de son amie. C'est très bien de protéger ses arrières et non, son derrière.

L'Amiral, à quelques envolées de là, tout en zyeutant les alentours, regarde les deux sœurs cosmiques discuter. À les voir agir, il est convaincu que Janie lui cache quelque chose. Il aimerait connaître le fond de la pensée de sa Protégée. Aussi, atterrit-il près des complices qui se taisent sur le champ.

—Je suis ravi de constater que ces petits inconvénients n'entravent pas ta mission. De toute façon, quand je recevrai des nouvelles du Génie Vergobret, le Gardien des Séjours du **« Jardin Secret »**, au sujet de ce... message illisible qui contient peut-être un sortilège, je te donnerai, sans faute, un compte-rendu de ce rapport pour ta sécurité.

Janie baisse la tête et répond faiblement.

—Merci d'entreprendre toutes ces démarches!

—Il n'y a rien que tu puisses me confier qui pourrait m'aider dans mes recherches? Je dois t'aviser tout de suite que cette créature possède une réputation douteuse, selon mes sources.

—Pas à ma connaissance! dit-elle timidement.

—Et... le... message? insiste l'Amiral.

Un long silence se fait entendre.

—Je ne m'en souviens plus, il a disparu trop vite. Elle se tient la tête à deux mains comme si elle avait reçu un coup de massue* sur le crâne.

—Zzzoh! Ça va? questionne Chanceuse, en voyant son amie pâlir d'émotion. Elle constate que le fait de ne pas discuter de ses malaises la rend malade.

—Moi, je trouve cela plutôt étrange... et même dangereux. Une perte de mémoire peut être provoquée par une conjuration pour effacer des traces gênantes. Seuls les *« Envoûteurs »* peuvent utiliser cette pratique de dysfonctionnement** de la matière grise. Technique nocive pouvant laisser des séquelles cérébrales irréversibles.

---

* massue : bâton servant à assommer
** dysfonctionnement : mauvais fonctionnement

L'Amiral réalise que la mission de l'Humaine prend une ampleur inquiétante; plus qu'il l'avait imaginée! Il a assisté à bien des luttes, mais celle-ci... est loin d'être gagnée d'avance.

—Plutôt étrange, rajoute-t-elle à son tour.

Chanceuse survole la Troupe tout énervée. Il y a de l'action dans l'air. Elle ne va pas s'ennuyer... c'est officiel!

Janie ne désire pas raconter tous les détails, car pour l'instant, trop de questions restent sans réponse. Ketchouille... un génie ou un magicien, c'est pareil à ses yeux. Son ami imaginaire veut la sauver ou du moins la protéger d'un danger potentiel. De qui? De quoi? De toute évidence, à partir du *« Moment Présent »*, elle devra faire attention à tous ceux qu'elle côtoiera. Il va falloir qu'elle demeure discrète au sujet du contenu de ce message secret; on la poursuit! Elle se sent obligée de trouver qui se cache derrière le *« MAUVAIS ŒIL! »* Maintenant... toutes les Créatures deviennent suspectes, jusqu'à preuve du contraire! Quelle histoire invraisemblable! Elle constate que l'Amiral a des yeux bleus. *« Ouf!!! J'ai vraiment la trouille, pense-t-elle, pour mettre en doute la crédibilité de mon Protecteur »*. Comment se fait-il qu'il ne puisse découvrir la présence de Ketchouille dans **« Sa Forêt »**? Même les *« Intrus »* lui ont passé sous le nez. Tout cela semble un peu absurde, lui qui est chargé de sa protection. Janie commence à douter de ses capacités à la protéger. Il n'y a aucun danger de la part de Chanceuse... ses yeux sont foncés presque aussi noirs que les siens. Ah! Elle ne sait plus où donner de la tête. Le jeu de la perte de mémoire demeure son atout principal et lui servira de moyen de défense.

La Coccinelle s'embête... et lance à brûle-pourpoint :

—Zzzah!!! Advienne que pourra! Zzzoh! Ça suffit, ces avertissements! Amusons-nous un peu! Zzzhi!!! Hi! Hi! J'ai décidé que nous allions prendre la route des vacances!

Tous ces rebondissements donnent faim à l'Humaine; sa corde d'argent en profite pour la tirailler et elle craint que cette dernière la ramène sur **« Terre »**.

—Ce n'est pas le moment! Tu es gentille, mais je préfère me rendre immédiatement au **« Menhir des Druides »** pour rencontrer l'Alchimiste Farandole. Je crois qu'il est grand temps, soupire-t-elle impatiente.

—Zzzoh! C'est ton choix!

Chanceuse, déçue, aurait bien aimé imposer ses quatre volontés. Cela devient trop sérieux. Comment parvenir à la faire changer d'idée... sans la contrarier?

—Zzzah! Tu as parfaitement raizson. L'heure est venue de nous prézsenter au **« Menhir des Druides »** avant que le Gardien des Séjours nous tire les zoreilles.

—Vite! Ça urge! lance l'Humaine en sentant sa corde d'argent lui tirailler encore une fois les entrailles*. J'espère trouver une solution pour pénétrer dans **« l'Antre »**, le plus tôt possible!

Il n'était pas question pour Janie de revenir dans le **« Monde terrestre »** sans sa ***« Clef du Paradis »***!

—Zzz! Avec un peu de cocologie, on devrait pouvoir résoudre ce problème.

Janie la regarde avec de grands yeux, mais s'abstient de porter une critique désobligeante. Depuis quand... utilise-t-elle sa raison?

—Zzzoh! Je crois que les LaTouffe en ont fait tout un plat! Allons! Suivons le chemin du **« Menhir des Druides »**. Tes désirs sont des zordres! s'exclame-t-elle en riant de bon cœur. Pasz de vacances! Tu ne chanzges pas d'avis? insiste la ratoureuse. Zzz! Ce serait tellement bien de pouvoir relaxer sous les chauds rayons de Galarneau tout en dégustant quelques friandizses.

—Oh toi! Tu sais parfaitement que les bonbons de collection sont pour offrir au Druide et non pour nous. Tu devrais apprécier d'avoir eu la chance d'en manger à volonté. Hi! Hi! Hi! Et cela... grâce à moi!

—Zzz! Ces friandises appartiennent à qui? zézaie-t-elle.

---

* entrailles : ensemble des organes à l'intérieur de l'abdomen

—Qu'est-ce qui te trotte dans la tête? On dirait que tu as commis un acte répréhensible, encore une fois!

—Zzzhi! Zzzoh! Zzzah! En vérité... zozote-t-elle en se frottant le nez. Zje ne sais pas! Zeuh! Ce n'est pas grand chozse!

—Pardon!?! Tu... as...?

—Zzzeuh! J'ai demandé à Lumina de conzserver quelques boîtes pour nos bezsoins perzsonnels dans zun endroit sûr.

—Vraiment! Tu n'es pas gênée!

—Zzzhi! Moi, je trouve cela plutôt buzzant! Le Vieux Sage n'y verra que du feu! Il aura une partie des provizsions; de toute fazçon il ne connaît pasz la quantité qui lui revient de droit. Qu'il en ait plus zzzou moins, cela ne lui fera aucun mal. Et nous... zzz, nous zallons pouvoir en profiter auszsi. Sa portion était bien trop grosse, juzste pour une perzsonne!

—Chanceuse! Tu perds des points.

—Zzzeuh! Il ne saura rien... si tu ne parles pas. Dis-moi, zzz, que tu esz contre le fait de manger des... bonbons!

—J'adore les bonbons, j'en conviens, mais... je ne suis pas convaincue que tu as eu une très bonne idée!

La conscience de Janie digère mal les tours de passe-passe que la coccinelle a exécuté dans le dos de tous. Elle aimerait être parfaite; mais à l'occasion, il lui arrive de ne pas toujours révéler la vérité ou bien de cacher des faits pour se montrer importante aux yeux de ses amis. Lorsqu'elle raconte des mensonges ou ne tient pas compte des conséquences de ses actes, automatiquement après, elle sent un malaise dans son for intérieur, ainsi que dans sa tête et son cœur. Enfin, partout! C'est de cette manière qu'elle comprend qu'elle a mal agi. Jamais, elle n'aurait osé détourner des biens qui ne lui appartiennent pas, surtout pas au Vieux Sage, car il devine tout!

Elle regarde Chanceuse avec de grands yeux et n'est pas convaincue qu'elle a pris une bonne décision, mais elle ne peut rien décider pour son amie qui devra vivre avec ses choix.

La troupe se dirige allègrement vers les **« Portes des Énigmes »** qui mènent à **« l'Antre du Menhir des Druides »**.

Tout en bavardant, les sœurs cosmiques se retrouvent près d'un monticule surélevé, en retrait de **« Lapinièreville »**.

—Oh! Nous ne sommes pas arrivées au **« Menhir »**?

Janie s'attendait à voir une grosse pierre.

—Zzzeuh! Non! C'est la **« Butte... du Val de Lys »**.

—Tu as fait un détour? demande-t-elle.

—Zzz, pasz du tout! Tu te souviens? Je t'ai dit que la **« Butte »** était parallèle, glousse Chanceuse ravie.

—Oui, mais... on ne devait pas s'y arrêter. Les mains sur les hanches, Janie la regarde.

—Zje t'assure! Je n'y suis pour rien. C'est certainement Vandal LeRavageur qui nous a fait dévier de notre route.

—Ravageur... voyons ça!

L'Humaine met son index dans sa bouche, puis le ressort pour savoir de quel côté le courant d'air va l'assécher. Cette technique aide à découvrir d'où vient le vent; du Nord, de l'Est?

—Zzz. Puis?

—Quel vent?

—Zzzje pense qu'il se repose, zézaie-t-elle.

—Chanceuse!

Sa nouvelle amie, la Coccinelle, beaucoup plus aventureuse qu'elle, n'hésite pas à la faire marcher.

—Maintenant que nous sommes sur les lieux dont tu m'as tant vanté la beauté, admirons ensemble cet endroit de rêve!

Les copines montent quelques paliers en pierre des champs et se retrouvent sur le dessus du tertre. Le panorama est magnifique. Un courant d'eau turquoise repose paisiblement devant leurs yeux éblouis. Puis, le son de la source jaillit au loin et éclabousse de gouttelettes un énorme rocher sculpté qui réfléchit sous les reflets du soleil d'or. Janie réalise qu'il s'agit de la **« Pierre-Aux-Fées »**.

—C'est un endroit de rêve!

Chanceuse lance un long soupir de ravissement.

—Zzzzzzzah!

—Tu entends **« La Source »** gargouiller? Elle ne veut pas passer inaperçue! Je n'oublierai jamais ce spectacle mémorable.

—Zzzah! **« La Source! »** Zje me souviens de l'avoir survolée avec mon amie, la Fée Kassandra. Elle frétillait et nous éclaboussait, particulièrement turbulente et enjouée par cette journée ensoleillée.

—Oh! C'est fantastique! Malgré les pépins... de toutes sortes, je me sens privilégiée de vivre toutes ces expériences uniques avec toi!

—Buzzant!

—Flllyant!

Elles pouffent de rire.

—Zzzoh! Tu esz vraiment chanceuse d'avoir pu vizsiter le **« Marais des Souvenirs »** avec Kassandra. J'aurais tellement aimé être avec vous!

—Je sais... moi aussi j'aurais aimé que tu sois là! Les événements de la vie se sont déroulés autrement.

—Zzzhum!

—Crois-moi! Elle est é-nor-mé-ment fière... de toi, lui dit l'Humaine avec des gestes grandiloquents*.

—Zzz! Elle t'a parlé de moi? En bien, j'eszpère!

—Arrête de me faire marcher! Tu sais parfaitement que Kassandra t'adore et de plus... tu es son chouchou.

Chanceuse, euphorique, ne porte plus à terre. Elle voltige autour de sa sœur cosmique sans arrêt. Puis Janie, à son tour, tourne alentour de la coccinelle en essayant de l'attraper. Étourdies, elles ont juste le temps de s'asseoir avant de tomber.

Subitement, Janie semble préoccupée et lui déclare...

—Chanceuse! Je tiens à te dire que... je suis tellement bien avec toi que... elle reprend sa respiration, que... j'en oublie presque ma vraie famille! Et cela m'inquiète sérieusement. Je ne peux t'expliquer clairement ce que je ressens... c'est comme si maintenant... ma famille faisait partie d'un rêve et que ma vie

---

* grandiloquents : avec excès, exagérés

était présentement… ici dans **« l'Astral »**. J'ai le vif sentiment d'appartenir à deux **« Mondes »** à la fois!

—Zzzizz! On développe de drôles de senzsations dans le **« Monde Astral »**, zézaie la Coccinelle, cherchant elle aussi les bons mots pour se faire comprendre. Moi… je sais que tu es vraiment vivante. En ce qui me concerne, j'existe dans ce **« Monde »** seulement pour un certain temps. Je suis venue m'amuzser, récupérer et réorganizser ma prochaine vie. Il y a plein d'expériences que j'ai toujours eu envie de vivre et que je n'ai pas pu réalizser, car ma présence sur **« Terre »** a été trop courte. Ici, je me sens libre et en vacances! Enfin! C'est ce que je ressens!

Elle voit bien que Janie se pose un tas de questions, comme toujours d'ailleurs.

—Je me demande, Chanceuse, si… notre *« Essence profonde* [*]*»* peut exister à deux endroits en même temps? Crois-tu cela possible?

La Coccinelle se gratte la tête… elle ne s'était jamais questionnée sur l'existence des **« Univers »** visibles ou invisibles avant aujourd'hui.

—Zzzeuh! Rien n'est imposzsible dans ce **« Monde! »** En si peu de temps, j'ai vu tellement de chozses incroyables arriver.

—La vraie vie est peut-être… ici dans **« l'Astral »** et la vie terrestre n'est peut-être qu'un rêve…

Toutes les deux restent songeuses pour un moment.

—Zzzzzz! Par contre… dit-elle sur une note enjouée; je suis persuadée qu'il faut profiter du *« moment présent »*… c'est ce qui compte vraiment, peu importe où on se trouve.

—Tu as raison! C'est pourquoi… je n'oublierai jamais les forces magiques déployées par les Fées pour me sauver la vie! s'exclame-t-elle toute souriante.

Un long silence se fait entendre.

---

[*] Essence profonde : âme

—Mais, par-dessus tout... je ne t'oublierai jamais! renchérit Janie avec ardeur.

Chanceuse soutient son regard et son amie poursuit...

—Et... aujourd'hui... à ce moment précis, je te promets que jamais... de ma vie, jamais... je ne t'abandonnerai, quoi qu'il arrive! Tu as une place toute spéciale, ici, dans mon cœur que personne ne pourra enlever. Janie dépose sa main sur son cœur; cette place est réservée uniquement pour toi, ma sœur cosmique.

Elles se donnent l'accolade dans un silence complet, en se berçant comme seules deux enfants savent le faire. Puis, elles se redressent et se sourient, tout en admirant le paysage de la **« Butte du Val des Lys »**.

Le belvédère est entouré de vignes gorgées de fruits et orné d'un somptueux tapis de lys de toutes les couleurs s'étendant à perte de vue. Médusées et silencieuses, les copines assistent à une démonstration des plus désarmantes. Les Liliacées, dans une cadence assidue, pratiquent une chorégraphie de Taï-chi au rythme de *« Zéphyr LeVent »* qui tinte doucement des sons aigus de verre en caressant les fleurs. La synchronisation des mouvements est parfaite et se marie à la beauté unique des plantes cultivées. Janie admire avec respect ce chef-d'œuvre naturel marqué de souplesse et Chanceuse, pour la première fois, apprécie ce rituel d'arts martiaux.

Le **« Val des Lys »** mène aux **« Portes des Énigmes du Menhir des Druides »**. Cette route dégage un précieux parfum de mystère. La Protégée réalise que rien n'est laissé au hasard dans ce **« Monde Astral »**.

La brise s'arrête et les Liliacées en profitent pour se reposer.

L'Humaine a bien mûri sa pensée. Elle doit dire la vérité à son amie au sujet du billet qu'elle a reçu de Ketchouille; et bien sûr à l'Amiral quand le bon moment se présentera. Elle doit protéger la vie de sa sœur cosmique qui risque d'écoper sans raison valable, maintenant qu'elle connaît ses intentions. Elle ne voudrait pas l'empêcher de vivre une autre expérience lorsqu'elle choisira le moment propice. Ce qui la soulage pour l'instant, c'est qu'elle ne sera pas seule à affronter cet inconnu redoutable... *«L'ŒIL DESPOTE»*. Peut-être que cet avertissement la rendra plus vigilante et surtout plus consciente des risques qu'elles encourront. Toutefois, elle ne lui souffle pas un mot au sujet du flacon, tel que l'avait recommandé la Fée Kassandra. En gardant le secret du contenu de la bouteille de cristal de quartz pour elle-même, personne ne pourra attenter à la vie de son amie ou bien la prendre en otage. Cette fois-ci, elle ne se sent pas coupable de ne pas dire... toute la vérité.

Janie raconte une partie de son aventure rocambolesque à sa sœur cosmique.

Chanceuse demeure bouche bée en entendant cette histoire surprenante. C'était un scorpion géant qui lui avait sauvé la vie et non le Quidam comme semblait le miauler Chartreux. Il ne s'était pas bien fait comprendre et heureusement que personne n'avait saisi les deux noms; d'une manière ou d'une autre, un Scorpionnidé ou un Quidam, cela aurait provoqué une crise! Toute cette aventure semble tirée par les cheveux. Il n'y a rien à redire puisque Janie porte toujours une cicatrice, presque invisible, entre l'index et le pouce. Cette marque violacée à cinq points prouve l'existence de ce qu'elle raconte avec conviction.

Chanceuse n'ose pas montrer la sienne, sa cicatrice.

—Une chance qu'elle est minuscule! dit-elle tout bas, en apercevant Lumina sillonner le ciel.

—Zzzoh!

Les deux amies se taisent et réfléchissent chacune de leur côté.

La Coccinelle n'aime pas la sensation désagréable qu'elle éprouve, lorsqu'elle s'inquiète outre mesure. Elle demeure incapable de se souvenir où elle a déjà entrevu ce symbole qui ressemble énormément au tatouage de son amie.

Janie, elle, se sent soulagée de voir apparaître Lumina, car cela met un terme à leur conversation. Elle n'aura donc pas eu besoin de discourir sur le sujet épineux des Lucifuges et c'est mieux ainsi.

—Et je t'en prie... garde le silence, cela est *« T.O.P. SECRET »*, motus et bouche cousue.

—Zzz Motus! Bouche couzzzsue, croix sur le cœur. Je tiens à te dire que tu eszzz une veinarde parce que... le **« Marais »** est destiné aux, zzz, Héros!

La Coccinelle se redresse et lance un grand soupir ressemblant à un cri d'alarme, mais Janie ne s'inquiète pas; elle commence à comprendre son petit manège. Quant à Chanceuse, elle continue de lancer des petits tops incongrus et irréguliers pour bien se faire entendre.

—Bon! De quel tour de passe-passe s'agit-il maintenant?

—Zzz! Vite! Vite... vite, vite! Elle envoie toujours ses messages en code morse. Il s'agit d'une surprise!

—D'accord! Oh! Le Monarque gesticule au-dessus de nos têtes. Il semble mécontent. Je présume qu'il trouve que nous avons pris trop de temps à bavarder.

Le ciel s'agite subitement.

Chanceuse lance de nouveau ses tops avec intensité.

—Zzz! ...-..-.! ...-..-. . ...-..-.! ...-..-.! .-.-.-

Elle regarde Janie avec de grands yeux.

—Zzzeuh! Je ne comprends pas pourquoi l'Amiral ne veut pas se joindre à nous pour la dégustation?

Janie voit que son amie commence à se tourmenter pour la bêtise qu'elle a commise.

—Une dégustation! En quel honneur? Et... le Grand Monarque résiste à ton invitation?

—Zzzeuh! Il semble au courant de mon petit manège au sujet des friandises. Je pense qu'il n'apprécie pas ma démarche compromettante.

Janie garde le silence en regardant le ciel.

La Coccinelle constate que l'Amiral voltige en mouvements saccadés et exécute des zigzags rapides en tintant des sons inaccoutumés qui ressemblent à des remontrances.

Lumina en tête de file, suivie des mille et une Lucioles qui arrivent à la queue leu leu en apportant les paquets précieux, se poste à côté de sa cousine en lui confiant du bout des lèvres :

— Ah! Oh... oui! Je tiens à te dire que l'Amiral est dans tous ses états. Il vient d'être informé de ce que tu as manigancé dans son dos.

—Zzz! Zzz! Zzz! Zzz! Zzz! Oh... là... là! Qui a mouchardé?

—Certainement pas moi! couine Lumina.

—Zzz! C'eszt toi Janie!

—Jamais de la vie. Est-ce que tu me prends pour une rapporteuse?

—Zzzah Ce n'eszzzt pas ce que j'ai voulu dire!

—C'est comme ça... que tu traites tes amies! jacasse Lumina en déployant ses ailes, vexée pour l'Humaine.

—Zzzzzexcusez-moi! Zje suis bouleversée. Zzzil va certainement me sermonner, zézaie-t-elle inquiète de son sort. Je suis foutue! Il prendra plaisir à tout raconter au Vieux Sage!

—Tu ne perds rien pour attendre, s'exclame la cousine. J'en ai eu des échos!

—Zzzzaïe! Aïe! Aïe! Je crois que cette fois-ci, je zzzsuis allée trop loin! Zzz! Je vais me faire taper sur les doigts!

—Tu es dans de beaux draps. Cette dernière clignote de l'arrière-train pour démontrer l'ampleur de la bêtise.

—Zzzoh! Non!!! Tu ne vas pas te défiler! Tu es ma complice. N'oublie pas... tu étais d'accord pour transporter ces friandises!

Janie préfère se taire et Lumina riposte.

—Non! Tu sais très bien que c'est toi qui as donné cet ordre à mes Lucioles en disant qu'il venait du Druide. Aurais-tu oublié? Tu ne m'as pas demandé mon avis à ce moment-là. Tu étais trop occupée à élaborer tes petites combines en cachette!

Chanceuse sait qu'elle a parfaitement raison. Elle n'en a fait qu'à sa tête et elle doit en subir les conséquences.

—Zzz! Zzz! Zzz! Zzz… nous n'allons pasz nous dizsputer par cette belle journée enzsoleillée. Zzz! Nous devrions plutôt profiter du moment prézsent.

Le ciel s'assombrit.

L'ambiance est tendue. Ces confiseries ne lui étaient pas destinées, elle n'avait donc pas le droit de les prendre. Elle a mis ses amies dans l'embarras avec ses idées farfelues.

—Zzzzzzzzzzzz! Zzzzzzzzzzzz! Je crois qu'il y a un panier percé dans le groupe.

—Je n'y peux rien! Nous devons nous soumettre aux ordres de l'Amiral et s'il nous passe à l'interrogatoire… nous nous devons de dire la vérité.

Chanceuse n'a plus le cœur à la fête.

En douceur, les Lucioles déposent aux pieds de Janie et de Chanceuse les boîtes de bonbons confits et s'envolent aussitôt.

—Zzz! Cette dernière éprouve des remords de conscience. Elle regrette son geste. Zzzje suis dézsolée… j'ai commis une énorme faute! s'exclame Chanceuse à Lumina! Zzz!

—Tu as commis un écart de conduite. Je trouve que ce geste ressemble plutôt à de la gloutonnerie! répond-elle.

—Zzzouais! Tu veux dire… de la gourmandizse. Je ne savais pas que les bonbons étaient aussi délicieux. Zzzah! Je devrai tout avouer au Vieux Sage à notre retour, zézaie-t-elle Zzzoh!?! Crois-tu qu'il va me pardonner?

—Pardonner, j'en suis persuadée, clame la Sergente-Chef, mais te confier une nouvelle mission, cela j'en doute!

Janie en profite pour ouvrir les boîtes-cadeaux pendant que les deux cousines discutent sur la morale des meilleurs comportements à respecter. Elle dévore avec avidité les bonbons comme si rien ne se passait autour d'elle, et s'amuse à jouer à la désintéressée, tout en se léchant les doigts. Puis elle se rapproche des insectes qui discourent toujours à vive voix.

—Miam! C'est tellement bon! Je suis heureuse de t'avoir fait découvrir les bonbons, bafouille-t-elle la bouche pleine.

Chanceuse se retourne et trouve plutôt inhabituel le comportement de son amie. Elle semble indifférente à la peine qui l'afflige. La coccinelle se sent un peu vexée.

—Zzzoh! On dirait… que tu te fous de ma gueule de bestiole! s'exclame-t-elle mécontente. Tu ne t'inquiètes pas de mon sort?

—Non! Pas du tout. Tu as choisi et tu auras ce que tu mérites. Tu as bien mentionné devant tous qu'il s'agissait d'un ordre du Druide… lui-même! Quel beau mensonge! Les rumeurs m'ont tout expliqué sur la *« LOI du MENSONGE »*!

—Zouais! Zouais! Quelle *« Loi »*?

—Tu oublies les Lois qui ne font pas ton affaire! Quel drôle d'oubli… alors écoute attentivement! Si le Druide venait à savoir que tu as détourné des choses qui lui revenaient de droit, l'Amiral l'avisera puisqu'il travaille sous son commandement! Tu ne feras pas long feu dans sa **« Forêt »**. Tu ne te souviens plus des conséquences de **« l'Astral »**? Eh bien, je vais te rafraîchir la mémoire : *« Avis de Recherche »*, *« Menteuse en liberté »*, *« Sanction, 100 coups de raquette »* ou le puissant *« COUP DU LAPIN »* appliqué derrière la nuque et qui peut s'avérer fatal. Et… j'oubliais le pire… *« Interdiction de pénétrer* **(l'Astral)** pendant des décennies ». Janie lui dépeint un tableau sinistre et insiste tout bas, en la regardant avec de petits yeux complices… je t'assure que je n'ai pas vendu la mèche!

—Zzzoh!?! Maintenant… tu ezs au courant des *« Lois »*! Zzzet… tu ne m'as pas zempêchée d'agir, réplique la Coccinelle consciente de ses erreurs.

—J'ai mes sources maintenant! De toute façon, à quoi bon te faire entendre raison, cela ne sert à rien. Quand tu as une idée en tête… plus rien ne t'arrête! Janie se bourre la face de bonbons et s'exclame… c'est divin, ces confiseries!

Chanceuse, suspicieuse, se demande bien ce qui arrive à l'Humaine. Elle ne l'a jamais vue aussi indifférente. Serait-ce les effets de **« l'Astral »**? Son amie bouffe sans arrêt.

—Zzz, Janie!!!

Cette dernière continue d'affecter des airs de détachement. Elle lui tourne le dos et invite toutes ses cousines.

—Joignez-vous... à moi! lance-t-elle aux Lucioles au garde-à-vous. Les mouches à feu ne bronchent pas d'une aile. Elles attendent patiemment le signal de leur Sergente-Chef Lumina, pour fêter et relaxer.

—Zzzoh! Mais! Dis-moi... qu'est-ce qui se passe? Zzzeh! Tu me niaizzzses, gémit la bibitte à patate. Comment peux-tu déguster ces bonbons avec joie, quand tu sais que j'ai le cœur à l'envers?

—Tu m'as convaincue de profiter du moment présent.

Janie rit maintenant à chaudes larmes et ne peut plus s'arrêter. La Coccinelle n'en revient tout simplement pas. Elle pense que sa sœur cosmique est devenue complètement zinzin.

—Zzzje crois qu'elle est en train de perdre les pédales!?!

—Elle a vécu des expériences bouleversantes! dit la Luciole.

—Venez! Venez vous asseoir près de moi! Je vous en prie, insiste Janie auprès de la Troupe.

Chanceuse étonnée se place à ses côtés.

—Zzzoh! Qu'est-ce qui se passe? questionne-t-elle préoccupée subitement par son changement de caractère.

L'Humaine fredonne une chansonnette de sa tendre enfance :

« Ah! Vous dirais-je, Maman,
Ce qui cause mon tourment!
Papa veut que je raisonne
Comme une grande personne;
Mais, moi je dis que les bonbons
Valent mieux que la raison. »

—Zzzah! Ne tourne pas le fer dans la plaie, lance Chanceuse survoltée.

Devant les remords de conscience de la coccinelle qui semblent l'assaillir de plus en plus, Janie la rassure...

—Ne t'affole pas! Regarde plutôt ce qu'il y a d'inscrit sur les boîtes. Je t'en prie, insiste-t-elle en voyant ses lèvres en grimace. S'il vous plaît! J'aimerais que tu lises attentivement l'étiquette... juste pour me faire plaisir.

Chanceuse tourne autour des bonbons éparpillés sur des nappes en chenille. Puis... subitement, ses antennes rebondissent dans les airs en effectuant des sauts de crapaud, et ses yeux s'écarquillent.

—Allez! Lis ... à haute voix pour que l'on puisse tous entendre, demande gentiment Janie.

Chanceuse lit très lentement, haut et fort, le message inscrit en sucre d'orge, afin de démontrer son assurance : **« POUR ZJANIE, AFIN DE LUI REMONTER LE MORAL TOUT AU LONG DE SA MISZSION, À CONDITION DE LES PARTAZZZGER AVEC NOTRE AMIE DE TOUZJOURS... LA TÉMÉRAIRE CHANCEUSE QUI A TENTÉ L'IMPOSSIBLE. »**

—Chanceuse! s'écrie la coccinelle folle de joie, il s'agit de moi! Elle continue en lecture rapide cette fois-ci : **« AINSI QU'À TOUS SES ZAMIS QUI L'ACCOMPAGNENT DANS CETTE MISZSION SPÉZIALE. »**

—Zzzoh! Janie... zzz, Lumina! Je n'ai pasz commis de délit.

—Je sais, je sais! Nous t'avons joué un tour! dit Janie.

—Zzzah! Comment ça? Zzzoh! Vous m'avez zjoué ce vilain tour!?! zézaie-t-elle en examinant les deux complices d'un œil interrogateur. Vous... deux... ensemble!

—Comme tu voulais absolument garder des bonbons et que tu étais prête à tout pour détourner le convoi de marchandises, l'Amiral tenait à te donner une leçon humaine, afin que tu ne recommences plus à mal agir à l'avenir.

—Zzzah! C'est certainement cette grande langue pendue de la Mère LaTouffe!

—Ce n'est pas seulement la Mère, mais c'est aussi Ma Tante qui était dans tous ses états lorsqu'elle a découvert le pot aux roses, dit Lumina. Elle a bien vu que Janie n'était pas à l'aise avec la manière dont tu as pris en charge le moyen de transport des bonbons. Tu as ordonné à tes cousines d'exécuter ta demande... sans mon autorisation. À partir de ce moment-là, la lapine s'est doutée que quelque chose d'anormal se passait! Alors, je n'ai pas besoin de te donner plus de détails, tu connais la suite!

—Zzzouf! Zzzah! Zje me suis sentie tellement... terriblement coupable et triste.

—Et voilà! Tu as... encore des trous noirs à nettoyer, réplique l'Humaine.

Chanceuse regarde Janie d'un air désapprobateur, car ses points noirs sur ses élytres brillent de propreté.

—Maintenant, j'espère que tu as compris la leçon, dit Lumina, je vais faire signe à l'Amiral de nous accompagner pour la dégustation. Je crois qu'il a bien hâte de partager ce moment de détente avec nous et de goûter à ces bonbons officiels.

Le Protecteur qui survole les alentours ne perd pas une seconde et se joint à la Troupe. Lumina ordonne à ses Lucioles Affectionnées de rejoindre le groupe.

Face au Grand Monarque... la coccinelle avoue ses torts.

—Zzzje m'excuse! C'est très difficile pour l'insecte d'admettre ses faiblesses puisqu'elle n'a jamais eu de comptes à rendre à personne sur ses faits et gestes.

L'Amiral ne la sermonne pas, il croit qu'elle a appris sa leçon, une fois pour toutes. Cela lui servira certainement un jour ou l'autre.

Toute la troupe s'assoit sur le tapis de fleurs odorantes. Même Lulubie, la spécialiste des communications, et son Infanterie assistent à la Fête. Les Brigadières de l'Air se placent par dizaines, en rang d'oignons. Toutes caquettent comme des pies, en petits groupes, tout en dégustant les fruits confits. Janie apprend à connaître Lulubie. Elle ressemble à une Romaine avec ses bijoux collés sur le front qui accentuent ses grands yeux composés. Ces derniers ne semblent rien perdre de vue. Elle est vêtue d'une robe en tissu de voile léger et fin, dont l'encolure est échancrée. Son corsage, maintenu par des lanières de cuir, s'agence parfaitement à ses sandales lacées. Tout se déroule dans l'harmonie et la dégustation s'avère une réussite grâce aux grands talents d'organisatrices des chenilles. Ces hôtesses possèdent l'art de la présentation. Les vers à soie, les serveurs officiels aux coloris nuancés de beige, de brun et de doré chatoyants, se sont promenés d'un petit groupe à l'autre, les bonbons sur leur dos, afin d'en offrir à leurs invités. De vraies nappes vivantes! Une dégustation des plus réussies et appréciées, sous le soleil éclatant qui joue au chat et à la souris en se cachant occasionnellement derrière quelques cumulus arrondis en chou-fleur, pour adoucir la température. Il n'y a pas d'eau pour se baigner, mais la franche camaraderie comble le tout.

—Nous avons passé un délicieux moment, mais je crois que le temps est venu de poursuivre notre route, déclare Janie.

Lumina frappe dans ses mains.

—Allons les filles! Remettons cet endroit à l'ordre. Ses consœurs rappliquent et, en un rien de temps, elles nettoient le monticule au grand complet. Après le nettoyage, aucun papier de bonbon ne traîne sur le sol, tout est parfaitement propre.

—À bientôt les amies! s'exclame Lumina qui défile avec les Lucioles Affectionnées.

Après s'être empiffré, l'Amiral s'était permis de s'allonger pour une sieste. Ce qui est plutôt rare dans son cas, car il est du genre actif. Mais… il demeure le seul à savoir qu'il détient une mission conjointe à celle de l'Humaine au Grand Cœur et qu'elle ne s'annonce pas de tout repos! Pour l'instant… il s'agit d'un secret bien gardé!

—Le devoir nous appelle! Il se relève comme une bombe. Je vous guide au **« Menhir »**... mes enfants!

Heureuse et détendue, Janie s'écrie...

—En route vers le **« Menhir des Druides »**... direction *« **Est** »*!

—Zzzah! Tu es convaincue du chemin, s'exclame Chanceuse.

—Eh... oui! J'entends la source! Cette dernière nous mènera toujours dans la bonne direction. C'est ton amie la Fée Kassandra qui me l'a confirmé.

—Zzzeh... bien! Zzz! Si mon amie l'a dit... allons-zy!

—Le **« Marais des Souvenirs »** est franc... *« **Nord** »*! Par contre... l'Épouvantail se trouve à *« **l'Est** »*, près de la **« Zone interdite »**. À contourner... car il est sur notre trajectoire!

—Zzz! Tu es zune vraie cartomanzcienne.

—Non! Je sais simplement m'orienter! s'exclame-t-elle d'un air coquin devant la coccinelle éblouie par ses connaissances. C'est mon Papiche qui m'a enseigné les points cardinaux! Il voyage beaucoup... tu comprends! Il garde plusieurs cartes et possède un immense globe terrestre dans son bureau de travail. En prononçant ces mots, Janie se rappelle qu'elle se trouve loin de la maison. Son cœur se chagrine et un léger gargouillement lui chatouille les tripes.

—Zzzoh! Tu es buzzante! Tu m'épates!

Tout en se dirigeant vers *« **l'Est** »*, le ciel change de couleur dans un camaïeu* de rouge rosé et d'orangé.

—Au pas! lance l'Humaine. Suivons les indices!

—Zzzet nous sommes bien guidées!

Elles marchent un bon moment en jouant à saute-mouton. En même temps, Janie essaie d'apprendre à voler et exécute des sauts énormes. Chanceuse fait volte-face à quelques reprises, mais jamais Janie ne réussit à décoller. Elle réalise que depuis la transformation de son amie, elle a de plus en plus de difficulté à

---

* camaïeu : diverses nuances d'une même couleur

prendre son envol et devient de plus en plus consciente. Que s'est-il passé durant cette métamorphose, lorsqu'elle y a été mêlée sans son consentement par les vents? Serait-il possible que des gènes se soient fusionnés?

Chanceuse demeure silencieuse.

La route monte vers le sommet. Il y a des buissons et des pierres.

—Zzz! Nous devons traverser le rocher à fleur d'eau, zjuste à droite de la **« Pierre-Aux-Fées »**. Zzzje crois que nous y sommes.

—Ce n'est pas dangereux?

—Zzz! Mais non… il est à sec. La crue des eaux est maintenant terminée et nous pouvons traverser sans danger.

Le temps de le dire, elles se retrouvent au sommet d'une masse rocheuse escarpée, cachée par des volcans endormis.

Janie aperçoit, mises en place l'une à la suite de l'autre, des pierres mouillées traçant un petit chemin flottant.

—Regarde!?! Elles semblent… nous attendre!

Les galets se dressent afin de leur indiquer la voie à suivre.

—Zzzoh!?! Incroyable!

Chanceuse a vu bien des changements depuis qu'elle vit dans **« l'Astral »**, mais comme celui-là, c'est la première fois. Même le ciel se met de la partie. Les cumulus blancs jouent à saute-mouton avec le soleil. Les pierres s'amusent à se déplacer au rythme de leur pas, tout en se dirigeant vers les **« Mégalithes »**.

Rien n'a été laissé au hasard. La route dessine sous leurs pieds nus, le chemin de vie de l'Humaine. Janie a l'impression de marcher sur les nuages, car les pierres s'enduisent d'une belle mousse verte avant même qu'elle n'y dépose le pied. Heureuses et séduites par le spectacle, les filles se regardent en soupirant d'aise. Janie avait enlevé ses chaussures pour le seul plaisir de sentir les poils absorbants des végétaux lui chatouiller le bout des orteils. Elles traversèrent une à une sur les pierres verdâtres vers la route aux mystères.

Chapitre 41
La porte des énigmes

Le chant des hêtres se fait entendre dans toute la **« Forêt »**, accompagné du vent siffleur. Janie et Chanceuse ont traversé le rocher à fleur d'eau. Elles marchent côte à côte, au rythme de leur cœur et méditent chacune de leur côté, au déroulement de cette fabuleuse journée sans fin.

L'armée de Lucioles vole au-dessus de leur tête, en formation de victoire. Ces petites luminosités clignotent comme des lumières de Noël et émerveillent Janie. L'énergie stellaire **« Astral »** s'est coiffée d'un abat-jour et assombrit l'espace; la soirée commence lentement à se dessiner dans le ciel azuré.

L'Humaine doit être vraiment fatiguée, pense la Coccinelle, puisqu'elle fait apparaître la pénombre. Elle se croit sur la terre. Il n'y a ni nuit, ni jour dans le **« Monde Astral »**; il n'existe que l'intemporel qui ne subit aucun changement. Ce monde invariable demeure complètement indépendant du temps terrestre. Il agit comme la respiration qui se répète, toujours fidèle, sans qu'on la remarque, mais constamment présente dans son absence. La vie du souffle s'exécute en silence et fait partie de nous à tout instant et en tout lieu dans l'univers. Le souffle de vie possède sa propre existence dans la nôtre, car il connaît son fonctionnement par cœur.

Janie lasse, ressent des fourmis dans les jambes et questionne…

—Sommes-nous arrivées?

Cette sensation la dérange. Est-ce sa corde d'argent qui la rappelle?

—Regarde... zzz... devant toi! dit Chanceuse. Je crois que nous zzzy sommes presque.

Chanceuse désigne une série de pierres rustiques appelées : **« Les Mégalithes »**. L'ensemble de ces roches est disposé en cercle. Et la particularité de cet ensemble rocheux, c'est qu'au centre de celui-ci se dresse un immense dolmen à l'horizontale, unique et incommensurable qui s'apparente à un temple.

—**« Le Menhir des Druides!** » C'est bien tel qu'elle se l'était imaginé.

—Zzzoui! **« L'Unique Menhir des Druides »**! zézaie Chanceuse, en extase. Je dois te confier quelque chose mon amie. Je suis un peu mal à l'aise de te l'avouer! J'ai souvent entendu parler du **« Menhir des Druides »**, mais je n'y étais jamais venue.

Janie sidérée s'écrie...

—Quoi!?!

—Zzzah... excuse-moi! Puisque je fais partie des protégés du Druide, tout comme les autres créatures exitant déjà dans « l'Astral », je n'ai jamais eu besoin de m'y enregistrer.

—Voyons! Moi ... je suis **« Sa Protégée »**! Comment se fait-il que je doive m'inscrire?

—Zzzeuh!!! Toi, tu n'es que de paszsage! Moi, zzje vis ici depuis... Chanceuse n'avait jamais compté le temps... Zzzha!!! Zzzho!!! Mais je sais que c'est mon foyer temporaire, jusqu'à ce que je décide où je veux reconstruire de ma vie.

—Ah oui! Ça! Je me rappelle! Afin de vivre une autre aventure aussi palpitante! Tu m'en inventes des belles histoires, moi qui croyais que tu connaissais l'endroit sur le bout de tes... appendices!

Chanceuse baisse les yeux et rougit.

—Zzz! Pas cette fois-ci. Par contre... je dois formellement présenter mes civilités au Gardien.

—Ah bon... En es-tu bien certaine? grimace l'Humaine.

Les **« Mégalithes »** se dressent devant elles comme de magnifiques monuments historiques. Les sœurs cosmiques n'ont jamais vu une œuvre d'art aussi gigantesque.

—Viens! Approchons-nous de celui qui ressemble à une table d'offrande.

—Zzzoh! C'ezst une bonne idée; je crois qu'il s'agit du point central. De plus, j'ai l'impression qu'il faut se conformer à un code d'honneur.

—Zut! En plus de ne pas connaître la **« Forêt »** par cœur... tu ne connais pas toutes les conventions que nous devons respecter. Ça, c'est le bouquet! Tu me fais accroire plein de choses et moi la dinde... je te crois!

Chanceuse hausse les épaules et balbutie....

—Zzzzz. Nous n'avons zzz qu'à présenter nos salutaztions devant les ***« Portes des Énigmes »***.

—Voyons Chanceuse! Je vais offrir mes salutations distinguées au ***« Gardien des Séjours »*** et non aux ***« Portes »***! Et... c'est bien évident que cet endroit nous mène à **« l'Antre de Farandole! »** Tu ne sens pas l'odeur du mystère qui rôde?

Chanceuse se gratte le cou, elle ne flaire rien... pourtant, elle essaie. Elle n'a qu'une idée en tête : trouver la manière d'ouvrir les ***« Portes »***.

—Zzzoh! Ça y est! C'ezst simple... il fallait y penser.

L'Humaine s'illumine... son aura jaillit de toutes les couleurs de l'arc-en-ciel.

—Tu as trouvé la solution?

—Zzz. Nous n'avons qu'à donner des coups sur la pierre. Zzzeuh!?! Elle nous répondra! Chanceuse essayait d'inventer un scénario.

—Bonne idée! C'est de mise de frapper avant d'entrer. J'y vais.

Janie s'approche de l'immense table servant de reposoir et de sa main menue, cogne trois fois sur le dolmen.

Chanceuse, muette, attend patiemment que la porte s'ouvre sous l'œil suppliant de l'Humaine. Mais... rien ne bouge!

—Quelle Catastrophe!

—Zzzoh! Désolée! La Coccinelle voudrait s'effacer du paysage.

—Ahhhha! J'en ai assez! J'ai besoin que quelqu'un m'aide, crie Janie avec toutes ses tripes, en tapant du pied.

Sur ces entrefaites, Lumina vole dans leur direction.

—Hey les amies! L'Amiral m'envoie à votre rescousse. Il doit dire un dernier mot à Phénix Balbuzard avant qu'il ne remplace le Druide. Par malheur, le Dirigeant de la **« Forêt »** a disparu sans laisser de traces, depuis qu'il a essayé de te faire parvenir, chère Janie, ce message spécial par téléportation ratée, due aux interférences électromagnétiques. Il n'a plus donné aucun signe de vie et toute la **« Forêt »** se tourmente à son sujet. Phénix devait ramener du renfort, mais sa mission a été changée. Il doit nous quitter sans préavis pour occuper par intérim le poste du Druide pendant son absence. De plus, il m'a chargée de te rappeler qu'il n'a rien laissé au hasard pour ta sécurité et qu'aussitôt qu'il recevra des nouvelles du Sage, lui-même te les apportera!

Janie s'inquiète… l'ami de la famille a disparu! Cette nouvelle la trouble énormément et son aura tourne au gris sombre. La **« Forêt »** ne sera plus pareille sans lui.

—Vous devez mener des recherches, s'écrie-t-elle désespérée. Vous devez le retrouver sans faute, vous devez… et elle éclate en sanglots.

Les deux cousines sont consternées de voir sa peine. Elles ne sont pas habituées aux larmes.

—Zzz! Zzz! Ne pleure pasz! Zzzeuh! Tout va s'arranzger! N'est-ce pasz Lumina?!?

En pleurs, Janie regarde la Sergente-Chef.

—Ohhhh oui! Le quartier général s'agite et tout un branle-bas de combat s'exécute depuis cette annonce. Le Vice-Roi a déclaré : ***« L'ÉTAT D'URGENCE »***. Et, tous les Régiments sont partis à sa recherche. Quand je vous dis tous… c'est vraiment tous! Puis elle commence à les énumérer… les bataillons, les escadrons, même les garnisons et j'en passe. L'Amiral m'a avertie de ne pas vous inquiéter et qu'il était grand temps d'offrir vos salutations au Gardien des Séjours. Puis, Lumina défile tous les derniers conseils pratiques fournis par le Monarque.

Premièrement, vous devez tourner autour du vase de présentation une fois, en présentant votre côté droit en signe de respect.

Deuxièmement, une fois le tour complété, vous déposez vos couronnes de fleurs fraîchement cueillies dans le réceptacle à cet effet! C'est la convention établie... une sorte de rituel de considération.

Troisièmement, vous attendez la réponse. Ch'est cha!... chuinte la Luciole radieuse. Je crois que vous en savez assez pour vous débrouiller par vos propres moyens. Je ne fais que répéter ses mots, j'espère que je n'ai rien oublié!

Lumina s'envole la tête dans les nuages.

—Mais... s'écrie l'Humaine. Tu parles d'une affaire! Tout le monde disparaît quand on a besoin d'aide.

—Zzzoh! Pas tout le monde. Moi, je zzzsuis là!

—C'est vrai! Je m'excuse.

—Zzzeuh! Ça va, tout ira pour le mieux! Zzzon va se tirer d'affaire!

—Je l'espère bien!

Janie se veut positive et garde espoir.

Chanceuse avait remarqué des buissons remplis de plantes grimpantes et de fleurettes sauvages entourant ces monuments.

—Zzzhi! Viens voir les jolies fleurs mon amie!

—Wow! Je les trouve magnifiques! Nous devrions tresser des couronnes pour offrir au Gardien des Séjours, l'Alchimiste Farandole.

—Zzz! Buzzant! Savais-tu que les couronnes captent l'énergie céleste et sont consacrées aux Reines et aux Rois?

Janie n'avait jamais entendu parler de cela et elle s'attarde plutôt aux fleurs.

L'Humaine, qui aime les fleurs, a l'œil vif et remarque une plante somptueuse cachée derrière le buisson. Elle opte pour ce feuillage fritillaire* d'un vert chatoyant, garni de clochettes blanches.

—Zzz! Tiens! On dirait que tu fais exzprès. Tu sais comment t'y prendre pour attirer l'attenztion!

—Pourquoi dis-tu cela? questionne Janie. Elles ne sont pas assez belles pour les offrir au Gardien?

—Zzzoh! Si! Si! Elles sont appropriées et même recherchées. Tu as fait un choix judicieux. Ici... on appelle cette plante : La Couronne Impériale. Une sélection considérée digne d'un Roi. Je suis certaine que l'Alchimiste Farandole va apprécier grandement ton assortiment.

Janie est ravie que son amie approuve son choix.

—Je n'ai aucun mérite! Je les ai prises parce que je les trouvais belles. Je n'ai pas encore terminé, ajoute-t-elle en prenant plaisir à enjoliver sa couronne. Puis à quelques pas, elle découvre un rosier sauvage. Elle se permet de cueillir trois roses rouges, qu'elle dispose en triangle sur son feuillage circulaire. Ça me plaît! Regarde... maintenant, cela ressemble vraiment... à une Couronne Impériale.

Au même instant, une volée de colombes passe dans le ciel et laisse échapper sur son passage des feuilles de gui.

—ZJanie! J'ai reçu ce cadeau du ciel directement sur ma tête!

—Quel présent! Les feuilles de gui sont très rares et sacrées. En plus, elles sont tombées du ciel! Je te le dis... c'est de la chance à l'état pur.

Chanceuse tresse sa jolie couronne en y rajoutant quelques baies rouge vin, qu'elle cueille d'un arbrisseau épineux. Une fois sa parure terminée, spontanément, elle la dépose sur la tête de sa sœur cosmique, en riant de bon cœur.

---

* fritillaire : plante à fleurs en forme de cloches

—Zzzah! Tu es magnifique! zézaie-t-elle. Zje suis certaine que tu deviendras une Reine un jour!

Le visage de Janie devient aussi écarlate que les petits fruits sauvages. Elle la retire afin d'admirer le travail exceptionnel de la coccinelle. Puis, elle entend des voix insolites papoter entre elles. Les fleurs, même si elles viennent d'être cueillies, s'éclatent, heureuses de faire partie du cérémonial.

Les amies pouffent de rire devant ce spectacle charmant et Janie rajoute...

—Toi aussi tu possèdes le don des plantes. Tu as créé une superbe couronne. Apparemment... les feuilles de gui détiennent le pouvoir de tout guérir! ajoute-t-elle sérieusement.

En disant ces mots, des cristaux verts s'éjectent de la couronne et tourbillonnent autour des deux filles et les éclaboussent. Elles se rendent compte... que le feuillage étincelant possède une force magique.

—C'est ffflyant!

—Zzzoh! Non! C'est buzzant!

—C'est... buzzant, ffflyant! répètent-elles à l'unisson.

Les sœurs cosmiques éclatent d'un rire musical, en crescendo. Elles avaient prononcé en même temps, leur expression favorite. Dans un sens, elles se ressemblent; sans le savoir, elles partagent des goûts communs. Toutes les deux sont satisfaites de leur choix; main dans la main, elles se redirigent vers la pierre aplatie pour offrir leur couronne royale. Côte à côte, elles s'avancent respectueusement vers l'impressionnant monolithe et le contournent par la droite en tenant leur parure fleurie, bras tendus, dans un silence de dévouement total. Leurs corps devenus ajustables depuis le carré magique, grossissent et rapetissent. Mais elles n'ont pas remarqué la transformation, trop occupées à bien exécuter leur présentation officielle.

Placée devant le dolmen plat, Janie dépose délicatement sa couronne la première dans le réceptacle creusé à même la pierre en coupe évasée. Chanceuse, à son tour, pose la sienne à l'intérieur de celle de Janie, puisqu'elle est un peu plus petite.

Elles admirent les deux ornements floraux qui, un dans l'autre, composent une splendide couronne **« Royale »**. L'instant d'une seconde et la couronne s'illumine comme une boule de feu. Sans le savoir, elles ont formé un double cercle qui, dans le **« Monde Stellaire »**, signifie double propriété : une influence magique et une puissance céleste infinie... la ***« Totale »***! Elles viennent de trouver la façon d'ouvrir ***« la Porte des Énigmes »*** qui leur donne, maintenant, accès à **« l'Antre »**.

Tremblotantes de joie suite à leur réussite, elles entendent un déclic sourd et sec provenant du tréfonds de la terre et magiquement les couronnes commencent à s'enfoncer lentement dans le vase en forme d'hémisphère. Le récipient sacré descend à son tour et déclenche l'engrenage automatique des *« Portes »*. Un bruit de grincement de pierres s'en suit tout en se ripant* entre elles.

—C'est un miracle! Mon vœu a été exaucé!

—Zzzincroyable!

La Roue de Vie se met à tourner doucement en rond comme un carrousel. Les Fées flûtistes se bousculent et sortent par centaines d'entre les fissures du monolithe scintillant. Elles entament une exquise mélodie en signe d'acceptation des hommages reçus par les deux sœurs cosmiques. Les notes voltigent, transportées par Trémolo LeChant, le vent chanteur, et exécutent une œuvre lyrique victorieuse.

Les deux amies placées sur le monticule, devant l'immense rocher en forme de temple, n'osent pas bouger et admirent ce spectacle de sons et lumières.

Puis les sept mégalithes s'estompent et les Fées Marraines multicolores, d'une beauté remarquable, apparaissent dans les vapeurs floues que dégagent les grandes sculptures de pierre. Les Créatures Féériques se substituent aux roches et activent la roue de vie sous la mine stupéfaite de Janie et de Chanceuse.

---

* ripant : du verbe riper qui signifie glisser par frottement

—Voici... les autres Fées! s'esclaffe la Fée Dauphine. L'Humaine ne peut plus rajouter un seul mot après cette courte présentation.

La Coccinelle la regarde époustouflée. Elle n'avait jamais rencontré les différentes Fées Marraines, encore moins la Dauphine Harmonia. Cette dernière supervise le tout et rit de bon cœur, voyant leur air étonné.

Chacune des Fées effectue une révérence gracieuse ainsi que la Fée Kassandra, et bien entendu les mille et une courbettes de la Fée Dauphine Harmonia qui tournoie comme un vire-vent. Les sœurs cosmiques, émerveillées, exécutent une petite révérence à chacune des ravissantes Fées qui se présente devant elles, l'une à la suite de l'autre. Chanceuse commence à aimer exécuter les révérences, même si elle manque d'habileté... c'est du nouveau pour elle et cela l'amuse beaucoup. La ***« Fée Kassandra de la Race Verte »*** n'avait besoin d'aucune présentation. Les deux amies savaient qu'elle régissait le **« Jardin des Émeraudes »** et qu'elle énergisait les « Cœurs » par son quatrième chakra.

—Je suis ***« Fée Isabella de la Race Orange »***. Je travaille avec le deuxième chakra, celui du bas ventre. Mon énergie provient de mon ***« Rayon Orangé »*** et développe la joie de vivre. Mon talent est d'initier les Créatures à l'art des Muses.

—***« Annaella »***! s'exclame joyeusement la deuxième Fée. Je suis de la ***« Race Bleue »***. J'existe dans le **« Jardin des Saphirs »**. J'apporte l'intuition à ceux qui me le demandent et par le rayon bleu de mon cinquième chakra, situé au beau milieu de la gorge, j'imprègne les cœurs de confiance et fais jaillir la plénitude. Souriante, elle sillonne la surface des pierres et ses longs cheveux brillants parsemés de pierreries d'un bleu lumineux s'harmonisent parfaitement à ses ailes et flottent au rythme de ses paroles remplies de sagesse.

Et ainsi de suite... toutes les autres Fées Marraines se présentent à tour de rôle.

—Moi, je suis *« **Romina** »* de la *« **Race Rouge** »*. Je dirige le **« Jardin des Rubis »**. Je renforce le courage et forme le caractère. Le rayon *« **Rouge de la Volonté** »* de mon premier chakra, placé à la base de mon tronc, s'active pour aider les Créatures à développer la capacité de prendre leurs propres responsabilités. Mon énergie actionne la joie de vivre.

—Je me présente, je suis *« **Tanya** de la **Race Violette** »*. Le *« **Rayon Violet de la Paix** »*. Ma puissance réside dans le septième centre énergétique et il se situe au sommet de la tête. Ce faisceau cultive l'harmonie universelle et l'élévation de l'esprit.

—Et moi, la *« **Fée Aryana** »*. Mes racines me viennent de la *« **Race Indigo** »* et j'aime accroître, par mon jet de lumière placé au sixième chakra, le pouvoir mystérieux du *« **Troisième œil** »*, ouvrant ainsi la porte de l'intuition et de la clairvoyance.

Je suis la *« **Fée Alexia** »* et j'habite le **« Jardin des Topazes de la Race Jaune »**. J'apporte l'intelligence créatrice à ceux qui le demandent, ainsi que la force de relever les défis afin de persévérer dans la vie. J'active la créativité artistique et l'imagination avec mon *« **Rayonnement Or de l'illumination** »* sortant de mon troisième chakra. Ce dernier est situé au Plexus Solaire, au niveau du foie. À son tour, elle dirige son faisceau lumineux vers les exploratrices.

Janie et Chanceuse brillent d'une aura jaune doré qui s'entremêle et danse entre elles.

Les Fées Marraines s'avèrent toutes plus éclatantes les unes que les autres et elles sont entourées d'une kyrielle de Fées de différents types. Elles apparaissent et disparaissent sous l'effet de la baguette en folie de la Fée Dauphine qui célèbre la réussite des deux sœurs cosmiques.

—C'est magique! s'exclame Janie, le cœur heureux. Elle est encerclée des rayons électromagnétiques des Fées Marraines qui forment un arc-en-ciel en trois dimensions.

Les filles, toujours placées sur le monticule devant l'immense rocher, demeurent en place. Puis, au long son du cor, les Féériques Créatures réintègrent les mégalithes qui pénètrent aussitôt dans la terre. En s'introduisant dans le sol, les roches poussent et font ressortir des pierres circulaires incrustées de gravures astrologiques. Ces pierres druidiques se rattachent aux engrenages cylindriques intérieurs et forment un plancher sur lequel sont tracés les signes du zodiaque. D'autres petites rondelles dentées et gravées de symboles solaires apparaissent autour d'elles et se greffent les unes aux autres en un mouvement rotatif continuel. L'immense mécanisme fonctionne en parfaite concordance et vient se brancher à la plate-forme sur laquelle Janie et Chanceuse se trouvent. Au contact du disque tournant, un bruit sec se fait entendre. Le monticule se divise en deux et ainsi sépare les amies qui se laissent transporter, chacune sur les roues de vie en action.

Heureuses et étonnées à la fois, elles ne se quittent pas du regard tout en suivant le parcours de leur destinée.

—On dirait une énorme boussole géante, s'écrie Janie tout agitée et ne cessant d'écarquiller les yeux.

—Zzz! Ça tourne!

Impressionnée, l'Humaine remarque que l'instrument astral les dirige vers des signes astrologiques bien précis.

—Un cadran solaire! C'est bizarre, n'est-ce pas?

—Zzzah! C'ezst le ***« GNOMON »***... la Grande Roue de l'Exizstence! Ça fait des siècles apparemment qu'il existe. Il suit toujours Galarneau pour attraper son ombre. Il permet de découvrir les plus mystérieux secrets.

La bestiole n'a plus de mot pour décrire tout ce qu'elle voit, puis la musique féérique se tait en une longue tonalité harmonieuse. Ensuite s'installe la tranquillité. Ce moment demeure crucial! Seule... la méditation peut pénétrer cet habitacle qui s'apprête à dévoiler des lieux cachés et inexplorés.

Lorsque la boussole s'arrête, Janie et Chanceuse réalisent qu'elles sont nées sous la même étoile, entourées des mêmes ascendants et chose unique... elles sont venues au monde la même journée et à la même heure. Elles se retrouvent face à face, vis-à-vis l'axe central. Le centre du menhir se met à gonfler. Elles entendent une pulsation qui reflète un battement de cœur. On dirait des fluctuations sanguines, un mouvement cadencé imitant les flots. À chaque ondulation, le **« Menhir »** devient de plus en plus transparent, de plus en plus grand, jusqu'à se transformer en un immense dôme translucide au reflet argenté au-dessus de leur tête. Dans un silence sans fin, face à face, les sœurs cosmiques se tiennent par les mains pour se soutenir. Le monticule se ressoude. Elles contemplent ce qui se passe sans en croire leurs yeux; leurs couronnes ont été acceptées et elles sont parvenues à pénétrer à l'intérieur du **« Menhir des Druides »**, tout au centre de l'univers.

—Je crois que... c'est l'aura... du **« Menhir »** qui se manifeste, chuchote Janie secrètement à Chanceuse.

Cette dernière approuve d'un signe de tête. Comportement plutôt rare pour la bestiole qui a l'habitude de zézayer en tout temps.

—Maintenant... qu'est-ce qu'on fait? questionne l'Humaine.

—Zzz! Ne bouzgeons surtout pas! Zje crois que tout ezst parfait ainsi!

Janie demeure au garde à vous, sans broncher, afin de ne rien perturber de la magie opérante.

Chapitre 42
Rabougri...le Gnome

Janie et Chanceuse n'osent plus se déplacer. Un long cylindre diaphane descend lentement au-dessus de leur tête et entoure nos deux sœurs cosmiques. Puis, une énergie magnétique attire l'appareil vers le centre de la terre comme des aimants. Cette puissance invisible demeure palpable sous l'effet de sa force centripète* qui les amène au point central de la *« Roue de Vie »* par de petites pulsations rythmiques. Elles ont finalement réussi à trouver les ***« Portes Secrètes »***. Quelle chance!

—J'étouffe! s'exclame Chanceuse qui n'a pas l'habitude d'être enfermée.

Janie se demande si son amie ne souffre pas de la phobie des endroits clos. Afin de la rassurer, elle la prend par le bras.

La Coccinelle ressent les légers tremblements qu'émet le corps de l'Humaine. Elle ne se doutait pas que les Créatures Terrestres éprouvaient autant, sinon plus, de craintes que les animaux. Sans le lui démontrer, Janie se sent aussi nerveuse qu'elle, mais tient tout de même à la protéger malgré ses peurs.

—Ne t'en fais pas... je suis là! Nous sommes en sécurité... c'est toi-même qui me l'a dit!

—Zouais! Tu as raison.

Le cylindre arrête de s'enfoncer dans les profondeurs de la croûte terrestre. Transies, les aventurières attendent la suite inattendue des événements. Puis tranquillement, elles remarquent que les parois triangulaires du rouleau sont en train

---

* centripète : qui rapproche vers le centre

de se relever dans un bruissement sourd. Un éclair de magnésium apparaît, sinueux et vif et ramène les deux amies à la réalité. Elles se trouvent bel et bien à l'intérieur de **« l'Antre »**! Les éclairs se succèdent sans arrêt, comme si un photographe les mitraillait en série, éclairant de pleins feux, par la même occasion, une grande plate-forme surélevée placée juste devant elles. Il n'y a pas d'autre endroit où aller et les deux aventurières ravalent leur salive; elles se trouvent dans un cul-de-sac! Coude à coude, les amies avancent en ligne droite et s'arrêtent brusquement lorsqu'elles voient à l'autre bout, se tenant près de la rampe d'embarquement... un petit bonhomme à la barbe frisottée et blanche, vêtu d'une façon plutôt inhabituelle. L'inconnu examine les nouvelles venues des pieds à la tête.

Ce dernier annonce avec fracas à la surprise des exploratrices...

—**Ah**rguah! **En**rgu**enfin**rguin **vous**rguous **voi**rguoi**là**rgua! jargonne-t-il en grasseyant. **Sui**rgui**vez**rguez **moi**rguoi!

Tout en se cramponnant à la Coccinelle, l'Humaine lui marmonne à l'oreille :

—Mais... je rêve... c'est un... Gnome!

La Terrienne trouve que ce personnage biscornu ressemble étrangement à la description que lui a faite Chanceuse de la Gnomide* sauf... pour les... gros... hic... hic... en moins et les foufounes, il en va de soi!

Chanceuse lui fait un signe affirmatif de la tête.

—Il parle le jargon!!! Ohhh! Je crois qu'il essaie de nous dire quelque chose. Mais quoi?

Chanceuse n'a jamais parlé le jargon auparavant, car dans son Monde... on communique par vibrations. C'est une langue morte qui est tout à fait nouvelle pour elle. Par contre, elle réalise que ce Gnome ne s'exprime pas dans le même dialecte que

---

* gnomide : minuscule génie féminin, femelle du gnome

son amie la Gnomide. Elle trouve cela rigolo et répète la phrase de ce dernier sur un ton moqueur.

—**Sui**rgui**vez**rguez-**moi**rguoi! **Quoi**rguoi!

—Chut! Arrête ces bêtises. Si jamais il voit que tu te moques de lui, je ne sais pas… ce qu'il pourrait advenir de nous! dit-elle à voix basse.

Chanceuse ne peut s'empêcher de sourire à ses commentaires.

—Zzzoh! Je ne crois pas qu'il puisse nous arriver quoi que ce soit… après tout, nous sommes dans **« l'Antre du Gardien des Séjours »**.

—Tu as raison! Mais nous ne sommes pas obligées d'être impolies! N'est-ce pas toi, qui au départ, m'as demandé de respecter vos conventions?

—Zzzouais! dit-elle avec une pointe de regret, trouvant qu'il n'y a plus beaucoup de place pour la spontanéité et les blagues.

Ayant discerné le malaise de Janie, le vieux gnome s'approche d'elle et se présente, dans une démarche toute déséquilibrée et plutôt drôle.

—**Je**rgue **suis**rgui Rabougri, **vo**rguo**tre**rgue **dé**rgué**vou**rguou**é**rgué **ser**guer**vi**rgui**teur**gueur.

Janie l'examine le plus discrètement possible. D'un seul coup d'œil, elle détecte les moindres détails de son accoutrement bizarre. Il a l'air sympathique avec sa longue barbe blanche. Ses yeux plissés demeurent juste assez ouverts pour lui permettre d'entrevoir un regard bleuté imprégné de sincérité. Il ne mesure pas plus qu'une quinzaine de centimètres, certainement à cause de ses mollets courbés vers l'intérieur. Il porte des bottes de poils ras, sûrement fabriquées à la main, compte tenu des coutures grossières. Un chapeau pointu et rouge sur sa tête enflée recouvre son large front et laisse flotter de grosses oreilles mobiles. Pour terminer le tout, une ample chemise mauve serrée à la taille par un ceinturon en suède décoré de motifs d'animaux lui sied parfaitement. Et son pantalon de coupe évasée, lui donne les allures d'un clown, sans nul doute pour faciliter sa démarche boiteuse qu'il veut rapide malgré ses courtes jambes crochues.

—Mais! Vous êtes Rabougri, le Gnome des Bois que la Mère LaTouffe a rencontré, s'exclame Janie.

—**Oui**rgui!

Tous les trois échangent rapidement une poignée de main.

Janie trouve sa grosse main surprenante avec tout ce poil; elle se retient pour ne pas rire. Il l'impressionne vraiment! C'est la première fois qu'elle touche à un Gnome. À ce moment précis, elle se rend compte qu'elle a grandi de quelques centimètres et vient pour ouvrir la bouche, mais Chanceuse a déjà tout compris.

—Zzzhi! C'ezst probablement nos zatomes qui se sont mélanzgés, lui dit-elle tout bas à l'oreille.

Rabougri se retourne et se dirige vers le podium muni d'un garde-fou, en sifflotant comme s'il n'avait rien remarqué.

—Zzzoh! Tu vois... j'avais raison! Nous sommes bien au bon endroit et en sécurité, zozote la Coccinelle en planant dans les airs, à basse altitude.

Elles le suivent et montent sur la plate-forme circulaire. Le Gnome continue son baragouinage.

—**Nous**rguous argua**llons**rguons **au**rguau **Fir**gui**refr**guef **du**rgur **Gar**guar**dien**rguien **des**rgues **Sé**rgué**jours**rguours. **Ver**gue**nez**rguez **à**rguà **la**rgua **gar**guar**re**rgue argua**vec**rguec **moi**rguoi.

—Zzzoù allons-nous?

—Je crois qu'il parle d'une gare, chuchote Janie.

—Zzzeuh! Ben! Voyons donc... une gare dans ce trou perdu!

—Arrête avec tes remarques! lui souffle Janie à l'oreille. Les conventions... tu te souviens!?! Chanceuse vient pour riposter, mais Janie lui adresse un signe afin qu'elle se taise.

Frustrée, la Coccinelle zozote par en dedans. Elle trouve que les Humains se prennent trop au sérieux parfois et oublient de s'amuser. Elle soupire... puis pense qu'elle ne veut pas devenir une créature coincée manquant de naturel. « Je préfère ma liberté sans aucune restriction et demeurer une petite bestiole arthropode* parmi des millions et vivre au jour le jour et indépendante. » Mais... il y a maintenant quelque chose qui l'attire dans l'autre monde... elle aimerait rencontrer un vrai garçon et surtout ce frère... Anthony.

Janie ressent son amertume, mais elle est convaincue qu'elle n'a pas dit son dernier mot.

—Zzzut! D'accord, zzzje me tais!

—Chuttt! réplique Janie le doigt sur la bouche.

Elle tourne le dos à son amie afin de s'adresser au Gnome qui attend patiemment, les mains sur les hanches, qu'elles aient réglé leur différend. Ce petit bout d'homme semble comprendre leurs conversations.

—Nous vous suivons!

—Zzzje crois que de toute manière, nous n'avons pasz le choix.

—Rappelle-toi! J'ai toujours le choix de la route à suivre et toi aussi d'ailleurs, s'exclame Janie.

Elles savent très bien toutes les deux que leur curiosité les empêchera de rebrousser chemin. Cette aventure devient de plus en plus exaltante.

Chanceuse touche au garde-corps en forme de croissant, placé devant elles pour leur protection.

—Zzz! Je me demande à quoi... peut servir cette rampe?

Elle n'a pas longtemps à attendre pour le découvrir, elle qui souffre du mal des transports.

Rabougri lance un...

—**Ar**gua... **cror**guo... **chezr**guez-**vousr**guous, à tue-tête.

—Accroche-toi! s'écrie vivement Janie en entendant ces mots. Quant à la Coccinelle, elle verdit sous l'effet de la peur.

---

* arthropode : animal dont le corps est formé de pièces articulées

Elles, qui se croyaient au centre de la Terre, n'avaient encore rien vu. Subitement, les sœurs cosmiques sentent le sol se dérober sous leurs pieds. Aussitôt, l'Humaine empoigne fortement la rampe pour ne pas tomber.

—Maintenant, nous savons à quoi sert cette rambarde, lance la Coccinelle plus verte que jamais, tout en se cramponnant à la fois au garde-fou et à Janie.

La Terrienne serre son amie dans ses bras pour la soutenir, car elle a remarqué son froncement de sourcils. Elles s'enfoncent encore plus profondément dans les entrailles de la **« Terre »**. Cet ascenseur tubulaire descend à toute vitesse et le plus énervant, reste les parois qui sont collées directement au mur de terre... le vide total, sans vue d'ensemble! Elles répriment un haut-le-cœur, lorsqu'il s'arrête brusquement.

—Zzzah!!! La Coccinelle titube et zézaie faiblement, merci de prendre soin de moi!

—Ça va maintenant?

—Zzzeuh! Beaucoup mieux!

Janie trouve amusant de voir qu'un insecte ait le mal des transports. Elle ne rajoute rien afin de ne pas vexer son amie, mais affiche un petit sourire en coin. À destination, les portes de l'ascenseur s'ouvrent devant elles et descendent comme un pont-levis.

Chapitre 43
Rapide®Escargot

Les sœurs cosmiques sont toutes les deux surprises de se retrouver dans une halte. Une station qui donne accès à... une **« Cité »** cachée.

—C'est sensas! Une station... souterraine!

—Zzzah!?! Zzzun train?

—Oh! Un manège.

—Rgue, rgue, rgue! **Vous**rguous **ê**rguê**tes**rgue **bien**rguien **à**rguà **l'in**rguin**trou**rguou**va**rgua**ble**rgue rgue rgue rgue **Ga**rgua**re**rgue **Ra**rgua**pi**rgui**de**rgue®**Es**rgue**car**rgua**got**rgo, défile Rabougri à ses invitées.

—C'ezst... vraiment une locomotive! C'ezst... buzzant! Tu te rends compte!

Elles peuvent lire sur un écriteau gravé au burin, des lettres en gros caractères : **LA GARE : RAPIDE®ESCARGOT.**

En dessous, un cadran affiche un horaire codé de symboles indéchiffrables pour les nouvelles arrivées. Tout semble plus que centenaire à cet endroit inimaginable.

Chanceuse titube, encore étourdie, et essaie de bouger ses ailes qui oscillent à peine, en reprenant équilibre.

—On continue? questionne Janie.

—Zzzah! Tu parles! Il n'ezst pas question de s'arrêter ici.

Quelques redressements d'antennes et elle se sent beaucoup mieux. Contente de se remettre rapidement de ses fortes émotions, la Coccinelle ne veut rien manquer comme à l'habitude.

Rabougri sourit dans sa barbe et plisse le front. On dirait qu'il pense à leur jouer un tour.

—**A**rguar**bord**rguord!

—Non! Il rigole? souffle-t-elle à l'oreille de Chanceuse. Le convoi délabré est certainement hors d'usage.

—Zzz! Ça n'a pas d'allure! Il n'eszt pas question que zje monte dans cet enzgin! Je vais zavoir encore mal au cœur. Puis, avant de s'aventurer, Chanceuse passe à l'inspection tous les wagons et retourne rapidement vers Janie... elle a changé d'idée! On y va! Je crois que l'on ne rizsque rien, rajoute-t-elle le sourire aux lèvres, tout excitée de sa nouvelle découverte.

—Une minute... on y va! Je ne le trouve pas très sécuritaire ce train. Enfin... dis-moi ce qui te donne envie de rire!

—Zzz! Regarde bien le convoi, zozote-t-elle.

—Quoi! Impossible... des escargots!

Les mollusques à coquille en spirale saluent nonchalamment leurs invitées en balançant lentement la tête de haut en bas, les yeux mi-clos.

D'un signe de main rapide, Rabougri désigne trois mollusques géants qui semblent servir de moyen de locomotion principal. Le véhicule ferroviaire attend patiemment ses nouveaux passagers. Devant ces bestioles amorphes, les filles se dévisagent.

Le Gnome les invite à le suivre et à prendre place.

—**Nous**rguous **n'a**rgua**vons**rguons **plus**rgus **u**rgu**ne**rgue **mi**rgui**nu**rgu**te**rgue **à**rguà **per**rguer**dre**rgue, jargonne-t-il. **A**srgua**so**rguo**yez**rguez-**vous**rguous! Rgue... rgue! **Nous**rguous **par**rguar**tons**rguons **mes**rgues **tou**rguou**tes**rgues **bel**rguel**les**rgues. Il est jovial, malgré son air préoccupé.

Elles montent rapidement dans le convoi désuet et s'assoient sur la première banquette arrondie et sans toit. Elles se trouvent juste derrière Rabougri qui s'installe aux commandes et les sœurs cosmiques constatent que la voie ferrée est formée de vignes aux formes funambulesques, retenues par des vrilles tordues et rongées. Ce réseau ferroviaire déglingué* ne ressemble en rien à un modèle conventionnel.

Rabougri, placé à l'avant du machin, amorce les manœuvres. Il appelle la tour de contrôle avec sa radio amateur qui ne fait que grincer. Il donne un coup de poing sur l'émetteur en espérant qu'il arrête son bruit discordant, mais sans succès.

—**Quel**rguel **tas**rguas **de**rgue **ferr**gue**rail**rguail**e**rgue!

Il prend donc son porte-voix à cornet pour intensifier sa voix, puis ordonne un premier commandement.

—**Prêt**rguet **pour**rguour **le**rgue **dé**rgue**part**rguart.

Il attend l'autorisation du contrôleur pour démarrer. La permission se fait attendre comme toujours.

—**Nous**rguous **n'ar**guall**ons**rguons **pas**rguas **ar**gu**atten**rguen**dre**rgue **ce**rgue **ron**rguon**fleur**rgueur... ad vitam aeternam. **Pré**rgué**par**guar**ez**rguez-**vous**rguous **les**rgues **cor**guo**cor**guo**ttes**rgues, **au**rguau **feu**rgueu **vert**rguert, **par**rgua**tez**rguez!

—On n'arrivera jamais à destination... si ça continue! souffle Janie à l'oreille de Chanceuse qui acquiesce.

Rabougri se met en position d'embrayage sans avoir reçu l'approbation requise.

—**C'est**rguest **bien**rguin rgue **tour**guou**jours**rguours **par**gu**areil**rgueil! bougonne-t-il, en s'essuyant le front de sa manche retroussée. **À**rguà **vos**rguos **mar**guar**ques**rgues! s'écrie le Gnome. Coup d'essai.

Les escargots redressent leurs antennes et démarrent très, très lentement. Ils enclenchent un mouvement de va-et-vient confus qui n'a rien de bien réglé, et les deux filles se font brasser d'avant en arrière par des secousses saccadées.

—**Feu**rgueu **vert**rguert! ordonne Rabougri.

Aussitôt, les mollusques rentrent leur tête à l'intérieur de leur coque arrondie et deviennent de grandes roues motrices. Elles exécutent la manœuvre de démarrage.

---

* déglingué : détérioré, usé

Le Gnome pousse un long cri final.

—**Acrguaction**rguion!

Nos deux amies se croient en plein cinéma.

L'ordre est donné et Bigorneau, l'escargot en tête de file, redresse ses antennes munies de yeux aux extrémités, afin d'envoyer le signal de départ. Il bouge ses deux tentacules dans toutes les directions pour voir si la route est libre.

—**OK mes kikis... on y va!** tinte le Chef des Gastéropodes de sa voie électronique. On dirait qu'il vient de recevoir une décharge électrique. Et vlan! Aussitôt, les escargots s'affolent et démarrent dans une grande secousse!

—Wow! s'écrie Janie.

Chanceuse s'accroche de peine et de misère au chariot. Le convoi roule à grande vitesse, sur un trajet sinueux rempli d'obstacles! Une course folle commence.

Jamais de leur vie, les sœurs cosmiques n'auraient cru que des corps mous pouvaient aller aussi vite. Elles rigolent de nervosité, se tenant bien serrées après un sarment* ligneux qui leur sert de ceinture de sécurité. Ballottant dans tous les sens, Chanceuse tourne au vert.

—On dirait des montagnes russes, s'écrie Janie.

—**JE... NE... CONNAIS... PAS... LES... MONTAGNES... RUSZZZSES ET JE PEUX M'EN PASZSER, SI ÇA RESZSEMBLE À ÇA!** répond Chanceuse en criant à son tour, les poils redressés sur la tête.

Au même instant, un son de cloche aigu et fort retentit pour aviser l'arrivée d'un convoi de marchandises.

—Oh non! Nous allons entrer en col... li... sion! s'affole l'Humaine, les mains sur la bouche.

Les filles voient l'autre train se diriger à vive allure dans leur direction et Rabougri n'a aucunement l'intention de freiner.

—Ils nous fonzcent dedans! Zzz! crache la Coccinelle.

---

* sarment : rameau de vigne

Rabougri ne bronche pas et continue ses manœuvres comme si de rien n'était. Il ne semble pas du tout nerveux par cette approche audacieuse.

À quelques mètres de l'impact, les rails du chemin de fer se soulèvent et laissent passer le train sous leur wagonnet.

—C'est ffflyant!

Janie a la chair de poule. Elle regarde Chanceuse qui porte une main à ses yeux et n'ose plus l'enlever, complètement paralysée.

—Zzz! Zzz! Je crois que le cœur va me lâzcher! dit-elle blanche comme un drap.

—Crie! Ça soulage. Et surtout, mets tes bras dans les airs, c'est comme ça que je réagis… dans les montagnes russes pour laisser aller ma peur.

Chanceuse crie à tue-tête tout comme Janie. Quel duo! Tout le tunnel chante l'écho de leurs voix éraillées et tous les feux de circulation s'en donnent à cœur joie en scintillant de toutes parts.

Rabougri se retourne vers elles avec de petits yeux moqueurs.

—Tiens! Il se moque de nous.

—Zeurk! Ce n'eszt pas le temps! Zzzje vais vomir!

Elles ne sont pas remises de leurs émotions que le train entame un tournant en zigzag et poursuit sa course folle, talonné par d'autres convois qui circulent sans les frapper, dans toutes les directions.

—Oh non! Nous allons dérailler.

L'Humaine n'a jamais vécu autant d'émotions, même dans un manège!

La locomotive à vapeur exécute une boucle et puis effectue un tour complet de 360 degrés. Les cheveux de Janie n'ont jamais été aussi raides sur sa tête et Chanceuse aussi blafarde. Puis, soudainement Rabougri lâche son volant et gesticule; ses oreilles bougent dans tous les sens comme des radars. Il jargonne une phrase tellement rapidement que l'Humaine n'y comprend rien. Mais juste à l'intonation soutenue, elle est persuadée qu'il se passe quelque chose de critique. Elle s'étire la tête afin de regarder ce qui attire tellement l'attention de Rabougri.

—OHHH! OHHH! Cette fois- ci… nous sommes vraiment perdues, s'écrie Janie.

—Zzzzzzoh!?! QUOIIIUOI! QUOIIIUOI! crie la Coccinelle comme une damnée, en voyant les yeux de son amie lui sortir de la tête. À son tour, elle se soulève rapidement pour voir ce qu'il y a de si… épouvantable.

Le câble est sectionné en dents de scie et le train est au bord du déraillement. Toutes les deux se mettent de nouveau à hurler comme des cinglées.

Janie essaie de se ressaisir. Fâchée, elle tapoche sans retenue sur la tête de Rabougri.

—Allez! Faites quelque chose, sinon nous sommes tous foutus!

—**A**srguass**ez**rguez! Rabougri roule de gros yeux à Janie; il ne veut pas perdre le contrôle de l'appareil qui zigzague dans tous les sens. Mais elle s'en fout, il doit absolument faire quelque chose, et immédiatement.

Chanceuse, elle, passe du blanc au cramoisi. Elle se cache les yeux avec ses antennes; il est évident qu'elle n'aime pas les montagnes russes.

L'Humaine entrevoit la tour de contrôle vitrée de haut en bas. Si ça continue, elles vont foncer dans le poste d'observation! Le discours de Rabougri ressemble plus à un monologue qu'à un dialogue. Il agite et brasse son émetteur radio encore une fois dans l'espoir d'entendre une voix, mais non, au contraire, on dirait un ronflement. La communication ne peut être établie, il y a trop d'interférence et Janie s'inquiète. Elle n'aime pas les interférences depuis sa dernière expérience, car cela n'annonce rien de bon.

—**Ah**rguah!

Rabougri, en colère, est convaincu que Pantouflard, le contrôleur, roupille. Seul, il doit agir rapido presto! Il applique les freins de secours de son super bolide, mais aucun résultat. Des gouttelettes de sueurs froides se forment et coulent sur son front glacé. La situation se corse et l'inquiète sérieusement.

Janie prend conscience du danger imminent. Quant à Chanceuse, devenue raide comme une barre de fer, elle ne voit que du bleu.

Rabougri essaie à nouveau de contacter le contrôleur qui ne manifeste aucun signe de vie.

—**Con**rguon**trol**rguol! Rgue, rgue! **Con**rguon**trol**rguol! **Pan**rguan**tour**guou**flard**rguard! **Hey**rguey! **Hey**rguey! **Il**rguil **faut**rguaut, rgue, rgue, rgue, **ab**rguab**so**rguor**lu**rgu**ment**rguent **re**rgue**mé**rgué**diez**rguiez... euhrgueuh, rgueuh, rgucuh, **aux**rguaux... **gri**rgui**gno**rguo**ta**rgua**ges**gues rgue **de**rgue **Gri**rgui**gno**rguo**ti**rgui**ne**rgue.

Silence total.

Pantouflard ne répond pas, pour la simple raison qu'il a décroché le récepteur avec son pied sans s'en rendre compte. Il ne pourra jamais donner l'autorisation de se garer, ni les guider sur une voie sécuritaire. Le ciel pourrait lui tomber sur la tête qu'il n'en aurait même pas connaissance. Il ronfle à faire trembler le tunnel!

L'aiguilleur Cabotin, le second en place, entrevoit le pire! Il décide de prendre en charge la manœuvre sans le consentement de Pantouflard.

—**Grouil**rguouil**lez**rguez-**vous**rguous rgue, rgue, **le**rgue... **der**guer**riè**rguèr**re**rgue **vi**rgui**te**rgue! lance-t-il. Le Gnome des Maisons parle aux rails rouillés par l'humidité comme si ces derniers devaient comprendre ses moindres paroles. Le robuste aiguilleur se demande s'ils finiront par se positionner adéquatement. Il s'attend toujours au pire, à chaque transfert de voie.

Comme les barres d'acier ne répondent pas, il exécute une opération en un tournemain. Vling-e-ling, la manette coincée obéit à sa commande de bras de fer et réoriente le wagonnet sur une autre ligne. Le train s'immobilise en quelques secondes.

Cabotin saute de joie, fier d'avoir réussi une gouverne digne d'un pilote de ligne.

—**Ar**gua**bru**rgu**ti**rgui!

Bigorneau, l'escargot en chef, fait sentir sa rage, car ce n'est pas la première fois que cela lui arrive. Cet arrêt brutal a éjecté tous ses confrères mollusques de leur coquille, ainsi que lui-même. Les invertébrés offusqués se sauvent tous, nus comme des vers, dans des abris sous roche.

Sain et sauf, Rabougri fait descendre ses invitées en sueur.

—**A**rgual**lez**rguez! Rgue! **Sui**rgui**vez**rguez-**moi**rguoi! dit-il promptement, la tuque rabattue.

En clopinant, avec son chapeau rouge tout écrabouillé sur la tête et ses lunettes de travers, il indique le chemin à suivre du bout des doigts en maugréant dans sa barbe.

—**En**rguen**fin**rguin! Le Gnome se tord la barbouze* tout imbibée de transpiration. Janie peut voir la vapeur sortir de ses oreilles pointues qui se trémoussent d'en avant en arrière, prêtes à exploser.

Elles sont passées à un cheveu de la mort. Les deux amies reviennent lentement de leurs émotions fortes.

Rabougri est déchaîné; cette fois-ci, Grignotine, cette souris de laboratoire, a mis leurs vies en péril. Elle devait être en état de crise pour avoir grignoté le câble de vigne principal. Il grommelle ces mots à l'oreille de Cabotin qui est venu le rejoindre à toute vitesse. Le Gnome des Maisons est un peu plus jeune que Rabougri. Il sourit aux invitées et enlève son bonnet orange, plus souple que celui des Gnomes des Forêts et le fait tourbillonner dans les airs en guise de salutation. Ce dernier semble plutôt amical dans son habit vert kaki. Mais son sourire disparaît quand Rabougri lui ordonne de le suivre. Cette souris met tout le monde à l'envers.

—**A**rgual**lez**rguez... argu**assez**rguez... **les**rgues... **cour**rguour**bet**rguet**tes**rgue! Rgue... rgue... rgue... rgue!!!

* barbouze : barbe

Grirgui**gnor**guo**tti**rgui**ner**gue… rgue **com**rguo**men**rguen**ce**rgue… **à**rguà… argua**voir**rguoir, rgue, **les**rgues **yeux**rgueux **rou**rguou**ges**rgues. **J**ergue fergue**rais**rguais **mieux**rgueux **d'a**rgua**vi**rgui**ser**rguer **le**rgue **Gar**rgua**dien**rguien **des**rgues **S**érgué**jours**rguours, **Fa**rgua**ran**rguan**do**rguo**le**rgue.

—Zzz! As-tu compris quelque chosze?

—Quelques mots… par-ci, par-là!

Heureusement, car elles auraient paniqué, si elles avaient saisi la discussion au complet!

—Zzzoh! Ils zont tous l'air énervé. Ce n'est pas normal! zozote-t-elle.

—Je crois qu'il s'agit d'une Gri… gnotine, mais je ne suis pas certaine. C'est plutôt drôle, une souris qui pique des crises ou quelque chose du genre.

Grignotine cause bien des problèmes au Gnome conducteur qui n'aime pas son comportement bipolaire. Cette souris n'a pas l'humeur égale et demeure, en tout temps, imprévisible. En signe de remerciement, Rabougri donne une tape sur la large épaule de Cabotin qui le dépasse d'une tête.

—**Tu**rgu **as**rguas **fait**rguait, **du**rgu rgue **bon**rguon **bou**rguou**lot**rguot! **Mon**rguon **vieux**rgueux **sno**rguo**reau**rgueau!

Janie constate que les deux Gnomes ne sont pas de la même Famille, mais plutôt des cousins éloignés.

—Tu as remarqué qu'ils sont différents? souffle-t-elle à l'oreille de Chanceuse.

—Rabougri ezst un Gnome des Cavernes et Cabotin un Gnome des Mazisons.

—Comment se fait-il que tu saches cela? demande-t-elle surprise.

—Zzzeuh! C'ezst Rébecca, la Gnomide des Cavernes, qui m'a tout expliqué l'organisation familiale. Il y a aussi d'autres Familles : Zzz! Les Gnomes des Bois, des zzz Jardins, des Dunes, même des Gnomes de Sibérie et évidemment des zzz Forêts!

—Oh! Quelle grande famille!

Rabougri donne un vilain coup de poing sur la vitrine du contrôleur toujours endormi, qui ne bronche pas d'un poil. Cela ne semble pas surprendre le Gnome conducteur.

—**U**rgu**ne**rgue… **chan**rguan**ce**rgue **que**rgue **l'on**rguon **peut**rgueut rgue, rgue **comp**rguon**ter**rguer **sur**rgur **toi**rguoi, **es**rgues**pè**rgue**ce**rgue **de**rgue **fai**rguai**né**rgué**ant**rguant!

Le Gnome ne se vexe pas du commentaire de ce dernier puisqu'il entend dur de la feuille. Le roupilleur s'avère plus vieux que Rabougri. Courbé, il porte une longue barbe qui traîne presque à terre.

—Rgue! **C'est**rguest **l'Hu**rgu**mai**rguai**ne**rgue **aux**rguaux **grands**rguands **es**rgues**poirs**rguoirs?

Rabougri confirme de la tête qu'il s'agit bien de la petite Humaine au grand cœur. Il n'ose pas lui dire le fond de sa pensée, car il lui tomberait sur la caboche et cela ne servirait à rien! Par sa nonchalance, il a risqué la vie de Janie.

Pantouflard s'étire et baille comme une corneille. Il se retourne et se remet à ronfler comme si rien n'était arrivé.

—**Je**rgue m'**ex**rguex**cu**rgu**se**rgue! **Il**rguil **a**rgua **é**rgué**té**rgué **pi**rgui**qué**rguer **par**guar **la**rgua **mou**rguou**che**rgue **tsé**rgué-**tsé**rgué, marmotte-t-il en regardant l'Humaine. Il constate qu'elle peut saisir un brin de la conversation. Puis il se dirige en traînant la patte vers un gigantesque ascenseur.

—Zzzhi!!! Vite, zsuivons-le. Je crois que ta vizsite est attendue! proclame la Coccinelle le sourire aux lèvres. On a l'air de te connaître par ici, malgré les apparences controversées.

—Quel accueil! lance Janie navrée. J'espère de tout cœur que l'Alchimiste Farandole nous réservera un meilleur accueil.

—Tu verras! Il est formidable… à ce qu'on dit!

L'Humaine se console en pensant que l'Illustre Gardien des Lieux s'avère l'un des meilleurs amis du Vieux Sage.

Rapide
R
Escargot

Chapitre 44
Rencontres ambiguës

Rabougri se dirige vers l'élévateur en forme de pentagone d'un pas toujours cahotant, sans se retourner.

La Coccinelle croit rêver. Un qu'en-dira-t-on qui se veut véridique. Elle n'aurait jamais pensé pouvoir le voir un jour!

—ZJanie! Regarde! zozote-t-elle à voix basse. C'est « *Universa* », l'ascenseur de **« l'Univers des Univers »**. Cet appareil perfectionné de renommée interplanétaire est relié à l'infini.

—Comment le sais-tu? Tu n'as jamais mis les pieds ici! Tu te souviens, c'est toi-même qui me l'as dit.

—Zzzah! C'ezst vrai dans un sens, mais depuis que j'ai commencé à fréquenter la Famille LaTouffe... plus rien ne m'échappe si tu vois ce que je veux dire... Chanceuse tape un petit clin d'œil complice à son amie.

—Ah!?! Les ouï-dire exagérés de la Mère LaTouffe!

Rabougri déclare officiellement...

—**Nous**rguous **voir**guoir**ci**rgui!

Les filles se trouvent en face de l'élévateur de grand renom. Cinq Sentinelles demeurent au poste pour surveiller les allées et venues de tout un chacun. Personne n'oserait défier ces inébranlables cerbères* hyménoptères** qui établissent la garde jour et nuit. Chacune des portes possède des cryptogrammes différents et est marquée d'une effigie. Chacune d'elles est également protégée par un code secret.

---

* cerbères : gardien sévère et intraitable
** hyménoptères : insectes à quatre ailes

Rabougri se place vis-à-vis de l'effigie du *« Gardien des Séjours, l'Alchimiste Farandole »*, dont l'image est incrustée dans la porte. Ce sceau est formé de cinq ailes inversées et ressemble étrangement à un soleil. Un silence solennel s'installe... et pour cause! Un rayon vert luminescent sort subitement du talisman de l'Alchimiste Farandole et pénètre le cœur de Rabougri par vibrations rotatives et ainsi identifie l'appartenance du Gnome, au **« Menhir des Druides »**. Ce dernier tombe dans un sommeil hypnotique et commence à débiter une série de mots codés inextricables*, en langue morte qui n'a aucun sens pour les sœurs cosmiques; **Nirvana... Satori, Avona!?!**

Les oscillations verdoyantes rebondissent sur l'effigie du Gardien des Séjours, sans marquer d'erreur. Le protocole a été respecté et l'autorisation de passage est acceptée. Instantanément, les surveillantes, d'énormes abeilles, deviennent transparentes et disparaissent, dévoilant ainsi l'accès d'entrée à Rabougri. Les filles pénètrent à leur tour dans l'ascenseur et automatiquement, un tapis de verre se met en marche lentement, tournant en spirale vers le centre de la **« Terre »**. Il y émane une vapeur fumigène qui embrouille les pistes. Elles peuvent à peine voir, à travers ce brouillard, la direction dans laquelle elles cheminent.

—Où se trouve le Gardien des Séjours? questionne Janie intriguée.

Le Gnome répond d'un ton sec, encore sous hypnose.

—**Enr**guen **bas**rguas!

L'ascenseur descend en profondeur, puis bifurque, rendu aux fondements rocheux des mégalithes pour poursuivre sa route à l'horizontale au-dessus de la voie ferrée illuminée. Au loin, des montagnes et des vallées d'un brun acajou mêlées de couleurs chaudes se dressent.

—C'est flllyant... une immense **« Cité cachée »**!

—C'ezst buzzant! Il s'agit d'un **« Monde à l'envers »!**

---

* inextricables : qu'on ne peut démêler

À mesure qu'elles avancent, elles sentent l'air frais transir leur corps. Puis, un énorme rocher s'élève devant elles, formant un grand mur en roche volcanique qui ne possède ni porte, ni cavité. Elles se demandent bien comment elles parviendront à traverser l'épais roc. Rabougri sort de sa longue poche une bille argentée qu'il fait tourner sur le bout de ses doigts boursouflés. Il la lance adroitement sur la masse rocheuse qui réagit instantanément. Au contact de la petite boule de métal, des étincelles jaillissent et parcourent la lave solidifiée d'un gris bleu cendré. Sous l'effet des flammèches embrasées, une porte coulissante se découpe et s'ouvre automatiquement. Aussitôt, une chaleur s'empare de l'endroit et les réchauffe. Traversées, elles entrevoient les niveaux inférieurs de la terre au travers des planchers hexagonaux en verre soufflé, bordés d'or pur, laissant entrevoir de multiples ateliers sous leurs pieds.

—Oh... incroyable! Nous sommes à l'intérieur d'une ruche d'abeille! chuchote Janie à l'oreille de son amie.

—Zzzoh!?! Ça y ressemble en tout cas! Regarde ces fenêtres à six côtés, on dirait des alvéoles.

Les sœurs cosmiques aperçoivent des chambres mystérieuses remplies d'objets rarissimes : un atelier de ferronnerie supervisé par un gigantesque Kobold* chauve, une salle de fulminaterie** régie par un Farfadet miniature qui ne cesse de grimacer sous l'effet de la vapeur verte. Tous ces ateliers sont construits dans les grottes à stalactites où un grand nombre de Créatures de différentes Races, des plus sombres aux plus brillantes, extraient des minéraux étincelants comme du cristal. L'Humaine se demande bien ce qu'ils peuvent fabriquer avec ces minuscules spaths***. Tout à côté, une joaillerie bondée de Lutins plus ou moins rassurants, concentrés à tailler des pierres précieuses à la loupe, les séduit. Elles n'ont pas assez de leurs

---

* Kobold : génie gardien des métaux précieux
** fulminaterie : là où on fabrique le fulminate (explosifs)
*** spaths : nom d'une substance minérale cristallisée

quatre yeux pour tout voir. Elles tournent et descendent sans arrêt jusqu'au moment où une énorme porte apparaît. La Sentinelle armée de dards empoisonnés réapparaît aussi imposante qu'à son arrivée. Les abeilles reconnaissent le Gnome et le saluent de façon militaire, la main levée au couvre-chef tacheté, bref et court. Elles transmettent un nouveau code à Rabougri en lançant des flèches de feu avec leurs pupilles directement dans les yeux du Gnome; ces flammèches pénètrent son cerveau et y inscrivent un nouveau matricule. D'un regard fixe et vitreux, il mémorise séance tenante le nouveau code secret pour sa prochaine visite, puis la porte s'ouvre instantanément. Après cette démonstration fulgurante, il recouvre sa lucidité.

—**C'est**rguest l'**ar**guar**rêt**rguêt **fi**rgui**nal**rgual!

Les deux aventurières se retrouvent dans une grande salle de séjour. Cette pièce circulaire en bois de rose ornée de tables sculptées et de bibelots en porcelaine dégage une chaleur inouïe. Un miroir gigantesque des plus impressionnants s'étale de haut en bas et de long en large sur un pan de mur. Puis, sans qu'elles ne s'y attendent, une projection démarre sur l'écran panoramique attenant à la glace argentée, afin de les divertir. La représentation défile en scènes d'époque sortant tout droit d'un livre d'histoire et fascine les curieuses. Cette perception visuelle devient tellement réelle que les deux amies se laissent prendre au jeu de l'illusion.

Rabougri leur fait signe de s'asseoir puis quitte la pièce, les mains dans le dos, mais revient subitement sur ses pas.

—**À**rguà **bien**rguien**tôt**rguôt, rgue, rgue, **les**rgues **per**gue**ti**rgui**tes**rgues! **Ah**rguah! **J'ou**rguou**bli**rgui**rais**rguais. **Vous**rguous **pou**rguou**vez**rguez **en**rguen**trer**rguer **et**rgué **sor**rguor**tir**rguir rgue, rgue, rgue, **des**rgues **con**rguon**tes**rgues **d'his**rguis**toi**rguoi**re**rgue, rgue, rgue, rgue, **qui**rgui **se**rgue **dé**rgué**rou**rgou**lent**rgue **sur**gur **les**rgues **murs**rgurs, **au**rguau**tant**rguant **de**rgue **fois**rguois **que**rgue **vous**rguous **le**rgue rgue, rgue **dé**rgué**si**rgui**rez**rguez. **Au**rguau**si**rgui**tôt**rgutôt

quergue **vous**rguous **au**rguau**rez**rguez **pé**rgué**né**rgué**tré**rgué rgue… rgue… rgue, **l'é**rgué**cran**rguan **gé**rgué**ant**rguant **fa**rgua**çon**rguon**ne**rgue**ra**rgua **u**rgu**ne**rgue rgue **a**rgua**ven**rguen**tu**rgu**re**rgue rgue rgue **à**rguà **vo**rguo**tre**rgue **goût**rguoû, **jus**rgus**te**rgue **pour**rguour **vous**rguous.

Puis, il rajoute en désignant le miroir.

—**Mais**rguais, **il**rguil **y**rguy **a**rgua rgue **u**rgu**ne**rgue rgue… rgue… rgue… rgue… **seu**rgueu**le**rgue rgue… rgue… rgue… **in**rgui**ter**rguer**dic**rgui**tion**rguion. **Sur**gur**tout**rguout, **ne**rgue **tou**rguou**chez**rguez **pas**rguas **au**rguau **mi**rgui**roir**guoir.

Le gnome les salue de la main et quitte les lieux.

Évidemment, Chanceuse ignore cet avertissement.

Pendant que Janie examine l'architecture riche en luminosité et la beauté de l'endroit, la Coccinelle, pour sa part, touche et fouine dans tous les recoins. Il n'y a rien de surprenant puisque tout l'attire continuellement!

—C'est ffflyant! s'exclame Janie, c'est tellement beau qu'on se croirait à l'intérieur d'un château.

L'écran panoramique laisse entendre une conversation entre deux personnages, ce qui a pour effet d'attirer leur attention. Au tournant d'une passerelle, une Comtesse tenant une ombrelle dans sa main gantée et de l'autre, le bras d'un messire, salue les deux amies sur son passage. Le gentilhomme en fait de même en soulevant son couvre-chef.

Janie adore ces scènes d'époque.

—C'est rigolo!

—Zzzhey! Tu as dézjà vizsité un château?

—J'ai vu le Château de Versailles avec Mamiche dans un grand bouquin qu'elle a rapporté de France.

—Zzz! Ahhh! Ohhh! Tu es chanceuse. Moi! Je n'ai vizsité que les champs! Il n'ezst pas question de nicher à l'intérieur de n'importe quelle habitation. On te chaszse à coup de balai et te fiche à la porte, auszsitôt que l'on t'aperçoit.

Janie fait le tour de la majestueuse pièce, digne d'une princesse. Il n'y a aucun doute, tout a été sculpté par les mains habiles des Artisans Gnomes. Il s'agit d'un travail de maître! pense-t-elle.

Puis elle regarde Mademoiselle touche-à-tout et lui demande :

—Tu as le goût de visiter ce château?

La Coccinelle n'hésite pas un instant et bondit dans la toile animée en trois dimensions.

—Chanceuse, reviens! Elle ne s'attendait pas à ce que son amie saute si vite sur l'occasion.

Aussitôt dit… aussitôt fait… aussitôt revenue! Janie voit réapparaître, en trombe, l'insecte par une porte de sortie située sur le côté de la résidence royale. Une femme de chambre poursuit la bibitte à patates avec un balai, la chassant du château. Va-t-en, petite bestiole! Elle a bien failli lui administrer un coup sur la tronche.

—Zzzaaah!?! Je n'y peux rien… même ici, on m'attaque!

La Coccinelle est déçue. Elle ne parvient pas à se faire accepter dans cette histoire inventée de toutes pièces. En rogne, Chanceuse marche les cent pas devant la glace argentée.

—Je t'en prie! Ne va pas trop loin! Je soupçonne que quelqu'un nous espionne derrière ce grand miroir.

La glace métallique réfléchit les images de l'écran orbiculaire* et se confond tellement à ce dernier qu'on semble l'oublier. Chanceuse entend un léger bruit de griffonnement à peine perceptible qui lui fait découvrir la poterne**. Elle braque les yeux sur une petite porte placée en coin qui apparaît et disparaît entre les deux murs. Cette dernière se fond autant dans le miroir que dans le décor déambulant. Il n'en faut pas plus pour attirer son attention et celle de Janie.

—Zzzoh! Tu parles… c'est ffflyant!

—C'est buzzant… une porte secrète!

---

* orbiculaire : qui est rond
** poterne : porte cachée dans un mur

Toujours aussi curieuse, Chanceuse se colle déjà le nez à la porte et soudainement aspirée, elle la traverse sans l'avoir ouverte. Vroummm!

Janie étonnée entend son amie l'interpeller.

—Zzzzz! Janie! Janie! Viens voir! Vite, dépêche-toi!

Cette dernière aussi écornifleuse que la première se précipite à son tour, agit de la même manière et... Vroummm! Elle se retrouve de l'autre côté avec Chanceuse.

—Oh!?! Le bruit de gribouillage provenait de **« l'Antre »**.

Les sœurs cosmiques demeurent bouche bée lorsqu'elles aperçoivent une prodigieuse Penne de Cygne du **« Lac Enchanté »**. La plume enfermée sous globe, au centre de la pièce, s'échine à enregistrer dans le grand *« Registre D'or »*, les noms des visiteurs. Le *« Mémento*[*] *»* des Créatures, en voie de transformation, laisse griffonner ses feuilles sans dire un mot tout en se reposant sur un énorme lutrin installé sur un piédestal.

—Oh! Chanceuse, est-ce que tu vois la même chose que moi? Pour toute réponse, elle lui envoie un signe avec ses antennes. Une Déesse aérienne au spectre vaporeux tient la plume en action et devient de plus en plus opaque tout en s'affairant, infatigable, à l'inscription des Visiteurs. Pour toute nouvelle Créature qui passe cette porte, des sons de flûte traversière s'amalgament en une mélodie unique, attitrée à chaque nom personnalisé. Chacune des voyelles s'inscrivent sur la face intérieure des **« Mégalithes »**. Les notes, à la queue leu leu, jaillissent de la plume étincelante et se gravent en idéogramme violacé autour du nom de l'élu du jour, le scellant ainsi pour toujours dans la pierre mégalithique. Cet endroit vibre d'une quiétude inexplicable. Tout autour de ce globe, une foule de Gnomes s'affairent au décryptage de manuscrits archaïques inscrits sur du vieux papyrus effrité par le temps.

---

[*] Mémento : livre résumant les points essentiels

—Zzzincroyable! Tous ces ouvriers de différentes cultures travaillent en équipe, malgré leur marginalité* et se fusionnent harmonieusement en un seul Clan!

Janie et Chanceuse se sentent coupables d'envahir ce havre de paix, sans permission. Elles viennent pour faire demi-tour, lorsque vive comme l'éclair, une toute petite souris blanche va se cacher sous une pile de livres anciens étendus sur le plancher au dallage de pierres. Une excellente cachette afin de passer inaperçue.

Les deux exploratrices ne quittent pas des yeux la rongeuse qui trottine entre les bouquins épars. Elles se poussent du coude pour être bien certaines qu'elles ont aperçu la même chose. La bestiole, tout de blanc vêtue, sort la tête de sa cache et envoie un clin d'œil à la Coccinelle. Elles réalisent du même coup qu'il s'agit de Grirrr-Grirrr la grignoteuse de vignes du ***« Rapide®Escargot »***.

—Zzzoh! As-tu remarqué... elle m'a cligné de l'œil.

—Ouiii! Janie préfère être prudente et n'ose pas trop dévisager Grignotine, puisque... Rabougri a déclaré que ses yeux commençaient à devenir rougeâtres. Janie se souvient très bien du dernier avertissement. ***« Fait attention à »***...

—Fais attention!

—Maiszzz... pourquoi? Zzzheu! Elle a l'air si inoffensive.

—Parce qu'on ne sait jamais!

L'Humaine n'est pas certaine d'avoir bien entendu tout ce que Rabougri racontait au sujet de Grignotine. Elle songe à ***« L'ŒIL DESPOTE »*** et à tout ce qui concerne la couleur... rouge.

Soudain, Janie reçoit une tape sur l'épaule. Elle sursaute et par le fait même, fait tressauter Chanceuse. C'est une vraie comédie de constater leur réaction à la chaîne.

—Zzzarrêtes! Tu me donnes la frousse! Tu ezs bien trop nerveuse.

—Je ne crois pas! dit-elle d'une voix sèche et raide.

---

* marginalité : différence

La Coccinelle se retourne et voit un petit bout d'homme derrière elles les bras croisés. Il doit les surveiller depuis un bon moment et a certainement entendu leur conversation. Il ressemble étrangement à l'image mobile de la poterne.

—Zzz! Sommes-nous dans l'hisztoire? questionne Chanceuse hardiment.

—Non! Vous avez traversé la porte secrète camouflée par le défilement des histoires, enfin... normalement difficile à trouver. Mais je crois que rien ne vous arrête toutes les deux. Vous avez aussi rencontré Grignotine la petite évadée. On a bien de la difficulté à l'attraper ces temps-ci! Elle est très rusée et cause bien des soucis à toute la galerie. C'est notre bébé éprouvette et notre toute dernière création! Que voulez-vous... nous ne sommes pas parvenus au résultat auquel on s'attendait! Le clonage ne fonctionne pas toujours à merveille. Nous allons lui apporter quelques retouches si, évidemment, nous réussissons à l'agripper!

Janie examine de long en large ce nouveau visage. Elle scrute cet inconnu qui n'a même pas eu la politesse de se présenter et a envie de rire à cause de son allure délabrée. On dirait qu'il vient tout juste de sortir d'une boîte à surprise. *« Un autre farfelu »*, pense-t-elle. Le curieux personnage, accoutré d'une longue chemise enduite de poudre noire traînant jusqu'à ses chevilles, dégage une odeur de soufre. Sa tunique trouée par endroits avait certainement pris feu lors d'une expérience chimique ratée. Son pantalon bouffant d'un gris acier a peine à tenir sur sa bedaine ronde et est retenu par une énorme ceinture en peau de grenouille. Trapu, mais plutôt costaud, il n'est pas très haut sur pied. Sa chevelure ébouriffée frisotte de chaque côté de ses oreilles crochues. La tentative alchimique a dû tourner au vinaigre puisque ses petites lunettes carrées, tout de travers, ont de la difficulté à rester accrochées sur le bout de son nez en chou-fleur. Ses yeux pétillants et ronds d'un brun noisette, presque verts, clignotent pour essayer de bien voir les deux intrépides. Ses bras, allongés le long du corps, sont munis de larges mains et ses amples pieds sont chaussés de longues bottes brunes faites de racine de vigne, qui montent jusqu'à ses genoux. C'est un Gnome d'une autre famille, se dit Janie qui en a vu d'autres auparavant, et il doit être plus cultivé, car il ne parle pas jargon.

Le Gnome, le sourire en coin, étire de sa main vigoureuse sa longue barbe en broussaille. Il a tout compris ce que pensait l'Humaine seulement par l'expression de son visage.

Janie questionne le nouveau personnage.

—Que recherchent ces Gnomes?

—Eh bien... jeune fille! Ces Génies se nomment les Cryptologues. Ils travaillent à la cryptologie des parchemins; c'est-à-dire à décoder les messages cachés.

L'Humaine est ravie qu'il parle sa langue et ne sait pas que le jargon est devenu une langue secrète qui comprend plusieurs dialectes*. Elle pose sa question concernant les...

—Vous voulez dire que... qu'ils s'occupent des cristaux?

—Nous travaillons à extraire la poussière de minéraux concentrée au centre des cristaux. Grâce à ce procédé, nous sommes devenus les inventeurs de la poudre magique. C'est nous, les Gnomes, qui fabriquons les baguettes magiques des Fées. Nous introduisons minutieusement cette poudre de perlimpinpin broyé à l'intérieur des baguettes étoilées des Fées par un procédé unique en son genre, gardé secret... évidemment!

—Wow... de la poudre magique?

—Zzzhi!!! Elle ne veut manquer aucune explication.

—Oui! Et vous avez remarqué la caverne aux stalactites et aux stalagmites?

—Oh... la grotte givrée que j'ai aperçue! Celle où s'entrechoquaient des colonnes cristallisées de haut en bas comme de grands glaçons? s'exclame Janie.

—Zzzouwow!

Le Gnome constate qu'elles n'ont rien laissé au hasard.

---

* dialectes : variété régionale d'une langue

—Tout à fait! Eh bien! Elles sont formées d'amas de minéraux cristallisés et certaines contiennent des milliards de flocons de neige qui se sont incrustés dans leur noyau central, avant même l'âge de pierre. Puis il se tait, réalisant qu'il en a peut-être trop révélé sur les transformations magiques. Transporté d'une joie extrême par ses récentes découvertes, il agit drôlement et oublie tout!

Janie braque de grands yeux étonnés sur Chanceuse. Toutes les deux aimeraient bien en savoir plus, mais le Gnome en a assez raconté; ça se voit dans son regard qui se veut évasif.

Il poursuit en se concentrant sur la question principale.

En ce qui concerne la cryptologie, c'est une autre histoire, explique le petit bout d'homme. Il retient son rire pour ne pas insulter son invitée qui démontre de l'intérêt pour ses recherches. Janie a confondu le mot crypto... avec cristaux. Ici, tous les jours, mes confrères travaillent dans des Ateliers spécialisés, dont la **« Grotte Cryptos »**. Dans cet abri-sous-roche, ils déchiffrent des codes graphiques ou numériques gardés secrets depuis l'Antiquité par les Ancêtres.

Tout en discutant, le Gnome les redirige, mine de rien, vers la grande salle et les sœurs cosmiques voient resurgir Rabougri.

Essoufflé, il se précipite vers son compagnon de travail et lui remet un message sous pli.

Les amies remarquent qu'il semble y avoir un problème.

—Merci Rabougri! Inquiet, il fronce les sourcils.

—Rgue! **À**rguà **vo**rguo**tre**rgue **ser**rguer**vi**rgui**ce**rgue, **Tri**rgui**um**rgum**vir**guir, dit Rabougri dans la langue populaire.

—Viens... tonnerre! Il ne manquait plus que ça! Suivez-moi! dit-il de sa voix grave.

Le Gnome traverse la porte avec les deux fouineuses et son confrère à sa suite, puis se retourne et fait disparaître complètement la *« Porte Secrète »* en claquant des doigts. À nouveau dans la grande salle d'attente, les filles attendent la suite des événements. Je reviens dans quelques minutes et ne sortez surtout pas, ordonne le Gnome inconnu.

Janie et Chanceuse restent stupéfaites et aucun mot ne peut sortir de leur bouche en voyant les deux créatures traverser le miroir magique.

Et la voix du mystérieux Gnome se fait entendre...

—**Vous**rguous **ne**rgue **de**rgue**vez**rguez **sur**rgur**tout**rguou **pas**rgua **tour**guou**cher**rguer **à**rguà **ce**rgue **mir**gui**roir**guoir. **Vous**rguous **a**rgua**vez**rguez **bien**rguien **com**rguom**pris**rguis?

—Ho là là! C'est du sérieux cet avertissement.

Chanceuse demeure égale à elle-même. Il n'y a rien qui ne puisse l'arrêter.

—Zzzah!!! Il y a de l'action, ici! C'est buzzant! Je me demande qui ezst cet exzcentrique?

—Il a l'air très important, en tout cas. Tu as remarqué la façon dont Rabougri l'a suivi?

—Zzzouais! Zje le trouve plutôt contrôlant ce personnage! Zzz! Il a bien dit Triumvir? Janie acquiesce de la tête. Ah! ZJe commence à comprendre le zjargon, moi auzssi!

Elles attendent un bon moment et après un certain temps, elles s'impatientent de ne recevoir aucune nouvelle du mystérieux Gnome, ni de son fidèle serviteur. C'est alors que les incorrigibles, d'un regard complice, s'avancent rapidement et essaient de voir au travers de l'immense plaque réfléchissante.

—Hum! Tu sais ce que je pense? Je crois que cette pièce n'est qu'une illusion d'optique pour nous empêcher de découvrir ce qui se passe de l'autre côté.

—Zzzje me demande quel pouvoir possède ce miroir pour nous défendre d'y touzcher?

Janie se colle le nez à un quart de pouce de la glace argentée dans laquelle se réfléchissent ses grands yeux d'ébène.

—Oh! Je vois un long couloir. Où peut bien conduire ce brumeux passage?

—Zzzzz! Laisse-moi examiner! La bestiole pousse son amie d'un coup d'aile.

—N'agis pas en idiote! s'exclame Janie en tirant sur les élytres de Chanceuse pour l'empêcher d'aller plus loin. Arrête, nous sommes déjà trop près du miroir!

Toujours... plus audacieuse, la téméraire coccinelle la regarde d'un air défiant toute autorité et lui lance un défi.

—Zzz! Tu as peur!

—Non! Pas du tout, dit Janie sans hésitation.

—Zzzhi! C'ezst inzscrit dans tes zyeux.

—Tu rigoles! Je ne voudrais pas avoir de problèmes! Si l'Alchimiste apprenait que j'ai désobéi aux ordres du Tri... um... vir, cela pourrait peut-être nuire à ma mission. Qu'en penses-tu?

—Zzz! Ce n'ezst pasz une bonne excuse. Tu as la trouille, tout zzzsimplement! Avoue!

—Ah! Tu crois! Je vais te montrer que je n'ai pas peur!

Toutes les deux se chamaillent sans faire attention. Janie sent quelqu'un tirer sur sa jupe. Au même instant, la pire catastrophe de leur expédition se produit et un long frisson parcourt leur corps. Un froid glacial les engourdit de la tête aux pieds.

—Non Chanceuse! Non! Mais où sommes-nous? demande-t-elle, ne réalisant pas encore l'ampleur des enjeux. Qu'est-ce qui se passe, je grelotte de froid et ma peau devient toute moite comme si je faisais de la fièvre, ânonne* Janie.

—Z...! Moi auzssi! Elle constate que ses pattes rougissent à vue d'œil.

—Zut Chanceuse!!! Nous sommes dans le miroir.

—Zzzho! Nonnnnn! Ce n'ezst pas moi qui...

Les deux incorrigibles, agglutinées à l'intérieur du miroir, sont collées comme des mouches dans une masse gélatineuse.

—Chanceuse! Tu lui as touché? lance Janie fâchée. Comment as-tu pu compromettre ma mission? Ah toi... si nous sommes expulsées, ce sera ta faute!

---

* ânonne : parler péniblement

Trop tard, le mal est déjà fait. Janie regarde son amie se réfléchir dans le verre argenté et le nickel, immédiatement, réagit devant l'intrusion des deux désobéissantes, car rien ne l'arrête quand il s'agit de sauvegarder ce lieu défendu. Au contact des intruses, le champ magnétique de la glace se soulève comme une vague et lance des petits chocs électriques plutôt désagréables aux fouineuses. Ces secousses électromagnétiques sont plus ou moins longues, selon l'humeur du miroir. Elles ont pour but de décourager les curieux qui osent s'aventurer dans son habitat.

En se tiraillant, Chanceuse avait bel et bien touché au miroir défendu et enfreint l'ordre. Aussitôt, le miroir déformant avait déclenché son attirail de protection. Il avait capturé l'écornifleuse Chanceuse entre ses cloisons givrées et Janie par la même occasion. Immédiatement, la paroi s'était contractée, les empêchant de sortir de cet étau. Impossible pour les curieuses de revenir en arrière! Les dés étaient joués.

—Zzz! Janie! s'écrie Chanceuse affolée, regarde-toi!

—Ce n'est pas vrai!

Toutes les deux flottent lentement dans le miroir qui reflète leur visage dans toutes les directions. Le gel visqueux colle à leur peau et accentue leurs grimaces sous l'impact des électroluminescences en forme d'éclairs.

L'Humaine ne trouve pas cela très ffflyant de recevoir des chocs électriques.

—Aïe! Ayoye! Janie se contorsionne à chaque secousse.

Les deux filles voient passer d'autres créatures et réalisent qu'elles ne sont pas les seules prisonnières. Elles entrevoient toutes sortes de spécimens bizarres et d'objets inusités secoués par intermittence ou bien immobilisés comme des statues. Le miroir magique les ballotte sans arrêt pour démontrer sa grande force magnétique. Tous ont désobéi aux ordres du Triumvir et doivent en subir les conséquences. Pour combien de temps vont-elles demeurer à l'intérieur? Nul ne le sait…

—Zzzouache! La Coccinelle se plaint. Elle gigote comme une anguille au moindre choc, et ceux-ci semblent durer plus longtemps que ceux de sa sœur cosmique.

Sur la défensive, l'Humaine se sent espionnée.

—Nous sommes surveillées! articule l'Humaine lentement.

Une voix aiguë et perçante s'élève.

—Ahhh! Qui désobéit est puni! Ah! Ah! Ah! ricane le miroir avec ses gros yeux vitreux. Les globes oculaires se renversent en arrière et roulent dans tous les sens. Les organes de la vue se faufilent sinueusement dans le liquide gélatineux vers les coupables et rebondissent, puis s'arrêtent brusquement et dévisagent nos deux amies saisies de peur. Poussant un grand rire sarcastique, le miroir fait marche arrière, aussi vite qu'il s'était approché des deux captives. Elles sont à sa merci... maintenant! Janie aperçoit le visage de l'intransigeant « *Miratum* » se détacher du miroir et prendre la forme d'un masque d'opéra. Il est peu rassurant avec ses paupières bombées, ses joues creuses et déformées ainsi que sa bouche de travers prête à les avaler. Il happe à la dernière minute, avec sa cavité buccale, des Intrus se trouvant sur son passage et les crache à l'extrémité, hors de sa vue. On dirait qu'il en profite pour effectuer un grand nettoyage des lieux.

—Zzzil ezst ma... lin ce mi... roir! zézaie-t-elle avec difficulté puisqu'elle se sent de plus en plus engourdie.

—Il ne fait que défendre son territoire, essaie de crier Janie furieuse, tout aussi mal en point. À chaque mot qu'elle prononce, des bulles aux reflets métallisés se forment en sortant de sa bouche.

Chaque mouvement qu'elles tentent d'exécuter pour revenir sur leur pas demeure pénible. Le liquide grisâtre contenu dans le miroir est difficile à déplacer, car lorsqu'il n'éjecte pas des décharges électromagnétiques, il se condense en gouttes métalliques. Elles ne peuvent donc bouger qu'au ralenti.

Désespérées, les filles se demandent bien ce qu'il adviendra d'elles. Et... séance tenante, le miroir réagit à leur pensée et, à son tour, les aspire d'un seul coup. Ce dernier les projette avec indifférence par sa bouche entrouverte comme si elles étaient de vieux torchons. En un temps record, complètement hébétées, elles se retrouvent en une culbute, du côté interdit!

Chancelantes, elles se relèvent.

—Ohhh! Comptez-vous bien chanceuses de ne pas demeurer emprisonnées comme ces charlatans! rouspète le miroir en fronçant les sourcils. Je vous libère seulement... parce que j'en ai reçu l'ordre du Triumvir! dit-il de sa voix lente et rauque.

—Tout cela m'énerve! s'exclame Janie. Nous devons trouver sans faute ce que veut dire le mot Triumvir. Je crois que ce personnage possède une grande influence dans le **« Menhir »**. N'avons-nous pas entendu ce mot antérieurement?

Chanceuse réfléchit. Elle rehausse ses élytres qui ressemblent plus à une écharpe de soie, qu'à des ailes. Tout ce qu'elle sait... c'est qu'elles sont dans de beaux draps à cause de sa curiosité. Elle doit trouver une solution intelligente pour se faire pardonner.

—Zzzeuh! Regarde... il n'y a perzsonne qui nous zattend pour nous réprimander... c'ezst bon signe! Cela veut dire que nous n'avons commis aucune faute!

Janie regrette leurs erreurs de parcours.

—Tu dois me trouver une meilleure raison... cette fois-ci!

—Zzzje n'ai pas voulu désobéir. Zzzoh! S'il le faut, au pis aller, je dirai que... je... je dirai que c'était la faute de cette espèce de souris folle à lier, qui zzz s'est soudainement précipitée sur moi et m'a poussée dans le miroir.

—Surtout plus de mensonge! Je t'en prie!

Chanceuse s'empresse de trouver une autre solution.

—Zzz! Si nous zavons été prozjetées du côté du couloir, c'ezst pour une raizson spéciale. C'ezst certainement parce que nous zavons la permiszsion de le vizsiter, sinon il nous zaurait transférées dans la grande salle d'attente à nouveau, zozote-t-elle tout heureuse de sa réflexion. La coccinelle nerveuse zézaye de plus en plus. Zzzzz! Qu'est-ce que tu en penzzzses?

—Tu as peut-être raison!

Les indociles regardent le long corridor étroit et d'un pas décidé, s'aventurent à l'explorer sans autorisation.

Plusieurs petites portes longent ce passage, se rétrécissant au fur et à mesure qu'elles avancent. Puis, elles remarquent un immense écriteau. Elles peuvent y lire l'inscription suivante : **« L'ATELIER DES FORGERONS. S.V.P., NE PAS DÉRANGER »** suspendue à une grosse clé fabriquée en fer forgé stylisé.

—Zzzhey! Vite, viens voir! Penses-tu qu'il s'agit de la **« Salle des Clefs »** qu'avaient entrevue les *« LaTouffe »*?

Cette enseigne installée juste au-dessus d'une toute petite porte, à peine plus haute que trois pommes, démontre très bien ce qu'elle contient.

—Oh enfin! Je suis parvenue à mon but! soupire-t-elle.

—Zzz! Jetons zun coup d'œil! La porte ezst ouverte, c'ezst certainement parzce que nous zavons le droit d'y entrer.

—Tu promets de garder le silence? insiste Janie.

—Zzzeuh… promis! Bouche cousue!

—Ouais! Je me demande parfois pourquoi… je te fais confiance? Mais ce n'est qu'une excuse que Janie se donne, car elle désire ardemment découvrir si… sa Clef se trouve à l'intérieur de cet atelier.

Chanceuse sourit, elle voit bien que son amie n'attend qu'un signe de sa part pour la suivre. L'Humaine aime l'audace de la coccinelle; elle met du piquant dans son odyssée. D'un commun accord, elles décident de descendre les quelques marches qui les séparent de la porte d'entrée.

Dans le silence le plus total, à petits pas, les sœurs cosmiques s'avancent pour regarder ce qui se passe à l'intérieur. À leur grande surprise, elles voient des tonnes de *« Clefs »* de toutes les dimensions, suspendues au plafond. L'atelier des Artisans contient une infinité de *« Clefs »* confectionnées de différents matériaux : en or, en argent, en platine, quelques-unes en bronze et d'autres en fer forgé.

—*« Ma Clef »*! s'écrie Janie à haute voix, toute réjouie, en désignant une petite clef or ornée de quartz. À cet instant même, elle vient d'alerter toute la galerie. Tous les Gnomes arrêtent de travailler et jettent un regard sévère sur les écornifleuses. Janie fait demi-tour à toute vitesse et s'immobilise brusquement sous le choc. Chanceuse sursaute à son tour et se cogne à Janie qui, par ricochet, la fait tomber par terre, les quatre fers en l'air.

—Zzzoh… toi! Tu me demandes de garder le silence et tu t'exclames!

Janie gesticule dans tous les sens, le visage en accent circonflexe.

—Euh! Elle se trouve face à une Créature horrifiante qui ne semble pas très amicale et dont elle ne peut même pas décrire l'origine. Et pourtant, ces yeux bleu ardoise… rappellent qui… quoi? Confuse, elle n'ose pas l'approcher.

Chanceuse se relève en se frottant le postérieur et ne semble pas surprise.

—Zzzoh! Il doit s'agir de ce fameux Trompe-l'Œil.

—Ouf! Ce n'est pas *« L'ŒIL DESPOTE »*. Elle a oublié dans sa nervosité que ce spécimen ne possédait pas un regard de feu.

Elles se ressaisissent. Cette créature, plutôt cette coquecigrue* ne leur saute pas dessus comme elles l'auraient cru. Elles se souviennent des commentaires des sœurs LaTouffe, au sujet du protégé de Farandole.

La coccinelle sent la peur l'envahir. Il ne faut pas se leurrer, il s'agit d'un Lucifuge de la Famille des ténébreux Mordicus à la dent tranchante. Ils s'avèrent être de féroces ennemis et à ce qu'on dit… on doit éviter de tomber entre leurs griffes, car ils sont enclins à des actes de violence atroces. Ils peuvent arracher des dents pour les déguster puisqu'ils raffolent de l'ivoire. Cette créature répugnante, plus petite que les Gnomes, n'a aucune ressemblance avec ces derniers. Il s'agit bien de Trompe-l'Œil, créature hideuse, à la peau craquelée et

---

* coquecigrue : bête fantastique

rugueuse qui marche en traînant la queue. Les sœurs LaTouffe n'avaient jamais décrit le Lucifuge. Elles étaient demeurées plutôt évasives. Maintenant, les filles comprennent pourquoi. Elles avaient surtout insisté sur le fait que Farandole l'avait pris sous son aile. Il n'a rien de rassurant, sauf peut-être une pointe d'intérêt dans son regard infernal, ce qui adoucit ses traits effroyablement… affreux. Ses grands yeux, de forme ovale, sont entourés d'une carapace qui ressemble à un masque distendu jusqu'aux oreilles. Des protubérances* retroussent en trompette de chaque côté et des poils raides servent de chevelure… à une tête écrasée en forme de ballon de football. Un nez arqué et crochu tombe devant sa grande bouche mince. Ses canines, en dent de scie, traversent sa lèvre inférieure. Son corps costaud n'est que d'une seule couleur… terne et terreuse. Même des touffes de gazon embourbées de terre glaiseuse sont demeurées collées à sa peau craquelée. De longs bras et de longues jambes munis aux extrémités de griffes affûtées le font vraiment ressembler au Lucifuge qui l'a piquée, l'odeur remugle en moins. Il porte bien son nom de Mordicus.

Il les darde d'un regard perçant avec ses yeux creux.

—Chanceuse! Tu dois respirer et moi aussi d'ailleurs. Les couleurs de nos auras deviennent très ternes. Nous devrions changer nos pensées négatives à son égard, par des pensées… euh! positives. Cela sera mieux pour notre… santé, je crois!

—Zzzoufff! Tu as bien raison!

Janie avait remarqué que leurs idées noires s'incrustaient dans leur tête et embrouillaient leur jugement.

—Calmons-nous! Il s'agit du protégé du Gardien des Séjours, s'exclame l'Humaine en essayant de contrôler ses émotions.

Elles prennent une grande respiration au plus vite.

Chanceuse se gonfle les flans et ose intervenir.

—Nous sommes les invitées du Triumvir. Il nous attend!

---

* protubérances : saillies, choses qui ressortent

Sans dire un mot… le Mordicus se retourne vers elle et la tire par l'aile. Chanceuse se débat de toutes ses forces avec rage.

—Zzz! Zzz! Zzz! Ne me touchez paszzz espèce de…

Janie, pour sa part, ne possède pas l'audace de la Coccinelle et demeure sans réflexe. Elle a trop peur de la réaction du Lucifuge et ne veut pas se faire piquer à nouveau.

Trompe-l'Œil se dirige vers le Triumvir.

À leur grande surprise, il s'agit du Gnome chimiste qui avait traversé le miroir avec Rabougri. Cette fois-ci, il ne porte plus sa tunique poussiéreuse et tout son être respire la propreté.

—Zzz! Ditesz-lui de me lâcher! siffle fortement Chanceuse, suspendue au bout d'une aile.

Un signe de tête du Triumvir et Trompe-l'Œil laisse tomber l'insecte qui se retrouve encore une fois par terre.

Le Triumvir plisse les yeux et lui annonce…

—Petite demoiselle… votre voyage s'arrête ici! Une fois passe, mais deux fois, c'est beaucoup trop, en si peu de temps.

C'est vrai qu'il n'avait rien dit, lorsqu'elles avaient fourré leur nez dans la **« Grotte Cryptos »**. Accaparé par les évènements, il n'en avait pas eu l'occasion.

—Zzzhey! Maisz… voyonsz!

—C'est tout! Ma patience a des limites et surtout que tu as fait exprès pour toucher au miroir en attirant ton amie avec toi. Allez! Qu'attendez-vous? Reconduisez-la immédiatement aux portes de sortie, d'autant plus qu'elle ne montre aucun regret.

Chanceuse a commis une bévue monumentale et s'excuse.

—Zzzut! Zzzje suis vraiment… mais vraiment… dézsolée de vous avoir déçu. J'ai manqué à tous mes devoirs de politeszse et de reszpect. Zzzj'ai reçu le mandat d'accompagner Janie dans tous ses déplacements! insiste-t-elle. Et pour mettre plus de poids à ses justifications, elle rajoute… et je ne dois pas la quitter des zyeux, ordre du Druide!

—Ah! Je vois, ironise le Gnome. Vous avez bien dit… des yeux! Je crois qu'ils étaient trop occupés à regarder ailleurs pendant un certain temps, plutôt que de surveiller votre amie.

Moi aussi, je suis désolé que vous ne donniez pas le bon exemple et surtout que vous ayez oublié les conventions qui existent dans notre « **Monde** ».

La Coccinelle rougit. C'est vrai que sa curiosité l'a menée un peu trop loin. Cette fois-ci, la chance n'était pas de son côté.

—J'ai voulu éprouver votre sens des responsabilités et du respect d'autrui. Et j'ai la réponse qu'il me faut. Vous manquez de discernement, petite Coccinelle!

Sans tarder, il réitère son ordre à Trompe-l'Œil.

—S'il vous plaît, veuillez accompagner Mademoiselle Chanceuse à la sortie. De toute façon, Janie ne craint rien sur mon territoire!

Chanceuse, frustrée, ose braver l'inconnu.

—Zah! Je n'en suis pas si sûre! crie-t-elle en désignant Trompe-l'Œil. Soyez certain que j'avizserai l'Amiral de ce qui se passe ici! On verra bien ce qu'il en penszera. Zzzje suis persuadée qu'il réglera votre compte avec l'Alchimiste Farandole.

Janie estime que son amie manque un peu de respect envers le Triumvir. Ce dernier garde un silence désemparant.

—Je lui ferai parvenir moi-même votre requête!

Chanceuse rigole.

—Zzzhi... bien sûr!!!

Trompe-l'Œil intervient.

—Petite tête sans cervelle... vous ne savez pas à qui vous vous adressez! Vous pourriez le regretter, grogne-t-il de sa voix enrouée et saccadée.

Les sœurs cosmiques trouvent surprenant que cette créature parle la langue des Humains.

Le Triumvir rajoute.

—Je te remercie, Trompe-l'Œil, de venir à ma défense. Je crois que le moment est venu de me présenter. Je ne suis pas que le Triumvir... je suis aussi : Farandole, le Gardien des Séjours.

Les amies retiennent leur souffle une fraction de seconde.

Chanceuse, embarrassée pour la seconde fois de son existence, exécute des courbettes pour se faire pardonner.

—Zzzoh… non! Je vous dois mille excuzses… mille excuzses pour moi et surtout pour Janie. Je vous zen prie!

—Trop tard petite! proclame Farandole de sa voix grave.

Chanceuse rougit de honte, elle a bousillé la mission de sa sœur cosmique avec son arrogance. Janie, pour sa part, ne sait trop que penser. Qu'adviendra-t-il de son amie?

—Allez Trompe-l'Œil, va la reconduire immédiatement, car elle n'a aucune demande à formuler de toute façon. Cette mission ne regarde que Janie et moi-même et nous devons discuter de son plan de vie et non du sort de cette entêtée.

Chanceuse n'a pas le temps de réagir. Trompe-l'Œil la saisit rapidement par ses segments qui commencent à former une main palmée. Elle se raidit sous le contact de ses poils rugueux qui se transforment en petites épines dans le creux de sa main rêche. Grimaçante, elle voudrait bien lui retirer sa main, mais elle a peur de se faire piquer. Il ne lui faut prendre aucune chance, si elle ne veut pas mourir empoisonnée. Docile, elle marche au pas… pour l'instant!

Les inséparables se regardent une dernière fois. Une fois de plus, elles doivent faire route à part.

—JE… SUIS… DÉ… ZZZSO… LÉE! lance la Coccinelle, à voix basse tout en insistant sur la prononciation.

Janie lui envoie un petit signe timide de la main.

—Ne vous en faites pas! Elle s'en remettra! Un petit sortilège et elle aura tout oublié ce qui s'est passé entre ces murs.

—Un sort! s'exclame Janie, en ouvrant grand les yeux.

—On aime bien la discrétion par ici, proclame l'Alchimiste Farandole. Toutes les Créatures qui vivent dans **« l'Antre »**, ne serait-ce qu'une journée, demeurent sous le sceau du secret pour la vie! dit-il en regardant son invitée par-dessus ses lunettes.

Janie comprend parfaitement le subtil message. Elle réalise qu'elles ont découvert beaucoup de rites énigmatiques en peu de temps. Il est clair que cela doit rester secret.

Le Gardien des Lieux l'invite de sa voix chaleureuse.

—Suivez-moi, chère petite! Rien... ne pourra nous déranger maintenant, car j'ai donné des ordres spécifiques. Il ne faudrait pas faire attendre le *« Grand Maître des Lieux »* plus longtemps, il a un horaire chargé. Maintenant... que vous êtes inscrite...

—Je suis!?!...

—Dommage! Dans tout le cafouillis que votre amie a provoqué, vous avez manqué le plus important! C'était votre nom qu'inscrivait la penne de la Déesse Bianca... la Dame vaporeuse!

Ensemble, ils marchent dans ce long couloir qui semble sans fin.

—Ouf! soupire-t-elle, ravie de constater que malgré tout... sa mission n'avait pas été compromise, surtout qu'elle était si près de son but!

Farandole la regarde du coin de l'œil; il voit qu'elle est rassurée. L'Alchimiste est toujours très content de rencontrer une créature évolutive qui a le courage de persévérer dans ses démarches.

—Je te félicite! Le passage du **« Menhir des Druides »** s'avère très difficile à découvrir. Tu viens de franchir une autre initiation d'élévation... la *« persévérance »*! Il dépose fièrement sa main bienfaitrice sur son épaule, tout en lui souriant.

—Merci! dit-elle, heureuse d'être admise dans **« l'Antre »**.

—Je crois que tu as une grande mission à accomplir, si je me fie à ce que notre ami le Vieux Sage m'a raconté.

Elle réalise qu'elle se trouve maintenant toute seule en présence de l'Illustre Farandole et si... sa demande est acceptée, il la présentera au *« Maître des Lieux »*.

Pendant que Janie discute avec Farandole... à l'autre bout du corridor, Chanceuse, pour sa part, se fait transporter vers la sortie. Le Lucifuge avance d'un pas rapide, malgré sa claudication. Tout se déroule comme prévu quand... Rabougri intervient auprès de Trompe-l'Œil avec empressement.

—**Ah**rguah! **Vi**rgui**te**rgue **Trom**rguom**pe**rgue-**l'Oeil**rguoeil! **viens**rguiens **m'ai**rguai**der**guer **tou**rguou**te**rgue **sui**rgui**te**rgue, dit-il embarrassé, ne sachant pas comment remédier à ce contretemps. **Tu**rgu **ne**rgue **pou**rguou**rras**rguas **pas**rgua… rgua… rgua… rgua… rgua… **le**rgue **croi**rguoi**re**rgue, **mais**rguais **Gri**rgui**gno**rguo**ti**rgui**ne**rgue **a**rgua **en**rguen**co**rguo**re**rgue rgue, rgue, **ré**rgué**us**rgu**si**rgui **à**rguà **s'é**rgué**chap**rguap**per**guer. **Cet**rguet**te**rgue **fois**rguois-**ci**rgui, **c'est**rguest **gra**rgua**ve**rgue!

La situation semble corsée et Rabougri, agité, oublie de parler en jargon devant Chanceuse.

—Elle a reçu un nouveau vaccin contre le mal des transports tout à l'heure par l'Alchimiste Farandole. Tu sais… la missive!

—**Chut**rgut! s'exclame Trompe-l'Œil qui roule de gros yeux. **Tu**rgu **par**gua**les**rgues **trop**rguop.

Chanceuse réagit, la souris a le cerveau attaqué!

—Le mal du transport! Elle est atteinte de ma maladie. Je suis foutue, je vais devenir détraquée comme cette souris, pense Chanceuse en peine.

—**Où**rguoù… **est**rguest-**elle**rguelle?

—**Dans**rguans **la**rgua rgua… rgua… **Grot**rguot**te**rgue **Cryp**rguyp**tos**rgutos!

Trompe-l'Œil s'arrête en chemin à la **« Grotte Cryptos »** à la recherche de Grignotine tout en tirant la coccinelle. Quelle surprise l'attend! La détraquée a mis l'atelier sens dessus dessous. Tous les parchemins des descripteurs sont éparpillés. Elle a même osé grignoter quelques morceaux d'un manuscrit qu'elle tient en griffe, comme si elle voulait effacer des traces. Plutôt bizarre, car ce manuscrit ressemble à une carte topographique d'une autre époque. La panique grandit et tous craignent de lui toucher de peur d'être atteints d'une maladie contagieuse. Plus rien ne va, l'état d'urgence est déclaré!

—**Sur**gur**veil**rgueil**le**rgue-**la**rgua! **El**rguel**le**rgue **ne**rgue **doit**rguoit **rien**rguien **voir**guoir, dit-il à Rabougri. Le Lucifuge lâche la Coccinelle, confiant qu'elle sera entre bonnes mains.

Rabougri aperçoit la souris blanche traversant la pièce en tous sens à une vitesse incroyable, comme une possédée, en brandissant la carte à droite et à gauche. Les Gnomes, possédant la faculté motrice de courir à grande vitesse, perdent rapidement haleine tellement cette petite a acquis une rapidité supérieure à leur capacité physique. Chanceuse, tout étourdie, se demande comment... il parviendra à l'attraper? La rongeuse hystérique déambule en tournant en rond et en zigzaguant comme pour essayer de remettre cette carte à Chanceuse. La Coccinelle demeure sur ses gardes. Le gnome, à bout de souffle, ne sait plus où donner de la tête. Dans tout ce tumulte, il trébuche dans un amoncellement de dossiers et fait basculer un lutrin qui tombe à son tour sur l'antique pupitre du Décrypteur en Chef prénommé Brouillon. L'encre violette, renversée par inadvertance*, dégouline du pupitre et s'étale en traînée sur le carrelage iridescent. Ce dernier pique une colère et la boucane lui sort par les oreilles, car tous ses travaux ont été détruits par la maladresse de Rabougri. Il n'y a plus rien à l'ordre, tous les documents d'archives se retrouvent pêle-mêle. Le lieu paisible ressemble maintenant à un vrai champ de bataille. Les Gnomes Décrypteurs lancent des cris, debout sur leur secrétaire n'osant plus mettre les pieds par terre, de peur d'être mordus par la souris de laboratoire. Elle a subi tant de transformations qu'on ne sait plus ce qu'il adviendra d'elle ou d'eux! C'est la panique totale. Trompe-l'Œil se précipite pour aider Rabougri qui est dépassé par les évènements. Dans tout ce tumulte, ils ont complètement oublié la Coccinelle.

Chanceuse poursuit des yeux la chipoteuse qui se rit de tous. Elle traverse une pièce connexe et se retrouve dans la grande ***« Salle des Inscriptions »***.

Grignotine se met à couiner atrocement. Elle se jette comme une folle sur le socle de la Tour d'ivoire et se trémousse comme une possédée, par secousses violentes. Elle sait très bien

---

* inadvertance : distraction

qu'aucune créature n'osera venir la chercher sur ce piédestal inviolable. Quant à la Penne de Cygne... elle n'entend rien, entourée de son dôme en cristal de quartz et submergée par le bruit de gribouillage qu'elle exécute sans cesse. Le corps agité, la petite bête est subitement prise de convulsions, ce qui inquiète Trompe-l'Œil. À son tour, Rabougri s'approche de Grignotine pour l'attraper avec des gants étanches pour se préserver des morsures possibles. D'un seul coup, elle tombe sur le dos, ne bouge plus et échappe la carte. Aussitôt, le Gnome en profite pour reprendre le document précieux et le place dans une grande poche située à l'intérieur de sa chemise.

—**Bon**rguon **en**rguen**fin**rguin! **La**rgua **fo**rguo**lie**rguie **l'a**rgua **em**rguem**por**rguor**tée**rguré. **Ce**rgue **n'est**rguest **pas**rguas **trop**rguop **tôt**rguôt. Soulagé, Rabougri la croit morte.

À l'instant où... il vient pour la prendre dans ses mains, cette dernière lance un cri à faire dresser les cheveux sur la tête, puis se met à râler. Une écume blanche pâteuse dégoutte de sa gueule. Cela affecte Rabougri qui, à bout de nerfs, se sauve en criant... **Sau**rguau**ve**rgue **qui**rgui **peut**rgueut! **Sau**rguau**ve**rgue **qui**rgui **peut**rgueut! **Elle**rguelle **a**rgua **la**rgua « ***RARGUAGERGUE*** »! hurle-t-il dans son jargon.

Chanceuse l'a échappé belle, car la souris ne l'a que frôlée.

—Zzzoufff!

Subitement, Trompe-l'Œil réalise que Rabougri et lui l'avaient complètement oubliée dans tout ce charivari. Cela aurait été le comble du malheur si elle était disparue à son tour. Il la regarde et lit un petit sourire ironique sur son visage.

—Zzzhi... surprise!?! Je suis toujours ici, lance-t-elle. Je n'aurais... pour rien au monde, voulu manquer ce spectacle barbare, dit-elle d'un ton condescendant. Enfin, j'ai pu recueillir des tas d'informations importantes concernant les activités de cette baraque qui intéresseront certainement l'Amiral! Je croyais que le clonage était défendu? J'espère que je n'ai pas attrapé la rage de cette créature et, de plus, les documents précieux ne semblent pas en sécurité dans cet endroit désordonné. Je suis convaincue que le Grand Monarque appréciera le rapport détaillé que je lui soumettrai et qu'il fera parvenir au Druide. Il demandera certainement des comptes à votre *« Illustre Farandole »*.

Furieux, Trompe-l'Œil redresse ses poils. *« Quelle enquiquineuse cette Chanceuse! »* Il ne sait pas que le Gardien des Séjours lui a jeté un sort. Oh malheur! En supposant qu'elle ose répandre la nouvelle que Farandole utilise le clonage… ne perdrait-il pas son poste?

Puis, il voit Rabougri revenir en trombe dans sa direction et jargonner à tue-tête.

—**Gri**rgui**gno**rguo**ti**rgui**ne**rgue **a**rgua… rgua… **fait**rguait **u**rgu**ne**rgue **fu**rgu**gue**rgue. **Re**rgue**trou**rguou**ve**rgue… **la**rgua!

Trompe-l'Œil rejoint Chanceuse et la guide vers la sortie. Réalisant qu'elle fait exprès pour ralentir sa marche, il la saisit par une aile et la tire malgré ses lamentations.

—Zzzouac! Zzzaïe! Vous ne perdez rien pour zzzattendre!

Cette fois-ci, rien ne l'arrêtera! Il se fout complètement de ses avertissements. Après avoir traversé quelques tunnels enténébrés*, il la balance à l'extérieur. Soulagé, le Mordicus n'a qu'une seule idée en tête.

Enrguenfinrguin! Misrguissirguironrguon
acrguaccomrguomplierguie.

(À vous de déchiffrer)

* enténébrés : assombris

Chapitre 45
Le Gardien des Séjours… L'Illustre Farandole

Pendant qu'il se passe des trucs insolites dans **« l'Antre »** à leur insu, Janie et le Gardien des Séjours arrivent enfin au bout de l'interminable passage. Elle avait remarqué que ce long corridor rétrécissait au fur et à mesure qu'ils avançaient. À l'extrémité, il finissait d'une manière plutôt inusitée : en pointe conique, sans porte ni fenêtre, comme un entonnoir.

—Quel drôle de couloir! Euh… impossible d'en sortir et de plus, il est sans issue! s'exclame Janie tout étonnée.

Elle se demande pourquoi ils ont parcouru tout ce trajet pour aboutir à rien.

—Si! Si! Je vais te montrer quelque chose d'extraordinaire. Regarde bien! C'est une porte secrète afin de repousser les intrus, une fois de plus. Tu sais… au cas où ils seraient beaucoup trop curieux comme certaines créatures que je connais! Il faut cependant garder ce secret pour toi, insiste-t-il.

Ce dernier fixe intensivement Janie dans les yeux afin qu'elle l'observe avec attention. L'Alchimiste impose ses mains en direction du cône. Une lumière cristalline émerge de son corps et éblouit tout le passage. En quelques secondes, une minuscule pointe en forme de prisme s'ouvre à l'extrémité. Ce polyèdre* saillant et pointu ressemble à un flocon de neige. Farandole pointe son doigt directement sur l'angle aux multiples facettes. D'une rotation de la main, le prisme se met à tourbillonner et s'agrandit par mouvements séquentiels. Il fonctionne d'ouverture en fermeture et se rétracte automatiquement en

* polyèdre : figure géométrique dans la famille des solides

projetant des reflets aux couleurs de l'arc-en-ciel à chaque cadence saccadée.

Dans un silence total, Janie médusée, surveille le tout. La suite s'avère vraiment spectaculaire et magique. Ils exécutent le premier pas dans le polygone qui s'ouvre devant eux. Le long cône en spirale tourbillonne lentement et semble mené à l'infini. Puis, inopinément, elle est soulevée de terre et remarque que tous les deux avancent sans bouger. L'Humaine contemple sous ses pieds...

—Je flotte! Elle regarde vers le bas et constate que le prisme s'élargit, toujours de l'intérieur. Elle ondoie sans appui, dans le vide total! Un étourdissement subit la chamboule et la met sens dessus dessous. Elle bascule vers l'arrière et semble vouloir tomber.

L'Alchimiste Farandole rigole en voyant le visage déconfit de la Protégée. Il lui tend sa main éthérique, impalpable et fluide. Elle l'agrippe rapidement sans ressentir qu'elle le tient véritablement par la main.

—Ne crains rien petite! Je suis avec toi! Vois comme c'est amusant! Je suis convaincu que tu vas adorer ce petit jeu! Tiens-toi bien!

Cette fois-ci, Janie sent vraiment sa main dans la sienne. L'Alchimiste Farandole commence à effectuer de minuscules bonds, tout comme un enfant, puis, devant l'assurance qu'elle démontre, il en exécute de plus grands.

—On dirait un trampoline! s'exclame-t-elle suivant toujours les exercices de Farandole qui a conservé son cœur d'enfant. Ils rebondissent chaque fois plus haut en exécutant toutes sortes de pirouettes qui ressemblent au plus haut point à de la gymnastique rythmique. Ils vont même jusqu'à effectuer la culbute avant-arrière et vice-versa*. C'est une vraie comédie de les regarder s'amuser!

---

* vice-versa : réciproquement

Voyant la petite Humaine essoufflée, il cesse le jeu. Janie se sent un peu étourdie, mais le cœur heureux.

—C'est vraiment ffflyant! dit-elle tout échevelée.

—Tu sais... nous, les Gnomes, aimons bien nous amuser, rire et danser. Et nous n'avons pas seulement exécuté de la gymnastique rythmique, nous venons de nous livrer à la technique de l'apesanteur; la lévitation! déclare Farandole le sourire aux lèvres. Ce moyen de transport est utilisé par les Élus. Comme tu peux le constater, il est très efficace et d'une rapidité étonnante.

—Oh! J'ai fait de la lévitation! Flllyant! Je suis demeurée dans les airs sans soutien!

Elle en avait déjà discuté avec Mamiche, mais tout se déroule tellement vite ici, qu'elle en oublie sa vie terrestre.

—Je te ferai remarquer que tu en fais toujours!

À ces mots, Janie sent qu'elle va tomber. L'Alchimiste Farandole lui reprend la main d'un geste rapide.

—Aie confiance en toi! Nous sommes dans **« l'Astral »** et tout devient possible.

L'Humaine se demande si tous les *« Élus »* qui doivent demeurer dans le grand secret, s'amusent autant que Farandole. Parvenus au bout du long tunnel lumineux, ils se retrouvent dans un immense laboratoire embrumé. La lumière tamisée rend l'endroit encore plus mystérieux.

—Voici l'enceinte de la transformation! Le laboratoire Alchimique souterrain se veut l'un des lieux les plus recherchés des **« Univers »**. Son accès est interdit aux curieux de tout genre, et s'ils enfreignent cette loi... zouick!... on leur coupe la langue, dit-il avec un sourire moqueur en effectuant le geste, ou alors on leur inflige une jettatura*!

Janie commence à le connaître et ses sarcasmes mordants ne l'atteignent déjà plus. Elle sait qu'il utilise ces railleries afin d'impressionner les Intrus. Mais... en ce qui concerne les sorts...

* jettatura : mauvais sort, en italien

elle n'en doute pas une seconde et le prend vraiment au sérieux lorsqu'il rappelle que cet emplacement doit rester secret.

Elle n'a pas assez de ses deux yeux pour tout voir et se trouve bien privilégiée d'avoir obtenu la permission de visiter cet endroit énigmatique! Une vingtaine de Gnomes travaillent dans l'atelier scientifique sur plusieurs expériences différentes.

—Dans le haut-fourneau, lui explique attentivement le Grand Maître de l'Alchimie, on y brûle des pierres ou des métaux précieux. Le tout est savamment mélangé avec d'autres produits secrets. On amène cette mixtion à ébullition jusqu'à ce qu'elle calcine. Il faut arriver à une réduction de ces alliages pour que l'opération soit réussie. Une fois que la combinaison des substances rarissimes et des ingrédients mystérieux se fusionne, elle laisse échapper une vapeur que l'on récupère dans ce long boyau. Puis, la composante chimique, appelée *« Salamandre »*, est conservée dans cette coupole de verre fermée que tu vois là-bas. La fusion exécutée à la perfection unit le solide au liquide par la chaleur. Cela ressemble à une sorte de feu froid qui brûle et gèle à la fois, un peu comme de la glace froide qui picote les doigts lorsqu'on la tient trop longtemps entre nos mains. Ainsi, nous récupérons cette vapeur transformée en liquide, une fois qu'elle a éliminé tous les résidus impropres. Comme tu peux le constater, le fluide devient rouge! Selon le procédé utilisé, on peut le garder sous forme liquide, comme tu le vois présentement, ou le cristalliser pour fabriquer la poudre magique. Cela dépend de ce que nous voulons produire comme potion druidique. Puis, le tout doit mûrir dans ce grand récipient en forme d'œuf. Ce mystérieux creuset se nomme : Calebasse. C'est ici **« l'Antre où le Mystère prend forme »**!

Au cœur de l'action, Janie est transportée de joie. De plus… elle réalise qu'il est en train de lui enseigner une science encore bien plus avancée. Elle n'y comprend rien, tout semble si mystérieux, mais elle n'oserait jamais l'interrompre.

La caverne cosmogonique* est remplie de vie. Tous les Gnomes scientifiques besognent sans relâche et sans se faire distraire, trop occupés par la réussite de leur recherche mystérieuse.

L'Alchimiste, en réalité, se concentre sur les sciences occultes. Ce qui le préoccupe principalement demeure la découverte spirituelle et ésotérique. Cette science hermétique et secrète demeure très peu comprise des Créatures.

—Je suis à la recherche du ***« REMÈDE »***. Il s'agit de l'unique potion magique appelée ***« ÉLIXIR PANACÉE »*** qui transforme la conscience et donne un sens des responsabilités des plus élevés. En buvant cette potion, on oublie complètement le passé et une nouvelle façon de penser s'installe et ouvre les **« PORTES au MONDE des MONDES »**. Ce remède souverain nous attribue le pouvoir d'agir positivement sur notre vie, en développant une conscience supérieure. Cet élixir est capable d'opérer une transformation complète, non seulement de la matière, des choses qui nous entourent, mais aussi... de notre personne tout entière en un *« Être »* indestructible qui assurerait selon les dires... une existence sans fin, voire... ***« ÉTERNELLE »***! Cette opération ne concerne pas la ***« MÉTAMORPHOSE* »***, nous la connaissons déjà très bien. Ce à quoi nous voulons accéder... s'appelle la ***« TRANSMUTATION ***», NOMMÉE : « LE GRAND ŒUVRE »***. Depuis la nuit des temps, les Grands Alchimistes cherchent cet ***« ÉLIXIR de VIE »***. Celui qui découvrira cette potion magique détiendra un pouvoir surnaturel! Il pourra se téléporter non seulement dans une dimension, mais dans plusieurs *« Sphères »* inconnues à la fois. J'ai effectué des expériences sur Grignotine, une partie a réussi puisqu'elle bouge à la vitesse de l'éclair. Je crois que j'ai encore quelques

---

* cosmogonique : de l'univers
** métamorphose : transformation radicale
*** transmutation : transformation d'une substance à une autre

ajustements à apporter, mais je ne suis pas loin de la grande transformation, dit-il en fronçant des sourcils. Il ne faut pas que ce savoir tombe dans les mains des assoiffés de pouvoir comme *« Octo MaCrapule »*. Cette crapule a toujours désiré devenir Maître et posséder la **« Forêt »** ; ce serait la cohue totale, le **« Grand Trou Noir »**, si ce secret bien gardé devait tomber entre les mains de ce vaurien. C'est pour cette raison que nous devons tenir ce pouvoir extraordinaire secret, au péril de sa vie!

—Je garderai le silence, c'est promis! Janie n'a pas du tout envie de subir un sort et surtout mourir sans sa ***« Clef du Paradis »*** en main.

Farandole, lui sourit.

—Tu comprends vite! Les choses de la terre doivent demeurer à la terre dans le ventre de **« l'Antre »**.

Farandole désigne une porte. Cette dernière s'ouvre automatiquement et Janie la traverse. Elle se retrouve dans le bureau de Farandole, où fioles et manuscrits, bougies et plumes composent un décor insolite. Jamais elle n'aurait cru qu'il existait un autre **« Monde »** sous la **« Forêt Magique »**. Farandole partage ces lieux secrets avec elle, il lui fait donc confiance. Et c'est ce qui est le plus important à ses yeux.

Chapitre 46
Focuspocus & le Conseil du Triumvirat

L'Alchimiste se dirige vers son cabinet. Il pousse une grande porte en cuivre sculptée à son effigie et la retient pour laisse passer Janie la première. Il lui fait signe de s'asseoir sur un fauteuil en roseau rempli de coussins moelleux et s'installe à son tour sur une chaise plutôt large et basse, devant un énorme bureau rudimentaire en bois rond.

—Eh bien, ma petite! Je t'écoute.

—Je dois rencontrer le Maître des Lieux pour retrouver ma ***« Clef du Paradis »***, bien sûr si vous jugez ma demande salutaire et me donnez le droit de passage. Vous savez, je veux vraiment entrer au Paradis, un de ces jours!

Janie réalise qu'elle a parcouru un très long chemin et traversé de nombreux obstacles. Tout ce qu'elle désire… tient en une seule chose : récupérer sa ***« Clef du Paradis »***.

L'Alchimiste Farandole, conscient de l'importance de son cheminement, porte une oreille attentive aux commentaires que Janie va lui livrer. Elle lui explique que le Vieux Sage lui a donné des directives spéciales afin de parvenir à son but et de magnifiques guides pour qu'elle puisse mener à bien sa mission.

—Je tiens à vous remercier de m'accorder cette entrevue. Vous avez certainement d'autres sujets à traiter qui requièrent beaucoup plus d'attention que ma requête. Mais, je dois vous avouer que mon odyssée devient de plus en plus rocambolesque!

Le Gardien des Séjours la regarde d'un air protocolaire, puisque cela concerne une démarche officielle. Cela demande de la considération, même s'il s'agit d'une enfant. Le respect de toutes les créatures est important dans **« l'Astral »**.

Farandole prend sa voix solennelle.

—Ici... nous ne traitons rien à la légère. Toute demande doit passer à l'assemblée des Triumvirs. Même si je suis un membre officiel du Conseil, je ne peux décider seul, surtout lorsque cela concerne les décisions humanitaires. De plus, il faut absolument que la démarche soit véridique et non un canular, rajoute-t-il en plissant les yeux.

—C'est le Druide, mon ami le Vieux Sage, qui m'a conseillé de venir vous présenter mes salutations distinguées. Je n'aurais jamais osé vous déranger sans avoir reçu l'autorisation de sa part. Il a insisté!

Tout en écoutant son histoire, Farandole approche devant lui un écrin rond incrusté d'un fin filament d'or qui ressemble à un petit carrousel. Il le dépose avec précaution sur son bureau comme si le contenu était un trésor inestimable.

Janie se demande ce que ce minus boîtier peut contenir.

—Je... je le conserve endormi dans son habitacle dans un nid douillet afin de le dorloter. C'est mon petit pou préféré. Il m'a été confié par l'intrigante Fée Harmonia avec qui tu as fait connaissance à la Pierre-Aux-Fées, à ce qu'on m'a raconté!

Ne sachant pas qu'il connaissait tout de son aventure, Janie est surprise. Elle constate que... même dans ces lieux secrets, les rumeurs vont bon train.

—Ce petit pou orphelin, continue Farandole, s'était égaré en essayant de retrouver sa famille. La colorée Harmonia, dont le cœur est rempli d'amour, a recueilli ce pauvre esseulé et l'a apporté au **« Marais des Souvenirs »**. En un rien de temps, elle lui a refait une bonne santé morale, car... il avait perdu le goût de vivre. Elle a décidé de lui donner un pouvoir magique pour lui démontrer quelle magnifique créature il était! Et, elle lui a confirmé qu'il pouvait réaliser de grands projets dans sa vie. « Tu seras, avait décrété la Fée Dauphine en lançant sa baguette magique dans tous les sens comme elle sait si bien le faire, tu seras... petit pou, le plus grand... *''Génie de l'heure''*! Tu seras à partir de maintenant, le *''Mémorandum électronique''*, la seconde mémoire de l'Alchimiste Farandole. Tu seras sa carte-mémoire en trois dimensions et ta mission consistera à activer son cerveau afin qu'il puisse communiquer avec les Hautes Sphères, les Sphères qui dépassent l'Au-delà »!

Focuspocus habite dans **« l'Antre »** de l'Alchimiste. Et... aujourd'hui, le gnome estime qu'il aura besoin de son aide précieuse. Ce dernier enlève son couvre-chef et le dépose sur le coin du bureau. Puis, Farandole ouvre délicatement le boîtier afin de demander conseil à son petit chouchou Focus, tout cela devant les yeux sidérés de Janie. L'Humaine demeure bouche bée... il s'agit d'un vrai parasite sans ailes.

—Dans la vie, on a parfois besoin de plus grand et aussi de plus petit que soi! lui dit-il.

Le minuscule insecte, tout endormi, commence à se réveiller et bâille comme un bébé.

—Focuspocus! J'aimerais que tu m'apportes ton aide.

Le pou s'étire doucement, sortant d'une longue léthargie. Il ouvre grand les yeux, sourit à Farandole, se dresse sur ses pattes et sautille.

—Gougui gaga... oui mon Maître! Je suis prêt à vous faire visiter le septième ciel! s'exclame-t-il de sa voix gazouillante.

Dès sa naissance, Focuspocus savait très bien sauter. Il battait des records de sauts en hauteur. Immédiatement après avoir babillé quelques mots, il bondit sur la tête cirée de l'Alchimiste afin d'activer les méninges de son partenaire. À vrai dire... Focuspocus devient le *« Mémorandum*[*] *»* de Farandole et fouille dans sa mémoire sélective. Heureux de pouvoir rendre service, le petit pou tourne en rond sur le crâne de ce dernier qui lui sert de patinoire et glisse à toute vitesse comme si c'était une compétition de patinage de vitesse. Ainsi, il active les cellules

---

[*] mémorandum : note qu'on prend d'une chose qu'on ne veut pas oublier, aide-mémoire

supramentales du Gardien des Séjours, afin qu'il puisse découvrir d'autres cieux. Au bout d'un certain temps, l'Humaine aperçoit trois jets de lumière fluorescents tourbillonner en sortant du cerveau de Farandole et se diriger en banderole au-dessus de sa tête. Au centre, un rayon principal de couleur argentée scintille avec force. Janie constate que Farandole plonge à ce moment en transe; il ne bouge plus et pique une lune. Subitement, un double de lui-même se projette entre les faisceaux lumineux toujours en action. Son corps prend une forme fluide d'une brillance étonnante et cette doublure devient encore plus parfaite que la réalité. Immédiatement, il entre en communication avec une majestueuse Reine, le troisième membre du *« Triumvirat »*. Il se doit de la consulter car il s'agit du protocole à suivre avant les présentations finales au *« Grand Aristide, l'Arithmomancien*[*] *Astronome et Maîtres des Lieux »*.

—Bonjour *« Votre Majesté »*, quelle grâce!

Janie aperçoit la Souveraine vêtue d'une large robe à crinoline savamment garnie de pétales de roses écarlates. Cette royauté est entourée de sept autres personnages qu'elle a peine à identifier, car leurs corps se montrent encore plus subtils que celui de la Reine. Par contre, elle entrevoit les ondulations qui les encerclent et forment une lumière éblouissante autour d'eux.

Soudain, toujours dans un état de conscience second, Farandole attrape la main de Janie et la soulève. Tous les deux voyagent à la vitesse du son, en lévitant. Farandole regarde la Protégée qui ne cesse de s'étonner.

—Hi!!! Tout à l'heure, il s'agissait d'une petite pratique!

Janie se retrouve dans une autre dimension, face à la Reine et ses sept Dames de Compagnie, toutes aussi éblouissantes les unes que les autres. Elle croit être dans la **« Galerie des Glaces à Versailles »**. Un long salon couronné d'un chapiteau en bronze où se dressent d'un côté, dix-sept fenêtres

[*] Arithmomancien : devin qui pratique l'art des nombres

en arcades ornées de draperies et faisant face, autant de miroirs encadrés d'énormes pilastres* marbrés. Des statues reposent sur des socles élevés. Le plafond en toit cathédral laisse pendre huit lustres éblouissants. Le dôme à lui seul demeure une œuvre d'art exceptionnelle. Une magistrale fresque**, aux couleurs pastel, peinte à la main, recouvre la voûte centrale. Elle n'a pas assez de ses deux yeux pour tout voir. C'est plus que grandiose!

Farandole adresse les présentations d'usage.

—Janie... je te présente *« Sa Majesté Rose Flore-des-Vents »* et ses Dames de Compagnie... *« Les Précieuses ».*

Janie exécute sa révérence le souffle coupé.

—Soyez la bienvenue, prononce Sa Majesté. Elle lui sourit tout en la regardant droit dans les yeux.

—Mer... ci... c'est... un... hon... neur... pour... moi, réplique-t-elle en articulant bien chacune des syllabes.

Puis, Farandole lui présente les sept Précieuses. Les Dames de Compagnie de la Reine, les Pierres Précieuses, font, l'une après l'autre, un sourire remarquable suivi d'une petite inclination de la tête.

—Je suis la Dame aux Diamants... et la Dame aux Rubis et ainsi de suite... la Dame aux Émeraudes, la Dame aux Saphirs, la Dame aux Jades, la Dame aux Perles, la Dame aux Turquoises.

Janie constate qu'elles diffèrent des Fées, mais sont d'une splendeur aussi magique que ces dernières. Elle trouve qu'elles possèdent l'élégance et la fragilité des poupées de porcelaine. Si Mamiche la voyait agir; elle n'a jamais exécuté autant de révérences de sa vie. Aussitôt les présentations faites, Farandole enchaîne avec sa requête qu'il qualifie d'existentielle. L'Alchimiste demeure en contact étroit avec Focus, même s'il relaxe sur sa tête, le pouce dans la bouche, en attendant d'autres consignes. Pour l'instant, sa mission est accomplie!

---

* pilastres : piliers, colonnes
** fresque : peinture murale

—Dites-moi, Votre Majesté… est-ce que la demande de Janie vous semble assez honorable pour qu'on puisse demander l'aide du *« Maître des Lieux, le Grand Aristide l'Astronome »*?

La Reine Rose-Flore des Vents, *« Maîtresse des Lieux du Jardin Secret »*, consulte du regard ses Précieuses Dames de compagnie. Ces dernières admirent le courage extraordinaire de la petite Humaine. C'est incroyable que cette Mini-Humaine ait réussi à se rendre jusqu'au Gardien des Séjours malgré toutes les difficultés qu'elle a rencontrées sur son chemin de vie.

Silencieuse, Janie attend la décision sans broncher.

—Cette petite est une envoyée spéciale du Vieux Sage, le *« Druide »*. Il lui a fait part, par l'entremise de l'Amiral, des étapes à franchir pour l'ouverture des ***« Portes des Énigmes »***.

—Mais… elle est parvenue à beaucoup plus que ça! insiste la *« Reine »*, elle n'a surtout pas baissé les bras dans l'adversité!

Farandole acquiesce d'un signe de tête.

Le *« Vieux Sage »*, *« Farandole »* et *« Rose-Flore »* sont les trois principaux membres du *« Triumvirat »*, chargés des demandes spéciales de **« l'Astral »**.

La Protégée admire la remarquable tenue vestimentaire de la Reine. Cette grâce altière attire l'attention dans son éblouissante robe longue recouverte de pétales de roses rouges, brodée de fils d'or, qui lui sied à merveille.

—Vous avez une requête à formuler, petite Princesse?

Timidement, Janie cherche ses mots et ose rajouter…

—Oh! Je… oui! Je n'ai jamais vu de ma vie, une *« Rose Cultivée »* aussi raffinée et… une robe aussi magnifique! J'aimerais bien en porter une aussi belle! Je me sentirais tellement plus présentable devant le Maître des Lieux.

Ces paroles n'ont rien à voir avec sa demande, mais Sa Majesté Rose trouve la petite terrienne d'un naturel rafraîchissant.

—Quelle simplicité!

L'Humaine rougit encore plus. Elle croit avoir commis une bévue. Quelle idée aussi d'en avoir demandé une! Elle aurait dû oublier le *« j'aimerais bien... »*!

Farandole regarde Rose-Flore-des-Vents et comprend qu'elle a été touchée par la spontanéité et surtout la franchise de la jeune fille.

Janie attend patiemment la décision, certaine d'avoir dépassé les bornes.

—C'est l'heure de vérité! s'exclame Farandole.

La Reine Rose Flore-des-Vents s'avance gracieusement tout près de l'Illustre Farandole afin de donner le verdict final.

—Qui pourrait refuser une demande aussi respectable, à une si belle entité! dit la Reine Rose Flore-des-Vents.

Elle étend ses deux bras en direction de L'Humaine. Les quatre grands vents, *« Ventus des Grands Apparats »*, en tenue de cérémonie, surgissent en grande pompe et tourbillonnent autour de la demanderesse.

—Qu'il en soit fait selon ton désir mon enfant! déclare-t-elle de sa voix chantante. Tout tournoie dans l'atmosphère, les pétales de roses, les cristaux précieux, même Janie et Farandole.

Le temps d'un soupir et Janie se retrouve instantanément sur un monumental rocher aux quatre vents, main dans la main avec le Gardien des Séjours. Cette masse rocheuse forme une gigantesque plateforme escarpée. Les galets usés par le vent reluisent tellement qu'ils ressemblent à du marbre poli. Il n'y a rien autour d'eux, sauf l'immensité céleste qui les enveloppe de son puissant manteau azur d'une luminosité étoilée.

—C'est certainement le **« Paradis »**!?! souffle Janie émerveillée, convaincue qu'elle ne se trompe pas cette fois-ci.

—Non! Nous sommes parvenus au **« Zénith »**, le seul point de départ vers l'infini incommensurable. Comme vous pouvez le constater petite Princesse, votre demande a été acceptée, ricane Farandole. Le Maître est impatient de vous rencontrer!

Janie saute de joie.

—Et moi, de même! réplique-t-elle dans tous ses états. Je vous remercie de tout cœur de m'avoir aidée. Sans votre aide, je n'y serais jamais arrivée.

L'Alchimiste lui sourit, ravi de la voir comblée.

—Vous vous surpassez en beauté! s'exclame-t-il avec un large sourire. Je vous trouve d'une beauté Princière!

Janie apprécie son commentaire, mais cette fois devient rouge comme une tomate devant ce compliment élogieux.

—Dois-je comprendre que vous me trouvez présentable?

—Tout à fait! J'ajouterais même parfaitement convenable! Ce ne sont pas les apparences qui comptent mon enfant... mais plutôt l'intention du cœur et ça... tu le sais mieux que personne! Vraiment, tu es absolument ravissante!

Janie le trouve bien taquin surtout qu'il y met beaucoup d'accent. Mais elle comprend qu'il essaie de la détendre. Puis, elle regarde la surface luisante, qui lui reflète une image surprenante.

—Ohhh?! Le souffle court, elle n'ose pas en croire ses yeux. Elle aperçoit une éblouissante jeune fille vêtue d'une robe princière et sursaute lorsqu'elle reconnaît son propre reflet. Ohhh! C'est ***« VRAIMENT »*** moi!

Janie pose ses mains sur sa bouche en signe d'émerveillement. Elle revêt une robe princière!

—Vos désirs sont des ordres... chère Princesse! dit Farandole, tout en la prenant par la main et la faisant pivoter sur elle-même. Êtes-vous prête à rencontrer le Maître des Lieux?

—Tout à fait! répond-t-elle, folle de joie et piétinant d'impatience.

Elle s'admire sur la pierre luisante, de droite à gauche dans sa magnifique robe de brocart*; elle n'a jamais rien vu d'aussi majestueux.

---

* brocart : étoffe brochée d'or

Chapitre 47
Le Maître des Lieux… Le Grand Aristide

Janie, éblouissante sur son piédestal, regarde l'Alchimiste Farandole, heureuse comme une Princesse. Elle se trémousse dans ses souliers en cristal de roche.

—Nous sommes présentement sur la Grande Tour des Influences et je remarque que le Maître n'y est pas!

—Tout ce chemin pour finir en queue de poisson!?!

—Non! Non! Il a dû s'absenter et je crois connaître sa cachette… il doit se terrer dans sa station spatiale, explique-t-il en pointant la Galaxie.

—Là… dans la Voie lactée?

—Oui, il doit se cacher dans son ***« Grand Mirador »****.

—Un miroir d'or? Pas encore un autre piège! pense-t-elle.

—Le « Mi-ra-dor », insiste-t-il, est son endroit préféré, son poste d'observation scientifique. De là-haut, il peut tout observer et ainsi garder un lien très rapproché avec les *« Élus »*. Tu vas pouvoir explorer les **« Galaxies »** avec *« Le Maître des Lieux »*. Je dois t'avouer qu'il est considéré comme le plus grand Magicien de notre Univers, dit-il, fier de ses connaissances.

—C'est… c'est…

—Je sais… c'est incroyable!

Janie se tient droite aux côtés de Farandole sur le sommet de la pointe rocheuse où le vent léger les berce.

—Ici, nous sommes à l'apogée** des continents et rien n'échappe au *« Grand Maître »*. Il possède une acuité visuelle

---

* Mirador : poste d'observation
** apogée : le plus haut point d'élévation

tout à fait exceptionnelle. Présentement, il étudie l'Astronomie de la constellation de **« Persée »**, l'hémisphère boréal et toutes ses conjonctures. Le seul moyen de l'y rejoindre, lorsqu'il en autorise l'accès, bien sûr, c'est en utilisant la **« Tour des Planètes »**, une extension de sa plate-forme pierreuse. Janie n'avait pas remarqué dans son énervement qu'elle se trouvait au centre d'une étoile à cinq branches fabriquée de quartz et recouverte de petits cristaux scintillants comme des flocons de neige. Elle constate que **« l'Astre »** circumpolaire[*] émet un bruit mécanique et se referme lentement sur leur tête en formant une coupole étoilée. Pour l'instant, un seul panneau demeure ouvert.

—Wow! On dirait que nous sommes à l'intérieur d'une soucoupe volante! s'exclame la Protégée.

—C'est encore mieux, nous sommes au sein[**] d'une comète.

—C'est ffflyant! Une co... mè... te!

En prononçant son expression favorite, Janie pense à son amie Chanceuse. Elle trouve dommage qu'elle ne soit pas près d'elle, en ce moment. Elle aura encore tout plein d'histoires à lui raconter.

—Je peux t'assurer que le voyage ne sera pas très long avec la rapidité de ce super **« Astre »**. Le temps de le dire et nous aurons traversé la **« Voix lactée »**. De sa main tendue, Farandole attire vers lui un fragment de supernova, pas plus gros qu'un caillou, venant de l'espace intersidéral[***] et le retient au passage.

—Cette particule fraîchement éclatée contient de grands pouvoirs énergétiques insoupçonnés. Observe bien! Il tient la parcelle d'astre granuleuse dans sa paume ouverte et lui ordonne d'agir. Montre-nous ta puissance! L'éclat tourbillonne dans le creux de sa main à une vitesse inimaginable et devient scintillant. En suspension, il grossit... grossit et soudain se

---

[*] circumpolaire : qui est autour d'un pôle
[**] sein : au milieu de...
[***] intersidéral : entre les étoiles

fractionne une seconde fois, mais cette fois-ci en mille et une étoiles, formant ainsi un énorme tableau de bord globulaire. À ce moment, le dernier pan se referme et les parois de la tour se scellent hermétiquement dans un bruit sec de soute. Puis du bout des doigts, un seul clic du Gnome déclenche le panneau de contrôle qui illustre instantanément des milliers de Galaxies explorées et inexplorées. Les points stratégiques de l'Univers sont rapidement ciblés en segments lumineux de toutes les couleurs. Farandole touche un endroit particulier et la mappemonde céleste se met en fonction. Elle affiche devant eux, en trois dimensions, la Voie Lactée!

—Voici… **« La Constellation de Persée »**. Elle se situe à 300 années lumières de notre **« Terre »**. Nous allons nous offrir un voyage exceptionnel! s'exclame l'Alchimiste, heureux d'impressionner sa jeune visiteuse. Prête pour le décollage? demande-t-il. Janie sourit nerveusement et exécute un petit geste de la main en signe de consentement. Tous ces changements sont chargés d'émotions. Sans attendre… un son de fusée se fait entendre. Prête?

—Ouf! Prête, souffle Janie du bout des lèvres.

Farandole donne ses ordres à la comète.

—Dirige-moi… vers le Maître qui se trouve dans la **« Galaxie de Persée »**. En prononçant ces mots, l'incommensurable **« Astre »** glacé se projette dans l'espace plus vite qu'un avion supersonique et dépasse le mur du son en un temps record. La pression magnétique les retient sur le socle par les pieds devenus pour l'occasion, des ventouses. Estomaquée, Janie voit défiler autour d'elle des constellations aux formes spectaculaires ainsi que des amas d'étoiles qui traversent la **« Galaxie »** en brillant de mille feux.

—La **« Voie Lactée »**! C'est ffflyant! Elle réalise qu'il y a plus d'un **« Monde »** caché dans les profondeurs de l'infini. Le temps de se retourner pour admirer les planètes alignées et… la comète arrive déjà à destination. L'Astre, à son arrivée, étale derrière lui, sa longue chevelure bleutée rectiligne*, rendue lumineuse par les rayons du soleil qui daignent l'effleurer sur son passage.

La sonnerie musicale des vents joyeux tinte l'arrivée des *« Invités ».* L'aura de l'Humaine tressaille de nervosité en lançant des flammèches. Elle sourit fébrilement à l'Alchimiste Farandole qui se montre encore une fois réconfortant.

Janie se questionne sur la suite des événements quand subitement **« l'Astre »** tourne sur lui-même, ouvre spontanément le panneau de quartz et déploie sa traînée de poussière étoilée, afin qu'elle serve d'escalier d'honneur. L'Humaine se trouve aux portes du ***« Grand Mirador ».*** Au bout d'un gigantesque piédestal en verre apparaît, dans toute sa transparence, la tour d'observation de forme globulaire.

—Nous sommes arrivés à destination ma Princesse! déclare Farandole le cœur heureux. Le *« Maître des Lieux »* t'attend impatiemment. Le moment est venu pour moi de te quitter chère Janie. J'ai d'autres devoirs à terminer! J'ai été plus qu'enchanté de faire ta connaissance.

Janie, émue, se jette dans ses bras. L'Alchimiste la serre contre lui, soulève son menton et dépose un baiser sur le front.

—Tu es prête à entendre la vérité?

Janie, le cœur triste, effectue un vif signe de la tête.

Farandole la dépose sur un marchepied. Les portes s'ouvrent automatiquement, puis il rebrousse chemin. L'étoile à longue queue scintillante attend patiemment son passager.

—Bon voyage, petite Humaine! Il lui tire sa révérence en battant des oreilles.

L'Astre étoilé repart aussi vite qu'il est arrivé.

Janie se retrouve seule devant l'entrée. La luminosité s'estompant peu à peu, elle constate que le ***« Mirador »*** est fabriqué de verre soufflé; un vrai *« Palais de Glace ».* Une porte s'ouvre à la base du socle. Timidement, elle avance et voit un

---

* rectiligne : en ligne droite

grand escalier à plusieurs paliers qui se termine sur le poste d'observation en coupole. Elle remarque alors un personnage imposant se tenant courbé derrière une lunette d'approche. Il porte une cape parsemée d'étoiles et incrustée de signes astrologiques de différentes formes. Janie suppose qu'il s'agit du *« Maître des Lieux »*, étudiant dans son ***« Centre d'Observation Astronomique »***. Ce centre se situe dans le **« Super-Univers »** demeure imperceptible au regard des *« Terriens »*, puisqu'il se retrouve à des années-lumière des autres **« Univers »**. Dans un silence complet, le Maître ausculte le firmament avec un appareil d'astronomie doté d'un objectif à double fonction, vu sa structure bipolaire. Cet instrument excentrique ressemble étrangement à un télescope et à un stéthoscope réunis.

Imprégnée de ce silence, Janie décide de monter le grand escalier en colimaçon pour rejoindre le Maître occupé à étudier les **« Astres »**. Sa traîne glisse sur les marches de verre et son image princière se reflète dans toute la tour. Tout se déroule lentement comme dans un film et elle poursuit sa montée, accompagnée par un bruit répétitif. Ces répercussions répétées lui semblent tout à fait familières. Le son sourd de ce mouvement de va-et-vient lui rappelle les pulsations du cœur. Elle se sent parfaitement en harmonie et à l'unisson avec ce pouls intermittent qui remplit l'atmosphère.

Finalement, elle se retrouve au sommet, à quelques pieds du *« Maître des Lieux »*.

—C'est une journée exceptionnelle! Je vous souhaite la bienvenue dans ma ***« Tour d'Observation »***, déclare-t-il de sa voix de baryton, en fixant toujours son objectif. Vous êtes présentement dans la **« Galaxie de Persée »**, exactement sur **« Alpha Perseus »**; de son petit nom : **« Mirfax »**. J'aime l'examiner parce qu'elle brille comme 5 000 soleils et demeure continuellement éblouissante. Ne quittant pas ses lunettes d'approche, il continue. Nous nous situons à 620 années-lumière de notre **« Terre »**. J'espère que vous avez eu la chance de voir quelques constellations durant votre voyage intersidéral. La **« Grande Ourse »**, **« l'Étoile Polaire »** et **« Capella »** se trouvaient sur votre trajectoire. Je suis convaincu que cette chère comète a pris comme parcours le bras de **« Persée »** qui s'avère l'embranchement de la **« Voie Lactée »** de notre **« Système Solaire »**.

—Je n'en ai aucune idée. Par contre, je peux vous assurer que c'était magnifique! s'exclame-t-elle, demeurant polie.

—Cette douce musique que nous entendons, dit-il, s'appelle la *« Mélodie de la Vie »*. Effectivement... vous l'avez deviné, les battements de cœur transmettent le rythme cardiaque du **« Monde Stellaire »**. Le Maître continue son discours, en scrutant attentivement le ciel avec son combiné patenté qui s'étire automatiquement pour qu'il puisse fouiller l'espace intersidéral. À ce que je vois, le **« Cosmos »** réagit positivement à votre démarche personnelle. Je peux le constater, car les **« Astres »** dansent et les soleils émettent des rayons chargés de particules régénératrices. Oh là là!!! J'aperçois même, les *« Étoiles Nommées »* qui se permettent d'être vues! Et... de plus, elles sont accompagnées de leurs *« Chérubins »* collaborateurs. Ces couples harmonieux et dévoués ne se manifestent que dans les grandes occasions pour célébrer la venue des vies évolutives en développement. Elles en profitent pour danser la ***« Valse de la Perfection »***.

—Je les connais! ose-t-elle dire à voix basse, tout en examinant à distance le *« Maître des Lieux »* qui la vouvoie en signe de politesse et qui n'a pas encore daigné se présenter. Elle se montre patiente et ne veut surtout pas le déranger dans sa recherche astrologique. Il ressemble à un ***« Mage »***. Puis, l'instant tant attendu arrive.

Le *« Maître des Lieux »* se retourne très lentement vers l'Humaine et, de ses grands yeux orange, la fixent avec intensité. Elle reste figée. Les pupilles couleur ambre du Maître, brillent intensément dans son visage au teint foncé. Ces yeux perçants, aux pouvoirs de rayons X, la traversent en un éclair.

—Hum!?! Vous êtes une Créature *« Unique »*! Je me présente : Aristide, le *« Maître des Lieux »* et si je ne me trompe pas, vous êtes l'impressionnante petite fille au *« Cœur d'Or »*!

Janie n'aurait jamais imaginé que le Maître était... que... l'Astronome était un... hibou. Pas n'importe lequel... le plus grand des grands... le Grand Duc!

Elle remarque qu'il porte sa couronne, celle qu'elle avait offerte en rituel aux ***« Portes des Énigmes »***, puis effectue aussitôt une gracieuse révérence.

L'oiseau sourit... elle ne manque pas à ses devoirs. Possédant des aptitudes visuelles très développées, Aristide perçoit Janie en profondeur. Il évalue tous les aspects intérieurs et extérieurs de son *« Être »*. En un clin d'œil, son cerveau, toujours en mouvement, sélectionne et décortique son système de force physique et de valeurs morales. À mesure qu'il effectue l'analyse des renseignements donnés par sa vue aux rayonnements électromagnétiques, des faisceaux ondulés se transposent automatiquement sur un écran tridimensionnel. Toutes les observations s'inscrivent en pictogrammes et symboles alphanumériques qui s'illuminent en produisant des sons supersoniques, sans que son regard oscille d'un seul cil. Janie, pour sa part, trouve cette technique de projection triangulaire très avant-gardiste, car les données reçues par le hibou s'enregistrent spontanément sur cet écran géant. Premièrement, une copie codée se dirige directement dans les ***« Archives Archaïques »*** par faisceaux longitudinaux* sortant des yeux d'Aristide. Puis, une double reproduction est effectuée et transcrite immédiatement à l'encre des *« Génies »* et acheminée dans **« l'Égrégore Central, le Cerveau Universel »**. Janie constate que ce microprocesseur ressemble vraiment à un cerveau humain. Évidemment, aucune Créature sauf le *« Maître des Lieux »* ne peut le pénétrer, car ce dernier est protégé par une boule de feu électrisante qui rejette automatiquement toute

* longitudinaux : dans le sens de la longueur

fausse information. La voix robotisée du *« Maître des Lieux »* donne une lecture complète des pensées, actions et paroles de la vie des *« Êtres »* en transition, avec une exactitude surprenante. Les deux sources de renseignements travaillent en parfaite harmonie, d'un commun accord. Le Grand Aristide reconnaît en Janie sa grandeur d'âme.

Cette dernière se tient toujours droite comme une Princesse et boit les paroles de l'Astronome.

—Cet ordinateur, ***« l'Égrégore »***, renferme dans son noyau central... le Livre Hermétique de la vie des Créatures en évolution : ***« l'Éphéméride*** * ***»***; là où rien ne se perd et où tout est compilé depuis la nuit des temps! Il rajoute aussitôt... vous possédez un courage extraordinaire pour une petite Humaine! Et, je peux vous informer que votre force se développera et deviendra imbattable. Vous bâtirez au fil des ans une grande confiance en vos aptitudes, lui dit-il en hululant un bruit sonore et retentissant qui ressemble plus à un ho! ho... qu'à un hou! hou! À chaque constatation qu'émet le Grand Aristide, même les **« Astres »** prennent des positions différentes.

Janie reste surprise lorsqu'elle voit apparaître son nom suivi de son âge, son poids, la mesure de son cerveau; toutes les informations, voire les plus surprenantes s'inscrivent sur cet écran telles: son adresse... 315 chemin des Cœurs, une radiographie de son squelette en mouvement, s'illuminant en indiquant ses mensurations et les moindres changements de son organisme. Une inspection en règle, même les pulsations artérielles** de son cœur y sont précisées.

Les yeux électromagnétiques du hibou ne cessent d'envoyer les renseignements au grand tableau triangulaire.

—Vous possédez un *« Cœur »* chaleureux et vous aimez rendre service à toutes les Créatures dans le besoin. C'est pour cela que votre cœur bat au rythme de **« l'Univers »**. Vous

---

* Éphéméride : calendrier
** artérielles : qui viennent des artères

possédez un moral du tonnerre! Tout ce besoin d'entraide active votre circulation sanguine et vous stimule à agir. Aussi, à ce que je vois, vous vous montrez plutôt coquette, même parfois vantarde. La fierté, lorsqu'on l'exploite à l'excès, devient de l'orgueil mal placé. Il pourrait se transformer avec le temps en un défaut à corriger, avant qu'il ne creuse des trous noirs dans vos chakras. Je crois que ce petit point de vanité est tout à fait compréhensible vu la grandeur de votre mission et surtout la splendeur de la ravissante robe princière que vous portez.

Tête haute, elle voit qu'il a remarqué sa superbe tenue vestimentaire et aussi la fierté qu'elle affiche.

Il étale ses ailes pour lui prendre la main et effectue une petite révérence en la lui baisant. Intimidée, elle baisse les yeux puisqu'elle ne s'attendait pas à un geste aussi gracieux.

Il impose le respect, vêtu de sa cape à large collerette en plumes brun foncé tachetées de paillettes mordorées. Il revêt l'apparence d'un Grand Devin. Sa magnifique couronne lui sied à ravir, rehaussée de son plumage duveteux. Cela lui donne un air d'autorité supérieure.

—Mon vieil ami, le Vieux Sage se porte bien? questionne-t-il de sa voix sympathique et feutrée.

Janie, l'âme en peine, réussit à balbutier.

—Euh!!! Je ne sais plus… je ne sais pas… . Elle n'ose pas lui dire qu'il a disparu. À mon départ de la **« Forêt »**, il m'a demandé de vous transmettre ses salutations distinguées. Mais… maintenant!?!

—Je vois! Je vois! L'Astronome contemple à nouveau les **« Astres »** dans son appareil innovateur. Ne vous inquiétez pas ma petite, même si tous s'acharnent à le rechercher… je vois une fin heureuse. Même très heureuse!

Le Grand Aristide continue son diagnostic.

—Parlons de votre destinée. N'êtes-vous pas venue pour cette raison spécifique? Je constate que l'on peut compter sur votre ***« LOYAUTÉ »***! Le Maître répète d'ailleurs… que ce critère de fiabilité l'a influencé avant d'approuver sa demande officielle. Je voulais voir de mes propres yeux... cette âme qui grandit en gardant le respect de ses sentiments et de sa parole donnée!

Janie laisse planer le silence.

—Venez admirer, ma chère petite, les beautés de l'univers! Chaleureusement, il l'invite à ses côtés.

Mais elle s'avère incapable de monter sur le tabouret afin de s'asseoir, ni de regarder par elle-même dans cette énorme longue-vue, puisqu'elle est trois fois plus petite que le hibou!

Sans attendre, le Maître Aristide prend l'Humaine dans ses bras plumeux et la dépose sur un banc directement placé devant la loupe grossissante. Il ajuste quelques boutons, tourne quelques manettes. Debout sur le siège de bois, Janie s'avance doucement pour regarder à son tour dans la lunette d'approche.

—Oh, là, là! sursaute-t-elle. Elle n'a jamais rien contemplé d'aussi spectaculaire et surtout d'aussi près!

Elle observe dans une seule lentille l'hémisphère septentrional du **« Grand Nord »** où y est inscrite l'histoire de sa vie future. Les **« Astres »** se placent et se déplacent comme sur un jeu d'échec et suivent ses moindres changements à la loupe.

—À votre gauche, vous voyez **« l'Étoile Polaire »**. L'Astre s'ouvre et se referme pour laisser passer des objets volants non identifiés. En avant de vous, habite **« Cassiopée »**, on l'appelle le Trône de la Reine. Puis il y a **« Pégase »**, le cheval ailé. Regardez! Pendant qu'elle admire sa crinière, **« Galarneau »** lui tape un clin d'œil.

—Wow! C'est ffflyant! Sa couronne s'étend à des kilomètres à la ronde!

Janie devrait normalement avoir chaud, mais le Maître a doucement élevé ses vibrations pour qu'elle puisse tout observer en étant protégée des rayons solaires.

Aristide aime la précision et rajoute...

—Je dirais plutôt à des millions de kilomètres. Le **« Soleil »** se trouve à 150 millions de kilomètres de notre **« Terre »** et son rayonnement prend au moins huit minutes pour parvenir jusqu'à la couche terrestre.

—Et quelle est cette étoile qui nous darde de ses gros yeux à droite? questionne Janie en sursautant.

Le Maître reprend le télestoscope.

—Hum! Celle-ci... à notre droite, en face de nous? Il se dépêche de changer l'appareil de position.

—Brrrr! Elle n'a pas l'air amical du tout!

Je crois qu'il s'agit **« d'Algol »**, la planète... indésirable! Vous savez, il existe au moins 88 constellations qui possèdent chacune leurs propres étoiles. Je ne m'arrête pas à étudier toutes les apparitions dans l'espace intersidéral. Il y a plusieurs dizaines de milliers de **« Galaxies »** répertoriées* à ce jour!

Elle n'insiste pas et trouve cela plutôt banal pour un spécialiste de ne pas toutes les connaître. Elle a de la difficulté à croire son histoire. Enfin! Cette nébuleuse extragalactique est vraiment spectaculaire à observer. Et lorsqu'elle l'examine de nouveau, elle aperçoit tellement d'étoiles, d'astéroïdes et de galaxies tout autour d'elle, qu'il est impossible pour Janie de tout compter! Le Maître dit vrai après tout! pense-t-elle.

Mais ce qu'il n'a pas osé lui révéler au sujet de cette étoile indésirable... c'est que cet **« Astre »** est aussi appelé : ***« L'ŒIL DESPOTE »***! C'est une étoile binaire à éclipses qui contient un nombre incalculable de rayons « X ». Elle s'avère très complexe, donc difficile à analyser. Le Maître demeure toujours à la recherche de la deuxième planète binaire qui devrait accompagner cette dernière, mais elle reste introuvable.

Aristide reprend son appareil patenté.

—Enfin, revenons à votre vie. C'est ce qui m'importe pour l'instant, car vous avez une très grande mission à accomplir, chère Janie, lui déclare-t-il. Vous ferez une découverte exceptionnelle qui changera votre vie tout entière.

---

* répertoriées : inscrites dans un registre

Janie n'ose pas montrer sa déception. Une grande mission! Depuis le début, on lui répète toujours la même histoire. Mais, elle veut éclaircir un point.

—Je cherche ma ***« Clef du Paradis »*** et le Vieux Sage vous a désigné comme étant le spécialiste en la matière!

—Ce cher ami donne à maintes reprises des conseils judicieux. Je le reconnais bien pour ses valeurs justes.

—Maître Aristide, j'étais présente avec l'Alchimiste Farandole quand, par inadvertance, j'ai aperçu une chambre remplie de *« Clefs »* suspendues à la voûte de l'atelier des *« Maîtres Forgerons »*! Vous croyez que la mienne…

—Chère enfant! Ce que vous avez vu, ce sont les *« Clefs »* de la seconde chance! Nous les gardons accrochées au plafond de cette pièce, jusqu'à ce que je reçoive l'instruction de les remettre au Régisseur des Portes du Ciel : Son Éminence.

—De la seconde chance!

—Il y a des Êtres qui arrivent au **« Paradis »** sans *« Clef »* ou bien… ils décident de revenir sur la **« Terre »** pour terminer certains engagements qu'ils ont omis d'accomplir ou interrompus! Alors, ils reçoivent une seconde *« Clef »*; la *« Clef de l'Espoir »*, que les Gnomes Forgerons conçoivent pour ces âmes en peine. Janie, ma chère petite, vous ne vivez pas le même *« Chemin de Vie »*! Vous êtes consciente que vous avez besoin de votre *« Clef »* pour parvenir au **« Paradis »**. Les Créatures ne réalisent pas toutes qu'une ***« Clef du Paradis »*** leur est destinée afin de pouvoir entrer dans l'infini céleste.

Déçue, Janie se recroqueville sur elle-même en position fœtale. Elle retient ses larmes avec difficulté, en constatant que sa *« Clef »* ne se trouve pas parmi les *« Clefs de l'Espoir »*. Mais elle est encore plus chagrinée de constater qu'il y a des Créatures qui ne sont pas conscientes qu'une *« Clef »* a été produite spécialement à leur intention, afin qu'elles puissent ouvrir les ***« Portes du Paradis »*** au moment voulu.

Chapitre 48
La divulgation de Tournemain

Devant la grande déception de Janie, le *« Maître des Lieux »* la serre contre lui maladroitement, mais affectueusement. Il lui tapote le dos tout doucement pour la consoler. Un hibou, aussi important soit-il, n'a pas souvent l'occasion de réconforter une Créature humaine.

—Voyons! Voyons petite... ne t'en fais pas! Le Grand Aristide se permet de la tutoyer, lui démontrant ainsi que même les animaux ont un cœur. Je trouverai bien une solution! Ah oui! J'ai une idée prodigieuse. Je vais demander à Tournemain, mon fidèle investigateur, de nous donner un coup de main. Il établira ta carte du ciel pour connaître ton avenir.

Janie se demande ce que ce Tournemain peut réaliser de plus que le Maître lui-même.

—Tout n'est pas perdu alors? demande Janie.

—Rien ne se perd, ici, ma petite! N'oublie jamais cela. Il n'y a jamais rien qui n'arrive pour rien dans la vie.

—Mais qui est Tournemain? questionne-t-elle.

Aristide lui montre le combiné patenté.

—Mon *« super télestoscope »* possède sa propre existence... s'exclame-t-il. C'est un drôle de phénomène! Il peut fouiller les Astres pour prédire l'avenir. Allez Tournemain! S'il te plaît, exécute la *« Carte du Ciel »* de la *« Destinée de Janie Jolly »*!

Aussitôt, la tête de l'appareil bizarrement patenté se met en mouvement par elle-même. Janie aura tout vu!

—Oui Maître! Qu'il en soit fait selon votre volonté! s'exclame la machine robotique de sa voix métallique. Dans un état d'agitation, il se déplace comme une girouette, s'arrête… pense… clignote. Il étire sa lentille extensible, vrille sur lui-même, gonfle, sursaute, rigole. Les instruments fixés à son tronc deviennent flexibles et bougent de tous côtés. Un vrai personnage constate Janie. Il s'immobilise promptement et ne donne plus aucun signe de vie.

Janie regarde le Grand Aristide avec étonnement.

—Ne t'en fais pas. Il étudie la situation.

Elle espère de tout cœur que les conjonctures seront favorables à sa demande, elle a hâte de passer à l'étape finale!

Tournemain repart aussi vite qu'il s'était arrêté. Il se met à tournicoter comme un désespéré dans tous les sens anticipant la découverte de la vérité.

Janie, elle, regarde le Maître Aristide pour vérifier si son comportement est normal.

Le « *Maître des Lieux* » sourit en haussant les épaules. Il n'a pas l'air, lui non plus, de connaître les procédures qu'applique ce robot. L'investigateur arrête sa recherche comme un effréné et, dans un grand geste théâtral, lance un long sifflement.

—Je crois qu'il a terminé, conclut Aristide.

Le Maître examine à n'en plus finir son prophète afin de vérifier s'il a mené à terme son évaluation, car il démontre une attitude plutôt déroutante.

Mais l'astrologue de fortune s'agite de nouveau avec force, lorsqu'il aperçoit le hibou se diriger vers lui. Janie sursaute, surprise par cette vivacité de dernière minute. Le fidèle investigateur, les baguettes en l'air, exécute un tour complet sur lui-même, pendant que, les mains sur les hanches, le Grand Aristide prend son mal en patience en attendant le verdict final. Arrêtant d'un coup sec, Tournemain n'émet plus aucun son. Il replace sa lentille dans son socle, recule de quelques pas, se retourne vers le « *Maître des Lieux* » et laisse tomber ses longs bras ajustables en fibre caoutchoutée.

—Enfin le moment de vérité!

Janie, assise confortablement sur un coussin de plume, attend la délibération avec impatience. Elle souhaite depuis si longtemps ce *« moment magique »*; il est finalement arrivé. Tant pis, ce ne sera pas Pipistrelle la Clairvoyante qui lui prédira son avenir. Personne ne lui a encore parlé de la chauve-souris dans l'espace intersidéral. Ni vue… ni connue.

Le *« Maître des Lieux »* se place derrière Tournemain et ajuste son binocle dans l'ouverture de la loupe, puis il fixe le **« Ciel Astral »** afin de lire la bonne aventure de la nouvelle venue.

—C'est excellent! Tout semble de bon augure. Les astres vibrent au diapason du système solaire.

L'Humaine sent son cœur battre en harmonie avec le **« Cosmos »**. Immédiatement, le haut de la tour se met à pivoter lentement sur elle-même. Janie se demande ce qui arrive, puis subitement tout disparaît autour d'eux. Elle se retrouve au milieu de l'univers avec le *« Maître des Lieux »*, le Grand Aristide, l'Arithmomancien et elle est savamment entourée de ses planètes de naissance. Toute la Galaxie est disposée selon la trajectoire d'évolution que prendra *« Sa Destinée »*. Janie, elle-même, se trouve intégrée dans ce vaste champ magnétique stellaire inondé d'étoiles, d'astres et des mignons Chérubins tenant par le cou leurs accompagnatrices, les *« Étoiles Nommées »*. Ces dernières sont assignées à la révélation de la *« Destinée des Êtres »* en progression ascendante. Janie rayonne comme une étoile dans sa magnifique robe de princesse. Son corsage, cintré et perlé, ne ressemble en rien à une armure et se marie parfaitement à sa jupe à crinoline en soie brodée de fil d'argent, garnie de dentelles de guipure aux reflets irisés. Ses manches évasées, fluides et transparentes glissent jusqu'à ses pieds, se confondant avec sa traîne royale. Ses cheveux bouclés sont ornés d'une magnifique couronne de roses. Tout semble se mettre en place pour la grande révélation!

—Sommes-nous à la **« Zi… Ziggou… rat »**?

—Oh… non! Mon enfant! La **« Grande Ziggourat »** se situe à des millions d'années lumières et est cachée dans le **« Lotus Sacré »**.

Janie se tient dans un vaste champ constellé d'étoiles qui tournent en spirale à perte de vue.

—Alors, c'est une autoroute spatiale?

—Nous nous trouvons dans l'espace **« Intersidéral »**.

—Oh! C'est super lumineux!

—Tu vois *« Les Étoiles Nommées »*? Elles bougent sans arrêt, car elles tracent ton avenir. Je constate qu'elles effectuent un long travail, puisqu'elles n'arrêtent pas de changer d'idée. Oups! On dirait qu'il y a confusion. Il semble… qu'elles veulent nous faire connaître plus d'un message à la fois. J'y perçois deux Destinées qui se croisent pour n'en former qu'une seule. C'est bien cela… et l'une ne va pas sans l'autre. Cette autre destinée te concerne aussi… ma petite. C'est presque incroyable, mais c'est pourtant vrai!

—Deux destins! Mais c'est impossible… je ne possède pas deux ***« Clefs du Paradis »***! s'exclame Janie.

—Plutôt insolite!… Mais… ta mission est unie à celle de l'Amiral, le Grand Monarque.

—Moi… et l'Amiral! Êtes-vous certain? Ce n'est pas plutôt avec Chanceuse? interroge-t-elle incrédule.

—Vraiment très curieux! Chanceuse croise ton *« Chemin de Vie »* tout en améliorant sa condition par la même occasion. Mais non! Ce que je découvre sort de l'ordinaire! Il examine les conjonctures… il s'agit bien de l'Amiral, le Grand Monarque! Vos signes se confondent et se fusionnent. Vous devez accomplir une mission connexe et salvatrice pour le bien-être de la création. Vous parcourrez un long chemin dans différents milieux, mais rien ne vous séparera malgré les apparences. Plutôt inhabituel comme carte du ciel! constate-t-il.

Janie ne semble pas surprise. Elle a déjà traversé un bon bout de chemin rempli d'embûches et a choisi de se battre pour récupérer sa ***« Clef du Paradis »***.

—Vais-je retrouver ma ***« Clef du Paradis »***?

—Euh!!! soupire le Maître... ta ***« Clef »*** se trouve à plusieurs endroits à la fois. C'est incroyable! C'est comme si elle avait décidé de te faire visiter de nouveaux lieux.

—Quels lieux?

—Des endroits inexplorés! Les astres changent trop vite de position, je n'arrive pas à y voir clair!

Janie soupire à son tour. Les *« Étoiles Nommées »* ne pourraient pas demeurer en place pour quelques instants?

—Bon! Ça, c'est mieux! Les corps célestes démontrent que tu ressentiras beaucoup de joie malgré les entraves qui parcourront ta route. Ces expériences enrichiront ton esprit et t'aideront à mieux comprendre ce qui est important dans la vie. Comment pourrais-je t'expliquer? C'est comme si... un *« Bon Génie »* te protégeait depuis des lunes, sans que tu t'en rendes compte.

Janie sourit. Elle est convaincue qu'il s'agit de Ketchouille. Maintenant, elle commence à saisir son petit jeu de cache-cache, sur lequel il insistait si fortement!

—Vous voyez autre chose?

L'Astronome Arithmomancien garde le silence et ajoute...

—Mais...!

—Mais? répète Janie avec un peu d'inquiétude. Toujours ces... mais.

—Mais! Ce ne sera pas une mission de tout repos!

—Ça! Je m'en doutais bien, s'exclame-t-elle en soupirant, les mains sur la tête, en signe de protestation.

—Je peux lire aussi, hum, hum! dit-il en se raclant la gorge, une organisation structurée... un très grand ordre d'esprits errants. Ces intrus ont profité de ta naïveté pour se faufiler dans le **« Monde Stellaire de la NooSphère »**, à travers toi, pour franchir les portes qui leur étaient défendues. Ils veulent mettre la bisbille dans la **« Forêt Magique »**.

—Quelle chance inouïe! s'exclame-t-elle à bout de nerfs.

Le Grand Aristide hésite quelques instants et garde le silence avant de lui dévoiler le reste. Il voit bien que toute cette histoire pèse lourd sur les épaules de Janie.

—Je n'ai pas le choix. Tu as demandé de connaître ta *« Destinée »*, je dois te révéler toute la vérité. Tu dois demeurer forte et prête à te défendre en cas de besoin. Il y une crapule qui déteste le Grand Monarque et il veut posséder la **« Forêt »**. Il pense qu'il aurait dû être choisi au lieu de l'Amiral. Maintenant, il a soif de vengeance et surtout de pouvoir.

Janie frissonne. Toute une organisation d'esprits errants, de connivence, est entrée dans la **« Forêt »** par ses trous noirs. Qu'est-ce qui se passe?

—C'est écrit dans le ciel!

Janie se sent coupable de ne pas être intervenue.

—Quelle humiliation! À cause de mes trous noirs, je vais faire vivre tout un chambardement à mes nouveaux amis. Pourquoi? Dites-moi... qu'est-ce j'ai pu faire pour l'amour du ciel, pour mériter tous ces problèmes! N'ai-je pas assez des miens?

—Tu sais... il n'est pas toujours facile de comprendre les expériences qui nous arrivent dans la vie. Apparemment, en ce qui concerne les intrus, il y a une partie qui t'appartient. Il s'agit, de vieux comptes à régler et provenant d'une autre vie.

—Bon ça suffit! Une autre vie! C'est impossible, car je ne m'en souviens pas! Passons à autre chose. J'ai bien reçu une missive à ce sujet, à quelques différences près... mais... toute une organisation accrochée à mon fond de culotte... c'est fort! Pouvez-vous, au moins, me dire le nombre exact d'intrus qui me poursuivent pour des raisons inconnues, afin que je sache à quoi m'attendre?

—Je peux en compter à peu près... 5! Euh... plutôt 6...

Janie, morte de peur, s'emporte.

—C'est fou! Je ne vais pas m'en sortir, s'écrie-t-elle à tue-tête. C'est l'enfer! Ils entrent dans ma vie sans crier gare et par le fait même, viennent perturber *« **MA VIE** »* et celle de l'Amiral. Ils ont du front tout le tour de la tête!

—Je t'ai dit que tu étais courageuse! Une vraie brave!

—Brave! Brave! Et je dois subir tout cela juste pour une petite *« Clef »*, soupire-t-elle exaspérée. Me voilà impliquée maintenant dans une méga odyssée.

—Mais cette petite *« Clef »* fait partie de la grande mission que tu as à accomplir. Ta vie comporte une double mission et est combinée avec celle de l'Amiral ou bien... il y a une double *« Clef »*, Les étoiles sont agitées et bougent trop vite. Il me semble qu'elles ne veulent pas tout dévoiler. Pourquoi? Oh! Oh!!! J'entrevoie l'autre *« Clef »*, qui ressemble comme deux gouttes d'eau à la tienne, elle est cachée derrière... derrière un astre qui ne cesse de la voiler.

—Est-ce que je connais cet astre? insiste Janie intriguée.

Il se doit de lui révéler la vérité, puisqu'elle l'a demandée.

—**Algol**!

—**Alllllgolll**! s'écrie Janie, bouleversée.

Elle tremble de la tête aux pieds. Jamais elle n'arrivera à son but.

—Tu dois continuer, car tu as deux missions, une personnelle et l'autre de compassion planétaire. Je peux te dire que tu auras beaucoup d'aide de personnages clandestins.

Janie respire un peu... on lui prêtera main forte!

—L'Amiral et... Chanceuse. Euh! Chanceuse! En principe, elle demeure parmi les plus fiables. Par contre... il y a une ombre qui tournoie autour de ton amie dans le but de la faire changer d'idée. Il semble que je sois autorisé à ne te dévoiler que cette partie à son sujet. Ohhh, là là! s'exclame le Grand Aristide, à bout de souffle.

—Quoi encore? interroge l'Humaine sur ses gardes.

—Cette mission est basée sur une prophétie* de l'au-delà; de connivence avec... *« **MAGE** »*!

---

* prophétie : annonce d'un événement futur

—Qui est le « ***MAGE*** »? Qui est cet inconnu?

—Ce que je sais du « ***MAGE*** » n'est que très peu, mon enfant! Mais enfin, soupire-t-il… il s'agit de l'un des plus grands Guides! Ces « *Êtres Spirituels* » vivent à un niveau de vibration encore plus élevé que le nôtre, dans une autre dimension plus haute que le **« Supra-Astral »**!

—Wow! C'est ffflyant, c'est toute une nouvelle! Pouvons-nous visiter cet endroit de haute classe, questionne-t-elle, de toute évidence intéressée à découvrir de nouveaux horizons?

—Ce lieu de résidence est tenu secret depuis le commencement du **« Monde des Mondes »** par les « *Autorités Célestes* ». Ici, on parle de l'un des plus grands mystères de la vie.

—Bon! Tu parles d'une affaire! Janie, mécontente, recommence à s'énerver. Un mystérieux personnage se permet de bouleverser « *MA VIE* » et on ne peut pas me dire ce qu'il vient manigancer. Il s'agit après tout de… « *MA VIE* ». Qu'est-ce que j'ai fait de mal pour subir ces épreuves?

Le Grand Aristide garde silence. Il comprend que cette prédiction complexe du futur l'affole. Elle n'a jamais vécu d'aventure fabuleuse avant aujourd'hui et ces événements nébuleux demeurent compliqués pour un Être humain.

—Tu sais Janie, personne ne naît parfait. On grandit toujours de ses erreurs, même si cela semble impossible à surmonter. Tu n'es pas plus mauvaise qu'une autre personne. Tu te démarques par ta grande générosité et ton « *Cœur en Or* ». Et n'oublie surtout pas que les Virulentus sont entrés avec toi par défaillance!

—C'est poche qu'ils aient trouvé une ouverture!

—Du jamais vu! Ils ne te lâcheront pas de sitôt et tu devras découvrir un moyen de les supprimer.

—Moi! Ce n'est pas vrai… vous voulez rigoler!

—Ils ont pénétré par toi et devront sortir par toi.

—Cette fois-ci… vous m'en demandez trop! chigne-t-elle.

—Tu y parviendras… puisque c'est écrit dans le **« Ciel »**! C'est ta *« Destinée »* et il est inscrit que tu as choisi, cette façon de vivre!

—Merci de préciser la situation et de m'encourager, dit-elle en roulant désespérément les yeux dans les airs.

—Janie! Je sais que tu n'avais pas l'intention de vouloir mettre la zizanie* dans la **« Forêt »**, mais je te rapporte seulement ce que je vois!

—Je comprends! Cette histoire est désespérante et semble sans fin!

—Voyons! Qu'est-ce que tu mijotes? Tu oublies que l'Amiral demeure avec toi pendant toute ton odyssée?

—Bonne déduction! Où est-il ce Grand Protecteur?

—Selon les conjonctures des étoiles, il se passe un événement étrange qui le retient contre son gré. Je n'aperçois que du feu.

—Du feu! Ça empire!

—La situation est de courte durée, car il portera l'épée avec toi et Balbuzard au Grand Étendard.

Il n'en faut pas plus pour donner des ailes à Janie qui reprend son courage à deux mains.

—Balbuzard!

Cela sourit à Janie de revoir… l'aigle aux yeux hypnotiseurs.

—Ouf! Je suis contente de vous l'entendre dire. Ces deux-là mettront tout en œuvre afin de me protéger de ces malheurs à venir, rajoute-t-elle apaisée.

—Laisse-moi examiner encore un peu plus loin. Tu es une fille de vrai sentiment. Tu deviendras un être évolué… quand tu permettras à ton cœur de s'ouvrir davantage aux autres et d'accroître** ta compassion, surtout envers toi-même! Oh! Oh! Je vois que, non seulement, tu t'éviteras bien des tracas, mais…

---

* zizanie : discorde
** accroître : rendre plus grand

tu sauveras l'honneur de la *« Race Humaine »*. Wow! Tout un défi! Je suis stupéfait. Je n'ai jamais étudié une carte du ciel si spectaculaire.

—Ouais! C'est tout un contrat.

—C'est vrai! s'exclame le Grand Aristide.

—Quand finiront-ils par me laisser tranquille, une fois pour toutes?

—Tu seras libérée d'eux, quand tu auras accompli ta mission jusqu'au bout!

Subitement, sans avertissement, le Grand Aristide et Janie voient deux météorites en mouvement se rapprocher l'une de l'autre à une vitesse vertigineuse. Un coup du sort incroyable. Les deux astres entrent en collision. Un bruit d'enfer résonne dans tout l'univers et fait trembler la **« Voûte Céleste »**.

Janie se retourne vers le Maître pour de ne pas recevoir de débris.

—J'ai peur! s'écrie Janie. Avant même qu'elle déballe sa crainte, le hibou avait déjà prévu le choc. Il n'avait pris aucun risque et avait étendu son grand manteau, afin de la protéger des éclats de flammes qui allaient se projeter dans toute l'atmosphère. Maintenant, il est bien difficile de cacher l'ampleur du cataclysme.

—Mi… sè… re! hulule-t-il.

Janie n'aurait jamais dû demander à voir.

—Ahhh! C'est la fin du **« Monde »**! Ma mission s'avère plus terrible que je ne l'avais imaginée!

Elle est atterrée.

—Courage mon enfant… je suis là!

Le Grand Aristide n'hésite pas un instant et la tient par l'épaule pour la sécuriser.

Au même instant, la lune propulse son manteau d'éclipse et une grande noirceur envahit le firmament. Un cataclysme majeur va se produire et Janie ne pourra pas s'y soustraire. Ce péril imminent arrivera à un moment ou un autre dans sa *« Destinée »* et elle devra faire face à ce grand **« Gouffre »**.

Elle voit un gigantesque trou noir tourbillonnant comme un cyclone qui laisse entrevoir... vêtue de rouge, l'étoile Algol. La planète de forme circulaire se propulse à un pouce du visage de l'Humaine en lui jetant au passage un regard mauvais et revient vite comme l'éclair dans le tourbillon violent. Janie lance un cri de mort et se réfugie dans les bras du Maître.

—Ça suffit! Je ne veux plus rien voir, dit-elle affolée.

Aristide la retient par ses serres.

—Rassure-toi, je veille sur toi, insiste-t-il en bombant sa cage thoracique et la regardant avec ses grands yeux ronds.

D'un coup de main, le *« Maître des Lieux »* ordonne aux Astres de ne plus explorer le destin de l'Humaine. Le *« Corps Céleste »*, lui-même perturbé, arrête de scintiller et demeure en place.

—Enfin! s'exclame Janie le souffle court.

—C'est fini ma petite!

La petite, comme il l'appelle, ne sait plus où donner de la tête et n'a plus une seule larme à verser. Puis, reprenant sa respiration normale, elle rajoute de sa voix chevrotante :

—Je vous remercie du fond du cœur pour tous les efforts que vous avez déployés. Je crains que la recherche de ma ***« Clef du Paradis »*** n'aboutisse à rien de positif.

Le ciel s'éclaircit peu à peu et diffuse une lumière opaque et paisible.

Devant son interlocutrice en panique, le Grand Aristide adresse quelques mots de consolation à sa favorite.

—Je dois t'aviser que malgré tous ces chambardements, je vois une fin heureuse!

Janie ne croit plus au miracle.

—N'essayez plus de me consoler, je suis foutue! Je suis convaincue que la **« Planète Algol »** est le siège de l'organisation de *« L'ŒIL DESPOTE »*. Le Druide m'a avertie de faire attention à l'œil rouge. Mais il n'est pas question que je m'aventure plus loin, car je déteste l'obscurité.

—C'est un avertissement sérieux! J'en conviens, mais un événement exceptionnel aboutira au bout du tunnel. Tiens! Regarde... voici l'heureux présage qui arrive! Oh... voilà une étoile filante et elle se dirige vers nous!

—Êtes-vous convaincu qu'il ne s'agit pas d'une autre catastrophe? Peu rassurée, Janie se cache derrière Aristide.

—Je suis catégorique! Je la reconnais à sa manière d'attirer notre attention. Profites-en! C'est l'occasion unique de formuler le vœu!

—Une étoile filante! J'adore les étoiles filantes!

Le Vieux Sage, son ami, lui avait promis des signes de chance, afin de la guider sur le chemin de la réussite. Elle se trouve sur la bonne route malgré tout. Une étoile filante agit comme une Fée... elle peut réaliser les désirs les plus secrets.

—C'est de bon augure, lui confirme le Maître Aristide. Vite! C'est le moment parfait! Fais un vœu.

Janie ferme les yeux et croise les doigts. Elle murmure son souhait dans son for intérieur.

—C'est fait!

—Tu ne dois révéler ton voeu à personne si tu veux que ton rêve devienne réalité, déclare-t-il heureux d'apercevoir un sourire sur ses lèvres. Et maintenant, il n'y a plus qu'à attendre.

—Je veux... qu'il se réalise tout de suite!

En disant ces mots, une pluie d'étoiles filantes à la pointe violacée éclate dans l'espace.

—Ça fonctionne!

—Tu vois! Le **« Cosmos »** t'accueille en laissant les **« Perséides »** s'enflammer.

—Un vrai feu d'artifice! Les **« Perséides »** se déploient en de longs filaments de couleur bleu mauve et se transforment.

—Oh! Oh... non! s'écrie Janie.

Les petites étoiles scintillantes dessinent un personnage fantastique en plusieurs faisceaux électriques. Le Grand Aristide réalise que son vœu a été exaucé juste à la manière dont les étoiles réagissent.

L'Humaine saute de joie. Qui ne voit-elle pas apparaître? Son ami... son fidèle ami, le joueur de tours!!! Elle aperçoit le corps de ce dernier, distordu comme un mirage, se projeter dans l'espace en face d'elle.

—Ketchouille! Ketchouille! Enfin... te voilà! As-tu fini de me faire chercher et vas-tu me ramener à la maison?

—Bonjour! Janie... ma jolie! Me voici... et me voilà! dit-il, en exécutant quelques pas de cha-cha-cha, son corps encore plus vaporeux qu'à l'ordinaire.

Janie s'élance dans ses bras, folle de joie, et se rend compte qu'elle vient de passer au travers du corps de Ketchouille. Ce dernier rit aux éclats.

—Encore un de tes tours! s'exclame Janie.

—Encore! ricane-t-il de sa voix aiguë et devenant de plus en plus fluorescent.

Le Grand Aristide regarde avec admiration, les retrouvailles heureuses et rajoute :

—Je t'avais dit que tout allait bien se terminer! Tournemain, mon fidèle *« télestoscope*[*] *»* est vraiment génial. Il nous a ouvert la ***« Porte des Étoiles »***!

Janie, débordante de joie, effectue les présentations d'usage.

—Je vous présente... mon ami imaginaire depuis toujours! Ketchouille s'approche du *« Maître des Lieux »* et lui tend la main. Il exécute le tour de passe-passe de la désincarnation[**].

Les deux créatures rigolent. Le *« Maître des Lieux »* ne s'en laisse pas imposer. Il utilise rapidement son aile « supra incorporelle » et ainsi tous les deux peuvent se rejoindre au niveau du Cœur, tout en se serrant la pince. Un millier d'étincelles violettes s'éjectent du chakra coronal[***] situé au

[*] télestoscope : instrument inventé par l'Illustre Farandole
[**] désincarnation : séparé de son corps
[***] chakra coronal : centre d'énergie de la conscience cosmique

sommet de la tête démontrant leur intérêt commun au bien-être de la Création.

—Je me présente, je suis le messager virtuel du *« **MAGE** »* et bien entendu, l'ami imaginaire de Janie!

—Celui que personne ne connaît dans la **« Forêt »**, dit le Grand Aristide, d'un air amusé. Maintenant, je pourrai les rassurer de votre existence et éviter les controverses!

—J'apprécierais et je vous en remercie, déclare Ketchouille.

—Je savais que tu ne m'abandonnerais pas! lance-t-elle, émue jusqu'aux larmes.

—Je te remercie de ta grande confiance mon amie, réplique-t-il de sa voix chantante. Je suis revenu te remettre quelque chose qui te tient à cœur par-dessus tout. Et, comme tu as eu le temps de formuler ta demande à l'étoile filante dans laquelle je me cachais, j'ai pu ainsi réaliser ton souhait!

Ketchouille déploie lentement son bras et doucement ouvre toute grande sa main aux longs doigts toujours vaporeux. Janie voit scintiller dans le creux de sa paume violette, sa *« **Clef du Paradis** »* ornée de sa petite chaînette en or.

—Oh! Ketchouille. Merci. Ma *« **Clef du Paradis** »*! s'écrie-t-elle ahurie! Enfin! Je peux retourner à la maison!

Tournemain a terminé son travail et courbaturé, il demeure au beau fixe, la caboche rabattue et les manchettes ballantes. Le Grand Aristide en profite pour les saluer.

—Je dois vous quitter, annonce-t-il poliment, en regardant Janie droit dans les yeux et en souriant à Ketchouille. Je sais maintenant que tu es entre bonnes mains… avec ton ami imaginaire.

Janie se permet de taquiner le *« Maître des Lieux »*.

—Je vous remercie pour tout! Mais… qu'est-ce qui vous fait dire que je suis entre bonnes mains? Personne ne le connaît dans la **« Forêt »** et vous venez juste de le rencontrer!

—Eh bien voici; il a été mentionné dans ta carte du ciel qu'un bon *« Génie »* veillait sur toi. Et moi, je sais que seulement un puissant *« Génie »* peut pénétrer dans une étoile filante. Il s'agit d'un code d'honneur établi entre les *« Génies et les Corps Célestes »*.

Le *« Maître des Lieux »* souffle sur les étoiles multicolores qui tournoient au-dessus de sa tête. Les astres se pulvérisent et forment une poudre magique. Le talc* étoilé tombe doucement sur sa couronne et glisse jusqu'à ses pieds. À son contact, elle le fait disparaître au fur et à mesure. Un vrai coup de théâtre.

Janie demeure seule avec son ami imaginaire. Elle voudrait le chicaner, mais la joie de se retrouver près de lui est tellement grande, qu'elle préfère profiter du moment présent.

—Oh!!! Ce que tu as pu me manquer! dit-elle tendrement.

—Toi aussi! Ici, comme tu sais... nous sommes dans **« l'Ionosphère »** et cet espace interstellaire se situe dans mon **« Monde »... un « Monde Virtuel »** nommé le *« Royaume des Intangibles »*.

Janie constate que Ketchouille a une apparence extérieure différente des autres jours. Son corps photogène est constitué de mille et un points cathodiques et donne l'impression qu'il a été créé à l'ordinateur et projette une image virtuelle.

—Comment se fait-il que ma *« **Clef** »* se retrouve dans ton monde **« Virtuel »**... peux-tu m'expliquer?

—En vérité! Je désirais que tu visites mon **« Monde »** au-delà du réel. C'est alors que je t'ai appris le jeu de cache-cache.

—Ah oui! Ça... tu peux le dire, je me rappelle très bien. Même que parfois, j'accusais Anthony de tout cacher pour me jouer des tours. Il faut avouer qu'il a souvent dissimulé mes effets personnels pour me faire fâcher!

—Ce petit jeu, ricane-t-il, avait pour but de te faire découvrir la mémoire cachée de la vie, que l'on appelle la *« Mémoire Affective »*. Elle emmagasine tous tes souvenirs et moi je suis l'un d'eux! Et aussi longtemps que tu essaieras de m'oublier comme si je n'avais jamais existé... tu demeureras

---

* talc : poudre

triste. On ne peut pas effacer le passé, on doit l'accepter; le fait accompli, on doit passer à autre chose!

—Oh! Navrée de t'avoir mis de côté!

—Ne sois pas désolée, tout est bien... ainsi! Je ne t'adresse pas des remontrances; il s'agit d'une phase importante de ton évolution. Tu as commencé à accepter les idées des autres comme si elles t'appartenaient et dans certaines occasions, tu as cru... dans les autres, plus qu'en toi-même. Tu pensais que tu perdais ton temps lorsque tu laissais aller ton imagination. C'est à ce moment-là que je suis intervenu, car j'ai perçu que tu courais un danger.

Janie réalise qu'il lui dit la vérité. Il la connaît par cœur.

—Je t'ai abandonné! J'ai été vraiment bête!

—Je ne suis pas venu pour te chagriner, mais pour te prouver que je suis toujours présent et que j'existe toujours!

Janie sourit.

—J'aurais dû savoir! J'aurais dû... écouter mon cœur!

—Le but consiste à ce que tu ne perdes pas... ***« TON COEUR D'ENFANT »*** en grandissant.

—Comme les adultes!

—Tu as tout compris. N'oublie pas, lorsqu'il n'y a plus d'imagination... il n'y a plus de créativité!

—Je suis tellement heureuse de t'avoir retrouvé et en plus, d'avoir récupéré ma ***« Clef du Paradis »***.

—Tu dois toujours apprendre à te connaître et persévérer jusqu'au bout de tes rêves!

Un fourmillement s'empare de Janie et l'odeur des biscuits au goût du ciel traverse la **« NooSphère »** et même **« l'Ionosphère »** virtuelle et stimule son appétit.

Ketchouille aperçoit la *« Corde d'Argent »* de Janie gigoter afin de rebrousser chemin pour aller nourrir son corps physique.

—Je me sens partir! Je dois te dire adieu tout de suite.

—Non! Au revoir!

—C'est vrai... les *« au revoir »* ne sont pas des adieux! Cette fois-ci, je ne dois pas m'en aller sans voir Chanceuse.

—Tu as parfaitement raison. Je pense qu'il est temps de rejoindre ton amie Chanceuse qui pleure à l'extérieur de **« l'Antre »** en te cherchant éperdument. Cette petite espiègle regrette de ne pas avoir agi en créature responsable et elle s'imagine qu'elle t'a abandonnée une seconde fois.

—Oh là là! Elle doit se sentir coupable! Elle va certainement zézayer de plus belle. Pauvre elle!

—Alors! Qu'attends-tu pour aller la retrouver?

—J'y vais de ce pas! Tu m'accompagnes? J'ai hâte de te présenter à tous, car aucune Créature ne croit que tu existes.

—Tu oublies, je ne dois être connu que de toi! Sinon, je ne pourrai plus me montrer visible de nouveau.

—Mais… tu es apparu devant le *« Maître des Lieux »*.

—C'est parce qu'il se trouvait dans **« Mon Monde »**. Inconsciemment, l'étoile filante vous a attirés vers moi. C'est pour cette seule raison que je lui ai permis de me voir. Et aussi, pour rassurer ton ami le Vieux Sage que je ne suis pas un Intrus! Le Maître des Lieux le mettra sûrement au parfum.

—Tu ne peux pas faire un effort et m'accompagner!?! Ketchouille éclate d'un rire amusé.

—Je ne peux aller plus loin avec ce corps cathodique*. Pour l'instant… c'est mon arrêt final! Ce sera à ton tour de venir me visiter.

—Je ne suis pas convaincue de pouvoir revenir! Je ne me rappelle même plus du chemin que j'ai parcouru pour arriver jusqu'ici.

—Je t'appellerai en bourdonnant dans tes oreilles, lui dit-il en esquissant toutes sortes de grimaces comme elle les aime. Cela t'aidera à trouver la route de l'imaginaire!

La corde d'argent tiraille Janie par petites secousses pour l'avertir que le retour s'avère proche.

—Je dois retrouver Chanceuse au plus vite, je dois lui annoncer la bonne nouvelle! Elle n'en croira pas ses oreilles.

---

* cathodique : concernant les rayons fluorescentes qui forme l'image

—À bientôt… Janie!

Elle voit le corps de Ketchouille s'éteindre particule par particule.

—Non, pas tout de suite!

Elle panique. Son ami d'enfance la rassure…

—Je vois! Eh bien… nous allons nous réjouir comme aux jours de fête. Tu te souviens de notre petite chansonnette : *« Trois petits tours et puis s'en vont…! »*

—Oh oui! La danse des *« au revoir »*. C'était tellement amusant, qu'on en oubliait les contraintes de la séparation.

Ketchouille veut la quitter dans un moment particulièrement joyeux. Il se place devant elle, lui exécute une salutation théâtrale et entonne la chanson.

—Donnez-moi la main et changez de place! Il tourne sa main avec celle de Janie, au-dessus de sa tête. Elle le contourne à son tour, lentement, en esquissant des pas de danse qui ressemblent au menuet à trois temps.

—Un, deux, trois… et changez de place. En disant ces mots, comme toujours, la magie s'opère. La troisième fois, il s'éclipse en laissant apparaître sa marque de commerce… de minuscules étincelles violettes fluorescentes. Janie se retrouve instantanément devant un champ de broussailles épineuses. Le **« Monde Interstellaire »** s'est effacé en un clin d'œil. Elle se rend compte qu'elle ne porte plus sa belle robe de Princesse qui lui allait pourtant comme un gant. Quelle dure vérité!

Chapitre 49
Mission doublement hasardeuse

Chanceuse avait eu le temps de se culpabiliser pour son impertinence envers le Gardien des Séjours. Elle avait été irrespectueuse à l'égard de l'Alchimiste Farandole en devenant trop persistante. Même si elle agissait sous l'autorité du Vieux Sage, cela ne lui donnait pas le droit d'être arrogante et de se prendre pour une autre. Tous ces petits *« trips »* de pouvoir l'avaient amenée à se séparer de sa sœur cosmique et ça... c'était très grave! Elle avait pour mission de la suivre en tout lieu et à tout instant et, par son entêtement, elle avait manqué à son premier devoir : accompagner Janie dans ses démarches.

La Bête à Bon Dieu, à la recherche de son amie, se remémore les derniers moments...

—La loi, c'est la loi! La voix ferme de Farandole résonnait encore dans sa petite tête de linotte. Les lois sont établies afin d'être respectées, avait-il dit sur un ton grave. Jetée à la porte, la Coccinelle avait trouvé l'endroit moins accueillant que la première fois. Comment se faisait-il que Trompe-l'Œil ait osé la balancer par la sortie de secours? Elle était entourée de ronces et de buissons en fardoches*. Aucune présence pour l'accueillir. Où avait-elle la tête... comment la troupe pouvait-elle savoir qu'elle était revenue, puisqu'elle n'était pas sortie par la porte d'entrée? Elle avait failli à la tâche et l'Amiral allait certainement la congédier. Elle tourna en rond pendant des heures, avant de se décider à l'aviser.

---

* fardoches : broussailles

—Zzz! Je vais y goûter! On me confie une rezsponzsabilité et à la première occazsion, zje fizche tout en l'air par mon entêtement. Je suis ZZZIRRRESPONSZZZABLE! Elle lance quelques tops pour retracer tout ce beau monde. Rien!

L'Amiral entend son signal d'alerte et dans tous ses états, il court à sa recherche quand soudainement elle surgit d'un tas de ronces. Il se demande quelle tragédie est survenue, voyant ses yeux en déconfiture sortis de leurs orbites. Saisi d'étonnement, il s'attend au pire lorsqu'il l'aperçoit blanche comme un drap. Une batterie de questions s'échappe instantanément de sa bouche.

—Catastrophe! Où est Janie? Qu'est-ce que tu fais à cet endroit? Es-tu blessée? Vite... raconte ce qui s'est passé! Chanceuse se trouvait dans un état pitoyable. Elle pleurait, elle titubait, affichant un visage égratigné et des cheveux en bataille. Vous avez été attaquées à nouveau?

La Coccinelle, l'air abattu, ne répond pas. Elle n'a vraiment pas hâte de lui relater toute la vérité.

—Bon sang! Dis quelque chose, tu me donnes la chair de poule, lance l'Amiral malgré lui. Pour la première fois... il montre son côté vulnérable.

—Zeuh! Je... zzz! Je ne saiszzz plus!

—Comment, tu ne sais plus! Dis-moi... où est Janie?

—Zzz! Je... ne saiszzz plus rien!

—Comment se fait-il que tu ne sois pas sortie par les ***« Portes des Énigmes »***? Vous êtes-vous inscrites en bonne et due forme?

—Zah!?! Je ne saisz pasz! Je crois qu'elles zont dizsparues.

L'Amiral prend une grande respiration pour ne pas lui crier par la tête, car elle commence vraiment à l'énerver.

—Chanceuse, Chanceuse, te souviens-tu si... on a refusé l'entrevue de Janie avec le *« Maître des Lieux »*?

La bibitte à patate hausse les élytres.

—Non... mais... réagis! Dis quelque chose! Il a envie de la brasser, mais se calme puisque cette politique n'est pas employée dans **« l'Astral »**. Se grattant la tête, il pense à haute voix; c'est impossible, car sa mission s'avère trop importante. Ah! J'aurais dû me douter que quelque chose de grave venait de se produire lorsque le firmament s'est couvert de poussière volcanique.

Chanceuse demeure devant lui, lunatique.

L'Amiral avait cessé de voler, car cette poudre qui ressemblait étrangement à de la suie collait à sa peau et l'alourdissait. Il ne pouvait plus voir ni ciel, ni terre. Cette substance était tellement concentrée, qu'on aurait pu trancher les nuages à grands coups de couteau. Isolé des autres d'un seul coup, il n'avait pas trouvé d'autre solution que d'effectuer ses recherches par voie terrestre. Une chance qu'il avait pu garder le contact avec Lumina, grâce à ses fréquences lumineuses. Maintenant, il se trouvait devant la bibitte à patate complètement confuse et le plus grave… sans Janie.

La bestiole incontrôlable tremble et ne fait que pleurnicher, incapable de prononcer un mot.

—Zzz! Zzz! Zzz! Zzz! Zzz! Zzz!

—Chanceuse... je t'en prie! Dis quelque chose! s'écrie le Grand Monarque. Tu me rends fou d'inquiétude. Je te demande de faire un effort et d'essayer de te souvenir! S'il vous plaît…

La Coccinelle continue de pleurer à chaudes larmes. Puis subitement, elle lance à la face de l'Amiral, tout ce qu'elle a sur le cœur.

—Zzzah! Je suis nulle! J'ai gâché l'unique chance que j'avais de remplir ma mission. Et… et… c'est… de votre faute!

Le Monarque se redresse interloqué.

—Mais enfin!?!

—Zzzenfin! C'est vous son protecteur… où étiez-vous? Rusée, la Coccinelle veut renverser la situation pour ne pas se sentir coupable.

L'Amiral comprend sa grande détresse et les moyens qu'elle utilise pour se protéger des réprimandes.

—Écoute-moi un instant! Une chose à la fois! Premièrement, pourquoi n'es-tu pas avec elle?

L'insecte révèle une petite partie de leur expédition, comme si soudainement elle recouvrait la mémoire.

—Zzz'on m'a interdit d'accompagner Janie!

—Pardon? Tu as reçu un refus catégorique? s'exclame-t-il dans tous ses états.

La Coccinelle agite ses ailes en signe d'affirmation.

—Mais... de qui et pourquoi?

—Dézzzsolée! Zzzzje ne m'en souviens plus.

La poudre amnésique utilisée par le Gardien des Lieux, l'Illustre Farandole, avait provoqué des trous de mémoire à Chanceuse. Elle avait oublié la raison pour laquelle il l'avait sortie, mais n'avait pas perdu pour autant son impertinence.

—Sacrebleu Chanceuse... ... creuse-toi les méninges*!

Cette dernière sursaute lorsque l'Amiral, vraiment inquiet, sort son épée tout en la faisant vriller dans les airs.

—Euh...Ah! Zzzje me rappelle la voix de l'Alchimiste Farandole, répétant ces mots terribles : C'EST LA LOI! Et aussitôt après... il a ordonné qu'on me reconduizse aux ***« Portes des Énigmes »*** par... par... un drôle de pistolet! Je ne comprends pas qu'il me fasse un affront semblable... *« MOI »*... et de plus, en me laissant dans un endroit pareil! Nous zavons suivi un tunnel terreux et tout ce que je me souviens... c'est qu'à la sortie, tout avait disparu!

—Voyons mon enfant! C'est bon! dit-il en essayant de la consoler, elle qui, en plus de zézayer... hoquette, survoltée.

Chanceuse n'arrête pas d'adresser des reproches à l'Amiral. Il ressent son désarroi et l'écoute avec son cœur.

—Zzzahhh!?! Vous zauriez... vous zauriez dû... être là. C'ezzzst vous qui zauriez dû prézsenter Janie au Gardien des Séjours. Moi, je n'étais pas zassez importante, car on m'a balayée du revers de la main comme si zj'allais répandre la peste!

---

* creuse-toi les méninges : réfléchis!

L'Amiral la regarde se défouler, se doutant, par son attitude défensive, qu'elle cache autre chose. Il ne rajoute aucun mot et la laisse déblatérer. Elle finira bien par tout avouer.

Chanceuse regrette profondément de ne pas avoir été à la hauteur de la situation. Elle veut, à tout prix, trouver un fautif. C'est beaucoup plus facile de rejeter ses torts sur le dos des autres.

—Zzzeuh! C'ezst vous, le coupable! Vous zêtes le seul rezsponzsable. Moi, je ne suis que la confidente, chigne-t-elle pour accentuer son désarroi. Farandole vous zaurait sûrement laiszsé paszser, vous, son Grand Protecteur.

L'Amiral écoute toujours sans broncher, puis il s'avance vers Chanceuse. Aussitôt, elle sursaute comme si elle avait peur de lui. En fait, elle craint surtout sa colère, que l'on dit... épouvantable!

Elle se met à trembler comme une feuille. On avait déjà raconté secrètement qu'un jour cet Éminent Papillon avait piqué une crise terrible envers une créature qui, comme elle, avait conservé une cervelle d'oiseau. Tous se souvenaient; sa colère bleue avait fait cligner les paupières du ciel, jusqu'à ce qu'elles demeurent closes et ainsi avait déclenché une éclipse totale. La **« Forêt »** au grand complet avait cru que le jour ne reviendrait plus jamais et que la fin du monde venait d'arriver. Depuis ce temps, l'éclipse du soleil, à certains moments de l'année, nous fait un clin d'œil, afin de nous rappeler que nous ne devons jamais, au grand jamais, provoquer la rogne du Grand Monarque! Elle savait que rien ne l'irritait plus qu'un comportement irresponsable et surtout les mensonges.

—Voyons ma petite! dit-il de sa voix forte, mais réconfortante. Calme-toi! Tu me donnes froid dans le dos! Je flaire une certaine peur de ta part en ma présence. Tout ce que je veux savoir, c'est... est-ce que tu crois Janie en danger? À nouveau la Coccinelle hausse ses ailerons, elle ne se souvient vraiment plus de rien. Elle se demande intérieurement ce qui a pu causer sa perte de mémoire? Sa sœur cosmique courait peut-être un grand danger. Pourquoi demeurait-il là, à la questionner plutôt que de filer, sans délai, à la rescousse de sa « *Protégée* »?

—Zzzah! Il est certainement trop tard!

—Probablement.

Chanceuse trouve qu'il lance la serviette bien vite.

Mais l'Amiral rajoute…

—Je ne peux rien découvrir sans l'aide de sa supposée vraie amie.

—Zzzeuh! Quoi!?! Mais, zje suis une vraie amie!

Il a touché un point sensible : l'orgueil de Chanceuse.

—C'est ce que je pensais! Il éclate d'un rire magistral. Insultée et triste à la fois, la Coccinelle tourne les talons et fait marche arrière.

—Zzz! Zzz! Tiens! En voilà aszsez! Je tire ma révérence et je vous quitte! s'exclame-t-elle, les antennes redressées. Vous direz au Vieux Sage que ma miszsion s'arrête ici.

—Attends! Je n'ai pas voulu t'offenser. Tu es trop susceptible, tu prends tout au pied de la lettre. Nous formons une grande équipe… n'est-ce pas?

—Zzzzje croyais, zézaie-t-elle sur le bout de la langue.

—Tu ne peux pas quitter une mission de cette manière; le temps est venu que je t'explique certains faits importants.

—Zzzah! On me cache des choses! Vraiment, la confiance existe!

—Penses-tu sincèrement que… je pourrais te mentir concernant une démarche à suivre d'une telle importance?

—Zzzoh, oui! lance-t-elle sur un ton convaincant, si c'était… absolument nécessaire. Elle commence à reprendre de l'assurance et zézaye de moins en moins. Peut-être même un peu trop certaine d'elle-même.

—Merci pour ta compréhension! J'aurais dû t'aviser plus tôt, mais j'attendais le moment opportun pour te prévenir des événements futurs et surtout inattendus.

Maintenant qu'il a piqué sa curiosité, son attitude change à l'égard de l'Amiral. Elle veut tout connaître de A à Z.

—Zzz hi! Mais, mais... de quel avertissement s'agit-il? Vous avez omis de m'informer à quel sujet?

—Tu sais, Janie doit être accompagnée par nous, dans la mesure du possible. Mais tu dois aussi réaliser qu'elle devra parcourir des bouts de son odyssée toute seule. Elle doit prendre ses propres décisions et assumer ses choix sans être influencée. Nous resterons toujours à ses côtés, d'une manière ou d'une autre, tant qu'elle vivra dans notre **« Monde Astral »**. Toutes les expériences enrichissantes qu'elle rencontrera sur son chemin de vie, peu importe qu'elles soient positives ou négatives, demeureront présentes afin qu'elle prenne conscience qu'elle évolue. Elle deviendra un ***« Être Complet »***.

Chanceuse soupire, soulagée.

—Zzzouf!!!

—Tu as accompli ta tâche dans des circonstances particulières. Par contre... je suis convaincu que la prochaine fois, tu réfléchiras deux fois avant d'agir pour tes propres intérêts, sans penser à celui des autres.

—Zzzoh! Merci beaucoup! Maintenant que je le sais, je vous promets de m'efforcer à raisonner. Puis, elle rajoute à brûle-pourpoint... veuillez m'excuser, à présent, je dois vous quitter pour rejoindre ma sœur cosmique!

—Si tu veux un raccourci, tu dois prendre le **« Tunnel des Alambics »**. Ce passage souterrain conduit à plusieurs endroits; tu dois choisir la bonne direction, car tu pourrais t'y perdre!

—Zzzhi! C'est impossible d'y accéder puisqu'il est sans issue et désaffecté.

—Non! Plus maintenant! Enfin!!! Nous avons effectué un grand ménage afin de procéder à la réouverture de quelques galeries dissimulées. Fais attention! Il y a plusieurs portes à l'intérieur. Je t'explique, je n'irai pas par quatre chemins! Premièrement, dans l'antichambre, tu verras trois voies, prends celle de droite, même si elle te semble la moins appropriée. Les toiles d'araignées n'existent que pour dégoûter les intrus, quant aux autres, elles ne se veulent pas des plus rassurantes avec leurs nids de couleuvres et leurs crevasses remplies de scorpions. Continue, ne t'arrête pas! C'est le bon chemin malgré les milliers de fils d'araignées qui te colleront partout sur le corps. Par la suite, tu verras cinq parcours construits de fossiles pétrifiés; tu devras prendre celui du centre. Fais attention, les routes peuvent s'interchanger! Traverse la grotte en ligne droite et en principe, la porte de sortie devrait s'y trouver. L'insecte frissonne et ses antennes se contractent; c'est peut-être un raccourci, mais ce tunnel paraît des plus sinistres. Puis, l'Amiral poursuit... présentement, les Lucioles surveillent avec vigilance la sortie de l'autre côté. Ce fut le dernier ordre qu'elles ont reçu, juste avant que cette suie collante ne nous sépare.

—Zzzeuh! C'ezzzst vraiment un raccourzzzci?

—Le seul!

—Zzzouais! Enfin! Je vous remercie! J'espère vous revoir, si je reviens un jour vivante de ces pièges d'attrape-nigauds.

—Oh! J'oubliais encore une fois.

—Zzzoh là! Un dragon en feu... peut-être?

—Tu exagères toujours... mais à bien y penser, il n'y a rien d'impossible! Non! Je te demande de ne pas provoquer les Créatures qui protègent ce passage, car tu pourrais avoir des mauvaises surprises. Ignore-les!

—Zzz ffflyant! Merci de m'aviser!

La Coccinelle s'apprête à partir.

—Attends! Je n'ai pas fini! Je dois t'annoncer une autre nouvelle et je crois que cette dernière... ne te plaira pas!

Chanceuse ne montre pas beaucoup d'intérêt. Elle frétille plutôt sur place, de toutes ses tripes, puisque l'aventure l'appelle!

—Zzzah! feint-elle.

—Je ne serai pas là à votre retour! Phénix Balbuzard a besoin de mon aide pour un mandat délicat et de haute importance, concernant la **« Forêt »** tout entière. Et, comme le Vieux Sage n'est pas encore revenu, je dois lui donner un coup de main. Il s'approche de la Coccinelle en regardant de tous les côtés et lui glisse à l'oreille la nouvelle; il s'agit d'une mini-sorcière du nom *« d'Embrouillamini »* qui se serait infiltrée dans la **« Forêt »** à l'arrivée de Janie.

—Zzzzzz! Comment? L'insecte bat des élytres comme si elle voulait fuir.

—Nous n'en avons aucune idée. Une chose est certaine, c'est que rien ne tourne rondement dans la **« Forêt »** depuis que cette dernière est apparue! Apparemment, elle causerait volontairement des interférences afin d'embrouiller toutes les pistes. Je dois résoudre cette énigme dans les plus brefs délais!

—Zzzoh! Qu'allons-nous devenir?

—Eh bien! Le Vice-roi prendra ma place, jusqu'à ce que tout soit rentré dans l'ordre. Vous êtes entre bonnes mains avec mon Cousin germain. Il surveille présentement les autres sorties qui se trouvent tout autour du **« Tunnel des Alambics »**! Il travaille conjointement avec les Lucioles Affectionnées. Ces dernières, guidées par Lumina, demeureront toujours avec vous aussi longtemps que le danger sera présent. Nous avons entouré le secteur, puisque la visibilité s'avère presque inexistante. Et je peux t'assurer que je ne serai pas parti indéfiniment. C'est pour votre protection et celle de la **« Forêt »** que je dois agir immédiatement! Il y a aussi cette rumeur au sujet d'Octo MaCrapule! Il aurait réapparu! Je ne peux t'en dire plus long, mais sois rassurée, je vais régler son compte à ce mystificateur une bonne fois pour toutes et nous retrouverons la paix. Tu devras demeurer doublement prudente, car c'est la confusion totale en ce moment. S'il vous plaît, ne raconte rien à Janie, puisque cela pourrait l'empêcher de mener à bien sa mission et elle se sentirait coupable d'avoir fait traverser ce destructeur. Nous avons déclenché ***« L'ÉTAT D'ALERTE »***.

Chanceuse, estomaquée, reste la bouche ouverte et les yeux hagards quelques moments…

—Zzzeurk! D'accord! Je vous le promets. Elle prend un air piteux pour ne pas dévoiler sa joie. Youpi! pense-t-elle, il y aura encore plus d'action!

Une chance que l'Amiral ne connaît pas ses intentions profondes; il serait bien déçu. Elle n'arrête pas de respirer par secousse, en exécutant de petits sauts nerveux, afin qu'il ne puisse détecter son aura qui sautille d'emballement.

—Je comprends ton désarroi, mais cela fait partie des événements évolutifs de toutes les Créatures de la **« Forêt »**. D'une certaine façon, cela concerne aussi *« Ta Mission personnelle »* et tu te retrouves dans le même bateau que Janie. L'insecte se retient de trop bouger ses antennes et ses élytres.

—Zzzhi! C'est buzzant!

—Si tu veux avoir ta propre *« essence »* dans un **« Nouveau Monde »**, tu dois prouver que tu es digne de confiance. C'est un peu compliqué, mais tu comprendras un de ces jours. Je dois compter sur ton bon jugement! dit-il le plus sérieusement du monde, sachant pertinemment qu'elle aura certainement quelques petites défaillances en cours de route.

Chanceuse déchiffre les sous-entendus de l'Amiral! Il trouve son audace déconcertante. La bestiole l'aime bien, mais elle est ravie qu'il soit remplacé par son cousin le Vice-roi puisque ce dernier est souvent affligé de pertes de mémoire et dans ces moments d'inconsciences, il ne contrôle plus rien! Quel bonheur! Elle aura le champ libre pour agir à sa guise, sans que tous ses gestes soient surveillés à la loupe. Au bout du compte, ce qui est le plus fantastique, le plus merveilleux, c'est qu'un jour elle pourra peut-être posséder sa propre *« essence croissante »* et se transformer sur d'autres **« Sphères »** en voie d'évolution!

—Zzz je serai vigilante! À bientôt Amiral et encore merci pour tout et surtout pour votre confiance.

—À un de ces jours!

Le Grand Monarque pense que cette histoire abracadabrante sera du jamais vu si... la ***« BÊTE À BON DIEU »*** réussit l'exploit d'être en droit de recevoir une *« Essence »*!

Chapitre 50
Ostrogoth

Chanceuse, remplie d'émotions, a hâte de retrouver son amie. En traversant les buissons, elle arrive devant un rocher percé et réalise qu'elle se trouve à l'entrée du **« Tunnel des Alambics »**. Elle prend une grande respiration avant d'y pénétrer et parcourt le raccourci presque les yeux fermés pour ne pas provoquer d'émeute. C'est mieux comme cela! Elle entend des bruits bizarres et des grincements de dents. Ouf! Enfin, la sortie! Quelle surprise lorsqu'elle voit le ciel se voiler d'une ombre tempétueuse! Lumina voltige au-dessus de sa tête, elle la sent, mais ne peut l'apercevoir.

La Coccinelle essaie de voler pour la rejoindre quand une forme ténébreuse du revers de la main la pousse au sol. En levant les élytres pour riposter, elle sursaute, car de gros nuages dessinent la silhouette d'une imposante sorcière. Elle réalise que cette fameuse Sorcière existe! Chanceuse doit absolument retrouver Janie, afin de la sauver de l'emprise de celle-ci. Si elle réussit, elle recevra certainement… une âme personnelle!

Puis, le ciel s'assombrit encore plus.

—Ah! Le soleil veut se coucher en plein jour, c'est impossible dans l'Astral. Ah, mais oui! Janie ne doit pas se trouver très loin et doit être terriblement fatiguée, car ces changements de lumière surviennent lorsqu'elle est en ma présence. Une fois de plus, son amie l'Humaine mélange sa vie terrestre avec sa vie stellaire astrale. Quand Janie réalisera qu'elle vit présentement dans l'Astral, il n'y aura plus d'ambiguïté, mais tant qu'elle confondra les deux **« Mondes »**, tout sera embrouillé.

Chanceuse se dépêche de fouiller les alentours de fond en comble. Elle avance doucement vers un immense amoncellement de branches, culbute sur un amas de mousse verte et y découvre sous une vigne entrelacée de roseaux, presque invisible à l'œil nu… une trappe! L'insecte ne perd pas une seconde et déplace les ronces. Elle remarque que la cavité arrondie est recouverte d'une grosse pierre scellant l'entrée.

—Wow! Une cache secrète. Je dois examiner cet endroit sans faute.

Tout excitée et sans porter attention, elle nettoie, en frottant avec ses mains à toute vitesse, le dessus de la roche. Elle aperçoit sur le couvercle un sceau marqué en lettres de feu. C'est buzzant! Sa curiosité piquée, elle repousse le feuillage qui se veut rebelle. Oh… pas possible! Elle se réjouit de sa découverte extraordinaire. Une tête de mort est incrustée dans le minerai… déployé en forme d'araignée! C'est l'ancien repaire… d'Octo MaCrapule. Hypnotisée par la soif de savoir, Chanceuse continue de nettoyer le couvercle en exécutant des gestes spontanés et rapides.

—ZzzOuch!

Elle s'est égratignée la main.

—Zzzoh! Je ne devrais pas être ici à courir après un trésor! Que je suis sotte! Je n'ai pas encore retrouvé mon amie! À genoux sur la pierre, elle commence à larmoyer. Et puis, non! Son désir de pénétrer à l'intérieur devient si fort que, sans réfléchir davantage, elle essaie de tourner le gros anneau de bronze. Elle crie de rage! Elle tapoche des ailes en branlant la tête, regarde à nouveau aux alentours, mais personne n'y est, pas même Lumina. Elle tire, mais cela ne sert à rien puisqu'elle n'est pas assez musclée pour l'ouvrir toute seule. C'est peine perdue!

Janie, aux ***« Portes des Énigmes »***, s'attend à revoir son amie Chanceuse, mais il n'y a personne à l'horizon… pas même l'Amiral. Elle se demande bien ce qui se passe, cette situation est inhabituelle.

L'Humaine décide d'avancer, mais dans quelle direction car le site a changé du tout au tout? On dirait que le **« Menhir des Druides »** a disparu comme par enchantement. Elle se retrouve dans un endroit à peine exploré. Mais en examinant les lieux, elle aperçoit des traces fraîches sur le sol ressemblant à de minuscules palmes et les suit pas à pas.

—Mais ce sont des pistes d'insecte! Ohé! Ohé! crie-t-elle. Aucun son ne parvient à ses oreilles. Tout le monde a disparu! Elle s'inquiète lorsqu'une odeur de brûlé lui pince les narines.

Janie réfléchit sérieusement.

Elle doit absolument retrouver sa sœur cosmique dans les plus brefs délais. Les traces de pas se poursuivent, encore fraîches. Une chance! Elle tend l'oreille pour essayer de détecter des bruits qui pourraient lui donner un indice. Rien de rien! Elle décide donc de suivre son intuition. D'un pas décidé, elle se dirige vers un buisson ébouriffé qui attire son attention. Elle avance à pas feutré afin de ne pas éveiller de soupçons. Si... ce n'était pas Chanceuse? Elle s'arrête à quelques foulées du bosquet touffu, respirant à peine. Puis, Jérémiade LeVent peiné transporte l'écho d'une voix plaintive.

—Oh! s'exclame Janie. Il s'agit certainement d'une créature piégée par ce braconnier sans vergogne, le Gros Bêta. Elle se dirige à toute vitesse vers l'endroit d'où provient le son pitoyable. En tapinois, à petits pas discrets, l'Humaine se retrouve devant un sous-bois sauvage qui ne lui inspire aucune confiance. À la seule idée d'avoir à traverser le fourré épineux, un frisson lui parcourt l'échine. Cela ne lui rappelle pas de très bons souvenirs. Aussitôt, elle se sent enveloppée par l'ombre de la Sorcière Embrouillamini. *« Brououou! »* Elle déteste cette sensation qui lui colle à la peau.

—Yack... Yack... Yack! s'écrie-t-elle en essuyant ses mains sur son vêtement froissé. Elle est bien loin de sa belle robe de princesse. Respire, Janie! C'est ce que tu as de mieux à faire au lieu de te ronger les sangs! se dit-elle.

Le vent apporte à nouveau sur ses ailes, un autre son de lamentation. Cette fois-ci... elle reconnaît cette voix.

—Chanceuse!

En disant ces mots, elle l'aperçoit, pliée sur la plaque, larmoyant sans arrêt.

La Coccinelle n'entend pas Janie, trop occupée à pleurnicher sur son sort.

L'Humaine crie plus fort...

—Chanceuse mon amie, ma sœur cosmique... c'est bien toi?

D'un seul bond, la bibitte à patate se relève comme si elle venait de voir un fantôme.

—Zzz! C'ezst bien toi, Janie Jolly? Mon amie! Tu m'as retrouvée, Zzz!

Toutes les deux se sautent au cou, piétinant de joie.

—Que combines-tu dans cet endroit perdu? Déguerpissons! Nous allons nous faire attraper par la tempête! Et où se cachent les autres?

—Zzzeuh! Quelque part derrière ces nuazges de fumée, zje crois. Vite! Viens voir ma découverte!

Janie n'aime pas cette atmosphère remplie d'altostratus* grisâtres. Ce coin ravagé l'oppresse et sa respiration devient haletante. Elle se sent accablée d'un malaise qui la pousse à vouloir quitter les lieux le plus rapidement possible.

—Partons d'ici! Allons retrouver l'Amiral au plus vite.

—Zzzouais! Il n'ezst plus du voyazge!

—Quoi? Tu rigoles! s'exclame Janie nerveusement.

—Zzzhi! C'ezst son couzsin germain, le Vice-roi, qui le remplace pour l'inzstant.

—Mais! Mais! Pourquoi?

---

* altostratus : sorte de nuage qui voile le ciel

Chanceuse, n'était pas tout à fait revenue de l'effet du sort d'oubli jeté par l'Alchimiste Farandole et mélangeait tous ses souvenirs.

—Zzzeuh! Je crois que... je ne me souviens plus! Zzzah! Je pense qu'il s'agit d'une affaire de chasse bien gardée ou quelque chose du genre.

Janie la trouve vraiment bizarre.

—Et les autres? insiste-t-elle, espérant une meilleure réponse.

—Zzzoh! Ils sont tous disperszés à cauzse de cette violente tempête qui s'annonzce. Elle va sûrement éclater d'un moment à l'autre. Nous zavons carte blanche, maintenant! répond-elle nerveusement.

Janie est persuadée que Chanceuse ne lui dit pas toute la vérité, juste à l'intonation de sa voix.

—Dis-moi ce que tu fais ici! Tu connais cet endroit?

—Zwick! Un peu! Peut-être...

—Chanceuse que se passe-t-il? Tu me sembles toute perdue.

Sautant du coq à l'âne, la Coccinelle poursuit...

—Maiszzz! Zzz! Viens voir ce que zj'ai trouvé!

Elle veut absolument lui montrer sa trouvaille. Janie, elle, est renversée par ces nouvelles perturbatrices.

—Zzzohho!!! Regarde! La bête à bon Dieu pousse, du revers de la main, les dernières feuilles réticentes qui étaient demeurées sur le dessus de la trappe. Je crois que c'ezst un accès à un paszsage souterrain. Et elle enchaîne tout bonnement... au sujet de l'Amiral... ça me revient, zzz.

Janie ne fait pas attention à la trouvaille de son amie. Ce qui l'intéresse, c'est la tournure des évènements concernant le Grand Monarque. Elle est convaincue qu'il a été victime d'une catastrophe puisqu'elle connaît maintenant leur avenir commun.

—Mais! Tu attends quoi au juste? Dis-moi tout de suite ce qui arrive? questionne-t-elle sèchement.

—Zzz! Tu as raizson! s'exclame la Coccinelle. J'ai tout plein de choses à te raconter. J'imagine que toi auszsi!

—Arrête de tourner autour du pot! Ça suffit Chanceuse, tu commences à m'énerver! Cesse d'épaissir tous ces mystères. Je dois savoir ce qui se passe pour notre survie.

Pour l'instant, on dirait qu'il n'y a que la trappe qui intéresse l'insecte. Cette distraction lui donne l'occasion de ne pas révéler à Janie ce qui est gravé sur le couvercle. Puis, au loin survient un craquement sourd qui fait vibrer la **« NooSphère »** sous leurs pieds.

—Qu'est-ce que c'est? demande Janie en panique.

Des coups saccadés et brusques agitent la terre. L'espace astral oscille et tremble de toutes ses entrailles dans un mouvement de va-et-vient qui déstabilise les deux amies. Boum! Boum! Boum! Le bruit devient plus intense et plus rapproché. Boum! Boum! Boum! Le sol réagit et frémit.

Les sœurs cosmiques, secouées, demeurent incapables d'avancer, déséquilibrées par les secousses spatiales. L'indomptable fauteur de trouble, Vandal LeRavageur refait son apparition et mène à nouveau le bal. Il envoie une de ses bourrasques à décorner un bœuf. Elles ont peine à se tenir debout.

—Un tremblement de terre! s'écrie Janie tout en se retenant fortement à une vigne qui se déracine sous la pression du vent dévastateur.

—Zzzzznon! Je reconnais ce bruit épouvantable! Ce sont… les paszzz du Géant Bêta! Il ne doit pas zêtre très loin de nous! Nous devons nous cacher tout de suite! lance-t-elle, avant qu'il nous trouve ou nous piétine. Zzz! Zzz! Zzz!

—Le Géant! Mais… nous sommes foutues! Qu'allons-nous devenir maintenant? As-tu une idée? Le bruit de pas résonne dans toutes les fibres de son corps.

Aussitôt, Chanceuse pense au souterrain.

—Zzzeuh! Je sais! Zzzaide-moi à ouvrir cette trappe!

—Quelle trappe?

—ZJanie! Nous n'avons pasz une minute à perdre. Allez! Tire sur l'anneau, pendant que je soulève le couvercle.

Boum! Boum! Boum! Elles s'énervent.

—Je n'y arrive pas!

—Ce couvercle est trop lourd, geint la Coccinelle. Aide-moi!

—Je ne veux pas aller dans ce trou!

—Zzzoh… là! Nous sortirons après… juzste le temps de se mettre à l'abri. Peux-tu trouver mieux?

Janie sait que Chanceuse a raison et n'a pas d'autre solution que de lui obéir. Elle semble avoir découvert une porte de sortie… ou d'entrée!?!

À chaque pas de géant, l'univers tout entier s'agite et les deux amies en perdent l'équilibre. Elles s'accrochent à quelques vignes et essaient de l'ouvrir, car le pire est à envisager.

Janie tire sur le gros anneau en cuivre. Les cheveux dans le visage, elle tente de se tenir debout. Chanceuse, à son tour, empoigne un cep* effrité et exécute des petits vols qui la retiennent en place. Toutes les deux s'efforcent d'ouvrir cet accès lourd de conséquences.

—Zzz oh! Hiszse! Oh! Hisse!

Sans succès! La trappe ne bouge pas d'un poil.

—Zzzah! Nousz zsommes zzz perduesz!

Janie demeure sidérée lorsqu'un gros coup de vent soulève le couvercle, comme s'il voulait les aider.

—Ouf! Zouf! s'exclament-elles.

Les filles, en sueur, s'accrochent au rebord du couvercle entrouvert.

—Zzz! Vite! Il n'y a plus zune minute zà perdre! Zzzoh! Je n'arrive pas à mettre mon tarse dans le trou! s'écrie la Coccinelle aussi fort que le bruit du vent.

---

* cep : pied de vigne

Par-dessus les grands arbres à l'horizon, toutes les deux voient au même moment le géant se diriger à grands pas dans leur direction. Le danger est imminent.

—Je te tiens! Ne lâche pas! En grimaçant, Janie la maintient en gardant un pied à l'extérieur et l'autre à l'intérieur. D'instinct, elle tire Chanceuse qui bascule dans le trou, tête première, en attirant Janie avec elle. Et vlan! Quelle chance! L'instant d'après, l'immense pied du Géant Bêta d'un coup sec enclenche le couvercle sans se rendre compte de leur présence.

—Zzz zzz hi!

L'Humaine attrape de justesse son amie par un segment. Tête première dans le vide, l'insecte n'aime pas cette position fâcheuse et à tâtons, elle essaie de s'accrocher à une barre de fer qu'elle vient de frôler dans l'obscurité.

—Chut! Ne crains rien, je te tiens!

Janie la secoue pour qu'elle arrête de bouger. L'heure est critique.

Demeurant sur le couvercle quelques instants, le géant semble les flairer. Tout tremble lorsqu'il se penche pour ouvrir la trappe. Il tire, mais ne parvient pas à l'ouvrir car elle demeure coincée de l'intérieur. C'est évident que Janie et Chanceuse se trouvent prises au piège. Puis, il quitte le lieu d'un pas accéléré… que cherche-t-il à découvrir?

Chapitre 51
Repaire à la tête de mort

Les deux amies retiennent leur souffle jusqu'à ce qu'elles soient bien certaines que le géant ne reviendra pas sur ses pas. Toujours accrochée à une tige de fer qui ressemble à une marche, la Coccinelle soupire.

—Zzzouf! On l'a échappé belle, dit-elle à Janie, un peu secouée et la tête à l'envers.

—Ouiiii! Cette dernière essaie de reprendre haleine.

Chanceuse se redresse sur un tarse. Elle a l'allure d'une contorsionniste.

—Zzz! Tu peux me lâcher!

—Je ne veux pas. Tu vas tomber!

Malgré tout, la Coccinelle est nerveuse.

—Zzz! Non! Zzzje crois que je suis zappuyée sur une marche. Zje te guide. Viens doucement par ici!

En orientant son amie vers la descente, la Coccinelle se doit de descendre un peu plus dans le vide et touche à un plancher qui se veut collant.

Janie, tant bien que mal, réussit à mettre un pied sur une tige de métal servant d'appui et qui ne cesse de bouger.

—Whoops! Elle chambranle de tous les côtés.

Toutes les deux retiennent leur souffle. Janie, maintenue à la taille par sa sœur cosmique, dépose enfin le pied sur un sol plutôt inquiétant qui craque sous son poids.

—Zzzoh! Une chance pour nous que ce trou n'ezst pas très profond, car nous zaurions pu tomber de haut.

—Qu'est-ce que tu en sais? On n'y voit rien! Elles entrevoient un contour métallique qui semble entourer le plancher flottant. Elles ne sont pas sorties du bois!

Elles regardent autour d'elles et constatent qu'en plus du manque de clarté, une buée grisâtre plus ou moins épaisse, s'échappe du sol par secousses et assombrit davantage l'endroit.

—On dirait que nous sommes enfermées dans une chambre de vapeur. Je n'aime pas ce brouillard et encore moins l'odeur... de poisson pourri qui s'en dégage, murmure-t-elle en se pinçant le nez.

—Zzz! Moi non plus! C'est peut-être une marmite de sorzcière!

—Mais qu'est-ce que tu inventes? Tu me fous la trouille. Je ne te trouve pas drôle; il n'y a pas de blague à faire au sujet des sorcières.

Chanceuse, pour sa part, est ravie d'avoir pu pénétrer dans cette cachette, mais elle n'ose pas trop le démontrer à son amie. Le repaire d'Octo MaCrapule... c'est tout de même une découverte extraordinaire. Après quelques minutes, leurs yeux commencent à voir dans le brouillard qui se dissipe lentement.

—Zzzhi! C'est buzzant! Nous sommes dans une cazge! s'exclame la Coccinelle.

—Tu parles! Une cage à barreaux, c'est plutôt une prison! Une prison! Elle panique... on doit sortir de cet endroit, aussitôt que le danger sera passé!

La terre tremble toujours et des mottes de boue tombent de partout et même sur leur tête. La cage se balance dans tous les sens sous l'impact des pas saccadés. Les filles essaient de se protéger avec leurs mains le mieux qu'elles peuvent, recroquevillées l'une contre l'autre. Elles attendent que le sol cesse de trémuler* sous le poids du Géant Bêta avant de ressortir.

---

* trémuler : trembler

—Zzzah! Quelle veine, nous zavons zeue! s'exclame Chanceuse sous le coup de l'émotion.

—À qui le dis-tu, réplique Janie, transie de peur.

Cet endroit sinistre ne lui inspire que de la crainte. Elle se relève tout doucement afin de remonter vers la sortie.

—Enfin! C'est fini.

—Prezsque!

Elles attendent que les pas du Géant Bêta soient encore plus distancés pour sortir de la cage en métal au fond graisseux.

—Je me demande bien... où on se trouve? chuchote l'Humaine. J'espère que nous ne nous trouvons pas dans un puisard!

—Zzz! Je crois... plutôt que nous zsommes dans un... repaire! lance Chanceuse feignant l'innocence.

—Voyons, un repaire! Quelle idée! Si c'était le cas, je préférerais me retrouver dans un égout pluvial. Une caverne, c'est trop dangereux! Pourquoi, dis-tu de telles choses? Elle soupçonne la Coccinelle d'en savoir plus long qu'elle ne veut le laisser paraître.

Avant de gravir l'unique marche en broche, Janie se tient fortement après le câble d'acier rouillé, afin de ne pas basculer par-dessus la cage qui balance au moindre geste et écoute les commentaires de son amie.

—Zzzeuh! Tu voiszzz! Avant que tu arrives, j'avais découvert cette trappe recouverte de mousse verte. Et lorsque je l'ai frottée pour la nettoyer, j'ai décelé* un pictogramme gravé sur le couvercle. Sur le moment, j'ai cru à une tombe, car la gravure montrait... une tête de mort.

—Une tête de mort! Tu es bien certaine?

—Zzzhi! Absolument! C'ezst cette découverte que je voulais partazger avec toi, avant que le Géant Bêta ne survienne.

---

* décelé : découvrir ce qui était caché

—Tu n'es pas sérieuse! Nous devons sortir sur-le-champ avant d'attirer le mauvais sort sur nous. Cet endroit doit être sacré.

—Zzzah! Tu es superzsticieuzse!

—Non! Mais il y a des endroits qu'il faut respecter. Puis, ce lieu ne m'inspire pas confiance. C'est tout! Arrête de me provoquer! Moi aussi, j'ai des choses à te raconter qui vont grandement t'intéresser.

—Zzzhouppi! À qui le dis-tu! Zzz! J'ai hâte de savoir ce qui s'ezst passé à l'intérieur de **« l'Antre »**. Désolée, mais moi, je ne me rappelle presque plus de rien, sauf que tu devais rencontrer l'Alchimiste Farandole pour t'inscrire dans la **« Forêt »**!

Janie se rend compte que Chanceuse a conservé des pertes de mémoire. Le sort que lui a jeté le Gardien des Séjours fonctionne comme un charme. Par contre, elle croit que son amie en profite pour jouer l'innocente.

—Moi non plus… je ne me rappelle plus de rien, dit Janie tragiquement.

—Zzzoh… toi! Maiszz oui! Tu te moques de moi, à ce que zje vois!

—Tant que nous demeurerons ici, je ne me souviendrai de rien! C'est clair?

—Zzzwouais! Tu me fais du chantage! réplique-t-elle.

—Peut-être! Mais c'est la seule façon de te faire sortir d'ici, car telle que je te connais, je suis convaincue que tu aimerais visiter ce lieu.

Chanceuse n'avait pas tout dit à Janie. Elle ignorait donc que la tête de mort s'incrustait sur le roc… en forme d'araignée. Ce symbole confirmait que cette cachette s'avérait bel et bien être le repaire d'Octo MaCrapule, comme le supposait la Mère LaTouffe.

—Vite! Sortons d'ici avant qu'il ne soit trop tard. J'ai un mauvais pressentiment.

—Zzzje... suis... d'accord! jaspine Chanceuse sans trop de conviction. Elle ne veut rien manquer, mais préférerait malgré tout demeurer sur le lieu interdit.

—Suis-moi! Janie pousse Chanceuse devant elle vers la sortie. Elle veut absolument qu'elle sorte la première et rajoute avec insistance... je suis persuadée qu'il s'agit d'un guet-apens. Un long frisson parcourt le corps de l'Humaine comme un avertissement.

Chanceuse relève la tête. La vapeur s'amuse à apparaître et disparaître à son gré. La Coccinelle constate qu'il n'y a pas de poignée, et que d'énormes crochets en forme de dents de requin retiennent la porte verrouillée. Elle soulève la trappe puis réalise qu'on peut y pénétrer, mais qu'on ne peut pas en sortir.

—Zzzoh! Quelle chance! s'écrie la téméraire.

Janie n'attend pas et pousse de toutes ses forces dans le califourchon de Chanceuse pour l'aider à ouvrir la porte... sans succès.

—Tu veux rire! La porte est scellée!?! hurle l'Humaine. Elle suffoque sous le coup de la panique. Je ne me sens pas bien, souffle-t-elle haletante.

—Zzz! Ne panique surtout pas! Je t'en prie! Reszpire.

Une fois de plus, la Coccinelle commence à réaliser dans quel pétrin... elles se sont foutues à cause de sa curiosité maladive. Elle constate que sa logique lui fait défaut! Elle a tout fichu en l'air et maintenant il n'y a plus d'issue possible.

En sueur Janie poursuit...

—Ah! C'est bien malin de ta part! Nous n'avons pas d'autre choix que de trouver un moyen de descendre. Une parcelle de lumière traverse le trou et éclaire faiblement l'emplacement, juste assez pour entrevoir un grand vide sans fond.

Janie ramasse une petite pierre qui se trouve dans un coin de la cage métallique.

—Wouach! La roche est enduite d'une glue nauséabonde. Chanceuse se bouche le nez. Puis, l'Humaine la lance en direction du sol, afin de connaître la profondeur du gouffre. Après un certain temps, elles entendent un toc... sec et sourd! Elles se regardent l'air en peine. La distance qui les sépare du sol est impensable à atteindre en sautant.

—Zzzah! C'ezst un puits perdu, zozote-t-elle.

—Que dis-tu là? C'est nous qui sommes perdues.

—Zzzhi! Hi! C'ezst un puits sans eau!

—J'aurais préféré un puits avec de l'eau.

—Zzzah non! Moi, je ne sais que voler!

—Eh bien moi... je ne sais que nager! De toute façon, nous sommes dans la *« chnoute »* jusqu'au cou! Nous devons descendre, tout de suite! Il y a certainement une sortie de secours! Ah! Mais tu pourrais voler jusqu'en bas!

Chanceuse énervée n'écoute pas très bien et recommence à toucher à tout, sans faire attention.

—Regarde Janie! Notre cage est retenue par une vieille poulie. Zzzsi... zzzje la tire?

—Je t'en prie, pour l'instant ne touche à rien! En disant ces mots, Janie regarde Chanceuse qui lui lance un... un....

—Zzzooooh, oups! Trop tard!

L'espèce de Chanceuse a poussé, avec son dos, le gros anneau qui retenait le câble rongé par l'usure. Sous la pression, le fil de métal rouillé a cédé. Elles ont à peine le temps de s'agripper au grillage que la cage à poulie se met à descendre à vive allure dans le puits désaffecté. Ébranlées, elles se serrent fortement l'une contre l'autre pour ne pas tomber à la renverse. Tout se déroule tellement vite que nos deux téméraires ne peuvent même pas imaginer comment cette aventure se terminera. Raidies, les cheveux droits dans les airs et toutes les deux gonflées à bloc, elles espèrent que l'ascenseur primitif tiendra le coup! Ce moment semble interminable et nos deux amies tournent au vert et crient à fendre l'âme.

Dans un grincement strident, le monte-charge s'arrête d'un coup sec, juste à temps pour ne pas s'écraser dans le sombre fond. L'arrêt est tellement brutal que nos deux intrépides tombent sur le dos.

Et vlan! Chanceuse glisse et rebondit à l'extérieur de la cage. Un long silence s'empare du trou. Toutes les deux sont secouées et prennent un certain temps à réagir. Janie, étourdie, s'assoit pour retrouver son équilibre, puis reprenant son souffle, elle rejoint sa sœur cosmique. La bibitte à patate échouée se lamente.

—Rien de casser? s'empresse de questionner l'Humaine.

—Zzzeuh! Rien de grave, dit la Coccinelle rapidement.

Toutes deux constatent que leur embarcation n'était nulle autre qu'une vieille boîte de sardines rouillée et lacérée par la corrosion*.

Chanceuse est tellement ravie d'avoir découvert la cachette du plus grand malfaisant, qu'elle en oublie son mal. Plus secouée par la chute rapide qu'elle ne veut le laisser paraître, elle se relève, mais retombe aussitôt sur son fessier endolori, car sa jambe écorchée la fait souffrir! Trop bête! Elle aurait dû exécuter un vol de reconnaissance et n'aurait pas vécu ce traumatisme. Mais, elle n'oserait jamais révéler qu'elle ne voit pas très bien dans le noir.

—Attends! Je vais t'aider, dit Janie inquiète.

—Zzzoh! Je te remercie, mais ça va aller, zzz.

Chanceuse tente un deuxième essai et réussit tant bien que mal à se tenir debout. Elle réalise qu'elle s'est blessée contre la cage. Malgré tout, elle a hâte d'explorer tous les recoins de ce lieu inouï et ne montre pas trop à son amie que son articulation la fait souffrir. Et pour comble de malheur, elle n'a pas remarqué son tarse égratigné par le métal rouillé qui commence à laisser échapper un filet de sang. Elle se dépêche de le camoufler sous son bras pour ne pas inquiéter sa sœur cosmique. Plutôt facile à cacher, car leurs yeux ne sont pas encore habitués à la pénombre de l'endroit.

---

* corrosion : rouille

Après ce bruit d'enfer, tout est tellement silencieux dans ce puits désaffecté que l'on pourrait y entendre voler une mouche.

—Nous allons vérifier les lieux pour être certaines que personne n'y habite, dit Janie avant de fouiner.

Elle regarde Chanceuse directement dans les yeux afin qu'elle comprenne bien son message et n'essaie pas d'autres trucs sans l'aviser.

—Zzz! Tu te souviens! La Mère LaTouffe nous za parlé d'un trézsor qui n'avait zjamais été retrouvé.

—Hum, ouais! Je me rappelle, répond l'Humaine du bout des lèvres, en scrutant à la loupe les alentours de la pièce, tout en se cachant derrière une énorme poutre de soutien pour ne pas qu'on la remarque. Elle réalise que la créature qui habite cette grotte doit être presque aussi grosse que le Géant Bêta, vu l'ampleur de la caverne. Une lueur pénètre à l'extrémité de la salle par une embouchure qui semble servir de sortie. Par contre, un amas de terre argileuse en bloque une partie.

—Zzz! Peut-être que... nous pourrions essayer de le découvrir, zozote la Coccinelle tout emballée.

—Découvrir quoi?

—Zzzoh! Franzchement Janie! Tu ne m'écoutes même pas.

—Chut! Ne parle pas si fort, j'entends gratter! Et toi?

—Zzzeuh! Non!

—Je m'excuse! chuchote Janie constatant que son amie la boude. Tu sais bien que j'aime tout vérifier! Ouf! Je suis soulagée, il n'y a personne. Je me demande qui peut vivre dans ce repaire aussi ténébreux? La poussière des lieux a rempli ses souliers. Il n'est pas question qu'elle les enlève!

Le mobilier n'est guère rassurant et donne une bonne idée de l'état lamentable de l'endroit. Les meubles vermoulus* à même le roc sont rongés par la vermine et les tablettes délabrées tiennent debout comme par miracle, soutenues par des pierres désagrégées.

---

* vermoulus : piqués des vers

—Zzzc'ezst le repaire d'Octo MaCrapule, couine-t-elle sans réfléchir.

Ça y est! Elle a encore trop parlé.

—Octo MaCrapule! Qu'est-ce que tu radotes?

—Zzz! C'ezst vrai!

—Ça suffit! Tu n'es vraiment plus drôle! Chanceuse doit encore être sous l'effet du sort pour dire des niaiseries semblables.

La bête à bon Dieu ravale ses paroles. C'est la première fois que Janie ne rie pas de ses histoires rocambolesques.

—Zzz! Tu ne me crois pasz?

—Non! Mais moi, j'ai quelque chose à t'apprendre de vraiment extraordinaire! J'ai trouvé ma **« Clef du Paradis »**!

—Zzzeuh Non... Zzz! Zzz! Zzz!

—Tu ne me crois pas? Eh bien regarde!

Janie sort sa **« Clef du Paradis »** de son sac à bandoulière et la brandit entre ses mains. La Coccinelle reste bouche bée.

—Tiens! Aide-moi à attacher la chaînette à mon cou. Cela nous portera chance et par la même occasion, j'aimerais t'offrir le *« Médaillon de l'Excellence »*. Je crois que tu le mérites autant que moi, même si... parfois nous ne sommes pas d'accord! Elle fixe le médaillon au cou de sa sœur cosmique et lui dit : Je sais que si tu le portes, tu ne m'oublieras jamais!

—Zzz! Zzz! Zzz! Elle pleure du plus profond de son cœur. ZzzOh! ZzzOù... comptes-tu... aller... maintenant? zézaie-elle en hoquetant.

—Retournez chez Mamiche aussitôt que possible! Je suis seulement revenue pour te faire mes adieux.

—Zzz! Zzz! Zzz! Zzz! Zzz! Zzz! Zzz! Chanceuse incapable de prononcer d'autres mots, s'accroche à Janie.

Un arôme de biscuits traverse la caverne abandonnée. Cette émanation rappelle à l'Humaine une odeur familière et drôlement agréable.

—Nous devons nous quitter! Elle sent de nouveau sa corde d'argent l'interpeller.

—Zzz! Notre aventure se termine donc... ici?

—Oui! Si... tu es d'accord, nous devons partir immédiatement de cet endroit pour nous dire notre dernier au revoir.

—Zzzzz! Sortons d'ici tout de suite, zézaie la bestiole la glotte serrée.

Pour une fois que Chanceuse est d'accord, Janie s'empresse de trouver la sortie.

Elles traversent l'immense salle pour l'atteindre. Chanceuse ne peut s'empêcher de fureter en suivant son amie. La grande salle, qui sert de pièce unique, semble bien lourde avec son attirail de meubles incrustés dans le roc granuleux, mal disposé et en désordre. En passant devant une grande table, la Coccinelle remarque un énorme bol renversé sur le sol.

—ZZZJanie! Nous devons sortir d'ici au plus... au plus vite! braille-t-elle, soudainement consciente que la bête en question peut revenir dans sa caverne à tout moment. Elle se souvient subitement de l'avertissement de l'Amiral : *« Tu dois être plus prudente, des Intrus se sont infiltrés en même temps que Janie. »*

Cette dernière exécute un signe de la main à Chanceuse, afin d'attirer son attention sur des restants de table. Quelques noix de galle* écaillées prêtes à être mangées et un bouillon encore tiède, ont été laissés pour compte. De toute évidence, le repas a été interrompu. Quelqu'un habite ce gîte! L'Humaine est très consciente que cette créature ne tardera pas à revenir finir sa soupe. Surtout que la soupane** aux semoules moisies bouillait toujours dans la marmite qui était demeurée sur la braise; de là... les vapeurs dérangeantes et nauséabondes.

---

* noix de galle : sorte de noix, excroissance sur les feuilles, provoquée par une piqûre d'insecte

** soupane : gruau chaud

Chapitre 52
Les paroles créatrices

En la voyant boiter, Janie prend la main de Chanceuse afin de l'aider à courir vers l'extérieur.

—Ouste! Nous devons faire vite.

—Zzzoh! Vite! Zzz! Sauve qui peut! Je détecte une odeur de poils mouillés! déclare la bibitte à patate qui a l'habitude de sentir le danger. Nous devons nous camoufler, immédiatement.

À peine arrivées à quelques pas de la sortie, elles s'arrêtent brusquement.

—Zzzah! C'ezst un pièzge! zézaie Chanceuse apeurée de l'ombre qui apparaît à l'entrée de la galerie désaffectée.

—Ce n'est pas une sortie… c'est une trappe, s'écrie Janie. Une ombre apparaît à l'entrée de la galerie désaffectée.

Les deux filles sursautent et reculent. Elles voient une silhouette ombrageuse renifler l'ouverture. La créature les a repérées, c'est évident, car ses moustaches se mettent à frémir.

Recroquevillées sur elles-mêmes, en boule, les deux amies ne bougent plus pour passer inaperçues. Mais cette créature n'est pas dupe et s'avère même très futée. Elle s'avance lentement, encore… et encore en défiant les intrus qui ont osé pénétrer son refuge et se flanque devant la porte pour leur boucher l'accès, tout en renâclant*. Un rayon de soleil s'introduit par la fente… en même temps que l'animal. La lueur perd de son éclat, lorsque les deux amies voient… un énorme œil, plus rouge que le soleil couchant, s'infiltrer dans la grotte.

—Zzzoh! s'écrie Chanceuse… *« MACRAPULE »*.

---

* renâclant : du verbe renâcler, renifler bruyamment

—Quelle horreur! C'est « *L'ŒIL DESPOTE* ».

Il n'y a aucun doute, cette vilaine coquecigrue se prépare à les attaquer par les respirations haletantes qu'elle émet. La bête gratte pour se frayer un chemin. Elle avait placé cette terre devant sa sortie afin de bloquer l'accès à ses proies.

Janie et Chanceuse sont mortes de peur. Elles se regardent et s'égosillent à force de crier.

Cette galerie devient de plus en plus obscure. Elles ne savent plus dans quelle direction se diriger et suivent le seul filet de lumière jaunâtre qui traverse la pièce. La panique s'empare totalement d'elles et les amies s'élancent dans tous les sens et dans la course folle, elles rebondissent l'une sur l'autre.

—Tiens-moi Chanceuse! ordonne Janie… on doit demeurer ensemble!

L'Humaine entrevoit un petit passage qu'elle n'avait pas remarqué auparavant, sous une roche qui sert de colombage. Sans ménagement, elle tire brusquement sa sœur cosmique dans cette direction, sans qu'elle ait la chance de riposter. La Coccinelle boite et saigne de plus en plus, ce qui ralentit leur cadence. Puis, vlan! Elles se heurtent à un amas de terre.

—Il ne manquait plus que cela! s'exclame Janie en sueur.

Une énorme montagne de glaise se trouve devant elles. Elles n'ont pas d'autre choix que de l'escalader le plus rapidement possible, car l'odeur de la bête les suit de près. La Coccinelle est vraiment mal en point. Janie avait pourtant été bien avertie de faire attention à « *L'ŒIL DESPOTE* ». Elle est maintenant poursuivie par cette créature démoniaque et son instinct lui dit de… *« Déguerpir au plus vite! »*

—Zzzoh!?! Cours! Cours, avant qu'il ne t'attrape par le collet! s'écrie Chanceuse, la main ensanglantée. Je surveille tes arrières! Elle traîne de la patte, certaine de se faire happer par la bête féroce.

La course pour la vie ou la mort est déjà commencée. Janie s'élance à toute allure, puis se retourne et voit que sa sœur cosmique, seule et loin derrière elle, court un grand péril. Quelle catastrophe!

—Attends, j'arrive!

—Zzznon, continue!

—Sans toi… pas question!

Elle fait demi-tour et rejoint son amie, haletante de peur. Maintenant trop essoufflée pour lui parler, elle se place derrière elle et pousse de toutes ses forces sur son arrière-train pour l'aider à grimper cette butte interminable, puisqu'elle ne semble pas capable de voler. Il faut absolument qu'elles atteignent la cime le plus rapidement possible surtout qu'il fait noir comme chez le diable! Les deux ont énormément de difficulté à voir ce qui les poursuit, mais elles savent que cette créature dominatrice se trouve sur leurs talons, car elles peuvent entendre sa respiration râlante.

La bête est totalement enragée!

Par miracle, le pilier de roches s'effondre et la coince. Janie est furieuse contre cette créature, elle ne lui aurait causé aucun tort! Pourquoi la bête en a-elle décidé autrement?

—Zzzoufff! Elle est bel et bien prise sous ce piège.

Cela donne un regain de vie à Chanceuse LaCoccinelle qui se croyait perdue.

—Vite Chanceuse! On ne doit pas lâcher.

—Ggrrrrrr! lance à nouveau la bête qui a réussi à se décoincer.

—Zzzheuh! La Coccinelle traîne du tarse.

—Vite, courons! s'écrie Janie.

Elles trouvent que la sortie est difficilement atteignable et presque infranchissable et il ne reste pas beaucoup de temps avant que la bête ne les rattrape.

Chapitre 53
La loi du retour... Embrouillamini

Chanceuse, mal en point, devient verte lorsqu'elle réalise que la bête les a presque rattrapées.

Janie doit réagir pour deux, car son amie n'a plus de souffle. Elle n'aurait jamais cru, un jour, dire des paroles de vengeance à la créature qui les talonne.

—Tant pis pour toi, espèce de bête ignoble! Je souhaite, je souhaite que...

Janie n'a jamais désiré de toute sa vie quelque chose d'aussi terrible et malsain. Elle sait que ce n'est pas bien de souhaiter du mal à une autre personne, mais ce n'est pas une personne, n'y même une créature comme les autres, c'est le mal incarné... *« L'ŒIL ROUGE DESPOTE »*. Pourtant, cela ne lui donne pas le droit de causer du mal à aucune créature, même en pensée. La *« Loi du Retour »* est formelle : **tout ce que l'on souhaite, en bien ou en mal, nous revient un jour ou l'autre dans notre vie. On ne doit pas jouer avec les *« Formules Magiques »*!** Mais c'est plus fort qu'elle; dans son désarroi, elle se permet de désirer que l'œil maléfique... s'efface de sa vue sur-le-champ. C'est grave, même très grave. L'Humaine devient hésitante, mais après tout, elles sont en danger! Elle entend le bruit d'un bond tout près d'elle et cette fois-ci, n'ose pas se retourner.

—Je voudrais que tu disparaisses de ma vie et surtout que tu n'existes plus! Non! Oh! Non! Elle sent dans son cou, le souffle de la créature diabolique. Poussée par la peur et dans tous ses états, elle profère à haute voix les paroles fatales : je souhaite, espèce de bête folle, je souhaite... que tu meures! La créature lance un cri comme si... on l'abattait.

—Aahouuuuuuuuuuuuuuuuuuuuuuuuu!

La bête crie et hurle à glacer le sang dans les veines. Un bruit d'éboulement se produit, suivi de lamentations interminables.

—Bien fait pour elle!

Janie vient d'opérer un maléfice sans le réaliser. Elle n'a aucune idée que la parole est aussi tranchante qu'une épée; le verbe actualise nos pensées et peut accomplir nos demandes, bonnes ou mauvaises. En énonçant ces mots de mort qu'elle n'a pas l'habitude de prononcer, elle vient de jeter un mauvais sort. Elle ne désirait pas vraiment sa mort, elle voulait seulement que la bête ait peur et disparaisse de sa vue. Il est maintenant trop tard pour revenir en arrière, même si notre petite Humaine est déçue d'avoir prononcé ces mots. Il n'y avait rien de drôle dans ces paroles lancées en état de panique. Aussitôt qu'elle termine d'articuler... *« Bien fait pour elle »*, un long grelottement la secoue de la tête aux pieds. Janie a déclenché une opération maléfique et sent une glu visqueuse venue du sol se coller à sa peau avec insistance comme une sangsue. Cette matière gommeuse monte de l'humus* et adhère à son corps comme des ventouses. Puis... instantanément, la glu soudée à ses talons se transforme. Elle reconnaît immédiatement l'hideuse Sorcière. Elle savait que son ombre rôdait dans la **« Forêt »**, mais cette fois-ci, l'Humaine l'a intégrée dans sa vie en prononçant ces paroles malsaines.

—Oh, toi décolle! crie-t-elle au comble du malheur. Elle voit maintenant de très près cette fameuse Sorcière qui la hante depuis le début de son aventure. Comme une seconde peau, cette dernière empoigne Janie par les cheveux et, malgré qu'elle se débatte, lui dégouline le surplus de glu poisseuse** sur tout le corps.

---

* humus : décomposition de déchets végétaux et animaux
** poisseuse : gluante, collante

—Gnihihi! Je crois que nous n'avons pas besoin de présentations, ricane-t-elle. Console-toi Chartreux, je t'amène ta proie dès que j'aurai réglé quelques petits détails, dit-elle cyniquement*.

Chafouin grogne. Embrouillamini s'empresse de lui lancer un regard mauvais qui le paralyse sur-le-champ.

L'Humaine, dans tous ses états, souillée et décoiffée se démène comme une tigresse. Confondue, elle rage... il ne s'agissait que de ce vulgaire matou et non de *« L'ŒIL DESPOTE »*. Elle se questionne... Comment se fait-il que cette bête soit revenue dans les parages? Malgré tout, la Petite se sent rassurée; elle n'a pas provoqué la mort de ce vilain chat; par contre, elle a attiré la mauvaise chance sur elle et se rend compte que le Chafouin manigançait tout cela avec la Sorcière depuis le début. Maintenant, c'est clair comme de l'eau de roche.

—Zzzah! C'ezst imposzsible! s'écrie Chanceuse. Chartreux a disparu dans la **« Zone Interdite »**.

—Toi! Ne te mêle pas de cela! La Coccinelle n'a pas le temps de rajouter un mot de plus que la Sorcière lui arrache le médaillon d'un regard foudroyant et le lance dans les airs en direction du chat figé. Voici ce que j'en fais de l'excellence, sachant parfaitement que la médaille, en forme de dé à six facettes, dévoile les mensonges avec ses signaux et qu'elle ne réagit d'aucune manière lorsqu'il s'agit de révéler la vérité. Embrouillamini contrôle la situation et ne veut pas se faire damer le pion par un talisman**. Gnah! Ah! Ah! dit-elle, les yeux sortis de la tête. Il ne te reste plus beaucoup temps à vivre! Je vous ai bien eues, fulmine-t-elle déchaînée, avec mes hallucinations! Même l'Amiral n'a rien vu, lance-t-elle avec un rire sarcastique. Quel protecteur! Gnaah! Ah! Ah! J'ai déjoué tous ses plans et maintenant, nous sommes seules. J'ai démantelé toute la meute de ce Monarque comme un jeu

---

* cyniquement : en se moquant effrontément des principes moraux
** talisman : objet auquel on accorde des vertus magiques

d'enfant. Ça t'apprendra à conjurer avec le mauvais sort, petite sotte, lui crie-t-elle à tue-tête. Je te tiens!

Janie est convaincue qu'elle ment au sujet de l'Amiral et de sa troupe. Elle demeure incapable de se défaire de l'emprise des mains encrassées de la Sorcière qui s'enroulent autour d'elle avec ses longs doigts en forme de couleuvres qui lui mordillent la peau au passage. Ficelée comme un saucisson, Janie se débat de toutes ses forces sans parvenir à s'échapper.

—Gnihi! Hi! Hi! Te voilà bien mal prise, petite impudente*! Je vais te montrer, moi, qui mourra... entre ma bête et toi! Elle recule en s'étirant comme un élastique et lui lance de la poudre aux yeux. Ah! Ah! Ah! glousse-t-elle encore plus fort cette fois-ci.

Janie, sous l'effet de cette poudre de perlimpinpin, reste figée au sol, raide comme une barre de fer et n'a aucune idée de ce qui se passera. Elle n'a jamais pensé qu'en prononçant ces mots méchants, elle éveillerait l'attention des mauvais esprits. Comment se défend-on contre une Sorcière? Elle se demande si la prise de l'ours ou le ciseau de corps, qu'elle exécute à son frère s'avèreraient aussi efficaces contre les forces maléfiques? Et maintenant, à cause de cette Créature maligne qui occupe tout son esprit, elle a complètement oublié ce qu'elle désirait dans **« l'Astral »**. Par conséquent... elle ne se rappelle plus que ce qu'elle souhaite à haute voix de toutes ses forces, de tout son cœur... arrivera!

—Zzz! Zzz! Mais c'ezst Embrouillamini, la sorcière de la **« Zone Interdite »**, zozote la Coccinelle ankylosée, qui commence à voir plus clair. Elle zézaye de plus belle, tellement elle tremble de peur. Elle ne trouve plus ça... *« buzzant »* du tout cette fois-ci, incapable de s'envoler.

—Tu connais cette sorcière? questionne Janie décontenancée.

---

* impudente : effrontée, insolente

—Zzz! Jamais de la vie! s'écrie-t-elle. Mais c'ezst certainement de cette vipère, que la Mère LaTouffe a voulu parler.

—Comment se fait-il que tu saches son prénom? Janie se demande qui… elle doit croire? Cette histoire est aberrante!

Maintenant qu'elle ne peut plus bouger, Embrouillamini tire l'Humaine vers le tunnel sans ménagement. Ses pieds demeurent droits et rigides.

—Gnihihi! Gnaahahaaa! Ne joue pas l'innocente, petite bête volage. Bien sûr qu'elle me connaît. Même depuis le début! Elle exécute mes ordres à merveille. Bien joué, n'est-ce pas?

Janie fixe Chanceuse éberluée.

—Tu es de mèche avec la Sorcière? s'écrie-t-elle folle de rage.

—Zzz! Zzz! Non! Non! C'ezst sûrement une de ses ruzses malfaizsantes, Zzz! Zzz! Zzz! Janie, zzz, je t'en prie, regarde dans quel état je suis!

C'est vrai… son amie est plutôt amochée.

—Tu savais que ce repaire appartenait à Octo MaCrapule et tu ne m'as rien dit jusqu'à la dernière minute. Tu t'es bien moquée de moi et de ma quête!

Confuse, Janie baisse la tête. Elle n'est plus certaine de rien.

—Zzzeuh! Zzzoh! Zzzah! Tu dois me croire! zézaie-t-elle.

Embrouillamini, délirante, en profite pour mettre la bisbille entre les deux sœurs cosmiques. Le moment est idéal.

—Allez, petite amie fidèle… parle-lui de *« L'ŒIL DESPOTE »* crache la sorcière de manière exécrable.

Cette fois-ci, Janie est vraiment persuadée de la complicité entre la Coccinelle et Embrouillamini, car personne ne connaît l'existence de *« L'ŒIL DESPOTE »* dans la **« Forêt »**. Qui aurait vendu la mèche sinon Chanceuse? Aurait-elle été capable de lire par-dessus son épaule la missive de son ami le Vieux Sage, remis par Balbuzard au Grand Étendard? Tout cela est trop compliqué pour l'instant et rien de clair ne lui traverse l'esprit.

—Tu m'as trahie!

—Zzzzzzzzzzzzzzz! Non! Chanceuse grimace de douleur et s'étire pour attraper la main de la Terrienne dans un dernier espoir de réconciliation.

Janie, paralysée, ne peut plus bouger et ne demeure pas convaincue de la sincérité de Chanceuse. Une barrière de trous noirs commence à les séparer.

—Pourquoi m'as-tu caché la vérité?

—Zzzah! Touche-moi, Janie! crie éperdument la bibitte à patates. Tu sentiras mes vibrations et tu sauras que je dis vrai. Je t'en prie!

Embrouillamini rit à gorge déployée devant l'interrogation qui se dessine sur le visage décomposé de Janie. Toujours à proximité, la mini-sorcière prend de l'ampleur à chaque fois qu'elle réussit à semer le doute dans l'esprit de l'Humaine.

—Il est trop tard, petite vermine d'insecte, pour venir en aide à ton amie! criaille la Sorcière avec sa voix venue du tréfonds. La tonalité glaciale redresse encore plus les cheveux de Chanceuse. J'ai tiré de toi... tout ce que je voulais savoir! Tu aurais dû y penser avant de t'aventurer dans le repaire d'Octo MaCrapule! C'est bien fait pour toi petite prétentieuse! Tu as entraîné ta Janie dans ce repère. Elle courait un risque, puisque tu avais été avisée que des Intrus rôdaient dans la **« Forêt »**.

La Coccinelle n'en croit pas ses antennes! Comment pouvait-elle connaître tous ces faits et gestes? Qui a mis cette Sorcière au courant? Elle n'existait même pas dans la **« Forêt »** avant l'arrivée de Janie? Peut-être y avait-elle déjà erré auparavant sans se faire découvrir?

Janie regarde sa sœur cosmique et des larmes perlent de ses grands yeux noirs. Elle savait la Coccinelle plutôt téméraire, mais jamais à ce point. Comment a t-elle pu risquer leur vie?

—Je croyais que notre amitié était véritable! dit-elle, déçue.

Constatant le désappointement inscrit dans le regard de son amie, elle s'acharne à la convaincre.

—Zzz! Ne l'écoute pas! Zzzje t'en prie! Énervée, la petite bestiole ailée zézaye de plus belle, commençant à être à bout d'arguments pour persuader Janie de son amitié. Zzz! Ne vois-tu paszzz qu'elle veut brizser l'affection qui nous unit? Elle ezst jalouzse.

Chanceuse regrette son geste de curiosité, elle n'aurait pas dû pénétrer dans la trappe; elle aurait dû se méfier davantage. Elle réalise qu'elle a été insouciante une fois de plus. Maintenant, elle risque de perdre le bien le plus précieux à ses yeux, l'amitié de sa sœur cosmique et peut-être Janie elle-même.

—Gnihihi! Ne vois-tu pas que les amitiés sincères, ce n'est que de la foutaise? peste Embrouillamini, effectivement jalouse de l'affection qui les lie. La solidarité* des deux amies est vraiment rare et unique. D'une manière détournée, la sorcière utilise ses pouvoirs malsains pour atteindre ses buts, mais elle ne sait pas que l'amitié ne se commande pas, c'est quelque chose que l'on cultive méticuleusement comme une rose. Il faut en prendre soin tous les jours!

Chanceuse se relève de peine et de misère et tente de s'approcher de Janie à tout prix.

—Gnet! T'appelles ça une amie toi, une personne qui ne dit pas la vérité! persifle Embrouillamini laissant apparaître deux incisives cariées.

Janie fait fi** de ses commentaires odieux.

Ses plans contrecarrés***, la Sorcière change de visage; de cramoisie, elle devient livide tout en grinçant des dents. Instantanément, une grosse verrue lui pousse sur le nez.

L'Humaine trouve que cet appendice, enduit de vert-de-gris gélatineux et surmonté de poils drus et noirs, est plutôt

---

* solidarité : lien de fraternité

** fait fi : ne tient pas compte de…

*** contrecarrés : déjoués

dégoûtant. Et elle remarque qu'à chaque fois qu'elle l'ignore, la sorcière se métamorphose en laideron. L'avantage pour Janie... c'est que son corps grandit lorsqu'elle marque un point.

Embrouillamini la relance. Elle ne va quand même pas reculer, maintenant qu'elle arrive si près du but.

—Gnaah! Es-tu sourde? Tu n'entends rien! Elle a comploté contre toi avec MaCrapule. Réveille-toi, espèce d'engourdie! Elle a conspiré ta perte, ronchonne-t-elle, exaspérée de voir que Janie ne semble plus prêter attention à ses commentaires désobligeants. Cette fois, la Sorcière y met le paquet. Dis-moi, comment aurait-elle pu découvrir la cachette d'Octo MaCrapule toute seule? questionne-t-elle de sa voix dévastatrice. Allez! Réponds-moi!

Toutes ces médisances, même si Janie ne veut pas leur donner de l'importance, commencent inconsciemment à l'affecter.

Embrouillamini n'a pas dit son dernier mot. Elle joue le tout pour le tout. Elle lance un long rire sarcastique qui ressemble à une attaque.

—Demande à ta supposée amie... pourquoi elle ne t'a pas répondu au sujet du Grand Monarque? Allez! Pourquoi le Vieux Sage a quitté son poste et a remplacé l'invincible guerrier par son cousin germain, le piètre bouffon? Gnahhhhhhhhhhhhh! Elle n'ose pas riposter. Pourquoi?

Chanceuse crie comme une enragée. Elle doit convaincre Janie avant qu'il ne soit trop tard.

Janie, elle, est pétrifiée, toujours retenue au sol par cette tache graisseuse qui s'incruste de plus en plus et dont elle veut à tout prix se défaire. Elle sent qu'Embrouillamini l'agrippe de plus belle en l'enfonçant dans la boue. N'ayant jamais eu affaire à une Sorcière, elle se demande de quelle façon elle peut s'en débarrasser. Elle ne veut surtout pas utiliser un autre mauvais sort et faire apparaître une autre sorcière.

—Moi, je vais te répondre! Regarde ce que j'ai fait de ton Grand Monarque, l'invincible. Embrouillamini, d'un seul geste de la main, fait flamboyer des langues de feu. Ces flammes illuminent un coin sombre de la grotte. Janie craint s'évanouir.

—Nonononononnnnnn! hurle-t-elle de désespoir.

Elle voit au loin l'Amiral épinglé au mur. Il a l'air en mauvaise posture. La flambée s'atténue avec lui. Chanceuse n'en croit pas ses yeux.

Satisfaite du résultat, l'épouvantable sorcière a vraiment frappé dans le mille, sachant qu'elle ne pouvait atteindre Janie de meilleure manière.

Cette dernière se cache le visage, prête à l'abandon.

—Gnahaha! C'est mon œuvre! jubile-t-elle. Et elle rajoute... Galapiat LeRaté, mon allier, l'a attrapé pour moi. Il est considéré comme un éminent* voleur et aussi un des plus grands collectionneurs de papillons et de spécimens rares de toutes sortes. Gnaah! Hi...! Hi...! Hi...!

Heureuse de constater que sa dernière intervention a semé le doute dans l'esprit de l'Humaine et que son plan a fonctionné à merveille, Embrouillamini ricane de plus belle.

—Gnihihi! Gnaahahaaa! Gnaahahaaa!

Janie commence à moins lui résister.

—Zzz! Zzz! Zzz! Relève-toi! N'abandonne pas! Je t'en supplie, implore Chanceuse de sa voix atténuée par la douleur, car sa blessure la fait de plus en plus souffrir. Ne vois-tu pas qu'elle te contrôle!?!

—Tais-toi! crie Janie qui éprouve une grande souffrance morale dans son for intérieur. Elle ne sait plus où donner de la tête. Elle ne veut plus rien entendre et se demande toujours qui elle devrait croire. Les dernières preuves sont très accablantes pour la Coccinelle.

Mais Chanceuse ne peut pas s'empêcher d'essayer de toutes ses forces restantes de raisonner sa sœur cosmique. Elle insiste.

---

* éminent : remarquable, très important

—Zzzzzz! S'il te plaît Janie, n'écoute pas cette langue de vipère! Ne te laiszse pas entourlouper* par son esprit de vengeance.

Embrouillamini trouve que Chanceuse commence à reprendre un peu trop de forces et veut la faire taire à tout prix, car L'Humaine peut changer d'idée à tout bout de champ. Elle ne désire pas perdre la face devant une bibitte à patates sans cervelle, surtout si prêt de son but. Elle utilise donc l'un de ses plus fabuleux subterfuges. Elle s'élève comme un coup de vent et ensuite, tourne sur elle-même tout en s'entourant d'une spirale de fumée. Puis elle se tortille la langue comme un serpent à sonnettes et se met à siffler des injures en pointant sa lancette dans toutes les directions pour faire peur à la bestiole. Celle-ci pousse un grand cri en voyant l'excroissance se précipiter sur elle. Cette dernière lui effrite les ailes au passage. À ce contact, Chanceuse apparaît aussitôt sous un autre jour. Janie sursaute en apercevant l'affreux visage de son amie ensorcelée par Embrouillamini en délire.

Un profond gémissement se fait entendre. Sous l'influence de la Sorcière, Chanceuse se transforme en Gorgone**. Elle est méconnaissable avec sa figure déformée qui fait peur et ses yeux exorbitants, sa bouche ouverte et sa chevelure enroulée de serpents qui tournoient dans tous les sens, grouillants de vie. La Coccinelle émet un long rire débile entièrement possédée.

Janie est complètement démolie.

—Tu vois, elle fait partie de la *« Chasse-Galerie de mes sorcières »*. La bibitte à patates reprend sa forme normale lorsque le dard de la sorcière se retire de son corps. C'est ta fin! crie-t-elle en poussant Chanceuse du bout de son ongle incarné.

La petite bête à Bon Dieu n'en peut plus, elle n'a même plus la force de zézayer. Elle se tient debout par miracle. Au seul contact de l'ongle, son genou meurtri fléchit. Il n'en faut pas

---

* entourlouper : se faire berner

** Gorgone : monstre à chevelure de serpent

plus pour qu'elle culbute à la renverse et dégringole, en un rien de temps, la pente abrupte.

—Zzzouache! Zzzooooooooooooh!

L'Humaine ne demeure pas totalement indifférente au sort de son amie. Un craquement sourd résonne des bas fonds et au même instant, elle se plie en deux, car une énorme crampe lui traverse le plexus solaire comme un coup de poignard. Elle ressent la douleur de sa sœur cosmique et est persuadée qu'elle a effectué une chute mortelle.

—Aaaaah!

Sur le point d'éclater en sanglots, elle entend la Coccinelle l'interpeller.

—Zzz! Janie! Janie! Chanceuse, encore consciente, geint. Je… ne… peux plus… vo… ler, mes… seg… ments… sont… cas… sés! Zzzouch!

—Ouf! lance l'Humaine soulagée, même si elle réalise que son amie souffre le martyre. Au moins, elle est toujours vivante!

—Gnihihi! Quel travail de maître! Elle joue bien la comédie cette menteuse.

Janie se bouche les oreilles pour ne plus entendre les railleries de la Sorcière démente.

—Zaide-moi! Zje… zje… se lamente Chanceuse trop faible pour terminer sa phrase. Retenue par son aile perforée, elle a le visage tordu de douleur à chaque fois que son corps meurtri frappe le mur de glaise. Combien de temps restera-t-elle accrochée à ce petit bout de branche effilé avant qu'il ne casse?

—Gnihihi! Elle n'en vaut pas la peine! De toute façon, tu ne pourras rien pour elle, il est trop tard. Laisse-la mourir… elle t'a trahie!

Plus Janie écoute les propos malsains d'Embrouillamini, plus elle devient incapable de se protéger et de penser correctement; tandis que… plus elle ignore ses paroles destructrices, plus… la sorcière rétrécit. Janie, pour sa part, se sent engourdie jusqu'aux doigts. Elle faiblit à vue d'œil. Seule sa tête réussit à réagir, car son cerveau n'est pas encore attaqué et commence à comprendre les manigances de cette vilaine Sorcière. Elle veut éliminer Chanceuse afin qu'elle, Janie, demeure sous son emprise et devienne son amie. Et ça... il n'en est pas question! Elle réalise que la Coccinelle n'a peut-être pas tout à fait tort et que la grognasse est en train de réussir à accomplir son plan maléfique en brouillant les cartes. Tout ce qui lui arrive est un vrai cauchemar; elle qui atteignait presque son but.

—Zzz! Au secours! crie Chanceuse en dernier ressort, à pleins poumons. Mon ... mon a... mie, ZJa...........nie!

En entendant ce cri de détresse déchirant, venu du fond du cœur, Janie comprend qu'il s'agit d'un guet-apens manigancé par Embrouillamini qui joue son rôle à la perfection, si bien que l'Humaine en a même oublié le conseil du Vieux Sage. À plusieurs reprises, il lui a clairement confirmé que Chanceuse était une amie sûre, même si elle se montrait souvent audacieuse. Maintenant, elle se souvient aussi de l'avertissement du Grand Aristide par l'intermédiaire de Tournemain lorsqu'il lui a révélé qu'il y aurait... un *« je ne sais quoi »* de la part de Chanceuse qui mêlerait les cartes. Elle est convaincue que le ***« SORT D'OUBLI »*** en est la cause. Il fallait y penser, le sort lancé par Farandole doit encore faire effet; Chanceuse émet trop d'idées saugrenues* pour être totalement rétablie. Janie se raidit et son corps tremble comme une feuille. Elle sent qu'elle perd tous ses moyens. Alors, elle se met à se débattre comme une déchaînée pour se dégager de l'emprise d'Embrouillamini. Celle-ci ne lâche pas prise facilement.

—Tu n'y arriveras pas! s'exclame la Sorcière.

La petite Humaine comprend maintenant bien des choses. De plus, il ne fallait pas jeter de sort d'aucune manière, car cela peut se retourner contre nous. Elle en avait eu la preuve avec la Fée Dauphine Harmonia qui devenait de plus en plus humaine. On doit sauver les vies et non les détruire. La vie de chaque

* saugrenues : bizarres

Créature demeure ce qu'il y a de plus important et celle de son amie Chanceuse n'a pas de prix.

—Tu crois que je vais baisser les bras!?! ricane-t-elle à son tour pour énerver la chipie. Oh non! Il n'en est pas question!

Janie entend son cœur battre dans sa poitrine comme si c'était ses derniers battements de vie et réalise que la sorcière effectue sur son corps une transformation. Elle la ***« PÉ...TRI...FIE »***[*]! Plus elle se durcit, plus son souffle se distance et dans un ultime élan de courage pour sauver sa peau, elle lance un regard noir de foudre à Embrouillamini qui tombe sur le dos. L'Humaine est agréablement surprise de voir que ça fonctionne et elle en profite pour se relever, dégagée de la domination de la Sorcière. La vilaine femme bondit aussitôt de rage, en face de la petite Magicienne et lève la main pour lui jeter un sort.

—Tiens! Festina[**]!

Janie s'attend au pire et, d'un vif réflexe, pointe ses deux index vers l'ensorceleuse afin d'arrêter son petit manège.

—Ça suffit, les folies!

Spontanément, ce geste de protection et les paroles de cette dernière bloquent immédiatement les vibrations malveillantes en forme de sillons, qui se précipitaient à vive allure dans sa direction. Aussitôt que ces oscillations maléfiques frôlent ses doigts formant la lettre ***« V de la Volonté »***, Janie est repoussée par une force invisible, qui la projette deux mètres plus loin en ne touchant plus le sol. Cette puissance siffle à décorner un bœuf, puis l'effet de cette puissance cachée s'arrête carrément. À cet instant précis, l'Humaine culbute et se retrouve à plat ventre par terre. Il n'y a rien de plus redoutable que le désir selon la détermination de chacun. Elle se relève rapidement pour constater qu'elle a détruit les ondes turbulentes qui s'évanouissent en fumée au-dessus de sa tête.

---

[*] pétrifie : du verbe pétrifier, changer en pierre
[**] Festina : Hâte-toi!

L'Humaine était parvenue à démontrer à la Sorcière qu'elle n'allait pas se laisser dominer. Elle avait agi avec force, de tout son cœur et avec toute sa volonté, et ainsi, venait de franchir avec brio sa troisième initiation sans même s'en apercevoir. Embrouillamini réagit à cette imposition des mains en se couvrant le visage comme si la foudre l'attaquait. Janie n'avait pas fait que dévier les ondes négatives, elle avait enlisé cette dernière dans la boue mouvante. Les Sorcières détestent l'imposition des mains, car cela déstabilise leurs pouvoirs et les rendent aveugles durant l'instant de l'application de cette technique de survie. La verruqueuse* demeure impuissante devant ce geste de défense et est surtout blessée dans son amour-propre. Encore sous le choc, elle en veut à Janie d'avoir perdu le contrôle.

—Tu n'auras pas le dernier mot! s'écrie Janie. Elle avait pointé ses doigts par instinct de protection et cela avait fonctionné à merveille! Elle avait complètement retrouvé l'usage de ses deux jambes et son courage. Embrouillamini avait sous-estimé la grande volonté de l'Humaine à vouloir sauver la vie de son amie.

La maléfique sorcière se demande quel pouvoir peut détenir Janie. Personne ne peut déjouer les Sorcières sauf... les Magiciennes. Serait-elle l'une d'elles? Elle devra se méfier des réactions de la Terrienne à l'avenir. Elle avait mal évalué la force de caractère de son adversaire. Mais ce n'est pas le moment de perdre le contrôle et elle revient immédiatement à la charge en baragouinant** une formule incompréhensible tout en fixant Janie d'un regard vitreux. Cette dernière ne comprend rien, mais l'intonation délirante n'annonce rien de bon.

—Traditor***!

---

* verruqueuse : avec des verrues
** baragouinant : en parlant une langue indistinctement
*** traditor: traître

Elle prend ses jambes à son cou et court à la rescousse de son amie la Coccinelle.

Mais... rien n'arrête une Sorcière, même pas la mort, car elle se reconstruit de ses cendres comme le phénix.

Janie se retourne et voit Embrouillamini sortir du sable mouvant en s'étirant comme un élastique et venir vers elle à toute allure. Cette fois-ci, elle n'a pas le temps de riposter et d'imposer les mains, car l'attaque est beaucoup trop rapide. La Sorcière bondit sur Janie, la ficelle cette fois-ci comme un cocon pour qu'elle ne puisse imposer ses mains et exécute une volte-face pour la confronter davantage. Janie se voit dans les yeux de la sorcière comme dans un miroir et sursaute lorsqu'elle aperçoit son ombre dans le regard repoussant d'Embrouillamini. Il est visible que la sorcière veut sa peau à tout prix.

Cette dernière jubile.

—Tu ne veux pas sauver une traîtresse? Elle t'a menti, en plein visage! Les amies ne doivent-elles pas compter l'une sur l'autre? Elle a profité de toi, de ta naïveté! Le rire infernal de la sorcière résonne dans la grotte et fait apparaître des silhouettes ombrageuses qui frôlent Janie en tous sens, pour l'effrayer davantage. Elle tremble comme une feuille et commence à sentir la lourdeur des ombres qui s'approchent pour l'encercler.

—Tu ne m'impressionnes pas! Je suis forte et j'ai confiance en moi! lance l'Humaine à haute voix.

Embrouillamini rit à pleines dents, mais cesse rapidement lorsqu'elle voit Janie qui respire et respire afin d'élever ses pensées. Serait-ce la ***« Pensée Magique »***? L'Humaine défile alors une phrase à voix haute...

—JE PERSÉVÉRERAI... JUSQU'À CE QUE JE RÉUSSISSE!

Les sorcières n'aiment pas les incantations des Humains!

Une grande chaleur, qu'elle a déjà ressentie, s'empare d'elle; elle est convaincue qu'il s'agit de la présence invisible de ses Guides Angéliques. Elle se détend et son corps éjecte des petites molécules lumineuses en forme d'anneaux qui se solidifient autour d'elle et forment une barrière de protection. Les spectres ombrageux qui tentaient de se rapprocher d'elle, fondent sous la pression des cercles métalliques. Ces cerceaux argentés, chauffés à bloc par ses pensées positives, se cimentent entre eux et façonnent un mur translucide qui la sépare de la sorcière. Janie respire de plus en plus profondément, voyant la réaction bénéfique que lui transmet l'oxygène des anneaux magiques remplis de ***« Prâna »*** étincelant. Cette petite nourriture céleste fortifie non seulement son corps tout entier, mais aussi son esprit et la rend inatteignable. Maintenant en expansion, ces particules se gonflent et se distendent tout en repoussant Embrouillamini à chacun de leurs mouvements rotatifs. La sorcière, prisonnière derrière la barrière bioénergétique transparente, ne peut plus rien faire. Elle se débat comme une démone, égale à elle-même, et lance des jurons à n'en plus finir. Immédiatement une barbe commence à lui pousser au menton et ses sourcils s'épaississent encore plus en broussaille. Elle perd des forces et s'enlise à nouveau dans la glaise, mais cette fois-ci, elle ne parvient pas à se relever et s'aplatit comme une crêpe. Elle tapisse le sol de son ombre et poursuit Janie. Il n'est pas question de se laisser manipuler de cette manière, les sorcières n'abandonnent jamais!

Janie, elle, est persuadée qu'elle a complètement éliminé Embrouillamini.

Chapitre 54
Le nid de la vipère

Remplie d'une énergie mystérieuse, Janie en profite et court vers Chanceuse. Elle réalise que cette intervention invisible l'aide à traverser cette épreuve.

—J...a...n...i...e! s'écrie la voix étouffée de son amie.

Janie est maintenant résolue à sauver sa sœur cosmique coûte que coûte.

—Tiens bon, j'arrive!

Mais à bout de force, Chanceuse lâche prise. Sans perdre une seconde, l'Humaine s'élance le cœur plein d'espoir à la poursuite de son amie. Elle glisse sur les fesses pour descendre plus rapidement la pente abrupte, afin d'attraper Chanceuse qui poursuit sa longue chute interminable. En regardant derrière, elle constate que la gluante Embrouillamini est toujours à ses trousses, suivie de l'ombrageux Chartreux tout aussi enragé. Ouf! Au moins... pense-t-elle, il ne s'agit pas l'Œil Despote.

La Coccinelle continue sa dégringolade meurtrière.

Encouragée par la force qui l'anime, Janie poursuit sa descente, sans se rendre compte du danger qui l'attend. Sa confiance en elle lui donne des ailes.

Chanceuse, dans sa chute, se frappe violemment la tête contre un muret de pierre. Assommée, elle ne réagit plus et rebondit dans les airs comme un ballon, tête première dans le précipice.

Janie la suit de près. Elle s'étire au maximum et vient pour la saisir par un élytre, juste avant que la Coccinelle n'accomplisse son bond spectaculaire. Elle n'y parvient pas et la pousse encore plus dans le gouffre. Peine perdue! L'Humaine essaie de se retenir sur les rebords de pierre qui encerclent la cavité abrupte, mais dans sa poussée pour agripper son amie, elle brise une partie de la paroi pierreuse, puis... manque le pied et, à son tour, tombe à la renverse dans le précipice. Tout est fichu; les pattes en l'air, la tête en bas, la bandoulière par là et surtout le cœur à l'envers, Janie peut malgré tout constater, qu'Embrouillamini demeure sur ses talons.

Un temps interminable s'écoule avant que Janie ne réalise, toujours secouée, qu'il n'y a plus d'issue. Elle, qui a souhaité la mort en lançant ces mots sans réfléchir, a provoqué la sienne et par comble de malheur, celle de son amie. Elle ne peut plus sauver Chanceuse et les deux désespérées descendent tout droit vers un fond insondable.

Janie est tirée vers l'abîme par l'attraction malgré elle, sans pouvoir rien contrôler! Elle le sait pour l'avoir étudier à l'école. Elle fixe la pauvre Chanceuse qui pique du nez à toute vitesse. Puis, ses yeux se posent sur Embrouillamini qui semble bien mal en point, mais rien n'empêche cette dernière de lancer à l'Humaine un regard de vengeance comme si elle voulait la consumer. Tout à coup, un bruit sec et fort fait trembler tout le précipice dans une vibration inhabituelle. Chanceuse a touché le fond, le choc est violent. La mort rôde. Ça va bientôt être son tour, lorsque la tête à l'envers, elle voit, elle voit...

Janie aperçoit un énorme gosier, ouvert du pharynx jusqu'à l'estomac, qui émerge du fond du gouffre. Elle hurle de peur, espérant que la créature va refermer sa monstrueuse gueule.

—Oh non!

C'est encore pire! La créature ouvre encore plus sa gueule pour mieux l'avaler.

Le crotale* exécute un saut à la verticale tout en faisant sonner sa queue; le bruit de crécelle qu'elle produit apeure Janie. Elle se croit perdue et, sans retenue, lance un long cri de détresse.

—Ahhh! Un serpent à sonnettes! Ça y est, pense-t-elle... c'est vraiment la fin! Il s'agit certainement du nid de la Sorcière! Elle tente de voler comme Chanceuse le lui a enseigné, en agitant ses membres à toute vitesse, mais en vain. Le cou cassé en deux, elle constate que la noirceur envahit l'endroit et qu'il ne reste qu'une faible lueur qui disparaîtra dans quelques instants.

—J'étouffe!

L'Humaine se met à tournoyer lentement sur elle-même, ce qui aide à ralentir sa chute. Elle est bien consciente qu'elle ne pourra pas éviter de tomber dans la gueule de la bête.

Le serpent donne des coups de lancette, puis ouvre encore plus grand sa gueule, tout en laissant entrevoir ses crochets venimeux.

Ensuite, un grand tourbillon en forme de spirale l'emporte. Malgré tout, elle essaie de voir si Embrouillamini la suit toujours d'aussi près.

—Oh!

Janie la sent plus qu'elle ne l'aperçoit. La sorcière, dans un dernier effort, l'attrape par les talons de ses doigts crochus et cherche désespérément à demeurer agrippée. Cette fois-ci, l'Humaine se demande... comment elle pourra échapper à ces mains crasseuses? Elle secoue ses pieds de toutes ses forces et serre les dents afin de mettre toute son énergie pour la repousser. Quelle horreur! Elle n'y parvient pas!

Un long écho du rire se fait entendre.

—Gnaahahaaa! Je te tiens!

—Yak! réplique Janie avec dégoût.

---

* crotale : serpent à sonnette

Embrouillamini reste toujours collée et s'imprègne à sa peau.

—Gnihihi! Si tu crois que mon pouvoir s'arrête ici... lui lance-t-elle... tu te trompes!

Cette sorcière l'aura vraiment suivie jusqu'à la fin.

—Tu ne peux rien contre moi! crie Janie dans la pénombre.

—Bientôt... tu verras! Attends d'avoir traversé le **« Néant Morose ».** Gnihihi!

—Pas question! La dernière fois, elle avait été aidée par les Anges, mais cette fois-ci, elle est toute seule. Je suis forte! se dit-elle en se gonflant le thorax. Elle sent une chaleur l'envahir. Immédiatement, une lumière blanche s'enroule autour d'elle et forme une armure de protection.

Cette aventure lui aura permis de découvrir au moins une chose. Il faut tenir à ses rêves et ne jamais rien regretter!

Chapitre 55
Mariange et la corde d'argent

Janie, déterminée, a décidé que plus rien ne l'arrêtera.

—Lâche-moi! ordonne-t-elle à voix haute.

Soudain, sans effort, elle fait volte-face en ressentant toujours cette chaleur intense. Une force invisible l'aspire par la fontanelle pour la ramener vers l'extérieur entourée d'une lumière blanche opaque; elle éprouve déjà un bien-être! Il s'agit de tout un virement de cap. Instantanément, elle se sent transportée au septième ciel et serre sa petite **« Clef du Paradis »** entre ses mains; l'heure fatidique est arrivée. Elle croit qu'elle se dirige tout droit au **« Paradis »**, il n'y a aucun doute. Jetant un dernier coup d'œil par-dessus son épaule dans l'espoir de revoir Chanceuse avant de franchir le grand pas vers **« l'Éternité »,** elle demeure plutôt surprise de voir un Ange ou une Déesse l'attirer dans son sillon énergétique que dégage son corps fluide, vers la lumière. Incroyable! Une voix mélodieuse se fait entendre.

—Je suis Mariange, l'Ange Blanc, la substance chimique pure qui habite ton cœur et je suis venue accompagner ton **« corps astral »** à rejoindre ta planète tellurique. On me nomme aussi le bras droit de ton **« Ange de la Destinée, Altaïr 315 ».**

Janie n'en croit pas ses yeux. L'Ange blanc habite le *« Centre de son Cœur »*, le siège de ses émotions véritables. Elle qui pense souvent avec son cœur, ne l'avait jamais rencontré auparavant. Chose extrêmement étrange! Mariange s'avère d'une grande beauté. Elle possède de grands yeux en forme d'amande, un peu à l'orientale et sa chevelure noire, montée en chignon, est entremêlée de nattes enrubannées. Elle ne revêt pas la tenue conventionnelle du **« Monde Angélique »**, mais elle se veut divine, vêtue d'une robe de satin chatoyant, enjolivée de longues manches argentées évasées lui servant d'ailes. Janie croit qu'il s'agit d'un Ange d'une autre génération. Elle flotte au sommet de son crâne, en soufflant sur sa fontanelle, pour abaisser lentement son taux vibratoire. Les mains de Mariange sont synchronisées avec son souffle et exécutent de grands cercles de chaque côté de sa protégée pour stabiliser ses énergies électromagnétiques. Les vibrations de la petite Humaine avaient été élevées, afin de pouvoir monter dans les **« Hautes Sphères »** pour qu'elle poursuive son odyssée sans contretemps. Et maintenant, Mariange s'active à remettre ses vibrations au rythme normal de la **« Terre »**, ainsi elle pourra réintégrer son **« corps physique »** sans anicroche. Plus l'Ange souffle et entraîne Janie vers la luminosité, plus Embrouillamini s'estompe. Aussitôt que le souffle de Mariange traverse les sutures osseuses de Janie, la Sorcière disparaît complètement en fumée, aspirée par des particules.

—Tu es prête à rentrer chez toi? questionne l'Être Céleste.

—Oui! Je vous en prie.

—Je suis là pour t'aider. Puis elle ajoute de sa voix douce et rassurante… ta corde d'argent, qui relie tes deux corps, guidera ton **« corps astral »** et le ramènera à bon port. Tu vas voir, il s'agit d'un processus rapide et surtout qui n'est pas douloureux.

L'amie de Chanceuse n'a pas le temps de rajouter un seul mot que le fil d'argent, sans plus attendre, commence sa course effrénée. Débrouillarde, la corde effectue le voyage de retour à rebrousse-poil et n'hésite aucunement puisqu'elle connaît le chemin du retour par cœur. Pendant son parcours, elle émet des secousses intermittentes, au fur et à mesure qu'elle avance en oscillant. Elle se raccourcit et s'épaissit à chaque percussion. Janie trouve palpitante cette nouvelle expérience tout à fait unique. Puis, au sommet se présente une toute petite ouverture bleu ciel.

—Enfin! **« Ma Porte »** de sortie.

Sous la pression de la corde, le monstre n'a pas d'autre choix que d'entrouvrir la bouche pour la laisser sortir. Il n'y voit que du feu, tellement le passage de Janie s'effectue rapidement. Elle aperçoit les yeux de la bête sortir de ses orbites, ébranlée en la voyant disparaître à l'envers dans l'espace incommensurable. L'Humaine, toujours dans le feu de l'action, n'ose pas fermer les yeux, car elle ne veut rien manquer de cette aventure exceptionnelle. Sans avertissement, l'atmosphère devient dense et émet un long sifflement aigu, provoqué par la vitesse du courant d'air. Janie est expulsée à l'extérieur de la zone magnétique avec force. Et ainsi se referment les **« Portes de la NooSphère »** en faisant vibrer l'infini.

Chapitre 56
Le retour au bercail

Son *« corps astral »* prend un certain temps pour se rendre compte qu'il flotte au-dessus de son propre *« corps physique »*, exactement au même endroit qu'avant son départ. Quel chahut! Est-ce que son *« double physique »*, épuisé, serait mort et l'aurait laissé partir dans le **« Monde des Maisons »**? Toute cette histoire demeure troublante. Le *« corps astral »* ne sait plus où donner de la tête. Quant à elle, la corde d'argent n'hésite pas à s'occuper de cette situation ambiguë. D'un coup sec, elle tire le *« corps vaporeux »* à l'intérieur de son *« corps rigide »*. C'est le seul moyen de savoir si… Janie est morte ou vivante. Et Vlan! Le voilà à l'intérieur! Le *« corps astral »* se replace comme un vieil habitué et se secoue comme un petit chien mouillé, afin de reprendre sa position régulière. Alors, les deux corps de Janie s'alignent, se fusionnent parfaitement et ne forment plus qu'un. C'est le moment décisif! La corde d'argent ne se rompt pas… Janie ouvre lentement les yeux et s'étire. Elle se sent plus vivante que jamais; son *« corps physique »* tremble légèrement et picote de partout; c'est son débit sanguin qui augmente et son cœur qui s'active davantage.

—Quel retour! C'est ffflyant!

Elle réalise que les deux **« Mondes »** se sont imbriqués. Le rêve et la réalité se sont entremêlés quelques instants, pour créer un *« Moment Magique »*.

—Fiou! Quel rêve fantasmagorique!

Janie se sent différente et un peu désorientée. Elle relève la tête et qui aperçoit-elle à deux pouces de ses yeux?

—Anthony!

Son frère se tient debout devant elle avec une assiette remplie de biscuits et arrête de grignoter en examinant le regard colérique que projette sa sœur.

Elle s'assoit carrée sur le fauteuil de lecture.

—Tu m'espionnes!

—Ça ne va pas dans le caillou!

—Cesse de me dévisager et va-t'en!

Anthony en profite pendant que Mamiche est occupée à chercher des papiers importants.

— Tu es vraiment *« cool »*! Je ne sais pas ce que penserait Frédéric s'il te voyait avec ta crinière ébouriffée. Il pouffe de rire.

—Maaaaaamiche! hurle Janie.

—Tu cries pour rien... elle est au grenier pour l'instant. Elle m'a demandé de te surveiller.

—Disparais de ma vue... immédiatement!

—On dirait que tu sors de ton monde imaginaire!

—Tu n'as jamais dit aussi vrai!

Crampé, il rigole tellement qu'il se tient plié en deux.

—Ah! C'est toi qui m'as réveillée?

Le vacarme d'enfer qu'il avait produit ressemblait à un vrai tremblement de terre.

Quelle mésaventure... il y a quelques instants, elle flottait encore dans les nuages et maintenant elle se sent un peu mal à l'aise dans ce corps alourdi, rigide comme une coquille. Elle regarde Anthony pour la deuxième fois et réalise qu'elle est vraiment revenue dans le **« Monde du tangible »**.

—Je m'excuse Janie, mais ce n'est pas moi qui ai fermé la porte, c'est le courant d'air, dit-il sur un timbre de voix narguant.

—Ah... oui! Toi et tes courants d'air imaginaires, tu me fais rire! Raconte-moi une autre salade! Tu n'as pas remarqué que les fenêtres sont fermées? Tu es en train d'essayer de me convaincre que cela est arrivé tout seul? Je suppose que c'est...

comme le sapin de Noël qui est tombé par terre, soudainement, sans que tu y aies touché! Vraiment impressionnant ton tour de magie! s'exclame Janie enflammée.

—Mais! Je te le dis, je voulais seulement t'apporter les biscuits aux pépites d'or. Tu vois! Ils sont excellents! Ça, je peux te le confirmer.

Anthony mord à belles dents dans la galette fondante.

—Je te remercie, mais je n'ai pas faim. Je t'en prie, laisse-moi, j'ai besoin de rester toute seule!

Anthony quitte le bureau de Mamiche en maugréant des paroles désobligeantes.

—Hum! Il faut... beau temps, mauvais temps... te prendre avec des pincettes, la petite princesse, dit-il fâché contre sœur. C'est toujours comme ça avec toi! Et il claque la porte derrière lui de toutes ses forces cette fois-ci, pour montrer sa frustration.

Janie pense à Chanceuse. Elle est peut-être morte... en tout cas... morte de peur! Certainement blessée ou même dévorée par cette créature à grande gueule. Puis, sans pouvoir s'en empêcher, elle se met à pleurer; sa sœur cosmique n'est plus de ce **« Monde »**!?!

—Quelle ingrate ! se dit-elle assise en indien sur le sofa. Elle appuie ses coudes sur ses genoux et la tête entre ses deux mains, déçue, elle se sermonne. J'ai laissé mon amie dans ce trou... sans lui porter secours! Mais... comment ai-je pu... revenir sans savoir ce qu'elle est devenue? J'ai agi bêtement comme Chartreux! Je suis une sans-cœur! Elle pleure de plus belle.

Mamiche arrive en courant en entendant les gémissements de Janie et le visage déconfit d'Anthony.

—Vite Mamiche! crie Anthony. Elle n'est vraiment pas dans son assiette! Je crois sincèrement... qu'elle pique une colère de fille. Tu sais, quand rien ne va plus! Anthony cherche le bon mot, une crise... d'hystérie. Il n'y a pas moyen de lui faire entendre raison! Je t'assure... elle a sauté un plomb. Brrrrr... !

En entrant dans la bibliothèque, Mamiche s'approche de Janie calmement.

—Tu m'as appelée? Elle embrasse tendrement le front de sa petite fille adorée. Oh! Tu es fiévreuse, toi! On dirait que tu couves une grippe. Tu as été troublée par un mauvais rêve ou tu as vécu une grande aventure?

En entendant ces paroles, Janie éclate à nouveau en sanglots.

—Je ne pourrai jamais revoir mon amie Chanceuse! pleurniche-t-elle inconsolable. Mamiche! Comment puis-je retourner dans ce **« Monde »**?

—Je suis persuadée que tu trouveras un moyen!

—Ouououi!

Sa Mamiche la serre fortement dans ses bras pour la consoler.

—J'ai fait une chose terrible. J'ai... abandonné ma sœur cosmique dans l'autre **« Monde »**!

Toutes les deux se regardent tendrement. Mamiche comprend son grand désespoir.

—Aie confiance! lui dit-elle, *« l'Âme »* a ses ressources personnelles qu'il ne faut surtout pas sous-estimer. Si tu dois revoir ton amie Chanceuse, la vie se chargera de la retrouver pour toi et t'y amènera.

—Crois-tu que j'aurai la chance de la rencontrer à nouveau?

—Laisse le temps arranger les choses. Il n'y a rien qui se perd dans cette vie, tout se renouvelle. Si tu y crois vraiment, eh bien... la vie te mènera là où tu dois aller. Elle l'embrasse tendrement sur la joue. Je t'aime ma poupée! Et surtout, tu dois... vivre tes convictions!

—Mamiche! Dis-moi... qui t'a appris toutes ces notions complexes?

C'est mon petit doigt. Que veux-tu... il sait tout!

Elles se sourient. Janie sait très bien que lorsqu'elle ne veut pas lui divulguer ses sources de renseignements, Mamiche utilise toujours son petit doigt.

—Je tiens à te raconter mon aventure, mais pas maintenant. Mamichou... si tu n'y vois pas d'inconvénient, je j'aimerais bien demeurer toute seule pour quelques instants, car je me suis réveillée avec les idées à l'envers.

Mamiche voit bien qu'elle est encore un peu ébranlée par cette aventure surprenante.

—Repose-toi encore un peu ma chérie pour te remettre de tes émotions.

Toute seule dans la grande pièce, Janie se précipite sur son sac en bandoulière et tremble, car c'est le moment de vérité. Elle respire, puis avec ses mains fébriles, ouvre la petite charnière de métal et en un seul coup, elle renverse le contenu de sa sacoche. À première vue, il n'y a pas de plume, pas de flacon, seul son carnet tombe sur ses genoux. Elle est déçue de ne pas posséder la capacité de se téléporter, car elle retournerait immédiatement dans **« l'Astral »** pour sauver sa sœur cosmique.

Elle prend son calepin et le secoue à l'envers de toutes ses forces. Une minuscule plumette, coincée entre les pages, se glisse hors du livre. Entre deux larmes, Janie s'étire rapidement pour l'attraper.

—Oh! C'est une chance inouïe!

La microscopique penne, à peine visible, vole dans les airs comme si elle voulait fuir Janie qui essaie de l'attraper sans succès. Sur son passage, la fugace* plume transformatrice saupoudre l'atmosphère d'une poudre irisée, et... immédiatement apparaît la Fée Kassandra miniaturisée. Elle lui montre son flacon d'eau de transformation, à peine visible parce que si petit, même plus petit qu'une coccinelle, que Janie reconnaît aussitôt à la brillance de son cristal.

—Wow!

* fugace : de courte durée, disparaître brusquement

Elle est certainement encore sous l'effet des rayons ultraviolets de la voyance pour apercevoir ce flacon microscopique.

La Fée Kassandra le rapporte avec elle dans la **« NooSphère ».**

—Cette potion ne doit servir que dans **« l'Astral »,** lui dit-elle le sourire aux lèvres.

Janie tente d'attraper la Fée, mais cette dernière disparaît sur-le-champ.

—Zut! s'écrie-t-elle.

—Tu as oublié les conseils de Chanceuse? On ne peut jamais attraper les Fées! À bientôt Janie! Ta mission n'est pas encore terminée! s'exclame Kassandra, invisible.

L'Humaine se sent soulagée et essuie ses larmes. La présence de la Fée Marraine confirme qu'elle a vraiment vécu cette histoire invraisemblable. Mais qui voudra la croire?... car une Fée... ce n'est pas une preuve tangible. Toutes ses autres preuves sont parties en poussière, aussi vite que la Fée Kassandra. En fin de compte, il ne lui reste que son journal personnel.

—Ah oui! J'ai toujours mes notes!

Janie ouvre son agenda.

—Ouf!

Quel soulagement! Tout y est inscrit... sa thèse sur les Virulentus et les croquis qu'elle a dessinés avec adresse. Puis minutieusement, elle continue à tourner les pages une à une; tout est bel et bien noté. Elle examine scrupuleusement toutes les feuilles afin de s'assurer qu'il ne manque rien.

—Oh non! Quelle catastrophe! Elle n'en croit pas ses yeux. Les notes qu'elle a rédigées dans **« l'Astral »** s'effacent au contact de l'air du temps.

Janie baisse l'échine devant l'échec. Tristounette, elle sanglote sans relâche comme si elle possédait une bosse d'eau au lieu d'une tête!

Les gouttelettes tombent en forme de perles et coulent sur son précieux document. La Fée Kassandra surveille dans la **« NooSphère »** tout ce que vit l'Humaine et remarque son chagrin s'imprégner dans son aura. Son enveloppe énergétique se ternit depuis qu'elle est revenue sur Terre. La Fée donne un coup de baguette magique sur les larmes qui deviennent immédiatement couleur d'ambre. L'ambre, énergie magnétique, lie l'énergie physique avec l'énergie cosmique. Ces énergies vibratoires unifiées produisent des merveilles. Des cristaux de résine jaune dorée pénètrent les larmes de Janie tout en émettant des décharges électromagnétiques. Ces dernières éclatent et la poudre d'or magique mélangée aux gouttelettes tombent sur la page blanche et s'introduisent dans les mots embossés. Les lettres, imprégnées de cette matière ambrée, apparaissent et disparaissent, incapables de demeurer en place; cela lui prouve encore une fois qu'elle n'a pas rêvé. Elle clignote des yeux, tout émerveillée. L'encre des *« Génies »*, indélébile, essaie de traverser le temps en voulant réapparaître dans son carnet. Les syllabes et les consonnes dansent et scintillent comme des étoiles dans la nuit; l'une après l'autre, elles s'attachent pour former des phrases et s'estompent aussitôt que les larmes s'évaporent. Lorsque Janie examine attentivement son agenda, elle constate que seulement des marques incrustées y sont demeurées.

—Mais c'est écrit à l'encre des *« Génies »*! s'exclame-t-elle folle de joie. Mamiche! Mamiche, vite viens voir!

Elle jette à nouveau un coup d'œil sur ses notes.

—Oh non, c'est moche! Il ne reste aucune trace!

Mamiche arrive sur-le-champ avec un verre d'eau et un médicament pour abaisser sa fièvre. Anthony la talonne de près, la suivant comme un petit chien de poche; il ne veut absolument rien manquer du spectacle.

—Tu m'as appelée?

C'est évident que Janie ne veut pas perdre la face devant son frère.

—ABRAKAMAGIK! Je vais faire réapparaître les mots. Vous allez voir... c'est ffflyant! s'exclame Janie, persuadée du résultat.

—Je tiens à voir ça! Anthony se réjouit d'avance de son échec.

—Silence! intervient Mamiche.

Sa petite-fille trempe le bout de ses doigts dans le verre d'eau et jette quelques gouttes sur les pages rutilantes pour faire ressurgir les lettres sautillantes. À son grand désespoir, rien ne se produit.

—Mais, mais c'est impossible. Tout y était inscrit... là... il y a quelques secondes.

Janie n'avait aucune idée que les dernières larmes qu'elle avait versées venaient directement de **« l'Astral »** et qu'elles contenaient de ***« l'AMBRE MAGNÉTIQUE QUE SEULES LES FÉES PRODUISENT POUR LES GÉNIES ».***

Anthony en profite pour tourner sa nouvelle expression en dérision, même s'il la trouve unique en son genre.

—C'est flllyant! C'est flllyant! Quel patois* étrange! Ce n'est pas beaucoup plus trippant... que ton superpersu! Tu ne pourrais pas utiliser un terme plus *« cool »* comme tout le monde? Laisse-moi voir!

En disant ces mots, il ne perd pas un instant et extirpe le carnet des mains de sa sœur et joue au comique en simulant un tour de magie.

Janie vient hors d'elle-même.

—Arrête fin finaud!

Anthony ne trouve rien de magique sur cette feuille blanche.

—Ah oui! Ça... c'est « chill »! Je demande au grand Ketchouille... qu'il fasse apparaître les lettres imaginaires! ABRAKAMAGIK! lance de nouveau Anthony pour se moquer de sa sœurette. Hi! Hi! Hi!

---

* patois : expression qu'on utilise souvent

—Oui! crie-t-elle tout bas, en serrant les poings. Folle de joie, elle doit retourner dans **« l'Astral »** le plus tôt possible!

Elle ramasse le ***« Précieux Bouquin Rouge »*** qui était tombé par terre, derrière le canapé, durant son sommeil. Lorsqu'elle le soulève, les feuilles s'agitent sous la pression de sa main et glissent une après l'autre jusqu'à la fin comme un coup de vent. Surprise!

—Ohhh!

Le livre lui révèle une face cachée de son existence, qu'il a bien camouflé pendant toutes ces années. Il a joué à l'agent double sans jamais se faire coincer.

Janie de ses mains tremblantes n'ose rien toucher, lorsqu'elle voit ce qui est écrit à la dernière page : ***« As-tu ta Clef? »***.

—Wow! Quelle découverte extraordinaire !

Maintenant, elle sait pourquoi Ketchouille l'a amenée dans sa **« NooSphère ».** Qu'est-ce qu'il connaît… qu'elle doit découvrir?

MMMAAA…MMMiii…CCCHE

Elle y arenruoter

…Nif

…Siof enu tiaté li

Qui a essayé d'ouvrir le coffre?
Est-ce toi Ketchouille?